漢語是這樣美麗的

認識大陸作家系列

史仲文 著

自序

史仲文

　　語言無疑是人世間非常奇妙、奇異、奇特與奇艷的一種存在。它既是具象的，又是抽象的；既是複雜的，又是簡單的；既是傳統的，又是時尚的；既是文學的，又是文化的；既是共生的，又是獨立的；既是個性的，又是普適的。用詩意的語言表達，語言形態豐富，多姿多彩，也有「禪意平安」，也有「貞心似鐵」；也有「柔情似水」，也有「壯心不已」；也有「濃得化不開」，也有「妙在有無中」；也有「春江花月夜」，也有「風雪夜歸人」；也有「千樹萬樹梨花開」，也有「心有靈犀一點通」；也有「一片冰心在玉壺」，也有「寫到俗時是雅時」。

　　語言的美麗，不是孤立存在的，而是與真與善融洽為一體的。其真的表現在於：語言是思想的邊界，也是真理的邊界。從認知意義上看，人世間沒有不可以表達的思想，也不存在不可以表達的真理。有人說，我想的明白但說不明白，其實往往就是沒有真想明白。其善的表現在於：善的行為未必需要言說，但善的自覺却與語言有著千絲萬縷的聯繫。依著康德的邏輯，善並不屬於認識論的範疇——善是無須思辨的。然而，善又是可以思辨的，如果完全不可以思辨，那麼康德先生為什麼在寫完《純粹理性批判》之後還要繼續寫作《實踐理性批判》呢？語言的美則是它的另一大特性，可以這樣說，世間的一切美麗都與語言共在。語言美麗的特殊品性在於，它就在這種共生性中表達、呈現和詮釋了自己的美。有人說語言的美麗是不可以言說的，但他忘記了，不可言說其實也是一種言說。

　　語言的上述品格，不因語種而異。但與西語比較而言，漢語顯然具有意會性、含蓄性、對仗性及其自由組合性。漢語中之所以產生諸如律詩、對聯尤其是駢體文這樣獨特而精彩乃至精美絕倫，令人觀之目眩、思之心動、意象悠遠、回味無窮的文體，都與漢語的這些品性因果關聯。這些文體的發生學基礎在於漢字的一字一音，一字一義，一音四聲。雖然漢字中有許多多音字，但它的基礎依然是單音節的；雖然近代以來也有打破一字一義的特例，但其基礎無法改變；雖然古代人對一音四聲的自覺認識，成熟於南北朝時期，特別受到了梵語與佛經的啟迪，但就其品性而言，其四聲基礎乃是漢語所固有的。

研究漢語的審美特徵，可以有無窮多的方法，也可以有無窮多的路徑。本書的研究方法是將漢語審美分為十個研究層面，包括文字審美、文辭審美、文句審美、文韵審美、文篇審美、文體審美、文法審美、文風審美、文論審美、文變審美。這種研究方式是以作者的閱讀體驗為基礎的，因此要特別說明的是，漢語之美麗無窮，但作者的能力有限，萬不可因為作者的能力侷限而影響讀者對漢語魅力的理解。倘或這書能成為一個小小的入門，作者已經感到十分榮幸了。

本書承蒙我的朋友邵建先生舉薦，秀威資訊公司蔡登山先生青睞，即將於臺灣出版，在我是非常高興的事情。出版過程中，秀威公司的主管、責任編輯對作者非常尊重，作風甚是謙和有效，其作業流程非常周到，非常細緻，每一個細節都處理得讓作者感到溫馨愜意。本人在中國大陸寫書、出書二十餘年，這樣的出版體會是從來沒有遇到過的。我以為大陸的出版機構應該向臺灣出版人認真學習。2009年春天，作者曾隨團去臺灣做過短期的參訪，回京數月，依然興猶未盡，在此期間，也曾寫了四句話的體會。這些體會是：

如果用一個字形容臺灣，就是——「甜」；

如果用一個詞形容臺灣，就是——「潔淨」；

如果用一個成語形容臺灣，就是——「風情萬種」；

如果用一句話形容臺灣，就是——「世間百態，人民最大」。

我現在想說的是：漢語是可以這樣美麗的，現實生活是能夠那樣美麗的，如果二者可以做到魚水交融、渾然一體，那正是我的希望所在。

此外，當本書即將付梓之時，我還要特別感謝我的三位助手曲輝博士、王鴻博博士、張軼博士，因為視力問題，全書的校對都是由他們三位代為完成的，這確實讓我很感動。

2010年10月11日書於北方工業大學望東齋

❖ 代 緒 論 ❖

漢語的敘說從裏開始

　　這書的內容，說得誇張些，可以叫做漢語美學。然而，我既不喜歡高頭講章，更不喜歡那些有它不多，沒它不少的無聊定義。我甚至懷疑，那些特別熱衷於下定義的先生們，是頭腦過度簡單的一種病態反映。因而，這裏做的只是對於漢語審美的解說與陳述，而且我認為，能解說、陳述明白也絕非易事。因為漢語博大，浩如滄海，而解說陳述者，充其量也只是滄海之一粟。

　　討論漢語的美麗，理應先討論一些與語言相密切關聯的議題，把這些議題歸納起來，便是本書的緒言。

（一）存在與語言

　　看到題目，給人的印象似乎是：先有存在，爾後有語言。但細細考量，那結論卻是：不見得。因為，有存在未必有語言。

　　對人類而言，宇宙無疑是最大的存在。

　　宇宙誕生多少年了，依大爆炸理論——人類，我們這個人類賴以生存的宇宙誕生約137億－145億年了。那麼人類，最古老的人類，——依1997年的最新發現，只有約16萬年。16萬年與137億年（我選一個小數）相比，幾等於零，毛毛雨啦。也就是說，在這約137億年的漫長時間裏，——除去16萬年的「毛毛雨」，既沒有人類，也沒有語言。

　　何況說，從純邏輯的角度看，我們怎麼可以確知只有一次而不是一次以上的宇宙大爆炸呢？

　　換句話說，我們怎麼可以確知，只有一個而不是一個以上的宇宙呢？

　　有宇宙——姑且我們認定只有一次「爆炸」，只有一個宇宙——沒有人類。故，結論一：有存在，未必有語言。

　　那麼，既有了人類，就該有語言了——這個命題也不準確。

　　以歷史發展的邏輯考慮，人類絕不會先誕生之後，再去一句話一句話，或一個詞一個詞，或一個字一個字地去創造語言。直到有一天，人類自我宣佈：同胞們，我們會說話了。

——那就太搞笑了。

實在，沒有語言的時期——人類還沒有資格成為人類呢！

故，結論二：語言與人類具有文明共生性。

它必然演繹的命題是：語言的存在，證明了人類的存在。

因為語言既是文明的最深層，最基礎的構成因素，又是文明的必有標識。

語言的存在是如此重要，舉凡人類的一切文明成果與創造，如政治、經濟、軍事、哲學、宗教、科技、教育、習俗、文學、藝術以及一切人類賴以生存的重要內容無不與語言相關。

語言不存在時，這一切皆為虛幻。語言既存在後，這一切皆有可能，並且可以在相應的語言存在中找到它們的歷史線索與遺痕。

然而，語言也是一種存在。它既是現實的存在，也是歷史的存在。它是現實與歷史存在的統一。

語言是存在，言語是創造。

這也是一個悖論：

一方面：沒有創造，何來語言；

另一方面：沒有語言，何以言語。

這命題約等於：先有雞還是先有蛋？

先言語而後語言，證明語言乃是最具生命力的存在。

先語言而後言語，證明人類不但是言語的主體，而且是語言的對象。

人在說語言，

人又被語言說。

這些，便是本書的邏輯起點。

（二）口頭語言與文字語言

口頭語言與文字語言（書面語言）相比，顯然它是第一位的。

口頭語言歷史遠遠長於書面語言。以漢語為例，最早的書面語言不過3000年，因為中國文字的歷史只有3000年。但中國人的祖先呢？早了。從邏輯上講，在中國這塊土地上，有人類就有語言，那個歷史該有多長啊！

口頭語言不但歷史極長，而且作用更大，它相對於書面語言，至少具有涵育性，原創性、變革性三大功能與特徵。

一、涵育性。如果書面語言是魚，那，口頭語言是魚賴以生存的水。無水何以有魚。雖然從文明發展史看，那些經典語言，絕大多數——99.9%

都屬於書面語言這個範疇，但沒有口頭語言的千恩萬育，它是斷乎不可能產生的。

雖然我們常常將專業藝術與文學創作比作象牙塔，而且本人這裏絲毫也沒有貶低象牙塔的意思。能成為象牙塔，能進入象牙塔，容易嗎？但，象牙塔中的人，也是社會中人，也是凡人，既是社會中人，就不能沒有社會生活，既是凡人，便不能脫離民間話語。別的不說，劉恒若沒有現代市井語言的積澱，他的《貧嘴張大民的故事》哪有那樣鮮活，那等市井智慧，以一張貧嘴感動無數的讀者；石康若沒有中國大陸的大學話語積澱，他的《晃晃悠悠》、《支離破碎》等系列作品，也不能那麼活靈活現，青春洋溢，與多少莘莘學子以及沒有麻木的教書匠們如此息息相通。劉恒使人砰然心動，石康令人自然涕零，因為他們說的正是「我們」的話。

二、原創性。現代著作權理念，特別強調原創性。認定唯有具備原創性品質的作品才有真正的獨立價值，這一點與中國古代創作尤其是古代小說及某些詩歌的創作大有不同。這個且不言。只說任何書面語言與口頭語言相比，其原創性都有差距。口頭語言乃最初始的語言形態。

語言原創性的運算式是：在它之前或之上，已經沒有——找不到具體的原創者了。

實在如語言這麼偉大的事物，不是任何天才可以個人創造的。如果你不同意語言的創造權歸於上帝，那麼，它只能還原於全人類。

三、變革性。語言具有歷史屬性，而凡具有歷史屬性的都需要變革。歷史的變革固然需要變革者的倡導與推動，但在更深的層面，構成其變革大潮的還是口頭語言。

以中國現代白話文為例，最有力的直接推動者乃是以胡適、魯迅一輩五四新文化運動的經典作家與大師級人物。他們不但是白話文的倡導者，而且是身體力行的實踐者，還是現代白話文學的創作者。他們以自己的觀念、理想與實際行動，證明了白話文的藝術感染力與強大生命力，證明了白話文必然取代文言文的歷史命運，證明了白話文無比光輝的創作未來。

然而，白話文以廣泛、堅實的口頭語言作為自己的源泉與基礎。它之所以有這樣的生命力與感染力，是因為多數人在「說」它，沒有這個基礎，一切從零，皆為虛話。

不但如此，白話——民間口語，至少在唐代，已成為漢語的語言基礎。那證明就是唐代的白話經文。唐代有白話經文，宋代有話本小說，到了明清時期，在文學創作方面，實際成就也已經超過了文言文。明、清兩代，最偉大的文學成就顯然是古典白話長篇小說。金聖歎評點《水滸傳》，認為《水滸傳》可以比之於《史記》，這樣的評價，絕非無憑無據

之說。從《水滸傳》到「五四」運動，已經有了近600年歷史。因為有這600年歷史的積澱，胡適先生的立論基礎不可謂不深不厚，因為有廣泛的實踐者，使用者與接受者，所以才有胡先生「振臂一呼，應者雲集」的歷史壯觀場面。

即以如潮如湧的網路語言而論，它基本上也屬於民間性質，甚而可以在某種程度上歸口語語言一類。雖然很多傳統中人，對它的存在與發展有些驚驚怪怪。但我要說，網路語言乃是當今世界上最具生命力與競爭力的語言。它的前途必定不可限量。它對未來人類語言的影響，怕是現如今的大陸中國學者很難預料的。

但書面語言並非只是被動，只是一個攫取者，只會從口頭語言的汪洋大海中捕魚撈蝦，尋珍覓寶。不是這樣子。二者其實互動。一方面，口頭語言對書面語言具有涵育作用、原創作用和變革作用；另一方面，書面語言對口頭語言又具有結晶作用、示範作用與先鋒作用。

口頭語言只是說，書面語言還要寫。寫是另一種說，但顯然它「說」的比口頭語言說的會更邏輯些，更精緻些，更深刻些，也更藝術些。寫與說相比，它以自己的獨特品質豐富、規範、提升、結晶與拓展了說的內容、說的方式、說的內涵與說的空間。

書面語言的影響也是多方向多層次的。簡而言之，有時尚文字的影響，有主流文字的影響，還有經典文字的影響。三者不是截然分開的。有的作品，既是時尚的，也是主流的，又是經典的，三位一體，和上帝差不多，但更多的時候，更多的情況下，還是單打一的。譬如沒有別的能耐，就是一個時尚，一陣風而來，一陣風而去。花開了就謝，過把癮就死。

主流文字的影響，如中世紀以降，《聖經》及其相關經典著作對西方社會的影響，直到今天，都是首屈一指的，說首屈一指都不足以表現其影響力。今後如何，在可以預見的時空之內，也不見得有哪一部文獻可以超過它。它的特點就是一書獨大，經久不衰，且久而彌珍。好像中國古代的《十三經》，尤其是《四書》、《五經》，在整個儒學時代，你想不受它影響都不可以。而且看現在的發展趨勢，儒學在今後相當長的歷史時期內，其影響力還會不斷加深、加廣、加大，再大些、又大些、更大些。其中一個明證，就是不少企業家，打著「飛的」到北大哲學系學習國學。這樣的情況是十年前的中國人難以逆料的，更是五四時代的中國人不屑一顧的。然而，它們不但業已發生，而且還表現出無窮後勁兒，且勢頭不讓他人。

時尚文字的影響，則因時而異，她不見得長久不衰，也不追求長久不衰。要長久不衰作什麼？「自古佳人與良將，世間不許見白頭。」不許見

白頭，也很不壞，只消那美留在人間，或者曾經留在人間，或者偶爾經過人間，且如彗星一般劃過，都不要緊，雖然青春易逝，卻又青春永駐。如西施的美，夠中國人想像幾千年的，又如林黛玉的美，夠中國人琢磨一萬年了。現在又有人要拍新版電視劇「紅樓夢」，還要海選演員，參與者數量驚人，想來彼美人必不同於此美人。又有誰知道，到25世紀，還有幾多「紅樓夢」的電視版、電影版或別的什麼版的正說作品、反說作品、戲說作品、俗說作品、雅說作品、想像作品、荒誕作品、大話作品、曲話作品出世呢！反正你問我，我不知。

時尚文字的影響，雖不一定十分長久，卻未可低估。即如金庸的武俠小說，想當初，又未嘗不是一種時尚，但它的影響就非常之廣之威之大。不說別的，單以文字而論，就有非同小可的感染力與傳播力。現在大陸報刊的文章好看一點的，日見其多。以我的之見，尤以體育、時尚類報紙如「體壇週報」「籃球先鋒報」「新京報・讀書版」的文字更好看些。其中不少精彩文字，都有些金庸俠筆的影像隱含其內。一些精美段落，就算混入經典級武俠小說中，卻也使得。

其實，時尚是一件很值得自豪的事，又是一件很令人愉悅、興奮的事。有些人只喜歡傳統、不待見時尚，殊不知：當今時代，正是一個時尚的時代。明明時尚時代，您偏不待見時尚，就有淪落為時代棄兒的危險。

時尚時代，時尚事物既多，時尚觀念更多。今天一個「蛋白質女孩」，明天一個「野蠻女友」，後天一個「後波峰時代」，偏您老人家「兩耳不聞窗外事，一心唯讀聖賢書」，甚至塞住兩耳，一律不聽、不看、不聞、不問。CEO是何方神聖也不曉得，PK是什麼意思也不明白。對超級女生既沒興趣，對NBA賽場也不關心，什麼「80代」「80後」，老子還40後，50後呢！那麼，就算您的學問和孔夫子一邊大，對不起，這時代不喜歡您了。是進是退，您自己思量。

影響時段最長的還是經典性文字。前面說的《聖經》、《四書》、《五經》屬於這一類，其餘如古希臘經典文獻，文藝復興以來的經典著作，以及十七世紀以後的西方經典文學，乃至現代主義、後現代主義的眾多經典性作品，也屬於這一類。在中國，除去儒學經典之外，先秦諸子、西漢鴻文、唐宋散文與詩詞，元代戲曲，明、清小說與民歌，以及五四以來的諸多經典之作，都屬於此類。這些文字的特點就是歷久而彌新，它不但影響爺爺，而且影響孫子，子子孫孫，沒有窮盡。只要有中國人在，就會有漢語。只要有漢語，就會有《離騷》，有《莊子》，有《史記》，就會有唐宋八大家，就有李、杜、王、白、李的詩，就有周、柳、蘇、辛、姜的詞，就有《西廂記》，就有明、清六大文學名著，就有魯迅、胡適、

周作人、林語堂、梁實秋、錢鍾書的文章，而它們的影響，潛移默化之間，便成為新的時代語言的血脈之要素。

筆者作為一個以寫書為生、為愛、為命的人，或許更能體味書面文字對於現代寫者的種種影響。如果把這些影響比作人類賴以生存的食品的話，那麼，你盡可以挑之揀之，盡可以棄此而就彼，棄舊而從新──不喝牛奶的，可以喝豆漿；不吃米飯的，可以吃麵包；不吃金華火腿的，可以吃肯德基；不吃滿漢全席的，可以吃法國大菜。一言以蔽之，吃什麼不管，不吃是不可以的；吃多少不管，營養不良是不可以的。總而言之，經典是一條必由之路。雖說條條大道通羅馬，你盡可以選擇不同，甚至你也可以披荊斬棘，但話說回來，有那麼多大道可走，若非天下第一號笨蛋，有誰願意捨近而求遠，捨陽關大道而就崎嶇小徑呢？

當然，隨著歷史的進步，文獻的獨斷性影響會越來越小，多少大人物──巨人，大著作──巨著，已經或正在變小，甚至不但變小，而且趨向於無，但經典的普適性影響，大約是不會消失的，舊典未去，新典又至，新舊疊加，魅力永存。

現代人文化素養高了許多，更應該學會與經典交朋友，人生在世，可以沒有朋友嗎？如果不可以，那麼，就不能不讀點經典。且不問這經典是古來的，還是新生的，是同文同種的，是異域他鄉的，是被時尚推崇的，還是被時人冷落的。能與經典作知音，自有快樂在其中。

口頭語言與書面語言互動互長，而且隨著人類整體文化素質的不斷提升，民族開放程度的不斷深化，其互動的深度、廣度必定超過前賢，從而使新人類更有資格作「古人」。

（三）技術是語言的動力，開放是語言的生命

語言的發展史，大約經歷了四個特別關鍵的階段。

一是語言初始期。即口頭語言誕生的階段。人作為一個物種，原來不會說話的，但忽一日──請讀者原諒本人使用了一句詩化語言，有語言了，開始說話了。這樣的時刻，雖然我們無法細考，但即今思來，猶不免產生砰然心動之感。

二是文字語言形成期。從口頭語言到文字語言，時間好長啊，道路好難啊！因其長，因其難，我們說它是一次偉大的革命，而且可以說，人類既能首創和經歷這樣一次革命，那麼，任何困難都可以克服。文字誕生，意義重大，中國古語有「倉頡造字，夜有鬼哭」之說。文字一出，鬼都會哭，這或者證明了文字之難，或者證明了文字之美，或者證明了文字之智慧，或者證

明了文字之厲害，抑或預示了未來文字帶來的文明之輝煌，或者預示了文字帶來的災禍之慘烈。且不論正面還是負面理解這一句話，都可以知道文字在人類文化史上屬於何等的地位。中國民諺中講「千年的字紙會說話」，這絕非誇張之辭，早有考古成績為明證。古文字重見天日，一字豈止千金。

三是文字印刷期。文字的傳播，不似口頭的傳播，它需要相應的載體與工具。其中最重要的古典歷史發現，自然是紙張與印刷，而我們的偉大先人在這兩方面都有特別的重大的貢獻。他們作出了改變世界，首先改變了西方世界的四大發明。

四大發明並非件件與文字直接相關，但造紙術是與之血脈相通的。活字印刷也是與之血肉相連的。四大發明中，與文字有關的就占去兩項，一方面，證明了文字的極端重要性，另一方面，證明了傳播的同等重要性。

四大發明進入西方，對西方近代文明的形成與成熟產生莫大影響。對於這四大發明或者其中的三大發明，馬克思與培根都給予了極高的評價。

令我們中國人困惑並頹然的是，四大發明雖然出於赤縣神州，但它們的巨大文化能量與技術能量卻直到嫁接給了西方近代文化之後才迅速釋放出來。這個事實實在讓理性的中國人感到很沒有面子。對其中的原因與機制，雖然已經有了種種說法，還是很值得21世紀的中國人認真反思與研究。

造紙術與活字印刷的發明，對於中國書面語言與各種典籍文獻的影響是巨大的。它在質變層面改變了中國書面文字尤其是經典文獻的傳播方式、教育方式與學習方式。東漢之後，漢文化走向發生重大改變，文人化、個性化、書法化得以張揚，應該說與紙的發明關係莫大。宋代雖然受盡外族的蹂躪與欺辱，但它的經濟繁榮、文化發展、生活現代都遠遠超越前朝與前人，也應該說與活字印刷的出現有某種內在的聯繫。

應該這樣評價：雖然技術不是決定一切的，但重大的技術發明確實是文明例如語言文明得以昇華與奔騰的重要關鍵性因素之一。

四是網路語言期。網路語言這個階段，其歷史地位究竟如何，現在也許還不能闡釋完整，或者說也許還沒人有這樣的闡釋能力。但它的影響已然是有目共睹。如果說中國在印刷語言時代是「起了一個大早，趕了一個晚集」的話，那麼，中國理應、中國必須、中國能夠、中國也有責任有義務在網路語言時代，跟上歷史的步伐，做出自己的貢獻。

實際上，自進入21世紀以來，中國大陸的一切重大事件的處理手段與處理過程都有了網路的影子與功勞。無論是「Sars」的資訊公眾化及公共衛生處置機制的歷史性改變，還是「超級女生」產生的爆炸性社會效應；無論是足壇醜聞的揭露與及其後續效應，還是佘祥林冤案的被披露與揭露；

無論是小煤礦造成的眾多慘劇的曝光還是現代性學者的現代言說；無論是「蘇丹紅」的發現還是「孔雀綠」的潛在毒副作用……凡此種種，若無網路語言活躍其間，那結果、那效應必然與我們所經歷所感悟所知曉所認識的有巨大的不同。

可以說，網路語言給了人類有史以來發揮其自由天性與民主權力的最為有益且有效的技術平臺，也給了社會進步以史無前例的技術性推動力量，而其完全價值，又豈止於技術層面而已。

實際上，先進的技術，加上相應的語言與文化，三位一體，若密合得好時，便如上帝一般，會智慧並慈祥地關照人間。

一方面講技術，一方面還要講文化。講文化尤其要講開放。因為開放是文化得以更新與發達的前提條件之一。反觀中國的歷史發展，那些偉大強盛的時代，毫無二致，都與開放有著千絲萬縷的聯繫。我在某個地方說過，中國文化曾經過三次歷史性大融合與大發展。第一次，出在春秋戰國時期，表現為中原文化與邊夷文化的大融合，或者說是東、西、南、北、中各諸侯區域文化的大融合；第二次是魏晉南北朝時期的各民族文化的大融合；第三次則是自19世紀以降的中、西文化的大融合。融合即開放。沒有這三次大融合，中國文化也許會像其他文明一樣發生斷層，或者走向衰敗。四大文明古國中，唯中國文化不曾斷層、不曾衰敗，開放顯然是其中一個關鍵性因素。

中國歷史雄辯地證明了：若沒有第一次地域文化大融合，就不會產生秦漢時代的偉大古典文明；若沒有第二次民族文化大融合，也不會產生隋唐時代的輝煌文化；若沒有第三次中西文化大融合，則不會有中國的現代化。雖然這現代化的歷程上，有過那麼多的挫折與磨難，鮮血與犧牲，但征程既已開始，璀璨就在前方。

單以漢語而論，中國古文字，多為單音節詞，單音節詞雖不是唯一的詞式，卻具有絕對的數量優勢。雙音節詞的大量出現，則是後來的事情，多音節詞的出現更是後來的事了。

以農作物為例，中國古來的原生農作物，以五穀為代表。何為五穀，也有不同說法。一說即「麻、黍、稷、麥、豆也」；一說即「稻、黍、稷、麥、菽也」；一說即「稻、稷、麥、豆、麻也」。[1]

三種說法，一共包括7種農作物，那名稱全是單音節的。一物一名，一名一字，一字一音，這個，正是中國古漢語[2]的特色與傳統。

後來進入中國或中原（漢語文化區）的農作物，情況就不同了。它們的名稱不再是單音節而成為雙音節的了。

---

[1] 《辭海‧語詞部分》，上冊，第36頁，上海辭書出版社1979年版。
[2] 轉引自《中國人走出死胡同》，第232頁，中國發展出版社2004年版。

如漢代引進的農作物：石榴、葡萄、黃瓜、苜蓿、蠶豆、苡苡等；

南北朝時引進的農作物：亞麻、甘蔗等；

隋唐進入的：萵苣、菠菜、西瓜等；

明清引進的：紅薯、玉米、鳳梨、香茄、苦瓜等。

簡而言之，開放，不但使我們中國人（中原人）的食物食品大大豐富了，從而大快朵頤、口福甜甜乃爾，而且使漢字（詞）及其表現系統有了質的拓展與豐富。

以樂器為例，中國或中原——漢語文化圈內的古來樂器，也是以單節多詞為特徵的。如琴，如瑟，如箏，如簫，如鼓，如鍾，如磬，如敔，如鐃，如鑼，如鈸，如篪，如竽，如笙，如塤，等等，這些大多是土生土長的中原樂器，但從以後的發展情況看，不一樣了，它們中的相當一部分，被邊緣化了，而那些新的擔當起更大責任的樂器其名稱，多是雙音節或多音節的了，而那來路，也一大半是引進的。如琵琶，如嗩吶，如月琴，如揚琴，如火不思，如冬不拉，如胡琴，如八角鼓種種，近代以來，西洋樂器進入中國，情況更好了，如吉它，如鋼琴，如小提琴、中提琴、大提琴，如黑管，如長笛，如雙簧管，如大管，如巴松，如小號，如圓號，如長號，如小鼓，如大鼓，如定音鼓，不一而是。它們的到來，不但使傳統的中國人，欣聞美聲、富享美樂，也極大豐富了人們的生存方式與藝術精神。

由此可知，開放對於我們的生活是何等重要。如果除去一切外來成分——從根上除去的話，則我們中國人的飲食一定成為大問題，中國人的音樂生活同樣出現大問題。

那麼，漢語呢？因之所引發的問題也許還要大。

前些時，報刊上登了一篇關於中國產品對美國人現實生活影響的文章，文章說，一個美國人如果不使用「made in china」的生活用品會怎麼樣？結論是：雖然一樣可以活著，但生活質量必定下降不少。即活是可以活，但會活得累。

那麼，漢語呢？漢語如果除去一切外來語會怎麼樣呢？雖然操漢語的中國人依然會說話，而漢語也不見得一失之下即刻斃命，但其語言系統與表現力所受到的衝擊與毀壞，一定不是因素性的，而是結構性，甚至是致命性的。

自跨入近代以來，外來詞語、外來語式進入漢語系統的數量不僅很多，而且很快。究竟我們現在的常用語中有多少外來語，本人才學淺陋，不能確知。這裏有兩個材料，或許可以證明問題。

一個材料，見於劉孝存先生所著《中國神秘語言》，其介紹了源於日語、英語、法語、俄語、德語、義大利語、梵語、波斯語、阿拉伯語、尼泊爾語以及包括中國少數民族語在內的數百個流行語。其中源於日語的最

多，共列舉3000多個，源於英語的居於次席，也列舉了近1600個。這裏冒昧掠美，與讀者共賞。

暗示、版畫、半旗、辯護士、標語、表決、標本、乘客、乘務員、傳染病、單純、單位、獨裁、反對、反感、動態、分析、觀測、公僕、共產主義、共鳴、共和、集中、集團、國際、員警、淨化、領土、領空、情報、權威、權益、手續、探險、演習、原則、指標、指導、主筆、主觀、自由、主人公、作品、作者、座談等。[3]

以上詞語源於日語。

白蘭地、繃帶、迪斯可、敵敵畏、計程車、碘、噸、凡士林、分貝、呼拉圈、吉他、爵士樂、咖啡、來福槍、浪漫主義、馬達、馬拉松、啤酒、乒乓球、撲克、沙發、颱風、探戈、香檳、伊甸（園）、幽默等。[4]

以上詞語源自英語。

其他如「布爾什維克、康拜因」源於俄語；「玻璃、茉莉、蘋果、剎那」源於梵語；「納粹、毛瑟槍」源於德語；「八哥」源於阿拉伯語；「琺瑯」源於波斯語；等等。[5]

另一個材料，出自《南方週末》，題為「新聞與方言」。其中講到「日本新詞」時這樣寫道：

甲午戰爭後，「日本新詞」全面反哺。如「為人民服務」「永遠革命」「大政方針」……時，其實全是來自日語。[6]

文中還介紹了這樣一段掌故：據說洋務派大臣張之洞，最是反感並且力禁使用「日本新詞」，看見這樣的新詞便要勃然大怒。一次他請幕僚路某擬一辦學大綱，大綱中有「健康」一詞，他又生氣了，提筆批道：「健康乃日本名詞，用之殊覺可恨。」不料這路先生也略通新學，當即針鋒相對：「『名詞』亦日本名詞，用之尤覺可恨。」

妙！

雖然這兩個材料所統計與列舉的，肯定不是源於外來語的全部，但看那內容，已十足驚人，真是不看不知道，一看嚇一跳。諸如「公僕、規範、文化、企業、人權、人文主義、市場、市長、協會、主人公、主體、自由、宗教，乃至共產主義、為人民服務、大政方針、唯物論、永遠革命」這些我們司空見慣、用之如素的詞語竟然統統自日本語而來。聯想到現如今主流報刊天天講、月月講、年年講的「三個代表」、「文化搭台、

3 　劉孝存：《中國神秘言語》，第207-208頁，中國文聯出版社1999年版。
4 　同上。
5 　同上。
6 　轉引自2005年12月23日《文摘週報》。

企業唱戲」種種，禁不住要像廣東人似的「哇賽」一聲。若不准外來語存在，怕我們這些現代中國人會患失語症的。

或從另一個角度看，廣泛吸收外來語是如此之好，亦拜託開放之福，正是它給我們帶來了從容的現代語感與現代語境。

（四）本書的思路與追求

首先說這不是一本漢語語法書，也不是一本漢語修辭書，又不是一本關於漢字歷史的書，更不是一本解說漢語經典的書，甚至不是一本漢語文化鑒賞書，自然也不是一本一般意義上的有關專業審美的書。

這不是，那不是，它寫的究竟是什麼呢？

本書的思路是：它從漢語文字寫起，自文字開始，繼而文詞、文句、文韻、文篇、文體、文法、文風、文論、文道、文變，直寫到文人為止。

十二篇中，文字是最基層的，所謂從草根做起。漢語文字便是本書的寫作基石與邏輯起點。

繼而是文詞。其實中文的文字常常也是文詞，二者是一而二，二而一的，但也有區別。如果說文字是漢語的細胞，那麼，文詞就是漢語的基礎性建築材料，構成這材料的要素的自然是「文字」，作為其使用成品的則是「文詞」。

文句則屬於第三檔次。文句介乎文詞與文章之間。在特例情況下，一句話也可以成為一篇文章，或者一首詩。通常情況下，它只是一個組合性單位。它是詞語的有機性結合。這組合的意義是如此重要，以至於所謂語法云云，絕大半內容都是針對它的。如果說，字與詞還不過是材料的話，那麼文句已然升格為語言。

然而還有文韻。漢語的韻是獨特的，尤其與西方語言相比較，它的獨特性更為突出。它其實與漢字的關係最為直接，但在實際運用例如文學作品中，它與文句的關係似乎更重要一些，故而序列第四。

有了上述四個條件，可以進行到文篇了。文篇即文章，但不限於通常意義上的一篇文章之文章，而是包括詩、詞、歌、賦在內的，故而稱「篇」；但重點還是散文文章。文篇始可看作真正意義上的獨立的完整作品。雖然一句話也可能成詩成文，不過特例而已。如果說文句是語言的第一次昇華，文篇則是它的第二次昇華。或者說文句是口頭語言得以成立的基本標誌，文篇則是書面語言得以成熟的基本標誌。就此而言，文篇是構成語言體系的第二個層次。

　　第三大層次是文體，也是本書敘述的第六個層面的內容。漢語中狹義的文體是對各種文章體裁的概括，甚至是對各種散文體裁的概括，這裏的文體不僅散文而已。成熟的文體是語言發達的第三個標誌，或許應該這樣說，只有基本文體面面俱備的民族語言，才是真正達到文學成熟的民族語言。例如漢語、日語、英語、法語、德語、俄語、拉丁語、阿拉伯語、希伯來語種種。它們在散文、戲劇、小說、詩歌等各個方面都有屬於自己的獨特的經典性建樹。而這些建樹已然成為人類共有的精神財富。

　　第七個層次是文法。文法，不僅包括語法之法，而且包括文法之法。世間萬物，凡成熟之品，必有法度，所謂「沒有規矩，不成方圓」。但「文」既是發展的，「法」也必然是發展的。二者的關係相輔相承，那情形有如司機與員警的關係一致。

　　第八個層面為文風。文風即文字風格。漢語文學的風格千姿百態，與西方文風有著品性之別，只不過在相當長的一段時間內，這種區別被忽略了，甚至被扭曲、被抹煞了。今日說文風，還帶有恢復其本來面貌之意。

　　第九個層面為文論。文論即文學批評。文學批評包括對文風的批評在內，但那範圍來得更大些，故另立一篇，別作安排。順便說，自文篇至文論，為第三大層次。

　　第十個層面為文變。無論文字、文詞、文句、文韻、文篇、文法、文風、文論、統統會發生變化，而且無時無刻不在發生變化。所謂變是絕對的，不變是相對的，這是規律級別的問題。只是規律之事巨矣，非吾所能，亦非吾所愛。這裏的文變，更多的是對於文變歷史的描述。以史為本，述而不作，但願畫龍似龍，畫虎似虎，並不存有更多的企求。

　　綜上所述，本書雖不同於語法書、修辭書、語言歷史書、文學欣賞書，卻又與這些專門性書籍有著千絲萬屢的聯繫。我希望這書能夠成為瞭解漢語及其美學價值的一個入門。倘若這個「門」還不算太壞的話，那麼，進入門徑之後，再去各自尋珍覓寶亦為不遲。

❖ 目次 ❖

五品十性說漢字

一、文字審美

　　漢語不同於其他種種語言尤其不同於歐系語言，第一位性的原因出自於漢字。漢字是構成漢語體系的最基礎的材質。以建築作比喻，雖然木質建築與石質建築的差別彷彿只在材料方面，只是一字之別，但它的影響卻是最深層面的。因為材質不同，而使這建築在技術、工藝、造型、風格、功能等各個方面發生差異，具體地說，它使得西方建築以幾何為支點向著高層拓展，而中國建築以線條為特色走了一條平面發展之路。

　　漢字在漢語中的重要性，可以比作動物的範圍。動物因基因不同而種類繁多，小到螞蟻，大到鯨魚，或者毒如蛇蠍，或者猛如獅虎。據說蒼蠅的基因與大象的基因所差也不過百分之幾，然而，一旦形成物種，那差異就大了，正所謂「差之毫釐，失之千里」，因漢字之差，正堪如此。

　　漢字事大，因為它對漢語乃至中國文化的走向都產生了無可估量的作用與影響。

　　漢字構徵鮮明，推而言之，可以分為五種品性十個特徵。

　　五種品性是：字形，字位，字音，字意和字容。

　　十個特徵是：直觀性與藝術性，獨立性與易構性，豐富性與音樂性，意念性與模糊性以及承載性與神秘性。

　　五品十性是相互關聯的，有機組合的，結合在一起更便於討論。這裏先從字形說。

（一）象形字型：直觀性與藝術性

　　漢字屬於象形文字，這一點至關重要。因為象形特質乃是漢字的第一性存在。存在先於本質；存在決定意識；無論從哪個角度講，因為其象形性都引出了無窮的傳播後果與文化效應。

　　認定漢字為象形文字，只是一種高端概括的說法，這種概括也許不能得到專家的同意。至少在漢代大文字家許慎那裏，已經有對漢字有過經典性描述說，即漢字六書說，所謂「六書」說，即證明漢字構成的六種基本方式。這六種方式是：

　　象形說；指事說；會意說；形聲說；轉注說；假借說。

　　對於這六說，近人有不同見解，故而唐蘭先生又提出漢字結構的三書說，裘錫圭先生不完全同意唐先生的三書說，進而提出新三書說，在裘先生新三書說的基礎上，詹鄞鑫先生又提出新六書說。

　　唐、裘二先生乃文字學大家，詹鄞鑫先生雖輩份晚些，亦成就斐然。他們的研究，顯然在中國現代史上都應該濃濃記上一筆，而且如我一樣的愛好者，都是這些研究的受益人。

　　我補充和強調的是：無論六書說還是三書說，或新六書說，如果尋找出漢字構成的第一性的特質來，那麼，則非象形性莫屬。

　　這裏謹以新三書說為例，三者之中，象形性為第一屬性，象事字——象事說則為第二屬性。如字例「大」。解釋者說：

> 夵夨大　用大人的形象表示大小的大。之所以用大人的形象，是由於在古文字形中，大人的形象與小孩的形象具有明顯的區別：小孩的形象寫作𠕜或𠕋。至於別的事物，在字形上無法區分大小，例如「象」字固然是大象的形象，但從字形上無法判斷是成年的大象還是幼年的大象。[1]

　　這實際上也可以理解為象形說，或者說是象形的一種衍變。不過不是象物之形，而是相對抽象的大小之形。

　　又如新三書說的第三書「會意字」——會意說為例，其中講到古文字中的「育」字。解釋者寫道：

> 甲骨文從女（也有從母或每的寫法）從㐬。「㐬」字由倒「子」和象徵水滴的「小」構成；合起來像母親生小孩子，且伴有羊水之類流出。其異體寫作「育」，是云（讀如突，像倒「子」）肉聲的形聲字。[2]

　　這其實也可以理解為廣義的象形，不過不是象物之形，而是象字之形罷了。

　　再如第四說「形聲字」——形象說，其實也可以看作象形字的，或者說，透過形聲，還可以看到象形的影子。

　　以「齒」字為例，甲骨文作「齒」。解釋者說：

> 甲骨文本是象形字，象口中有門齒。後加表音的「止」，成為形聲字。不過，由於「齒」旁後來並不獨立成字，所以它不能視為部首，但把它視為形符應該是可以的。[3]

　　又如第六說「變體字」——變體說，變體字有些特殊，但其本原，亦與象形性相關聯。以解釋者的例證為例：

> 孑（jié）孓（jué）這兩個字是改造𢀕（子）字而成的。據《說文》，「孑」的本義是「無右臂」，「孓」的本義是「無左臂」。由於缺一

---

[1]　詹鄞鑫：《漢字說略》，第176頁，遼寧教育出版社1997年版。
[2]　同上，第180頁。
[3]　同上，第191頁。

臂，所以「孑」「孓」都有孤單的含義，成語有「煢煢孑立」、「孑
然一身」。[4]

由是觀之、思之，孑、孓，也可以理解為一種形，缺少左臂或右臂之
形。這種形與字的有機匹配，左看右看，不覺其謬，只覺其妙。

當然——重複地說，漢字的六書說，或三書說，或新六書說都有其不可
替代的意義與價值。但我一向認為，一個複雜的有價值的體系，可以而且
有必要從不同角度去觀察它。就漢字的字形層面考慮，象形品質乃是它的
本質特點。這說法不知讀者諸君，首肯與否？

漢字的象形品質決定了它的直觀性，觀其形便易於知其意。故《左
傳》上有「皿蟲為蠱」「止戈為武」之說。用器皿養毒蟲，結果，成為
「蠱」了，可有多麼可怕而且可厭；制止干戈，結果是停止了「武」力，
則表示了一種意義與精神。雖然有後人考證，說：將武字拆解為「止戈」
並不真的合乎古義，真的古義並非止戈為武，而是拿著武器大步前進。但
在我看來，無論如何，見形而思義，見形而知義，則是漢字的一個確定的
功能。這一應該是沒有疑問的吧。

直觀性不僅易知易明，還要好看耐看，而且經過多少年多少人的努
力、創造與智慧，中國文字不但作為一種資訊交流工具，而且成為了一門
獨特的極富魅力、光彩照人的藝術形式，這個，就是它的藝術性。

漢字在其藝術層面，不以文字稱，而以書法稱。這既是漢字獨有的光
榮，也是中國文化與我們中國人特有的榮耀。

漢字書法作為獨特的藝術形式，其成就之大，幾乎不可方之於物。簡
而言之，可說「一長」「四多」。即歷史長，長到與中國古代文明共舞。
書體多，流派多，理論多，書人與書家更多，多到不可以數量記之。

以書體說，俗稱真、草、隸、篆，說是真、草、隸、篆，又未止於
真、草、隸、篆。先是甲骨文字，又有大篆、小篆，繼而隸書，繼而行
書，繼而草書，繼而楷書，而且並非你去而我來，而是你中常常有我，我
中亦常常有你，正如友人相聚，個性不厭其顯，故事不厭其多。形象言
之，所謂行書如走，楷書如站，隸書如坐，草書如奔。或說行書如雅士遊
春；楷書如老僧禪戒；隸書如將軍升帳；草書如戰馬狂奔。

不但書體多，而且流派多。自鍾、王開始，歷代名家輩出。那些經典
書家，可謂人自為派，派自為體，楷書大家中，歐、柳、顏、趙，名聲巨
大；草書巨擘中，懷素、張旭，光彩照人；行書名家，代有人出，而以羲
之為聖，那地位，是雖千百年下，也無人可以爭得過的，雖略有他言，不
能對書聖的光輝造成任何實質性影響。

---

[4]　同上，第215頁。

　　流派多，理論更多。但中國傳統，不喜歡創體系，也沒有理論這個詞，不但不講理論，連理念都不講，但見解極多，體味極深，看似就事論事，其實餘韻無窮。中國文化傳統，本不喜歡開門立派的，特別是漢武帝實行「廢黜百家，獨尊儒術」的國策之後，「派」的概念在學術層面，紛然凋落，日見其稀。昔日百家爭鳴的盛況，已成明日黃花。但在書界——至少在書法界卻是另一種景象。不但各種書體紛呈，各種書學書論尤其紛呈，不但百花齊放，而且如長江後浪推前浪，日深日久，日久無窮。

　　不唯書法派系多，書人與書家更其多，前有書聖王羲之，後有數不清的追隨者，間或也有不少批評者，反叛者，不服之字其論其人者。追隨者亦非唯書聖的馬首是瞻，而是唯書法藝術的輝煌是瞻。且中國藝術，最重視師承，一日為師，終身是父。但歷代書人，以其主旨而言，非以師命為命，而是以書法藝術為命。所以雖書聖在前，卻有無窮的繼承與創造在後。有固守風範者，有亦步亦趨者，也有別開生面者，也有自成一家者，唐、宋、元、明、清，代有才人出，從而成就了中國古代絢麗的書法長卷。

　　單以造型特色而論，書法藝術骨子裏乃是一種線條藝術。雖只一線而已，卻有千變萬化的功能。筆劃不過數端，變化竟是無窮，或直，或平，或長，或短，或粗，或細，或拙或巧，或奇或正，或斷或連；一而化十，十而化百，無端變幻，儀態萬千。或悠然，或雅然，或超然，或蔚然，或翩然，或爽然，或酣然，或灼然，或脫脫然，或蕩蕩然，或跫跫然，或藹藹然，或嶄嶄然，或儼儼然；以物喻之，或如桃花，桃花不足喻其豔；或如梨花，梨花不足喻其潔；或如荷花，荷花不足喻其明媚；或如牡丹，牡丹不足喻其雍容。有如菊花，不但見其性而且見其節；有如蘭花，不僅見其幽而且見其香。以四季相喻，則一時如春風喜雨，一時如夏夜星雲；一時如金秋朗朗；一時如冬雪綿綿。線條流動，有情有感，或樂之，或喜之，或哀之，或怨之，或歌之，或呼之，或嫣然如畫，或怒髮衝冠；可謂青眼白眼，各有顏色；喜、笑、怒、罵，盡成文章。雖為線條藝術，卻如有靈魂的一般，線條之流動，乃是生命之流動；線條之揮灑，乃如精靈之狂舞，但覺有蹤有跡，又似無可追尋。一時天上，一時地下，一時雲中，一時水中。雖盤旋百端而不逾矩，曲折徘徊而情有獨鍾，然而，又怎一個矩字了得，又怎一個情字了得！它在中國古來藝術乃至文化中，最是風浪無比，自由無比，高格無比，雅馴無比，一時興起，便似龍飛鳳舞；一時清靜，又如處子安然。線自何處而來，我不知其所始；線向何方而去，我不知其所終。宇宙蒼茫，正是她自由飛舞的天地；歷歷千年，正是她光彩行程的記憶，偉哉，美哉，觀止而已已。噫！

　　漢字書法藝術不但是一門獨立的藝術形式，而且以她特有的才蘊影響了左右芳鄰。

　　她首先影響的是中國畫。國畫骨子裏其實也是一種線的藝術，所謂「衣帶當風」，非線而何？所謂白描手法，又非線而何？中國傳統畫不以「形」取勝，而以「意」取勝；不以「美」驕人，而以「境」爭先。內有其意，外有其形；心有其「源」，畫有其「境」，但她的具體操作與表達方式則是線式的。

　　漢字書法又影響了中國傳統建築。古建築必有題字，必有扁額，必有楹聯，必有中堂，必有山名，水名，堂名，亭名，沒有這些，就彷彿美人頭上缺簪，公子額前少玉，就會覺得心不明，眼不亮，意未到，情未盡。

　　中國古建築十分重視廊的作用，牆的作用與路的作用。

　　廊其實也是一條線，但絕非一條呆呆檠檠的直線，而是一條多姿多彩富於曲線美感的活活富於韻律感的「線條」，所謂「迴廊」的便是，其中特別複雜的，且可稱之為「九曲迴廊」，北京頤和園中的長廊，便是一個傑出的代表。

　　中國古建築又特別重視牆的作用，而牆的類型頗多。形象表現尤其精彩紛呈，美侖美奐。牆其實也是線，不是平面的線，而是凸出的線。其妙處不但在於通——有牆必有門，而且在於隔，有牆有斷，且隔中有通，通中有隔，通通隔隔，妙在其中矣。長城萬里，乃是一條亙古絕倫的巨線；不但名震古今，而且享譽世界。花牆如畫，且有形態各異的窗子配置其間，正似美人身上的飾物，不但叮錚作響，尤其精美非常。

　　中國古建築不但重視廊，重視牆，而且重視路，有大路朝天，也有小蹊嫣然，有岔道如畫，也有曲徑通幽。我們古代先人關於路的設計，往往表現出設計者的匠心所在。比如我們讀《紅樓夢》，品味大觀園，若不能對園中的路徑了然於胸，則很難讓那樣一座美麗的園景靈動起來。

　　漢字書法又是與武術相通相連的。武與字通，自古而然。君不見電影《英雄》與《臥虎藏龍》中都有武家書法的鏡頭在，雖然不免有些藝術的誇張，但絕非憑空臆斷。事實上，很多書界名家，也是武術大家，很多武術名家卻又酷愛書法。我的摯友馮大彪先生集書法、武術、文才於一身，一動一靜，一行一止，他所表達出的文化意蘊，卻是尋常如我者，不可比擬的。別的且不言，只說書法與武術二者的境界與追求，都有絕大的相似之處。二者都非常講究功、法、氣、韻、美。

　　「功」即功夫，特別是幼功，武術家沒有幼功，縱然不能說不可以成才，至少是很難成才；書法亦如是也。當然30歲了也可以初習書法，60歲了也可以開始臨帖，但比較而言，總是晚了。書法很強調自幼年練起，唯有幼功紮實，才更有利於後來的精進與發達。

「法」即規範，又可以翻譯成技術。這一點又通於戲曲，所謂「四功」「五法」是也。「法」不對，很可能把功夫練歪的，縱有一些小成，絕難成其大器。

不講氣，講韻，氣不見得就是氣功。但要有「精氣神」，要求「一氣貫通」。否則中間氣阻了，氣斷了，氣跑了，那武術一定練不成的，寫出來的字也絕不能好看。還要講究韻律，字無韻律，縱有好字，不能連綴成篇，所謂滿紙雲煙云云，必成夢幻，所謂格局嚴整，佈置得宜云云，也是妄想，武術同此，縱有點功夫，因為缺少韻律，不能達到行雲流水的境界。

還要講美，中國武術是講究美感的，即不但練得對，而且練得好，不但練得好，尤其練得美，中用又中看，才算上乘功夫。書法儼然同於此道，而且那要求縱不早於武術必定嚴於武術。醜的武術，雖然樣子不雅，能夠頂用、管用，也還罷了。醜的書法，只能說是有書無法，縱然無一字無一筆錯誤，也沒人欣賞。雖費力多多，不過敗筆而已。

漢字書法又影響到民族戲曲。且一些戲是有書法內容的，正如古建築中有楹聯有扁額一般。一些大藝術家，當場作字作畫，不但無畫蛇添足之嫌，反而有錦上添花之妙。中國民族戲曲的表演，猶如有線的藝術隱含——化在其間。

漢字書法也影響到中國古典小說。中國古典小說以線式結構為主，雖然它的空間感十分自由，甚至自由到了無所不得其極的程度，一時天上，一時地下，一時鬼域，一時神宮，且不但神怪小說如此，即使寫實性小說也常常如此。如《紅樓夢》的太虛仙境；如《三國演義》中的關雲長玉泉山顯聖；如《水滸傳》中的神女天書；如《三俠五義》中的遊仙枕、探陰山。但以時間而論，它的結構形態依然是線式的，它不喜歡甚至拒絕時空顛倒，而堅持依時而作，依時而行，依時而敘，依時而言。小說的結構固然有繁有簡，基本形態卻萬變不離其宗。

簡單成一線的，如《西遊記》就屬於單一型線式結構。那孫悟空就是引線的金針，猴子出世，便是金針出現，此後孫悟空「走」到哪裡，那故事便「跟」到哪裡，猴子成了鬥戰勝佛，這故事便隨之戛然而止。

複雜一點的如《水滸傳》，則呈水脈系結構，但本質上也屬於線式結構，不過不是一個線端而已，而是百水千河歸於一系。

更複雜的則是《紅樓夢》，《紅樓夢》的結構形態是網狀的，千頭萬緒，網路天成。但那線的構思與價值，依然宛在。無線何以有網，網成愈見線功。

可以這樣說，漢字書法是一切中國傳統藝術中的基礎性藝術，雖然它對其他種種藝術形式的影響大小有差，彰隱有別，多少有異，但那基礎性作用則是勿庸懷疑，也無可懷疑的。

　　值得注意的是，中國古代最繁盛的歷史時期，正是筆、墨、紙、硯大放異彩的時期，中國自古以來，不但重文，而且重字。從這個意義上講，中國的書法藝術，就不僅僅是書法家與書法人士創造的結果，而是整個中華民族實踐與創造的結晶。

（二）單音字位：獨特性與易構性

　　漢字的獨特性在於，它屬於單音字，一字一音，沒有一字二音及二音以上的情況。這一點與西方語系形成鮮明對比。以英語為例，英語中也有單音節字，如「I」，但那只是極少數現象，屬於特例之外。

　　單音字看似只是一種存在形式，但對漢字語言系統的影響至深至大。最典型的表現是楹聯，但楹聯只是其萬千表現的一端而已。其實始自戰國時期的賦，便與這種單音字位存著內在關聯性，後來出現的律詩與絕句則是其更為傑出的字位表達方式。這是限於篇幅與全書佈局的考慮，姑且說說楹聯。

　　楹聯的音節基礎在於單音，排列基礎在於單音字位。換句話表述，非單音字位莫可成也。英語詩中也有提出特別行數與韻律要求的，如十四行詩，但像中國楹聯這樣排列整齊，左右對稱，一字也不能多，一音也不能少的對偶性規範的，是做不到的，因為它的詞性基礎就不屬於這一類型。

　　楹聯的構成有三大要素，一是對偶齊整；或三言，或五言，或七言，或十一言，或多言，均可；這是外在形式要求。二是平仄相關，在一定的規則下，平仄相對，這是語言音律要求。三是詞義相反，如山對水，上對下，白對黑，大對小，公子對佳人，白馬對青牛，這是內在語言要求。

　　中國古人中，尤其明、清以降，能聯者甚多，楹聯的學習，也被列入啟蒙教育中。現代中國人雖然在提倡愛國、提倡保護民族語言方面，絕不後於前人，但表現在應對措施這個層面，卻有些志東意西，安置不宣之處。現在的大中專學生或者他們的師長，大約會做對聯的不算很多，因為缺少這樣的教育內容與環境。這一點，想來在今後的教育發展中應當有所彌補。

　　古代啟蒙中曾有此類專門教材，如《聲律啟蒙》，《訓蒙駢句》等，前者通俗易懂，且易記易背；後者馴雅有致，且於史有徵。隨便摘取一段，便覺很有意思。

> 如對似，減對添，繡幕對朱簾。探珠對獻玉，鷺出對魚潛。玉屑飯，水晶鹽，手劍對腰鐮。燕巢依遼閣，珠網掛屋簷。奪槊至三唐敬德，奕棋第一晉王恬。南浦歸客，湛湛春波千頃淨；西樓人悄，彎彎夜月一鉤纖。[5]

5　《聲律啟蒙·十四鹽》。

　　楹聯的形式眾多，從理論層面上，從一言到無數言，皆可為對，實際創作，則以五言、七言、十一言為多。極端的長聯，也有數十言乃至數百言的，其中最著名且具文學品位的的，首推雲南大觀樓的長聯。上下聯各90字。比之更長的楹聯也有，但說到藝術成就與影響力，則至今為止，還沒有超過它的。這對聯傳播極廣：

　　　　五百里滇池，奔來眼底，披襟岸幘，喜茫茫空闊無邊。看東驤神駿，西翥鍾儀，北走蜿蜒，南翔縞素，高人韻士，何妨選勝登臨。趁蟹嶼螺洲，梳裹就風鬟霧鬢；更蘋天葦地，點綴些翠羽丹霞。莫孤負四周香稻，萬頃晴沙，九夏芙蓉，三春楊柳。

　　　　數千年往事，注到心頭，把酒凌虛，歎滾滾英雄誰在？想漢可樓船，唐標鐵柱，宋揮玉斧，元跨革囊，偉烈豐功，費盡移山心力。盡珠簾畫棟，捲不及暮雨朝雲；便斷碣殘碑，都付與蒼煙薄照。只贏得幾杵疏鐘，半江漁火，兩行秋雁，一枕清霜。[6]

　　而短的對聯，可以三言，可以二言，也可以一言，甚而至於無言。中國近代史上，確實有過無言之作。無言之聯也是一種極端形式，但格式依規依矩。上聯為一「？」，下聯為一「！」，或者上聯為一「！」，下聯為一「？」。這樣的對聯在民國時代也曾產生過特殊的作用。雖然沒有文字，那內容、那情緒、那意願、那個性，都有鮮明的表達。

　　上聯為「？」。其意若曰：很疑惑，為什麼，不說，雖然不說，自有「？」在心頭。

　　下聯為「！」。其意若曰：很憤怒，為什麼，也不說，雖然不說，自有仇恨在其間。

　　上聯為「！」，所表達的情感是：出離憤怒了，無可言說了，於是劃一個大大的「！」。

　　下聯為「？」，所表達的情感是：萬千疑問在心頭，無法敘說了，故而劃一個大大的「？」。

　　楹聯內容廣博，可說天上地下，人間萬物，喜怒哀樂，七情六欲，無物不可言之，無情不可達之。而且它既可以作為公共資訊，也可以作為完全個人化的表達方式，前者既可高懸街市，大張門庭，後者可以安放案頭，或收之於日記。

　　優秀的楹聯，不但在形式上，在音韻上，尤其在內容上更有上乘表現，而且往往因其言之有致，言之有物而成為傳世之作。雖只短短的兩句，並不遜於多少鴻篇巨製，更無愧於任何高頭講章。

6　黃榮章編：《古今楹聯拾趣》，第177頁，花城出版社1982年版。

這裏引佳聯數副，雖內容各異，藝術價值卻各有千秋。

第一副，警示聯，出自平遙縣衙，是講究「為官之道」的。

> 得一官不榮失一官不辱，勿說一官無用地方全靠一官；
> 吃百姓之飯穿百姓之衣，莫道百姓可欺自己也是百姓。

第二副，恢諧聯，題為「財神爺訴苦」，寫得生動活潑，令人捧腹。

> 只有幾文錢，你也求，他也求，給誰是好？
> 不作半點事，朝又拜，夕又拜，教我為難！

第三副，戲聯，雖為戲聯，不在戲中，而是借「唱戲」二字作文章。字為繁體，拆散安宜，甚得漢字形神之妙趣。

上聯詠「唱」字：

> 唱本兩個日，日今日古，藉口為唱表今古；

下聯詠「戲」字：

> 戲又半邊虛，虛爭虛戰，持戈作戲演戰爭。

第四副、第五副為典型的技巧聯。漢字是以偏旁部首歸類的，於是有聯家，將同一部首的字或相類部首的字巧妙組合，其意境雖未必高妙，其技巧則自在焉。

其一：

> 水冷酒，一點水，二點水，三點水；
> 丁香花，百字頭，千字頭，萬字頭。

其二：

> 寂寞守寒窗，寡室寧容客寄寓；
> 逍遙過遠道，迷途邂逅遇逢迎。

一般對聯，多用古字、雅字，近代以來，也有以口語、俗字作對的，傑出者如周作人。他使用的雖然是口語、俗字，宣洩的卻是悲憤之情，所得則是千古文章。內容都是痛悼「三·一八」慘案所犧牲的烈士的。其字面雖通俗，其情感卻熾烈，正可謂百痛千悲，凝於一聯。其聯曰：

> 死了倒也罷了，若不想到二位有老母倚閭，親朋盼信？
> 活著又怎麼著，無非多經幾番的槍聲驚耳，彈雨淋頭。

上述諸例，無論哪一類，都以漢字單音節音位為基礎，否則，便不成聯，或不能成聯。

但也有「另類」在，所謂另類即打破常規，如袁世凱死後，四川省便出現一副另類挽聯，上、下聯是故意不對仗的。

上聯為：

　　袁世凱千古；

下聯是：

　　中華民族萬歲。

於是有人問，怎麼可以用五個字的上聯對六個字的下聯呢？

回答說：「因為袁世凱對不起中華民族。」

且不說作為單音節的語言單詞還有多少好處，單單這楹聯一項，就足以令我們對自己的母語產生自豪。

（三）四聲字韻：豐富性與音樂性

漢字有四聲，這也可以說是漢字的優長之處。英語沒有四聲，只有升調與降調，它的長處在於韻律婉轉，但在單音節及其組合的表現力上不及漢語。

一音分四聲，陰平，陽平，上聲，去聲，顯然豐富了漢語的表現能力。比如一個「哦」字，雖然不過一個語助詞，卻可能有多樣表現。

例句一：「哦」發陰平聲「ōu」。問：「你聽見了嗎？」回答「哦」。所表達的意思是：知道了。

例句二：「哦」發陽平聲「óu」。問：「你聽見了嗎？」回答：「哦？」所表達的意思是：你說什麼？我沒聽清。

例句三：「哦」發上聲音「ǒu」。問：「你聽見了嗎？」回答「哦」。所表達的意思：你說什麼呢？其隱含的情緒是，問得沒禮貌或沒道理，本人不高興聽。

例句四：「哦」發去聲音「òu」。問「你聽見了嗎？」回答「哦」。所表達的意思是，很肯定：不但聽見了，而且聽明白了，知道了。

因為漢語分四聲，情感表達往往字簡音單而寓意豐富，特別是短語表達，正是其長項所在。一個語助詞「哦」字就有多種含義。如果在一些語助詞前面再加上一個形容詞，例如加上一個「好」字，那表達狀態就更精彩了。如：

好哇——表示帶有感歎性的稱讚；

好呀——表示可以；

好嘛——此詞因音調不同一音可有二意。好字用高音強調，是讚賞，好
字用低音，嘛用重音，表示疑問：這樣真的好嗎？

好嗎？——表示疑問，好不好不知道。

好嘍——表示一件事的結束，好嘍，辦完了。

好噢——「噢」字上揚，舊時聽戲時喊倒好時用此調；表示：演砸了。
本人聽出來你演砸了，你還不自覺嗎？

好啊——表示肯定、同意；

好唎——表示「行了，就這樣吧。」

好嘞——表示完全同意，就這樣好；

好唄——表示「勉強同意；」

好吧——表示認可，贊成；

好嘍——因聲調不同，或表示贊同，或表示諷刺；

好哎——如果前面再加一個「真」字，那是真好，衷心讚賞，可如果把
「哎」字的音調提高，則與「好噢」的意思相近似。

四聲又分為平聲與仄聲，以現代漢語的規範論，一聲（陰平），二聲
（陽平），為平聲音；三聲（上聲），四聲（去聲）為仄聲音。平仄藝術
排列，產生悅耳之音，這個，就是漢語——漢字組合的音樂性了。

平仄的合理安置，不見得是格律詩或者詞、曲的專利，舉凡人名、
地名、字型大小、店號、樓堂館舍也都與此有關。老舍先生曾就此發表意
見，他說：即使寫散文，平仄的排列也還該考慮。「張三李四」好聽，
「張三王八」就不好聽。前者是二平二仄，有起有落，後者是四字皆平，
缺乏抑揚。[7]

當然，現實生活中沒有叫「王八」的。舉例而已，縱然不叫王八而叫
張三牛一，也不對勁，這個就屬於平仄問題了。

人名地名，忌諱一邊順，王朝、馬漢；張龍、趙虎，很好。別的不
管，包老太爺念這名字都顯得威風。如果姓氏發仄音，名字也發仄音，就
不好聽，反之也是一樣。例如姓岳名燕劍，聽著都咬牙；如張，叫張彪
彪，又不免有些呆氣。好的名字，平仄相間，感覺易好，如武松，一仄一
平；如石秀，一仄一平；綽號也是如此，如及時雨，二平一仄；如入雲
龍，一仄兩平。如此等等。平仄的文學、藝術價值尤高，關於這方面的內
容，將在「文韻」一章中另作討論。以此而知，平仄的藝術安排，為漢語
的音樂性提供了基礎與保證。

7　轉引自《漢語修辭學》，第194頁，北京出版社1983年版。

（四）内向字義：意會性與模糊性

漢語不以邏輯嚴整見長，說誇張些，它不屬於抽象思維。漢語的表達方式與指向，常常是内向的，内斂的。尤其表現在文學作品方面，講究的是「味兒」，是「勁兒」，是「琢磨頭兒」，不主張直白而言，不喜歡邏輯而論。因此中國的古典詩歌，抒情是其長，敘事是其短；中國的散文，抒情寫景是其長，長篇大論是其短，而且中國人不喜體系之類的内容。不講體系，但有重點；不重邏輯，但層次清晰；不追求刺激，但是非分明。一些用語，單獨拿來，可以這樣解，也可以那樣解。但放在特定的語境之中，那意思也不會弄錯。朱棣作皇帝時，對解縉不滿，把他關入天牢。隔了幾年，他查看犯人名冊，看到解縉的名字時，說了一句「縉猶在耶？」——「解縉還在呐？」這句話的意思其實不明確，既可以理解為他生命力真強啊，也可以理解為「沒死，好啊」，甚至可以理解為「既然沒死，不一定關下去了，讓他出來吧。」但也可以理解為「怎麼還沒死呢？」明成祖的手下人當然不能有一種以上的理解，於是便用酒將解縉灌醉，然後讓他睡在大雪天的露天地上，怕他不死，又在他身上壓一條大大的沙袋，把一位絕世才子活活地弄死了。

這情形，越是在精通漢語的中國人身上體現越突出。其結果，是讓一些以精明聞名於世的談判者深感棘手。他們與具有數千年文明傳統的中國人談判，是不會碰到中國談判對手吹鬍子瞪眼的，更不會碰到中國對手拍桌打凳，口出狂言。這個，我們不肯為之，也不屑為之。他們所見到的，雖有義正辭嚴，更多的情形，則是娓娓而談，款款而談，侃侃而談，從内容上看，中國人並沒有跑題，更不會離題萬里，只是從容之間便把自己想表達的内容都表達了，卻沒有把——在談判對手看來——應該承擔的義務包含進去。於是他們要感歎說：中國人，厲害呀！與中國人談判，要小心呀！

因為我們中國人習慣的方式，常常是比喻式的，甚至是意會性的，用語常常模糊，但立場又十分堅定。這個傳統，其實由來久矣。三國時候，孫權勸曹操作皇帝，曹操不上他當，就說：「這小子要把我放在火爐上烤。」把一個大活人放在火爐上烤，顯然不是一句好話。這個西方人一定也明白。但為什麼是這樣，為什麼會這樣？為什麼曹操要這樣表達？這樣表達究竟代表了他多大程度上的反對立場，凡此種種，未必明白。

這樣的文化傳統，實在與漢字的意會性與模糊性有深層次的因果關聯，不少漢字，也包括片語，是可以同字同詞同音而反其意而用之的。這裏且舉幾個例證。

　　例證一：漢語中有「戔戔」二字。它既可以表示數量很多，又可以表示數量很少。「為數戔戔」，就表現其數量很少；「束帛戔戔」，則屬於數量很多。

　　例證二：漢字中有一個「賒」字，據張相先生在《詩詞曲語辭彙釋》中考證，賒字有「相反之二意，一為有餘義，一為不足義」。[8]萬俟詠的《訴衷情·一鞭清曉喜還安》中有這樣幾句：「山不盡，水無涯，望中賒」，這個賒字就作「長遠」解。李商隱〈贈句芒神〉也用賒字，「佳期不定春期賒，春物夭閼與香嗟。願得句芒索青女，不教容易損年華」，則作為「短意」，「青春賒，猶云青期短也」。

　　賒字之意，可短可長，不但此也，我們看張相先生的研究，知道在短長之外，變化猶多，它既可作「遠義」，又可作「長義」，還可作「多義」、「遲義」、「緩義」、「豪義」、「高義」、「殷義」，乃至「迅疾義」，「渺茫義」，「疏義」，當然也可以作「近義」，「不足義」、「少義」、「差違義」、「空缺義」、「空闊義」[9]種種語文如此之差，個中具妙諸君細想。

　　例證三：「意氣」二字。它既作正面解，如「意氣豐發」，又可作負面解，如「意氣用事」。意氣風發，好不精神；意義用事，就有了賭氣的成份在內。雖然從字面上看用的都是「意氣」二字，那內容卻所謂「這丫頭不是那鴨頭」。

　　例證四：「躊躇」一詞，既有積極含義，又有消極含義。表示積極含義時，可作「躊躇滿志」，表示消極含義時，又可作「躊躇不前」。

　　以上為同詞同字而意義相差甚至相反的，也有異字異詞，所表達的內容卻是完全一樣的，請看——

　　例證五：勝與敗在漢語中絕對屬於反義詞，二者水火不同爐，但有時作為特定的語句成份出現時，那含義與結果卻「殊途而同歸」。如：

　　　我們戰勝了敵人；
　　　我們戰敗了敵人。

　　我們戰勝了敵人，固然是我勝敵敗，我們戰敗了敵人，依然是我勝敵敗。——所以，想與中華民族為敵的人，你們可要小心嘞。——因為無論戰勝戰敗，勝者都是我們。

　　如此種種，賦予了漢語用語強烈的情感色彩。換句話說，你不能只從字面上理解它，還要種種相關因素去體味它。尤其一些口語性回答，更需要「說話聽聲，鑼鼓聽音。」仍以好字為例，這一次連語氣助詞都不加了，只

8　張相：《詩詞曲語辭彙釋》下冊，第654頁，中華書局1953年版。
9　以上均參見《陳詞語辭彙釋》「賒」字條目。

是一個好字，因為語調、音調不同，可以產生種種紛差不量的結果。為了表示這「好」字的語調差異，我特地在它的後面加上了不同的標點符號。

好。——語態平穩，表示可以，同意。

好！——語態乾脆，表示造成，欣賞。

好！！——語態亢奮，其意約等於「真棒」。

好？——語態遲疑，表示「好嗎？」有疑問。

好？？——語態反感，約等於「好什麼？」或「好什麼好！」

好？！——語態賭氣，其意若曰：打住，讓我想想。

因為漢字——漢語有這樣的特點，所以我們中國人是非常講究弦外之音的。據說清朝同治皇帝死後，皇后很年輕，依禮是該為她找一位過繼的兒子（她本人沒有兒子），由她作皇太后。但西太后不老，而且這婦人是一定要專權的。如果為同治帝立嗣，她就成為了太皇太后，不好掌權了。於是她決定不為同治立嗣，而為自己「立嗣」——再找一位繼子作皇帝——於是立了光緒帝。這樣一來，她舒服了，同治皇后的地位尷尬了。怎麼辦呢？她寫信問自己的父親，她父親很快回信，但信紙上沒有一個字，一張白紙而已，同治皇后得其信，明其意，絕食而死。

我在許多年前，從《讀者文摘》中看過這樣一篇文章，說日本人當初與美國人打交道，常因為彼此的書信書寫方式不同而鬱悶，而氣憤。在日本，是一定會把最重要的事情放在信的最後面的，前面只是寒暄與客套。他們認為，把最重要最利益相關的事情放在信的最前面，甚至放在信的中間部位都是不禮貌。而美國人的脾氣恰恰相反，他們習慣於把最重要的事情放在最顯要的位置，開門見山，不彎不繞。在他們看來，這樣的安置，說明自己對這事情的關注與這事情的重要。於是，矛盾來了，日本人一讀美國人的信就覺得他們傲慢無禮，目中無人；美國人讀日本人的信又覺得他們處事油滑，城府太深。怎麼辦呢？有專家建議說，為著避免誤會，最好美、日雙方對對方的來信倒著閱讀。其意若曰：逆向閱讀雖然不合乎看信的常識與習慣，卻可以省卻許多無謂的煩惱與麻煩。

我在引用這典故的時候，常常要補充說，那故事的作者也許還不瞭解我們中國人吶！我們寫信的特點，是一定要把最重要的事情放在當中。寫在前面，怕唐突了人家，萬萬使不得；寫在後面，又怕被人家忽視，愈其使不得了。寫在中間，「上有天，下有地，當間有良心」，太好了，不怕您不讀，讓您舒舒服服讀。然而，這還是不太有文化的一種，那些文化水準更高的人，是不會把那麼要緊的事直接寫在信中的，他只是暗示而已。這種暗示而已，無以名之，名曰「弦外之音」。我沒說，但等於說了，看你懂不懂交情了。

漢字的這種品性與徵候，所帶來的種種後果很值得現代人考量與思忖。

一是字形，二是字位，三是字音，四是字義，這四者的綜合又產生出漢語特有的一種文學形式。或者說一種文字遊戲形式──迴文詩、迴文詞、迴文曲等。

其實英文中也有「迴文」現象，那，為什麼還說「迴文詩」一類作品是漢語中特有的類型呢？因為它有相對的普適性。它不像英語，「迴文」只是靈光一現，找迴文現象幾如大海尋針，而是具備某種規律性特質，完全可以成為一個獨立的創作品種。例如英文迴文中有這樣一例：

Able was I were I saw Elba（在我看到厄爾巴島之前我是很能幹的。）[10]

安排很巧妙，但它不是詩，也不能成為詩。

漢語的情況高妙多矣。以人們熟悉知的卷接聯「客上天然居，居然天上客」為例。客上天然居，上是謂語，到達的意思，客人到達天然居。天然居是專用名詞──我們姑且這是一個茶館或者酒館均可，那麼倒過來呢？居然自成一詞，天上客另作一詞，詞意詞性皆有改變，但無論形式與內容都完全可以成立的。

這裏選迴文詩、詞各一首，以饗讀者。

先看一首蘇軾的〈記夢迴文二首〉之一。

> 酡顏玉碗捧纖纖，亂點餘花唾碧衫。
> 歌咽水雲凝靜院，夢驚松雪落空岩。[11]

回讀則為：

> 岩空落雪松驚夢，院靜凝雲水咽歌。
> 衫碧唾花餘點亂，纖纖捧碗玉顏酡。

好不好呢？好的。

再舉一首迴文詞。作者董以寧，其詞寄調〈卜運算元〉，作者特加注云：「雪江晴月迴文，倒讀〈巫山一片雲〉。」即正讀為〈卜運算元〉，倒讀為「巫山一片雲」難怪選注者感歎說：「這樣奇巧的迴文極為罕見。」

正文：

> 明月淡飛瓊，陰雲薄中酒。收盡盈盈舞絮飄，點點清鷗咒。
> 晴浦晚風寒，青山玉骨瘦。回看亭亭雪映窗，淡淡煙重岫。

[10]　轉引自《趣味語文》，第115頁，上海古籍出版社2002年版。
[11]　徐元選注：《趣味詩三百首》，第17頁，上海古籍出版社1993年版。

迴文：

> 岫重煙淡淡，窗映雪亭亭。看回瘦骨玉山青，寒風晚浦晴。
> 咒鷗輕點點，飄絮舞盈盈。盡收酒中薄雲陰，瓊飛淡月明。[12]

不僅有迴文詩、迴文詞、迴文曲，還有集句詩、姓名詞、藏頭詩、藥名詩、拆字詩、寶塔詩、聯珠詩、排比詩、字謎詩等等，都與上面講的字形、字位、字音、字義或多或少因果相關。這裏引一首所謂「風人詩」。這類詩的特點，是一語雙關，即明言彼物，意在此心。詩云：

> 自從別郎後，臥宿頭不舉。
> 飛龍落藥店，骨出只為汝。[13]

（五）多能字容：承載性與神秘性

傳統中國文化對於漢字多少有些文字崇拜，好像文字本身帶有某種神秘力量。人們喜歡吉語，忌諱凶言。尤其逢節慶喜壽之日，如果有誰說了不吉不利或犯忌的話，便成為當事人心頭的大病。宣統皇帝登基的時候，因為他小，坐在御座之上接受百官的跪拜，不免沒有耐心，禁不住哇哇大哭。他父親——攝政王載灃小聲勸他說：「別著急，快完了，快完了！」此後不過三年時間，大清王朝便壽終正寢，於是有人說，那麼吉利的日子，怎麼能說「快完了」呢？結果一言成讖，真完了吧！

中國人信奉「字」的權威，有時候竟以為「字在如神在。」舊時農村蓋房子，新房既成或曰上樑之時，要在樑木上貼一張紅紙，上書「太公在此，上樑大吉」，或書「太公在此，諸神退位」。那目的顯然是要嚇退一切兇神惡煞的。

然而，僅憑一張字紙，就有這樣的威力嗎？今人於此有疑，古人深信不疑。

我們的祖先的這種文字崇拜，既有習俗原因，又有儒學原因，更有宗教特別是道教與相關民間信仰的原因，還有數術的原因。各種原因雜糅在一起，彷彿一鍋中藥湯，越熬味道越濃，藥力越大。到後來，竟不知道究竟是哪一味藥在起作用了。

而傳統中國人的信仰，至少相當多數人的所謂的信仰一大半屬於實用性的，有明確的目的性的。他們信神信佛，多半是為了家族祈祖國，為親

---

[12] 同上，第40頁。
[13] 徐元選注：《趣味詩三百首》，第340頁。

人許願，為兒女求籤，為朋友求佑。這等的信仰，如果還可以算作信仰的話，說得挖苦一點，好像與神佛作生意，雖然我們中國人自古以來具有強烈的重農抑商傳統，表現在與神靈的關係上，卻不免有些商人習氣。

故而，我們的傳統信仰，常常是有些莫名其妙的，而這莫名其妙的信仰又莫名其妙地將相當多、相當大、相當複雜的內容加之在文字乃至數位之上，讓它們似靈似聖，負重前行。

先說說數字迷信。直到今天，我們許多同胞都相信數字是有吉、凶的。但究其實，古人的想法與今人又有很多不一致的地方。以傳統的觀念說，三、六、九都是好日子，七也不凶，四也不錯。七字若凶，就沒有七星燈了，更不會有對北斗七星的崇拜，四若不吉，也不會有「四喜丸子」這樣的傳統名菜。但現代的觀點變了，觀點雖變，信仰依舊，一方面，是廣東一帶的居民先富裕起來，而在他們的發聲中，八字的發音與發財的發字相同，於是八字大走鴻運，凡八即佳，甚至非八不可。另一方面，西方文化影響日益放大，信仰基督教的西方人是不喜歡十三的，於是十三在我們這裏又成了凶數，十一也可，十二也可，就是不要十三。由上述各種因素的綜合且推而廣之，則「四」也不好了，因為「四」的發音與「死」相近，「七」也不好了，七既是單數，又找不到幸福的根據；連「二」都不好了，「二」在某些地方話中是「缺心少肺」的意思，整個一個沒頭腦。於是安裝電話、購買手機，決定婚姻或店鋪開張日期，乃至為汽車上牌照，買住房找樓號都成了一件有關數字吉凶的大關目。

但以古人的脾氣論，數字雖有吉凶，還不是最重要的，最重要的乃是人的生辰八字，以及與五行有關的各種忌諱。民國時期，軍統特務的總首領戴笠，據說他的生辰八字中十分缺水。一點水也沒有，這人怎麼生存？但我們中國人富於與上天周旋的智慧。你命中不是有缺嗎？他可以給你起一個拯救性的名字，從而缺金補金缺水補水。於是取名戴笠，字型大小雨農。既戴笠，一定有雨的了，又雨農，那水還不小哩！於是，一字一轉，不但解決了命中缺水的困難，還平步青雲，做了很大的官。戴笠既為特務首長，他的化名也多，而且幾乎個個帶水，只有一個名字與水無關。因為這名字與水無關，他剛剛用了一次，便飛機失事，葬身於熊熊大火之中。

這等傳聞，真不可信。雖不可信，卻又古已有之。史載漢高祖劉邦，路過趙王的地界，住在一個叫作「柏人」的地方，柏人者，古語作「迫於人也」講。他住在這裏，不覺心動——心血來潮，第六感覺不對了，於是不由分說馬上起程。那時候，趙地有人仇恨劉邦，正準備劫持他，因為他相信這地名的不吉，竟然奇跡般躲過一劫。

到了東漢，漢光武手下大將岑彭，那是一位十分優秀且能獨當一面的大將，在後來東漢的功臣排行榜上，名列二十八功臣的第六位。他受命統漢兵入川，駐紮在「彭亡」這個地方，他叫岑彭，住在彭亡，很不吉利，但他不在意，結果，遇到刺客的襲擊，傷重而死。

這類事例，《三國演義》等書中也多有描寫。最著名的則是龐統被射殺於落鳳坡。龐統大才，與孔明齊名。但他道號鳳雛。請君細想，您號為鳳雛，進軍路上卻非走落鳳坡不可，那結果怎不怕人。一走，中埋伏了，亂箭飛來，墮馬身亡。

凡此種種，更加重了文字的神秘感。然而，不可信的。劉邦、岑彭之事，抑或有之，巧合罷了。想中國如此之大，世事如此之多，會有多少巧合發生，何足為怪；龐統之事，則全為文學杜撰，於史無徵。

中國古來文字的神秘還不僅如此，又有數術家熟練操作的測字。硬說通過測定可以知道吉凶禍福，這個就更嚴重了。

早些年，我曾聽一個朋友講過某位氣功師測定的事。說一位女士的父親得了食道癌，她焦急萬分，「病急亂投醫」，便請氣功師看看後果如何。那氣功師讓她隨便指一個字。她說了一個哀字，氣功師說，不祥。哀字本身就不好，以字形而說，與所患之病相聯繫，預示更不好。病人患的是食道癌，吃飯困難，這個哀字上拆解來看，乃口在衣中，兇險。這女兒一聽，哭了。氣功師說，不打緊，還可以再指一個字，於是她又指了一個海字。氣功師一見，說，這個字又不祥。因為你問的是父親的命運，「海」字的特點是有母無父，結果不好。這女兒聽說，更痛苦了。氣功師勸慰說，莫傷心，你還有一次機會，千萬不要緊張，還可以再指一個字，於是她又指了一個社會的社字。氣功師沉吟片刻，說此字更不祥。社字雖為示補旁，但以大形而論，卻似穿衣入土，——穿衣入土，已無命可言。

朋友講此，似有半信半疑之態。但以我之見，這樣的說詞，其實古已有之。據說大明王朝將亡之際，崇禎皇帝一籌莫展，跑到皇宮外測字。他布衣簡裝，扮作百姓模樣。測字先生問他測什麼字。他說一個「友」字，那先生道，尋常百姓無妨，若皇家測此字，不利，因為「友」字的草書寫法，與選反的「反」字相似，百姓造反，天下難寧。崇禎聞言吃一大驚，就說我測的不是這個「友」字，而是「有」「無」的「有」字。那先生說，於皇家更不利了。「有」字拆開，一部分可以組成大字，一部分可以組成明字，但大字少一捺，明字少一日，——大明江山少一半了。崇禎愈聽愈怕，說我也不測這個「有」了。我測子午卯酉之酉如何？測字先生定目觀之，徐徐言道，此字事大，但天機不可洩露，我把結果寫在紙上，請客官至家細看。於是提

筆就寫，崇禎忙忙然接過那「結果」，匆匆回到宮中，但見上面寫道，皇帝者，至尊也。酉字乃尊字砍頭去腳，這江山社稷大勢已去。

說得很玄，很江湖，但不足信，不可信。相信它是真的，您就傻了，把它看作某種習俗與文學創造，庶幾無害。

公平地講，漢字的文化承載並非只是消極的，但其消極因素確實影響且深且遠。我希望它們在中華文明的現代構建中只是作為某種歷史因素、習俗因素、小記因素而存在。誠能如是，這些內容或可變得更有趣些，也未可知。

分析漢字，繞不開神秘性與習俗性，我們不追逐它，也不相信它。我們的目的是消解其神秘性，肯定其習俗性，繼承其積極層面的文化性，不要神秘，但要趣味；不要盲目，但要激勵；不要弄神弄鬼，但要有情有致。如此這般，從而使漢字這一古老文化，愈其美麗。

綜上所述，漢字的五品十性，具有可視——字形，可聽——字韻，可思——字義，可塑——字位以及可成可長——字容等特色。稍後我們還會看到，漢字的這些特質對於漢語語言的影響是屬於草根性質的，幾乎無所不在，且有不斷放大之勢。

二、文詞審美

談古論今品辭彙

首先說一下，這裏的文詞，包括詞、片語與短語，在我看來，短語也是詞的一種形式。

漢語的特殊性在於，它是由字、詞、句三個階次組成的。這一點與英語類型的語言有區別。英語只有字與詞兩個階層。英文的字母大體相當於漢字的筆劃。整體上看，筆劃不成詞，字母也不成詞。雖然獨立的一橫，可以成為漢字中的「一」，H、I、G、K的「I」也可以成為英語的主語「我」，但那只是特例。

漢語有字這個階次，但以本初形式論，字也是詞，即單音階詞，而且在相當長的歷史時期內，單音詞還佔據著主導性位置。那個時候，或許可以說字的單獨階次是不存在的。後來，情況變了，漢語表現力日益豐富，雙音節詞漸次成為優勢詞類，而字的承載內容亦日益增多，那麼，把它看作另一個階次或許更方便些。換句話說，字既是字，字也是詞。而且單音漢字——詞，在現實生活中，仍有特別的表現。例如現在的時尚青年人喜歡的「爽」、「酷」、「炫」一類的關鍵字，都是單音，不但說來「爽」口，聽來「酷」心，而且觀之「炫」目。

早幾年，我常乘地鐵，曾在地鐵車廂中看到一則有關女性皮膚保健的廣告，上面赫然寫著八個大字：

> 黑、粗、黃、乾，斑、點、痘、污。

雖然只是八個字，但對於我們那些愛美如命的女性同胞而言，可謂筆筆觸目，字字驚心，每個字差不多就等於一顆心靈原子彈。難為策劃者有這樣的手筆，字字讀來，不怕你不心驚肉跳。

詞的重要性是不言而喻的。它是語言的基礎性成份。詞之不顯，語必不彰。以下討論五個專題。

（一）漢語辭彙的豐富與創造

漢語辭彙是中華文化的有機分子。如果把二者分開來講，則中華文化的豐富性涵育了漢語辭彙，而漢語辭彙的豐富性又轉向增加了中華文化的生命力與傳播力。

首先說，中國歷史上究竟有多少漢字。依70年代字典收錄如下：

> 東漢許慎的《說文解字》收錄9353字；
> 晉朝呂忱《字林》——12824字；
> 南朝梁陳顧野王《玉篇》——12158字；

隋朝陸法言《切韻》（601年）——16917字；

北宋陳彭年等《廣韻》（1011年）——26194字；

北宋丁度等《集韻》（1039年）——53525字；

北宋司馬光等《類篇》——31319字；

明朝梅膺祚《字彙》（1615年）——33179字；

明末張自烈《正字通》——33440字；

清朝張玉書等《康熙字典》（1716年）——47035字；

民國歐陽溥存等《中華大字典》（1915年）——48000餘字。[1]

　　一方面，漢字字數達到四、五萬字，另一方面，現代常用字不過三、五千字。別的不說，單以字的數量而論，現代中國人要努力呀！因為我們在漢字的豐富性上還沒有達到歷史的繁榮。

　　漢字豐富，源於中華文化內容豐富。今人讀古書，尤其閱讀漢六朝賦一類古書，可以知道，瞭解中國古代文化可有多麼繁難。如此眾多的中國古建築的名稱，足以令你驚；同樣眾多的古代寶馬良駒的名稱，足以令你亂；似乎更為眾多的花草樹木的名稱，足以令你暈。這些都不言，單說顏色一項，其文字表現就足令現代人頭大。「赤、橙、紅、綠、青、藍、紫」，這個簡單了，「赭、碧、絳、茜、湖、緋、緇」，也不算太難，但還有紺色呢，還有緺色呢，還有黆色呢，還有黼色呢，還有繰色呢，還有黟色呢，還有絻色呢，還有綦色呢……這些顏色，不知讀者諸君，倘若不查字典，可否明白？即使查查字典，我們可以深切鮮明地感悟到那種種顏色嗎？

　　不唯如此。

　　中國歷史悠久，歷史既久，朝代就多，朝代多，官職也多，中國古來的官職，若非專業人員，很難說清，極難說清。

　　中國歷史悠久，歷史既久，服飾更多，別的不管，單女性服飾一樣，若非專門人士，很難認全，絕難認全。

　　中國歷史悠久，歷史既久，飲食也非常豐富，完全可以稱之為美食大國，若非專業研究，雖走南闖北之人，也未必得入其門徑。

　　古來中國又屬於家——國同構的社會組合形式，一些豪貴之門，稱為鐘鳴鼎食之家。家既大，親友必多，親友既多，關係又複雜，而根據禮數的規範，無論多少親友，都必須區別遠近，明辨親疏，於是遠近不同，稱謂即有別；親疏有別，稱謂又不同。但凡學過些英語的人都知道，中國親友間的稱謂比之英國親友間的稱謂，複雜豈止十倍。

---

[1]　翰承：《漢字百問》，第31頁，上海古籍出版社2002年版。

漢語辭彙的全部內容，可謂豐繁無其盡，怕請十位專家也難於在一本書中盡道其詳。故此處，僅僅作為例證，議論四個方面的內容。

1.第一人稱及其代詞

這種例證性分析方式自然也適用於第二、第三人稱，但相比之下，第一人稱及其代詞來得更為複雜與好看。未及言者，有興趣，可以舉一反三。

第一人稱，用現代通俗漢字表示，即「我」字。

但在古漢語中，未止「我」也，尚有「予」、「余」、「吾」等。口語中又有「咱」、「俺」以及地方語中的「阿拉」、「洒家」種種。皇帝地位特殊，故以「我」為「朕」。以此類推，一些地位顯赫的官僚，又稱本帥、本官、本部堂；為官則可稱本老爺；豪紳又稱本太爺；地痞則稱本大爺，以及本公子、本小姐，甚至戲謔一點，青年女僕也有自稱「本丫環」的。一些江湖人士，如花和尚魯智深、李逵，則乾脆自稱「和尚爺爺」，「黑旋風祖宗」等等。

中性的稱謂，則男性長者自稱「老夫」，女性老人自稱「老身」，年青男性自稱「小生」；家境貧寒些的，則老年男性自稱「小老人」，年長女性也有自稱「老婆子」的。和尚自稱「貧僧」，道士自稱「貧道」，屬於謙詞。陸游為兒子遺詩，自稱「乃翁」，則語氣親切；作者自稱「筆者」，工匠則自稱「匠人」。

同輩之間，也用謙詞，只稱「愚兄」，自稱「小弟」；晚輩對長輩，則用詞且謙且卑，以書信為例，兒女對於父母，或稱「兒」，或稱「不孝兒」，或稱「小女」，或者「不孝女」。雖然自稱不孝，並非真的不孝，這一點，若非提示，怕是西方人想一下午也想不明白。

下級對上級，官員之間，則自稱「卑職」，平民則無論老小，一見官員概稱「小人」。僕人對主人則自稱「奴婢」（女），或者「奴才」（男）。

犯人另成一系，見了官長自稱「罪人」，女性略加區別，自稱「犯婦」。

一些孤傲、狂妄之人，常常自呼其名，以他稱作自稱。自己對他人說話，偏叫著自己的名字張揚，例如「你聽說過史仲文怕過誰人？」有些文化的，則往往在本人姓氏之後，略去名字，加上某人，自稱「張某人，王某人，陳某人或劉某人。」

一些年齡長些或別有所能的，乾脆以姓自稱，但要加一老字。如「老趙，老錢，老孫，老李。」或自謂「我老趙，我老錢，我老孫，我老李。」

且中國古人不但有姓有名且有字有號，如介紹諸葛亮，則說複姓諸葛，名亮，字孔明，道號臥龍。又如梁山好漢，雖人人無字，卻個個有號，史進號九紋龍，雷橫號插翅虎，李應號撲天雕，施恩號金眼彪，這

個屬於江湖習氣。特例之類，如《打魚殺家》中兩位江湖老漢上場，一個自謂「混江龍李俊」，一個自謂「捲毛虎倪榮。」正常人相互交流時，又習慣用本人的「字」作為「我」的代稱，這樣的習慣在如今的臺灣依然通行。

2.夫妻稱謂與父母代稱

夫妻二字，是漢語中最正式亦歷時歷代變化最少的一種稱謂。所謂有男女而後有夫妻，有夫妻而後有父子。

夫妻亦稱伉儷，這個算是雅稱。古人慣用雅稱，近些時又有復興趨勢。大陸範圍內凡與登記有關的，則稱之為配偶，雖不雅馴，倒也能反映事實。1949年之後的相當長一段時間，最流行的稱謂是愛人。愛人是夫妻間彼此的說法，也是別人的指稱。年久夫妻俗語則直稱老伴，站在他者的角度有時也稱伴侶。北京地方話，夫妻別稱「兩口子」，或叫「兩口兒」，帶兒化音的，年輕夫妻即「小倆口兒」，老夫老妻則「老兩口兒」。舊時市井稱謂，則說著好聽，寫出來難看，指夫妻為「公母倆」，老夫妻則「老公母倆」，只是這「公」字不讀「工」音，而作「姑」音。夫妻間的互指，則方式更多。除去在大陸流行多年今已少見少聞的「愛人」之外，夫人稱丈夫為「先生」，丈夫稱妻子為「太太」。臺灣地區，丈夫也呼妻子為「內子」，妻子相應稱丈夫為「外子」。香港與廣東地區，丈夫往往直呼妻子為「老婆」，妻子則反呼丈夫為「老公」。舊時代，丈夫若有地位，則夫人稱之為「老爺」，對別人說話，稱「我家老爺」，丈夫呼妻子為「夫人」。平民百姓，其互謂更為生動活潑，豐富多彩又生活化。如當家的，如老頭子、老婆子，如孩子他爹、孩子他娘。

但舊時代男尊女卑，妻子的代稱中雖也有尊稱、敬語，比較起來，都是低下的。有研究者總結說：

> 古代常用的或見諸於文獻典籍的有：寶眷、令寶、側室、糟糠、寒荊、荊婦、拙荊、山荊、賤內、賤累、山妻、內人、內子、房下、屋裏、玉雪、娘子、良人、孟光、故劍、結髮等等。[2]

這些妻子的代稱，多數都帶貶意，有些則全無道理，所以相聲大師侯寶林先生要諷刺說：「什麼叫屋裏的呢？屋裏東西多了，這算哪一件呢？」

夫妻稱謂紛繁難以盡數，子女對父母的稱謂同樣紛繁難以盡數。

父母亦稱爹、娘，現在多叫爸、媽。父母老了或者他們雖然未老，但兒女長大了，又叫他們老爸、老媽，或我們家「老爺子、老太太」。

2　毛秀月：《女性文化閒談》，第38頁，團結出版社2000年版。

舊時的官宦人家，兒女是隨稱老爺、太太的。如我們看《紅樓夢》，那故事雖長，書的篇幅雖大，賈寶玉每每見到賈政，只稱老爺，見到王夫人，只稱太太。皇帝皇后地位特殊，兒子要叫父皇、母后──至少戲文中如此。

多帶些文學色彩，則兒女也稱父母為慈、嚴，為高堂，為屺岵，為考妣；對別人說到父母，則稱為「家父、家母」，或家大人。稱已故的父母，為「先父、先母」；對朋友的父母則尊稱為「令尊、令堂」。早些時一些大陸電視劇作者對此理不明白，有對他人指稱自己的女兒為令女的，也有叫自己父親大人為「令尊」的，令知之者聞之，或者啞然失笑，或者勃然大怒。

稱謂如此複雜，積極意義不小。這尤其表現在不同文體的應用與文學創作方面。令人讀之閱之，不僅別有一種文化感受，而且亦有某種民族文化的親和力在。

3.構詞方式靈活多樣

漢語辭彙與英語相比，不能算多，但它的構詞方法十分獨特。英語多用首碼尾碼方式，同一詞根變化頗多，從而使許多單詞越變越長。其好處是詞根固定，很容易找到它們的初始形式。

漢語是單音獨字的，有些詞雖然不能單字獨用──如枇杷，單枇用字，錯了，不知所云，但總體上看，單音獨字盡可單獨使用，因而組合方式又多樣又靈活。這一點，前面也略有涉及，如迴文詩、迴文曲的形成即與此有某種內在性關聯。

但隨著文明的開放與發展，單音字詞不夠用了。從現在的情況看，不但雙音詞已佔據優勢地位，且三音或三音以上的詞也有增加的趨勢。

漢語片語的組合方式雖然靈活，但並非沒有規律可尋。有些是受語法規則指示或限制的，有些則是約定俗成。這裏舉三組例證。

第一組，其特徵是：構成雙音詞的兩個字是可以位置互換的，雖位置互換，那意思並不曾改變。

例一：學習──習學

前者為常用詞，後者則在一些民族戲曲的唱詞中常見，如「習學兵法」，「習學賢聖」，「習學禮儀」。

例二：介紹──紹介

這用法在魯迅的著作中比較常見，而且並不覺得生澀，反而有某種新鮮感。

例三：評注──注評

二者的意思也是相同的。因為它原本就是兩件事，孰先孰後，一般情況下，沒有實質性關係變化。

　　第二組，則是另外一種情況，即雙音詞中的兩個字雖然也可以互換位置，但位置一變，意思也隨之發生變化，這變化或許是細微的，雖然細微，卻與原來的意思明顯有別，或說因為它改變的細，更見出那使用的準確，效果也來得更為肯切、逼真。

　　例一：增加——加增

　　二者意思相類，但加增的意思更主觀化，隱含有出現額外增加的含義在。

　　例二：鬥爭——爭鬥

　　鬥爭可以是狹義的，也可以是泛義的，但爭鬥只是狹義的、具體的。譬如我們可以與某種社會不良現象或某種不良習俗鬥爭，卻不可以與之爭鬥，實在這爭鬥二字有些「打架」的意思在內。

　　例三：掙扎——扎掙

　　掙扎的意思寬些。遇到特別困難的窘況，無論這情況是出於外部原因，還是內部原因，都可以用掙扎來形容。扎掙則主要是對於內部原因的抗爭，例如曹雪芹寫「勇晴雯痛補孔雀裘」，極寫晴雯的病重、忠心與堅持。恰恰「扎掙」二字更添精彩。

　　第三組，即雙音節詞中的兩個字是無論如何不能換位的，一換就錯了，不可理解了。這裏也舉三個例證。

　　例一：欺詐。欺詐不可以作詐欺。雖然即使這樣寫了，說漢語的人也能明白那是什麼意思，但掌管判卷大權的先生們要扣你分的。

　　例二：批判。批判不可以作判批。批判，明白；判批，暈了。

　　例三：關懷。關懷不可以作懷關。真的寫成懷關，再望文生義，錯得更大了。懷什麼關呢？懷念姓關的先生呢？還是懷念姓關的小姐呢？抑或是懷念娘子關還是山海關呢？

　　三組構詞法給我們以什麼啟發呢？

　　第一個啟發是：字位靈活互換法增加和豐富了漢語的可塑性，特別是表現在格律詩與詞、曲創作上，意義更為突出。漢語格律詩是講究平仄相間的，有時一個好句出來平仄不對，怎麼辦？把字的位置調一調，好了，因為合平仄，所以聽來更為悅耳動人。

　　如毛澤東詩詞中有一句「雄關漫道真如鐵，而今邁步從頭越」，意思是說「漫道」不要說雄關多麼艱險——「真如鐵」。那為什麼不寫成「漫道雄關真如鐵」呢，那就不合平仄了。請看：

　　雄關漫道真如鐵，為平平仄仄平平仄，多好；而漫道雄關真如鐵，則成了仄仄平平平平仄，本來很好的音韻給破壞了。

　　早些年，香港有個電視連續劇「萬水千山總是情」。那名字也好：萬水千山總是情，音調同樣很好。

第二個啟發是，雙音詞，字位有限度互換，增加和豐富了漢語的表現力。

有一則已乎盡人皆知的掌故，是說曾國藩與太平天國早期作戰，失敗頗多。有一次敗得慘了，他老先生非要投水自殺不可，結果弄得渾身泥水，好不狼狽。打敗了，要寫奏摺的，先寫成「屢戰屢敗」，不像話，既沒志氣，更沒面子，於是改成「屢敗屢戰」，不一樣了！雖然每每戰敗，但這是不屈不撓，敗了再戰，敗了又戰，敗了還戰，看你有勝利的一天沒有？可說一詞之顛兩重天。

第三個啟發是，雙音詞音位不可互換增加了漢語的規範性與創作的勵智性。

就絕大多數雙音節及其以上辭彙而言，各個組成字位是不可互換的，這裏面的原因也多，主要是規範了語言，如果字字可動，那「話」就聽不懂了。具體分析，構成因素也有，有些可能是沒必要互換，比如鬼鬼祟祟這個詞，前前後後都是仄聲字，又如蠍蠍螫螫這個詞，前前後後都平聲字，至少從音韻的角度考慮，置換沒有價值。

字位的互換，增加了可塑性與表現力。互換，增加了創作難度，從而因其難而使創作變得更有意思。比如格律詩最忌諱孤平，即在特定位置的兩個仄音中間不能有一個平聲字。有了——撞上了，怎麼辦？看你的智慧了，智慧不是硬調換位置，硬調換，韻通了，人家聽不懂了。這個就是礪智未曾過關。

4.片語連綴及其它

漢語中的一些字、詞是有連綴的，最常見的如「子」字的連綴。

「子」這個字，頗不簡單。在古漢語中，它主要是個敬詞，差不多與任何一個姓氏或名詞連綴在一起，都成敬語。這個傳統，直到今天猶依稀可見。如：

孔子，翻譯成現代白話——如果我們真有這翻譯必要的話，那就是孔先生。依此類推，還有墨子、孟子、荀子、莊子、老子、孫子、韓非子、公孫龍子等等。

除去特稱之外，泛稱中也有這樣的情況，如君子，如舉子，如莘莘學子，又如現代白話中「老爺子」，以及河北方言中的「老奶奶子」。

「子」還常常連綴為近稱、愛稱。如：

內子、外子、妻子、妹子、小夥子、胖小子、乖孩子等。

這樣的用法，已然與敬語沒什麼關係了。但那品質還是好的，即便把內子翻譯成內人或內當家，把外子翻譯成外當家，也不算錯的。

但不知自什麼時候起，「子」字的連綴發生變化，一變，成為蔑稱，甚至成為惡稱了。這類情況包括：

癡子、呆子、傻子、聾子、跛子、拐子、麻子、瞎子，種種稱謂很不禮貌，沒文化。更有甚者，那連綴的品質更其不堪了。如：

狗子——狗腿子；

狼子——狼子野心；

鬼子——特別是日本鬼子，中國人一見此名，便恨從心中起，對那一段歷史是永遠難於忘懷的。

此外還有「鬼崽子」、「龜孫子」、「王八羔子」都是罵人語，大多式微，在文明時空下幾近絕跡。

如此等等，使我們覺得漢語的生成演化，可謂千奇百怪、變化莫測。只要你尊重它，喜歡它，它定然不會辜負你的。

（二）方言土語，妙趣橫生

前面說過，民間語言乃是一切文學語言的原則性母體。而且在這裏使用民間語言這個詞我都有幾分躊躇，幾分猶疑。因為所謂民間云云，大約應該算是一個過去時或正在過去時的時態概念了。

民間語言相對於官方語言，文人語言而言，乃是最生動、最原初、最具生活氣息與親和力的一種新鮮活潑、生機勃發、魅力四射的語言。古來那些偉大的文學人物與經典作家無一不從它們那裏汲取豐富的營養。孔子所謂「禮失求諸野」，雖未必就是指真正的民間語言，但那方向總是對的。他老人家親自整理的詩三百篇，特別是十五國民歌部分則大抵出自民間無疑。

不僅《詩經》，中國歷代的民歌都是中國文人詩、詞最有力的涵育者與推動者。只是因為這樣那樣的原因，很多民歌已經尋其不見了。很可惜，很無奈。那些被具有大見解、大思考、大眼光的人士收集而成的民歌集子，也因此顯得彌足珍貴。如廣泛收集南北朝時期民歌的《樂府詩集》，收集明代民歌的《山歌》、《桂枝兒》等專類性民歌集等。從而郭茂倩、馮夢龍也成為中國文學史上具有特別貢獻的人物。

尤其是宋代以降，隨著民間白話進入藝壇，唯有那些真正瞭解民生疾苦，懂得民間話言的作家，才有可能成為執文學歷史牛耳的人。

中國古典文學的最高成就顯然是明、清時代六部長篇白話小說。而這六部小說的作者——整理創作者，個個都受到民間生活與民間語言的深刻影響。《金瓶梅》是不消多說的了，它原本就是一部帶有濃烈民間語言色彩的作品，《三國演義》、《水滸傳》、《西遊記》也不消說，只說《儒林外史》與《紅樓夢》，這兩部書均屬於個人創作，作者都是當時最具文學修養與見解的大文人、大文豪，但若非他們家道中落，有了與下層民眾相

接觸的生活閱歷，單靠他們的書齋與官學文化，縱有極高的天份，也斷乎寫不出那麼偉大的經典小說出來。

六大名著中採用的民間俗語、俚語甚多，而且我一向深為佩服如《金瓶梅》作者的那種收集，竊以為那些而今已成經典的民間話語實在是不可多得的。特別是張竹坡評點《金瓶梅》時收集的64條短語，尤其精益求精，句句警心。這裏且摘錄一些：

> 婆兒燒香，當不了老子念佛；
> 老鼠尾巴生瘡兒，有膿也不多；
> 馬蹄刀木杓裏切菜，水也不漏；
> 山核桃，差著一隔兒；
> 屬扭瓜兒糖的，你扭把兒也是錢不扭也是錢，
> 球子心腸，滾上滾下；
> 踩小板凳兒糊險道神，還差著一帽頭子哩；
> 什麼三隻腿金剛兩個鯨角的象；
> 老兒不發恨婆兒沒布裙，
> 銅盆接了鐵掃帚；
> 燈草拐棍，做不得主；
> 火到豬頭爛，錢到公事辦；
> 賣瓜子兒開廂子打噴嚏，瑣碎一大堆；
> 王婆子賣了磨，沒的推了；
> 豆芽菜有甚捆兒；
> 拔了蘿蔔地皮寬。

我只道這等妙語，只可一見，難於再得，但事實證明，是我知識薄，見識淺了。有一次，我和內子——吾老妻——俺太太——予夫人說起這一般感慨時，她指點說，這沒有什麼，這樣的話，她也會哩！好。既然您老也好，那麼請教了，拜託請幾句吧。於是妻便說了如下種種。要說明的是，這些俗語、土語中的一大半是我家鄉——河北省保定市定興縣的特產。也有少許是她聽來的，出處不詳。

計有：

> 孫子有病，爺爺扎針；
> 跟剎了尾巴的猴似的（尾巴的尾字讀yǐ音，如倚，以下同）；
> 狗顛尾巴蒜，沒個安穩；
> 打一仗，敗一國。（國字讀上聲）；

滿山趕鳥，家裏丟了大公雞。（這一句據說是我老岳母常用語）；

懶驢上磨屎尿多；

人挪活，樹挪死。（這句不新鮮）；

錢難掙，屎難吃（這句新鮮了）；

老姐妹拜年——說說當了；

麻子推磨——轉著圈兒地坑人（這句對天花患者有不敬之嫌，好在天花已絕跡，阿彌陀佛）；

姥姥不疼，舅舅不愛；

毛毛蟲擺菜碟——越嫌你，越咕蠕（見笑，這後面兩個字我不會寫，其讀音為gū rōng）；

賣油的敲鍋蓋——假裝了了吊梆（又見笑了，了吊二字讀如liào diào，是否如此寫法我也不知）；

釘盆兒的拉抽屜——找錯兒；

此外，還有：

房上不長樹，井裏不藏人；

花說六國；（這個我小時常聽。想來三國已經十分複雜，還要花說六國，其意為說話不沾邊，不靠譜。）

雲山霧罩；（雲山已然不見真面目，再加上霧罩，更找不到北了。）

還有一句：

打跟斗，撂費車。（這一句是我奶奶年輕時常講的。意為小孩子們玩瘋了，瘋折騰。「費車」二字讀如fèi che，後一字輕聲。究竟如何寫法，我又不知，再次見笑於方家了。）

由這一句，我聯想到京劇《打漁殺家》的「三寸花、四門斗」一句話，想來也是俗語，雖然一般人並不知其確指，但非常生動，那意思也是能理會的。

我想，將來的某一天，有個有心人，也如齊如山先生收集北京土話一樣，收集中國的各種土話而成其大典，一定是一件功德無量的好事。

（三）成語、掌故，一大品牌

民間俗語是漢語的一大源泉，歷代典籍文獻中的成語典故則是漢語的另一肥沃土壤。

中國文化歷史極其悠久，而我們中華民族又是一個極為熱愛和重視歷史的民族，且經、史、子、集，浩如煙海，說它是一座取之不盡、用之不竭的語言寶藏，一點也不過分。沒有任何一個中國人可以用畢生時間盡覽中國古代著述的，她實在太過豐富了。

一面是民間俗語，一面是經典文獻，好似車之雙輪，鳥之兩翼，這兩個方面的事情辦得好時，漢語的發達與輝煌雖不至立馬可成但已然指日可待。

典籍多，不能盡讀，雖不能盡讀，又不能不讀，不讀典籍，彷彿現代人沒坐過飛機、火車、汽車，只騎出牛、馬、驢。這裏舉三種書，隨引隨評，說些感想。

一種，是明代兒童蒙書《龍文鞭影》。先不說別的，對龍文鞭影一詞，現代人能一見而明的不算太多。我曾請教過幾位大學學歷（非文學專業）的青年朋友，他們對此或者來個腦筋急轉彎式的猜想，或者不屑一顧——什麼龍文鞭影，不知道，或者略表歉意，但意在知識不足，唯一能知道的那是一本古代的兒童讀物。

《龍文鞭影》主要介紹古代的人物典故與奇聞逸事。它的語言特色在於，四字一句，每兩句一押韻，讀之琅琅上口，內容十分豐富。全書收錄各類故事約1150則，雖然以今天的眼光看，許多掌故與傳記，沒有多大意義，但確有不少內容，即今讀之，亦覺津津有味，其對現代漢語的影響——如果我們希望它發揮影響的話，是有價值的。而且，遍觀中國大陸現行的語文教材，若以其可讀性、音韻性和趣味性而言，還沒有一本超過它的。

這裏紹介其中的幾則故事。

一則出自該書「上篇・九佳」，其文曰：

> 敬之說好，郭訥言佳。

所謂敬之說好，說的是唐代楊敬之的一個典故。且說唐人項斯為人雅正，而且擅長作詩。這楊敬之便贈詩給他說：

> 幾度見君詩盡好，及觀標格勝於詩。
> 平生不解藏人善，到處逢人說項斯。

項斯詩好，他的人更好，因為他最喜歡為他人揚善。要知道能為他人揚善，可不是一件容易的事，在我看來，我們中國人的一大痼疾，是喜歡議論人、傳小話，且越是負面新聞越是興趣濃厚。揚善之事，全交給了聖人。項斯固好，楊敬之同等的好，因為他也是一位喜歡且欣賞為人揚善的君子。

　　所謂「郭訥言佳」是說晉代郭訥作太子洗馬時，聽到伎人的歌唱，誇讚說「好」。時人石季倫問他，是什麼曲子？他說不知道，石季倫詫異，「連曲子都不知道，怎麼能說好呢？」他回答「就像看見西施，因為不知道她的姓名就體會不到她的美嗎？」

　　很有意思，也很有哲理。

　　另一則，見於該書「下卷・四豪」，其文曰：

> 伯倫雞肋，超宗鳳毛。

　　所謂伯倫雞肋，是劉伶的一件故事。劉伶在我國名聲久遠，因為他是一位喝酒的天才，又是作文章的高手。他曾與人發生齟齬，那人抓住他胳臂，要和他動粗，他和顏悅色地說道：「我這雞肋一樣的身體怎麼擔得起你的老辣拳頭呢？」那人聞言，作罷。

　　所謂超宗鳳毛，是說南北朝時的謝鳳，字超宗，本人十分好學，且文詞優美。孝武帝曾讚揚他說：「超宗殊有鳳毛。」

　　兩則故事都很有趣，前一則表現了劉伶式的恢諧與幽默，因為這恢諧與幽默，便使金剛化佛，把一雙青筋暴跳的粗大拳頭變作了又松又軟的大饅頭。後一則，妙在遣詞造句，字字對景，人家名字叫謝鳳，便讚美其文詞為「鳳毛」，鳳毛麟角，真會誇人。

　　這裏舉證的第二部書是鼎鼎大名的《世說新語》。這書妙在其個性與文學性。語言自然是好的，警策、雋永、言簡意賅，餘味無窮盡。那書的風格尤其好，且內容豐美，言必有文，文必有事，事必有人，人必有感，感必有奇思妙想，這裏隨機摘錄幾段以為說明。

　　一段，出自「容止第十四」，是講容貌的。但不講女性美貌，閉月羞花，沉魚落雁一類，不說這個。他是專門講男性容貌。古人花費大筆墨描寫男士之美，是《世說新語》的一大功勞。之前自然也有之，未若它那樣的精神專注，意態風流。他講男性之美，不是死講，而是活講；不是呆講，刻刻板板，一根髭鬚也不放過，而是若虛若實，妙在比喻。若虛若實，留給讀者以很大的遐想空間；妙在比喻，又給讀者以具體的形象啟示。有時，故作鋪墊，美容具象愈其分明，更來得筆意姿意，端的是好。比如他寫何晏的皮膚好，卻不直說：

> 何平叔美恣儀，面至白。魏明帝疑其傅粉，正夏月，與熱湯餅。既噉，大汗出，以朱衣自拭，色轉皎然。

　　先說何晏「美恣儀，面至白」。面至白是怎麼一個白法呢？如極筆寫具象，一準這個至字就用得空了。直寫，不難，但無味，於是說，魏明帝

懷疑他使用了化妝品——傅了粉。便於正夏月——天氣最熱的那個點上，請他喝熱麵湯——這招兒夠狠的。於是大汗暴出——憑你什麼粉也掛不住了。其妙在於：魏明帝這一邊圈套設好，何平叔那裏只是不覺，不但不覺，熱得極了，便忙著用朱衣胡亂擦拭，結果呢？那臉色愈其光潔——色轉皎然。

又一則，描繪嵇康的美貌的。嵇中散像貌如何？先寫身高：「身高七尺八寸」——好身材；再寫風度：「風姿特色」——好形象。然而，太過簡單了，其形其色不免模糊，於是連引了三證，作為注釋。

第一證，見者歎曰：「蕭蕭肅肅，爽朗清舉。」

第二證：或云：「肅肅如松下風，高而徐引。」

第三證，山公曰：「嵇叔夜之為人也，岩岩若孤松之獨立；其醉也，傀俄若玉山之將崩。」

三證一步一階，階升而梯進，先是「見者歎曰」，再是或云——也有人說，到了他好友山濤眼中，嵇康不但形象極佳，而且人品風度奇佳，就是喝得大醉，都美得與眾不同。

書中「言語」一章，同樣精彩。其中寫到鍾氏兄弟的語言才能時，奇才天縱，令人嘆服，且說鍾毓、鍾會「少有令譽」——小小年紀便頗有名聲，十三歲時，這名聲傳到魏文帝曹丕耳朵裏了——於是敕見。哥哥鍾毓一臉的汗，弟弟鍾會卻汗跡也無。曹丕奇怪，先問哥哥：「因何出汗？」鍾毓回答：「戰戰惶惶，汗出如漿。」又問弟弟：「你為什麼沒汗呢？」鍾會回答：「戰戰慄慄，汗不敢出。」

鍾毓的回答，妙；鍾會的回答，更妙了。

又一次，他們的父親「畫寢」，這一對寶貝兄弟一看來機會了，便偷飲父親的藥酒，不想父親醒了，但假裝未醒悄悄看他們兩人的「行徑」。哥哥鍾毓「拜而後飲」——雖然偷酒喝還講禮儀哩！弟弟鍾會「飲而不拜」——管他三七二十一，喝了再說。「老頭兒」先問鍾毓，他回答：「酒以成禮，不敢不拜。」又問鍾會，則回答：「偷本非禮，所以不拜。」

當真是妙語解頤，與當今之世流行的「腦筋急轉彎」一類智力遊戲相比，別是一種青春風流。

還有一則故事，出自該書的「賢媛第十九」。這故事的語言是如此的有魅力，我也曾多次引用，但每每有意猶未盡之感，其文曰：

> 趙母嫁女，女臨去，敕之曰：「慎勿為好！」女曰：「不為好，可為惡邪？」母曰：「好尚不可為，其況惡乎！」

舊時代，父母嫁女，媽媽總有千萬叮嚀，但這一位媽媽，當真了得，當真了不得！劈頭一語，高妙盡在。——「慎勿為好」。妙就妙在它不合

常理。請問，女兒要去作人家的媳婦，兒媳婦了，有不讓她「為好」的媽媽嗎？這叮嚀不但旁人不解，連自家的女兒——當事人都不明。故反問：「不為好，難道可以作惡嗎？」這一次回答，絕了——「好都不可以為，更何況作惡了！」。

這一段話，從字面上看，從容不迫，似乎信口言之，可見好的詞語，並不一定刻意雕琢。

雖看似信口言來，卻又內涵豐厚。

「慎勿為好」，可以理解為，不要巧意為好，不要故意為好，不要刻意為好。巧意為好，那就詼了；故意為好，卻又假了；就算刻意為好，境界都低了。我們說可憐父母心，因為父母的疼愛兒女，並莫刻意為之，更非故意為之，絕非巧意為之，那是一種天性，不思不慮，自然流出，100顆原子彈都拉不住的。

「慎勿為好」，或許留有更多可思考的空間，老夫頭腦已遲鈍，想不到了，有心得者，還望不吝賜教。但無論如何，我認為這都是一個值得細細思索的題目。

除去上述兩種書外，特別應關注《四書》《五經》。《四書》《五經》乃是中國古代格言警句的薈萃之書。尤其《論語》可說篇篇盡是格言，句句皆為警句。清華大學的校訓「自強不息，厚德載物」，就出自《易經》，現在日本天皇的年號——平成，也出自《易經》。不唯如此，中國古來的眾多人名、地名、校名、商號，在本源上常與《四書》《五經》相關聯。這裏舉《尚書》中的一些佳句美詞，與讀者共用。

1. 「民為邦本，本固邦守」。這意思有點接近於以人為本。
2. 「好問則裕，自用則小。」作學問誠能如此，效果必佳。
3. 「天作孽，猶可違，自作孽，不可逭。」貪官讀此，多半心慌。
4. 「奉先思孝，接下思恭。」思孝思恭，雖為古訓，亦有啟迪於今人。
5. 「吉人為善，惟目不足；凶人為不善，亦惟目不足」。聯想到劉玄德「不以為善小而不為，不以惡小而為之」，感慨猶多。古人吶！
6. 「怨不在大，亦不在小」。為政者，可不慎與？
7. 「無疆惟體，亦無疆為恒。」言簡意得，自有憂患意識在其中。
8. 「皇天無親，惟德是輔。」所謂「得道多助」，有德者，天助之。

以我們中華民族的歷史宏觀而論，先人無愧於子孫，他們曾經創造了多少業績，多少輝煌，以今天的現實而言，子孫亦當無愧於先祖，不但事業如此，漢語的未來與發展亦當如此，亦須如此，亦能如此。

（四）網路詞語，一支生力軍

本章第一節，討論了漢語辭彙的豐富性與創造性。第二節，討論了漢語辭彙的民本性與原生性。第三節議論了漢語辭彙的傳承性與文獻性，這節說的是漢語辭彙的前沿性與先鋒性。

我在前面提到過，漢語古詞古語極多，多到數不勝數，然而，時代必進，歷史必變，辭彙必改，很多字、詞、語都慢慢地沒生命力了，死了。比如古代，馬是重要的交通與戰爭工具。古人愛馬，馬的名稱極多，那些名稱現在大部分已經失去了存在的價值；又如古代日用品，因為時過境遷，人們既不再使用它們，便不會關心它們，除去專業人員與收藏者外，那些專用辭彙也漸漸遠離生活，遠離大眾的視野。人有新陳代謝，物有古往今來。一部分辭彙老去了，另一部分辭彙誕生了。事實上，現代社會較之古代社會要繁複一百倍，豐富一千倍。因此，今人的辭彙較之古人的辭彙也水漲船高，起碼會豐富一百倍，繁雜一千倍。漢語詞古以單音節為主，漸次讓位於雙音節、多音節詞便反映了這一歷史趨勢。那情形就如電話號碼的增位升級。而語言——語詞又天生具有前沿性與先鋒性的特質。因為任何先進的東西若非自語言始，也必須經由新的語言表達，表達了才證明了它的出現與成立。前沿儘管前沿，沒有語言表述，怎麼證明你前沿，先鋒也儘管先鋒，沒有語言作表證，這先鋒便資訊全無。無有信息，何論先鋒。實在一個隻存在於天國或腦海某一未「語」角落的前沿與先鋒，只能歸零。

中國大陸自改革開放以來，尤其1990年代後期以來，新的詞語層出不窮，給人頭昏目眩、目不暇接之感。表示情緒的，如「鬱悶」，如「爽」與「不爽」；表示形象的，如「酷」，如「炫」；表達新式人類的，如「帥哥」、「靚妹」，如「上海寶貝」，如「野蠻女友」，如「蛋白質女孩」，如「超級女生」，這裏面幾個都與女性——女生——甚至小女生、乖乖女有關聯。北京人說到新的男性角色時，又有許多新的詞語，雖是新詞兒，卻有濃鬱的地方味道，北京人好稱爺，爺與新角色嫁接，則有了倒兒爺、板兒爺、侃爺、款爺種種。而且，商業大潮既起，「炒」字驟然盛行。組織宣傳，稱為「炒作」，倒賣外匯稱為「炒匯」，老闆解雇職員稱為「炒魷魚」等等。

隨著農村基層選舉的實行，又有了「海選」一類的新詞兒。海選即不受任何既定候選人限制的選舉。村民自由報名。報名即為候選人，勢如大海中摸魚一般。雖然這方式未必科學，尤其未必有效率，但相對於中國的民史國情而言，也可謂法有所據，理有所本，勢有所然，情有可原。近幾年來，政府官員出了事故，又有了「問責制」，問責也是新詞兒，至少在

漢語中是首次公眾化。雖然有人說，對問責的理解與原創相比已有些不像或不對，但問責總比不問好。縱然有些不像，也是好的。

此外，乘坐計程車叫作「打的」，仲介人組織演員演出叫作「走穴」，演員的本領與影響大了，叫作「大腕」，兒語化些，則為「大腕兒」。據說前一個詞兒出自廣東，後兩個詞是舊話新提。但有爭議，打的出現時，有人反對，說是不規範。但「打的」漸漸成了氣候，縱然專家咬文嚼字，認為不規範，老百姓已經把它作成了規範。不但「打的」，還出現了「打飛的」。打飛的更不規範了，好在人人明白，縱然不大規範，卻也無礙交流。

對「大腕」這個詞兒也有爭議。這本是一句戲曲業裏的行語。有人研究，說正確的寫法應是「大蔓兒」。然而，約定俗成，法不治眾。你以為是「大蔓兒」，那是舊說，現如今，「大腕兒」已成潮流，舊說管不住潮流，也只好「一江春水向東流」──大腕兒下去了。

以21世紀至少21世紀的前期看，最具先鋒性與前沿性的語詞出於網路語言，即以網路語言為主的現代資訊用語。其中與世人關係最多最切最大的一是網路語言中的新名詞、特殊名詞、二是手機短信。

網路用詞對於傳統漢語而言，真真有些另類。不但表達方式絕然不同於既往，很多辭彙也另類另型於習慣用語。這裏先說網名與網友之名。

站在傳統的漢語角度看，網名實是千奇百怪，不但令人奇，令人驚，而且令人疑，令人惑，甚至令人怒，令人怨，令人瞠目結舌，令人憤憤不已。而在線民那一面看來，這正是線民獨有的驕傲，網語的佳妙之處，可愛之處，他們正為這個暗自得意哩！你不懂，因為你不上網；不上網，證明你落伍於資訊時代；你既然已經落伍於時代了，還有什麼資格批評引領時尚的人。似這等菜鳥喧囂，正如同古代的瓦釜雷鳴，你就7458──氣死我吧！

本人入網不久，本領低微，特請我兒子給了一個網名錄，「某家」一見，驚喜不置，那上面有網名數十個，選而錄之，有：

> 一帆風、七星燈、林家小妹、小李飛刀、當代寶玉、不哭黛玉、當世豬八戒、氣死唐僧、漂亮青蛙、破帽遮顏、歲月紅柳、香水榴槤、斷橋殘雪、大搖大擺的豬、逮個就聊、爬樹曬太陽的魚、一片香雪逐花開、把桑田聊成滄海、月光下的狼、愛在星期八、一肚子壞水、我以幼稚看世界、靜止於完美、等你風景都看透，等。

夠奇異，夠新鮮，夠別致，夠另類吧！然而，對於線民而言，這不過「司空見慣尋常事」罷了，對於數不勝數的網名而言，也不過九牛之一毛而已，連一毛都不到哩！而且，從可預見的未來考慮，這不過是一個小小

的開頭罷了，未來的網路語言，難免更奇異，更新鮮，更別致，所不同的只是更成熟，更出色，更具有眾多的受眾而已。但究竟它能有多奇異，多新鮮，多別致，乃至於多另類，你問我，我怎知？

網名已然如此，網語尤其複雜。這裏刪繁就簡，講一點網語中的數字辭彙與短語。對這些語言，本人也是一知半解，幸而我手邊有一本紫色咖啡編著的《新新人類酷語寶典》，其中專為「數位字典」劃了一張表格。此處選錄其中的一些：

密語		涵義
3	=	閃
25	=	你愛我
74	=	你去死
45053	=	你是我的午餐
53719	=	我深情依舊
865	=	別惹我
1414	=	意思意思
564335	=	無聊時，想想我
7864930	=	幸福就是愛上你
8686586	=	發了發了我發了
1314179	=	一生一世一起走

於是有人說，這玩意誰懂呢？不懂，因為你不是線民。線民，尤其資深線民，或青春線民，這點小常識，不但「有何難哉？」而且「妙在其中，趣在其中，樂在其中。」你再囉嗦，就和你「886──拜拜了，你8765──白癡又落伍，58206──我不愛你了。」

數位語詞之外，還有符號語詞，同樣新奇好玩，這裏摘錄幾個，以示一斑。

:-)	普通的基本笑臉。表示開玩笑或者微笑。
:-D	非常高興地張嘴大笑。
:-<	難過的時候苦笑。
:-O	吃驚或恍然大悟。
;-\	既拋媚眼，又撇嘴角。
:-()	更大的「哇」。
(:)-)	哈哈！這是一個小蛙人，戴著潛水鏡在偷笑。[3]

其中還有一個符號，答案竟不確定。

────────
[3]　紫色咖啡：《新新人類酷語寶典》，第318頁，長江文藝出版社2003年版。

那符號是!-)，對應的解釋是：哇！是大眼瞪小眼還是睜一隻眼閉一隻眼？[4]

不消說，網路話語對傳統漢語形成強烈衝擊。對這衝擊，有默認者，有反對者，有耽心者，也有憤而批判者，還有焦灼不安努力提倡為網路立規範的人。

一些人抱怨，網路語言變化太快，不怕你變，但你變化太過猛烈，怕有一天，連操網語的人都無法交流了，自己不明白自己說的是什麼「鳥語花香」了。

其實，變化快，原本就是現代市場經濟的一大品性，且市場變化快，社會變化快。變化快是全方位的，不僅表現在語言層面，還表現在思維方式層面，生活方式層面以及各式各樣的社會遊戲規則層面。

一個觀念出來，頃刻之間，引起千千萬萬眼球的注意。然而，同樣頃刻之間，這觀念又成了明日黃花，再也沒人關心，再也沒人提起。

比如前幾年曾異常火爆，風行一時的酷兒理論，小資觀念，就成為這命運的見證者。

酷兒理論，不酷也罷，一酷便人人言酷，人人比酷，你酷我更酷，你不酷我都酷。但未幾經時，人們煩了，說的也煩了，聽的更煩了。沒事瞎酷什麼？誰愛酷誰酷，我與我周旋久，寧作我。再有言酷者，便成了裝酷。裝酷的同裝傻，裝傻引人發笑。西方有諺語云：人類一思考，上帝就發笑。結果變成了：傻子一裝酷，觀者便捧腹。

還有傳播更廣的小資理念，也不知這理念是哪位大蝦——大俠創造出來的。反正他or她提得好，怎見得好？因為這理念一經新鮮出爐，其傳播力與穿透力簡直比原子彈還屬害100倍，比「神六」還迅猛1000倍，當他大行其道之時，彷彿人生再也無求便罷，有個追求就是當小資。於是鋪天蓋地，非小資而不爽。然而，同樣好景不長，不知不覺之間，小資的光榮歷史便就此打住，說打住都錯，應該是「來無蹤，去無影」，不知不覺之間，便人人沒了興致。再提小資二字，差不多就等於迂腐的代名詞了。什麼小資情調，小資品位，小資讀本？連小資本身都成了笑料，還能有什麼情調，有什麼品位，讀本更不要提。您再叫人家小資，人家會跟你急，您再以小資的知音自命，便成了「三八」或者成了「87」（白癡）。

還有那如雷貫耳的後現代。其命運好一些，然而，似乎也不大行了。曾幾何時，不後現代則已，一後現代便一發而不可收拾。而今日的後現代在諸多場景中已成為沒話找話的代名詞，甚至成了萬人嫌，她找誰談心，誰就想跑，不但不肯親之近之，而且唯恐避之不及。以至有人說，真的後

---

[4]　同上。

現代，人家不說，那些瘋說狂說濫說的主兒，差不多全是冒牌貨。這，可，難了。

　　然而，這不見得全是缺點，頂多只能算是市場經濟等市場文化的一個特點。對這特點，您只是鬱悶，只是煩躁，也不可取。

　　也有極端的觀點，認為網語搞亂了漢語，甚至長此下去，會毀了漢語。這耽心有些過了。其實沒有那麼嚴重。況且說，如此精深博大的漢語，沒有什麼力量可以輕而易舉就將其亂掉或者毀掉的。反過來說，如果因為出了個網路語言，就可以把漢語亂掉或者毀滅，那就預示著漢語本身出了問題。世界事物，只要是有生命力的，不是一點外力就可以毀滅他的，如果他未經三五百回合就被亂了或者毀了，那原因斷然不在他人，還在自己。

　　在我看來，對於網語的很多非難，多少有點葉公好龍的味道。中國大陸實行開放政策三十年來，差不多天天在講資訊社會，資訊時代，殊不知網路及其語言正是資訊時代須臾不可離開的最重要的交流工具，雖然這工具及其文化繁衍物可能有種種不足，但佛頭著糞，佛光仍在。

　　那麼，對網路語言要不要作出相應的規範呢？當然要的。但規範不是硬去束縛它，更不是全盤否定它。實在，它根本也是束縛不住，否定不了的。關於這方面的話題，將在文法一章中另作說明。

三、文句審美

萬馬奔騰中第一聲嘶鳴

與文字、文詞相比，文句是第一個單元完整──活的語言生物。這意思是文字與文詞還是構成語言的基礎性材料，那麼，文句已然是第一階成獨立系統的自覺的生命。以一株樹作比方，文字是樹葉，文詞是樹枝，只有枝、葉，那樹不能成立，文句則是枝、葉、幹、根的有機構成。那麼一株樹可以等於同一堆枝、葉嗎？如果可以，則文句的價值幾等於零，如果不可以，那麼，構成根、枝、葉、幹的生命的，就是文句的價值所在。

（一）文句的結構分析：句型與句型的審美表現

句型分析是一種靜態分析，也是一種結構分析。

從邏輯上講，凡有語句必有句型，句型乃是語句的存在方式。但這只是理論邏輯層面的。如果這樣主論的話，句型分析必然成為一篇無窮無盡、永無終結的文字。

這裏講的句型分析，主要是對那些能產生文學、審美效果的句型的分析。然而，也不可一概而論，實際上，幾乎任何句型，只要運用得法，都有可能產生文學與審美效果，但這往往不是句型本身的作用，而是另有他因。魯迅先生的《阿Q正傳》在描寫阿Q受審的時候，著力寫了阿Q在供狀上劃押的細節。寫到精彩之處，專門寫了一句「阿Q要畫圈圈了。」而且特別地把這一句分別成一個獨立的自然段落，如果說，這一句「阿Q要劃圈圈了」有多麼奇異，那就不實事求是了，它其實平淡無奇，但因為使用得好，用得對景，句型雖平淡無奇，放在一個特別需要又特別適宜它的關鍵點上，於是驟放異彩，令閱者擊節。

但相對於句型分析而言，這不具備普遍性，所以這裏又該給那定義加上一些限制詞：句型分析是對那些易於產生文學與審美效果的典型性文句的審美評價。

其實，這樣的句型同樣數量多多，僅從句型安排的順序考量，即有陳述句、論辨句，疑問句；從句型形態上考量，則有並列句、分列句、排比句、轉折句、蟬聯句等。

以蟬聯句為例，它雖然不太常見，尤其口語中是罕見的句型形式，但用得好時，一樣產生某種獨特的審美效果，平劇《花為媒》中有一段唱詞，寫得卻好：

> 李月娥遮衫袖我用目打量，打量她多才多貌，貌似天仙，仙女下凡，凡間少有這位五姑娘。娘行之中就屬她為首，首一回見了面我從心眼裏愛得慌。慌慌張張，好似張飛把洞房闖，闖得人，人心亂，亂團

團，團團轉，轉團團，我團團亂轉，亂得我差一點就沒有主張，張五可她雖有三媒證，正是我，搶了先，先來到，到的早，早不如巧，巧不如恰，恰恰當當我們拜了花堂，堂堂小姐她走在後，後邊趕來鳳求凰，鳳求凰，凰求鳳，鳳凰相配結鴛鴦。

我在這裏，改變一下敘述方式。我從人講起，由人而句，再由句而效果。其目的是增加閱讀趣味，擴展背景材料，至於成功與否，實非吾所知。

從「五四」運動到改革開放這一段時間，漢語現代白話文興起，並且取得了歷史性巨大成就。人才經濟，成團崛起，佳作迭出，成果累累。以我的閱讀視野而言，其中最具句型創造及其創造性應用特色的人物，首推毛澤東、魯迅與老舍。

1. 排比句專家毛澤東

毛澤東是一代巨人，他在政治、軍事、理論等多個方面都有特別的建樹，他的文章也曾傳播到世界各地，尤其在中國大陸的影響，在一段歷史時期內，發行最多，傳播最廣，具有極多的版本與最廣大的受眾。由於他非凡的經歷，特別是長期以來在黨、政、軍中的特殊地位，加上他本人的個性使然，自然也不排除中國文化尤其中國傳統的涵育與影響，使他的文字具有一種獨特的罕見的甚至是空前的巨人意識。因而他說的每一句話都彷彿是對全人類講的。他一生堅持對敵狠，對友和的立場，在針對敵對陣營、集團所寫的文章，篇篇風格奇異，品性卓然。他的巨人意識強烈又自覺，所以每每下筆，便有與他人不同的視覺與理解。體現在他的詩詞創作方面，就有諸如「五嶺逶迤騰細浪，烏濛磅礡走泥丸」、「安得倚天抽寶劍，把汝裁為三截」；「小小寰球，有幾個蒼蠅碰壁」以及「梅花歡喜漫天雪，凍死蒼蠅未足奇」這樣橫空出世、大氣磅礡的文氣與文筆。

順便說，我年輕時，人人背頌毛主席詩詞。一日，背到「小小寰球」一句時，竟然忽發怪想：似這般寰球小小，固然與蒼蠅恰成對比，那麼，生活在這寰球上的人呢？人在這小小寰球上說是怎樣一種形象呢？百思不解，又無以詢之。即今思之，不覺依然失笑。

毛澤東的這種性格、氣派促成他在對文字、文句的使用與安置方面也具有了特殊的風格。表現在句型上，是他特別擅長使用排比句，或許可以說，自1919年以來使用排比句最多、最好，氣魄最大，把這句型發揮到極端程度的人物，非毛澤東莫屬。

例如他在中國共產黨「七大」做的題為〈論聯合政府〉的報告中，不但使用了排比句型，而且使用了排比性段落，且大排比中包含小排比，連

環行文，反覆成詠，今人讀來，只覺語句滔滔不絕，撲天蓋地而來，不但成目不暇接之勢，更有勢不可擋的雄偉氣慨。

此前的抗戰艱苦之期，國民黨加強對延安的包圍，他也曾寫過一篇題為〈質問國民黨〉的文章，也是一篇奇文。這文章奇就奇在從頭到尾，句句問號——全都由題問句型打造而成，全篇問句，一問再問，問了又問，前呼後應，一問到底，抓住重點，一氣呵成。似這樣的文章，不但亙古少見，在較為重視句型組合的今日文壇，也沒有聽說有第二篇，這一篇連珠炮式的疑問句疊加妙組的奇文，也可以理解為一排比句型的另類超級表現。

2.轉折句專家魯迅

毛澤東特別擅長排比句，魯迅先生則特別擅長轉折句。魯迅使用轉折句，數量如此之多，頻率如此之高，尤其在他的雜文中，不但篇篇可見，而且頁頁可見，個別段落甚至到了句句連用的程度。難得的是：他用轉折句，一是肯切，不為造句而造句；二是變化，雖然用的極多，絕不讓讀者感到重複。魯迅先生的文章以犀利、深刻著稱，自稱是匕首、投槍，但那效果，又豈止匕首、投槍而已。由於轉折句型用得多而且好，更使他的文字增加了曲折感、深刻感。有話偏不直白道來，而是曲折由之，譬如一柄投槍，只顧直楞楞投出，殺傷力就會少了；又如一把匕首，若只是迎面直殺，中「獎」率也一定不高。他的話說得曲折，因為他想得深刻，不是隔靴搔癢，而是刀刀斃命。語言是思想的鏡子，句型是語言的支架，因為那鏡子至為明亮，那角度絕異無倫，所以射出來的光芒也自與眾不同。

這是先引他在〈論秦理齋夫人事〉中的一段話：

> 人固然應該生存，但為的是進化；也不妨受苦，但為的是解除將來的一切苦；更應該戰鬥，但為的是改革。責別人的自殺者，一面責人，一面正也應該向驅人於自殺之途的環境挑戰、進攻。倘使對於黑暗的主力，不置一辭，不發一矢，而但向「弱者」嘮叨而已，則縱使他如何義形於色，我也不能不說——我真也忍不住了——他其實乃是殺人者的幫兇而已。[1]

一段話，不足200字，卻用了四個「但」字，四個「也」字，外加一個「倘使」，一個「更」字，一個「而」字，一個「則」字，曲折迂迴，可說到了轉折句型之能事，然而也因此使這一段文字經得起反覆咀嚼，且越是咀嚼越有味道。

---

[1]　魯迅：《而已集・南腔北調集・花邊文學》，第203頁，中國文化出版社2002年版。

　　細細分析，魯迅的使用轉折句型，並非只是擅用「但」字，雖然「但」字代表了180度的方向逆轉——真正的大轉彎，而在這大轉彎中，還有中轉彎，小轉彎，從而使他的轉折句型豐富無比，具備了種種形態，既有反向性的，也有同向性的，又有遞升性的，還有加強性的，如此七轉八轉，把對手轉暈了頭，把朋友轉開了竅，那句子也變得益發精粹，益發好看。

　　他的轉折句中，關鍵字異常豐富，除去「但是」、「倘使」、「更」、「而」、「則」之外，對「如果」、「然而」、「卻又」、「以及」、「假設」的運用，都到了信手拈來，出神入化的境界。

　　再看他的兩段轉折句型的妙語，一段是講文字的普遍性的。

> 文學有普遍性，但有界限；也有較為永久的，但用讀者的社會體驗而生變化。此極的遇斯吉摩人和菲洲腹地的黑人，我以為是不會懂得「林黛玉型」的；健全而合理的好社會中人，也將不能懂得，他們大約要比我們聽秦始皇焚書，黃巢殺人更其隔膜。[2]

　　另一段，出自先生的雜文名篇：〈夏之蟲〉。他這樣寫：

> 跳蚤的來吮血，雖然可惡，而一聲不響地就是一口，何等直接爽快。蚊子便不然了，一針叮進皮膚，自然還可以算得有點徹底的，但當未叮之前，要哼哼地發一篇大議論，卻使人覺得討厭。如果所哼的是在說明人血應該給它充饑的理由，那就更其討厭了，幸而我不懂。[3]

　　文字不長，轉折不少。「雖然可惡」是第一個轉折；「而一聲不響」是第二個轉折；「蚊子便不然了」，是第三個轉折；「但未叮之前」是第四個轉折；「卻使人覺得討厭」是第五個轉折；「如果所哼的是……」，誇張一點講，也算一個小轉折；最末，「那就更其討厭了」，是第七個轉折，「幸而我不懂」，是第八個轉折。

　　當然，這不是一句話，而是各種轉折句型的疊加疊用，但用得如此之妙，可見在轉折句型的應用上，魯迅先生確實別有心得。

　　還有一段經典性文字，寫得更好。語出《集外集》序言。

> 我慚愧我的少年之作，卻並不反悔，甚而至於還有些愛，這真好像是「乳犢不怕虎」，亂改一通，雖然無謀，但自有天真存在。現在是比較的精細了，然而我又別有其不滿於自己之處。我佩服會用拖刀計的

[2]　魯迅：《而已集·南腔北調集·花邊文學》，第244頁，中國文化出版社2002年版。
[3]　《華蓋集·華蓋集續編》，第127頁，中國文史出版社2002年版。

> 老將黃漢升，但我愛莽撞的不顧利害而終而被部下偷了頭去的張翼
> 德；我卻又憎惡張翼德型的不問青紅皂白，掄板斧「排頭砍去」的李
> 逵，我因此喜歡張順的將他誘進水裏去，淹得他兩眼發白。

一段話中，運用「卻並」、「甚而至於」、「雖然」、「但」、「然而」、「但」、「而」、「卻又」、「因此」九個轉折句，將那盡人皆知的文學故事，有鋪有墊，夾敘夾議，演繹得一波三折，跌宕不顯，而後面新生的意思，也愈發深刻、尖銳起來。

3.傳統北京話專家老舍

另一位句型大家則是老舍先生。老舍的語言特色，是文學化藝術化的北京話，而且是旗人特別擅長的在古老胡同中紮下了根的老北京話，句型當然也是很講究的，但與毛、魯二位比較，他的句型表現不是那麼自覺，那麼誇張，那麼強調。因為口語本身即有別於那種典型的文字表現，加上北京話很注重簡潔，喜歡省略，該用主語的地方，他可能不用；該用謂語的時候，他又可能不用；該用賓語的地方，他還可能不用。

而且傳統北京人的特點，是講究話語氣氛的，雖然特別講究氣氛，卻又不喜歡擺架式；同時，又很追求語句組合的順溜——連順溜都做不到，還說話幹嘛？但又不喜歡甚至排斥平鋪直敘，認為平鋪直敘，沒勁，太平庸了。北京人再平庸，也不能墮落到那樣的地步。

北京話的另一特點，是它特別喜愛並且擅長使用短句，使用短句，一句話分八份，而且七岔八岔，既有分頭而來，又有齊頭並進，間或插一些解釋，又要給一點旁白，但從整體上理解，卻又是很順溜——順順溜溜的，文從字順的。旁人聽著——看著固然有些眼花繚亂，作者筆筆寫來卻又有板有眼，而且出於他口，只是清清白白，順順暢暢，如小溪流水，入於您耳，又恰似春風拂面，沐浴晨光，您就只管舒服著享受去吧。

這裏引幾句《茶館》中小劉麻子對辦公司的見解，雖是反面之詞，那語言卻是十足的「京味」，而且那句型也很有代表性。

> 看這個怎麼樣——花花聯合公司？姑娘是什麼？鮮花嘛！要姑娘就得多花錢，花呀花呀，所以花花！「青是山，綠是水，花花世界」，又有典故，出自《武家坡》，好不好？[4]

一小段，順著寫，問著寫，論著寫，感歎著寫，經典著寫，倒敘著寫，七零八亂，但主線清晰，不唯活靈活現，而且頭頭是道。

---

[4]　老舍：《茶館、龍鬚溝》，第48頁，人民文學出版社1994年版。

　　老舍先生無疑是運用老北京話進行文字創作的最傑出的代表，在他的眾多作品中，以知名時序而論，首推《駱駝祥子》，但在我看，多卷本小說《四世同堂》與話劇《茶館》應該更為出色，《四世同堂》是一部難得的既反映歷史大題材又具有很高文化含量的文學巨著，殊不知將這二者很好結合，從而形成這樣的認知與筆路，在世界小說史上也不多見。或者有寫大題材的，但文化含量不多，尤其對國民性與民族文化品性的分析少了；或者偏於文化剖析，但那題材又受到限制了。總之是「常恨絳、灌無文，隋、陸無武」，從大文化著眼，寫事尤要寫人，寫人還要寫心，寫心更寫那文化品格與理路的，唯《戰爭與和平》的貢獻為大。中國的長篇小說中，除去《四世同堂》，我沒有看到還有這樣的巨著。而話劇劇本《茶館》則寫得尤其文化，且尤其精粹。那結構自是起超越於前賢的，這個且不言。這裏先引《四世同堂》中的兩段話，可以看出老舍先生京音京味又特具典型北京話語句型結構的語言特色。

　　一段是老舍給書中反派人物冠曉荷的「開臉」，但見筆筆寫來，又幽默，又深刻，又帶有骨子裏的貶損與輕蔑，是他寫道：

> 冠先生已經五十多歲，和祁天佑的年紀仿上仿下，可是看起來還像三十多歲的人，而且比三十多歲的人還漂亮。冠先生每天必定刮臉，十天准理一次髮，白頭髮有一根拔一根。他的衣服，無論是中服還是西服，都盡可能的用最好的料子；即使料子不頂好，也要做得最時樣最合適。小個子，小長臉，小手小腳，渾身上下無一處不小，而都長得勻稱。勻稱的五官四肢，加上美妙的身段，和最款式的服裝，他頗象一個華麗光滑的玻璃珠兒。他的人雖小，而氣派很大，平日交結的都是名士與貴人。家裏用著一個廚子，一個頂懂規矩的男僕，和一個老穿緞子鞋的小老媽。一來客，他總是派人到便宜坊去叫掛爐燒鴨，到老寶豐堂去叫遠年竹葉青。打牌，講究起碼四十八圈，而且飯前飯後要唱鼓書與二簧。對有點身份的街坊四鄰，他相當的客氣，可是除了照例的婚喪禮吊之外，並沒有密切的交往，至於對李四爺，劉師傅，剃頭的孫七，和小崔什麼的，他便只看到他們的職業，而絕不拿他們當人看。[5]

　　雖是「開臉」，並不像傳統評書那樣，寫身高幾尺，膀闊幾停，什麼眉，什麼眼，鼻如何，嘴如何，鬍子又如何，而是寫形象，又寫作派，寫愛好，又寫人品，從外寫到內，又從裏寫到外，而且內外穿插，左勾右

---

[5] 老舍：《四世同堂》第一部，第19-20頁，四川人民出版社1919年版。

連，不但讓讀者看到這是一個⁶什麼形象的人，尤其讓讀者看到這個人有怎樣的習氣與心腸。

另有一段，是寫書中的主要正面人物祁老太爺的，雖說是正面人物，絕不是英雄人物；雖不是英雄人物，但對於中國傳統文化而言，卻又是很具代表性的人物；即便是代表性人物，代表的又常常是落後於歷史潮流的內容；然而，心是善良的，人物類型是有特色的，所作所為，所言所想，又是有個性的。總而言之，作者彷彿只是信手寫來，卻字字有內涵，筆筆有出處。相對於前一段引文，文句比較規範，說它是排比句，也可以的，但前有車，後有轍，縱然排比，也是北京話格式的排比，它絕對不喜歡嚴整，就算形式有些嚴肅，也絕對管不住它任心發揮的自由。老舍先生寫道：

> 在六十歲以後，生日與秋節的聯合祝賀幾乎成為他的宗教儀式——在這天，他須穿出最心愛的衣服；他須在事前預備好許多小紅包，包好最近鑄的銀角子，分給向他祝壽的小兒；他須極和善的詢問親友們的生活近況，而後按照著他的生活經驗逐一的給予鼓勵和規勸；他須留神觀察，教每一位客人都吃飽，並且檢出他所不大喜歡的瓜果或點心給兒童們拿了走。他是老壽星，所以必須作到壽星所應有的一切慈善，客氣，寬大，好免得叫客人們因有所不滿而暗中抱怨，以致損了他的壽數。生日一過，他感到疲乏；雖然還表示出他很關心大家怎樣過中秋節，而心中卻只把它作為生日的尾聲，過不過並不太緊要，因為生日是他自己的，過節是大家的事；這一家子，連人口帶產業，都是他創造出來的，他理應有點自私。

毛、魯、老的時代，具有語言成就的人物，還有許多如梁實秋、周作人、林語堂、沈從文、冰心、蕭紅、徐志摩、錢鍾書等。「文革」沉寂十年，文學毀敗嚴重，只聞假、大、空的句型句勢，沒有什麼創造可言。

改革開放以後，一時舊樹新枝，新人迭出，出現了新的發展格局、算到上個世紀來，單以漢語句型層面的成績而論，就本人目力所及，我以為最有特色的人物，當推王蒙、王朔與楊煉。

4.王蒙的句式創造與〈來勁〉

王蒙自是一位大家，而且他的創作壽命之長，絕對領先於他同時代的人物。創作壽命既長，且總有新作新見，尤其令人欽佩。他語言方面的功力很深厚，句型創造很獨特，但那路數與毛、魯、老又有明顯區分。

---

⁶　老舍：《四世同堂》第一部，第154頁，四川人民出版社1979年版。

與毛澤東的文筆文句文氣相比，他是更平民化——真正平民化的。他的文字文句文筆絕對沒有那種居高臨下，睥睨高強，揮灑噴薄，指點江山的特點，他雖然也曾身居高位，但不改其平民化語言的本色。

他又不同於魯迅先生。魯迅的文章深思熟慮，用筆精准，文詞老辣，句型料峭，寧可隱而待發，絕對彈無虛發。王蒙的文字，則似激流滾滾，不是大氣象但有真熱情，或如泉噴，或如鼎沸，說是娓娓到來，不確；說是狀如口語，也不確。他是平民化的汪洋姿睢，又是有些饒舌的雄辯之家。

他自然也不同於老舍先生。老舍先生是一口地道的北京話，那是非生於斯，公於斯，精於斯，又沉醉於斯而不可得的。老舍先生的語言句型以散為主，少用整形句，沒有英雄氣概，也不追求英雄氣概。每一句話，都好似一個盆景，一株小樹，雖只見枝枝枒枒，卻又有根有脈。

王蒙的語言，不是地方性的，也不以散式句型為特色。他的那些最具魅力的語句，有如環上套環，扣上加扣，猶如一條精纏密結的繩索，你曉得那是一條繩索，也明白那上面的個個花結，卻找不到解開那些花結的辦法，雖然找不到解開花結的辦法，又不能不佩服它所體現出的奇思妙想、妙手天成。他的這個特點，在他那一篇引起諸多爭議的〈起勁〉中，表現得最為淋漓盡致。

這小說開篇即寫道：

> 您可以將我們的小說的主人公叫做向明，或者項銘、響鳴、香茗、鄉民、湘冥、祥命或者向明向銘向鳴向茗向名向冥向命……以此類推。三天之前，也就是五天以前一年以前兩個月以後，他也就是她它得了頸椎病也就是脊椎病、齲齒病、拉痢疾、白癜瘋、乳腺癌也就是身體健康益壽延年什麼病也沒有。十一月十二號也就是十四月十一二號突發強轉性暈眩，然後拍了片子做了B超腦電流圖腦白流圖確診。然後掛不上號找不著熟人，也就沒有痛也就不暈了也就打球了游泳了喝酒了做報告了看電視連續劇了也就根本沒有什麼頸椎病乾脆說就是沒有頸椎了。親友們同事們對立面們都說都什麼也沒說，你這麼年輕你這麼大歲數你這麼結實你這麼衰弱哪能有會哪能沒有病去！說得他她它哈哈大笑，嗚嗚大哭，哼哼嗯嗯默不做聲。[7]

從句型角度思索，它至少有三個層面的價值不容忽視。這三個層面是，非規範性——前衛性，開放性——實驗性；速食性——解構性。

首先是非規範性——前衛性。這寫法雖然是前衛的，前衛還不光其前衛，因為文化環境改變了。說它非規範，即不合常規，也不合傳統。這樣

---

7 《五色土》，第1頁，時代文藝出版社1990年版。

的文字與句型組合在任何一位前代的漢語經典作家那裏都是不可能的，古代沒有，當代沒有，改革開放之前也沒有。

其次是開放性——實驗性，開放即實驗，可以在一個很普通的句型中加進甚至是任意加進許多不相干不適宜有悖常情的內容。這些內容，消極地看，就是一串囉嗦，一片廢話，積極理解，則是一種有益的「疊床架屋」，「畫蛇添足」。疊床架屋本來是一個貶義詞，但看作新視覺藝術，也不無可取之處；畫蛇添足也是一個貶義詞，但應用對景且做得好時，又可歸於奇思妙想，這句型的特長就是眾多詞語的同類疊加，而且是幾近無限制的超級同類大疊加，而疊加也有疊加的好處，彷彿人只有兩隻手，菩薩卻可以有一千隻手，俗謂千手觀音。

再次是速食性——解構性，速食原本就是對傳統飲食的一種創造性解構。所謂速食性，即這種句式乃是一種嘗試，而且是獨一無二的特別嘗試。它類似速食，沒它不可，代替大餐也不行。且只可一用，不可再用，絕對不能濫用，如果篇篇小說都使這種句型，肯定價值全無，雖然不能濫用，但具有某種解構價值，其意若曰，人為萬物之靈，任何神聖的東西都可以有所冒犯，有所顛覆；又具有借鑒價值，一點靈犀動，啟迪萬人心。

5.王朔句式創新與新型北京話

王朔則是老舍文學語言的異代繼承者。異代者，時過境遷，語言環境大不同哉，所以雖是繼承者，二人的話語方式又是如此之不同。實在這一位後來人，不是「客觀」繼承人，他或者也從老舍的文學中學到了些什麼，或者乾脆橋是橋，水是水，相似是因為「撞上了」。二人的確切相同處，在於他們都是北京人，他們的語言與句型也都是比北京話為基礎的。

然而，北京話不是死的，而是活的，它天天在變化。且由於居住區域差異，其話語方式尤其有別。至少在以下幾個方面兩個人存在很鮮明的區別。

其一，王朔說的是北京的大院裏流行的北京話。首先，大院中居住的人與胡同中居住的人，身份就很不相同，而身份這兩個字不知道在美國怎麼樣，但在我們古老的中國，卻是件大事理。因而，大院的北京話不像胡同的北京話那麼純正，但也沒有多少貴族氣。他的特色是以北京方言為基礎音韻，又加上各種新的因素，混合而成。

其二，傳統的北京話是特別講究規矩，講究修養的。雖然說的俗，說得溜，又是更說得尖刻，說得狠，但骨子裏永遠帶有一種尊貴感。這種尊貴感既助長了說話者的信心，也增加了說話者的負擔。王朔的話語特點是「渾不吝」，他沒什麼負擔，任碼負擔都沒，自然，也不講究規矩。什麼規矩，「我是流泯我怕誰？」「愛你沒商量」，「我是你爸爸」，誇張，

刺激，諷刺，冷幽默，混雜攪拌又添些佐料無限，成了他的本色。這樣的
特色，是老舍先生絕對沒有，也壓根兒不曾想有的。即使他筆下的四爺，
也不是這個勁頭兒。

　　其三，老舍的話語特徵，是對於市井北京話的凝煉與保護，他把他
們的語言文學化了，從而在客觀上也保存、保護了它。他使用的字、詞、
句，包括聲音，語調和結構，都與他們太相似了——他原本就是他們中的
一員，不過比他們更自覺因而有時更像他們自己。比如今天的大多數北京
人已聽不到地道的老北京話了，如果您想聽，最好的版本就是老舍先生的
《茶館》，如果您想看，最好的材料就是老舍先生的書。

　　王朔的話語指向，首先不是保護，而是顛覆，他在顛覆中出生，在顛覆
中成名。當然他的顛覆對象不是北京話，而是那些與北京話混在一起的所謂
主流用語，特別是那些為我們司空見慣又麻木不仁的大話、空話、假話、套
話。他作為我們中國人中的一員，自然熟悉它們，但更其反感它們，於是便
使用北京——大院北京人特有的話語方式把它們顛覆了，他不是批判它們，
而是讓它們自己出醜，從而彰顯出這些大話、空話、假話、套話的可笑與可
厭。王朔在這個方面的貢獻，可以說無人比得——包括現有的幾乎所有的文
學人物。其影響力似乎較之老舍對其同時代文學的影響，還要大些。

　　王朔寫過一篇〈我所討厭的詞〉，足足列舉了三個自然段，大約有
一百二、三十個詞，而這些詞差不多也是我們這些大陸中國人最常用的，
且用之既久，頭腦亦有些冬烘起來。這些詞包括：

　　　　優雅、檔次、格調、情結、關懷、巨大、精神、理想、信仰、
終極、高貴、貴族、父親、神聖、清澈、呼喚、難忘、純粹、追
求、堅守、虛偽、沉默、價值、無比、光榮、自由、民主、民族、
奴隸、體制、未來、歷史、人文、個體、生命、存在、誕生、詩
意、想像、家園、故鄉、感謝、獻出、愛、熱愛、痛苦、幽默、智
慧、博學、閱讀、文本、尖銳、拒絕、強烈、震撼、穿透力；

　　　　香水、絲巾、高腳杯、威士卡、咖啡、香煙、牛排、可口、三
文治、書籍、唱片、時光、男孩、女孩、跑車、熱水器、玫瑰、百
合、寂寞、瘋狂、刻骨、夢魘、午夜、午後、做愛、優美、體液、
汗、氣味、眼淚、皮膚、難堪的、淡淡的、蒼老、嬌嫩、冰涼、透
明、柔軟、飛快、漫長、墮落、快樂、暈眩、地獄、天堂、怪裏怪
氣、痛哭、了不起、太棒了、天哪！

　　　　披頭士、貝多芬、凡高、達利、范思哲、阿瑪尼、米蘭‧昆德
拉、博爾麥斯、海德格爾、哈貝馬斯、維特根斯坦、瑪麗‧杜拉

斯、張愛玲、王家衛、艾略特、金斯堡、昆廷——塔倫捏諾、伯格曼、斯皮爾伯格。[8]

從這些詞上理解，王朔不但討厭做、大、空、套話了，連盛行一時的各種小資情調，紳士作派，他也「一個都不入眼」，「一個都不放過」。

這裏再引他的兩段妙文，兩段話也都出自《隨筆集》。第一段出自他那篇傳播極廣又爭議極大的〈我看金庸〉。

> 那些故事和人物今天我也想不起來了，只留下一個印象，情節重複、行文囉嗦，永遠是見面就打架，一句話能說清楚的偏不說清楚，而且誰也幹不掉誰，一到要出人命的時候，就從天上掉下來一個擋橫兒的，全部人物都有一些胡亂的深仇大恨，整個故事就靠這個推動著。[9]

另一段，出自他的〈都不是東西〉，這題目就透著王朔式的「風韻」，文字更出彩了。他這樣寫：

> 窮人出本書認定這人不甘寂寞，不守本分；名人說兩句閒話就認定這人是裝孫子，沒話找話，媒體報導某人某事就說是妙作；導演拍部片子，賣錢了是傻逼，不賣錢還是傻逼。說來說去，就是不相信這人目的就是他正在幹的這件事，一定要去打探、猜他後面的真正動機，其實自己想像力也有限，猜來猜去，無非是「名利」二字，某人想錢想瘋了，某人想出名想瘋了，得出這個結論，自己也塌實了，覺得把人家看穿了，進而把紛紜世相也看破了，如同小孩子問人吃的飯都到哪裡去了，一定要追到廁所，追到糞坑，掀開糞井蓋子看到雞鴨魚肉化作一池糞便，才算滿足了求知慾。[10]

王朔的句型，顯然也屬於典型的散式句型，而且比之老舍先生的句型還要更散。老舍先生的著作中，偶爾還有一些整形句——即沒有逗號的句子。王朔的書中，這種句型幾乎沒有。他的任何一句話，一個句號，都需要三個及三個以上的逗號伺侯著。〈我看金庸〉那一段話不過110個字，一共用了十個逗號；下面引自〈都不是東西〉中的那一段話，從「說來說去」開始，也不到200個字，一共用了16個逗號外加一個頓號，那「形狀」簡直就不是一朵盛開的鮮花，而是一株繁盛的小樹了。

8　王朔：《隨筆集》，第130頁，雲南人民出版社2003年版。
9　同上，第169頁。
10　同上，第257頁。

王朔的語言，很招一些人討厭，甚至憤怒，不僅指定認為他的小說為痞子文學，甚至對他的人格都產生懷疑。但我要說，如果你看的王朔的書較多一些的話，你會改變這個看法，說不定還會向朔爺表示歉意的。不錯，他寫〈我看金庸〉、〈我看魯迅〉、〈我看老舍〉的時候，固然下筆囂張、不存顧忌，但寫〈我看王朔〉時，同樣刀刀見血，不留情面。至於說他的小說是痞子文學，那也可以，但痞子文學不等於痞子，就像你寫了〈告密者〉不見得就是告密者，寫了〈偽君子〉也不見得就是偽君子一樣的。

無論如何，王朔語言的影響是巨大的，他不但影響了小說，影響了影視作品，而且影響了大眾流行語。有人說他的小說傳播不過長江，如果是真的，那也說明，他的北方話——北京話——新型北京話確實真真說出了水平。因為《海上花列傳》的傳播，原來也不到江北來的。但那，畢竟是一時之現象。

6.楊煉的前衛句式與〈自在者說〉

再一位有影響的語言人物則是楊煉。楊煉享大名於上世紀八十年代，但那影響，我以為是深遠的，不為時空所累。

楊煉是一位詩人，一位現代派詩人。他的語言風範與毛、魯、老時代是無所比徵的。他走的則是另一個路子，這個路子是現代主義式的，但又並非西方現代主義式的。他寫的分明是中國的文化、中國人的情緒和現代中國人關注的事兒。然而，那句型，那風範，那情調都是極具顛覆性、革命性與震憾性的。我相信，生活在1980年代又關心文學與社會的人，讀到他的詩，那種情緒上的起伏與心靈的震盪是無以言喻的。而他的句型與話語方式也最好不與中國傳統語式相比較，找一位西方的大師級人物比較，似更為相宜。

在他之前，我以為漢語的表達方式中，不會出現莎士比亞筆下那種幾近瘋狂的用語與品質，尤其是哈姆雷特式的話語方式與用詞方式，哈氏語言，丹納這樣詳說它。

> 莎士比亞的風格是各種猛烈問句的複和體，沒有一個人能夠象他這樣隨心所欲地駕馭語言。交錯的對比，意念的轉換，可怖的或神聖的形象的堆積，全都羼雜在一行詩句中；照我看來，他似乎沒有一個字不是大聲喊出來的。[11]
> 面臨著這樣一位天才，我們猶如置身深淵的邊緣；一股迴旋的急流洶湧奔騰，吞沒了一切，其中浮現出來的東西都是變了形狀

---

[11]　《莎士比亞研究》，第95-96頁。

的。我們在這些震動心弦的隱喻面前，不禁茫然若失；這些隱喻裏由一隻狂熱的手在夜間的譫妄迷亂中寫出來的，它們把需要用一整頁去表現的意念與圖像凝聚在半句話之中，使人目不暇給。字眼失去了意義；結構打亂；似非而是的風格，人在忘我的激動之中偶然脫口而出的顯然虛妄的辭藻，全都變成了普通的語言；他迷惑別人，擯斥別人，使人發生恐懼，感到厭惡，受到挫折；他的詩是一首深入肺腑的壯麗的歌曲，唱出了高昂的聲調，甚至超越了我們的聽覺，使我們覺得刺耳，我們只有用自己的心靈才能領會這種歌曲的正確和優美。[12]

　　這裏我要鄭重說明，莎士比亞的詩劇好，丹納的評論好，張可先生的譯文同等的好。是她的譯文，給我們以很大的漢語式的無以倫比的文字享受。

　　方才說過，我原本以為莎氏詞句只屬於英語，但因為有了楊煉，有了他那一篇鴻篇巨製的〈自在者說〉，我的觀點改變了，中國人也可以寫出莎士風範的語言文學，中國詩也可以有莎士比亞式的表達。雖然那內容，那氣象，那內涵都與莎氏作品有著質性區分。單以句型等文字形式而論，卻完全可以以茶代酒，各占所長。

　　這裏先錄〈自在者說〉「天・第一」的開頭部分：

　　就這樣至高無上：無名無姓黑暗之石，狂歡突破兀立的時辰
　　萬物靜止如黃昏，跟隨我，更消遙更為遼闊
　　落日的慶典，步步生蓮，向死亡之西款款行進
　　再度懷抱，一隻鳥或一顆孤單的牙齒
　　空空的耳膜猝然碎裂
　　聽不見無辜聽不見六條龍倒下時綠色如潮
　　就這樣不朽：光的沉淪
　　蒙面而成另一片高原，鳥瞰於藏紅花的天空
　　我的某顆心，在日晷上焚燒
　　某只手輕輕解開那潛入石頭的風
　　向死亡之西，歲月的黑鴉，四散驚飛一片盲目
　　白癡似的帆或孩子、跛腳的地平線
　　病是一隻鞋
　　既沒有粼粼之海的遍視也沒有眼底洞開的深淵
　　夜醒了，在我體內某處蠕動。[13]

---

[12] 同上，第97頁。
[13] 轉引自《文化：中國與世界》（第一輯）第93-94頁。三聯書店1980年版。

　　這風範絕對不一般。正所謂一個奇異的景象接著另一個更為奇異的景象。而且突兀而來，突兀而去，既不知其由來又不知其所去，其來也無根無據，其去也亦無頭無緒。他大筆包容，但並非真的包容，它只是「擺」在那裏，它彷彿是一堆靜物，但一堆靜物焉能如此。它似乎有生命，然而生命安在，卻又難知。它不僅一個奇異連著一個奇異，而且一個奇崛加著一個奇崛。但人是有的，我是在的，水是有的，山是在的，萬物如斯，無所不在。然而，那又是怎樣的萬物喲。它寫死亡，又寫一隻鳥，寫一顆孤單的牙齒；寫耳膜，卻不寫這耳膜的「聰」，而寫它的「碎裂」；寫六龍，又不寫它的雄偉，卻寫它的倒下，倒下也不是尋常的倒下，而是「綠色如潮」。

　　它寫高原，又寫我的心，但不是一顆既定的心，而是「某一顆心」，不知道「我」有幾顆心，這是哪一顆心，不曉得，也不說明。雖不曉得，又不說明，卻真真切切在「日咎上焚燒」；又有「某隻手」出現，並用它「解開那潛入石頭的風」；且「向死之西」，如「歲月的黑雅，四散驚飛一片盲目」──我這樣解說都有點不對。然而，作者似乎並不在意這些，他只是隨情隨欲，一路寫去。又是「帆或孩子」，又是「地平線」，且「帆和孩子」是「白癡似的」，「地平線」也是「跛腳的」，然而還不夠，還連著「病是一隻鞋」。好呀！好名詞！然而，雖然「既沒有粼粼之海的逼視也沒有眼底洞開的深淵」，這夜還是「醒了」，醒了又待怎樣？──「在我體內某處蠕動」。

　　這樣的文字，這樣的句型安排，可是大騷家屈原能夠理解的？可是大詩人杜子美可以認同的？可是大才子蘇東坡可能喜歡的？可是現代派傑出詩人徐志摩、戴望舒可以同意的？

　　然而，我寫天寫我寫自然寫內心世界，又與別人何干？他們理解也罷，不理解也罷，認同也罷，不認同也罷，喜歡也罷，不喜歡也罷，同意也罷，不同意也罷，我寫故我在，與其他種種無關。

　　然而，這不過一個短短的開頭罷了。自此寫開去，他不但寫天，還要寫風，還要寫氣，他寫天，一寫便寫下了人間，彷彿「天龍八部」一般。不，不能。這麼比方就庸俗了。他寫風，同樣未止其一，未止其二，未止其三，而且下筆依然奇崛，奇特與奇異。令人讀之，同樣莫名其妙，莫能自己。

　　作者在《風·第三》中如此寫道：

　　　　那麼，你們，在第五個季節中盲目。在第七天，放棄呼救如鬆開冊封萬物之手。驚鳴一勒驟為碑石，聲聲啼鳴散入虛空：無陸無陵，未漸之木早已腐朽，而未涉之水橫流天際，人煙沸騰如鏡的海岸，

每顆沙礫諳曉冒險像諳曉金黃碩大之正午，其勢洶洶，其羽燦燦突入風暴……[14]

對這樣的句型，怕是連分析都是多餘的，或者用一切舊的方式也根本無法分析，無從分析，一切分析歸於無效。

時光荏苒，二十年過去，楊煉發生這樣奇特奇崛奇悍奇怪奇嘯奇異的詩歌也漸次為詩界所同流。可見他所開創的乃是一條完全可以走通、走好，可以走出光彩來的文學之路。

順理成章，凡一個超級人物的出現，必有相應的群體作支撐。《紅樓夢》固然偉大，不可能產生於明代之前，魯迅先生固然傑出，也不可能脫離於五四新文化運動。故除去毛、魯、老，蒙、朔、煉之外，當有為數眾多的對現代漢語語言及其句型作出傑出貢獻的人。早一點的，如沈從文、錢鍾書、張愛玲、蕭紅；晚一點的如趙樹理、張賢亮、馮驥才；更晚些的如劉索拉、劉恒、蘇童與池莉；新穎作家如張馳與石康，加上更多更有衝擊力的網路寫手，尤其起到了推波助瀾，甚至以另類姿態、另類情致、另類筆法、另類關注起到領時代風氣之先的實驗性作用，其寬度、廣度、深度既是孔、孟、莊、韓時代未曾得遇，也是唐宋八大家時期難於比擬的。在句型的創新與創制方面，特別值得書寫的人物還有周星馳及其大話系列。只有考慮到本書的整體安排，此處暫且不議。

（二）文句的類型分析：不同的追求與不同的效果

所謂文句的類型分析，主要是考察漢語語句的表達方式與表達特色的，說得大一點，可以看作是文句的範疇。

文句的表達方式與特色，內容也多，多到幾近無邊際。但人們常用的，喜歡用的和比較能出彩兒的沒有這麼多。況且因文體不同，或時尚不同，或作者個性不同，或對文句的理解與追求不同，也會處在不斷地消弭轉換之狀態。如上一節談到的如整句、散句、排比句、轉折句均屬於此類。這裏重點分析十二種類型。

1.濃句與淡句

濃與淡原本是關於色彩的形容詞，但文句可以表現它們。因為表現得好，乾脆，有風情，有趣味，進而使之成為某類文句的名稱，即有濃句，也有淡句。

---

[14]　同上，第100頁。

濃與淡比，中國傳統對於淡雅的色調更多青睞。然而，它不見得公允。實則淡有淡的高超處，濃也有濃的絕妙處，蘇東坡形容西湖之美，「若把西湖比西子，淡妝濃抹總相宜」，才是入情入理之言。

同樣以美人為喻，美人如水，素面朝天，固然很好；濃妝重彩，驚豔絕倫，也很不錯；不事雕琢，不愛粉飾，天然一段風流態，固然很好；精心打理，故意安排，也很不錯；豆蔻年華，青春氣息如芳如菲，固然很好；盛年嚴妝，國色天香，尤其不錯。有人說，面對盛妝美人，多少有些目不敢開。那是你膽小，或者水平不夠，或者缺少紳士歷練，紳士風度。西諺云：三代可出一個紳士。如此話可信，努力堅持下去，至少到了您孫子那裏，會有希望。玩笑。請勿介意。無論如何，不敢直面盛妝女性總是令人洩氣。說其原因，主要是因為我們很多中國人，窮久了，窮慣了，窮得心理脆弱了。未來，美人看得多了，自己也成了美人或美人的舞伴，也就不足為奇了。

濃與淡，其實也有程度與類型之別，有濃墨重彩之濃，也有精雕細琢之濃；有情意纏綿浸淫如火之濃，也有豔色驚天如光如電之濃；有的濃，濃在外而淡在內，《紅樓夢》中的賈寶玉是也；有的濃，不但濃在色而且濃在心，如溫庭筠的詞是也；有的濃有聲有色，有的濃如素如初；有的雲蒸霞蔚，嫣然一片，有的無端無緒，濃得化不開。

以詩詞論，王維的詩寫得淡，李賀的詩寫得濃；不但詩意濃，遣詞用字也濃，只是因為生不逢時與個人性格的原因，濃重之後至少有些怨氣——有志不得伸。宋代詞人中，柳永寫得俗，晏殊寫得雅，歐陽修則雅詞也有，豔詞也有，賀鑄亦兼而能之，他的一些豔詞，足令正人君子皺眉閉目，好不厭煩。秦觀偶而為之，也有顏色。使用濃墨重彩最有特色的詞人，首推溫庭筠，溫詞的色彩，堪稱金壁輝煌，但不影響那詞的情感表現力，我在某個地方說過，李後主的詞以綠色為主調，「一江春水向東流」，溫庭筠的詞則以金色為主，雖不必豪華，也不求華豪，但那骨子裏的尊貴之氣，卻是等閒學不來的。這裏舉他最著名的詞篇之一〈菩薩蠻·小山重疊金明滅〉。

> 小山重疊金明滅，鬢雲欲度香腮雪。懶起畫峨眉，弄妝梳洗遲。照花前後鏡，花面交相映。新貼繡羅襦，雙雙金鷓鴣。

寫美人慵懶之態，不但寫得細，寫得密，而且寫得自我珍愛，字字如金。這樣的濃詞密句，唯有細心品味，方能體會到它的種種好處。

色彩濃重鮮明的不見得非豔詞不可——請注意，本人一貫認為豔詞有不可替代的價值——例如毛澤東的那首〈沁園春·雪〉，極寫冰天雪景之下，

筆鋒忽一哲，又寫一輪紅日噴薄而出，那色彩自然也可以歸入濃妝一路，然而，不是美豔，而是驕豔，所謂「須晴日，看紅妝素裹，分外妖嬈」。

　　魯迅先生的文字中也有一些色彩濃密的文句，不但寫得密，寫得麗，而且寫得明明豔豔，電電光光。儘管這樣的文句，在他的作品中數量不多，但那價值卻是不可多得的。且看他如何寫雪，寫花，寫意象中的蜜蜂。

> 雪野中有血紅的寶珠山茶，白中隱青的單瓣梅花，深黃的磬口的蠟梅花；雪下面還有冷綠的雜草。蝴蝶確乎沒有；蜜蜂是否來采山茶花和梅花的蜜，我可記不真切了。但我眼前彷彿看見冬花開在雪野中，有許多蜜蜂們忙碌地飛著，也聽得他們嗡嗡地鬧著。[15]

　　頭一句，「雪野中有血紅的寶珠山茶」，又是雪野——好白呀，又是「血紅」，好豔呀，又是「寶珠山茶」——好珍貴呀；這句子濃不濃？第二句，又寫「白中隱青」，又寫「梅花」，雖非重寫，也是色彩分明；第三句，又寫「深黃」，——好明麗呀，又寫「磬口」，——好形狀啊，再寫「蠟梅花」，——好品位呀；還不說後面的種種動景，只這三句，且又是「血紅」，又是「深黃」，又是「白中隱青」，又是「寶珠山茶」，又是「梅花」，又是「蠟豔花」，這樣明麗的色彩又如此密合在一起的奇文佳句，可是尋常筆墨寫得出來的。這樣的濃烈文字，此之一般以平庸為清高雅淡的所謂文人筆墨又豈止勝出百里！

　　他的小說〈補天〉中，又有一段寫天之景色的文字，同樣豔麗凝重，別具一種濃性的美麗，那句子端的是好。先生寫道：

> 粉紅的天空中，曲曲折折的漂著許多條綠色的浮雲，星便在那後面忽明忽滅的睒眼。天邊的血紅的雲彩裏有一個光芒四射的太陽，如流動的金球在荒古的熔岩中；那一邊卻是一個生鐵一般的冷而且白的月亮。[16]

　　如此色調交會，細織密作，等閒哪裡寫得出來！但也勿庸諱言，濃的色彩確實易俗，控制不當，胡亂發作，甚至可能走向惡俗。民諺所謂「紅配綠，賽狗屁」，話雖不雅，有些道理在內。單以色彩論，淡的色調，即使有缺點，那缺點也不是昭彰顯著的，濃的則不然，「濃」的色調彷彿放大鏡，因為它濃，一倍的缺點就可能得到兩倍的反感，結果成了負式馬太效應。

　　淡的就不同了。淡其實並非主流——大眾色彩，話說回來，真的是主流——大眾色彩，它就沒有那樣的意義，也無力與「濃」抗衡了。

---

[15]　魯迅：《野草‧朝花夕拾》等合編，第388頁，中國文史出版社2002年版。

[16]　《魯迅小說全編》，第269頁，灘江出版社1996年版。

　　中國人——主要是士這個階層喜歡淡，喜歡、提倡並推崇那雅淡的一面。這和中國藝術傳統有關係，和中國士大夫文化傳統與價值傳統尤其有關係，與大紅大紫相比，他們顯然更喜歡更欣賞更由衷地欽佩「出於污泥而不染」的高潔，虛心而有節的志向，傲霜傲雪的品格以及勤儉樸訥的人生態度。

　　因此故，中國傳統畫是以淡雅為先的，中國書法也是以自然墨色為上品的。表現在文學創作方面，在相當長的歷史時段，樸素而有韻味的文字，白描式的技巧，顯然更受青睞，更具影響。以中國古典小說為例，《儒林外史》堪稱白描技法的經典之作。魯迅先生是這一派的衷心擁戴者與身體力行者。雖然如上所引，他的一些散文詩與小說中的景色描寫，不但明麗，甚至穠麗，但比較而言，還是使用白描手法更多，影響力也更大。

　　他寫阿順，只寫她的臉形、臉色與眼睛：「……她也長得並不好看，不過是平常的瘦瘦的瓜子臉，黃臉皮；獨有眼睛非常大，睫毛也很長，眼白又青得如夜的晴天，而且是北方的晴天，這裏的就沒有那麼明淨了。」[17]

　　他寫陳城也重在他的短髮、臉色與目光：「涼風雖然拂拂的吹動他斑白的短髮，初冬的太陽卻還是很溫和的曬他。但他似乎被太陽曬得頭暈了，臉色越加變成質白，從勞乏的紅腫的兩眼裏，發出古怪的閃光。」[18]

　　他寫魏連殳，也只是臉、頭髮、鬚眉與目光：「原來他是一個短小瘦削的人，長方臉，蓬鬆的頭髮和濃黑的鬚眉占了一臉的小半，只見兩眼在黑色裏發光。」[19]

　　每個人物——不論這人是否全書的主旨，只是寥寥數筆，就把最美的特徵抓住了，「神」出來了，所謂「形似不如神似」，而寫神的捷徑便是白描。

　　寫形象最詳盡的人物則是祥林嫂，這是一段廣為流傳的經典段落。

> 五年前的花白的頭髮，即今已經全白，全不像四十上下的人；臉上瘦削不堪，黃中帶黑，而且消盡了先前悲哀的神色，彷彿是木刻似的；只有那眼珠間或一輪，還可以表示她是一個活物。她一手捏著竹籃，內中一個破碗，空的；一手拄著一支比她更長的竹竿，下端開了裂；她分明已經純乎是一個乞丐了。[20]

[17]　《魯迅小說全編》第154頁，灕江出版社1996年版。
[18]　《魯迅小說全編》第102頁，灕江出版社1996年版。
[19]　《魯迅小說全編》第204頁，灕江出版社1996年版。
[20]　《魯迅小說全編》第134頁，灕江出版社1996年版。

白描的好處，在於文字簡省，卻能形象分明。它絕不像工筆劃那樣，一筆一筆劃下去，彷彿連一根頭髮也不放過，而是有選擇的，寫就寫那最具代表性的地方，雖不濃彩重抹，卻能淡而有味，以少勝多。

2. 繁句與簡句

繁是繁盛，簡是簡約，先說以繁盛為特點的文句。

繁盛的特點或者說它最主要的優點，是洋溢著生命的活力，正如一株樹，它不但活著呢，而且長得好，尤其長得茂盛，根是深的，幹是壯的，枝是新的，葉是密的，色是綠的，生機勃勃，蠢蠢欲動，你靠近它，它好像要和你講話一樣。

繁句的樣式，不免有些誇張，一個形容詞不夠，還要再加一個形容詞；一個副詞不過癮，還要再來兩個副詞；一個動詞不解渴，還要接二連三給它配上三個動詞，彷彿花卉中的並蒂蓮，有時並蒂蓮都不夠，還要一個並蒂再加上一群並蒂蓮呢！

這樣的文句，很難成為常規性的文字，但用得好時，卻又別有味道。中國古典文學中常見這樣風格，而且越是俗文學，這個特點還越被強調，從而也表現得益發淋漓盡致。魯迅在《中國小說史略》中引過這樣一段話，而今轉引來，以為例證：

> 玄宗之待安祿山，真如腹心；安祿山之對玄宗，卻純是賊心狼心狗心，乃真是負心喪心。有心之人，方切齒痛心，恨不得即刻剖其心，食其心；虧他還哄人說是赤心。可笑玄宗還不覺其狼子野心，卻要信他是真心，好不癡心。[21]

文筆夠俗的，俗而生繁也算本色。魯迅先生不太滿意，批評它「浮豔在膚，沉著不足」。這似乎也在那類作品的「邏輯」之中，不那麼表現，又怎麼表現呢？也有好的，並非「浮豔在膚，沈著不足」的。如被魯迅特別讚賞的《西遊補》也有很典型的繁性句子在，但那水準，頗不一般，書中描寫幾個兒童和唐僧調皮，戲弄他那件百衲衣的。

> 你這一色百家衣捨與我罷；你不與我，我到家裏去叫娘做一件青頻色、斷腸色、綠楊色、比翼色、晚霞色、燕青色、醬色、天玄色、桃紅色、玉色、蓮肉色、青蓮色、銀青色、魚肚白色、水墨色、石藍色、蘆花色、綠色、血色、錦色、荔枝色、珊瑚色、鴨頭綠色、迴文錦色、相思錦色的百家衣了！[22]

[21] 魯迅：《中國小說史略》，第110頁，中國文史出版社2002年版。
[22] 董說：《西遊補》，第3頁，上海古籍出版社1983年版。

　　擅用繁句的大寫家中，柏楊先生堪稱翹楚。尤其他的那些在大陸流傳極廣的雜文，時不時便來一段繁花似錦的文字，這文字真如七色寶塔一般，層層皆為繁式句型而構成。從而也讓讀者過一把文句癮：原來話是可以這樣說的。我這裏不厭其「繁」，引錄兩段。

　　一段是寫女人與項鏈的：

> 女人們正在走路，突然像被鉤子掛住似的掛在玻璃窗外，裏面擺著項鏈。此時也，粉臉變化多矣：忽青焉，忽紅焉，忽眉飛色舞焉，忽愁眉苦臉焉，忽不知不覺摸自己的脖子焉。膽小的或錢少的，怪態百出之後，依依不捨而去。膽大的或錢多的，則昂然邁進，叫店員拿出，戰戰兢兢，戴到玉頸之上，就好象抽筋一樣，彎腰彎背，站在鏡子面前，其頸則向左伸之，向右伸之，其目則往左盼之，往右盼之，神馳魂飛之狀，旁邊無論是丈夫或男朋友，若不趕緊掏出血汗之錢，面不改色的立刻買下，則雖碎屍萬段，都不能贖罪於萬一。[23]

　　另一段是寫女性體形體線的，當然只是「一面」之形象，餘下的「一面」我就不引了。其文曰：

> ……前面一個姣娘，穿著三寸半的高跟鞋，小眼如玉，雙臂如雪，十指尖尖如刀削，屁股至少三十八，胸脯至少三十八，腰窩則頂多二十一焉，無領旗袍，（即今「洋裝」也），粉頸長長外露，一條幸運的金項鏈圍繞一匝，烏髮柔而有光，衣服與胴體密含，肥臀左右搖之，小腿輕微抖之，體香四溢，便是書上的美人，不過如此。柏楊先生心中砰然而跳，其他朋友則是坐不住馬鞍，張口者有之，結舌者有之，涎水下滴者有之，手顫者有之，神移色與，幾乎撞到電線桿上有之，有的還一面發喘一面囁嚅自語曰……[24]

　　似這等長瘋了的文字，繁亂之中既有幾分野性，又有幾分原始生命力的衝動。

　　柏楊先生擅寫女性的心態與滑稽態。調侃女性，吾所不與，但那文字確實繁花茂葉，別具文采。

　　簡句的特色是簡約，特長也是簡約，與繁句恰恰相反。繁句是用很多的話說明一件事，這件事可能是一件很小很細枝末節的事，甚至只是說一個側面，一個由頭，一個瞬間，或一個片斷。簡句則要用很少的文字，去說一件很大的事，甚至很麻煩的事由，或很豐富的情感。它的高妙之處在

---

[23]　《柏楊談女人和男人》上冊，第56-57頁，吉林人民出版社1998年版。
[24]　同上，第73頁。

於，以少而博大，以一而當十。它絕不把話說多了，說亂了，說絕了，而是處處步步留有餘地，得留一塊舒適的想像空間。彷彿中國傳統寫意畫，雖畫得好，不畫得滿，滿了就擠了，就亂了，就俗了，而是獨具匠心，留下相當的空白，因為處理得好——簡而有致，於是那空白也成為了那畫的有機的組成部分，從而使那畫別成一種意境與風格。

簡約的文字——簡句，其實難得。雖然「饒舌」也是一種才能，偉大的「饒舌」也是一種天才，但能做到簡約，且簡約得好，簡約得漂亮，則非有特殊的文字功力不可，則非有高超的文字把握力不可，則非有超凡的文字感悟力與親合力不可。若說繁句的妙處在於以十當一，簡句的魅力則在於以一當十，甚至以一當百。[25]

其實漢字、漢語本身天然具有某種簡約的品質在，表現在字性、句性上，也不僅是古典的，而且是前衛的。

講其古典表現，如唐詩、宋詞，都有這樣的品質，特別是格律詩，原來只有四句或八句，長篇大套，既非其所長，又非其所欲，用這麼短的文句寫出那麼美的詩意、詩象、詩境，沒有點簡約的本領，怕是連門經都尋不見的。對聯也是如此，扁額尤其如此，題字還是如此，八股文不怎麼樣吧？都有這特徵。這個且不說它，僅以現代白話散文句式而言，這特色同樣表現突出，個中高手，更不知其幾。

這裏先引大畫家黃永玉先生在其大畫水滸中的一段話，話語雖短，卻意味悠長，饒是讀了七遍，八遍，還覺得意猶未盡。我認為這文字即使放在任何一種文獻中，卻掩不住它那特有的智慧之光。其文曰：

> 土撥鼠打洞誤入煤礦坑道。礦工問其來此貴幹？答曰：「深入生活」。礦工喜曰：「歡迎作家光臨！」土撥鼠曰：「哪裡！哪裡！此處深度不夠！」礦工問：「君奚於胡底？此處已深三千米，底下無人煙矣！」土撥鼠曰：「不管有人無人，只要越深越好！」
>
> 語訖入土不見。

文句簡約精當，能用一字，不用二字；句式凝練爽潔，且古色古香。尤其末一句，「語訖入土不見」，最是平常不過，又最是傳神不過，彷彿陳年老釀，雖樸實無常，卻餘味無窮。

黃先生在書前寫了一篇自述，同樣簡約韻致，趣味在焉。這裏錄其大半：

> 余年過七十，稱雄板強，撒惡霸腰，雙眼茫茫，早就歇手；喊號吹哨，頂書過河，氣力既衰，自覺下臺。

---

[25]　《黃永玉大畫水滸》，第20頁，作家出版社2002年版。

　　　　殘年已到，板惆釀茶不斷，不咳嗽，不失眠數十年。嗜啖多加蒜辣之豬大腸、豬腳，及帶板筋之牛肉、洋藿、苦瓜、蕨菜、瀏陽豆鼓加豬渣炒青辣子、豆腐乾、黴豆鼓，水豆鼓無一不愛。

　　　　愛喝酒朋友，愛擺龍門陣，愛本地戲，愛好音樂，好書。

　　　　……

　　　　不喝酒，不聽卡拉OK，不打麻將及各類紙牌。

　　　　不喜歡向屋內及窗外扔垃圾吐痰。此屋亦不讓人拍電影及旅遊參觀。[26]

　　這等文字，雖出於老人之手，但具有新潮品格。在青春派書評中，很受青睞，在短信或網路語言中猶為常見。

　　因為它短，節奏也快，句式不能複雜，能省則省，能略則略，又很有趣味，且帶些善意的嘲諷和幽默。與現代人的生活節奏恰恰合拍。

　　這裏引一篇諷刺小品文，題目是〈動物論文〉。話說——

　　現代動物大學首屆畢業生召開「迎接二十一世紀」論文發佈會。論文篇目如下：

　　一、人仗我勢的新說；作者：狗

　　二、殺人嚇猴的愚蠢；作者：雞

　　三、團結就是力量；作者：狼和狽合著

　　四、試論大款的形象；作者：豬

　　五、關於蚯蚓的欺騙性；作者：魚

　　六、談談伯樂的虛偽性；作者：千里馬[27]

　　簡約、深刻、好玩，正是小資的最愛，因為小資喜歡的多是這樣的句式與風格。

　　關於小資的書，我拜讀過幾本。我的感受，寫小資，文筆也小資的不算太多，很多是隔靴搔癢，差了一層。有一本《親愛小資》，寫得確好。那書中不少文字富有簡約調侃情調，文句既凝練又有風情如許。

　　這裏摘錄其中一篇短文作為範例。題目為〈小資讀書十大幻覺畫面〉。

　　01、湄公河晨義，霧，水流平穩，舒緩

　　02、泰山日落圖，山峰環繞，姿色妖繞

　　03、荒郊野外之孤獨水橋，冥無人煙，夜色彌漫

　　04、巴黎，凱旋門，大雪後，朝陽初露

---

[26]　《黃永玉大畫水滸》，作家出版社2002年版。

[27]　轉引自2005年4月20日〈諷刺與幽默〉。

05、北京，天安門廣場，春，風沙漫捲，紅旗飄揚

06、徽州古鎮，池塘，秋風後起，日光隨風飄蕩

07、美人遲暮，細碎小步慢慢度進畫面，白光起，隱去面孔

08、夜，「七宗罪」現場般冷光籠罩，秋出呢喃

09、夏，雨大如豆，無音響效果，默片，黑白，山水幻覺

10、紅唇微翕，齒白如畫，細眉彎，低語含混[28]

　　只用幾個名詞或幾個主謂詞組加上點別的點綴就成為十大幻覺畫面，我們可以知道，漢語文句是這樣簡法的，而是一點也沒有消弱其表現力的。

3. 疏句與密句

　　疏與密與繁與簡相似，但不相同。疏不是簡，雖然疏與簡有相似之處，或者可以說疏中有簡，卻不可以說簡中有疏。簡是抓住至關緊要之點，一筆寫穿，或一筆寫到，或一筆點睛，而將那些無關緊要的地方，能回味者歸於回味，適聯想者還於聯想。疏雖然寫得緩，寫得開，但不走省略之路，主語是主語，謂語是謂語，賓語是賓語，總之，說有的它都有，只是不那麼詳盡與周密罷了。

　　疏句的特點是自然，舒展，而且大氣。作為文學語言，即使概括，依然言之有物；即使歸納，依然不失具象；但強調自然、舒展、大氣、絕不生硬，也不急促，更不粗枝大葉。有時看上去有些抽象，也不是形而上學那樣的抽象，縱然寫到形而上學那樣的層面，也具有漢語文句特有的美麗。

　　疏句，尤其達到藝術層面的疏句，並非一個容易達到的目標，很多時候，都是寫密了易，寫疏了難。多寫文章的人，常常善於用加法，拙於用減法，甚至善用外力，拙於用內力。古時名將講究外表平靜如常，氣也不急，面也不赤，能開三石弓，能舞百斤刀，這個才是更難的呢！

　　一些特別的藝術形式，對「疏」的要求可能更高些。如戲劇、曲藝、騈體文、古詩詞等。並非沒有細節的描寫，只是概括性文字用得更多些。因為它受篇幅、時間、平仄、對偶等多種條件所限，唯有寫得疏，才容易與其他表現手段相配合，也給其他藝術表現手段留下了必要的空間。

　　京韻大鼓中有一段《丑末寅初》，是駱玉笙先生的代表作，那文字真個疏疏朗朗，清清明明。它實際上寫了好幾件事，且件件如描如畫，而一件事也不過用去五、七句唱詞。然而夠了。文字雖少，內容卻多；內容雖多，絕不拖泥帶水；而且有人物，有色彩，有動感，有形象，加上韻律的美妙和駱先生一條金嗓子，有一曲唱罷繞樑三日之感。這裏錄其兩個小段。

---

[28]　《親愛小資》，第177頁，新世界出版社2003年版。

打柴的樵夫就把這個高山上，遙望見，雲淡淡，霧茫茫，山長著青雲，雲罩著青松，松藏著古寺，寺裏隱著山僧，僧在佛堂上把那木魚兒敲得響乒乓啊，他是念佛燒香。

⋯⋯

牧童人不住地高聲唱，我只見他，頭戴著斗笠，身披著蓑衣，下穿水褲，足下登著草鞋，腕挎藤鞭倒騎牛背，口吹短笛，吹的是自在逍遙，吹出來的那個山歌兒是野調無腔，這不越過了小溪旁。[29]

這句式的特色是：事多，畫面多，然而寫得精練，一方面是要言不煩，一方面是疏而不漏；雖要言不煩又面面俱到，雖疏而不漏又有重點描寫具象在焉。

其他文學形式，也有寫得疏的。近日讀木心先生的《哥倫比亞的倒影》，那文字真正寫得好，寫得奇，對漢語的應用到了爐火純青的境界。其中一個特色，就是鋪張陳事，不作深論；數經論典，不作細論；雖然不作深論，不作細論，但那文字、文句給人的印象是很美的，那結論給人的印象也是深的。

例如他講到中國「人」與中國的「自然」時，寫了這樣一段話，順便說，這一段也是這文章的主體。

中國的「人」和中國的「自然」，從《詩經》起，歷楚漢辭賦唐宋詩詞，連綿表現著平等參透的關係，樂其樂亦宣洩於自然，憂其憂亦投訴於自然。在所謂「三百篇」中，幾乎都要先稱植物動物之名義，才能開域詠言；說是有內在的聯繫，更多是不相干地相干著。學士們只會用「比」、「興」來囫圇解釋，不問問何以中國人就這樣不涉卉木蟲鳥之類就啟不了口作不成詩，楚辭又是統體蒼翠馥郁，作者似乎是巢居穴處的，穿的也自願，不是紡織品，漢賦好大喜功，把金、木、水、火邊旁的字羅列殆盡，再加上禽獸鱗介的譜系，彷彿是在對「自然」說：「知爾甚深」。到唐代，花賤淚鳥驚心，「人」和「自然」相看兩不厭，舉杯邀明月，非到蠟炬成灰不可，又豈是「擬人」、「移情」、「詠物」這些說法所能敷衍。字詞是唐詩的「興盡悲來」，對待「自然」的心態轉頹廢，梳別精緻，吐屬尖新，儘管吹氣如蘭，脈息絡於微弱了，接下來大概有鑒於「人」與「自然」之間的絕好的辭已被用竭，懊惱之餘，便將花木禽獸幻作妖化了仙，煙魅粉靈，直接與人通款曲共枕席，恩怨悉

---

[29]   《京韻大鼓傳統唱詞大全》，第77-78頁，中國戲劇出版社2000年版。

如世情——中國的「自然」寵倖中國的「人」，中國的「人」阿諛中國的「自然」？孰先孰後？孰主孰賓？從來就分不清說不明。[30]

講了多少事呀，講《詩經》，講《楚辭》，講唐詩，講宋詞，講「擬人」，「移情」，「詠物」，講「興盡悲來」，講惆魅粉靈，既做到了面面俱到，又不過是點到為止，雖然是點到為止，又能筆筆風流，儘管筆筆風流，又沒有半點擁擠壓迫的感覺，而是清清爽爽，似行雲，若流水，由此可見，越是「疏」的文字，沒有大手筆越是難於駕馭它們。

疏既不等於簡，密也不等於繁。繁是瘋生瘋長，四處張揚，主語也要三個五個，謂語又有成連成串，連賓語都要成雙成對；主句則是精心設計，細緻出排。它宛若工筆畫，一絲一毫都要畫得真，畫得切；一字一句都要寫得緊，寫得細，所謂緊針密線，嚴絲合縫，然而，又豈只是「緊針密線」、「嚴絲合縫」而已，她雖然細密，細緻，細膩，卻依然不其失優美本意，也不缺少任何功能。

寫得疏時，固然需要學力與功力，寫得密時，同樣需要功底與能力。比如繡花，單面刺繡，繡成卓然大家已非輕而易舉；雙面刺繡，這一面看是愁態可掬的國寶熊貓，那一面卻是婷婷玉立的古裝仕女，就更難了。

前面說到由於題材、音樂等原因，一般戲劇曲藝的唱詞都寫得比較「疏」，但也不盡然，也有一些不疏反密，而且不密則已，一密便「密不透風」，讓表演者觀賞者都有些「緊張」得透不過氣來。不是身體不行，實在這詞句寫得太過驚奇，讓你不知不覺便屏住了呼吸。比評劇《花為媒》中一段張五可的「誇美」的唱詞，便有這樣的意思。經新鳳霞一唱，更其好了。唱道：

> 張五可，用目瞅，
> 上下仔細打量這位女流，
> 只見她頭髮怎麼那麼黑，
> 她那梳妝怎麼那麼秀，
> 兩鬢蓬鬆光溜溜，何用桂花油，
> 高挽風篡，不前又不後，
> 有個名兒叫仙人鬆。
> 銀絲線穿珠鳳在鬢邊戴，
> 明晃晃，走起路來顫悠悠顫顫悠悠，不亞似金雞叫的什麼亂點頭。
> 芙蓉面明晃晃多俊秀，杏核眼靈性兒透，她的鼻樑骨兒高，相襯著櫻桃小口，

---

[30] 木心：《哥倫比亞的倒影》，第3-4頁，廣西師範大學出版社2006年版。

牙似玉，唇如朱，不薄也不厚，

耳戴著八寶點翠叫的什麼赤金鉤。

上身穿的本是藕荷衫，鑲著金邊，又把雲子繡，

周圍是萬字不到頭，還有那獅子雪上滾繡球。

內襯著小襯衫袖口有點瘦，

她整了一整裝，抬了一抬手，

稍微一用勁兒透了一透袖，

露出來十指尖如筍，她腕似白蓮藕。

人家生就一雙靈巧的手，

巧娘生的這位俏丫頭。

下身穿八幅裙提百褶是花洋縐，

俱都是錦繡羅緞綢。

裙下邊又把紅鞋露，

滿都是花，金絲線鎖口，

五彩的絲絨線繩兒又把底兒收。

個頭不高不矮，人家不胖不瘦，

她的模樣長得好面帶忠厚，她的性情溫柔。

巧手難措畫又畫不就，

生來的俏，行動風流，

行風流動風流行動怎麼那麼風流，

猜不出這位姑娘是幾世修。

美天仙還要比她醜，

嫦娥見她也害羞。

年輕的人愛不夠，

就是你七十七，八十八，九十九，年邁老者見了她，眉飛色悅讚成也點頭。

世上這樣的女子真是少有，

這才是窈窕淑女君子好逑。[31]

　　散文體語言中，寫密句寫得成功的例子更多了。最常見最有說服力的例證，我以為無過於《紅樓夢》的。

　　這顯然也與作者生活的時代風尚有某種關係。因為那實在是一個凡事都講究排場精美與閒適的時代。這樣的時代已經全然過去，將來是否還會

---

[31] 《平劇大觀》，第205-206頁，中國戲劇出版社1981年版。

輪轉回來，是如我一樣的平庸之輩無法估計的。至少在以市場經濟為主脈的社會條件下可能性不會很大吧。

曹雪芹雖然家庭慘遭不測，本人又半生潦倒，生活貧困，然而，他的優勢在於有的是時間。不像現在中國書寫者，掙錢的機會固然沒有哪一代文人墨客可比，時間的緊迫與生存的競爭壓力，也是任何一輩中國古人沒有經歷過的。儘管寫長篇小說的可以比《紅樓夢》寫得更長，也多半是急匆匆構思，急匆匆動筆，又急匆匆完稿，你想十年磨一劍，劍未磨成，環境變了，你的人物與故事沒人看了，想用他們換取「名」「利」？對不起，晚了。

《紅樓夢》寫得細密，又與漢語的歷史傳統有關係，與它的特殊題材有關係，也和書中的人物有關係。

說與歷史傳統有關係，因為漢語的文學創作說了明、清時代，走到這一步了。這不再是一個賦體的時代，不再是一個格律詩的時代，也不再是宋詞、元曲的時代了。彼時最有才幹最受歷史青睞的中國人要在小說，在白話小說，在長篇白話小說方面一展其才了。在這樣的歷史的繼承縈節上，要求你寫得細、寫得精、寫得美。

說與題材有關係，因為它非比《三國演義》一樣的歷史題材，可以寫得粗些，重大題材，也要細節，但重點顯然不在日常細節方面。細節少些，也能成功，但生活類作品，寫得粗些，便有些不像，或者不清晰，不逼真。

說與書中人物有關係，因為這書中的人物，差不多是承載著中國數千年歷史的文化重擔的。他們的一衣一衫，甚至一顰一笑都與古老的中國文化息息相通，沒有寫精寫細的筆力，又怎能把他們寫得「出」來。

先看一段對鳳姐的描寫，只說——

> 這個人打扮與眾姑娘不同，彩繡輝煌，恍若神仙妃子：頭上戴著金絲八寶攢珠髻，綰著朝陽五鳳掛珠釵；項上帶著赤金盤螭瓔珞圈；裙邊繫著豆綠宮條，雙衡比目玫瑰佩；身上穿著縷金百蝶穿花大紅洋緞窄褙襖，外罩五彩刻絲石青銀鼠褂；下著翡翠撒花洋縐裙。一雙丹鳳三角眼，兩彎柳葉吊梢眉，身量苗條，體格風騷，粉面含春威不露，丹唇未啟笑先聞。[32]

那相貌的描寫也不說了，那神態的描寫又不說了，只說頭上戴的「金絲八寶攢珠髻」，綰的「朝陽五鳳掛珠釵」，您知道這是一種什麼樣式的髮髻，又是什麼樣式的珠釵嗎？還有項上帶的「赤金盤螭瓔珞圈」與裙邊繫的「雙衡比目玫瑰佩」，您可知道這樣一種什麼樣式的「圈」，又是一種什麼樣式的「佩」嗎？如此等等。

---

[32]　《紅樓夢》上冊，第40-41頁，人民文學出版社1982年版。

這些內容，絕非曹雪芹先生信筆「謅」來，而是有根有據，有經有脈的。同時，又具有很高的文學性與藝術性，還具有很高的考古價值與實用價值。

這個人物寫得好，王夫人的居住環境又寫得細，但見筆筆寫來都有講究。是言寫道：

> 臨窗大坑上鋪著猩紅洋罽，正面設著大紅金線蟒靠背，石青金線蟒引枕，秋香色金線蟒大條褥。兩邊設一對梅花式洋漆小几。左邊幾上文王鼎匙著香盒；右邊幾上汝窯美人觚——觚內插著時鮮花卉，並茗碗痰盒等物。地下面西一溜四張椅上，都搭著銀紅撒花椅搭，底下四副腳踏。椅之兩邊，也有一對高几，幾點茗碗瓶花俱備。[33]

若問何以王夫人的室內環境要如此細描細繪，因為她不是旁人，而是書中主人公賈寶玉的媽媽。

可見，微細筆細句，很多情況下，便無人，無事，無書。

寫得更細，更有風彩的則是賈寶玉與林黛玉，只是考慮到本書的篇幅，恕小生不能再引用下去了。

4.快句與慢句

快與慢討論的不是文字的多少問題，而是語句的傳達的節奏問題。而節奏又可以分為作者與讀者兩個方面。

作者這一面，又包含兩層意思：一是作者的心理節奏，這是主觀追求的，即欲寫快還是欲寫慢；二是文本節奏，這是客觀再現的，即該寫快還是該寫慢。

這兩方面的統一與和諧至關緊要，一個故事，它的情節要求你有「快」的文字表現，你的心理追求卻執意「不快」，這故事怕寫不好，很有可能把它寫「散」了。故事情節要求快，你的心理感受也同意這「快」，但文字表現能力不夠，結果，同樣可能把這故事寫「散」了，寫「泄」了，或者寫「痛」了。不僅故事而已，說理文也是如此，抒情文也是如此，戲劇、詩歌猶然如此。

作者有作者的節奏，文本有文本的節奏，讀者也有讀者的節奏。

一是閱讀節奏，而閱讀節奏又最好與讀者的心理期待與文本感受相一致。二是文本節奏。二者和諧即可產生共鳴性效應。有共鳴時，難免讀書讀哭了，或者讀笑了，甚至讀迷了、讀癡了。沒有共鳴時，就讀不進去，人人說好，到我這兒，不中用了。享受不了他，據說王蒙先生就讀不了

---

[33]　同上，第45頁。

《百年孤獨》，幾經努力，「拿」它不下。以我的經驗，年紀輕時，很難讀懂《儒林外史》。40歲前，我只知道那是一部傑作，但傑作歸傑作，我不喜歡；40歲後，我才真正體悟到了那書的偉大。到了此時，它的節奏才撥動了我的心弦。

節奏快，需要安排相應的文字與文句。文剛詞烈，自然產生快的感受；文激語蕩，又必然產生強烈的動感。這方面，我以為在漢語著作中，鄒容的《革命軍》是一部傑作。

鄒容此文，大氣磅礴，有雷霆萬鈞之力；高屋建瓴，有山呼海嘯之聲。

那文字之激蕩，不能以常理視之，如此，則書生意氣，不明人情物理；那情緒的激烈，又不能以常理度之，如此，則不免有狂人之嫌，狂人之感；那立論的高邁，亦不能以常理觀之，如此，則高言大論，不合實際；那立論之雄辨，更不能以常理視之，如此，則不免找不到邏輯起點，甚至於找不到回頭之路。

之所以如此，因為那文章乃是革命時代的戰鬥之論，革命者，非壓迫不可產生者也；非奇恥大辱不可產生者也；非貧困難以生存不可產生者也；非有遠大理想不可產生者也。革命之文，書寫的是非常之理，講說的是非常之論。鄒容生逢其時，命盡其業，口誅不成，便要筆伐，筆伐不成，就要行動。他文章如火如荼，因為他內心如火如荼；他的文章如鐵如鋼，因為他的意志如鐵如鋼；他的風格如雷如電，因為他的追求如雷如電。讀鄒容之文，想見其為人，可以知道，唯有非常時代可以造作這樣非常的才俊；想鄒容其人，鄒容之文，唯有激情時代始可鍛煉出這樣激情的文章。這裏敬引《革命軍‧緒論》的首尾二段，以為明證。

首段云：

> 掃除數千年種種之專制體制，脫去數千年種種之奴隸性質，誅絕五百萬有奇披毛戴角之滿州種，洗盡二百六十年殘慘虐酷之大恥辱，使中國大陸成乾淨土，黃帝子孫皆華盛頓，則有起死回生，還魂返魄，出十八層地獄，升三十三天堂，郁郁勃勃，莽莽蒼蒼，至尊極高，獨一無二，偉大絕倫之一目的，曰「革命」。巍巍哉，革命也！皇皇哉，革命也![34]

末段云：

> 夫盧梭諸大哲之微言大義，為起死回生之靈藥，返魄還魂之藥方。金丹換骨，刀圭奏效，法、美文明之胚胎，皆基於是。我祖國今日

---

[34] 鄒容：《鄒容文集》，第41、43頁，重慶出版社1983年版。

病矣，死矣，豈不欲食靈藥、投寶方而生乎？苟其欲之，則吾請執
盧梭諸大哲之寶幡，以擴展於我神州土。不寧唯是，而況又有大兒
華盛頓於前，小兒拿破崙於後，為吾同胞革命獨立之表木。嗟呼！
嗟呼！革命！革命！得之則生，不得則死。毋退步，毋中立，毋徘
徊，此其時也，此其時也。[35]

鄒容寫《革命軍》，年方十八歲，十八歲少年，英氣勃發，好不爽
人，聯想到如今二十歲的青年不寫文章，出小說，總有人指手劃腳，說這
也不成，那也不周到。莫非我們不曾進步，必是批評者的大腦得了某種老
年文化病。

快是一種節奏，慢是另一種節奏，正如能寫「快句」的是一門功夫，
能寫「慢句」的則又是另一門功夫。

文字節奏慢，主要是因為作者心中有時間。他（或她）不怕閒，他
喜歡閒，而且他有能力表現這閒。雖然閒的背後有喜也有悲，有哀也有
怨。但從總的基調看，那心理歷程是可堪回憶的，那回憶內容又是可以把
握的。縱然是喜，也不是狂喜；縱然是悲，也不是痛徹心腑之悲；縱然有
怨，也不是沖天一怒；或者曾經悲過，或者又有反思，或者有悔，或者無
悔，或者有些忘記，或者也有些刻骨銘心，縱然怨，也斷乎不是怨氣騰九
霄，或者怨恨比厲鬼；真的如此，豈有閒哉？又怎能寫出那曼妙優美的
「慢句」出來。總而言之，慢句的心理是可以仔細斟酌，悠悠品位的。

慢的文字，種類也多，比較有代表性的，則一是山水自然之作，二是
抒情寫意之作，三是禪機禪心之作，四是清言雋語之作。當然不限於此，
總而言之，以這幾類為多。

先說自然山水之作。指寫自然，先要熱愛自然、親近自然，還要會欣
賞自然，知道、發現它的絕好之處，也不管這自然是三月杏花江南也好，
是九月塞北狂沙也好，是「千里冰封，萬里雪飄」也好，是「枯藤老樹昏
鴉」也好；是「山水共秋天一色」也好，還是架上鸚鵡聚頭花草也好，你
愛它，才寫它，你寫它，必細細品味它。如果像我們某些遊山玩水的同胞
那樣，匆匆而來，匆匆而去，滿頭是汗，滿臉是灰，東走西奔，只是一個
忙；東張西望，又是一個忙；東盼西顧，還是一個忙，那是找不到美文美
句的。

這裏引一段俞平伯先生養鳥、賞鳥的文字，單那題目就知道這是一位
富於閒情逸志的雅客騷人。那題目是：〈稚翠和她情人的故事〉。文中有
這麼一段描寫，不但細膩，尤其休閒。

---

[35]　同上。

他倆都是紅黃的胸脯，以下呈淡青色，自頭迄尾覆以暗翠的羽毛，略近墨綠，紅喙黃爪，翅邊亦紅，長約三寸許，稚翠大約比她的情人還要苗條些。（以上是參照瑩環當日所畫記下的。）聲音雖不及芙蓉鳥竹葉青那樣好聽，而小語聒碎得可憐，於風光晴美時，支起玻璃窗，把一個短竹竿挑起籠兒，斜掛簷前。遲遲的春日漸上了對面的粉牆，房櫳悄然虛靜，或閒談，或閒臥，或看環作畫，忽然一片吉力刮辣的小聲音岔斷我們的話頭，原來他倆正在籠子裏打架。[36]

說到慢筆抒情之作，早一點的則有元稹的《鶯鶯傳》，後面又有沈三白的《浮生六記》。《鶯鶯傳》其實是個悲劇，只是作者不這麼認為。他本人既是一個極有才華的才子，又是一個對女性缺少平等真愛的登徒子。所以雖然是悲劇，卻被他寫得無限纏綿，把一位閨中少女的情思戀感寫得如詩如畫，留下多少想像的空間。

《浮生六記》則是作者的真情紀念。那故事是悲哀的，作者的情感是淒苦的。然而時過境遷，不是號咷之悲了，就是悲痛交加了。而且往事歷歷，縈繞心頭，揮之不去，去而又來。這些如此美好的情感與形象都如同口中的檳榔一樣，越是咀嚼越有味道。於是「春蠶到死絲方盡」，便留下了這樣一部沉靜的淒美的文字。

當代擅作體閒文字的，則有張愛玲與胡蘭成。這二位是有過一段戀情的，而且愛得深，愛得雅。到頭來，「癡情女子負心漢」，「伯勞東去雁西飛」。

張愛玲的文字是特別「小資」情調的。有悲有痛，無傷大雅；有苦有樂，亦在「福」中。她的文字其實活潑，只不過有尺度，能休閒，很受當初上海擁躉的歡迎，這些年更成為所謂女性小資的必讀之物。

胡蘭成亦是大才子，文章寫得好，好在有情調，沒規矩。有情調並非癡情之情，而是雅情雅致；沒規矩不是狂書濫寫，而是打破陳規，有自成一體的意味。情調自然是雅的，敘事方式也是新的。他最好的文章乃是對張愛玲的記憶，雖是真情實感，卻不心驚肉跳，而是娓娓道來，一字一句，有板有眼，且遣詞造句，款款平穩，字句清新。俗言舊字，皆成雅性。然而，情在其中矣，「恨」亦在其中矣。唯其如此，才使得他的回憶有了別一樣的風情與趣味，也有了別一樣藝術感染力。且聽他說──

　　我們兩人在一起時，只是說話說不完。在愛玲面前，我想說些什麼都像生手拉胡琴，辛苦吃力，仍道不著正字眼，絲竹之音亦變為金石之聲，自己著實懊惱煩亂，每每說了又改，改了又悔。但愛

36　《俞平伯散文選集》，第113頁，上海文藝出版社1983年版。

玲喜歡這種刺激，像聽山西梆子把腦髓都要砸出來，而且聽我說話，隨處都有我的人，不管是說什麼，愛玲要覺得好像「攀條摘香花，言是歡氣息」。

愛玲種種使我不習慣。她從來不悲天憫人，不同情誰，慈悲佈施她全無，她的世界沒有一個誇張的，亦沒有一個委屈的。她非常自私，臨事心狠手辣。她的自私是一個人在良節良辰上了大場面，自己的存在格外分明。她的心狠心辣是因為她一點委屈受不得。她卻又非常順從，順從在她是心甘情願的喜悅。且她對世人有不勝其多的抱歉，時時覺得做錯似的，後悔不迭，她的悔是如同對著大地春陽，燕子的軟語商量不定。[37]

此外，禪語也是慢的，中國特有的清言小品也是慢的。

禪語慢，因為它智慧。一個看透——參透大界的人是不會火燒火燎，上房揭瓦的。他縱然未曾成佛，也一定不會有那許多的躁氣，火氣，煤煙氣。雖然已有說得深時，但細細品來，那心境依然是平如水，光如鏡的。我最欣賞的禪宗語錄中，有寒山與拾得的兩段對話，那對話端的是好。不但意味綿長，而且百讀不厭——至少在我是如此。

　　寒山問拾得曰：世間謗我，欺我，辱我，笑我，輕我，賤我，厭我，騙我，如何處治乎？
　　拾得云：只是忍他，讓他，由他，避他，耐他，敬他，不要理他，再待幾年，你且看他。[38]

問者有些急，因為心境尚未空明；答者則無礙，因為他放下了心事，從而也參透了人生。

還有幽默與清言。清言別章另論，幽默這個詞，屬於外來語，古漢語中不曾見。但這不是說古來的中國人就不會幽默，只是有其實，沒其名，自覺度不夠高就是了。且中國式幽默多為冷幽默。彷彿民族戲劇舞臺上的丑角，他的臉是冷的，表情是嚴肅的。他讓你笑，你不笑他就算沒完成任務，但他本人絕對不笑，你越笑他還越是不笑，是謂「冷」。因為他不笑，他的語言與行為有時就變得更可笑，是謂「冷幽默」。

中國式幽默在馬三立的相聲中表現得很突出，他的語言特點，是特別擅長鋪墊；他的句型特點，是非常口語化。無論段子長短，只是從容道來，但內在節奏是準的，大抵鋪得慢，用得是慢節奏，一步一步引你前

[37]　《貴族才女張愛玲》，第27-28頁，四川文藝出版社1995年版。
[38]　《禪宗燈錄評解》卷首，山東人民出版社1994年版。

來，到了火侯了，包袱「抖」得卻快。鋪只在情理之中，「抖」卻在意料之外。雖是意料之外，又在邏輯之內，故而不但當下便會笑得前仰後合，過後想想，還會笑呢！

5.整句與散句

這二類句式前面略有涉及，這裏換個角度討論它們。

整句句型即比較完整一般也比較長的句子。這樣的句子在實用散文與詩歌中的作用明顯有別，這裏先說散文。

整句型的散文表現，第一是在應用文方面，如公文往來，如官方文告，如公司函件；如法律文件；如社情諮文；如報告文書等，這些文章要求：句句應完整，字字應明確，一句是一句，萬萬不可有岐義。它不需要文字表達方面的浪漫，也不需要敘述技巧方面的發揮；浪漫了，反而可能傷害原本的文意；發揮了又有可能偏離所強調的主題。

散句句型一般不適應這類實用性文字，它的特長在於「活」。且往往具有言雖盡，意猶在的妙處。但這妙處，一進入應用類文體，往往成為壞處。因為應用文體不需要閱讀者再動腦筋、費周折，它要的就是清清楚楚，明明白白，越沒有岐見越好，越一目了然越好。

整句型尤其是那些比較長的內容嚴肅的整句型，中間是不許加逗點的，它要的就是火正辭嚴，西裝領帶，縱然有些笑意，也自有嚴整不容侵擾的精神流布其間。

但也不是說整句型只適用於應用文，那就錯了，誤讀了它的使用價值了。整句型在抒情文學也有很上乘的表現。只是那背景，以悲劇或正劇為多，因為它悲，才要一字一句，一板一眼地從頭到來，不但說得「清」，而且說得「苦」。一個口吃者訴苦，現實中或有之，藝術中難表現。悲劇──尤其是中國式的悲劇，它實質上乃是一種苦情戲，表現在句型上，也不需要任何的跳蕩，省略與興奮。這裏引一段京韻大鼓《探晴雯》的唱詞，那內容自然是撼動人心的，但文字的形態卻是完完整整的。唯末一句，因為唱腔的需要，有些參差。

　　寶玉欠身把屋進，
　　迎面兒，香爐緊靠著後窗櫺。
　　瓷壺兒放在那爐臺兒上，
　　茶甌兒擺置就在碗架兒中。
　　內間兒，油燈兒藏在那琴桌兒下，
　　銅鏡兒，梳頭匣兒還有舊膽瓶。

> 小坑兒，帶病的佳人斜玉體，
> 搭蓋著他那半新不舊的被紅綾。
> 面龐兒桃花初放紅似火，
> 他那烏雲兒這不未綰橫簪髮亂蓬。
> 小枕兒輕輕斜倚蠻腰兒後，
> 繡鞋兒一雙緊靠著炕沿兒扔。
> 柔氣兒隱隱噎聲把脖腔兒堵，
> 他那病身兒這不碾轉輕香的說骨節兒疼。
> 猛聽得顫微微的聲音叫聲嫂嫂，
> 你把那壺內的茶兒遞給我半盅，我這心裏頭似個火烘。[39]

　　整型句在韻文中另有表現。例如漢語特有的駢體文，其表現方式多姿多彩，可以敘事，也可以抒情；可以言悲，也可以言喜；可以作快，也可以作慢，但從句式上看，則無不整齊，亦無不完整。

　　表現在詩歌方面也是如此，例如七律，七絕，都是有字數要求的，雖有字數要求，使用得當，也不影響它的表現範圍與效果。

　　不僅傳統詩歌，即使現如今大行其道的短信也有這特色。短信妙在其妙，所以使用的更多的還是整型句，但有選擇，選擇就是整型句中的「短兵刃」。故此，像老舍、王朔那樣的樹一樣的句子就不太合用。它們與漢語傳統詩歌，與格言，與警句顯然更契合些，很多短信也是帶些韻律的，不但十分搞笑，而且有些涼意，這裏轉引之段，都屬於很典型的整型句式。

　　第一段：

> 抄書造句寫作文——孩子的事大人幹；
> 情海泛舟尋知音——大人的事孩子幹；
> 燙髮做頭穿花褂——女人的事男人幹；
> 收禮托情有替身——男人的事女人幹；
> 摟腰抱頸頻接吻——暗的事明處幹；
> 娶妻仍舊孝雙親——明處的事暗處幹；
> 擦車修表織毛衣——家裏的事單位幹；
> 分房提幹調薪金——單位的事家裏幹；[40]

　　第二段：

---

[39]　《京韻大鼓傳統唱詞大全》，第616頁，中國戲劇出版社2000年版。
[40]　《手機幽默短信精選》，第10頁，中國民航出版社2002年版。

> 我愛你愛得愛死你，
> 我想你想得忘記你，
> 我疼你疼得疼哭你，
> 我氣你氣得氣樂你，
> 但是我就是不能沒有你。[41]

第三段：

> 為兄弟兩肋插刀，
> 為美女插兄弟兩刀，
> 兄弟如手足，美女如衣服，
> 誰穿我衣服，我砍他手足；
> 美女如衣服，兄弟如手足，
> 誰動我手足，我穿他衣服。[42]

這末一段，不但句型完整，非常搞笑；不但搞笑，還有點解構意味哩！

散型句的特點就是靈活、多變。且因其靈活而來得生動有趣，又因其多變而來得跌宕起伏，有更豐富的表現力。

從漢語的發展歷程與趨向看，「整」的終究會走向「散」的。這一點在中國詩歌的發展表現最為典型。例如四言詩終究讓位於五言詩，五言詩又讓位於七言詩；例如唐詩終於讓位於宋詞，宋詞又讓位於元曲。從唐詩到宋詞，唐詩的句型是整齊的，宋詞的句型則是分散的；從宋詞再到元曲，又加上不少襯字、墊字、雙聲字、口語字，那「散」的特點更突出也更充分了。

從散文的角度看，好的散文——美文，極少只用或主要用整型句的，那就太多板正了。太過板正的文章，除非有特殊的條件與要求，多半不招人喜歡。比如悼念性文章，多用整型句。悼文中也有極好的文章，但不能以常例論，也不可多讀之，天天讀悼文，您需要看看醫生吧！

特別優秀的散文，往往為遣詞造句之能事。可以把一些很是平常的句式調理得有聲有色，變化多端。這裏引一段著名主持人張越記述唐師曾的文字。這段文字是寫唐先生形象的，然而，句式多變，效果奇佳。她這樣寫：

> 走進什剎海後海邊的唐家小院兒，我嚇了一跳：怎麼英達搬這兒住來了？仔細一看，不是英達——還不如英達呢！高、白、虛胖，大圓臉，小眯縫眼兒，戴眼鏡（哪有戰場上的英雄還戴眼鏡兒的？）。

---

[41]　同上，第59頁。
[42]　《捨不得刪的短信》，第112頁，哈爾濱出版社2005年版。

倒是穿著伊拉克軍隊的毛衣、美國兵的褲子，繫著維和部隊的褲腰帶，但怎麼看怎麼不精幹，站沒站相、坐沒坐相，渾身八道彎兒，臉上帶著半是慈祥、半是癡傻的笑容。[43]

寫得真好，寫絕了。讀了這文章，沒見過唐師曾的讀者怕不想見他了，不怕別的，怕辜負了這文字；或者相反，沒見過唐師曾的讀者，更想見他了，比較一下，倒底是哪一面的唐師曾更有「精神」。

不但散文，一些好的戲曲唱詞也有這特點，實際上，元曲的句型原本就是參差不齊的，多數如此。只是到了梆子、京戲這樣的戲劇時代，那唱詞反而規整起來，規整了，又通俗了，文字性也下降了，可讀性，更不可行了。但也有突破有創造，例如翁偶虹先生的名作《鎖麟囊》中的一些唱詞，在句型安排方面，既學舊制，又有新成；既有尺寸，又有創造；運用了散、整交替的手法，不唯溢光流彩，而且句長句短，顧盼生輝。這裏選一段「那一日好風光忽覺轉變」：

> 那一日好風光忽覺轉變，
> 霎時間日色淡似墜西山。
> 在轎中只覺得昏天地暗，
> 耳聽得風聲斷，雨聲喧，雷聲亂，樂聲闌珊，人聲吶喊，都道是大雨傾天。
> 那花轎必定是因陋就簡，
> 隔簾兒我也曾側目偷觀。
> 雖然是古青廬以樸為儉，
> 哪有這短花簾，舊花幔，參差流蘇，殘破不全。
> 轎中人必定是一腔幽怨，
> 她淚自彈，聲續斷，似杜鵑，啼別院，巴峽哀猿，動人心弦，好不慘然。[44]

這麼好的唱詞，加上程硯秋先生的唱腔與表演，那影響不能不深入人心。

6.俗句與雅句

俗與雅的關係還別有淵源與深意，將在「文變」一章中另作分析。這裏先從雅句談起。

[43] 《問題青年唐師曾》，第121頁，廣西師範大學出版社2003年版。
[44] 《程硯秋唱腔選集》，第368-376頁，人民音樂出版社1988年版。

　　雅是一個極好的褒詞，漢語中，大抵與雅沾親帶故的，都是好的字文，如文雅，高雅，優雅，典雅，素雅種種。

　　雅字雖好，真的達到雅的層次，卻難；真能寫出雅的文字更難。雅人都未必有雅言，更何況這世界上俗人甚多，雅人從古至今，總是少的。

　　文字寫得雅，需要種種條件，文風，文意，文見，文識，都有關係。以小說論，《紅樓夢》的文字是雅的典範；以韻文論，漢、六朝賦是雅的高峰；以詩詞論，則李商隱的詩、李後主的詞最為雅風雅調；以戲劇論，唯湯顯祖的《牡丹亭》堪稱古典「雅劇」之王。

　　這些先不說她，先說近十年來，中國大陸的雅文雅作也是日見其多。當然這裏的多只是一個相對的概念。雅文雅作在文學的整體比重中，無論如何，不會太長。多了就俗了，這也是一件沒有辦法的事。

　　而且，需要說明的是，雅文不等於美文。比較起來，美文、美句還要更多些。美文、美句也有種種形態，達到雅的層次的，就少了。雅文、雅句固然也有種種形態，但大體說來，都可以達到美的高度，甚至超而過之。就我的閱讀範圍而言，我認為近些年的雅文、雅句，首推陳丹青與章詒和。

　　陳丹青以文章與文字，深深打動了我，凡我喜歡的，我一定要讀三遍以至更多。他文字、文句的特色，常常在「似與不似」之間，有時有些繁，有時又有些簡，有時有些疏，有時又有些密；有些有些巧，有時又有些拙，蘇東坡評價王維的詩與畫，稱讚其「詩中有畫，畫中有詩」。陳丹青的文字，既有畫意，又有詩意，還有文意，復有傳統審美之意，更有現代認知之意。數意相生，相和，相匯，相得，自然有些不同凡響。單以文字、文句而論，是畫意、詩意與文意的協調與對恰，他本人是畫家，反映在字、句上，那文字也是有形象有色彩的；不知道他是不是詩人，但字裏行間的詩意卻或濃或淡，依稀可見；又懂得文字，知文章、文句之三味。筆下的文字，不但詩情畫意，而且文意盎然。尤其他那篇〈回想陳逸飛〉，堪與胡蘭成的《國民才女──張愛玲傳》相媲美。且一寫才子，一寫才女，一是友人情懷，一是情人筆墨。兩相對照，不能不有世之雙璧之歎。這裏摘錄兩段，以饗知音。

> 逸飛旅美後的作品，極盡矯飾，脂粉氣。「資產階級」一詞，今非貶義，而他從此的作品確是一股「資產階級」氣。但這也可以不是貶義的，因他「資產階級」得認認真真不敷衍。我看他1983年首次個展的女音樂家條列，那兩人的眉眼刻畫雖已憑照片，而刻畫的用心用力，直追那枚魯迅的耳朵，怕要畫十個鐘頭才見效。而美國那邊市場賞識。也有道理，因此薩金特一代資產階級肖像的寫實畫品

早已無跡可尋，一位中國畫家有這等誠心誠意的模擬之作，上世紀80年代美國人，絕對欠達了。[45]

作者與陳逸飛也曾生芥蒂，並從此不相往來，但即使有這樣一段經歷，卻又寫得雅聲雅調，不失性情之言，古文之意。其文曰：

> 1983年我與逸飛紐約生芥蒂，此後不往來，今已過去22年了。近年人堆裏照面三、四次，初略尷尬，旋即握手，滬語笑談如往昔；他有點發胖了，西裝筆挺，相貌堂堂。我倆眼睛對看著，有話不好說，心裏起傷感，我想起小時候——他是老朋友，他是我老師。
>
> 逸飛「文革」時住的舊寓，門牌是13號。我說你不怕麼？他笑道：我生日就是13號。……逸飛的幼子今也五歲了，我不曾見過，等他長大成人，我跟他講講他父親怎樣一個人。[46]

雅詞雅韻，雅風雅調，對之只可體味不可多言，多言就有傷其雅了。

章詒和的文字、文句另是一個路數。陳丹青是寫得「俊」，俊美過於常言，章詒和則寫得「細」，細微之處見精神。比方起來，前者乃現代紳士之作，後者則全然中國淑女之文。

章詒和文章動人之處，還在於她寫的往往是不堪回首的往事，雖不堪回首，絕不以粗言鄙語為之，也不是血字腥言為之，那樣，就成為他們的一夥了，豈有雅文、雅意可言！她寫暴力與兇殘偏能用雅筆，寫慘痛與禍亂又能發雅音，這是一種什麼樣的胸襟與氣度！唯其如此，她造就的氛圍才更其鮮麗而觸目，她給人的心靈衝擊也更為深刻與巨大。她自信，用暴力打擊暴力，只是常識，而且不見得是通用的有效的常識；用優雅去反對暴力，才是對那暴力的深處的瓦解。好像陽光下的冰銷雪化；又好像晚風中的冷霧殘寒。

書中有一段對康同璧老人的「白描」，雖是白描，自有無限優雅在其中。

> 應該說，臉是老人全身最美的部分。那平直的額頭，端正的鼻子，潔白的牙齒，彎彎的細眉，明亮的眼睛，可使人忘卻歲月時光。她身著青色暗花軟緞透袖旗袍，那袍邊、領口、袖口都壓鑲著三分寬的滾花鑲邊。旗袍之上，另套青袖背衣。腳上，是雙黑緞面的繡花鞋。一種清虛疏朗的神韻，使老人呈現出慈祥之美。繫在脖子上的淡紫色絲巾中和胸前的肉色珊瑚別針，在陽光折射下似一道流波，平添出幾許生

---

[45]　《陳逸飛傳奇》，第165頁，中央編譯出版社2005年版。
[46]　同上，第167頁。

動之氣。染得墨玉般的頭髮盤在後頸，繞成一個鬆鬆的圓髻。而這稀疏的頭髮和舊式髮型，則描述出往日滄桑。[47]

寫得細膩，高貴，脫凡超俗，在字、詞、句的選擇方面，都精心細緻，不肯隨意，哪怕有一絲隨意，都有負於主人公的氣質與形象。然而，娓娓讀來，又不失流暢。可謂既自然又見功夫。

另有一段描寫康同璧先生家居環境的文字，同樣優雅不置。

> 房子的設計師就是自己的丈夫羅先生，風格是外中內西。所謂外中，就是指中式磚木建築，粉牆黛瓦，四合院格局。進大門，即用一道用原木、樹幹及枝條搭成的柴扉，粗糙笨拙，顯得很原始，很不經意。但仔細打量卻發現不經意中，其實十分經意。院落裏栽植著不加任何人工修飾的草與樹。過柴扉，入正門，當中經過的是一條「之」字形的石板路。石板色澤如硯，腳踏上去涼涼的，滑滑的。……而所謂內西，則指房間的使用和陳設。一進門便是一間待客室：高靠背布藝沙發，有刺繡的墊子，菱形花磚鋪裝成的地面。房間雖小，卻玲瓏活潑。……客廳裏最惹眼的東西，是漂亮的英式壁爐以及與之相配的火具，還有銅製的臺燈、煙缸和燭臺等擺設。……與客廳相通的，是康氏母女寢室：白牆壁，白傢俱，白窗簾，一塵不染。要不是母女的臥具分別是淡藍與淺粉的顏色，真聖潔得令人有些發寒。後來羅儀鳳又帶我到與盥洗室相連的一間屋子，裏面堆滿了許許多多的書籍與數不清的傢俱。那屋子大得似乎一眼望不到頭。極講究的是用一寸寬柚木條拼成的人字形地板和一道十二屏雕花玻璃落地隔扇，優良的木材、精細的雕工，給這間大廳營造出華美氣派。[48]

現在說俗，俗句。

當今之世，俗不是一個好字眼。例如有人說你是一個俗人，你一準兒不愛聽。就是不說俗人，只給一個「俗」字，也絕不是褒揚的話，那怕內中有些調侃的成分在內。

然而，文學意義上的「俗」，卻是一個很難達到的目標。雖然說俗言俗語，有耳皆聞，但能顯出個性來，寫出風采來，寫到形式上俗、骨子裏雅，可就難了。何況說，那些偉大的經典性作品，論其出身，十之八九，都是俗的，或者曾經是俗的。從這個層面看，一個俗字俗句形成的「俗」的文學意境的出現就更不容易了。

---

[47]　章詒和：《往事並不如煙》，第160頁，人民文學出版社2004年版。
[48]　同上，第177-178頁。

　　例如相聲，所用多為俗語，但真正做到雖然俗，卻俗得文學，俗得有味道，有品質的，卻也不多，其中最具代表性的人物，當推侯寶林先生，評書也是一門使用通俗語言的藝術門類，同樣，達到俗中有雅，俗而能雅，大俗大雅的委實也不多，袁闊成先生算是一位傑出代表。侯、袁二位大師，他們的語言，不但聽起來美，讀起來一樣美。殊不知世間的文章、文句、文字，很多是聽得看不得。聽著滿好，一看，醜了；或者看得聽不得，乍一看，不壞，可細一聽，彆扭了。這兩位先生的作品，中聽又中看，皆為不可多得的俗文雅作。這裏錄一段侯先生〈戲劇與方言〉中的北京話，細品那味道，當真好極。

> 甲：「喲呵。」
> 乙：喲呵？
> 甲：啊，先來一個感歎詞。
> 乙：你接著說。
> 甲：「喲呵，那屋『匡噹』一響，黑更半夜，這是誰出來啦？一聲不言語，怪嚇人的。」
> 乙：哦，這一大套啊！
> 甲：這回答也這麼囉嗦。
> 乙：哦。
> 甲：「啊，是我，您啊，哥哥，您還沒歇著呢？我出來撒泡尿，沒外人。您歇著您的，倒甭害怕，您。」
> 乙：這位比他還囉嗦。
> 甲：這位還關照他呢。
> 乙：還要說什麼？
> 甲：「黑更半夜的穿點衣裳，要不然你凍著可不是鬧著玩的，明兒一發燒就得感冒了。」
> 乙：哦。
> 甲：「不要緊的，哥哥，我這兒披著衣裳呢，撒完尿我趕緊就回去。您歇著您的吧，有什麼話咱們明兒見吧，您哪。」[49]

　　俗文學成為經典的，無論中外，都屬於鳳毛麟角。「文革」之前還有趙樹理，老舍等一些代表性作家，改革開放後，這樣的作家實屬鮮見，相比之下，還是崇尚雅的多，追求先鋒作派的多，探索新寫法的多，喜歡高深莫測貌似高深莫測的多。真的俗而能雅又具有很大影響的小說，沒有幾

---

[49]　《侯寶林表演相聲精品集》，第37頁，文化藝術出版社2003年版。

部，在我看來，也許只有劉恒的《貧嘴張大民的幸福生活》與余華的《許三觀賣血記》最為成功，最具實力。

這《貧嘴張大民的幸福生活》，於作者而言，多少有些「無心插柳柳成蔭」的意味在內。連作者都感歎：「寫了二十來年，自以為寫了不少好的，最討巧的竟是這一篇，讓我吃了一驚，頓生人世無常小說越發無常之感。」

其實，這正是其創作進入爐火純青境界的一個結果。因為他成熟了──爐火純青了，所以行文如流水，反而不覺得吃力。換句話說，當作者特別用心地寫作時，他可以寫出《白渦》，寫出《教育詩》，寫出《虛證》，寫出《伏羲伏羲》，但一定寫不出這一篇貧嘴張大民來。

這裏摘引兩段對張大民的描寫。一段是寫張大民與李雲芳的二位老爹的。

> 他們是青梅竹馬。張大民的父親是保溫瓶廠的鍋爐工，李雲芳的父親是毛巾廠的大師傅，同屬無產階級，又是鄰居兼酒友，沒事兒就蹲在大樹底下殺棋。文化不高，脾氣也強，殺著殺著能揪著脖領子打起來。
>
> 「老子拿籠屜蒸了你！」
> 「老子拿鍋爐涮了你！」
>
> 孩子們就跟著吐唾沫。張大民很早就明白，李雲芳的唾沫星子是酸的。[50]

另一段，是寫張大民在院裏蓋小房子，和鄰居動手受了傷以後的表現。

> 他腦袋特別大，有籃球那麼大，纏滿了紗布，只露著前面一些有眼兒的地方，別的地方都包著，連脖子都包著了。其實只破了一個小口子。醫生不給縫，他偏要縫，醫生就不縫。不光不給縫，還不給包，打算用紗布和橡皮膏糊弄他，他偏要包，醫生就不包，他死活也要包，不包不走，醫生一著急，就把他的腦袋惡狠狠地徹底地包起來了。他要再不走，醫生就把他的屁股也一塊包上了。張大民很高興，進了大雜院就跟人寒暄，做出隨時都準備暈倒的樣子。
>
> 「沒事兒！就縫了18針，小意思。別扶我！摔了沒事，摔破了再縫18針，過癮！我再借他倆膽兒，拿大油錘夯我，縫上108針，那才叫真過癮呢！你問他敢嗎？我是誰呀！我姓張，我叫張大民，姥姥！」[51]

---

[50]　劉恒：《貧嘴張大民的幸福生活‧序》，第1頁，華藝出版社1999年版。
[51]　同上，第3頁。

古典小說中，俗言俗語甚多，但達到經典標準的少，《楊家將》、《說岳全傳》一類，雖然那故事流傳久遠，但文辭句理，頗不在行，至於《施公案》、《彭公案》一類小說，文也不順，字也不順，縱有百俗，何來一雅，以致於魯迅先生要驚奇道：

> 我們對此，無多批評，只是覺得作者和看者，都能夠如此之不憚煩，也算是一件奇跡罷了。

唯《紅樓夢》這樣的大雅之作，可以通俗。例如作者在第37回〈秋爽齋偶結海棠社 蘅蕪館夜擬菊花題〉一章中匠心獨運，分別擬寫了賈探春和賈芸給賈寶玉的兩封信，這兩封信，一雅一俗，雅是骨子中的雅，俗是血液中的俗，然而，對照而來，甚是好看，其實，俗與雅原本一家，能俗能雅，方是大手筆。

唯《金瓶梅》這樣的大俗之作，可以登堂入室，進入大雅之門。它的語言，它的敘事，它的歌辭，尤其書中對話，一概都是俗的。然而，俗得好！作者尤其擅長寫罵人語，一直把罵人寫成了藝術，更是自古以來，少有能及之者，金庸雖然穩坐當代武俠小說的頭把交椅，雖然章章節節少不了江湖，然而對於表現江湖人物的罵人，卻顯得辦法不多，但有罵人之處，便寫得「醜」，或者令人感覺不像，或者令人聞之皺眉。《金瓶梅》絕沒有此等軟肋，而是越到此等筋節之處，越來得筆筆有精神，並且不但寫出文采，尤其寫出了個性，如寫楊姑娘的罵，寫張四舅的罵，寫潘金蓮的罵，寫李瓶兒的罵，寫來旺的罵，可說件件精采，絕不雷同。這裏引一段龐春梅罵李銘的描寫，可見其一斑。

> ……被春梅怪叫起來，罵道：「好賊王八！你怎的撚我的手，調戲我？賊少死的王八，你還不知道我是誰哩！一日好酒好肉，越發養活的那王八靈聖出來了，平白撚我手的來了。賊王八！你錯下這個鍬撅了，你問聲兒去，我手裏你來弄鬼！等來家等我說了，把你這賊王八一條棍撅的離門離戶。沒你這王八，學不成唱了？愁本司三院尋不出王八來，撅臭了你這王八了！」被他千王八萬王八，罵得李銘拿著衣服往外，金命水命，走投無命。[52]

李銘跑了，潘金蓮、孟玉樓起來詢問事由，她又把方才的經過述說一遍，述說中當然少不了對罵的學舌，然而，情緒不同了，雖然依舊用語尖刻，口吻火辣，卻多少帶著些自尊、自得與詩意的。其中的壓題斷語「把

---

52 《金瓶梅詞話》上冊，第282頁，人民文學出版社2000年版。

王八的臉打綠了」，尤其得到多少文學批評人的唱采。可見，罵人罵到藝術境界，也可以加十分的。

除去上述濃句與淡句，繁句與簡句，疏句與密句，快句與慢句，整句與散句，俗句與雅句六個方面之外，還應包括短與長，曲與直，詳與略，剛與柔，莊與諧，奇與正等諸多方面，鑒於書中篇幅，不再一一評說。但有幾個例證，不舉猶不甘心。

一個例證，是剛與柔中的柔句。剛句其實也不易寫，鋼澆鐵鑄，沒有恰當的字、詞，沒有恰當的組合，怕是寫不出來。但比較而言，作柔句似乎還要更難些。即使像如今這樣的對男女之情百無禁忌的時代，真把那種愁腸百結，柔腸百轉的狀態真真地、柔柔地、幽幽地寫出來，也非有真才學真經歷真手段不可。所以儘管中國大陸的學人或憤青，一貫看不慣瓊瑤等人的作品，但這些作品卻雲一樣流傳、風一樣盛行，論受眾之多，恐怕除去武俠小說，幾無對手，而現在的不少青春作家，走的也大體是同一條「絲綢之路」。

古典文學中，寫柔句寫得極出色的，有一部《品花寶鑑》。過去對此書關注不多，其中一個原因，它是寫同性戀的。但也不是西方人的那種寫法，多在同性當戀與不當戀方面下功夫，中國古來的同性戀，集中表現在伶人與看客之間，因為伶人——明清時期都是男性——的地位低賤又特殊，而看客——尤其官僚是不准狎妓的，於是這種特別的戀愛行為便有了別一樣的情狀，別一樣的筆法，與別一樣的視角。魯迅先生對這書的藝術價值有充分肯定，且在他那本小說史中摘錄了一段極纏綿的文字。這段文字堪稱柔句之典範。其文曰：

> 卻說琴言到梅宅之時，心中十分害怕，滿擬此番必有一場羞辱。及至見過顏夫人之後，不但不加呵責，倒有憐恤之心，又命他去安慰子玉，卻也意想不到，心中一喜一悲。但不知子玉病體輕重，如何慰之？只好遵夫人之命，老著臉走到子玉房裏，見簾幃不捲，几案生塵，一張小楠本床掛了輕綃帳。雲兒又把帳子掀開，叫聲「少爺，琴言來看你了」。子玉正在夢中，模模糊糊應了兩聲。琴言就坐在床沿，見那子玉兩龐黃瘦，憔悴不堪。琴言湊在枕邊，低低叫了一聲，不絕淚湧下來，滴在子玉的臉上。只見子玉忽然呵呵一笑道：
>
> 「七月七日長生殿，夜半無人私語時。」
>
> 子玉吟了之後，又接連笑了兩聲。琴言見他夢魘如此，十分難忍，在子玉身上掐了兩掐，因想夫人在外，不好高叫，改口叫聲「少爺」。

……

　　琴言看他昏到如此，淚越多了，只好怔怔看著，不好再叫。[53]

　　能莊能諧，或莊或諧，亦莊亦諧的文字也多，其中臺灣的李敖先生堪稱個中高手。他的文章汪洋恣肆，不受拘束，他的文句，新奇老辣，獨成景致。大題可以小作，小題亦可大作，不論大題小題，件件寫得風格鮮亮，別開生面。他有一篇為臺灣政界要人勾畫臉譜——〈相面〉的文章，那文字確實精妙之極，雖有玩笑戲弄政治人物之嫌，但那政治人物已然如此，不玩笑，不戲弄之，又當如何？李敖的不凡之處，是雖然極盡嘲笑諷刺之能事，要偏偏把這嘲笑諷刺與政治文化掛上了鉤。令人一見，不覺噴飯。且看他如何為李登輝相面的。

　　李登輝——李登輝一農復會技正耳！時來運轉，競登而輝之，位尊九五。他身高有餘，長相不足。毛病出在那張永遠合不攏的又大又歪的嘴巴上。試想一國元首，到處走動，可是卻永遠咧著又大又歪又合不攏的嘴巴，像個大傻瓜似的，成何體統？故從李登輝嘴上看，臺灣實在沒什麼「政治文化」。[54]

　　用語亦莊亦諧，風格亦俗亦稚，文句亦長亦短，音韻亦平亦仄的文章，或也有之，只是難得耳。依我一管之見，毛澤東主席的〈告臺灣同胞書〉等幾篇文告，以及他晚年的一些短篇文字，頗具這些特點。如〈我的一張大字報〉，〈給張聞天的一封信〉（1959年），〈給江青的一封信〉等，只是這些文章中，有的內容與歷史不合，雖是高超文字，不免影響它的價值與傳播。

　　以文字、文句而論，這些文章都是既老辣，又機智，運千鈞重力如同反掌，作萬般姿態只是風流。這大約均與毛澤東本人的氣質、地位、經歷與文學修養，乃至當時的社會環境，國際環境，中國傳統文化都有因果性關係。這些也不說它。這裏只引他一篇〈告臺灣同胞書〉，包含了上述他文字的種種優長；文句或長或短，風格或俗或雅，平仄相和相對；莊諧渾然組合，而且這些不同的文句與文字在他的文章中既是妙筆天成的，又是相映成趣的，起承轉合，不唯十分自然，且給人的感受就是非如此而不可。

　　開篇第一句：「我們都是中國人」。原來再平常不過的一個陳述句。然而，立論堅牢，含容闊大，為以後的多少文字、多少情感留下了無限空間。緊接著「三十六計，和為上計」是使用了套改的筆法。人人都知道「三十六

53　轉引自魯迅：《中國小說史略學種》，第211頁，中國文史出版社2002年版。
54　李敖：《白眼看臺獨》，第32-33頁，中國友誼出版公司1993年版。

計，走為上計」嘛。但套用得好，更改得好，一字之改，面貌全新。而後再寫，「你們的領導者們過去長時期間太倡狂了，命令飛機向大陸亂鑽，遠及雲、貴、川、康、青海，發傳單，丟特務，炸福州，擾江浙。是可忍，孰不可忍？因此打一些炮，引起你們注意。」長句短句，俗句雅句綜合妙用，一時長，一時短，一時雅，一時俗，參差安置，跌宕有別。

接著又寫：「台、澎、金馬是中國領土，這一點你們是同意的，見之於你們領導人的文告，確實不是美國人的領土。台、澎、金馬是中國的一部分，不是另外一個中國。世界上只有一個中國，沒有兩個中國。」層層推理，且義正辭嚴，不能有半點離題，也不會有半點懷疑。

再後面：「你們領導人與美國人訂立軍事協定，是半面的，我們不承認，應予廢除。」話語端莊，內容嚴肅，正是文告本色。然而說到「美國人總是要走的，不走是不行的。」卻純然口語姿態，它的妙處在於：雖然口語，恰恰表達了「說話人」的氣度與信心。

再後面：「西太平洋是西太平洋人的西太平洋，正如東太平洋是東太平洋人的東太平洋一樣。這一點是常識，美國人應懂得。」句子陡然一長，雖然說得「拗」，但卻說得正，說得真，正義、真理在握，不怕其長，正好其長。

結尾部分：「中華人民共和國與美國之間並無戰爭，無所謂停火。無火而談停火，豈非笑話？臺灣的朋友們，我們之間是有戰火的，應當停止，應予熄滅。這就需要談判。當然，再打三十年，也不是什麼了不起的大事，但是究竟以早日和平解決較為妥善。何去何從，請你們自己定。」文句調侃，氣度非凡；十足信心之外，又表現出作者的特殊身份與大政治家的姿態與胸襟。

這樣的文字，由於種種原因，包括中國的也包括別的原因，恐怕在今後相當長的歷史時度內幾成絕響。

（三）文句的修辭分析：運用之妙，獨具匠心

句子的本質，乃是對詞或片語的組合方式。詞是字的組合，句是詞的組合。組合需要規則，那就是語法。不合語法者，錯了。組合又有水準的高低。組合得好，還有美感，就是佳句。否則，一般化了，雖在語法範圍之內，已在審美之外去了。

佳句的產生，也有自然流出的，也有千錘百煉的。自然流出的，包含作者長期積累的因素在內，所謂厚積薄發者是也。當然也有靈感的作用。沒有靈感不成詩，一些天才詩句，靈光乍現，過時不侯，一旦失去終生不

可再得，這就是靈感的作用了。但沒有好的學習、借鑒與積累，只靠靈感不能收穫。那和守株待兔相去無多。

千錘百煉則是更常見，更具代表性的創句方式。所謂文章不憚改，不忌改，非但不憚不忌，還要多讀多寫，善讀善改。

1.千錘百煉，一字為師

很多佳句，原本平常，只消動一個字，句子活了。唐人也曾對「推敲」二字反覆斟酌，宋人又曾對「春風又綠江南」的綠字躊躇。這兩個例證，都廣為人知。實際上，堪稱一字師的例子猶多。如毛澤東的「七律‧長征」中的「金沙水拍雲崖暖，大渡橋橫鐵索寒」，原來的句子寫作「金沙浪拍雲崖暖」的。這個「浪」字就不如「水」字有力度，有氣象，且與該詩第三句「五嶺逶迤騰細浪」的浪字重複，更不好了。雖是一字之改，便覺神韻多多。

反之，一個字用錯了，便會「如鯁在喉」，一個字用歪了，又會變成「差之毫釐，謬之千里」，一個字用泄了，便「渾身是勁，只是使不出」；一個字用死了，還會「全身僵硬，動轉不靈」。

這也就是說，那些品位極佳堪稱經典的句子，是一個字也不可以擅動的。一動，味沒了，勁兒沒了，神韻沒了，乾脆整個句子的價值全沒了。這裏舉幾個例子以為佐證。

佐證一：《水滸傳》有一段故事，寫吳用，李逵賺盧俊義上梁山。平心而論，這一段故事雖用去篇幅不少，但不算精彩，不但故事不夠精彩，盧俊義這個人物也不夠精彩。用金聖歎的說法，是有些「呆」。大雖大，可惜呆了。但內中有幾個句子，特別是對幾個關鍵字的運用，確實高妙。書中寫盧、李爭鬥——

> 兩人鬥不到三合，李逵托地跳出圈子外來，轉過身，望林子裏便走。盧俊義挺著樸刀，隨後趕去，李逵在林木叢中東閃西躲。引得盧俊義性發，破一步，搶入林來。[55]

盧俊義其實被騙了，被騙而不覺其騙，那騙更狠了。此時一見李逵，萬事皆明，——這不就那個啞巴道童嗎？不覺一股無名怒火，陡然而起。恨不得劈了這個騙人的傢夥，然而，他越是氣極敗壞，李逵那一面卻越是胸有成竹。你氣我不氣，你急我也不急，我不急還要讓你更急。於是打了幾合，托地跳出圈子，轉過身便走。這一對副詞與動詞的搭配恰到好處。李逵走，盧俊義不能不追，——他氣極了嘛。追到樹林，不追了，畢竟不

---

[55] 施耐庵：《水滸傳》中冊，第769-770頁，上海人民出版社。

是一般人物，偏那李逵在「林木叢中」，只管「東閃西躲」──逗氣呢！於是盧俊義性發──管不住自己的情緒了，「破一步，搶入林來。」

尤其這末一句，更好了！什麼叫「破一步」？為什麼不說跳一步，不說跨一步，不說踏一步，當然更不能說邁一步，走一步，跑一步，上一步，移一步或者挪一步了。跳一步，輕了，跨一步，慢了；踏一步，笨了；邁一步，沒有氣氛了；走一步，輕描淡寫了，跑一步，缺少氣勢了；上一步，不像打仗了；移一步，好像有病了──肚子疼了，挪一步更不像話了。

破一步的破字，精精確確恰恰當當地表現了盧俊義的處境與心境。他本是一個精細的人，但不幸又是一個容易憤怒的人，同時還是一個身懷絕技，棍棒天下無雙的人，又遺憾地成為一個受別人無端欺騙的人，偏巧還是一個出身高貴，名聲遠大，極少受過欺騙與輕視的人，這些因素七岔八岔，攪和在一起，他的心不亂亦亂，反映在肢體上，那步子不動亦不可，亂動又不可。於是，在李逵的東閃西躲，百般挑逗之下，──我都忍不住了，便「破一步，搶入林來」。

這「破」字代表了他的氣，他的惱，他的恨，以及他的排他性選擇。故而，雖然彷彿有多少人拽著他似的，拽也拽不得了，便只好「破」一下了。一個破字重千斤，但一破之下，形勢便急轉直下，於是乎，風一般地去了──「搶入林來」。

佐證二：出自《兒女英雄傳》。這書最精采的部分當屬十三妹大鬧能仁寺了。其中有兩句對話，真正色彩鮮明，到了出神入化的境界。

那能仁寺是一座凶寺，寺中僧人專門幹著殺人越貨，姦淫婦女的勾當。安公子誤入能仁寺，十三妹匆匆趕來相助，與該寺的王八媳婦（一個為寺中惡僧作幫兇的四十多歲的胖女人），有了這樣幾句對話：

> 要提起人家大師傅來，忒好咧！……
> 天天的肥雞大鴨子，你想咱們配麼？
> 十三妹說道：
> 別咱們！你！[56]

這一段對話尤其十三妹的那四字回答，感動了胡適博士。他特此評論說：「這四個字多麼響亮生動！」

遺憾的是，我手頭的兩個本子，文字與此並無相同，這兩個本子都這樣寫，那婦人道：

> 「……天天的肥雞大鴨子，你想咱們配麼？」

---

[56]　轉引自《胡適書評、序、跋集》，第172頁，嶽麓書社1987年版。

　　　　那女子說道：「別咱們！你是你！」[57]

　　雖然那回答只多了兩個字，由「你！」變成了「你是你！」意思好像更具體更清楚，但那韻味與力度卻消解了許多，唉！

　　佐證三：老舍先生《茶館》中的幾段對話。

　　《茶館》的對話，極其考究。而且可以說是三重性考究，那是很地道的北京話，又是很文學的北京話，還是很個性的北京話。

　　所謂地道的北京話，即彼時的北京不折不扣，就那麼說話，純純正正，原汁原味，連音兒都不帶錯的；所謂文學的北京話，即那對話，不但是北京人特有的，而且是藝術化了的，他不但說得「正確」，而且說得「漂亮」，從而說得「絕」了；所謂個性的北京話，即這些對話，又是北京的，又是文學的，還是僅僅屬於那劇中人物——什麼人說什麼話，什麼人只能說什麼話，必然說什麼話，你一聽這話，甭打聽了，就知道這是誰在說呢！

　　一段話，是劉麻子逼康六老人賣女兒的對白。

　　　康　六：劉大爺，把女兒給太監作老婆，我怎麼對得起人呢？
　　　劉麻子：賣女兒，無論怎麼賣，也對不起女兒！你糊塗！你看，姑
　　　　　　　娘一過門，吃的是珍饈美味，穿的是綾羅綢緞，這不是造
　　　　　　　化嗎？怎樣，搖頭不算點頭算，來個乾脆的！[58]

　　劉麻子的話，一共四句，第一句是解說，立論性解說，甭管怎麼賣，也對不住女兒。第二句是斷語，也是批評，別的不管，話鋒一轉便給一個棒喝：「你糊塗！」第三句，又是一個解說，是對「你糊塗」的說解。你瞧瞧「姑娘一過門，吃的又好——」珍饈美味；穿的又好——「綾羅綢緞」，簡直上了天了，這麼好了你還猶豫個啥呀——「這不是造化嗎？」第四句，才是劉麻子最最關心的，也是他一定要達到的，但他「壞呀」、「油呀」，他不把話說出來，而是逼著對方選擇——「搖頭不算點頭算」。你選擇吧，快點呀！他實在不耐煩了——至少要表現得不耐煩了——「來個乾脆的！」什麼叫乾脆的，就是「賣」，把女兒賣給龐太監。

　　後來，劉麻子死了，他兒子小劉麻子繼承父業，而且當「老闆」了。因而那作「作派」，那語言又另成一路數，您聽聽他是怎麼介紹自己的「業務」的。

　　業務方面包括：買賣部、轉運部、訓練部、供應部，四大部。誰買姑娘，還是誰賣姑娘；由上海調運到天津，還是由漢口調運到重慶；訓練吉

────────────────

[57]　《兒女英雄傳》，第92頁，中國盲文出版社2000年版。
[58]　老舍：《茶館·龍鬚溝》，第11頁，人民文學出版社1994年版。

普女郎，還是訓練女招待；是供應美國軍隊，還是各級官員，都由公司統一承辦，保證人人滿意。你看怎樣？

壞是一樣的壞，但人類也與時俱進，「風味」不同了。

還有康順子與養子康大力的對白，也很有特色，實在正面人物，平平凡凡的人的對白是更難處理的，因為它不「個」。

> 康順子：那時候，你不是才一歲嗎？媽媽把你養大了的，你跟媽媽
> 　　　　一條心，對不對？乖！
> 康大為：那個老東西，掐你，擰你，咬你，還用竹簽子扎我！他們
> 　　　　人多，咱們打不過他們！要不是你，媽，我准叫他們給打
> 　　　　死了！[59]

前面的對白，康媽媽對白中的那個「乖」字就寫得好。兒子已經不小了，但他們是相依為命，雖沒有血緣之親，卻比那個更親，所以，這個「乖」字差不多成了「口頭語」，說出來既親切又懇切，還自然。後面的對白中，又是在「要不是你，媽，我准叫他們給打死了」中間夾一個「媽」字，又寫得好，既貼切，又生動，且更口語化了。

這樣的字，你改一個，都不可以的。因為它們就是那句子的魂。

2.翻譯經典，一字為鑒

翻譯作品中，——我把它們也看或漢語範式——也有這樣的好例。如雨果的《悲慘世界》，寫滑鐵盧大戰，法軍將領康白鸞，是到死也不會屈服，更不會投降的，不但不屈服，不投降，而且對他的敵人充滿了鄙視與蔑視，——他壓根兒就看不起他們。而當他被這一群他原本不放在眼裏的人重重圍住時，他面對他們首領的勸降，也只用一個字回答。書中這樣寫：

> 他們在蒼茫暮色中，可以聽見敵人上炮彈的聲音，那些燃燒著
> 的引火繩好像是黑暗中的猛虎眼睛，在他們的頭上，繞成一個圈，
> 英國炮隊的火桿一齊靠近了炮身，在這時候，有一個英國將軍，有
> 人說是苛維耳，也有人說是梅特蘭，他當時心有所感，掌握住懸在
> 他們頭上的那最後一秒鐘，向他們喊道：「勇敢的法國人，投降
> 吧！」
> 康白鸞回答：「屎！」[60]

---

[59] 同上，第33頁。
[60] 雨果：《悲慘世界》第三冊，第413頁，人民文學出版社1978年版。

我不懂法語，不知道在原文中，這一句話，這一個字是怎麼使用它的，但我敢說，從漢語的角度看，這個字使用得太絕妙了，獨一無二，渾然天成。你再換任何一個字，都無法取得那麼驚人的藝術效果來。

對此，雨果也是滿意的。他為他筆下的英雄而滿意，在後面的一個段落中，他慨然寫道：

> 那個最美妙的字，雖然是法國人經常說著的，可是把它說給愛受尊敬的法國讀者聽，也許是不應該的，歷史不容妙語。
>
> 我們甘冒不韙，破此禁例。
>
> 所以說，在那些巨人中間，有一個怪傑，叫康白鷥。
>
> 說了那個字，然後從容就死。還有什麼比這更偉大的。
>
> ……
>
> 霹靂一聲，用那樣一個字去回擊向你劈來的雷霆，那才是勝利。以此回答慘禍，回答命運，為未來的獅子奠基，以此反對那一夜的大雨，烏戈蒙的賊牆，窩安的凹路，格路喜的遲到，布留海爾的應援，作墓中的戲謔，留死後的餘威，把歐洲聯盟淹沒在那個字的音節裏，把凱撒們領教過的穢物獻給各國君主，把最鄙俗的字和法蘭西的光輝糅合起來，做成一個最堂皇的字，以嬉笑怒罵收拾滑鐵盧，以拉伯雷補列阿民達司的不足，用句不能出口的雋語總結那次的勝利，喪失疆土而得全歷史，流血之後還能使人四處聽得笑聲，這是多麼壯觀。[61]

寫得真漂亮，但這不過是其中的一小部分罷了。

3.濃妝淡抹，各成一體

文句既是對詞與片語的選擇結果，那麼，就有一個善不善選的問題，又有一個多選少選的問題。這兩個解也是一個問題，——善選者，多亦相宜，少亦相宜。實在詞與片語的組合，可以達到多多益善，也可以達到以少勝多。

實際上，無論是文學名著，還是其他經典著述中，對於詞與片語的選擇都有樣式不一、五花八門的成功範例。這個稍後再說。只說評論者的意見，也在在不同。魯迅先生是主張白描的，雖然他的一些散文詩中也有妙用鮮美字眼、豔麗詞藻的名篇，但基本的風格是白描類型的。他本人說到自己的小說創作時，是這樣回顧的：

---

[61] 同上，第413-414頁。

……我力避行文的嘮叨，只要覺得夠將意思傳給別人了，就寧可什麼陪襯拖帶也沒有。……

　　我做完之後，總要看兩遍，自己覺得拗口的，就增刪幾個字，一定要它讀得順口；沒有相宜的白話，寧可引古語，希望總有人會懂，只有自己懂得或連自己也不懂的生選出來的字句，是不大用的。[62]

不嘮叨，寧可少說，但要順口，就是魯迅先生的主張，但同為散文大家的俞平伯先生就不這樣看。在他心目中，多用詞藻自有多用的好處，關鍵是看你怎麼運用？俞先生說：

詞藻的妙用，在乎能顯於印象，從片段裏生出完整來。有些境界可用白描的手法，有些非詞藻不為功，這個道理自然也有人理會得。依我個人的偏嗜，詞中的溫飛卿是很懂得用詞藻的；六朝文之所以大勝唐宋四大文者，會用詞藻至少是一原因。詞藻，文學的色澤，也是應付某種需要而生，並非無聊地東塗西抹，專以炫人耳目為業的。[63]

言之極是。漢賦、六朝賦都是擅長使用詞藻的文體，雖然讀不通賦體的讀者，難免產生詞藻堆積之感，甚至有些頭大，——頭昏目眩，但真的讀明白了，才知道那才是一座座漢語詞藻的藝術寶庫哩。

當然，詞藻用得多，不如詞藻用得好！上乘賦作的妙處在於發揮了最大量詞藻的群體性共鳴效應，真如大型交響樂隊一般，不但在形式上花團錦簇，表達方式尤其極盡鋪張之能事，品質上同樣色調豔麗，筆法誇張，給人以目不暇接之感。最具代表性的作品，首推司馬相如的〈子虛賦〉與〈上林賦〉。那真是詞之河，之海，之洋。但見風生水起，潮升潮落，又似海天一色，浪高浪低。現隨意摘錄一段：

楚王乃駕馴駁之駟，乘雕玉之輿；靡魚鬚之橈旃，曳明月之珠旗；建幹將之雄戟，左烏號之雕弓，右夏服之勁箭。陽子驂乘，孅阿為御；案節未舒，即陵狡獸。蹵蛩蛩，轔距虛；軼野馬，轊騊駼；乘遺風，射遊騏。儵眒倩浰，雷動猋至，星流霆擊，弓不虛發，中必決眥；洞胸達掖，絕首心繫。獲乎雨獸，揜草蔽地。於是楚王乃弭節徘徊，翱翔容與；覽乎陰林，觀壯士之暴怒，與猛獸之恐懼；徼受詘，殫睹眾物之變態。[64]

血腥，我不喜歡，但那詞藻，文句，都是俊麗而誇張的。

62　《魯迅小說全編》，第411-412頁，灕江出版社1996年版。
63　《俞平伯散文選集》，第178頁，上海文藝出版社1983年版。
64　《中華名賦集成》，第一卷，第86-87頁，中國工人出版社1999年版。

4.迭字妙用，代有新奇

現代人評論傳統詩詞，認為好的詩詞，既有名字效應，也有名詞效應，還有名句效應。所謂名句效應，其根源之一即遣詞造句恰到好處。而遣詞的方式很多，造句的方式更多，要點在於這遣詞造句者，有無新意，有無創意，有無奇意。

例如文學作品中，常有同字連用的重言修辭手法，即所謂迭字修辭法。雖然所用的字往往平常，但因為用得高妙，不通流俗，其結果，往往出於閱讀者的意料之外，於是驚奇之餘，美感生焉。

迭字用法，古已有之，如《詩經》開篇，即有「關關雎鳩，在河之洲」一句，那關關二字，便是迭音，唐詩中此類方法也不算少，如杜甫詩中的「無邊落木蕭蕭下，不盡長江滾滾來」。蕭蕭與滾滾，都屬迭字連用。只是這兩個用法，好雖好了，不算十分突出，「關關」一句，既不成該詩的詩眼，「蕭蕭」、「滾滾」一聯，也不是杜詩中最經典的詩句。到了宋代，因為有了李清照，有了她那石破天驚的迭字妙用，情況發生質變，語出李詞〈聲聲慢〉，「尋尋覓覓，冷冷清清，淒淒慘慘戚戚」。這個才堪稱真正意義上的迭字妙用，一用就用了五個字十個音節，對於李清照這個用法，固然也有不同見解者，但那影響，尤其那藝術效果，顯然是巨大的。她給讀者的閱讀性刺激與欣賞已帶有空前性質。

這用法到了王實甫《西廂記》的時代，又有了新的創造性發展，從而將那藝術效果提升到了一個新的歷史層次。這裏舉那段廣為流傳的鶯鶯長亭送別張生的唱詞，寄調〈叨叨令〉。其詞云：

> 見安排著車兒、馬兒，不由人熬熬煎煎的氣；有什麼心情花兒、靨兒，打扮的嬌嬌滴滴的媚；準備著被兒、枕兒，則索昏昏沉沉的睡；從今後衫兒、袖兒，都搵做重重疊疊的調。兀的不悶殺人也麼哥，兀的不悶殺人也麼哥！久已後書兒、信兒，索與我恓恓惶惶的寄。[65]

迭字用法的創意如此之新奇，手段如此之高超，技巧如此之純熟，效果如此之強烈，不消多說了，再說就難免畫蛇添足之嫌。

5.反常修辭，別具一格

這裏要說明的是，遣詞造句乃是一種修辭，而修辭的方式是永遠也不會窮盡的。漢語經典作品中，還有一種特殊的修辭，即不以傳統修辭方法

---

[65]　王實甫：《西廂記》，第189頁，人民文學出版社1994年版。

為意，甚至故意有悖於修辭之常道，之常法，之常識，然而，那效果，同樣好的，甚至還要更好，因為他來得有些奇哉怪哉不合常理。

這些年，被人多有議論的例子，應該是魯迅先生在《野草》中寫下的一個句子。那句子是：

> 在我的後園，可以看見牆外有兩株樹，一株是棗樹，還有一株也是棗樹。[66]

這語句的「另類」，是很「打」眼的。記得我妹妹上小學時，我也曾引誘她用這樣的句型寫作文，意在看看老師的反應如何。但我妹「乖」，聽話，不喜歡讓老師驚訝，沒有這麼做。

平庸地去想，這樣的句法，簡直就是一句廢話，不但罕見於文學作品，平時也很少有這樣說話的——你直講牆外有兩株棗樹豈不更好？但魯迅先生這樣寫了，而是效果還不錯。怎麼證明，它吸引人的眼球了嘛。本人寫書至此，也曾想，可不可以將這一句話改一個方式呢？想來想去，沒有好法。

憑心而論，我不認為魯迅先生的這句話有多麼高妙，但我知道這樣的構句方式古已有之，例如漢樂府歌辭中有一首〈江南〉，用得就是這方式，而且，效果更妙。

> 江南可採蓮，蓮葉何田田，魚戲蓮葉間。
> 魚戲蓮葉東，魚戲蓮葉西。
> 魚戲蓮葉南，魚戲蓮葉北。[67]

這詩不好嗎？很好。按後來的評說標準，差不多就成為古代的「兩株棗樹模式論」了。魚戲蓮葉東，魚戲蓮葉西。魚戲蓮葉南，魚戲蓮葉北。好嘛，這魚盡剩了圍著蓮葉轉圈圈了。那情那狀，實在比「兩株棗樹」寫得更「兩株棗樹」。

這種反修辭的修辭方法，不僅在古詩歌中有展現，在現代歌詞中尤其放光彩。早幾年的電視劇《雪城》與《籬笆‧女人和狗》的主題歌，都有這樣的造句方式。《雪城》中有這樣一段主題歌詞：

> 天上有個太陽，
> 水中有個月亮，
> 我不知道，我不知道，我不知道，
> 哪個更圓，哪個更亮？

---

[66]　魯迅：《野草‧會集》第374頁，中國文史出版社2002年版。
[67]　沈德潛：《古詩源》上冊，第117頁，華夏出版社1998年版。

山上有棵小樹，

山下有棵大樹，

我不知道，我不知道，我不知道，

哪個更大，哪個更高？

下雪了，天晴了，

下雪別忘穿棉襖，

天晴別忘戴草帽。[68]

這意思，這方式與魯迅先生的兩株棗樹分開寫有什麼本質區別嗎？沒有。而且我不認為這歌詞作者是受了魯迅筆法的啟發，寧可認為這是英雄所見略同。

再一首是《籬笆‧女人和狗》的主題歌，那歌詞的第一段是這樣的：

星星還是那個星星，

月亮還是那個月亮，

山也還是那座山喲，

樑也還是那道樑。

碾子是碾子缸是缸喲，

爹是爹來娘是娘，

麻油燈啊還吱吱地響，

點的還是那麼丁點亮。

只有那籬笆牆影子咋那麼長，

只有那籬笆牆影子咋那麼長，

還有那看家狗叫的叫的叫的叫的咋就這麼狂。

哦，哦，哦，哦，哦！[69]

可見，這方法不但效果不壞，甚至有成為一種類型的可能的。另類轉為正類，難免令人產生滄海桑田之歎。

---

[68]　《我愛老歌》，第324-325頁，銀聲音像出版社2006年版。

[69]　同上，第328頁。

四、文韻審美

選韻如同選美人

一個民族，可以沒有詩嗎？

不可以。

既然不可無詩，那麼，也就不可以沒有音韻研究了。

或許可以這樣說，中國文學的一半成就，皆與音韻有關。為什麼呢？

首先，中國古來首先是一個詩的王國，而古漢語文學作品中，對世界的貢獻，第一位的可能也是詩。

其次，中國古代文體中，有一大類屬於韻文，即有音韻要求的文章。賦就是韻文的代表。而賦的歷史之長，可以追溯到先秦；到了兩漢，賦的創作達到一個歷史的高峰，其成就正與無韻之散文相當；六朝時代，尤其獨領風騷。賦體不僅是一種文學體裁，又是一種特殊的應用文形式，以致一些唐代的經典奏章，都成為賦體美文。賦之外，如《三字經》、《百家姓》等兒童啟蒙讀物，也可以看作是特殊的韻體文。

再次，中國古典戲曲成就巨大，雖然其歷史未必有西方戲劇那麼悠遠，但高峰時期的作品，卻具有超凡的藝術價值。其唱詞毫無例外，統統屬於曲的範疇。唐詩、宋詞、元曲正是中國古典文學發展的三大高潮。

不僅如此，我在後面還會說到，即使散文，也常常有優美的音節、音律潛在其間。

學漢語不可不知音韻，因為它在一定程度上，既是漢語之長，又是漢語之魂。

（一）漢語音韻的三個特性

漢語音韻的基礎在於四聲，在於平仄。

我在文字一章說過，漢字與拉丁類語言的最大區別，在於拉丁語只有升調和降調，而漢語——漢字卻有四聲。這是一個基礎性區別，由此生發，而形成漢語音韻與文學的整個語音體系。

首先是四聲，然後是平仄。平仄有類乎英語的升調與降調，但二者的基礎與走向不同。或者應該說，平仄包含升、降調，但不限於升降調。因為它是以四聲而非二聲作為基本音律背景的。

漢語又是以一字一音為基本存在方式的，這給了它組合的便利，但也限制了它韻律的輕重與起伏。這一點，不如西方語系。它的韻律表現主要是平仄，平仄相間，成為特定的音律。

簡而言之，四聲加平仄，乃是漢語音韻最基本與最基礎的內容。

但它又不僅是基礎而已。從這個基礎出發，到形成一整套音韻學，則經過了漫長的時間。

漢語音韻的第一個特徵，即它的歷史非常悠久。

其歷史究竟有多久，這裏使用一種倒算方式加以證明。

漢語音韻達到成熟的標誌，是格律詩即唐代律詩與絕句的出現。如果以此為基點，那麼算到漢學文學的產生期，就有大約2000年時間了。

2000年太久了！而且漢字的產生，不等於文學的產生。往後算一算，如果從孔子刪定《詩經》算起，到盛唐時期，也有1500年了。

這個還是太久。如果從現在學界的主流意見認為的，音韻說始於《范曄的自然音律說》，到盛唐時期，也有約300年時間了。

但音韻學的歷史發展，既不該從盛唐的格律詩算起，也不該到唐代格律詩為止。實際上，自有《詩經》便有詩韻，無韻何以成詩？這道理至少在先秦時期就應該是有效的。

而中國的古代音韻之書，音韻之學，南北朝始陸續面世，到隋唐時期達到第一個高潮。其中陸法言的《切韻》，影響尤其大。到了宋代，又達到第二個高潮。特別是陳彭年、丘雍等人修訂的《廣韻》，其地位更為重要和顯赫。因為它是官修的，即奉旨而為的，那地位與影響，更非它書可比。

《廣韻》也曾經過三次修訂，其中第二次的修訂本，一直流傳至今。趙誠先生說：「廣韻共分二〇六韻，其中有一百九十三韻從陸法言《切韻》來，有兩韻從《王韻》或開元本《唐韻》本；有十一個韻採自天寶本《唐韻》。韻目的排列次序，四聲的相承，採自李舟《切韻》。」[1]故，「《廣韻》係韻書集大成的著作。」[2]到了明、清時代，韻律的專門書更多了，內容也更為詳細、複雜。其影響也變得更專門化，又更實用化了。

漢語音韻的第二個特性，是創作先於理論。

創作先於理論，應當是一般性規律，不僅漢語而已，但漢語在這個方面的表現無疑更為突出。

其根據是，中國詩歌的歷史悠久，但理論成果卻出現較晚。研究中國文學史可知道詩歌最晚的開端，也要定在《六經》時代，而且，至少《詩經》與《楚辭》已經取得了偉大成就。

《詩經》偉大，它代表了先秦時代中國的詩歌水平；漢賦偉大，它代表了西漢時期中國的韻文水平。但直到南北朝時期，對文學的認識才走向自覺。理論遲於創作，可說達到了很特別的程度。單以音韻而論，自然也是如此。

這些都不談，只舉一個例證：格律詩要求的對仗與平仄，至少在陸機生活的時代已有典型表現。史書記載，陸機作為當時的名士，不與俗人為

---

[1]　趙誠：《中國古代韻書》，第44頁，中華書局1991年版。
[2]　同上。

伍。一日他與荀隱見面，那荀君也是名士，二人不通姓名，要擺一擺名士派頭。陸機號士龍，荀隱字鳴鶴。陸機自報家門：雲間陸士龍，荀隱應聲對答：日下荀鳴鶴。這一副聯語，雖有些偶然性因素在內，在字面的安排上，已與後來的格律詩無異。

這兩句「夫子自道」，可說對仗工整，平仄相當。然而，那個時候，比發明《自然聲律論》的范曄的出生還要早上一個世紀哩！

不僅如此，就是中國古人學詩，也不自音韻學起，他們往往直接進入詩的創造。辭是第一位的，音是第二位的，第二位的不等於沒地位的，要在順口而已──聽起來是合轍押韻的。《紅樓夢》中香菱學詩，學了半天，找不到門徑。那林黛玉就教導她了：先讀一百首王維的五言律詩，再讀一、二百首杜甫的七言律詩，再讀一、二百首李白的七言絕句，「然後再把陶淵明、應瑒、謝、阮、庾、鮑等人的一看」，「不用一年的工夫，」成了，「不愁不是詩翁了」，辦法真好，但也並非林小姐的獨門獨家之見，以《唐詩三百首》為例，世人評價這書，說它好，好在哪兒呢？「熟讀唐詩三百首，不會吟詩也會吟。」至於音韻學種種，沒有涉及。

漢語音韻的第三個特點是，語音及語言系統複雜，韻書眾多且專門化。

漢語複雜，因為中國大；中國太大了，故地域語言的差異也很大。少數民族非漢語語音不算，單以漢語為例，就分為八大地方語系，即北方話、吳語、湘語、贛語、客家話、閩南話、閩北話和粵語等8個方言區。

不僅如此，我國古有「十里不同音，百里不同俗」的說法，中國方言之系──如果細分的話，幾至數不勝數。同為北方話，河北人聽山西話就有點困難；山東人聽陝西話也不容易；更不要說一個北方人聽上海話或者閩南話了。一些操原汁原味閩南話的學者，如果用家鄉話面對北京人講學，非用翻譯不可。

也因此，中國的音韻之學便有了一個大大的困局，即它沒有辦法適應和規範所有的漢語語音、語系。以京劇為例，京劇姓京，那是現代人的說法。它其實出自南方，本是徽班。它使用的語音，通俗地說，叫作「湖廣音，中州韻」。對於一個門外人來說，何為湖廣音，何為中州韻，也許並不重要，但它們肯定不全是北京音。尤其一些所謂上口字，是不按北京音來念的。如臉讀「儉」音；爭，讀「真」音；腳，讀「覺」音；正，讀「震」音；鞋，讀「xiái」音等等。那麼，學京劇的音韻，適用的韻書，既不是古老的《切韻》、《廣韻》──那個太繞了，也不是現代的標準普通話的音標體系，而是「十三轍」，不懂「十三轍」，當不了專門的京劇編劇，──你寫的唱詞，不好唱，或唱不好。

不僅如此，南方昆曲如蘇昆，唱詞好懂，只要你有點元曲的基礎，韻白也好懂，與京劇無差。但丑角的念白用的全是正宗的蘇州話，北京的蘇

州老秀一聽，享受死了！但如我這樣的北方佬是一句也聽不懂的，看演員在臺上插科打諢，知音觀眾在下面捧腹大笑，自己身在其間，彷彿迷路的羔羊，找不到回頭路。

由此聯想起古典小說名著《海上花列傳》，那語言據說寫得好，屬南方的《金瓶梅》、《紅樓夢》一類。但它的方言性太純正、太強烈了，以致於連魯迅先生這樣的浙江人讀起來都不輕鬆。如果請您給這書配音，您該找哪一部韻書呢？

中國的韻書複雜，首先與漢語的這種複雜性因果相關。

綜上所述，可以得出以下結論：

由於漢語音韻的歷史悠久，創作豐富，以及語言語系複雜，使得漢語的音韻表達，具備了相應的豐富性、多樣性與鮮活性。而這三性，也正是漢語的優勢所在。

（二）格律詩詞的音韻規範

漢語中的音韻是一個寬泛的概念，包括字音、字韻種種。表現在詩詞方面，更確切地表述是格律。王力先生說：

> 詩詞的格律主要就是聲律，而所謂聲律只有兩件事：第一是韻，第二是平仄。其中尤以平仄的規則最為重要：可以說沒有平仄規則就沒有詩詞格律。[3]

格律的定義是如此簡明扼要。但它在中國詩歌史上的影響與地位卻是非同小可的。中國古來即為詩的國度，因為自先秦以降，代代皆有詩歌傑作，又有廣大的詩歌創作人群與極其廣泛的詩歌受眾，其中，尤以唐詩的傑作最多，名家最多，巨星最多，受眾也最多。而構成唐詩的最重要的部分就是格律詩。或許可以這樣說，雖然古風一類作品在唐詩中同樣成就卓異，但那還不是最具代表性的時代品式。最能代表唐詩的不是古風，不是傳六朝詩風的宮廷詩，也不是民歌，更不是唐人詞，而是絕句與律詩。實在沒有五律，即不可能產生王維；沒有七律，又不能產生杜甫；沒有絕句，也不能產生李白。

先是六朝的音韻實踐與追求，再是唐人格律詩，然後是宋詞。宋詞也可以看作格律詩的變調。後面還有元曲，元曲是通俗化的格律，包括元雜劇與明清傳奇劇作，那唱詞都是格律性質的。

---

[3] 王力：《詩詞格律十講》，第2頁，商務印書館2002年版。

　　由此觀之，格律詩的形成，上至魏晉，有500年之積蓄；下到明清，有1000年之餘烈。其在中國詩歌史、文學史乃至文化史上的地位如何是可以想像的了。

　　格律影響固久，但最有成就且傳播最廣的還是唐詩與宋詞。

　　這裏先從唐詩的格律說起。因為這不是一本專門性質的書，本人在這方面的知識也很有限，所以五言詩不談，七言律也不談，僅以七絕為例，作些說明。

　　七言絕句的平仄要求，基本可以分為四種格式。為著便於比較，我將第一式的每一句依次用A、B、C、D標示，在後三種格式出現時，仍保存此標示序號。在第一式中未出現的新的句式，依次標為E、F。

　　第一種格式，其平仄排列是：

　　A　平平仄仄仄平平，
　　B　仄仄平平仄仄平。
　　C　仄仄平平平仄仄，
　　D　平平仄仄仄平平。

　　這一式的特點是，首句以平聲字起韻，二、四句以平聲字落韻。

　　第二種格式，其平仄的排列是：

　　B　仄仄平平仄仄平，
　　A　平平仄仄仄平平。
　　E　平平仄仄平平仄，
　　F　仄仄平平仄仄平。

　　這一式的特色是將第一式的前兩句位置對調，後二句的平仄形式為新出，以對應於前二句。其表現方式，也是首句以平聲字開韻，二、四句押韻。

　　第三種格式，其平仄排列的方式是：

　　E　平平仄仄平平仄，
　　F　仄仄平平仄仄平。
　　C　仄仄平平平仄仄，
　　D　平平仄仄仄平平。

　　這一式的特色是分拆組合了前兩組的範式。第一、二句是第二式的後兩句，第三、四句是第一式的後兩句。

　　第四種格式，其平仄排列的方式是：

C　仄仄平平平仄仄，

D　平平仄仄仄平平。

E　平平仄仄平平仄，

F　仄仄平平仄仄平。

這一式的特色與第三式恰好相反，完全是第三式前後各兩句的位置顛倒。

歸納這四種基本形式，也就是說，七絕在常態上只是以第一句為基準的平仄聲律對應性的變化，（我以為這序列的形成也有偶然性，即所謂第一句，只是約定俗成）。

將上述四種格式的第一句集列於下，是這樣的：

1.　平平仄仄仄平平，

2.　仄仄平平仄仄平。

3.　平平仄仄平平仄，

4.　仄仄平平平仄仄。

那麼，第一式的第一句與第四式的第一句正好聲律相反

——平仄相對，第二式的第一句與第三式的第一句也正好聲律相反——平仄相對。結論是；七言絕句無論其具體用語有多少變化，其常態性聲律要求。不過這四種範式而已。出於這四種範式仍然能夠成立的，就是所謂「變格」了。

如果宥於這四種基本範式，那要求顯然是過於嚴格甚至嚴厲了。假設每個字的聲律要求都不能有所變通的話，那麼，這詩差不多就沒有辦法做下去了。反之，假設可以任意或隨意哪怕只是相對隨意地變動，其平仄格式，這詩又不成其為格律詩了。

怎麼辦呢？

我們智慧的先人們，據此想出了必要的應對規則。其規則的有兩方面前提：一個方面代表的是自由度，另一個方面代表的是「禁區」。

先介紹自由度，自由度即有些字是可以任意改變其平仄位置。其基本理念是：原定平仄聲字的位置音換了，其音律效果不受影響。換句話說，就是改變平仄聲字的位置也是有一定要求的。以七絕為例，其可變字的字位分別如下：（依常法，將可變化平仄的字位用圓圈標示）

第一種範式為：

㊣平⊗仄仄平平，

⊗仄平平仄仄平。

⓪仄㊤平平仄仄，
㊤平⓪仄仄平平。

第二種範式為：

⓪仄平平仄仄平，
㊤平⓪仄仄平平。
㊤平⓪仄平平仄，
⓪仄平平仄仄平。

第三種範式為：

㊤平⓪仄平平仄，
⓪仄平平仄仄平。
⓪仄㊤平平仄仄，
㊤平⓪仄仄平平。

第四種範式為：

⓪仄㊤平平仄仄，
㊤平⓪仄仄平平。
㊤平⓪仄平平仄，
⓪仄平平仄仄平。

　　這種自由度的設立有什麼意義呢？

　　首先，無論哪一種範式，第一句的第一個字都屬任意型的，可平，可仄。

　　其次，除第一式中的第二句，第二式中的第一、第四句，第三式中的第二句和第四式中的第四句之外，其他十一句的第三個字也屬於任意型的，可平，可仄。

　　那麼，為什麼另有5個句型不能任意改變第三個字的平仄呢？這五個不能改變的字聲就屬於「禁區」或「禁區」的一部分。

　　因何如此？因為格律詩中有一個特別的要求，即不能出現「孤平」現象。所謂孤平即兩個特定仄聲字中間夾一個「平」聲字，這個就是孤平。孤平的壞處在於，一不好讀，二不好聽，正好與格律詩的音韻要求相背拗。

　　此外，絕句的二、三句之間，還有一個「粘」的要求。所謂「粘」即第二句與第三句的平仄對應關係不能是相反的，而是基本相同的、相對的，就是「粘」。粘也是格律詩的基本聲律原則之一。

那麼律詩呢？律詩主要指五言、七言律詩，另有長篇排律，屬於特例。

五言律、七言律皆為五、七言絕的擴展，其細節規則沒有變化。但畢竟是擴展了，長了一倍了，所以擴展也有它的特定規則。其基本範式同樣是四種。這四種範式為：

第一種範式：第一種七絕範式加第三種七絕範式；

第二種範式：第二種七絕範式加第四種七絕範式；

第三種範式：第三種三絕範式的重疊；

第四種範式：第四種七絕範式的重疊。

格律詩的妙處，在於其音律規則，音聲悅耳。我在前面說過，漢語的特色是具有四聲，而英語雖無四聲，卻長於韻律的豐富與變化。因為漢語是一字一聲的，一字一聲在字的層面難於表達韻律的高、低、長、短、輕重起伏。這個問題，有了格律範式就解決了。一字一聲固然難於表達聲律的豐富與變化，而平仄相間的有規律地安置，則有效地表現了語音輕重、高低、長短、起伏的聲律安排。

所以，同內容的詩，表現在音韻方面，顯然格律詩有著自己獨特的優勢，它表現得更有韻味也更為精緻。如李商隱的〈無題·相見時難別亦難〉，正是一個傑出的代表。

> 相見時難別亦難，
> 東風無力百花殘。
> 春蠶到死絲方盡，
> 蠟炬成灰淚始乾。
> 曉鏡但愁雲鬢改，
> 夜吟應覺月光寒。
> 蓬萊此去無多路，
> 青鳥殷勤為探看。

格律詩的音韻要求已經很是複雜，詞的要求更其複雜，而且與格律詩相比，詞牌數量太多了。詩的格律類型，分來分去，不過五言七言律詩加上排律這樣五種基本的形式。詞就不一樣了。宋詞專家王兆鵬先生說：「晚唐五代間，據《花間集》、《尊前集》、《陽春集》、《南唐二主集》、《敦煌曲初探》統計，共用147調。」[4]這不過是五代之間的詞調統計。宋詞的調別更多了，據南京師範大學利用電腦檢索系統對《全宋詞》詞調進行的統計，得881調，然而，「這僅僅是指詞牌正名，若計入同調異

4　王兆鵬：《唐宋詞史論》，第106頁，人民文學出版社2000年版。

名則有1407調。」[5]至於這些詞調包含的體式就更多了，依王兆鵬先生的估計，應在2000種以上。

詞調豐富，而且音韻的技術要求也更嚴格。因為詞是要唱的，即不但有韻腳要求，有平仄要求，還有合乎演唱的要求（這三者或有重合之處）。因為有這三個要求，所以作詞又有三定之說，即「調有定句，句有定字，字有定聲」。有了這三定──合乎這三定的，始可稱詞，否則，只是「句讀不葺之詩耳」。

不僅如此，詞又分為平韻格、仄韻格、平仄韻轉換格，平仄韻通仄格以及平仄韻錯葉格五種。更使其音韻方式多樣化了。這也是它比格律詩更為豐富更多變化的優長所在。這裏以平、仄韻格為例，各舉一詞為證。

其一，平韻格調，即押韻處皆為平聲韻。韻角字下以「。」為記。例為李重元的〈憶王孫·春詞〉：

> 萋萋芳草憶王孫，柳外樓高空斷魂，
> 杜宇聲聲不忍聞，欲黃昏，雨打梨花深閉門。[6]

其二，仄韻格詞，顧名思義，是押韻處皆為仄韻之謂也，韻腳字下以「△」為記。例詞為馮延巳的〈謁金門〉：

> 風乍起，吹皺一池春水。閒引鴛鴦香徑裏，手挼紅杏蕊。
> 鬥鴨闌干獨倚，碧玉搔頭斜墜。終日望君君不至，舉頭聞鵲喜。[7]

站在今天的立場看，詩詞格律已達到中國古典詩歌的高峰，再向前走，路越來越窄。雖然後面還有元曲作繼承者，但元曲的特點，一是繼承，二是突破，突破乃是它的發展重點，不但風格通俗，而且唱辭也向著通俗方面跨越了歷史的一大步。元曲之後，格律詩、詞已幾近無路可走，所以，明代最有影響力的詩歌並非詩、詞，而是民歌。清代雖有一時之繁榮，終究難於再現唐詩宋詞那樣的時代輝煌。再以後，就該五四新文化運動及其白話文、白話詩登場了。

（三）格律詩詞的「五合」境界

「五合」境界是我的一個總結。那麼，什麼是「五合境界」？

五合即：字與音合，音與情合，情與意合，意與境合，境與人合。

---

[5] 本處分類與引用詞均見龍榆生先生所著《唐宋詞格律》。
[6] 龍榆生：《唐宋詞格律》，上海古籍出版社1978年版。
[7] 同上，第73頁。

所謂字與音合，即選擇的韻腳的字應該平仄和諧，以格律詩、詞為例，即當平則平，當仄則仄。

所謂音與情合，即特定的音要反映和代表相應的情感。因為音調有清濁，又有高低，還有長短，選擇哪種音調應該與所表達的情感相一致，相密合。所謂悲則大哭，怒則大叫，當音與情相一致時，則可能使原有的詩句產生雙倍效應。反之，那效果又有可能走向負面。

所謂情與意合，即詩詞的情感要與內容相關相契。所謂世間沒有無緣無故的恨，也沒有無緣無故的愛，因意而生情，因情而發音，因音而擇字，這樣的邏輯才順。雖然閱讀者的感受順序與此相反，但那字後面的音與情與意，是可以也應該感悟到的。

所謂意與境合，即意向須與背景相和諧。所謂有其意，商經有其境。歡快的心情伴云飛，憤怒的思緒隨濤走。

所謂境與人合，即那內容與情感狀態表達方式應與詩詞的主體——創作者相和諧。所謂什麼人說什麼話，同一件事，蘇東坡有坡氏表達法，東方朔有朔氏表達法。這些方式大多是不可改變更不可顛倒的。一顛倒，個性背謬了，或者模糊了，甚至沒有了。人無個性即是平庸，而平庸的表達何以言詩？

當然「五合」不可以理解為一種教條式方法，有些詩詞不必「五合」，「三合」、「四合」已經夠了，成藝術品了；有的則不止於「五合」，而是「六合」、「七合」，人家能合，你不服氣咋的？這裏分析4首詩（詞），這些詩，在我看來，個個符合上述精神。

第一首，幾乎盡人皆知的柳宗元的〈江雪〉。

> 千山鳥飛絕，萬徑人蹤滅。
> 孤舟蓑笠翁，獨釣寒江雪。

這詩短，全文不過20個字。詩雖短，容量卻大。簡而言之，即包括了遼遠、寒冷、孤寂、執著這樣幾個大意思。

「千山」、「萬徑」表現的是遼遠；「鳥飛絕、人蹤滅」表現的是孤寂。雖然是千山萬徑的遼遠場面，然而，一個人也沒有的，一個鳥兒也沒有的，兩相對照，愈其孤寂，且孤是孤獨之孤，寂是靜寂之寂。孤而且寂，情色幽深；寂而且孤，景象淒迷。

「寒江」與「雪」表現的則是冰冷。寒江已然冷了，還覆蓋著雪，雖然不是「千里冰封，萬里雪飄」——那雪只是大而美，並不冷的，也不是「飛起玉龍三百萬」的雪——那雪只是動而美，更不冷的，唯有這雪，卻是

寒意出自心頭的冰冷。這樣的冰冷既是外在的，更是內在的，這形象幾乎是沒有希望的象徵了。

但作者是執著的。他不怕這遼遠，不怕這冰冷也不怕這孤寂。他一身蓑衣，一葉扁舟，一根釣竿，一意追求，便在這遼遠、冰冷與孤寂之中，不屈不撓、不卑不亢，「獨釣寒江雪」。

能寫這樣詩篇的人，定然不是常人，柳子厚又豈是尋常人哉！他既是一位大詩人，又是一位大散文家，還是一位年輕有為的改革者，尤其是一位品節高潔的儒學青年。他支持與參予的變革失敗了，本人遭貶斥，流放他鄉，寂寂寞寞，苦度光陰。然而他的心依然是熱的；他的意志依然是堅定的；他的追求依然是一如既往的。他的品節與品性，越是艱難困苦越是煥發出梅的光采、雪的精神。

唯有這樣的人，可以做這樣的詩；唯有這樣的詩，可以表達這樣的情與意；唯有這樣的情與意，可以運用這樣的詞，這樣的字，這樣的韻。

那字的色彩顯然是鮮麗孤潔的，那詞的對比顯然是兩極對立的，而那韻腳卻又是峻峭與激越的，「絕」字本不常用，「滅」字更不常用，但作者執意使用他們，而且用得恰，用得准，用得深，再加一個「雪」字，韻腳盡壓仄韻，從而生出多少人生感歎與不平之氣。

這一首〈江雪〉堪稱千古之絕唱，而這一首千古絕唱正是柳宗元一生追求的典型寫照。

第二個例子是南唐後主李煜的〈浪淘沙·簾外雨潺潺〉。

> 簾外雨潺潺，春意闌珊。羅衾不耐五更寒。夢裏不知身是客，一晌貪歡。　獨自莫憑欄，無限江山。別時容易見時難。流水落花春去也，天上人間。

這也是一首失意人之作。然而，兩個失意人，何其天高地遠喲！柳宗元，雖然失意，雖然遭受人生巨大挫折，但他並不屈服，不但不屈服，內心依然懷著自信與希望，自信是對自己的人生與人品的自信；希望則是對儒家理想的希望。他其實是一個儒生，一個真儒，而真儒的特點，是寧可放棄性命也不會放棄希望的。

李煜則不然。他是一個亡國之君，不但身為降虜，而且國家也沒有了。過去的一切富貴榮華，皆成泡影；過去的一切悠游自在，亦為夢幻。如果說柳宗元的〈江雪〉乃是一種寂寞與執著之言，他的〈浪淘沙〉卻是一種頹敗與絕望之音。

人是絕望的，但人還沒有死，或許心也沒有死。雖然不能用「執著」這樣美好的字眼形容他的內心，卻可以用「心有不甘」這樣的詞句表達他的心境。

　　然而，有什麼用呢？窗外是雨，不停的潺潺下著的雨，雖說是春雨，可哪裡有春來之意呢？呈現在眼前的景色，只是一片「闌珊」。闌珊的春意，其第一感官刺激就是冷。縱然這冷的程度絕對達不到「千山鳥飛絕，萬徑人蹤滅」的地步，然而，這樣的冷卻與一個亡國皇帝的心境特相匹配。它所表現出來的，就是一個無奈。再加一個無奈。在這無邊的無奈之中，他覺得冷啊！這冷連羅衾都壓它不住——「羅衾不耐五更寒」。鬱悶的是，好不容易在這冷冷的環境中睡去，又夢到想當初的情形。想——當——初，自己還是一國之君哩！今昔對照，未知當怒、當哭，禁不住自嘲云：「夢裏不知身是客，一晌貪歡」。這一個歡字，生生站在面前，顯得格外刺眼，而且刺心。

　　「獨自莫憑欄」——一個人是不敢憑欄遠眺的；「無限江山」——雖然江山無限好，卻不再屬於自己了；正所謂「別時容易見時難」。——難，難！難得永世不得相見了。那結論是：「落花流水春去也，天上人間」。——別人在天上，自己在人間；或昔日在天上，今日在人間。然而這又是怎樣的一個人間呢。

　　如此之悲，詞的韻腳應為仄韻，或以仄韻為主。但李後主選擇的卻是平韻格。這似乎有些不合理的。一個亡國之君，書寫亡國之音，為什麼不同柳子厚的〈江雪〉一樣選用更為短促激越的仄聲韻而偏偏選用悠悠綿綿的平聲韻呢？因為在柳子厚，基本的風格是執著，執著背後是自信；而在李後主，基本的情調卻是無奈，無奈的後邊還是無奈，無可奈何所發出的既是亡國之聲，又是無奈之音。

　　雖然李後主的缺點多多，但這詞寫得委實是好。單以藝術而論，比之柳宗元的〈江雪〉寫得還要出色，而且詞人、詞意、詞情、詞句、詞音、詞韻樣樣都好。正是本書說的「五合」之意了。

　　第三個例子，是辛棄疾的〈水龍吟·楚天千里清秋〉：

　　　楚天千里清秋，水隨天去秋無際。遙岑遠目，獻愁供恨，玉簪螺髻。落日樓頭，斷鴻聲裏，江南遊子，把吳鉤看了，欄干拍遍，無人會，登臨意。　休說鱸魚堪膾，盡西風，季鷹歸未？求田問舍，怕應羞見，劉郎才氣。可惜流年，憂愁風雨，樹猶如此。倩何人、喚取紅巾翠袖，搵英雄淚。

　　這又是一位失意人，而且是一位仁人志士。故，他的失意絕然不同於李後主式的失意。雖然不同於李後主式的失意，卻也是國仇家恨，一心擔著大干係。表現在他的詞上，就遠比李後主的詞作來得激烈，來得慷慨，來得悲歌如潮，激風似雨。何況說，李後主面對的主要是失去的王位與被

統一的地方政權，而辛棄疾面對的則是被異族鐵騎踩躪的故土與失去的半壁河山。一個亡國者，一個沒有多大志向卻有著深厚藝術修養的亡國之君，他的失意是絕望的，又是哀婉的；而一個復國者，一個有才能有抱負有志向又有極高文學天賦的復國者，他的失意是失落的，那情懷也是冷中有熱，冷在其外，熱在其中，而且不知不覺之間，就有些急切與衝動。

　　辛棄疾的失意也不同於柳宗元。柳宗元的失意，一大半倒是個人性質的。雖然與變革有關，與國事民生有關，但至少在他那個時代還看不到亡國的危險。他只是要它好，因為要它好而觸了霉頭。辛棄疾則不然，他面臨的不但是國仇家恨，而且時時有半壁河山都將不在的憂鬱與壓力。可怕的是，他周圍的那些他寄希望的上層集團，儘是一群歌舞昇平的人；一群無所事事的人；一群只知作官不知作事的人；一群忘卻亡國之恨的人；一群沒有志向、沒有見識、甚至沒有心肝的人。

　　因此故，柳宗元的〈江雪〉所表現的，只是遼遠無比的冷寂的自然大背景與他執著的個人心境的強烈對照。那景是大的，冷的，寂的，但他心有不甘。在他的內心深處是充溢著自尊自愛與自信的。

　　辛棄疾這篇〈水龍吟〉所表現的，卻全然另一種景象與心得。他眼前的環境，既不是寒冷的，也不是寂靜的，又不是茫茫無邊，孤寂也無邊的。那景色其實不錯，不但熱鬧，而且「繁華」，甚至美麗。然而，凡此種種，在他心中，一一發生扭曲，產生「壞」感，似乎全然是由於他心情不好所致。所以寫「楚天千里」偏要寫「清秋」；寫「水隨天去」又要寫「秋無際」；寫「玉簪螺髻」，先要寫「遙岑遠目，獻愁供恨」；寫「江南遊子」更要寫「落日樓頭，斷鴻聲裏」；那景色縱然是好的，因為心情不好，它們全變壞了。

　　於是思緒聯翩，想到了棄官還鄉的張季鷹，又想到了委屈下邳的陳元龍；然而，自己呢？學張季鷹嗎？不！作陳元龍嗎？難！自己能怎麼樣呢？那感慨唯歎樹之典彷彿似之──「可惜流年，憂愁風雨，樹猶如此。」此真大憂傷，大悲憤者也。雖然「男兒有淚不輕彈」，但此時此刻此境此遇，又怎能不「倩何人喚取，紅巾翠袖，搵英雄淚」。

　　這一首詞，同樣是寫人、寫意、寫景、寫色、寫情、寫態樣樣相得，且遣詞用字，處處講究。全詞為仄韻格，可謂當行出色，音韻通心，更表現出作者悲憤急切而又英雄無用武之地的豪士衷腸。

　　第四首，是杜甫的那一篇膾炙人口的七律〈聞官軍收河南河北〉。

　　　劍外忽傳收薊北，初聞涕淚滿衣裳。

　　　卻看妻子愁何在，漫捲詩書喜欲狂。

白日放歌須縱酒，青春作伴好還鄉。
即從巴峽穿巫峽，便下襄陽向洛陽。

這詩的特點就是一個「快」字，雖字裏行間不見此一字，卻是快在詩骨，快在心頭。

八句詩，句句寫「快」，句句是「快」，而且採用順時序寫法，且不但由此及彼，而且由近及遠，一字一頓，都是快意；有字無頓，更是快意。那歡快，那暢快，那爽快，那痛快，既充滿字裏行間，又溢於字面之外。

「劍外忽傳收薊北，」忽字妙！喜訊忽然而來，喜訊之快出乎意料。

「初聞涕淚滿衣裳，」初字又妙，滿字尤妙。初者，乍然一聞之謂也；滿者，涕淚交流之謂也。初而能滿，快意自在其中，正是喜極而泣。

「卻看妻子愁何在？」淚眼婆娑之間，再看妻子，什麼悲呀，苦啊，蹤跡全無。那「何」字所表，正是快意。

「漫捲詩書喜欲狂。」漫字妙，狂字更妙，因為喜訊忽至，禁不住將手裏的書一卷一卷放置一旁。因為什麼？因為高興得不能自已，「狂」了。

「白日放歌須縱酒，」放字妙，縱字也妙。面對這樣的大好訊息，不能不歌又不能不飲。不能不高歌，是為「縱歌」；不能不痛飲，是為「縱酒」。唱起來吧，喝起來吧，無論老幼，但請乾杯！

「青春作伴好還鄉」，春字妙，好字亦妙。喜訊當其令——還是春天的大好時光，春光伴我返故鄉，是何等的快意啊！

由此聯想到一路歸途，更快活了，「即從巴峽穿巫峽，便向襄陽下洛陽」。一個「即」字配上一個「穿」字，一個「便」字配上一個「向」字，那快樂難禁的情感，更是蹦蹦跳跳，躍然紙上。

自然，韻也是好的，一切皆有，沒有好「韻」，只是心情不是詩。全詩不但用平聲韻，而且用寬韻，用宏亮級韻，平而又寬，寬而又響，正當其歌，雖千百年下使人一見此詩，便禁不住要大聲朗誦起來。

（四）散文及其他文字與音調並聲韻

詩詞歌賦等韻體文學之外，其他文字例如散文也應該有音韻意識與追求。但應該指出，二者畢竟有質性區隔。如果過於誇大音韻的作用，就文不對題了，畢竟詩歌與散文屬於兩個不同的系別，粥是粥，水是水，非用熬粥的方法煮水，水也會煮「糊」的。

但音韻意識確有必要，它主要強調的是平仄與音調，而不是韻腳。散文無韻腳，也不需要韻腳。但平仄與音調是需要仔細斟酌的，表現在一些短語或片語方面，更重要了。

　　片語的平仄安置，應用廣泛，如商鋪、商店字型大小，如人名、地名，以及一些專用名詞及片語都是如此。它們或者考慮平仄關係就可以了，或者還要兼顧音調的清濁、高低。

　　以人名為例，全用仄聲字，未免太「狠」了，或者太「急」了，只有平聲字，又未免太「高」了，或者太「曠」了。不唯如此，古來的中國歷史人物，常有所謂齊名並舉現象，這種齊名並舉現象，在音韻上也有一定的規律可尋。

　　早些年，我寫《隋唐五代文學史》，寫到初唐四傑：王、楊、盧、駱時，就遇到這樣一個問題。這王、楊、盧、駱的順序，何必如此？何當如此？實際上，就是這幾位當事人，除去排在頭一位的王勃之外，對這個順序也均有不滿，或者微詞。後來我看到一個說法，是四傑的排序緣於各自姓氏的發音，王屬陰平聲，即四音中的第一聲，故第一；楊、盧為陽平聲，即第二聲，故第二；駱屬去聲，即四聲中的第四聲，遺憾了，只能排陪末座了。

　　對此，我本一直存疑，不敢妄斷，但現在細細回味起來，覺得確有道理。實在中國從古至今的姓氏並列的公認人物甚多，其中，大多與這個規律有點關係。比如唐代大詩人李杜，李屬上聲──第三聲，排在前，杜屬去聲──第四聲，排在後。如果你認為，那排法是因為李白成就高於杜甫，可就不對了。因為中國大書法家中還有鍾、王之稱，鍾繇的書法成就絕然比不過王羲之──人家是書聖哩！如果您認為那是因為李白的年齡大於杜甫，就又不對了，因為中國文學是又有班、馬之稱。班即班固，東漢人，馬即司馬遷，西漢人，東漢的班固，他年齡再大，能大過西漢的太史公嗎？此外，還有孫吳兵法，也符合這規則，孫是一聲，在前，吳是二聲，在後；又有蘇、黃、米、蔡，蘇為一聲，居前；黃為二聲，次之；米是三聲，又次之；蔡是四聲，第末。還有歐、顏、柳、趙，同此。不但如此，連《三國演義》上標榜的西蜀五虎上將關、張、趙、馬、黃，都有這個意思在。這當然不是說因為關夫子姓關才排在第一位的，而是說，因為這排法大體符合漢語音聲的閱讀習慣，故而，它的傳播就來得格外順暢些。

　　其實曹操手下，也有五良將，這個見諸《三國志》，即張遼、樂進、於禁、張郃、徐晃。一方面是因為他們在《三國演義》中名頭不夠響亮，另一方面，這五位將軍的姓氏在排列方面確實存在音聲方面的困難──不好讀，也不順口。張、樂、於、張、徐，這多彆扭哇。乾脆，沒這概念了。

　　表現在戲曲、小說等方面，這樣的例子也很多。京劇中包公手下有四個著名的校尉：王朝、馬漢、張龍、趙虎。讀起來琅琅上口，用平仄表示，即：

　　王朝，馬漢，張龍，趙虎。

正好符合「平平仄仄平平仄（仄）」的閱讀習慣，或略去尾字，又與格律詩的平仄要求十分吻合。不唯如此，每日包老太爺招呼王朝之時，還常常將王朝的「朝」字讀作「超」音，就更響亮而有力度了。雖然京劇是最講究字正腔圓的，但為音樂感美，只好有點對不起王朝先生了。

大京劇藝術家裘盛戎先生的代表作《姚期》，其中有馬武、岑彭、杜茂三員大將去草橋關替換姚期回朝侍君的情節。這四位人物按序排列，應是姚、馬、岑、杜。但劇中道白與唱詞則一律改作「馬、杜、岑」。這樣的順序片語，那岑彭明明在馬、杜之間，為什麼將人家「整」後面去呢？無他，也是音韻原因。如果依「馬、岑、杜」的順序，馬、杜為仄聲，岑是平聲，不好念了——不上口，更不好聽。尤其放在大花臉嘴裏，一下子「杜」住了，聲音與聲威全沒了。兩個仄聲夾一個平聲，又犯了格律詩中「孤平」的禁忌。而禁忌是不能犯的，為著念與唱的音韻要求，只能請將岑將軍位置後移了。

一方面是平仄，一方面又要考慮音調，對此，我國的民族戲曲無論在唱，還是在念方面都十分講究。如開口音、閉口音以及京劇等劇種中的尖、團字的運用都有特別的規範與規定。他們所遵循的音韻標準，首先主要是「十三轍」。據《辭海》介紹，十三轍為京劇的韻腳分類，「根據中州韻和北京語音劃分，也夾雜了一部分湖北音。」[8]。

因為它主要是一種實用規範，不同藝術品種間十三轍的名稱略有不同。京劇外的劇種也有分十三轍的，但具體分法與京劇亦不完全一致。十三轍內容為：1.發花轍；2.梭坡轍；3.乜斜轍；4.姑蘇轍；5.一七轍；6.懷來轍；7.灰堆轍；8.遙條轍；9.油求轍；10.言前轍；11.人民轍；12.江陽轍；13.中東轍。

王希傑先生在他的名作《漢語修辭學》一書中，曾將漢語音調依宏亮級、柔和級、細微級畫一表格，對十三轍、十八韻的音調差異，標示得一清二楚。（見下表）

響亮程度	韻轍名稱	
宏　亮　級	十三轍	十八韻
	12　江陽轍（寬轍）	十六唐
	13　中東轍（寬轍）	十七庚、十八東
	10　言前轍（寬轍）	十四寒
	11　人民轍（寬轍）	十五痕
	1　發花轍（寬轍）	一麻

8　《辭海・藝術部分》，第18頁，上海辭書出版社1980年版。

柔　和　級	8	遙條轍（寬轍）	十三豪
	6	懷來轍（寬轍、	九開
		字少、常用）	二坡、三歌
	2	梭坡轍（寬轍）	十二侯
	9	油求轍（窄轍）	
細　微　級	7	灰堆轍（窄轍）	八微
	3	乜斜轍（窄轍）	四皆
	4	姑蘇轍（窄轍、	十模
		字多，不常用）	五日、六兒、
	5	一七轍（寬轍）	七齊、十一魚

　　其實，這規律不僅適用於戲曲，對於商號同樣適用。它們的音聲響亮程度一般都是宏亮級的，其字音搭配也大多合乎「平仄」規律，例如侯寶林相聲中提到的八大祥，即：瑞蚨祥，瑞林祥，廣盛祥，益和祥，祥義號，謙祥益等[9]。

　　這些字型大小都符合這兩個要求。平仄是合的，不是一仄兩平，就是一平二仄，音調也是響亮的。以祥字結尾的有四個，祥字屬陽平字，在十三轍中為江陽轍，在十八韻中為十六唐，都屬於宏亮級的第一級，無須多說了。祥義號的號字，雖是仄聲字，屬於十三轍中的遙條轍，十八轍中的十三豪，既是寬轍口，又是柔和級中的第一級。只有謙祥益的益字屬於一七轍，既是仄聲系又屬於細微級的末一級，不合規律了。但整體來看，可作為格律詩的變格理解。它的發聲發音不在益字而在祥字上。即使不考慮這一點，那麼，宏亮級、平聲字作尾音的字型大小依然占絕大多數。

　　表現在散文、戲曲白口方面，也是同理如斯。一般地說，表達特別激越的情緒時，句尾音應選用宏亮級仄聲音；表現高昂飽滿的情緒時，句尾音應選用宏亮級平聲字；表現低沉鬱悶的情緒時，字尾音應選用細微級仄聲字；而表現親密愉悅的情緒時，字尾音應選用柔和級平聲字。這裏引一段京劇中的道白作為說明。

　　一段是周信芳大師在他的代表作《四進士》——「公堂」一場的大段道白。這一段道白，內容是宋士傑一人的雄辯性理由陳述，相當於話劇中的長篇獨白。其背景情節是：河南上蔡縣民女楊素珍的丈夫被他的哥哥、嫂子害死，她本人又被他們串通她自己的哥哥賣給了商人楊春。幸而楊春為人正直，知道她的冤情後，撕掉賣身文書，還與她結為義兄妹，陪她到信陽州的州衙門「越衙」告狀。後，巧遇宋士傑。這宋士傑乃是一位具有

---

[9]　原相聲中只列此六名。

強烈正義感的老年民間訟師。楊素珍拜他作義父。他代楊去告狀，中途吃酒，人家衙門到點下班，狀子沒遞上去。於是他帶楊素珍去衙門「擊鼓鳴冤」。當州官顧讀聽說楊素珍住在他家的時候，便傳他上堂，讓他「報門而進」，一見面，劈頭便問：

> 「宋士傑，你還不曾死嗎？」
> 他答：「閻王不要命，小鬼不來傳，我是怎生得死？」
> 又問：「你為何包攬詞訟？」
> 他答：「怎見得小人包攬詞訟？」
> 問：「楊素珍越衙告狀，住在你的家中，豈不是包攬詞訟？」

要知道，在那樣的時代，包攬詞訟乃是一個大罪名。於是他便有了這樣一段獨白。為著說明其音聲選擇情形，於每句話的停頓處都作了四聲標記，並將每個整句單列一行。

> 小人宋士傑，在前任道台衙門，當過一名刑房書吏。
> 只因我辦事傲上，才將我的刑房割掉。
> 在西門以外，開了一座小小店房，不過是避嫌而已。
> 曾記得（頓一頓）那年（頓一頓）去河南（微拖一拖）上蔡縣（頓一頓）辦差（底下念得快一些），住在楊素珍他父家中（漸漸把話接上了）；楊素珍那時節才這長這大，拜在我的名下，以為義女。
> 數載以來，書不來，信不去，楊素珍她父已死。
> 她長大成人，許配姚延梅為妻，她的親夫被人害死；來到信陽州，越衙告狀。
> 常言道：是親者不能不顧，不是親者不能相顧。
> 她是我的乾女兒，我是她的乾父；乾女兒不住在乾父家中，難道還叫她住在庵堂寺院！[10]

這一大段道白，念得陰陽頓挫，語調鏗鏘，又美又帥又好。以平仄而論，論述文字，大抵平仄相間，有輕也有重，有快也有慢。分號處，則或平或仄，斟酌具體情勢而定。但作為一個完整句，其全句的尾字字音毫無例外，全部選用仄聲字。這是因為，其一，這是對告狀情由的解說；其二，這是對官府責難的答辯；其三，這是對世間冤情的反應。為告狀情由作解說，不能不斬釘截鐵；為官府責難作答辯，不能不理直氣壯；為世上冤情作反應，不能不義正辭嚴！

---

[10] 括弧等內容均為表演者所加。選自《周信芳文集》，第73-74頁，中國戲劇出版社1982年版。

　　另有一齣傳統名劇《法門寺》，劇中有一段隨從太監賈桂念狀子的情節，十分精采。在我們能看到或聽到的表演中，屬蕭長華先生演得最好。直到今天，也沒有哪個演員可以與之媲美的。那狀子寫得好，是經過清末舉人葉肖齋一字一句精斟細酌過的，加上民族傳統，是總在演，總在改，長年累月，日精月華，所以，那演出效果奇佳，固然是蕭長華先生藝術高超，卻又不是一人之力，一時之功。

　　全狀299字，俗稱「大狀子」，全文如下：

> 　　具上告狀女宋氏巧姣，求雪夫含冤事（啊！）
> 　　（劉瑾，著哇！照這個樣兒慢慢兒往下念！）喔。
> 　　宋巧姣係郿鄔縣學庠生宋國士之女，許字世襲指揮傅朋為妻。六禮已成，尚未合巹。忽聞氏夫身遭飛禍，趕即查問起事情由。方知氏夫因丁父憂，尚未授職；現已服滿，前往各處謝孝。經過孀婦孫氏門前，無意中失落玉鐲一隻，被孫玉姣拾去。適有劉媒婆從旁窺見，藉此誆去玉姣繡鞋一隻，令她兒劉彪在大街之上向氏夫訛詐。因此二人爭鬥一處。當經劉公道解勸，並未公允；隨即各散。彼時又出孫家莊黑夜之間，刀傷二命，一無兇器，二無見證；無故又將氏夫拿到公堂，一味刑求，暗無天日。氏夫乃文弱書生，不堪痛楚，只得懼刑屈招，拘留監獄。宋巧姣一聞此信，驚駭異常。家中只有親母一人，衰朽臥病；是以情急，謹依法律規定條例，具狀上告，伏求俯准提案訊究，務得確情，以雪？冤，而重生命，則銜結之私，永無既極矣！謹狀（啊）！[11]

　　蕭長華先生對此狀的念法，也曾有專文作解，不但講得精，而且講得透。其中關乎音韻的地方有這樣三段。

　　一段是關於「一」字的讀法，意思是雖同為一個字，但也要根據情節分出平仄。蕭先生說：

　　這張狀子裏，共有七個「一」字，卻需三般念法：連用去聲或輕聲字之前時皆讀陽平（夷），如「爭鬥一處」、「一味刑求」；連用在陰平、陽平、上聲字之前時則需讀去聲（意），如「玉鐲一隻」、「一聞此信」、「親母一人」；讀陰平（衣）是位於一詞一句之後時（如「一一得一」、「合二為一」）。這裏，一無兇器的「一」字，需仍讀陰平。因為它在這裏是做為列舉事物的數詞，如「一……；二……；三……。」若陰錯陽差，聽起來就很難入耳。[12]

――――――――――――
[11]　《蕭長華戲劇談叢》，第82頁，中國戲劇出版社1980年版。
[12]　同上，第84頁。

一個「一」字，三種讀法，只為聽起來悅耳，這個就是音韻學範疇的事了。

另一段，是講句讀的平仄的。他寫道：

上句下句的字數雖多寡不同，然而都能平仄相襯。如「系鄜鄔縣學庠生宋國士之女（仄），許字世襲指揮傅朋為妻（平）」；「六禮已成（平），尚未合巹（仄）」；「忽聞氏夫身遭飛禍（仄），趕即查問起事情由（平）」；「失落玉鐲一隻（平），被孫玉姣拾去（仄）」；「一味刑求（平），暗無天日（仄）」；「文弱書生（平），不堪痛楚（仄）」等。分清了「句兒」，明確了平仄，哪句該揚哪句該抑，心裏自然有了數兒。因為平聲長，為揚；仄聲短，為抑。[13]

此外，還講一些上口字，如「庠生」的庠字讀「強」音，「黑夜」的黑字讀「喝」音，「不堪痛楚」的楚字讀作「粗」的上聲音。

這狀子其實與前面的「獨白」有不同，文體也有別，但這不是最重要的。重要的是二者的情緒差異大。宋士傑是義憤在胸，雄辯在口，非聲情並茂不可，側重點還在於伸張正義這一面。賈桂念的狀子，內容固然也是冤獄之事，一則這是一齣情景喜劇，二則念狀的人，是一個與案情毫不相干的太監。他可不管你寫的是天一樣的冤情，還是海一樣的怨憤。他一心想的，只是在他主子——九千歲和太后老佛爺面前表現自己，討他們歡心。所以，低沉是不要的，如泣如訴更不要，慷慨激昂也不要，音調激越都不要。他讀的是別人的狀，賣的是自己的「乖」，追求的就是聲音光亮，字字清楚，不但好聽，而且好玩。所以，雖然狀子的結尾字音，也多以仄聲音為主，但在他——賈桂認為需要討俏的地方，還是要想方設法，轉仄為平。如開頭一句「具上告狀女……雪夫含冤事」，事字本仄聲字，仄聲字沒情緒了，難以美聲發揚，於是加一個「啊」字於其後，於是字來氣轉，正好表現賈桂的好嗓子。狀子的結尾也是如此，在「謹狀」後面，再添一「啊」字，不為別的，為的就是賣弄。其意若曰：「太后、九千歲，您二老聽得滿意乎？」

再者，這狀子的語句，多為散型句，短句多，逗號多，因為這兩多，更容易分平仄，定陰陽，於是一路念來，但覺峰迴路轉，節奏鮮明。

（五）音韻應用的特殊例證

音韻可以視為一種規則。規則是必要的，但不是萬能的，它不可能適用於所有情況，因為任何規則都是有局限的，其結果是，一方面隨著規則

---

[13] 同上，第87頁。

對象的發展，規則本身也需要完善或改變；另一方面，必然允許規則外的特例存在，且不但允許其存在，還要善待其存在。其方法，或因韻而變通其字，或因字而便通其韻。

以民族戲劇追求的字正腔圓為例，字正腔圓當然是一個很好很重要的規範性要求，但因為演唱內容、唱詞等種種因素的影響，不可能做到百分之百的字正腔圓，有時字正則腔即不能圓，腔圓則字又不能正。京劇中有一齣骨子老戲《三娘教子》，其中老僕人薛保有一句唱詞是：

　　見三娘，發淚啼，機房悶坐。

那個三娘的娘字，就必得唱成上聲——ni ng音，即仄聲音才好聽。否則，不但不好唱，簡直就不可唱了。還有大戲《楊家將》中有一句「為國家，秉忠心」的唱詞，那「國家」的國字，按陽平聲走，唱不好，必得將其唱成「果」音，才悅耳。國字是平聲字，「果」音為仄聲音，碰到這兒，只好字隨韻走。

曲藝中也有這樣的例證。如西河大鼓《玲瓏塔》，屬於經典唱段，其中每數一層玲瓏塔，都要襯唱一句「東北風一刮喂兒拉哇拉響喂兒嗡。」那「東北風一刮」的「刮」字，正音為陰平，為「瓜」音，但在唱段中，卻要唱作「剮」——guǎ音，否則，不好唱，也不好聽。

不但戲曲，即使現代歌曲也有類似的情況。生歌僻歌，地方音很鮮明的民歌都不管，只說中國人最為熟悉的兩首歌的歌詞，

一是幾近人人會唱的〈東方紅〉。開首一句「東方紅，太陽升」的「陽」字，本字屬陽平字，但放在這首歌中，卻發第三音——上聲音，讀如「仰」字，否則，同樣不好唱，也不好聽。

二是〈中華人民共國國國歌〉，田漢作詞，聶耳作曲，詞既寫得好，曲又作得好，但不能做到所謂的字正腔圓，如末一句「前進，前進，前進，進！」前字應發陽平音，進字應發去聲音，即「qián jìn」。但唱起來卻必須發聲如「qián jīn——潛、金」。否則，不但不好聽，而且不可唱了。

此是為何？原因是：一個是樂理，一個是字理，二者最好相契相合——字正腔圓，倘不能夠，迫不得已時，只能音字服從樂曲了。內容通融形式了，很對不起喇。

但更多的情況，還是形式服從內容，字音服從字義，尤其是非演唱性音韻安排，更是如此。

以格律詩詞為例，雖平仄要求嚴格，便更重要的還是這詩、詞的內容與意境。詞不可傷意，二者不能兼得，自是意境為先。我的證明是：蘇東坡固然是宋詞大家，李清照還要批評他的詞是「句讀不葺之詩耳，又往往

不協音律」；周邦彥雖然是北宋詞人中音律最優的大詞人，張炎還要說他的詞「於音譜間有未諧者」。可見音韻之事，沒有規範不可以，死守規範尤其不可以。李清照、張炎對蘇東城，周邦彥的批評不能說無所本，但不影響蘇詞的輝煌，周詞的傑出。曹雪芹先生對此持有高論，他也曾借書中第一才女林黛玉的口評說作律詩之道：

> 什麼難事，也值得去寫！不過是起承轉合，當中承轉是兩副對子，平聲對仄聲，虛的對實的，實的對虛的，若是果有了奇句，連平仄虛實不對都使得的。[14]

這末一句，很重要，「若是果有了奇句，連平仄虛實不對都使得的。」

還有一種情況，依照舊字音韻，並無不妥，改為新讀，又有突破。在我看來突破舊韻有時也很不錯。

魯迅先生有一句絕名，是悼念楊銓先生的，其詩云：

> 豈有豪情似舊時，花開花落兩由之。
> 不期淚灑江南雨，又為斯民哭健兒。

感情誠摯，心態沉重，然而，自有不滅的怒火在胸中燃著。詩的表達既曲折，又強烈，「又為斯民哭健兒」一句，更是詩眼所在。但以韻論，有可思索處。雖然按十三轍的劃分，第一句的「時」字，第二句的「之」字，第四句的「兒」字，都可以歸入一七轍，但以普通話的十八韻轍作標準，「時」字與「之」字屬於「i韻母」，歸入「五日韻」。「兒」字卻屬於「er韻」，應歸入「六兒韻」，不是一個轍哩。然而，效果也是好的。且韻轍有些錯置，效果反而更其強烈。

朱德總司令在抗戰時期有一首五絕，寫得出色，其詩云：

> 佇馬太行側，十月雪飛白。
> 戰士仍單衣，日日殺倭賊。

詩很短，卻氣魄宏大，氣象非凡，且形象突出，對比強烈，烈士之心，凜然如在。以音韻論，第一句的「側」字屬「e」韻——三歌韻，第二句的「白」字，讀「博」音，屬「o」韻——二波韻，二波三歌在古詩中可以通押，第四句的「賊」字，依古音可以讀「zé」音，那麼，是押韻的了。但我私心以為，讀「zé」音反不如依著普通話發聲直讀「zéi」音的好。雖然賊（zéi）字屬「ei」韻，次排十八韻轍的八徵韻，但那效果，卻來得更為刺激與堅定。

---

[14] 曹雪芹：《紅樓夢》中冊，第663-664頁，人民文學出版社1982年版。

　　韻是可以轉的，音也是可以變的，《紅樓夢》後40回中一回「感秋聲撫琴悲往事坐禪寂走火入邪魔」，雖是續書，寫得卻好。裏邊講到了所謂「變徵」之聲。是他寫道：

> 　　二人走到瀟湘館外，在山子石上坐著靜聽，甚覺音調清切。只聽得低吟道：
> 　　　　風蕭蕭兮秋氣深，美人千里兮獨沉吟。
> 　　　　望故鄉兮何處？倚欄杆兮涕沾襟。
> 　　歇了一歇，聽得又吟道：
> 　　　　山迢迢兮水長，照軒窗兮明月光。
> 　　　　耿耿不寐兮銀河渺茫，羅衫怯怯兮風露涼。
> 　　又歇了一歇，妙玉道：「剛才『侵』字韻是第一疊，如今『揚』字韻是第二疊了。咱們再聽。」裏邊又吟到：
> 　　　　子之遭兮不自由，予之遇兮多煩憂。
> 　　　　之子與我兮心焉相投，思古人兮俾無尤。
> 　　妙玉道：「這又是一拍。何憂思之深也！」寶玉道：「我雖不懂得，但聽他的聲音，也覺得過悲了。」裏頭又調了一回弦。妙玉道：「君弦太高了，與無射律只怕不配呢。」裏邊又吟道：
> 　　　　人生斯世兮如輕塵，天上人間兮感夙因。
> 　　　　感夙因兮不可惙，素心如何天上月！
> 　　妙玉聽了，啞然失色道：「如何忽作變徵之聲！音韻可裂金石矣！只是太過。」寶玉道：「太過便怎麼？」妙玉道：「恐不能持久。」正議論時，聽得君弦「嘣」的一聲斷了。妙玉站起來，連忙就走。[15]

　　所謂變徵之聲，是中國古樂中的一個音階，相當於今樂中的「4」。雖然只有半個音階高，但在這裏，卻產生了可裂金石的效果。足見若有真情在，何詩不可為！

　　更有一些特別的例子，完全可以形容為「反其道而行之」的。

　　一個是梁鴻的〈五噫歌〉。

　　通常的詩，是押韻而不能同音，更不能同字。如果韻腳都是同音字，就不好聽了；如果韻腳都是同一個字，差不多就不是詩了。梁鴻的這一道〈五噫歌〉卻反其理而為之，詩分五行——五句，句句的尾字都是一個「噫」字，並以此命名為〈五噫歌〉。雖然這作法與尋常詩作大相徑庭，看那效果又十分不錯。其詩云：

───────────
[15] 曹雪芹、高鶚：「紅樓夢」第四冊，第1144-1145頁，人民文學出版社1974年版。

> 陟彼此芒兮，噫！
> 顧瞻帝京兮，噫！
> 宮室崔嵬兮，噫！
> 民之劬勞兮，噫！
> 遼遼未央兮，噫！[16]

中國傳統相聲中，還有更為極端的例子，其中有一首天上，地下四不搭調的反韻「詩」，流傳尤其廣泛，其「詩」云：

> 湛湛青天不可欺，（這一句屬一七轍）
> 張飛喝斷當陽橋。（這一句屬遙條轍）
> 雖然不是好買賣，（這一句屬懷來轍）
> 一日夫妻百日恩。（這一句屬人辰轍）

據說那年侯寶林先生將這一「大作」表演給毛澤東主席看時，毛澤東大笑不止，實在這樣的詩，是任何詩人也不會做的。

還有一種漢語傳統藝術形式──繞口令，也是反平仄反音韻的。它的特點，就是怎麼「彆扭」怎麼來。越不上口越好，越讓表演者「為難」越好，越容易出錯越好，但作為一種藝術形式，其價值自在，而且也是美的。

簡而言之，音韻學在未來還是要存在、發展的，但未來的詩韻必定簡化。雖然北方藝術尤其傳統戲曲藝術依然離不開「十三轍」，但對操普通話的創作者而言，還是以適應普通話要求的「十八韻轍」為基準更好，未來的詩，也許有相當部分屬於無韻之詩；未來的文，則可能在很大程度上與音韻發生聯繫，這一點，我在後面相關章節中還會談到。

[16] 沈德潛：「古詩源」第二冊，85頁，華夏出版社1998年版。

五、文篇審美

整體大於局部之和

　　文篇之立，是漢語發展的第二次綜合。

　　第一次綜合是文句的綜合，有字、有詞而且有句，句是字與詞的創造性跨越性發展，這第二次綜合，則是字、詞、句、韻規範組合與創造性結構的結果，很顯然，它是語言文明中極其重要的一環，可以說，文篇之前，一切只是基礎，如建築中的各種材料一樣，有了文篇才有了完整的建築。但它絕非各種材料的簡單堆積，堆積不成建築；也不是毫無新意的平庸仿製，仿製不成藝術。那麼構成文篇生成的組織要素包括哪些內容呢？

（一）構成文篇的五項要素

　　不論是散文、韻文、詩歌、還是小說或者戲曲劇本，總體言之均需要五個基本要素，而且缺一不可。

　　這五個要素分別是：立意、題目、結構、文字與風格。

　　首先是立意，即文章的主旨是什麼，或者更寬泛些，你為什麼作文章——作這文章。這一點，可以說是文章——文篇的緣起。即使你漫無目的——什麼也不為，那也是一個緣起，一個立意，立意的內容就是「什麼也不為」。天、風、地、火四大皆空，這也可以成立，只是這樣的立意比較罕見就是了。

　　一般地說，立意需要目標，也不見得就是功利性的，或者理想性的，或者悅愉性的，但也可能就是功利性或理想性或愉悅性的，甚至兼而有之的。

　　立意有高低，也有大小，但又不見得你立意大，你的文章就大，這可能是一件事，也可能是兩回事。文章大不大，不是一個因素決定的。畢竟太陽不等於天空。

　　其次是題目。題目很重要啊！一些人作文章不以題目為意，認定只要文章好了，題目簡單。甚至沒有好題目，該是好文章還是好文章——這個錯，進誤區了，題目有如企業的名稱，又如人的姓名。世上企業固多，有不重視名稱的嗎？如果有，這企業怕是很難做好，更難做大，因為你連自己的「名」聲都不在乎，還在乎什麼呢？世界上人口固多，有不重視姓名的人嗎？如果有，這人若非弱智必定別他因，人家朱重八一但立志發跡，還把名字改成朱元璋了呢！

　　再次是結構，立意是文篇的魂，題目是文篇的眼，結構就是文篇的體。沒有結構，骨骼沒了，雖然有血有肉，就是站不住。更別說什麼體格健美，體態風流了。

　　複次是語言，語言包括文字、文詞、文句與文韻，現代語言還包括標點符號。不要小看標點符號，用得好時，個個可成為有鮮活的生命。語言

是文章的容顏。語言好的文字，如同相貌皎好的美人，單這一個美，就足以「驚人」，退一百步說，縱然別的什麼都不行，還有一個「美」在吶！

最後是風格，風格是文章的性格。人可以沒有性格嗎？如果可以，那一定是個最平庸的生命存在；如果不可以，那麼文章也就不可以沒有性格。文章最忌千人一面。千人一面，甚至比用頭顱去頂撞原子彈還可怕；千人一面，其結果就是只剩下一面，那九百九十九面，因為雷同，等於死了，沒了。

更為重要的是，一個好的文章，又是一個有機的系統性組合，即上述各基本因素，都應達到一定的水準才好。二十多年前，我在編寫《人才學》的時候，也曾提出過決定人才的三定律，把它略加改動，也可以看作論定文章狀態的三個標準。

一個標準，各項基本要素的整體水平決定文章的等級；

一個標準，單項基本要素的水平決定文章的特色；

一個標準，任何一項基本要素低於生存水準則文章報廢。

怎麼講？

先說第一條標準。各項要素水平都高的，那文章至少是第一流水平，甚至是超一流水平。以詩歌為例，如果只是某個字兒用得好，那個叫作名字效應；如果只有一個詞兒用得好，那個叫作名詞效應；如果某個句子做得好，那個就是名句效應，只有字、詞、句、意全篇都好的，始可以稱之為名篇效應。

再說第二條標準。實際上，一篇文章或一本書，樣樣都好的，顯然是個很高很難達到的層次。但只要諸種要素中有一個方面突出的，它就可能站得住。例如別的一般，唯立意好，也有相當價值，倘是理論性文字，價值還更大些。例如達爾文先生的文字就不怎麼樣，但《物種起源》一樣是經典性巨著，還有康德，文字更難懂，他的《純粹理性批判》出來，給一位哲學友人看，朋友看了一半說「不能再看了，再看就瘋了」。

也有的文章，他項項不突出，只有文字精彩，那也是一個特色。不知道別人怎麼樣，在我，是很在意那個文字的品級的，且只要文字好，吸引我，一定買下。實際上，真把文字弄好，卻又很難。雖然當今之世，美文的名稱由來久矣，且四處招搖，但真的想找一篇二篇的賞心悅目的文字，還真不容易。

還有結構，還有風格，還有題目，都是如此。

但要注意，還有第三條標準，即構成文篇的基本要素中，任何一種因素都不可出現「死機」狀態，——低於生存水平，往往一種要素是太爛了，不可救藥了，這文章立碼報廢。即以方才提到的達爾文與康德的文字為

例，雖然難讀，畢竟可讀，馬克思不喜歡達爾文的文字，為看那內容，還是讀下去了，康德的友人說再讀康文可能發瘋，但他終究不曾發瘋，所以我們只好承認，那文筆雖然很難為人的，那著作還是經典著作。如果這文字根本讀不懂，上帝都不懂，對不起，這書的生命，完了。

　　當然，相對不同的文體而言，具體標準或有出入。長篇巨作，有些小瑕疵，或無關緊要，而一篇精美的短文或一首精美的詩作，是任何一點小問題都得引起十分的注意。最好冰清玉潔。用現在的一句流行語講，就是「細節決定成敗」。一首絕句，一共只有四句，您寫得「軟」一句，「粗」一句，再「錯」一句，還能看嗎？哪怕只有一句不佳，都占去四分之一的篇幅，這還想成為名篇，是不能夠了。

　　考慮到本書的整體結構，這裏分別議論立意、題目與結構三個方面的問題。

（二）立意是文章的魂

　　說到立意，早已經不時髦了，甚至有些落伍，有些招人不喜歡了，然而，它是必須的。

　　實際上，很多偉大的篇章，正是出於偉大的立意，只不過，有時候，那立意的偉大，不是一出世就被人所理解、所知會、所認同罷了。

　　同樣，一個精美的篇章，往往出於精美的立意，只不過，有時候，這立意的精美，也不是一面世就被人所欣賞、所體會、所領悟罷了。

　　孔夫子述而不作，只在仁心，其實也是一個立意。這立意甚至還有點後現代意味呢！

　　其他如老子的道論，孫子的兵論，墨子的兼愛論，孟子的性善論，荀子的性惡論，韓非的法、術、勢合一論，公孫龍子的白馬非馬論，都堪稱千古名論，也可以看作是他們文章的大立意。

　　到了漢代，漢武帝「廢黜百家，獨尊儒術」，沒有那麼繁榮的思想局面了。但後世儒家，依然有傑出的立意在。如董仲舒的天人合一論，程、朱理學的理、道合一論，陸、王心學的儒學即心學論，同樣不同凡響。

　　宋代大儒張載曾提出「為天地立心，為生民立命，為往聖繼絕學，為萬世開太平」，這樣的立意，在他那個時代，顯然有著重大的價值。

　　不但儒、道、法、墨、兵、名等家，太史公作《史記》，也是大立意的，那立意即：「究天人之際，通古今之變，成一家之言」。甚至可以說倘若沒有這樣的立意就不會有《史記》那樣的曠世名篇，中國古來歷史著述發達，但沒有任何一部史學著作可以超越《史記》的。在紀傳體這個

範圍內，能與之並駕齊驅的著作也無。《漢書》或可依肩而立，但文筆雖佳，見解不足差了一籌；《後漢書》文、意不逮前賢，又差一籌；《三國志》太過簡略，其加上裴松之的注，或可與《後漢書》相提並論。前四史之外，更沒有可以與《史記》一論短長的史學著作了。其中一個原因，即彼此的立意有高低。

　　曹雪芹也是一位偉大的立意者，他的著作志向就是為閨閣中各色女子傳佈資訊、伸張正義。為幾個弱女子著書，這在當時，代價不算小哇！而且他的這個立意又是為當時的大儒，小儒，官儒，私儒，醇儒，雜儒們所萬萬不能接受的。然而，站在後來者的立場看，這樣的立意，不但正確，而且偉大；不但偉大，而且榮光。

　　毋庸諱言，進入二十世紀下半葉之後，立意云云，不免有些陳舊了，有些古老了，有些為時尚者所鄙視了，為某些後現代們所攻擊所唾棄了。但我要說，即使是最極端的立意解構者，他們自己也是有立意的，他們的立意，就是不立意，反對立意，和一切立意過不去，非把它解構不可。

　　而且，不僅對於立意，對於理性，對於崇高，對於建構，對於任何一種經典性寫法，大抵都持這樣的態度。你講理性，本人就解構理性；你講崇高，本人就解構崇高；你主張建構，我就讓你建不成，非把它拆解不可，任何經典的著述全在本人的解構魔咒之下。然而——我要在此特別加上一個然而，這不證明，理性種種就從此不可以存在，就不應該存在，存在也沒有任何意義了。相反，那些極端的解構主張，其實也不過是理性立意的另類表現罷了。他們的理性就是解構一切理性，他們的立意就是解構一切立意。從這個意義上考量，文章可以無，立意必然存。解構者縱然將一切主義都解構沒了，還有他們的立意在呢！

　　自然，對解構者的價值與作用也不可低估，我的意思只是說，立意的存在多是一種歷史的必然，必然就代表著變化，解構不過變化之一種罷了。

　　但無論如何，立意是有條件的，或者說是有禁區的，有道德禁區，人格禁區，簡而言之，可概括為「四不可」。

　　一不可諂媚權貴，這在儒學時代也是有傳統的，雖然儒學以君為本，但他們的價值結構不是一元的，而是二元的。一方面，是必須忠於君王，不忠則不足以為儒；另一方面，又要忠於禮教，不忠尤其不足以為儒，二者發生矛盾，禮教是首要的。極端的概括，即：「民為貴，社稷次之，君為輕」。換個表達方式，忠君是理所當然的，諂媚是絕對不可以的，奸人，佞臣自然要痛加排斥不說了；一些才子，甚至大才子不能把握自己，在權貴面前，腰也是軟的，腿也是軟的，見個影子也想打躬，見個臭蟲也欲下跪，對於這些表現與人品，真的儒生，也是不會予以原諒的。

　　現代文明，其價值基礎之一，就是獨立人格，且人有人格，文有文格，學有學格。人格即公民平等；在公民價值與尊嚴方面，我不大於任何人，也不小於任何人；文格即文章獨立，用自己的大腦想問題，我的文章我作主；學格即學術自由，堅持自己的研究權力，也支持人家的研究權力，包括人家反對自己的權力，用伏爾泰的語言表達，即我堅決不同意你的觀點，但支持你發表觀點的自由。如果連這些都做不到，或者不願做，那麼，不談立意可也，縱有立意也是「髒」的。

　　二不可言不由衷。我們中國人怕官的歷史同樣悠久，而且心理定式嚴重，人云亦云還可以苟且，自說自話難免受到冷遇，遭到批評。因此，產生很多言不由衷的話語與文章，其實，中國的事，誰不明白，秦始皇做壞事，李斯不明白？朱元璋做壞事，劉基不明白？明白是明白，到了公開表態的時候，就不是自己了。我想，如果你就此批評誰的人格不獨立，人家一定不買賬，甚至會跟你翻臉也說不定的，但如果你問，他先生或女士在他們寫的那些大塊、小塊的文章中，有沒有談過假話，說過空話，講過套話？能應聲而起作否定回答的人一定不會太多。我的看法，文字原本是神聖的，不可以輕視，更不可以褻瀆，我們寧可委屈自己，絕不可委屈她們。

　　三不可名利優先。名利並非壞東西，否則還要那麼多獎項，包括諾貝爾獎作什麼？但不為別的，只為名利，難免誤入歧途。而我國大陸的現實是：多少人寫文章，不是為了研究，不是為了學術，更不是為了作社會的良心──實在他有沒有良心都值得懷疑，而只是為了評職稱，奪獎項，為了「拿」項目，現在加上一個為了保住手中的飯碗。為評職稱，沒文章也要湊文章；為了評獎，不惜厚著臉皮胡言媚語；為著拿項目，甘願伏低作小，物也送得，飯也請得，人格都送得，無所不用其極，個中緣由，一言以蔽之──項目就是錢吶！制度不改革，於國不利；個人不檢點，也與文化有傷。

　　四不可人云亦云。文章最怕平庸。大約世間萬事萬物中，第一忌平庸的就是文章了。一個野生動物種群，如果只有千隻數量規模了，就危險了；一個服裝品牌，如果只做500件，就屬於特殊品種了；一種紀念銀幣，在中國這樣的人口大國，如果只發行10000枚，都算限量發行──這些銀幣全是一模一樣的。文章則不然。不問三七二十一，它天生只能獨一無二。二首詩歌一樣了，必有一首是抄襲；兩篇論文重複了，必有一篇無意義。不要說全篇相似，哪怕只有一個段落與人家的太過相似，也非遭到「問責」不可。據說是有等級標準的，例如非達到百分之多少多少，才可以定為全文抄襲或部分抄襲。美國人聽了很詫異，在他們看來，抄一段也是抄襲，抄一篇也是抄襲，抄一段與抄一篇在性質上並無區別。他們的邏輯是：難道只有殺十個人才算殺人，殺一個人就不算殺人了嗎？

人云亦云，還不是抄襲，沒達到那麼高水準，充其量只是一個平庸級。但即使平庸，也不可以。因為平庸與文章的立意本就是勢不兩立的，或者有平庸無立意，或者有立意無平庸。一切與文字打交道的人，就站在這平庸與立意的生死交界處，向生還是向死，這是一個嚴肅的問題。

不僅是這「四不可」。當我們思考立意的時候，切切不要以為立意是一匹橫空出世的天馬，想飛就飛，想跑就跑，那就又掉進誤區去了。實際上，比之立意更「大」的事情還不止一件呢？至少：事實大於立意；邏輯大於立意；生命大於立意；甚至情感有時都大於立意。

何謂事實大於立意？即不管你有著自認為多麼美好的立意，一旦這立意與事實相違，對不起，這立意要不得了。因為立意再大，大不過事實去。想當初，中國人搞總路線，大躍進，人民公社，總稱三面紅旗，那立意大不大？搞一大二公，超英趕美，計劃用多長時間實行共產主義，那立意大不大？大是大，但不符合中國的國情，也不符合農村的實際，結果觸了黴頭。倒不如安徽小崗村的幾戶農民，冒著生命的危險，私下訂合同，立意包產到戶，來得有理有據。以此觀之，立意再大，終歸大過不了一個事實去，並非一句虛言耳。

何謂邏輯大於立意？立意固然重要，但文章有自身的邏輯。想當初，俄國大文豪托爾斯泰創作《安娜‧卡列尼娜》寫到最後，這位絕世女子臥軌自殺了。於是讀者不滿意，認為作者不應該讓那麼美好的安娜那麼慘烈地死去。托翁回答說，書中人物有自己的邏輯。她生命的邏輯如此，縱然作者心存不忍，又有什麼辦法。

其實不僅小說而已。任何可以站得住的文章，都有內在的邏輯性，你立意合乎邏輯，則這立意存；你這立意不合邏輯，則立意廢。你想不廢都不可以。想安娜‧卡列尼娜那樣的絕世女性「邏輯」之下都臥軌而死，你一個不合邏輯的立意，連自殺的資格怕是都不具備，充其量，也不過一個泡沫而已。

何謂生命大於立意？世間最寶貴的是生命。現在文明的價值體系中，生命是第一價值。萬事萬物，生命老大。在生命面前，管你什麼邏輯，什麼立意，套用魯迅先生的說法，三墳五典也好，百宋千元也好，天球河圖也好，萬古文章也好，只消有礙生命，統統滾一邊兒去。這個叫作「不可立意」，就像傷害親人固然不可以，傷害他人同樣不可以。就算傷害自己都不可以。縱然你有傷害自己的強烈的慾望，那也屬於自虐。自己屬於心理疾病。你病了，先別立意了，緊要的任務，是去看心理醫生。

何謂情感大於立意？即立意要尊重人的情感與自尊。都說人是有情感的動物，錯，這表達不準確，應該說人是情感豐富又有理性的動物，然

而，情與理有矛盾。在理學家看來，情是壞的，理是好的，壞的情必須永遠服從好的理。但現代文明不一樣了。它既尊重理性，也尊重感情，二者孰輕敦重，還要商量。但無論如何，尊重情感是重要的，既要自尊——尊重自己的情感，又要敬人——尊重別人的情感。現代人不拒絕，甚至對驕嬌二氣會產生新解：驕即活得驕傲，女性如公主，男性如王子；嬌即活得尊貴，生命不能受屈辱，身體不可受委屈。在這個意義上說，如果立意有害了情感，它的存在基礎就不正確。好的立意，當有真情作基礎，就是少些理性也無妨；壞的立意，沒有情感作基礎，縱然七抓八撓好不容易立一個意思出來，也沒有生命力。

有人對此不放心，認為，跟著情感走，錯了怎麼辦？——改回來就行了。何況說，尊重情感就錯了嗎？

也有人擔心，情感高於立意，俗了怎麼辦？俗了就俗了，只要情感在。俗人抒俗情，說俗話，立俗志，做俗事，正是當行出色。而且我們看那些真實情感下的俗筆俗言，自有一種天然妙趣在其中。如河南曲子《關公辭曹》中曹操有這麼幾句唱，寫的的確好：

> 在曹營我待你哪樣不好？
> 頓頓飯四個碟兩個火燒。
> 綠豆麵拌疙瘩你嫌不好，
> 廚房裏忙壞了你曹大嫂。[1]

這詞俗不俗？你要非考證曹孟德先生會不會說這樣的話，那就不是寫詞的人蠢，而是考證的人蠢了。你要非追究這立意高不高，也就不是寫詞的人不明白，而是追究者糊塗了。縱然這唱詞有些俗，也沒什麼大立意，它俗得可愛，它寫出了彼時彼地表演者與觀賞者的真情實感。

（三）題目是文章的「眼」

我估計，在很多人心目中，立意是個大問題，題目是個小問題。但在那些與圖書市場有切身關係的人看來，立意或者是個小問題，甚至根本就不是個問題，題目才是大問題。究竟誰是誰非，也是一言難盡。

但題目顯然是重要的。一個好的題目代表著一個概念。這概念或者可以影響一段時間，或者可以影響一個時期。不要說影響一個時期。現在人們的生活節奏快如「脫兔」，而且是標準的被獵殺者追趕的野兔，就算能影響一個禮拜，也是非同小可之事。

---

[1]　《幽默詩文小品1001》，第324頁，中國青年出版社1994年版。

回想這些年產生影響的書名，也真不算少，在我內心留下強烈印象的有：《山坳上的中國》、《誰來承包（中國）？》、《格調》、《親愛小資》、《野蠻女友》、《蛋白質女孩》以及《大話》系列，《戲說》系列，《正說》系列種種。

很顯然，在這題目日日出新的大潮流中，以新聞記者和專欄作家的表現最為出色，他們無疑是一支生力軍、先鋒隊。記者出身的作家，在捕捉新資訊，確立新形象方面，嗅覺更敏銳，反應更快捷，身手更矯健，眼界更開闊，創意也更大膽。

有一位我喜歡、欣賞的專欄作家韋爾喬，原本也是記者出身。2004年他出版了一本集子，名為《喪家犬也有鄉愁》，單這名字就吸引人的眼球。以常識說，狗是最忠誠於主人的動物，因而對狗而言，最可怕的事情乃是失去主人。沒主人的狗，乃是處境最悲慘的狗，這個，就是喪家犬。而作者的妙處，在於逆其序而推理之，他不說喪家犬的可悲與可憐，也不說喪家犬喪家的過程與緣由，只管一言直指「喪家犬也有鄉愁」。看那文章，有些自嘲，也有些自得。從根上看，更有些自愛，因為自愛而愛人，因為愛人而思鄉，因為思鄉而受不住寂寞，於是一切收起，「我要回家」。

書的題目好，內文的文章標題也很有特色，俗一點的有「有多少舊不能亂懷」、「陪著80年代一起老淚縱橫」；雅一點的有「師殤」，「和六月一起離去」；奇一點的有：「無法抗戰二十年」，「看不懂就裝傻」；怪一點的有「千里江山換綠帽」，「一道石破天驚的新菜」；逗一點的有：「比武招親，招來東森」。

這些題目都作得好。我想只要是一個喜歡舞文弄墨的人，一見這題目，會走不動路的。

另有一位我喜歡並欣賞的作家小寶，不知是否也是新聞出身，但那文字的風格很新聞化的。他的一本集子，名為《別拿畜生不當人》，正好和《喪家犬也有鄉愁》屬於難兄難弟。集子的名字好，同樣很吸引眼球；內文的標題好，同樣很有興味。只是句幅更短些，力度更強些，小李飛刀，一刀致命。如「布衣石榴」，「左右開弓喬志老」，「美國異人」，「優雅的小丈夫」，「不過是斯皮爾伯格」，「非常美，非常罪」，形形色色，很是詩人。

個別的長題目，意思更好，如「以輕薄學術戲弄傲慢時尚」，單那題目就不知費了作者多少精神，含蓄了多少社會文化資訊。只是我覺得這麼好的題目有點浪費了，如果用它來批評中國大陸的學術與時尚，或許更耐人尋味。

還有一位我喜歡並欣賞的專欄作家王小山，他的一本集子，名為《迅雷不及掩耳盜鈴之勢》。這樣「神奇」的句勢據說出自體育解說員韓喬生

的創意。雖然並非韓先生的發明，但他確實有許多「疑似」性創造。故而，人們也就把這一朵鮮花插在了他這沃土之上。

其實，韓喬生先生很可愛，人們只聽見了他的「花樣翻新」式解說，不太瞭解他的可愛，一旦看到他對待批評的誠實與誠懇，就更可愛了。而王小山就是最早發現韓先生可愛的慧眼人之一。

王小山文章的題目比之韋爾喬的更「奇」，比之小寶的更「辣」。從而也更與通俗無緣。論及文章的風格，文字的犀利以及對讀者眼球的吸引度，這三位劍客式的人物正在伯仲之間，不分高下，甚至無分彼此。小山集子中的文章篇目，一樣丰姿勁采，肆意為之。如「經歷了風雨沒有了彩虹」、「從十個詞語看新文化」、「你是哪頭蒜」、「倒楣的屁眼」、「你終於把我噁心死了」、「讓道德滾蛋」、「比比誰無恥」、「青銅的，結實」，可說刀刀見血，很能刺激人的神經。讓初臨市場經濟的那些有些忙、有些亂、有些鬱悶、又有些心不在焉的人們禁不住要跟著他試試這生活的水深水淺。

在這方面，本人也有很深的體會。記得1989年我寫了一本《中國文化概論》，交到出版社，版都排好了，一徵訂，只有區區幾千訂數。社長發愁了，印吧，沒得賺，退吧，不好意思。於是想出個折中方案：將書稿退我，將打好的「紙型」也送給我，算是給我的一種補償。事到如此，既說不得，也怨不得，又哭不得更笑不得。乾脆，束之高閣，這樣到了1991年，碰到高人了。我初識的幾位書界朋友湊在一起，要力推此書。怎麼推呢？第一件事就是給它改名，幾個人天天聚會，搜腸刮肚，各發奇想，不知哪一位——我想多半是我的多年摯友胡曉林——靈光乍現，給這書起了一個新名字：《中國人走出死胡同》。結果首印五萬，很快告罄，而且從此一發而難收，到2004年，已出過四個版本。我不知道這書名的作用到底有多大，但我肯定，沒有這書名及其它相關因素，至少它連出版都沒希望，可謂「萬字容易得，一名最難求」。

從這書之後，凡我的書，都要在題目上「狂」作文章。此後又陸續出版了《泡沫經濟·透視中國的第三隻眼》、《正義，你聽我說》、《家庭文化：虎虎虎》、《中西文明的歷史對話》、《民間視點：中國現在進行時》等。有些書名，有些創意；有的書名則失之空洞，也有的書名，奇奇怪怪，但從銷路考慮，都還不錯。

2005年我出版《大唐詩史》、《兩宋詞史》，有朋友建議：《兩宋詞史》應該叫《大宋詞史》，但想到那個大宋王朝實在是受欺受辱時多，自尊自愛時少，思來想去，未敢言大，不知道這算不算一個「失誤」。

這些年的圖書題目堪稱五花八門，或曰異彩紛呈，或可以說書目的出新折射了市場的繁榮，或可以說市場的昇華激發了人們對書目的想像力。

不管是先有雞還是先有蛋吧，總之是雞也繁榮，蛋也繁榮。可以這樣說，近二十年的書名薈萃完全可以成立一個「書名博物館」。凡所當有之，已經盡有了；今日尚無之，明日必有之；明日不是終點，來日愈發新奇。以我所知所見而論，也有規規矩矩的，也有形象刺激的，也有豔到庸俗的，也有大雅不群的。如《正義論》、《自由論》、如《忍經》、《挺經》、《反經》，如東方文化與西方文化，如歷史探秘，如世界探險，如《有話好好說》，如《愛你沒商量》，如《翠花，上酸菜》，如《壞話一條街》，如《活著就是折騰》，如《草樣年華》，如《三重門》，如《支離破碎》，如《豐乳肥臀》，如《風花雪月的故事》，如《蛋白質女孩》，如《北京寄生蟲》，如《非常道》，如《華山論「賤」》，如《奇書四評》，如《最疼我的人哪兒去了》，如《狗娘養的戰爭》……

對於題目又重視又做得奇，做得精，做得好的，臺灣同胞似更有心得。像李敖、柏楊、三毛都是個中翹楚，往往一名之出，便吸引讀者眼球無數。

先說李敖。李敖自是奇男子，臺灣的民主，有他的血汗在其中；臺灣的文明，又有他的理念、文章在其中。他的書在大陸風行，有讀者無數，尤其受到青年讀者的歡迎。我讀他的書約15年，自覺受益頗多。這是僅從《且從青史看青樓》一書中擷取篇名數種。

○　奇情與俗情；

○　大中華，小愛情；

○　愛情劊子手；

○　關公曹操三角戀愛論；

○　「舒而脫脫兮」；

○　吃人——動物吃人，人也吃人；

○　女性——牌坊要大，金蓮要小；

○　「非法出精」的討論；

○　由大奶奶到上空裝；

○　瑞典與廢娼。[2]

李敖之外，柏楊先生也是個中高手，尤其他的那一篇〈醜陋的中國人〉在大陸的影響，一時幾無出其右者。我想，將來如果有人統計上世紀80年代最有影響的著述的話，柏楊的這一篇，定然會在其中。他的篇目題名，又是一個路數，然而同樣精彩、誘人。如：

○　又要簡啦；

○　射程與糖漿；

○　妖風；

- ○　縫刑；
- ○　靈性被醬住；
- ○　妒眼一瞧；
- ○　畫虎不成反類鱉；
- ○　犀牛型的高燒；
- ○　荒蕪了的處女地；
- ○　狗打獵人擰；
- ○　死文字統治活事實；
- ○　集天下之大鮮。

臺灣女性作家中，大約三毛在大陸的影響最大——至今為止。尤其在1980年代，三毛的文章傳來，正如「一夜春風花千樹」，又如「千樹萬樹梨花開」。讀她的書，不僅很時尚，而且很文化。或許在相當多的人的心目中有些前衛感也未可知。三毛顯然是很擅長給文章命名的，但她的題目，不似李敖文章題目那麼刁鑽古怪；也不似柏楊文章題目那麼深長老辣。自有一種聰明在，而且有些詩情畫意的。人家的只是奇，只是酷，她的卻是好。如「雨季不再來」、「西風不識相」、「沙漠觀浴記」、「哭泣的駱駝」種種，說到知名度，總是數一數二的。

再來說魯迅。因為魯迅是一個繞不過去的話題。他在一個側面代表了那個時代的最高成就。

其實在魯迅先生得以成名的五四時代，或說二十世紀二、三十年代，傑出的文化人物甚多，而且不少都是學貫中西的大家。且不問他們的相互關係如何，也不說他們各自的立場如何，但翻一個過來，便是學貫中西；翻一個過去，又是學貫中西。而當今的一些所謂大師級人物，在他們的時代，不過是二、三流的角色。好在當時也沒這樣濫的稱號，什麼大師云云，討人嫌罷了。其中一些在文學、文章方面貢獻很大的人物，如胡適、如魯迅，如林語堂，如梁實秋，如老舍，如曹禺，如沈從文以及稍後的錢鍾書等，他們不但文字好，而且學養深。宏觀方面，眼界開闊；微觀方面，細節考究。不但文章質量優良，見解卓異，題目也往往別開生面，獨具匠心。

魯迅顯然是更為出色的人物，精英中之精英，文豪中之文豪。他一生著述很多，有小說，有學術著作，有舊體、新體詩歌，有散文詩。在大陸影響最大的乃是他的雜文。他的雜文，不唯見解深刻，風格老辣，喜、笑、怒、罵，皆成文章，而且文字極為講究，雖只小品篇幅，卻有宏大氣象，即今讀來，猶覺力度強勁，鋒刃如初。他將自己的雜文比作匕首與投槍，信乎其言也。而且並非一般的匕首，差不多就是小李飛刀，也不是尋常的投槍，幾乎就是哪吒的火尖槍，不出手則已，出手必有風雷，不臨陣

則已，臨陣必定槍槍不空，刀刀見血。他雜文的題目，自然很考究，集而成集，同樣考究，且無一名無來歷，往往一個名稱又是一篇新文章。他早期的雜文、集子，有《華蓋集》、《華蓋集續編》、《華蓋集續編補編》等。取名華蓋，便有文章。他本人這樣說：

> 我知道偉大的人物能洞見三世，觀照一切，歷大苦惱，嘗大歡喜，發大慈悲。但我又知道這必須深入山林，坐古樹下，靜觀默想，得天眼通，離人間愈遠遙，而知人間也愈深，愈廣；於是凡有言說，也愈高，愈大；於是而為天人師。我幼時雖曾夢想飛空，但至今還在地上，救小創傷尚且來不及，那有餘暇使心開意豁，立論都公允妥洽，平正通達，像「正人君子」一般；正如沾水小蜂，只在地上爬來爬去，萬不敢比附洋樓中的通人，但也自有悲苦憤激，決非洋樓中的通人所能領會。
>
> 這病痛的根柢就在我活在人間，又是一個常人，能夠交著「華蓋運」[3]

彼時因為魯迅寫了《青年必讀書》等文章，正飽受攻擊，但他無所謂，並且自嘲交了華蓋運。華蓋運對有可能成佛的人來說，則是一個大好運，對於俗人而言，可不太好，「華蓋在上，就要給罩住了，只好碰釘子。」[4]

但他不怕碰釘子，哪怕是棺材釘，哪怕這些釘子根根有來頭，都是通人、學者、正人君子所製造，他也一概不怕。孟子說「雖千萬人，吾往矣。」魯迅先生的勇氣與道德自許一點也不讓前賢。

此後一年，又有了《而已集》。「而已」二字何來？也有講究。魯迅先生對此專門用一首昔日的「題辭」：

> 這半年我又看見了許多血和許多淚，
> 然而我只有雜感而已。
> 淚揩了，血消了；
> 屠伯們逍遙復逍遙，
> 用鋼刀的，用軟刀的。
> 然而我只有「雜感」而已。
> 連「雜感」也被「放進了應該去的地方」時，
> 我於是只有「而已」而已。[5]

---

[3]　魯迅：《華蓋集》、《華蓋集續編》等，第99頁，中國文史出版社2002年版。
[4]　同上。
[5]　見《而已集·題辭》，中國文史出版社2002年版。

集子的名稱有來歷，有講究，集中的文章起名也是精心提煉且品味良多。這兩個方面其實都不易做到的，而且常常相互矛盾。用力過了，太精心提煉了，不自然了，令人一見，便覺刀斧痕跡太重；反過來，太追求自然了，又往往達不到凝煉、精純，得之於自然，失之於隨意，魯迅的創作特點是認真、一字一句莫不精心構築，然而，又能達於化境，宛若神工鬼斧，造化天成。他文章多，精美的起名猶多，彷彿信手拈來，便成風流妙語。如：「盧梭與胃口」、「文學和出汗」、「女人未必多說謊」、「京派與海派」、「罵殺與棒殺」、「公理的把戲」、「戰士和蒼蠅」、「論辯的靈魂」、「我還不能常住」等。

也有題目很長的，如「由中國女人的腳，推定中國人之非中庸，又由此推定孔夫子有胃病」；也有起名很短的，如「倒提」、「算賬」、「奇怪」；而且不奇怪則已，一奇怪，又有「奇怪（二）」、「奇怪（三）」。有些帶學術味的，如「略論梅蘭芳及其他」，也有直話直說的，如「關於女人」，但更多的是別有深意在其意的，如《辱罵和恐嚇決不是戰鬥》，《無花的薔薇》，如《為了忘卻的紀念》等。

不唯如此，魯迅對古代駢體文及對偶句法性有偏愛，領悟頗深，且有親力親為之作。他的一些集子，是可以組合成對聯的，或具有對聯的意味。如：

《野草》對《熱風》；
《彷徨》對《吶喊》；
《三閒集》對《二心集》；
《偽自由書》對《准風月談》；
《朝花夕拾》對《故事新編》。

此外，魯迅也曾有意寫一本「五講三噓」，因故沒有完成，如完成，正好對「南腔北調」。

像這樣佳妙的構思，中國歷代文學人物固多，也是不多見的。

（四）結構是文章的「體」

結構的重要性，是不言而喻的，比如題目不好，只是醜一點，以文章比兒子，兒子醜一點，畢竟還是兒子呀！

結構就不一樣了。結構不好，不是美與醜的問題了，而是正常與殘疾的問題。人有殘疾，值得同情；文章有殘疾，得不到同情，那就廢了。若

是考試，不及格了；選美，名落孫山了；還想公開發表，換稿費，沒可能了；再想以文立言，傳芳百世，有點癩蛤蟆想吃天鵝肉了。

好的結構，需要精心構思，巧妙安排。所謂匠心云云，很大程度上是指結構而言。未作文章，先有思路；思路對了，文章完成一小半了；好的思路變成好的結構，文章完成一大半了。到了此時，你想不把這文章做好都不可以的。

雖然結構的創立需要下大功夫，卻又特別忌諱下笨工夫、下死工夫，尤其不可作無用功。累死累活，就是沒有效率。

好的文章結構，好在自然順和，恰似不經意之間。閱讀者不知不覺之間已是風光無限，這個才是上乘。

如果令閱讀者或欣賞者處處看到你的奇思妙想：這一邊是高不可攀的門檻，那一邊是深不可測的機關，反而拙了。

好的文章，其結果原本是不可預測的，雖然不可預測，卻又在情理之中，正如一個好電影，你不知道那主人公何時出來，或者以何種面目出來；也不知道這事件究竟向哪個方向發展，當然也無法預測到「大結局」，雖然它的內容──99.9%都是虛構的，但因為它結構得好，不論你橫看豎看，都與真的相同，這個才是藝術。

對此，批點《三國演義》的大才子毛宗崗有一個高見，他說：

「文章之妙，妙在猜不著。」

說得實在是太棒了。猜得著的文章，不過是平庸的文字而已。正像一個謎語，十個猜者九個中，這謎就沒有成為「謎」的資格了。

現代大劇作家曹禺先生也有一個高論，他說編戲的秘訣是：

「前面不知後面的事。」

這道理多麼簡單，然而其中包含多少智慧與艱辛，實在不足與外行人道。

結構設計，不是沒頭沒腦、沒根沒腳的玄學。實際上，不論是小說結構還是戲劇結構，或是別的任何一種文學形式的結構，都有跡可尋，或說都有模式可借鑒、可參照。以好萊塢電影為例，因為它是以產業化形式出品的，就更講究內容的類型化與劇情的模式化。

什麼是類型化，即將「戲」的內容分為各種類型，如歌舞片、武打片、言情片、警匪片、科幻片、恐怖片、西部片等等。

什麼是模式化，即「戲」的情節與展開過程，務求適應觀眾的心理期待。這模式很具體：什麼時段出現第一個高潮，什麼時段出現第二個高潮，什麼時段故事發生轉折，什麼時段開始大收盤，這些在反覆摸索、試驗之後，都有了一定之規，有了程式化表達方式，違背了這規則與程式，

則觀眾或者看著「煩」，或者看著「悶」，或者看著「急」，或者乾脆看不下去了，看怒了，看膩歪了，看噁心了，抬腿走人。

這道理其實是中、西相通的，不過因為傳統、習慣及受眾等原因，其節奏與進度會有些變化就是了。

我在寫《中國六大名著的藝術閱讀》一書時，曾參照過黃金分割率。其結果，當真讓我又驚訝又振奮又有些意外之喜。簡捷地說，像《紅樓夢》、《水滸傳》、《三國演義》、《金瓶梅》，其故事的起承轉合都是合乎黃金分割率的。

所謂黃金分割率即兩個長度的比率為0.618，符合這個比率時，若是圓形便最好看，若是音調，便最好聽。故此，0.618即被稱為黃金分割率。或者把這比率衍化為5：8：13時，其藝術效果處於最佳「時段」。因為5：8=0.625，8：13≈0.615，二者均近似於0.618，我在上述書中分別用黃金分割率對《紅樓夢》、《三國演義》、《水滸傳》、《金瓶梅》的結構進行了比照分析，現引證其中兩段，作為說明。

先看《三國演義》，其表示公式如下：

$$
\begin{array}{ccccc}
5 & : & 8 & : & 13 \\
\hline
\times\ 9 & : & 9 & : & 9 \\
45 & & 72 & & 117
\end{array}
$$

按照這種比率，則《三國演義》的第45回，第72回，無疑是兩個主要轉捩點。實際情況如何呢？

先說第72回，這個轉捩點比較準確，有些誤差，不大。因為第73回便是「玄德進位漢中王」。

再說第45回。《三國演義》的重點在赤壁之戰，轉折也是赤壁之戰。寫赤壁之戰的回目，如果從第39回「博望坡軍師初用兵」算起，到第50回「關雲長義釋曹操」為止，那麼前後共計12回，這12回的最中間一段，便是第45回「三江口曹操折兵，群英會蔣幹中計」。赤壁大戰中最重要的環節，莫過於群英會，而這一回目差不多就在黃金分割率的比例點上。[6]

不消說這個定律對於《水滸傳》、《紅樓夢》、《金瓶梅》也同樣適應，或者其精準程度還要高些。

一方面，主張「文章之妙，妙在猜不著」，另一方面，又承認特點模式的存在，這不是相互矛盾嗎？殊不知，藝術之妙，往往就妙在這矛盾之

[6]　史仲文：《中國六大名著的現代閱讀》下冊，第553頁，中國發展出版社2004年版。

中，或者換個說法：前者屬於追求，後者屬於限定。沒有追求的限定，猶如有體而無魂，沒有限定的追求，又彷彿有魂而無體；利用限定達到追求正是藝術家們要做的事情，只是成也在其中矣，敗也在其中矣，而魅力猶在其中矣。

下面，且對詞作與小說兩種文體的結構方式作些案例性分析。

1. 詞的創作與同調整異構結構式

相比之下，詞在中國傳統詩歌詞賦中是限制性條件最多的。格式有限制，字數有限制，音韻有限制，平仄也有限制，這些限制構成了詞的存在方式。但並非沒有變化的空間，更不是沒有變化的可能。在嚴格的限定下閃轉騰挪，正體現了創作者的詞藝高超。如同古代帶著枷鎖打鬥的武士，因為這枷鎖，使得那打鬥更複雜了一層，更驚險了一層，從而也更精采了一層。

這裏我分別找來幾種相同曲牌的詞作做些比較，這些詞牌中有慢詞，也有小令。

先看兩首〈青玉案〉。一首是久享盛名的賀鑄的「凌波不過橫塘路」。詞云：

> 凌波不過橫塘路，但目送、芳塵去。錦瑟華年誰與度？月橋花院，瑣窗朱戶，只有春知處。　飛雲冉冉蘅皋暮，彩筆新題斷腸句。若問閒情都幾許？一川煙草，滿城風絮，梅子黃時雨。[7]

這詞的結構特色鮮明。先寫人物，又寫情思，再寫景色。且人也是景——人與景合，情也是景——情與景合，景也是人——景與人合，景也是情——景與情合。

但它的描寫對象，既非親眷，又非情人，細細考究，連朋友也不是的。只是作者偶遇一位女性，於是心有靈犀一點通，便把持不住自己的情懷，於是連天帶水，引出多少美麗的遐想。

又因為只是偶遇，那形象是實的，又是虛的，恰在虛虛實實之間。若非實的，怎麼可能那麼打動——激動作者的心；但又不能坐實，畢竟是驚鴻一瞥仙跡難尋，所以又是虛的。作者便從這虛虛實實的美麗倩影出發，寫下了這一首名傳千古的〈青玉案〉。

詞的頭三條是對這一奇遇的描寫。開首便妙用「凌波」二字確是有出處有比擬的。出處即曹植的〈洛神賦〉，比擬即〈洛神賦〉中的女主角宓妃。賦中名句「翩若驚鴻，宛若遊龍」，正是對宓妃的生動寫照，用到此處，備覺有神。

---

[7] 《唐宋辭鑒賞辭典》，第401頁，上海辭書出版社2003年版。

　　「橫塘」則是賀方回站立的地方，也是他退居蘇州後的居住地。「凌波不過橫塘路」，奇遇固然奇遇，豔遇固然豔遇，然而，不湊巧，少天合，人家翩然而至，又翩然而去了。作者愁恨無邊，也只好「但目送，芳塵去」。

　　人走了，想像來了，這以下，便是一連串的賀氏「想像劇」。

　　「錦瑟年華誰與度」。想像！這是想像美人侶，且一下子聯想到李商隱的「無題詩」——「錦瑟無瑞五十弦，一弦一柱思華年」上去了，高人出手，果然不同。

　　「月橋在院，瑣窗朱戶，只有春知處」。也是想像。這是想像美人居。那美人居住的地方，必然「月橋在院，瑣宿朱戶」。然而，苦無自由，無緣造訪，即使可以造訪的，但那通途何在呢？所謂曰：「只有春知處。」

　　換頭，寫一點景色，景色無多，卻想像無盡，所謂「飛雲冉冉蘅皋暮，彩筆新題斷腸句」。

　　鬱悶。轉頭一問：「若問閒情都幾許？」

　　作者自謂「閒情」，當真寫得好。若說不是閒情，怕是作者自己都不認可的；若說就是閒情，這閒情又是如此地將人困擾！

　　可有多少閒情啊！——「若問閒情都幾許？」

　　「都幾許」是幾許呢？

　　回答是：「一川煙草，滿城風絮，梅子黃時雨。」

　　妙。

　　再看一首辛棄疾的〈青玉案〉。這首同樣膾炙人口，而且大陸青年人大多對其到了耳熟能詳的地步。其詞云：

> 東風夜放花千樹。更吹落，星如雨。寶馬雕車香滿路。風簫聲動，玉壺光轉，一夜魚龍舞。　蛾兒雪柳黃金縷，笑語盈盈暗香去。眾裏尋他千百度，——驀然回首，那人卻在，燈火闌珊處。[8]

　　賀方回那一首，寫得朦朧，妙在虛虛實實之間。以想像為主，以情思為魂，以景色點睛。這一首則不然。它的結構形式，是充分寫實，寫實先寫景，且先寫個全景——「東風夜放花千樹」就是全景；背景——「更吹落，星如雨」就是背景；再寫中景。

　　——「寶馬雕車香滿路」就是中景；復寫近景——「風簫聲動，玉壺光轉，一夜魚龍舞」就是近景。

　　換頭，又寫具景——「蛾兒雪柳黃金縷」，就是具景；情景——「笑語盈盈暗香去」就是情景。筆筆寫來，狀似層層剝筍，只覺一個畫面接著

8　同上，第601頁。

一個畫面，由遠而近，有聲有色有香有味，寫到最後，終於寫到了「那人」。那人正是詩眼。那人何在？便在「燈火闌珊處。」又是一景。

都是〈青玉案〉，此玉案，卻別於彼玉案，正所謂春華秋實，各占風流。

再來比較二首〈沁園春〉。

一首是毛澤東的〈沁園春‧雪〉。

> 北國風光，千里冰封，萬里雪飄。望長城內外，惟餘莽莽，大河上下，頓失滔滔。山舞銀蛇，原馳蠟象。欲與天公試比高。須晴日，看紅裝素裹，分外妖嬈。　江山如此多嬌，引無數英雄競折腰。惜秦皇漢武，略輸文采；唐宗宋祖，稍遜風騷。一代天驕，成吉思汗，只識彎弓射大雕。俱往矣，數風流人物，還看今朝。

這詞的特色是氣魄大，氣象大，手筆大。它的難於企及之處，在於雖然寫得大，並不寫得空，而且寫得很美。

上半闋，全然寫景，用了多少氣力，極寫一個「雪」字。寫雪的寒，寫雪的非同凡響，「欲與天公試比高」；寫雪的風采，「看銀裝素裹，分外妖嬈」。真真美的「炫」了。

下半闋，掉轉筆峰，全力寫「史」。中間一句「江山如此多嬌，引無數英雄競折腰」，表現了作者的博大胸懷，千鈞筆力。後面寫史也是大筆如椽，卻又風騷依舊。

這詞的結構簡潔明確，不以巧取勝，也無須以巧取勝，前一半就是「景」——景自然是非常之景，後一半就是「人」——人自然也是非常之人。這樣的結構安排，看似是最平常，其實最難操作，非那樣的大景色不能切合這樣的大歷史，非這樣的大歷史不能匹配那樣的大景色，但在作者寫來，雖然力比千鈞，卻如隨手安置。正是其不平凡之處。

另一首是劉過的〈沁園春‧斗酒彘肩〉。

> 斗酒彘肩，風雨渡江，豈不快哉？被香山居士，約林和靖，與坡仙老，駕勒吾回。坡謂：西湖正如西子，濃墨淡妝臨鏡台，二公者，皆掉頭不顧，只管銜杯。　白言：天竺飛來，圖畫裏崢嶸樓觀開。愛東西雙澗，縱橫水繞；兩峰南北，高下雲堆。逋曰：不然，暗香浮動，不若孤山先訪梅。須晴去，訪稼軒未晚，且此徘徊。

這一首也是名詞，同樣傳播廣泛，論到詞的結構，卻與前一首絕少相同處。唯「須晴」二字，他詞不常見，或有借鑒，也未無知。

這詞除去第一句——引子，我把它看成引子——之處，簡直就是一則夢境，一篇神話，外加一點嚴肅正面的荒誕主義。

它絕然不是「先寫景，再寫人」的套路，而是從根本上打破了詞分上片、下片的慣例。什麼上片、下片，作者只管依人依事，娓娓道來。

它又不是用高度概括的手法，如「千里冰封，萬里雪飄」，也不用擬象性描述，如「山舞銀蛇，原馳蠟象」，而是如電影畫面一樣，一個場景接著下一個場景。且有景必有人，有人必有言，如講故事一般。

它也不發議論，如「秦皇漢武，略輸文采，唐宗宋祖，稍遜風騷」，而是你言我語，奇人發奇見，狀似討論會。

到最後，還是一盤沒下完的棋，「須晴去，訪稼軒未晚，且此徘徊。」雖然好似一盤沒下完的棋，但各個人物的形象連同作者的形象，都已經鮮活生動，如在眼前。

再一首，是納蘭性德的〈沁園春・夢冷蘅蕪〉，這是一首悼亡詞，但為尊重逝者，作者題為「代悼亡」。其詞云：

> 夢冷蘅蕪，卻望姍姍，是耶非耶。悵蘭膏漬粉，尚留犀合；金泥蹙繡，空掩蟬紗。影弱難持，緣深暫隔，只當離愁滯海涯。歸來也，趁星前月底，魂在梨花。　鶯膠縱續琵琶，問可及，當年萼綠華。但無端摧折，惡經風浪；不如零落，判委塵沙。最憶相看，嬌訛道字，手剪銀燈自潑茶。今已矣。便帳中重見，那似伊家。[9]

這詞寫得哀婉千重，心姿百態，那結構顯然與前面兩首〈沁園春〉又絕不相似，也算湊巧，唯「今已矣」與「俱往矣」三字有些影跡相淆，它的上半闋既在夢中又在夢外，他的下半闋既是過去，又是眼前。

先說上半闋，頭一句「夢冷蘅蕪，卻望姍姍，是耶非耶。」說是個夢，又不像是夢，那情形，直如漢武當年命方士招魂一般，究竟是夢非夢，連作者也弄不清了。於是自問：「是耶非耶？」四字無奇，卻恰到癢處。但逝者的遺物卻是真真切切，就在眼前，「悵蘭膏漬粉，尚留犀合；金泥蹙繡，空掩蟬紗。」且這心上人的遺物，竟如海潮一樣，聲聲打在心頭；又似秋雨一般，點點皆似淚水，作者的憂思重啊！「影弱難持，緣深暫隔，只當離愁滯海涯。」但他絕不甘心，他希望著，幻想著，企盼著——「歸來也，趁星前月底，魂在梨花。」那景色其實美極，從而更襯托出作者的情之憂，心之痛。

下半闋，句句只寫眼前人——他的續弦夫人，卻又句句不在眼前，眼前人的存在，只是引起他更多的思念。雖然這情緒在現代人看來是對後來者的不公正，但從作者那一面看，只是表現了對逝者的一往情深。

---

[9]　《納蘭性德詞》，第41頁，中國書店2001版。

　　一往情深，並不只是虛寫，或者只是叨叨念念，而是一聲一字發自肺腑；一情一景，宛若眼前，寫到，「最憶相看，嬌訛道家，手剪銀燈自瀹茶。」如此跌跌宕宕、細細微微，不唯作者心碎，讀者都已心驚。然而，「今已矣」，三字重千金，一切煙消雲散，又有多少無奈梗塞其間，「便帳中重見，那似伊家。」更有多少情思尚在不言中。

　　這樣的安置，可謂筆隨心動，詞由意化，形式種種，莫予關心。

　　以這三首〈沁園春〉的結構安置相比，〈沁園春・雪〉格式規範，內容大氣；〈沁園春・斗酒彘肩〉格式新奇，內容放達；這首〈沁園春・夢冷蘅蕪〉則格式淡化，情思凸展，一切只在自然間。

　　再比較四首〈浣溪沙〉。〈浣溪沙〉及詞中小令，全詞只有六句。這樣短小的詞體，因為詞作者的無比才華，竟能百轉千回，寫出不同的結構，不同的風格，不同的意境，真正於細微之處見功夫。

　　先看一首秦觀的〈浣溪沙・飛花細雨小寒樓〉

　　　漠漠輕寒上小樓，曉陰無賴是清秋。淡煙流水畫屏幽。
　　　自在飛花輕似夢，無邊絲雨細如愁。寶簾閒掛小銀鉤。[10]

　　這一首的結構特色，是有景無人——景中無人，而且一句一景，句句都是特寫，但那情緒是深沉的甚至有些憂鬱的。而那景色又是很別致很能體現作者心境的。

　　一句一景，好似景景獨立，各不相關，實際上卻是景景相關，景景相配，而且無論哪一景都不能少的。

　　因為在那所有景色的後面，都有一雙深情的眼睛在觀賞著，都有一顆百般憂鬱的心在思索著。畫面上儘管有景無人，卻又多愁多怨。

　　這樣的結構形式，可以看作作詞中的「特例」，而且往往是神來之筆，可遇可求而不可多得的。

　　第二首是蘇東坡的〈浣溪沙・麻葉層層檾葉光〉。

　　　麻葉層層檾葉光。誰家搗繭一村香？隔籬嬌話絡絲娘。
　　　垂白仗藜抬醉眼。捋青搗䴵軟飢腸。問言豆葉幾時黃？[11]

　　這詞是蘇東坡作地方官時下鄉巡訪時所寫五首〈浣溪沙〉中的一首，其實首首皆佳。

　　這詞的結構顯然不同於秦觀的那一首。「漠漠輕寒上小樓」，那一首是一幅幅有景無人的特寫畫卷，這一首則是使君——東坡先生的下鄉詢訪圖。

---

[10]　劉逸生：《宋詞小箚》，第155頁，廣州出版社1998年版。

[11]　胡雲翼：《宋詞選》，第67頁，上海出版社1982年版。

前三句，是一見——「麻葉層層檾葉光」；一聞——「誰家煮繭一村香」，一聽——「隔籬嬌語絡絲娘。」看到的是繁茂的豐收的景，聞到的是春繭的香，聽到的是勞動者嬌小的聲。而且巧用比喻，一語雙關。

後三句，則是一見，一想，一問。一見，見得是「垂白仗藜抬醉眼」，好啊！鄉間老人能溫能飽才能醉，所以這醉眼是身為地方官的蘇東坡特別喜歡看到的，因而也是十分詩意的。一想，想得是「捋青搗䴱軟饑腸」。這是一句聯想，因為「捋青搗䴱」產生的溫飽式幸福聯想；一問，問得是「問言豆葉幾時黃」？歡快之情，溢於言表。

全詞雖短，卻句句皆活，但見村人忙碌，一片生活景象。

第三首，是辛棄疾的〈浣溪沙〉。

> 未到山前騎馬回，風吹雨打已無梅，共誰消遣兩三杯。
> 一似舊時春意思，百無是處老形骸，也曾頭上戴花來。[12]

這首詞的結構有似於蘇東坡的那一首，但細想，也不是的。前一首，是通過蘇東坡先生的眼、耳、鼻、口，去看，去聽，去聞，去問，主體是東坡，主人公卻是鄉色鄉音鄉人。

這一首雖然寫的也是個人感遇，但筆筆寫來，只是作者一人而已，他的情懷，他的感歎，他的遺憾。

騎著馬觀賞山色，未及而回的是他——「未到山前騎馬回」。講述原因的也是他，為什麼未及山色轉馬回呢？因為——「風吹雨打已無梅」，梅花都沒了，還去看哪個？別個不知，在辛棄疾，是只肯與梅為朋，以梅為友的。產生感慨的還是他——「共誰消遣兩三杯？」縱有美酒，也無心情。

換頭。還是作者自身的寫照。「一似舊時春竟思」——春天還是那個春天，然而，人卻老了，青春不再。「百無是處老形骸」——形骸卻不再是那個形骸。「也曾頭上戴花來」——這一句寫得滄桑、老邁，寫得心痛不已，遙想當年俊朗形象，已是黃粱一夢！詞太苦了。

再一首，是張泌的〈浣溪沙·晚逐香車入鳳城〉。

> 晚逐香車入鳳城。東風斜揭繡簾輕。慢回嬌眼笑盈盈。
> 消息未通何計是，便須佯醉且隨行。依稀聞道「太狂生」。[13]

這一首，奇了。魯迅先生也曾稱之為「唐人的釘梢」的。

12　鄧廣銘：《稼軒詞編年箋注》，第497頁，上海古籍出版社1978年版。
13　《唐宋詞鑒賞辭典》，第139頁，上海古籍出版社2003年版。

雖只六句小詞,卻寫得跳跳蕩蕩,且無句不喜,無句不樂,無句不美,甚至無句不狂。

頭一句,追著人家小姐的香車,瘋跑,鍥而不捨——「晚逐香車入鳳城」;

第二句,那解人的春風也幫忙,其幫忙——「東風斜揭繡簾輕;」

第三句,總算見到真佛了,而且妙哉妙哉——「慢回嬌眼笑盈盈」。

第四句,本當得寸進尺,卻又遇到難題了——「消息未通何計是?」

但是,沒關係,沒有什麼事可以難住本「大性情中」人,——於是第五句——「便須佯醉且隨行。」

結果呢?結果也不壞——「依稀聞道太狂生。」雖然彷彿聽到罵聲了,那心裏卻是美滋滋的。

四首〈浣溪沙〉,以情緒說,一寫愁,一寫喜,一寫憂,一寫樂;以風格論,一細膩,一生動,一沉鬱,一跳蕩;以結構論,一全然寫景,不見其人;一處處寫景,處處有人;一自思自歎,感慨不已;一來去在我,有色有聲。

2.古典小說結構類型的經典創造

以中國古典文學而言,結構方式(包括外在結構和內在結構),最豐富的應是散文,結構特徵最典型的則是長篇小說,尤其是那些經典性長篇小說,如《紅樓夢》、《三國演義》、《儒林外史》、《水滸傳》、《金瓶梅》、《西遊記》、《三俠五義》、《封神演義》等。

中國古典小說的結構,最常見的說法,是以線式結構為基礎的創作方法,實在線型結構乃是中國古典白話小說最重要的結構方式,甚至可以說,其他所有結構都是這一結構的演繹與轉化。

線式結構的代表作,首推《西遊記》。《西遊記》的故事精彩,但真正的主人公,鶴立雞群式的人物只有一位,就是大鬧天宮,亦猴亦仙亦人亦怪的孫大聖。如果這小說的主體結構是一條很有魄力的曲線,那麼,孫悟空就是引導這線上下騰挪,左右穿插,惹是生非,又化險為夷的針頭。他走到哪裡,哪裡就出現新的故事情節,精彩也靠他,幽默也靠他,滑稽也靠他,搞笑也靠他。

線式結構的複雜化,產生複式結構,即故事的框架與發展,不是一條線,而是兩條線,或者三條線。線與線之間也有交叉,但主線的脈絡清晰。此類結構的典型小說是《金瓶梅》。《金瓶梅》,顧名思義,這名字代表的就是三位最主要的人物。但實際上,更為主要的是潘金蓮與李瓶兒,兩個人如同兩條線,有交互,有補充,有衝突。不僅你來我往,而且

你剛我柔，你辣我甜，直到你死我活。這樣的結構形式，顯然增加了故事的複雜性，從而擴大了小說的容量，促成了故事的曲折。

再複雜一點的，則是《水滸傳》那樣的樹根式或水系式結構。所謂「一樹之立，萬千根條」，所謂「茫茫九派，匯入長江。」書中的第一主人公，自然是宋江，而傾心描寫的人物，則是武松。全書的結構安排，別有機杼。宋江最主要，他偏不從宋江寫起，武松最傾心，又不從武松寫進，甚至也不從林沖、李逵這樣突出的角色寫起。而是未寫宋江，先寫晁蓋；未寫晁蓋，先寫劉唐；未寫劉唐，先寫楊志；未寫楊志，先寫林沖；未寫林沖，先寫魯達；未寫魯達，先寫史進；且未寫史進，先寫王進，王進卻不合梁山一百零八將之數。而未寫王進，又先寫高俅，高俅則連個正面人物都不是，這樣的安排，依金聖歎的觀點，正是因為作者胸有成竹。

不唯如此，還要為依次出場的主要人物一一立傳，且寫史進要寫二回，寫魯達要寫三回，寫林沖要寫四回，寫武松要寫五回。從而一加二，二加三，三加四，四加五，真個似花團錦簇。好看煞人。然而單獨看去，卻似樹的一枝一杈，水的一流一脈，所以南方評書，說《水滸傳》，就有「武十回」、「魯十回」、「宋十回」的分法，但無論多少十回，畢竟千頭萬緒，結了一系。

比樹式結構更複雜，則屬於網式結構。網式結構乃線式結構最充分的發揮。但它過於複雜，既不是線式結構可以表現的，也不是複式結構可以表現的，甚至不是樹式結構可以表現的。其中最突出最有成就的代表性著作，是《三國演義》與《紅樓夢》。

以《三國演義》為例，那結構形式很是複雜，說是三國，並非自三國講起的，雖然並非自三國講起，卻一開篇就安排三國的各個代表性或開拓性人物迅速登場；雖然安排這些人物迅速登場，可他們又實實在在不是那一時期的主宰性人物。先有黃巾起義，又有董卓進京，再有十八路諸侯討董卓，然後是曹操漸次統一北方，直到赤壁大戰，那書已寫了一小半時，才算有了三國的雛形。

網式結構，離不開大事件，大事件就是這網的綱。沒有大事件，這網就「網」它不成，或者撒得出去，收不回來。三國的大事件，主要是三次大的戰爭，一是官渡之戰，二是赤壁大戰，三是彝陵之戰。尤其赤壁大戰，可說前聯後結，左顧右盼，上牽下動，正是《三國演義》的一座高峰。高峰一立，全景光輝，故事即達到高潮，人物亦光芒四射。可以這樣說，《三國演義》的情節，無論前後，都可以再少些，或更少些。可以沒有古城相會；可以沒有東臨滄海；可以沒有六出祁山；可以沒有九伐中原，就是不可以沒有赤壁大戰。但反過來講，正是有一個一個已經很精彩

的小事件，中事件，才更好地推動、醞釀、鋪墊和襯托了那幾個大事件。世上無鷹犬，安知虎為王。

有事件還有人物，二者相輔相承，事件是人物運動的平臺，人物是事件的推動主體。這網式結構的網要好看，沒有千姿百態的人物是萬萬不可以的。依理論三國的代表人物自是曹操、劉備、孫權。但作者最著力最賦予理想寫得也最成功的人物卻不是這三位，而是諸葛亮與關羽。曹操當然也極有特色，但他是反面的。二正一反，合稱「三絕」，一個是「智絕」，一個是「義絕」，一個是「奸絕」。

這三個人物，可以分作兩組，但是曹操與孔明，二位都是宰相。要知道，宰相在中國傳統文化中的地位之高，幾可重於泰山。曹操與孔明雖均為宰相，卻一個是「奸」的化身，一個是「忠」的符號。這一個是「挾天子以令諸侯」，目的在於奪取劉氏天下；那一個卻是「鞠躬盡瘁，死而後已」，目的是重興漢室，報劉玄德知遇之恩。

曹操與孔明是一對，與關羽又是一對。前面一對是忠與奸的對立，這一對則是奸與義的對立。一個是「寧使我負天下人，不使天下人負我」的天字第一號負心人，一個是大信大義的守信君子。但絕不臉譜化。寫曹操的奸，是奸而有智，且不是小聰明，而是大智慧，甚至是大智大勇，故而被人總結為「亂世之梟雄，治世之能臣」。寫關羽的義，也不是一般的江湖義氣，而是忠義千秋，義薄雲天，既要寫「溫酒斬華雄」，又要寫「千里走單騎」；既要寫「過五關、斬六將」，又要寫「華容道義釋曹操」，還要寫「水淹七軍」。

除去這幾位絕代人物之外，更有猛將如雲，謀士如雨，且雲蒸霞蔚，如火如荼，又雲弛雨驟，火烈風威。

寫謀士，曹操一方，寫了一個郭嘉，又寫了一個程昱；寫了一個荀彧，又寫了一個荀攸；寫了一個許攸，又寫了一個賈詡；寫了一個劉曄，又寫了一個司馬懿。孫權方面，寫張昭還需寫顧雍，寫顧雍，還需寫闞澤，寫闞澤更要寫魯肅。但無論是曹方的郭、程、荀、賈也好，還是孫方的張、顧、魯、闞也好，沒有一個比得過徐庶的，連徐庶都比不過，更比不過龐統了，連龐統都不及，更不要比諸葛亮了。全面上看，那些謀士，都帶有陪襯色彩，或說他們只是綠葉，唯諸葛亮才是紅花。前有徐庶，中有龐統，後有法正，襯托著無與倫比的諸葛亮，那狀況，直如眾星捧月一般。

猛將尤其多，東吳有程普、黃蓋、韓當、周泰、古寧、呂蒙、丁奉、徐威、太史慈等，曹營中有曹仁、曹洪、夏侯惇、夏侯淵、張遼、徐晃、許褚、典韋、樂進、張郃、龐德等，這些人物不但威風八面，而且個性鮮明，但論武功，都不是呂布的對手；論聲威、論事蹟、論影響、論作為、論忠肝義膽、論卓而不群，比不過西蜀的五虎上將——關、張、趙、馬、

黃。如果說前面那些人物直比山上中猛虎，海裏蛟龍，那麼這五位上將如同天神一般了。

如此等等。

將這些人物、事件以及種種高超的謀略、奇異的情節、變生不測的人物命運等交織在一起，才成為《三國演義》那樣一種五彩繽紛，精彩迭至的網式結構。

或許應該說，正是這些人物與事件成就了書的結構；或許應該說，正是那書的結構成就了這些人物與事件。

中國古典小說在結構方面的登峰造極之作則是《紅樓夢》。為什麼這樣評價？因為，舉凡《三國演義》中所有的結構性長處，《紅樓夢》是「人有之，我必有之」。例如眾多的人物，複雜的情節，舉足輕重的大事件，不但「人有之，我必有之」，而且「人有之，我必優之」，甚至「人無之，我亦有之」。與《三國演義》比，《紅樓夢》的文字更考究，情節更嚴謹，安排也更巧妙，不但匠心獨具，而且異彩流光。

《紅樓夢》雖是網式結構的代表，又不僅僅是網狀而已，而是一個立體性的大網路，天上人間重疊發展。人間有大觀園，天上有太虛仙境；人間有林黛玉，天上有絳珠仙子；人間有賈寶玉，天上有神瑛使者。另有一僧一道，雖是天上人，閱盡人間事。這樣的寫法是《三國演義》所沒有或者沒有細緻處理的。

《紅樓夢》在關節點上的安置也是一絕，那些大關節，如劉姥姥三進榮國府，賈元春大觀園省親，且不說他。只說書中有一位傻大姐，照翁偶虹先生的意見，這位大姐雖然傻些，那作用卻萬萬不可小視。她本人雖是一個小到不能再小的人物，而且智力低下，有些殘疾，但只憑她的一哭一笑，就引發了驚天動地的大事件。因為撿到繡春囊，見之而發笑，一笑便笑出了查抄大觀園，笑死了忠貞侍女晴雯。後來因為談論賈寶玉成親的事，挨了打，一哭，又哭死了絕世佳人林黛玉。這樣的關節安排，可說一木支大廈，一巧破千斤。

對於《水滸傳》、《三國演義》、《金瓶梅》的結構處理，金聖歎，毛宗崗，張竹坡都有非常高明的分析與評點。金氏評點在前、毛氏評說在後，二者多有相似之處，考慮到他們之間的關係，可以知道毛宗崗自金聖歎處得益不少。若在今天，也許會引發版權爭議，但在當時，也沒人理會。

金聖歎評論《水滸傳》的寫法，頗有些見解與結構相關，這裏摘引幾段，以饗讀者。他說：

　　《水滸傳》有許多文法，非他書所曾有，略點幾則於後。

有倒插法。謂將後邊要緊字，驀地先插放在前邊。如五臺山下鐵匠間壁父子客店，又大相國寺岳廟間壁菜園，又武大娘子要同王幹娘去看虎，又李逵去買棗糕，收得湯隆等是也。[14]

有弄引法。謂有一大段文字，不好突然便起，且先作一小段文字在前引之。如索超前，先寫周謹；十分光前，先說五事學等是也。莊子云：「始於青萍之末，盛於土囊之口。」《禮》云：「魯人有事於泰山，必先有事於配林。」[15]

有橫雲斷山法。如兩打祝家莊後，忽插出解珍、解寶爭虎越獄事；又正打大名府時，忽插出截江鬼、油裏鰍謀財傾命事等是也。只為文字太長了，便恐累墜，故從半腰間暫時閃出，此間隔之。[16]

　　似這樣的方法，一直講了十幾種之多，可說《水滸傳》的結構技巧，精華已盡在其中了。

　　前些年，我寫《中國六大名著的現代閱讀》一書時，也曾將《六大名著》的結構——敘事，歸納為七個問題，現在看來，似未過時，其中直接關係結構自身內容的有：

(1) 敘事主語分析

敘事主語的全知與即知；
敘事主語的時間與空間；
敘事發展的人間與天上；
敘事視角的散點與焦點。

(2) 敘事張力分析；陰陽互峙與流轉

張力敘事與陰陽之理；
強力敘事的四個例讓；
多重互動敘事的《三國演義》；
悲劇性張力敘事的《紅樓夢》；

(3) 敘事結構分析；結構、單元、分割率

結構特徵：從簡到繁，各成一體；
結構組合：小單元與大單元；
關於黃金分割率；
石破天驚大敘事。[17]

---

[14] 《奇書四評》，第294、295頁，湖北辭書出版社1996年版。
[15] 同上。
[16] 同上。
[17] 史仲文：《中國六大名著的現代閱讀》下冊目錄，中國發展出版社2004年版。

內容無須細講。簡單概括：中國古典白話小說的結構方式是多種多樣的，成就是十分巨大的，其對於後世中國文學與文化的影響也是無可限量的。

但也有不足，與西方小說比較，中國古典小說的結構至少有三個缺失。

一是沒有顛倒時序的時間結構。凡中國傳統小說。對於故事的發生、發展與結局，千篇一律，都是順時序進行，結構性倒時序或逆時序寫的，一篇也無。

二是沒有以第一人為主旨的長篇小說，短篇小說中大約也沒有──至少就有我的閱讀範圍而言。

三是沒有書信體、日記體小說文本。

這些缺點到了五四前後發生變化，自茲而開始，便開始了中國小說的現代歷程。

3. 當代小說與結構安排的新鮮創意

我這是主要分析改革開放之後的作品。

「文革」結束，特別是實行改革開放國策之後，新的小說的創作高潮次第到來。各種題材，各種風格，各種寫法，各種結構乃至受各種「流派」與「主義」影響的小說都在中國大陸有所探求，有所發展，有所收穫，有所本土化。

單以結構而論，我以為可以分為常態型與非常態型兩大類別。非常態型主要是先鋒派小說。它的特點就是情節複雜，人物複雜，一直複雜到讀此類小說如墜五裏雲霧中。且越是用功還往往越找不到進出的門徑。

更多的小說，還是屬於常態結構型，它的特色，一是傳統品性，二是寫實風格，三是雖有先鋒因素，卻能找到二者的契合點，從而縱然寫得「繞」，也能讀懂。

比較而言，還是常態結構的小說，讀者更廣泛些。二者的成就，亦在伯仲之間。前者有筆路襤褸之功，後者有廣泛傳播之力。我這裏舉六篇不同結構型的小說，借一斑以窺全豹。

一為一氣呵成式的小說。例證篇目為池莉的〈冷也好熱也好活著就好〉。

這是一篇短篇小說，雖是短篇，依考試兼分段專家的意見，也一定要分為幾個大段落的，大段落中再分為幾個小段落。但在我看來，這不是主要的，甚至是無可無不可的，小說講述一對戀人的故事，不寫全貌，也不關心全貌，是通過這一對戀人，極寫武漢的熱，武漢的民情，武漢的市民生存狀態，以及他們特有的現代市民精神。其最典型的特色，就是一氣呵成。那結構狀如行雲，恰似流水，雖東曲西折，只是一段清溪，奔波向

前。又彷彿高空中的獵隼，但見左盤右旋，只是展翅飛翔。就此而言，也可以將其看作一體性結構的。採用這樣的結構，其主要三點，是具備流暢的語言、歡暢的情節、順暢的節奏和一股內在的勃然躍然欣然郁然綿綿然沛沛然的青春氣息。順便說，這小說是我最喜歡的短篇小說之一。每每有人問起我最喜歡的小說時，我常常不加思索，首先是她。

一為陰陽對照式的結構。例證篇目為王朔的〈一半是海水，一半是火焰〉。這結構的特色是：後一半是前一半的迴光返照，而那結局又截然不同。這結構未免有刻意安排之嫌。而大凡刻意的安排，其藝術效果都不很妙，王朔的這一篇，當時的市場效應雖好，就結構而言，也算有點新意，但從整體來評價，不很成功，甚至有些失敗。但這樣的結構方式並非不能為之，不可為之，在我的記憶中，阿拉伯小說中就有運用這樣結構的成功之作。只是其取材與設計的要求更嚴格罷了。

一為主次相間式結構。其倒證篇目為方方的〈風景〉。風景寫得好，不但小說視角獨特，取材文化內涵深，且故事既傳統又現代，既生動又深沉，不淺，不浮、不煽、不矯，就是——好看，尤其那結構方式，更好。小說的敘述者為書中一家十兄妹中的八弟。是一個未成年即夭折的幼兒。他父親脾氣古怪，就將其埋在自家居室的窗下。於是他便就此成為這故事的敘事者。小說共分十四章，主人公乃是死者的「七哥」。其結構方式是：一章寫七哥，一章寫父母；一章寫七哥，又一章寫大哥；一章寫七哥，另一章寫二哥；一章寫七哥，再一章寫三哥；一章寫七哥，後一章寫四哥；一章寫七哥，複一章寫五哥六哥；又一章寫七哥，末一章寫全家。

故事內容當然也不是這樣截釘截鐵，冰雪不同爐，而是主線如此，涇渭分明；又穿插來往，在在有致。這樣的故事——結構安置，不但讀來興趣盎然，那感覺也是穿園過廈，花團錦簇。

一為三色交織式，倒證篇目為畢飛宇的〈武松打虎〉。

定它為三色交織式，因為畢飛宇的〈武松打虎〉，絕非施耐庵武松打虎的翻版，當然也不是戲說，翻版就平庸了，戲說就離譜了。這一個打虎，分為三個基礎的部分。一部分為武松打虎的故事，一部分為一個有極高才藝的說書人，一部分為各色各樣的聽書者。三部分各為一色，且三色間起承有序，轉合得宜，一時寫今，一時寫古，一時寫事，一時寫藝，一時寫凡間小事，一時寫大筆如椽，一時寫虎虎生威，一時寫旦夕莫測。這故事其實是廣為人知的熟套路。然而，作者捨舊立新，不但立意好，而且結構新，又有節制，有取捨，有分寸，有內涵，故而雖為新作，卻似老酒陳釀之品，一滴在口，清醇於心。

一為流光溢彩式結構，其例證篇目為劉震雲的〈單位〉。

　　單位的主人公雖然是大學畢業生進入機關——單位上班的小林，但作者既然寫的是單位，就不僅寫了一個小林，還寫了一個長著豬脖子的張副局長，寫了一位孫副處長，寫了一個沒本事、沒機會、也沒太多缺點的老科員老何，又寫了一位即將退體，卻又十分機靈氣十分瑣碎——用北京話說就是很事兒媽的女勞喬，還寫了一位專門與老喬作對，有點姿色，有點天真，但絕對不喜歡也不承認天真，加上幾分任性的更有些渾不吝的女小彭，於是生、旦、淨、丑，各色人等齊各矣。

　　那故事自然也是有主線的，但又不是單線的，也不是板塊的，這三色交織的都不是；那故事自然也是有事件的，但又絕對沒有什麼了不起的大事件，別說大事件，連中事件也沒有。但有陰陽消漲，也有起承轉合，實在這樣的寫法不是很容易。但作者把握得好，雖然那內容令讀者感到多少有些鬱悶和壓抑，但文筆卻是快樂的，充滿生活氣息，而且或多或少總是給人以希望的。閉卷思之，頗有些光來影去，走馬花燈一樣的感覺。

　　一為捕風捉影式結構，其例證篇目是李洱的〈墮胎記〉。

　　這故事其實不複雜，也不煽情，不媚俗，——實在當今天開放之世，也沒有什麼可煽可媚的。但作者有本事把它寫得時隱時顯，有張有弛，弛是敘事節奏，張是內在動力。它的主人公像是那個處處明處的「我」，但產生張力的卻是那個與「我」有些關係，又沒有大關係，雖沒有大關係，畢竟有些連帶關係的黃冬冬。倘這黃冬冬懷孕了，未婚先孕，又是個在讀研究生，有點麻煩，準備墮胎。墮胎要找熟人，還不能是本地的熟人。總算聯繫好了，然而，一去而不得，再去又不得，不是爽約，就是走散，弄得相關人員好不煩心。故事雖然簡單，卻寫得千迴百轉，曲折無限，讓你花來一片紅，水走一片綠，紅紅綠綠之間，找不到回頭路。但到最後，卻又一切歸於平常。「我」與黃冬冬在舞場上又見了面，跳了舞，舞罷，「相向而去。」

　　這樣的結構安置，確實有些小題大作，又有些出人意料，還有些捕風捉影。然而，看身邊之事，有幾件不是小題大作，又有幾件不是出乎意料，更有幾件不是捕風捉影的。然而，

　　——又一個然而，為一切歸於平靜之時，也不過一聲感歎罷了。這也許就是捕風捉影結構的妙處所在。

　　小說的結構，自然還有更為極端的樣式。例如法國當代作家馬克‧薩波塔寫了一本《隱形人和三個女人》，副標題為「第一號創作」。這書的結構特色是它根本沒有固定結構，或者從另一面說具有最為最為多變的結構。它的構成方式是撲克牌式的。書不合訂，也不標明頁碼，看這書如同玩牌，可以任意洗牌，任意閱讀。然而，不管閱讀者怎麼去「洗」各頁紙上的故事情

節都是可以銜接得上的。自然那故事的發展過程會有N種可能。對於這樣的創作，無以喻之，硬作比喻，可以比作西方的「璇璣圖」。

這樣結構的小說，漢語作品中還沒有。但我想，也許不久的將來，就可能創造出來，而且那形式；或許更為奇異也說不定。

4. 理想的結構境界：自由書寫狀態

所謂自由書寫狀態，在我看來，至少包括以下三種情況。

一種情況，對於各種結構方式，成竹在胸，可以任意選用，而且能用得恰到好處。這個就是京劇業內常說的：「文武昆亂不擋。」或者武術界中說的「十八般武器，樣樣精通。」

清代大文藝批評家劉熙載對此頗有高見，奇異的是，他不用結構二字，而且「敘事」一詞，可見，流行於當今世界的敘事學，在中國卻是「古已有之」。這讓我很驕傲啊。

劉熙載論說敘事，內涵豐富，範圍闊大。他說：

> 敘事之學，須貫六經九流之旨；敘事之筆，須備五行四時之氣。維其有之，是以似之，弗可易矣。
>
> 大書特書，牽連得書，敘事本此二法，便可推擴不窮。
>
> 敘事有寓理，有寓情，有寓氣，有寓識。無寓，則如偶人矣。
>
> 敘事有主意，如傳之有經也。主意定，則先此者為先經，後此者為後經，依此者為依經，錯此者為錯經。
>
> 敘事有特敘，有類敘，有正敘，有帶敘，有實敘，有借敘，有譯敘，有順敘，有倒敘，有連敘，有截敘，有豫敘，有補敘，有跨敘，有插敘，在原敘，有推敘，種種不同，惟能線所在手，則錯綜變化，惟吾所施。[18]

前面講的「旨」呀，「筆」呀，還不是敘事──結構本身的事，後面的種種分解，就是結構的具體方法──範式了，對這些方法如能統統掌握和運用，不愁不能「惟吾所施」。

惟吾所施，便進入了自由運用的境界，不是「打哪兒指哪兒」，而是「指哪兒打哪兒」了。

第二種情況，結構形式特殊，無須多慮，其結構自在。這樣的例子也有不少。極端一點的，如一句詩，它全篇只有一句話，這一句話就是它的結構，這個叫作結構與內容的統一。

---

[18] 劉熙載：《藝概》，第41-42頁，上海古籍出版社1987年版。

　　也有不那麼極端，但結構的組合方式單一，雖不是一句詩，卻有類於一句詩，它不過是某種方式的考量。你不能說他沒結構，但那結構形式太簡單了，簡單到有猶如無。

　　然而，也中用也好看也好聽。其代表性作品如金聖歎的〈三十三個不亦快哉〉，這在金先生哪裡，原本不是一篇文章，而是他評、點《西廂記》時寫下的一段話。這文章可以獨立成文，且對後來的好幾位大手筆產生影響，讓他們見之發手心發癢便禁不住也就仿製，如林語堂，便用這個結構寫過文章；梁實秋，也用這個結構，寫過文章；李敖則不但用這格式寫了一篇〈不討老婆之『不亦快哉』〉，還寫了第一篇〈不交女朋友不亦快哉〉。

　　這裏錄他幾句——「不亦快哉」：

△不必巧言令色學哈巴狗樣，對女友作討歡狀，不亦快哉！
△不必三更半夜，爬起來對紙談情寫情書，不亦快哉：
△不必時時手拿「照嬌鏡」整飾儀容，不亦快哉！
△可使少女以為我是個「理想丈夫」而窮追不捨，不亦快哉！
△考試時，不必受約會的「惠澤」，而導致《滿江紅》，不亦快哉！
△不必在公園裏望眼欲穿的等候芳駕，不亦快哉！[19]

　　這格式，南琛先生也便用過，他說的是足球，其題目為〈觀中國足球之不亦快哉〉。文章很是有趣，而且有力，尤其有理。其中有段落云。

　　　　中國隊「三個一」工程成豆腐渣工程，世界盃上兩次擊中門柱，驚險無此，幸虧沒有進球，否則哪有今天舉國反思之大好形勢乎？每想到此，不亦快哉。

　　　　足協昨日「人民滿意」，今日「光榮的恥辱」，詞不達意，方寸大亂，看中國足協應付媒體之驢頭不對馬嘴和對球迷之前倨後恭，想其尷尬之態，不亦快哉。

　　　　在單位遭領導痛斥，無處發洩，踱進足球場，聽滿場痛斥假球黑哨，自己也跟著起哄，比賽完後，氣也消了，不亦快哉。

　　　　明知道是假球而跑去看，果然是假球，證明自己高瞻遠矚，不亦快哉。

　　　　球員賭球，下大賭注押自己隊輸，結果卻贏了，損失以十萬計，看球員贏球後痛苦不堪之啞巴吃黃連狀，不亦快哉！

　　　　讀這樣的文字，老夫亦手癢，遂續寫幾則：

_____

[19]　《20世紀中國奇文大觀》，第205-206頁，群言出版社1997年版。

觀NBA，但見大肘子狂飛亂舞，球員個個興奮異常，一時暴扣，一時遠投，一時封殺，一時搶斷，身體接觸激烈，不羞連滾帶爬，不見假打假鬧，只有真刀真槍。剎時比賽結束，或有人哭，或有人笑，或有人舞，或有人叫，或有人垂頭喪氣，或有人興致如狂，如中了500萬美元大獎一般，我等異國球迷，品香茗，歡風景，本欲安安靜靜，到了緊要關頭，卻也和人家一樣瘋，一樣鬧，夜半醒來，回味比賽，猶覺幸福在焉，不亦快哉！

不看中國足球了！從此不再與老妻爭電視遙控器，老妻只管看電視連續劇，今日看瓊瑤，明日看金庸，後天看周迅，大後天看張柏芝，不但心情愉快，而且笑話甜甜。想到自今以後不再為足球費神費力，不再惹老妻不高興，不亦快哉！

一時好夢來，夢見某年某月某時，中國足球衝出亞洲，走向世界，大敗對手，喜獲金杯，於是萬眾歡騰，不覺老淚縱橫，惜乎只是夢境，就是不願醒來，由此想到，中國球迷癡情如昨，真情可敬，中國足球或有前程。不亦快哉！

第三種情況，文章達到某種境界時，不再為結構費時費力，信手寫來，皆成章法。三種情況中，第一種屬於對文章結構精研細考，在結構方面苦用功的，第二種屬於對文章結構予以淡化，不在結構方面苦糾纏的；唯這一種，才是真正意義上的自由書寫境界。在前輩的文章大家中，魯迅屬於第一種，金聖歎的「不亦快哉」種種，屬於第二種，周作人則屬於第三種。據說周作人接受約稿，從來不問寫什麼，只問寫多少。你說600字，好，就600字；你希望1000字，行，就1000字，而且篇篇寫來，絕不雷同。

有評論者說，好的寫手，是不會給人重複感的，太多重複必然主引起審美疲勞，例如楊朔，散文寫得很好，單篇來看，很是有趣，集結成集，就有結構雷同之感，我對楊先生的文章讀得不多，不知是耶非耶？但周作人的文章絕對沒有這樣的毛病，你只管去讀，讀十篇或100篇，都不會有重複感，你想「似曾相識」，沒有，只有篇篇如新人。

達到這樣的境界，是需要條件的；

一是知識淵博，周作人的知識博，而且雜，博而又雜，且又真知真懂，因而下筆不單、不淺、不村、不澀，沒有土地主習氣，也沒有乍富商人氣，而是寫得安安逸逸，讀之輕鬆愉快。他的文章體式極多，單以隨全而論，所寫的內容之多，涉獵範圍之廣，足以令人驚詫不已。

他寫神話，寫歌謠，寫謎語，寫古董，寫廠甸，寫獵頭鷹中，寫螢火蟲，寫考試，寫命運，寫貞節，寫分娩，寫「文章的放蕩」，寫「柿子的種子」，寫「畏天怕人」，寫入廁讀書，寫金聖歎，寫傅青主，寫玩具，

寫兒童的書，寫國粹與歐化，寫「生活之藝術」，寫唱辭，寫體操，寫故鄉的野菜，寫北京的茶食，寫文法之趣味，寫神話的辯護，寫茶，寫酒，寫蒼蠅，寫死法，寫烏篷船，寫「與友人論性道德書」。

如此等等。

因為知識太多了，即腦海中的材料就如同阿拉丁神燈一般，要什麼，來什麼，信手拈出，皆成妙趣。

二是見解高明，見解高明，不可一概而論，即使如周作人一樣的大學問家，也不見得樣樣高明，但在許多方面，確實有高見，雖然過去了幾十年，即今讀之，猶然覺得有味道，有啟迪，甚至有「新」意，有些震撼，例如他講到貞節時，也曾說到自己的女兒。這樣的引證本來就不尋常，加上寫法的從容不迫，就來得越發有底蘊也越發有力量。他這樣說：

> 我的長女是二十二歲了，（因為她是我三十四歲時生的，）現在是處女非處女，我不知道，也沒有知道之必要，倘若她自己不是因為什麼緣故來告訴我們知道，便是她的丈夫或情人——倘若真是受過教育的紳士，也絕不會來問這些無意義的事情。[20]

三是心態平和。寫文章最好心態平和，當然也不能一概而論，西方有「憤怒出詩人」之說，中國有「詩窮而後工」之見，各有各的道理，但以常態論，平和為上，周作人自己的見解是寫文章不要「太積極」。而且他對自己也不滿意的，因為在他看來，自己還是太積極。他的結論是：

> 我想寫好文章第一須得不積極。不管他們衛道衛文的事，只看看天，想想人的命運，再來亂談，或者可以好一點，寫得出一兩篇可以給人看的文章，目下卻還未能，我的努力也只好看賴債的樣以明天為期耳。[21]

以上三條，結合起來且結合得好，便類似今天人們喜歡說的「綜合實力」了。綜實力強，功力深厚，而使大象無形，大樂無聲。倘功力不夠，只能負重100斤，偏負重150斤，固然可以堅持，難免氣喘吁吁，或者只有英語二級水平，非考四級不可，沒的見誰煩誰，不免心浮氣躁。寫文章很怕氣喘吁吁，因為氣喘吁吁，多少好材料給浪費了，寫文章更怕心浮氣躁，因為心浮氣躁，多少好題目又給糟踏了。

促成周作人的文章境界的因素當然不於這些，作為旁觀者，我以為這幾條也許是最主要的。

---

[20] 轉引自《女性的發現》導言，第37頁，文化藝術出版社1990年版。
[21] 《苦茶隨筆》，第177-178頁，岳麓書社1987年版。

　　周作人讀書多，他的書話，寫得平實樸訥，但內容扎實，一招一式，都是乾貨。這裏引他的〈日記與尺牘〉中的幾個段落：

　　　　中國尺牘自來好的很多，文章與風趣多能兼具，但最佳者還應能顯出主人的性格。《全晉書》中錄王羲之雜帖，有這樣兩章：
　　　　「吾頃無一日佳，衰老之弊日至，夏不得有所噉，而猶有勞務，甚劣劣。」
　　　　「不審復何似？永日多少看來？九日當採菊不？至日欲共行也，但不知當晴不耳？」

　　我覺得這要比「奉橘三百顆」還有意思。日本詩人芭蕉（Basho）有這樣一封向他的門人借錢的信，在寥寥數語中畫出一個飄逸的俳人來。

　　　　「欲往芳野行腳，希惠借銀五錢。此係勒借，客當奉還。唯老夫之事，亦殊難說耳。
　　　　「去來君　芭蕉」[22]

　　周作人的書信也很有名，而且有趣味。他有一封寫給俞平伯先生的信，內容十分好玩，初一見，不覺啞然失笑，再一見，又不覺啞然失笑，即今回味，依然要啞然失笑，他寫道：

　　前月為二女士寫字寫壞了。昨天下午趕往琉璃廠買六吉宣賠寫，順便看一書攤，買得一部《薩婆多部毗尼摩得勒伽》，共二冊十卷，係崇禎十七年八月所刻。此書名據說可譯寫《一切有部律論》，其中所論有極妙者，如卷六有一節云，「云何廁？此丘入廁時，先彈指作相，使內人覺知，當正念入，好攝衣，好正當中安身，欲出者令出，不肯者勿強出。」古人之質樸處蓋至可愛也。廢年已了，不久即須上課，念之悶損，只得等候春假之光臨矣。草草不盡。[23]

　　讀這樣的美文，是會忘記結構的。

22　《知堂書話》上冊，第77頁，岳麓書社1986年版。
23　《知堂書信》，第186頁，華夏出版社1995年版。

六、文體審美

群峰競秀，百舸爭流

　　語言如香液，文體如美器，香液只是香液，美器卻可以千變萬化，此其一；美器只是美器，香液可以千變萬化，此其二。這叫真理的兩端性。如同好酒還須好酒器，好茶當須好茶具。

　　文體的重要，極而言之，它是書面語言的存在方式，又是構成文學百花園的基礎形式。

　　舉例而言，如果將文章比方為植物，那麼，文體代表的則是品種，無論如何，只有一個品種的植物園是不好的，也不美的。雖然日本有櫻花節，中國有杏林圖，但那只是一種特例。一種植物，不能構成生物鏈，其結果——就是這植物的末路。

　　真的花園，是需要植物的多樣性的，在漢語的園地裏，代表文章多樣性的存在方式，就是文體。

（一）漢語文體的四大特色

　　這四大特色相互關聯，不可缺少亦不可割裂，之所以分而述之，只是為了敘述的方便。

1.文體豐富，代有其驕

　　漢語文體的豐富，可以說罕有其匹。這自然也與中國的傳統文化數千年有發文化斷層有直接的關係。

　　文化傳承久遠，文字的歷史同樣久遠，不但久遠，而且有特色。最為突出的特點，即日積月累，漸變化突變，每個大的歷史朝代都有自己的特別貢獻。

　　俗語謂「唐詩宋詞漢文章」，只是一個較為通俗的形象說法，實際情況，遠比這豐富得多，也偉大得多。

　　先秦——春秋戰國時期，以諸子散文與《詩經》、《楚辭》為最大亮點。

　　先秦散文的成就，可說是中國歷代散文之祖。正如西方人研究自己的文化史，一定大談大論古希臘文明，尤其是它的哲學，西方後來的幾乎所有哲學流派，幾乎都可以從中找到自己的歷史萌芽。中國先秦文化也具有類似的地位，而且我們的特點，是不分學科的，哲學與文學不分，哲學與史學也不分，甚至文學與史學都不分。總體而言，可以說沒有先秦的散文成就，就不會有兩漢文章的興達與輝煌。漢代文學都沒有，更遑論六朝文與唐宋八大家了。

　　《詩經》與《楚辭》則是中國古典文學的另一奠基之作。《詩經》之後，未必無詩，《楚辭》之前，未必無歌。但能達到它們那樣的成就並對後世產生那麼巨大影響的，則並無第二選家。

　　《詩經》中有文藝之說。文藝者，賦、比、興，風、雅、頌是也。風、雅、頌是對詩歌品類的劃分，賦、比、興則是對創作手法的概括。尤其十五國風，更是水平高超，佳作奇多，這裏引一首〈鄁風・式微〉

　　　式微式微，胡不歸？微君之故，胡為乎中露！
　　　式微式微，胡不歸？微君之躬，胡為乎泥中！

　　這樣沉鬱的詩風，這樣深刻的勞動寫照，正是杜甫、白居易等唐代詩歌的濫觴。

　　楚辭的風格另成一脈，如果說沒有《詩經》即難有杜甫，那麼，少了《楚辭》又難有李白。楚辭名聲大，屈原的名聲尤其大。屈原名氣大，因為他創作了絕世之唱《離騷》。《離騷》的藝術價值，在全世界範圍內，也是屈指可數的。若非要找一部西方經典與之相比較，大約只有荷馬的《荷馬史詩》與但丁的《神曲》可以與之一論短長。《離騷》雖沒有那幾部作品那麼篇幅浩大，故事曲折，但顯然寫得更為美侖美奐，珠光異彩。

　　《離騷》詩風瑰麗，想像豐富，比喻優美。詩風瑰麗，語言尤其令人眩目；想像豐富，天上人間，無所不能，龍飛鳳舞，無所不可；比喻優美，詩人以芳草自喻，不但具象優雅，而且筆法高潔。屈原創立的這些作品風格，直到今天，影響猶在。

　　漢代以文章著稱，雖然詩歌也好，但是是第二位的。文章中有散文，也有韻文。再往下分，既有賈誼，晁錯的政論宏文；也有《淮南子》那樣的優美之章；還有眾多的抒情文字，但影響最大的無疑是司馬遷的《史記》與司馬相如的賦作。

　　《史記》文字高超，魯迅先生譽之為「無韻之離騷」。它與《離騷》正是中國古典文學史上最早出現的兩座豐碑。《史記》不僅開創了紀傳作史書的編寫方式，而且其文學價值卓異，世無其匹。《史記》的作者不但是運用古代漢語的聖手，而且通過自己的偉大實踐為漢語作了新的規範。我們常說，學習寫文章的人，是遵循著規範寫；擅長寫文章的人，是運用著規範寫；那些偉大的寫作者，則是創造著規範寫，司馬遷就是這樣一位為漢語立千古之範的人。

　　漢賦則是另一大貢獻。漢賦的特點就是鋪張陳事，不怕繁花似錦，喜歡花團錦簇；不厭濃墨重彩，嗜好疊墨丹青。這樣的風格正好與西漢王朝的雄強偉烈相一致。它是巨人身上的刺青，是高山之上的草木。不但要

其美，尤其要其大。不大不足以與巨人、高山相匹配。正如東北的大山林中，一定要有東北虎；非洲的大草原上，一定要有非洲象，若非有那樣威猛的野獸，不足以匹配那樣的環境。

魏晉南北朝時期則是文學自覺的時代。既是文學自覺的時代，相關文化便成為時代的驕子。其中最具影響力的乃是劉勰的《文心雕龍》與鍾嶸的《詩品》。只要關心中國古代文學批評史，一定不會輕視這兩本書。

這時代最有價值的文學創作，則是六朝賦。六朝賦既是漢賦的繼承者與變革者，也是楚辭的繼承者與借鑒者。清容居士袁桷說：「至後漢，雜騷詞而為賦，若左太沖、班孟堅《兩都賦》，皆直賦體。如《幽通》諸賦，又近楚辭矣。」[1]

這意見很是精當。

六朝賦中的名作者多，名篇更多。最著名的人物，首推曹植，對後世影響特大的人物，還有庾信與鮑照。尤其庾信，他的一些賦作，雖千載之下，猶光彩照人。

南北朝之後，唐以詩名，宋以詞名，元以曲名，明、清以小說名，民國則以新文學名。

漢語文學這種歷代皆有其驕的發展特點，不但豐富了作品，而且豐富了文體。

2.潛移默化，一脈相承

這個特色與前一個特色相關相切，甚至可以說，這不過是一個問題的兩種表現。

中國漢語文學代有其驕，不像西方文學那樣中間發生歷史性大斷層。這個斷層不出現則已，一出現就是一千年歷史長度，直到文藝復興時代，才又與古希臘文明重新接上榫頭。

中國漢語文學也不像西方近代文學那樣，後來者總要否定先前者，不打擊別人，便不能抬高自己。每每一個新的流派出來，總要對舊的流派進行批判、顛覆和清算。

漢語文學及文體不是這樣，它走的是一條連綿不斷、絡繹不絕的歷史道路，它的表現形態不是前後對立，也不是前後衝突的，而是代代傳承，前赴後繼的，後者身上總有前代的基因，而且喜歡這基因，以有這基因感到自豪。改變固然也要改變；創造固然也要創造；甚至批評固然也要批評，不改變不創造不批評，怎麼能做到「代有其驕」呢？但那方式是潛移默化的，套用梅蘭芳對京劇改革的一個總結，叫作「移步不換形」。

---

[1]　《唐宋八大家彙評》，第81頁，齊魯書社1991年版。

　　一方面是潛移默化的「變」，不知不覺之間，孩子長大了；兒女雖然酷似父母，但絕對不等同於父母，它的方式用現代話講——是自然生育而不是克隆。正如六朝賦脫胎於漢賦但不同於漢賦，唐、宋賦繼承六朝賦也不同於六朝賦一樣。

　　再以魏晉南北朝詩歌為例，先是建安風骨，後是齊梁綺體，二者都很有成就。「五四」運動後，學界主流對齊梁舊體不感興趣，其實有些偏頗。應該說，沒有漢詩的蒼涼雄健，沒有魏晉詩的風骨追求，固然不會有唐詩的興達與輝煌；沒有齊梁體的旖旎、精緻與華美，也不會有唐詩的興達與輝煌，他們至小在技術層面，在細膩情感的表達方面，為唐詩的繁榮提供了基礎性條件。當然還有民歌的推動與涵育。六朝民歌尤其不可小覷，如〈木蘭詩〉、〈孔雀東南飛〉、〈子夜歌〉，特別是漢末蔡文姬的〈胡笳十八拍〉，其影響力均無可輕估，後人對「十八拍」是否為文姬所作，尚有些爭論，但這並不影響那詩的偉大。

　　唐代以詩為驕，宋代以詞為驕，但彼時的文學、文體成就，亦不至止詩、詞而已。透過唐、宋八大家，可以知道那時代散文的成就；通過唐宋傳奇，又可以知道那時代小說的成就。且唐五代詞雖不及宋詞，自有開基立業之功；宋詩雖不及唐詩，卻又別開生面，品格獨具。

　　大抵言之，宋詩的路子有點走偏，表現出某種奇、硬、新、瘦的宋人特色。其中幾位大家，如蘇東坡，幾可與唐代大詩人一論長短；如黃庭堅，又以自己的作品在先前的各種傳統風格流派中出奇出新，獨樹一幟。

　　同理，明清文學以小說為驕。但明代戲曲成就卓著，出了大劇作家湯顯祖；明代散文尤其小品文也是冠絕一代，而它的民歌似乎亦有超越前賢之勢頭。清代詩、詞、劇、文均有大家出現，如詞家中的納蘭性德，創作家中的洪昇與孔尚任，都在一定程度上改變了前人，發展了前人，重塑了自我。

　　另一方面，舊的文體依然存在，並且也在發展，其中大部分內容還會繼承下來。以賦而論，最早見諸歷史文獻的賦是荀子做的。荀子是哪個時代的人？戰國時代人。他生活於西元前四世紀到三世紀，至今已經約2300年了，但直到今天，依然有熱衷於做賦的人。例如川劇大手筆魏明倫先生就是其中的一位。即使如魯迅先生這樣的文學革命家，對於賦體也很喜歡，而且他的一些文言文中頗有些賦體的痕跡；自己也曾做過一首駢體文，那是一篇序言。據許廣平先生回憶，成文之後，先生也自覺滿意，還與許先生一起朗讀過的。本人寫至此處，忽發奇想，也許50年後，賦體寫作成為某種時尚也未可知。

　　賦體尚且如此，古體詩更不消說了。現代中國的那些第一流文化人物中，極少有不能做幾首舊體詩詞的，而且大多做得很有水準。如柳亞子、

魯迅、陳寅恪、吳宓、錢鍾書都是個中高手。這裏引錢鍾書與陳寅恪的兩首七律，可以明白他們在舊體詩文方面有怎樣渾厚的動力與精湛的藝術表現力。

錢先生的一篇題為〈立秋晚〉，作於1942年。

> 枕席涼新欲沁肌，流年真歉暗中移。
> 已產蟋蟀呼秋至，漸覺燈檠與夜宜。
> 一歲又偷兵蟻活，幾絢能織繭邊絲。
> 暮雲不解為霖雨，閒處成峰只自奇。[2]

文字俊雅奇健，對偶舊式新聲，立意憂思雋永，正是秋之正聲。

陳寅恪先生的一首，另是一種心境。

> 橫海樓船破浪秋，南風一夕抵瓜洲。
> 石城故壘英雄盡，鐵鎖長江日夜流。
> 惜別漁舟迷去住，封侯閨夢負綢繆。
> 八篇和杜哀吟在，此恨綿綿死未休。[3]

其憂思之深，立意之重，至今讀之，猶覺心驚。

我不敢說，中國的古體詩就這樣一代一代永遠存活下去，但我敢說，漢語文學與文體傳統，是有強大的生命力的，它正處在年富力強之期。

3.體以人名，人以體興

體以「人」名，「人」即作者，作者是創作的主體。當然非常重要，然而，「體」的作用也很重要，它至少不是全然被動的。「人」是主體，「體」是機遇。有人才無機遇，其結果往往會耽誤了天才。

比如您是一位具有巨大潛能的籃球苗子，但您偏偏生活在清代，沒戲了，實在那個時候中國人連籃球為何物都不知道呢。比如您是一位極具潛能的足球天才，但您偏偏生活在宋代，又沒戲了。雖然有人考證，足球發祥在中國，只不過當時不叫踢足球，叫蹴鞠。就算是那樣吧，但宋代一定產生不了球王貝利，充其量只配產生個球痞高俅——儘管他因為踢球踢出個「高太尉」。

文體的作用，彷彿若此，比如關漢卿，他自然是最偉大的古典劇作家，但是他偉大的來源重要的一條：生活在元代，是他的福份。雖然元代這個王朝很不招人喜歡。但那個時代，正是雜劇這種文體品式走向成熟之

期。他生當斯時，正是如魚得水。如果他生在宋代，甚至唐代，十有八九會浪費了天才。

又如明末小品文大家張岱——張岱不幸，適值亡國。但以文體創作而論，也算生逢其時。因為那是一個小品文興達的時期。明代文言創作，以小品最有成就，而他的種種經歷與潛質，正好玉成了他。他的小品文可說前無古人，少有來者，雖為小品，自有光輝，倘或生在漢代，沒他事了，人家漢代尤其是西漢講究的乃是鴻篇巨制，不寫則已，一寫就是一篇〈治安策〉；一寫就是一部《史記》；或者一寫就是一本《淮南子》。你小品文寫得再好，再有味道，對不起，沒那文體，也是枉然。

故此，我才說「人以體興」，有其體才有其人，中國古來人才多了，故而又可以說有其體必有其人。

但文體畢竟是人來創造的。雖然這種創造不是沒有規律的任意戲說，或者像上帝一樣，說有光，便有了光；說有水，又有了水。一個文體，因為有了創作大家，它才成熟了，有影響了，有經典了，從而永垂青史，不朽於人類了。這個就是「體以人名」。

這裏以魏晉南北朝的四位詩人為例。舉凡對中國古代詩歌有些瞭解的讀者，一提到四言詩，必會想到曹操；一提到五言詩，又會想到曹植；一提到田園詩，馬上會想到陶淵明；一提到山水詩，又會想到謝靈運。

實在這四位人物，在魏晉南北朝時代，具有非凡的地位。

曹操自是一位大政治家、大軍事家，同時也是一位大散文家、大詩人。他的詩作既是四言詩的高峰也標誌著這詩體的整體離去。在他以後，除去嵇康之外，再也沒有可以與之相提並論的四言詩作家了，就是嵇康，也不及他。他的散文別具一格，主要是應用文，但有很高的文學品位，特別是寫法特別，魯迅先生稱之為「打破了一切舊的寫法」。所以曹操既是舊時代詩體的一位結束者，又是新時代文體的一位開拓者。一人而當此二任，可說千古罕見。

曹操是四言詩的整體性結束者，曹植則是五言詩的成熟性代表者。曹植的詩才與詩作，以狹義的詩歌而論（不含楚辭），可以說自他那個時代之前，一直到陶淵明，在有名有姓的創作者中，都是無以倫比的。他不但詩好，文章也好，賦寫得尤其好，他的賦也是開一代風氣的，甚至可以說正是他與他的一些同道開拓了六朝賦的賦體與賦風。

謝靈遠則是山水詩歌的大家與專家，山水詩作或許古已有之，但專心為此，特意為此的最早的詩人非他莫數。這裏舉他幾句〈登池上樓〉，寫得真個是好。

潛虯媚幽姿，飛鴻響遠音。薄霄愧雲浮，棲川怍淵沉。……狗祿反窮海，臥痾對空林。衾枕昧節候，褰開暫窺臨。傾耳聆波瀾，舉目眺嶇嶔。初景革緒風，新陽改故陰。池塘生春草，園柳變鳴禽。[4]

謝靈運首創山水詩，但其詩作的整體水平，有待商榷，即所謂「有佳句而少佳篇」。但那美言佳句，確實不同凡響。

陶淵明則是一位異峰突起的大詩人。那地位，幾可與屈原遙遙相望，又可與唐代諸大詩人一論短長。尤其他的田園詩，地位更尊，影響更大。他是一位綺旎時代的大自然謳歌者，又是一位亂世當中的一位貞節隱士。他的田園詩，在他的時代不但高潔到了孤單的地步，而且獨特到了超越時代文學主流的程度。其歷史地位，可以說是王維、孟浩然、柳宗元、韋應物一派詩歌的大拓荒人。

曹操、曹植、陶淵明，可以說是那個時代最為傑出文體的三個代表人物，一個代表了四言詩，一個代表了五言詩，一個代表了新方向的六朝詩。陶淵明的不凡之處還在於，他與二曹不同：曹操是大政治家、大官僚，官高位重；曹植出身貴胄，雖後半生境遇有些波折，畢竟不同於一般士人。唯陶淵明，他是一位半官半隱的人，做官──官也不大，而且為了不為五斗米折腰，終於辭官做他的五柳先生去了。他有骨氣、有志向，又有品位、有情趣。他的自由自主的士人精神與帶些平民化的詩人定位，使他超越了那個時代的同仁，寫出許多他們想不出更寫不出的奇篇佳作來。

不唯如此，只要提到格律詩，馬上會想到杜甫與李商隱，因為這兩位正是七律詩體的最重要的代表性人物；只要提到詞體，又會想到溫庭筠與柳永，因為前者是唐五代詞的巨擘，後者則是宋代慢詞寫作的第一位大家。同理，只要一提紀傳體史學，便會想到太史公；只要一提白話小說，又會想到羅貫中與施耐庵；只要一提新式雜文，就會想到魯迅；只要一提起白話詩，便會想到胡適。

創作者的偉大功績在於，只有他們才是新文體的奠基者或規範者，「微斯人，吾誰與歸？」

4.文與體恰，體與言諧

「文與體恰，體與言諧」說的是文體的運用及文體與語言的關係。

所謂文與體恰。即作文章須懂得並善於選擇文體。換句話說，作文作詩不是隨心所欲的，而是要斟酌材料，量體裁衣。

---

[4]　《魏晉南北朝文學作品選》，第92頁，吉林人民出版社1980年版。

以古體詩歌為例，有的題材，宜作古風，您非把它寫成律詩或絕句，結果把一篇大材料，寫小了；反之，一塊小材料，宜作絕句的，您非把它寫成〈長恨歌〉，又把好端端的一首詩寫「水」了，結果成了泡沫詩或詩的泡沫。

曹雪芹對此深有研究，他在《紅樓夢》中，曾借賈寶玉等人之口，解說過自己的這一藝術見解。彼時，呆子賈政正與一班清客議論巾幗女子林四娘的事蹟，說到興頭處，便命賈寶玉、賈環、賈蘭三人以此題材作詩。賈蘭寫了一首七絕，不壞，賈環作了一首五律，也不壞；輪到賈寶玉時，他就說了：「這個題目似不稱近體，須得古體，或歌或行，長篇一首，方能懇切。」[5]為什麼？因為：

> 每一題到手必先度其體格宜與不宜，這便是老手妙法。就如裁衣一般，未下剪時，須度其身量。這題目名曰〈姽嫿詞〉，且既有了序，此必是長篇歌行方合體的。或擬白樂天〈長恨歌〉，或擬詠古詞，半敘半詠，流利飄逸，始能盡妙。[6]

這個是了。

所謂體與言諧，即不同的文章體式應配之以相應的語言形式。

雖然有些內容可以用兩種甚至兩種以上的文體形式表達，但說到最適宜的形式，怕沒有那麼多。在我的記憶中，唯有蘇東坡的文體使用可以視作一個特例。因為他創作了〈念奴嬌·大江東去〉這樣堪稱絕唱的詩作，又創作了前後兩篇〈赤壁賦〉，這賦也到了「絕唱」的水平。但細細考較起來，兩種文體的描寫對象依然大有區分，此外，我想不出還有沒有這樣特別的例證。

一個好的題材，務必找到特別適宜它的文體，還要找到特別適宜這題材與文體的語言，從而三位一體，其藝術的成功，必指日可待。

同樣以《紅樓夢》為例，沒有那題材固然是「無本之木」，沒有長篇白話小說這樣的文體也一樣是「無渠之水」，不信，你將《紅樓夢》改成〈長恨歌〉，看看走得通走不通。有了恰當的題材與文體，還需要相應的語言來表達，沒有相應的語言又會成為「無衣之人」。不穿衣服，站在大庭廣眾之下，雖然人還是人，卻一準不是正常的人。

用《三國演義》的語言決計寫不成《紅樓夢》，用《水滸傳》的語言也寫不成《紅樓夢》，用《金瓶梅》的語言同樣寫不成《紅樓夢》，甚至用《儒林外史》的語言都寫不成《紅樓夢》。

---

[5] 曹雪芹：《紅樓夢》中冊，第1126頁，人民文學出版社1982年版。
[6] 同上。

用《三國演義》的語言寫《紅樓夢》，就把她寫「凶」了；用《水滸傳》的語言寫《紅樓夢》又把她寫「粗」了；用《金瓶梅》的語言寫《紅樓夢》會把她寫「野」了；用《儒林外史》的語言寫《紅樓夢》又會把它寫「俗」了。

應該說明的是，無論「文與體恰」，還是「體與言諧」，都處在不斷的歷史演變過程中，其發展曲線，有起也有伏，有分也有合。但從總的趨向看，文體越來越豐富，創作者的選擇餘地也越來越廣大。

且中國古代對文體的劃分方式，與現代有很大區別。六朝之前，沒有文學的自覺，文學出自文章，又約略等同於文章——與文章合，與美文等。文學寓於文章，文體意識尚不明朗，不是沒文體，而是少自覺。進入六朝，文學開始覺醒，隨之有了文體意識。對於什麼是文體，也有了兩種不同的定義。

一是體派之體，指文風的格（風格）而言，如元和體、西崑體、李長吉體、李義山體，……皆是也。一是體類之體，指文學的類別而言，如詩體、賦體、論體、序體，……皆是也。[7]

後世所說的文體，主要是後面這一種。那個時候，連風格與體式都不能混為一談，可見創業之難。

對文體的體式區分，也有一個過程，最早的分法，是文、筆之分。但何者為文，何者為筆，也有不同見解。這個也不奇怪，因為處在自覺自醒的階段，沒有岐見，反不正常、基本的見解是：有韻者為「文」，無韻者為「筆」。

對文筆之分集中研究且提出新的見解的乃是《文心雕龍》的作者劉勰，而他這個見解在中國文學史上有著巨大影響力，且長時間內都被人奉為圭臬。劉勰不同意「有韻者為文，無韻者為筆」的劃分方法。他的新分法更其複雜，一言難盡。羅根澤先生曾特別為之作表，以利說明：

詩（四言、五言、三六雜言、離合、四文、聯句）

樂府（三調、鼓吹、鐃歌、挽歌）

賦

頌、（查無此字）（風、稚、誦、序、引、紀傳後評）

文 祝、盟（祝邪、罵鬼、譴、咒、誥咎、祭文、哀第、詛、誓、契）

銘、箴

誄、碑（碣）

雜文（對問、七發、連珠、典、誥、誓、問、覽、略、篇、章、曲、操、弄、引、吟、諷、謠、詠）

---

[7] 羅根澤：《中國文學批評史》第一冊，第146頁，上海古籍出版社1984年版。

諧、隱（謎語）

史傳（尚書、春秋、策、紀、傳、書、表、志、略、錄）
諸子
論、說（議、傳、注、贊、評、序、引）
詔、策（命、誥、誓、令、制、策書、制書、詔書、戒敕、戒、教）
檄、移（戒、誓、令、辭、露布、文移、武移）
筆　封禪
章、表（上書、章、奏、表、議）
奏、啟（上疏、彈事、表奏、封事）
議、對（駁議、對策、射策）
書、記（表奏、奏書、奏記、奏諫、譜、籍、簿、錄、方、術、占、式、律、令、法、制、符、契、卷、疏、關刺、解、牒、籤、狀、列、辭、謗）

　　這樣區分文體，實在太過古老也太過複雜了。古老便不切實用，複雜則易於混淆，又不便記憶與操作。故本書的文體分析，依然以世界通行方式，即將文體分為四大類加以敘述，這四個大類是：詩歌、小說、戲曲與散文。

（二）關於詩、詞、曲、歌的體式分析

　　中國古來詩、詞、歌、賦的歷史極長，樣式與體式極多，這裏採用典型方式，分大類言之。

1.結合唐詩說體式

　　唐詩分為古體詩與近體詩（格律詩）兩大類。

　　古體詩中有樂府一類，本意是可以唱的，也有不可唱的，到了唐代，二者的區別不大了，合稱為古體詩。可見古體詩是個總稱，細分其類，包括歌、行、辭、引、詠、謠、吟等，就詩的分行字數而言，包括四言詩、五言詩、七言詩、雜言詩，也有少量的六言詩。但最重要的體式還是五言、七言及以七言為主的雜言詩。一般的劃法，將雜言詩也列入七言詩內。

　　唐人雖以格律詩為時代驕子，但古體詩的成就同樣遠超前賢，與格律詩呈雙峰並峙的創作局面。

　　其中最有成就者，當推李白、杜甫、王維、白居易、岑參、韓愈、李賀、柳宗元等。

　　雜言詩中最出色的代表，自然是李白。這也是他的個性使然。他本就是一位極富想像力又極富生命活力的人物，整齊劃一的詩格形式難免會束縛他的天才。他被稱為謫仙人，本人很喜歡這雅號，多少有些以仙人自詡，在那樣的歷史時代，大致只有雜言形式，最能為其所用，從而縱橫天地一騁仙才。如他的〈蜀道難〉、〈梁父吟〉、〈將進酒〉、〈夢遊天姥吟留別〉，篇篇皆為世之絕唱，不但膾炙人口，而且幾近婦孺皆知。這裏引一篇〈遠別離〉：

> 遠別離，古有皇英之二女。乃在洞庭之南，瀟湘之浦。海水之下萬里深，誰人不言此離苦？日慘慘兮雲冥冥，猩猩啼煙兮鬼嘯雨。我縱言之將何補？皇穹竊恐不照余之忠誠，雷憑憑兮欲吼怒。堯舜當之亦禪禹。君失臣兮龍為魚，權歸臣兮鼠變虎。或云堯幽囚、舜野死，九嶷聯綿皆相似。重瞳孤墳竟何是？帝子泣兮綠雲間，隨風波兮去無還。慟哭兮遠望，見蒼梧之深山。蒼梧山崩湘水絕，竹上之淚乃可滅。[8]

　　詩風奇異，語言尤其奇異。詩風奇異，是說它講悲傷之事，依然風格浪漫、卓而不群；語言奇異，是說它不受拘束，無所拘束，詩句或長或短，有三言句、有四言句、有六言句、有七言句，也有八言句，甚至有十言句；或二句一結，或三句一結，且有的句子似口語，也有的句子如散文，但整體觀之，卻又渾然一體，似非如此不可，非如此不能盡顯李白之才華，非如此不能極盡雜言古體詩的全部潛力。音調則或低或昂，或如泣，或如歌，雖悲哀並不放棄希望。雖鬱鬱不得其解依然一派真情正氣充沛其間。

　　杜甫是唐古體詩創作的另一巨人，他的理想是醇儒式的，但又能接觸社會底層，深深同情人民疾苦，這一點又是一般的官場之儒所無法比擬的，他的儒學理想是如此之遠大，又如此之堅定，一生一世沒有動搖，且老而彌堅，愈是艱難困苦越表現得執著。後人獨尊杜甫為詩聖，信有由矣。

　　杜甫的古體詩是史詩性質的，或者說是帶有史詩風格的，雖不似西方史詩那樣的長篇巨制，波瀾壯闊，但自有漢語古體詩特有的情感誠摯哀傷，音調沉鬱頓挫，詩情雖深而聲聲有度，篇幅雖短而餘韻無窮。如他的〈北征〉、〈三吏〉、〈三別〉等詩篇，單篇欣賞時，便是現實生活真情寫照，合在一起就有了史詩的風範。

　　白居易是樂府詩聖手。他也是一位儒者。大的方向看，正與杜甫一脈相承。他也瞭解民間疾苦，同情也是真的，諷喻尤其深刻。他的詩又寫得通俗，乃至人人可懂，加上與元稹唱和，成為那個時代最具傳播力的詩

---

[8]　　高步瀛：《唐宋詩舉要》，第154-155頁，上海古籍出版社1958年版。

人。但他又是一位官僚，他的官做得很大，而且是越做越大；這一點他不同於李白、杜甫那兩位沒做過什麼官的詩人。杜甫做過左拾遺，官也不大，任期短，還差點因為觸怒了皇帝而招來大禍。李白、杜甫不會做官，白居易會做官，也有行政能力，他做地方官時，在西湖築的湖堤，世稱白堤。他尤其能品位生活，享受生活。他的〈琵琶行〉、〈長恨歌〉，與李、杜的古體詩，恰好成三足鼎立之勢。

漢語詩歌從整體上看，尤其相對於西方詩歌而言，敘事是它的短項，抒情則是其長項。長於抒情，貴於言志。言志也有抒情的成分在內，從而情、志交融，再與美景相諧相趣才是漢語古詩歌的看家本領。唯白居易的古體詩是長於敘事者也，但那又是中國古典詩歌的敘事，寫得簡卻寫得精，寫得約卻寫得透。且情在其中矣，志亦在其中矣，憂怨諷喻盡在其中矣。他的詩風又以通俗為長為優為本，通俗不是庸俗，通俗而又優美，深合雅俗共賞之意。這是很難的。他的〈長恨歌〉篇幅很長，卻千錘百煉，字斟句酌，通脫曉暢中自有詩情畫意在焉。在中國古體詩歌中，〈長恨歌〉固然不是最長的，卻是最好的。——古體詩的敘事體式中，白居易理所當然應排在首位。

單以語言論，韓愈與李賀也是唐代古體詩中的大師級人物。

韓愈的散文最具文從字順，但他的詩卻走奇崛一路。一般的詩句，例如五言詩，多以3-2為節拍，七言詩以2-2-3為節拍，他的詩句，有時偏不這樣，而是以1-4為節拍，或者以4-1為節拍。一些長篇，不但怪句多，而且僻字多，若以樹木為喻，很像鐵葉鋼枝的虯然古松樹；若以花草為喻，又似大沙漠中奇形怪狀的仙人掌。他的詩在整體水平上不如李、杜、王、白，但在語言的創造性方面卻是別具其功，這裏引他〈月蝕詩效玉川子作〉的一個片斷。

> 元和庚寅鬥插子，月十四日三更中。
> 森森萬木夜僵立，寒氣屭奰頑無風。
> 月形如白盤，完完上天東。
> 忽然有物來啗之，不知是何蟲。
> 如何至神物，遭此狼狽凶？
> 星如撒沙出，攢集爭強雄。
> 油燈不照席，是夕吐焰如長虹。
> 玉川子泣泗下中廳獨行，念此日月者為天之眼睛。
> 此猶不自保，吾道何由行？[9]

---

[9] 高步瀛：《唐宋詩舉要》上冊，第285頁。

　　李賀的特色是風格詭譎奇異，語言瑰麗無比。他出身貴冑，但家道已敗落，他一生懷才不遇，身體也不強健，更彰顯了他的特立獨行的詩人風采。他的詩作不多，但絕無平庸之作，可說篇篇皆為精品，句句皆有特色。他一生仕途無望，心裡不免憂鬱，他郊遊甚多，對自然又別有感悟，他的詩想像力豐富，而且視角有特別，且多用「魂」，「月」等字，又喜歡與日月神仙為鄰、秦皇漢武為伴，人稱「鬼才」。他生命不長，作品不多，但傳播廣遠，影響很大，如〈李憑箜篌引〉、〈金銅仙人辭漢歌〉皆為不可多得之作。這裏引他一首〈官街鼓〉：

> 曉聲隆隆催轉日，暮聲隆隆催月出。
> 漢城黃柳映新簾，柏陵飛燕埋香骨。
> 磓碎千年日長白，孝武秦皇聽不得。
> 從君翠發蘆花色，獨共南山守中國。
> 幾回天上葬神仙，漏聲相將無斷絕。[10]

　　這樣的才華與創作，又怎一個「鬼才」了得！

　　格律詩是唐詩的另一大類，基本體式有四種：五言絕句、七言絕句、五言律詩，七言律詩。另有長篇排律，等閒不可為，唯老杜偶然能之。

　　五言絕句的第一人，自是王維。大抵五言絕句特別適宜寫小景，寫靜景，或寫一時之態，一時之照。王維稱「詩佛」，雖然仕途心也是有的，有時也會熱的，但總體上看，他是一位悠游閒散的富貴閒人，加上他親近佛學，通達佛理，化而為詩，別具一種禪的精神在。但好的五言詩未止於王維，如李白、孟浩然、李商隱、白居易都有精品佳作傳世，只是總體水平不及摩詰。

　　這裏引詩三首，一首是張九齡的〈賦得自君出之矣〉。

> 自君出之矣，不復理殘機。
> 思君如滿月，夜夜減清輝。[11]

　　一首是王維的〈欒家瀨〉：

> 颯颯秋雨中，淺淺石榴瀉。
> 跳波自相濺，白鷺驚復下。[12]

　　一首是許渾的〈塞下曲〉：

---

[10]　高步瀛：《唐宋詩舉要》上冊，第298頁。
[11]　高步瀛：《唐宋詩舉要》上冊，第752頁。
[12]　高步瀛：《唐宋詩舉要》上冊，第754頁。

> 夜戰桑乾北，秦兵半不歸。
> 朝來有鄉信，猶自寄寒衣。[13]

　　一種體式，幾類題材，因為構思好，語言好，意境好，都能各盡其妙。

　　七言絕句的頂級人物當是李白、王昌齡、李商隱。李白不喜歡律詩，一生所作律詩無多，但他的七絕奇才天縱，得心應手，頗能體現他的個人風範與詩才詩性。他的七絕，用字貼恰，用語清新，風格颯利，比喻奇妙。不似鎮思密想得來，彷彿順流而下，應聲而至，又有些口語意味，更覺好讀好聽好記。他有〈陪族刑部侍郎曄及中書賈舍人至遊洞庭〉五首，其一云：

> 洞庭西望楚江分，水盡南天不見雲。
> 日落長沙秋色遠，不知何處吊湘君。[14]

　　李、王、商隱之外，王之渙、劉禹錫、杜牧、白居易亦是七絕高手。其中劉禹錫的〈石頭城〉尤其名頭響亮，享千古絕唱美譽。白樂天曾感歎說：「潮打空城寂寞回，我知後之詩人不復措詞矣。」[15]這詩的妙處，在於可感可悟不可言，妙到難言之處，真的妙之極矣。其實白居易亦有佳作在，如他的〈暮江吟〉：

> 一道殘陽鋪水中，半江瑟瑟半江紅。
> 可憐九月初三夜，露似真珠月似弓。[16]

　　既明白如話，又韻味無窮。

　　五律詩這個體式的超級人物當是王維與杜甫。

　　王維的特點是雖為律詩，亦有禪意，似在不經意間就寫出千古佳句。杜甫的特點則是精思細想，百雕千琢。可說一字一句，皆有講究。王維的五律詩給人的感覺是，它不須雕琢，已有味道，仔細品來，意思更深。杜甫的五言律給人的感覺卻是，不琢磨便不明其裏，越琢磨越體會其難。然而，那文字，那音韻，那結構，那意境都是美的，美得揚抑有致，頓挫有度。

　　曹雪芹是最欣賞王維的五言律的，也曾借林黛之口，指導香菱學詩，告訴她先讀100首李白的七絕，再讀100首王維的五律，然後再讀老杜的七律，有這三個人的詩作打底，不愁不成為詩翁了。對王維五律中的佳句，如「日落江湖白，潮來天地青」，「大漠孤煙直，長河落日圓」，更是評點入微，讚不絕口。這裏引他那首〈使至塞上〉：

---

[13] 高步瀛：《唐宋詩舉要》上冊，第780頁。
[14] 高步瀛：《唐宋詩舉要》上冊，第800頁。
[15] 高步瀛：《唐宋詩舉要》上冊，818頁。
[16] 高步瀛：《唐宋詩舉要》上冊，824頁。

> 單車欲問邊，屬國過居延。
> 征蓬出漢塞，歸雁入胡天。
> 大漠孤煙直，長河落日圓。
> 蕭關逢侯騎，都護在燕然。[17]

七律最傑出的代表詩人，非杜甫莫屬，可與之分庭抗禮的人物似唯有李商隱。杜甫的一生詩路，昭示了他無疑是唐代詩歌的全能大才，而且是天生的律詩之才。他的五律已是頂級水準，排律堪稱千古獨步，七律尤其「前無古人，後罕來者。」有人所難及之處。他的七律當之無愧地代表了盛唐詩歌在七律這個文體上的最高成就。無論是意境、風格、具象、創造力、音韻、還是遣詞造句，可以說都達到了渾然天成的高度，然而又分明可以體會到詩人的千錘百煉，用心之苦，用意之誠。先看他的〈送韓十四江東省覲〉：

> 兵戈不見老萊衣，歎息人間萬事非。
> 我已無家尋弟妹，君今何處訪庭闈？
> 黃牛峽靜灘聲轉，白馬江寒樹影稀。
> 此別應須各努力，故鄉猶恐未同歸。[18]

此為送友人詩，然而寫得「深」，寫得「大」。「深」是情感之深，「大」是氣象之大。雖為送友，不僅關乎朋友情；還有關天下之情；有關人間，既有對友人的切切關照，又有內心聲聲感歎。但文字考究，對偶極見功夫，評論者說：「黃牛峽是所經之地，白馬江是送別之地」，「因峽靜而聞灘聲之轉，因江塞而見樹影之稀，上下相生。」又說：「純以氣勝，而復極沉鬱頓挫，不比莽莽直行。」

再引一首老杜的七律名作〈秋興八首〉之一：

> 昆明池水漢時功，武帝旌旗在眼中。
> 織女機絲虛夜月，石鯨鱗甲動秋風。
> 波漂菰米沉雲黑，露冷蓮房墜粉紅。
> 關塞極天唯鳥道，江湖滿地一漁翁。[19]

雖只短短八句，卻寫得「包容天地，氣象萬千」。寫歷史人物、寫風、寫月、寫沉雲、寫冷露、寫菰米、寫蓮房、寫關塞艱險，身心感受，渾然一體，宛若天成。其遣詞造句，合聲合韻的功夫，真是令人嘆服。

---

[17]　高步瀛：《唐宋詩舉要》上冊，第435頁。
[18]　同前，第566頁。
[19]　同上，第588頁。

李商隱七律的特色，是技術高超，音韻精美。但其風格大有別於杜甫。既不見杜詩的渾厚天成，也不似杜詩的沉鬱頓挫。他的七律在技術層面是無可挑剔的，甚至無人可及的，但在氣象層面不及老杜，這大約也是進入王朝的衰落時代詩人的共同通性特徵。這般時候，那藝術形式是熟透了，但蓬勃向上的精神卻也消磨殆盡。它不再具有那麼強大的說服力與生命力，然而卻有如開放到盛極的花朵一樣美麗，只是這美麗中不免有些驚豔又有些淒然；又有如處在盛年之末的女人那樣的成熟已極的美貌，但這美貌遮不住歷練與滄桑，給人的印象是根根神經都帶些疲憊又帶些緊張。而那命運也大半類乎於「夕陽無限好，只是近黃昏」了。前面已引過他的〈錦瑟〉，這裏引他一首〈七律‧安定城樓〉：

> 迢遞高城百尺樓，綠楊枝外盡汀洲。
> 賈生年少虛垂涕，王粲春來更遠遊。
> 永憶江湖歸白髮，欲回天地入扁舟。
> 不知腐鼠成滋味，猜意鵷鶵竟未休。[20]

2.結合宋詞說體式

宋詞也是一種文學體式，但比詩歌變化多。宋詞是一個概稱，可以細分。詞的具體體式是以「調」為單位的。宋詞詞調眾多，前面已經提及。「據《花間集》、《尊前集》、《陽春集》、《南唐二主詞》和《敦煌曲目初探》統計，共用147調……而據南京師範大學研製的《全宋詞》電腦檢索系統統計，現存宋詞所用詞調為881年。這僅僅是指詞牌正名，若計入周調異名者則有1407調。」[21]

可見詞的樣式比之唐詩更為豐富和複雜。以詞的歷史本源看，它都是可以演唱的，又因詞調不同，所表現的情感也有異，或哀婉、或清平、或平和、或剛健、或柔情似水、或歡情如雨，但到後來，情況變了，詞本身慢慢脫離演唱而獨立，其地位也隨著詞的受眾日廣，以及詞的表現對象的不斷擴大而日益升高，終於有了可以和詩歌並駕齊驅的資格。

以宋詞為例，名篇既多，名家也多，這情形與唐詩很相似。唐詩人中，依本人一管之見，最重要最有成就的詩人乃是李、杜、王、白、李（商隱）；而宋詞人中最重要最有成就的也有5位，即蘇、辛、周、柳、姜，這不是說這5位詞人的詞在整個時代沒有比肩者，而是說他們對宋詞發展的歷史作用更關鍵，貢獻也更多些。我稱之為宋詞五變。

---

[20]　《唐詩選》下冊，第275頁，人民文學出版社1978年版。
[21]　王兆鵬：《唐宋詞史論》，第106頁，人民文學出版社2000年版。

蘇、辛、周、柳、姜，按時序排隊，不是這個樣子。而是柳、蘇、周、辛、姜。

首先是以柳詞為代表的詞體之變。柳永之前，詞以小令為主，經柳永、張先等人的開拓，開始大量創作慢詞、長調。從而將詞的創作提升到一個新的藝術層面。

爾後是蘇東坡主導的詞格之變。蘇詞之前，詞的基調是婉約。柳永有所不同，他的詞向著通俗俚野方向跨出一大步。委婉固然脂粉情濃，俚野卻又青樓色重，這兩條在那樣的時代，那樣的文化環境，顯然不利於詞的地位的提升。蘇東坡的功勞，則是變婉約為豪放，自他開始，詞的地位真正發生質性改變，由詩之餘，成為詩之友。

再以後，是周邦彥代表的詞藝之變。毫無疑問，周邦彥是宋詞藝術的集大成者，他本人還作過宋詞官方機構大晟寺的主管官員。他的詞有如李商隱的詩，又不像李詩那樣有那麼多的委婉淒苦之氣。他的詞在宋人中評論很高，屬於「圈內圈外」都認可的那種，他本人也儼然成為南宋新婉約派詞人的一面旗幟。

之後則是辛棄疾代表的詞風之變，這變化顯然與當時的國難家仇有內在聯繫。金兵入侵，北宋政權滅亡，一半江山淪於敵國之手。宋詞雖然出身於溫柔之鄉，歌舞之所，但當此時，不能不為國憂，不能不為民怨，這樣的情勢與情緒，轉而為詞，便有了岳飛的〈滿江紅〉，張孝祥的〈水調歌頭〉等一大批愛國詞章，辛棄疾則是這一豪放詞派中的最有成就者。辛詞其實包羅萬象，但最有影響的部分還是這個層面。

再後來，又有了姜夔為標誌的詞技之變，自姜夔始，加上後面的吳文英、史達祖、陳允平、周密、王沂孫、張炎，這些詞人多半生於末世，又出身高貴。生於末世使他們銳氣盡銷，出身高貴又使他們修養很高，二者疊加是昔日的希望沒有了，連愛國的情懷也沒人理睬了。他們不再有晏殊那樣的優悠生活態度；不再有蘇東坡那樣的高情奇見；不再有周邦彥那樣的藝術機遇；甚而至於不再有辛棄疾那樣的報國熱忱——不是他們不愛這個政權，實在那些當權者，沒有人再有興趣看他們一眼了。他們已經遠離朝廷，而近於江湖，但他們往往有高貴的出身，有著或者有過極為富足的生活，差不多個個懷有極高的藝術修養與天賦，在上述種種因素的推動下，他們便把自己的精力投入到詞的創作之中，故而，他們的詞技常常是最精湛的，他們的眼光常常是最敏銳的。他們眼高，手也高，但卻沒有他們前輩的運氣與抱負。他們中的一大半人只是藝術的知音。梁啟超的女公子梁令嫻選評宋代八大詞人，他們就占了其中的六位。由此可以知道他們的詞藝詞技確實非同小可。但論到詞的傳播力與影響力，卻得不到廣泛的社會

認同。宋詞專家王兆鵬先生曾根據各方面資料挑選出30名宋詞名家和40篇唐宋詞名作，前幾位名詞人依此為：

> 1）辛棄疾，2）蘇東坡，3）周邦彥，4）姜夔，5）秦觀，6）柳永，7）歐陽修，8）吳文英，9）李清照，10）晏幾道。

十位詞人中，被梁令嫻認定的8個詞人只有四人。

前幾首名詞依次為：

> 1）蘇軾：念怒嬌／大江東去
> 2）秦觀：滿庭芳／山抹微雲
> 3）蘇軾：水調歌頭／明月幾時有
> 4）姜夔：疏影／苔枝綴玉
> 5）柳永：雨霖鈴／寒蟬淒切
> 6）姜夔：暗香／舊時月色
> 7）蘇軾：卜運算元／缺月掛疏桐
> 8）史達祖：雙雙燕／過春社了
> 9）蘇軾：水龍吟／似花還似非花
> 10）辛棄疾：摸魚兒／更能消[22]

十首詞中，蘇東坡獨佔四首，姜夔二首，其餘秦、柳、史、辛各一首，足見蘇東坡的地位無可動搖。

重要的也是與本節密切相關的是，名列宋詞榜首的十首名詞用了十個詞牌，且有三個詞牌為自度曲，可見體式對於詞藝的價值確實無可低估。

這裏分析不同詞牌，不同風格，不同作者八首宋詞。

第一首，柳永的〈雨霖鈴‧寒蟬淒切〉：

> 寒蟬淒切，對長亭晚，驟雨初歇。都門帳飲無緒，留戀處，蘭舟催發。執手相看淚眼，竟無語凝噎。念去去千里煙波，暮靄沉沉楚天闊。　多情自古傷離別，更那堪冷落清秋節！今宵酒醒何處？楊柳岸、曉風殘月。此去經年，應是良辰好景虛設。便縱有千種風情，更與何人說？[23]

這詞的優長是情景交融，且景寫得真，情寫得切。景寫得真，因為它改變了亭台樓榭的園中小景致；情寫得切，因為他拋棄了「欲說還休」的嬌媚小情調。真真切切，正好抒情，考慮到作者生活的時代，還是雅詞、

---

[22] 王兆鵬：《唐宋詞史論》，第110頁，人民文學出版社2000年版。
[23] 劉逸生：《宋詞小箚》，第49頁，廣州出版社1998年版。

小令的天下，極少有像他這樣直抒胸臆的長調體式的詞作，這詞的價值就來得更高了。

第二首，蘇東坡的〈江城子‧十年生死兩茫茫〉：

> 十年生死兩茫茫，不思量，自難忘。千里孤墳無處話淒涼。縱使相逢應不識，塵滿面，鬢如霜。　夜來幽夢忽還鄉，小軒窗，正梳妝。相顧無言，惟有淚千行。料得年年腸斷處，明月夜，短松岡。[24]

前一首寫生離，這一首寫死別。生離固然情長長，意脈脈，苦澀之心難以與外人道，但苦還是有希望的苦，澀也是有希望的澀；死別則不同，從此陰陽兩界，永無再見之期，雖無再見之期，那往昔的真情美感又怎樣割捨得下？「從此生死兩茫茫」，相會唯有夢中人。這樣的夢，不但難得，尤其難忘！這首詞雖然是東坡夫人死去十年後的作品，但那人那情那景，一顰一笑，彷彿鮮鮮活活就在作者眼前。而詞的風格依然是很東坡化，很個性化的，後人讀之，會被傳染感動，卻不會被傳染頹廢——蘇東坡哪裡是頹廢之人！

第三首，是秦少游的〈迎春樂‧菖蒲葉葉知多少〉：

> 菖蒲葉葉知多少。惟有個、蜂兒妙。雨晴紅粉齊開了。露一點，嬌黃小。早是被、曉風力暴。更春共、斜陽具老。怎得香香深入，作個蜂兒抱。

這一首，活潑了。風格活潑，用字也活潑。誰說秦少游只會寫「兩情若是久長時，又豈在朝朝暮暮」。用現在的眼光看，那是中年心態，少了青春勃發，如苞如綻的氣息。他的一些「豔」詞其實寫得好，這樣的詠物詞又寫得好，可說字字生動，句句清新。自然也沒有什麼深意，以致有評論者說：「此詞詠蜜蜂採菖蒲花，托意難明」。[25]花開了，草綠了，蜂來了，能有什麼深意？既然沒有深意，就不必硬去搜尋什麼深意。托意難明，不明更好。殊不知深意太多了，反而活得累。

第四首，是周邦彥的〈少年游‧並刀如水〉：

> 並刀如水，吳鹽勝雪，纖手破新橙。錦幄初溫，獸煙不斷，相對坐調箏。　低聲問：向誰行宿？城上已三更。馬滑霜濃，不如休去，直是少人行！[26]

---

[24] 《唐宋詞鑒賞辭典》，第334頁，上海辭書出版社2003年版。
[25] 《淮海詞箋注》，第53頁，四川人民出版社1984年版。
[26] 劉逸生：《宋詞小箚》，第200頁，四川出版社1998年版。

　　這一首可是含情脈脈的了。柔柔媚媚的青春氣息撲面而來。中年人難作此語，老年人難作此想。那環境，那設置，那動作，那語言都是精緻設計，細膩安排，頗有點古典「小資」情調。雖曾遭人指責，被人批評，但我要說，這樣的詞作，是只可遇而不可求的。

　　第五首，是李清照的〈訴衷情‧夜來沉醉卸妝遲〉：

> 夜來沉醉卸妝遲，梅萼插殘枝。酒醒、薰破春睡，夢遠不成歸。　人悄悄，月依依，翠簾垂。更挼殘蕊，更撚餘香，更得些時。[27]

　　李清照的詞質量很高，風格很獨特，把握體式的能力很高超，傳播也很久遠。一詞在心，量體裁衣，雖有嚴格規範，偏能無拘無束。她應該是中國文學史上最有才華的女性，其地位至今也沒人可以超越。她的名作如〈永遇樂‧落日熔金〉、〈鳳凰臺上憶吹簫‧香冷金猊〉、〈聲聲慢‧尋尋覓覓〉、〈如夢令‧昨夜雨疏風驟〉，品品具有獨特的藝術視角與強烈的情感衝擊力。她的這一首〈訴衷情〉並非最有代表性的作品，但也能體現她的作品的品位與特性。這詞寫得細膩，細膩入微；寫得柔，柔情似水，特別是結尾三句「更挼殘蕊，更撚餘香，更得些時」，其人其心其象，歷歷如在眼前，更加觸人情懷，令人癡迷。

　　第六首，辛棄疾的〈破陣子‧醉裏挑燈看劍〉：

> 醉裏挑燈看劍，夢回吹角連營。八百里分麾下炙，五十弦翻塞外聲，沙場秋點兵。　馬作的盧飛快，弓如霹靂弦驚，了卻君王天下事，贏得生前身後名，可憐白髮生。[28]

　　這一首風格迥然，寫得全是愛國之志，憂國之情，字字刀光劍影之事，句句金戈鐵馬之聲，詞能為此，有資格與盛唐邊塞詩對話了。然而，不中用的。並非作者辛棄疾不中用，老了，有了白頭髮了，而是那皇朝不中用，由於它的昏庸與怯懦，已漸次失去了復國的機會與可能。這詞運用體式的能力極佳。它的上半闋越是張揚，那後面的悲涼心境越是沉重，這實在比所謂慷慨悲歌更能震撼人心。

　　第七首，是姜夔的〈疏影‧苔枝綴玉〉：

> 苔枝綴玉，有翠禽小小，枝上同宿。客裏相逢，籬角黃昏，無言自倚修竹。昭君不慣胡沙遠，但暗憶、江南江北。想佩環、月夜歸來，化作此花幽獨。　猶記深宮舊事，那人正睡裏，飛近蛾綠。莫似

---

[27]　劉逸生：《宋詞小箚》，第226頁，四川出版社1998年版。
[28]　《小辭典》，第609-610頁。

春風，不管盈盈，早與安排金屋。還教一片隨波去，又卻怨、玉龍哀曲。等恁時、重覓幽香，已入小窗橫幅。[29]

變化大了，彷彿由銷煙彌漫的戰場傾刻到了冰清玉潔的隱士之家。

這詞屬於姜白石的自度曲。所謂自度曲，即原先本無此種詞牌，作者根據內容需要，首創而成之的新曲牌。此曲雖為自度，但品性成熟，詞句精美，意境無非，影響特大。為什麼？就因為它的藝術品位高，技術含量大。歷史上也曾有不少人從中探求複國之情，亡國之恨的，其實未見得正確，這不過是一首詠物詞，寫得就是梅花，只是寫得真切，寫得生動，寫得有品節，有聯想，有掌故，有情韻，又有節制，有風範，寫思如詩，寫景如畫，雖未必有深意存焉，但肯定有深情在焉。順便說一句，姜夔的詞以「疏派」立世，以疏風寫疏影，正是當行出色，本門本功。

第八首，是史達祖的〈雙雙燕‧過春社了〉：

過春社了！度簾幕中間，去年塵冷。差池欲往，試入舊巢相並，還相雕樑藻井，又軟語商量不定。飄然快拂花梢，翠尾分開紅影。　芳徑，芹泥雨潤。愛貼地爭飛，競誇輕俊。紅樓歸晚，看足柳昏花暝。應自棲香正穩。便忘了天涯芳信。愁損翠黛雙蛾，日日畫欄獨憑。[30]

史達祖並未進入十大名詞人之列，但他這一首〈雙雙燕〉卻入選十大名詞，並位列第七，足見這詞的藝術魁力著實了得。

這也是一首詠物詞，與姜夔的上一首詠物詞相比，它的長處不在精緻與氣節，卻在親切與活潑，擬人化手法尤其運用得純熟、得體、自然、貼切。特別詞中的「還相雕梁藻井，又軟語商量不定」等句，傳神寫照，異彩紛呈。「相」字好，沒有「相」字哪來商量；「雕樑藻井」好，這等佳處還要商量，更有意思了；「又」字好，雖是虛寫，卻萬萬少它不得；「軟語」尤好，唯其軟語最傳神；「商量」又好，這個才是用最平常的字眼寫最不平常的擬人風采；「不定」更好了，「不定」即商量起來沒完沒了，不是「煩」得沒完沒了，而是「好」得沒完沒了。

3.結合元曲說體式

使用元曲這名稱其實不確切，確切地說是散曲。這也是中國文學不同西方文學的一個地方。即使散曲，論到其譜系關係，可謂借鑑甚多，來路複雜，但比較而言，還是與元雜劇的關係更密切。從這個意義上說，它

29　劉逸生：《宋詞小箚》，第355頁。
30　劉逸生：《宋詞小箚》，第316頁。

原本應該歸之於戲曲的。但後來幾經變化，散曲本身出現兩個「強化」性態勢：一是它的獨立性增強了，可以獨立或者已經獨立了，從此與戲曲無關；二是它的「詩」的品徵強化了，而「唱」的品徵弱化了，那路數有一點像宋詞一樣，從而在大的範疇上，它更多地被劃入詩歌的範疇之內，而且後來人「得寸進尺」，乾脆連「賦」也給包括進來了。

因為散曲既是以「唱」出身，必然有音韻方面的要求，所以它的體式也以曲調為基礎，以曲牌為定式，依照中原音韻所記，它共有十二宮三百三十五個曲調。「其中出自大麯的十一調，出自唐宋詞調的七十五調，出自諸宮調的二十八調。」[31]

曲調如此之多，可以知道元曲的寫作體式也像宋詞一樣，是十分豐富又是十分複雜的。唐詩或者可以憑天才與經驗而就，元曲必須有專業性訓練才行。

概而言之，也可以說元曲直接繼承並發展了宋詞，但二者區別明顯。最重要的一點，是它們風格絕然不同。詞是雅的，與元曲相比，即使俗詞也算雅。可以說，在中國的一切廣義詩歌之中，詞是最雅的一種，如果我們比喻唐詩為京劇行當中的「生」，那麼，宋詞就是京劇行當中的「旦」，且不是彩旦，不是老旦，而是花旦或花衫。曲的品性才是從雅而轉俗，它與宋詞恰成鮮明對照，它是一切廣義詩歌形式中最「俗」的一種，與宋詞相比，即使雅曲也是「俗」。那麼同樣以京劇行當作比喻，它就是「丑」了。

唐詩擅長國情民怨，文人騷客；宋詞擅長離情別緒，才子佳人，但在初始階段，連才子都不包括在內，主要是佳人，書寫者，觀賞者才是才子，書寫對象與演唱者才是佳人。到了柳永那裏，開始俗化、文士化，但不是正襟危坐的文士，而是天涯羈旅之文士。詞一轉俗，一般文人雅士尤其仕宦文士不高興，表現出不容、不屑甚至於不恥。蘇東坡就對柳詞很是不滿，他最喜愛的學生秦觀的一些詞寫得有些柳風柳意，還受到過他的批評。

柳風向俗，未能遠去；蘇詞向詩，則有了回聲。到辛棄疾時代，豪放派詞聲大振，可以看作是蘇詞走詩化道路的勝利。

宋詞一路向稚，雖有過通俗，有過滑稽，也有過豪放，但不能動搖其根基，到了姜、吳、周、史、王、張時代，又回歸婉約，而且把詞的技藝發展到了極致，再向前走，路太窄了，沒路走了，況且大宋王朝都滅亡了，宋詞的命運到此終結。

詞走雅路，走不通了，元曲——散曲應時而作，順時而發，有了廣闊的前程，有研究者認為，柳詞雖俗，代表了元曲的先聲，也有道理。

[31] 鄧紹基主編：《元代文學史》，第296頁，人民文學出版社1991年版。

　　散曲走俗的道路，不俗不足為散曲，這個就是趙景深先生強調的「蒜酪味」。「蒜酪味」豈登大雅之堂。比如參加某個慶典，您非得先吃五瓣大蒜，五米之內，蒜氣薰人，這個怕是不行。就是不吃大蒜，先來兩碗肥腸爆肚，怕也不行。但是，作為地方風味小吃，有些品種沒有大蒜還真是不可以，它要的就是這個「味兒」。您不喜歡，嫌它「俗」、「低級」、「沒品位」，沒辦法，只怨您不知這小吃的美味所在。元曲的本性中天生就帶有這「蒜酪味」的，這個味沒了，對不起，就不是元曲了。

　　元曲——散曲既走俗的道路，其體式不能不隨之變化，散曲的特點，是口語使用越來越多，句形隨之愈來愈靈活，相應的襯字墊字也愈來愈多。這樣的體式，既是風格使然，也是語言使然，還是歷史使然。

　　散曲又分為小令與散套兩種。但無論小令還是散套都必須一韻到底。小令是單支的曲子，也有把兩三個音調相同、音律也恰恰可以銜接的單曲連接在一起的情況，但是事不過三，以三支曲子為度，沒有三支以上的組合形式。散套亦稱套曲，套曲的創作方式，是將同一音調的多支曲子連接而成的有序組合方式。它的安排有特定規則可尋，一般用一、二支小令開端，而以「煞調」或「尾聲」結束。中間使用的調數，可以多也可以少，短的套曲中間不過三、四調而已，長的有達到二、三十調的，但那樣極端的情況也不多見。

　　散曲中寫家多，名作更多，因為它與元雜劇有著互動性關係，所以那些元代大劇作家，也常常就是散曲巨匠。這一點，與本題有關，需要補充的是，真的大家，必定諸體皆能，極少有單打一的情形出現。如關漢卿、白樸、馬致遠、王實甫都是雜劇、散曲的兩體英傑，鄭光祖所作散曲較少，但也有佳作傳世。

　　關漢卿作為元代首席大作家，他的一些散曲流傳極廣。他的那篇〈一支花·不優老·我是一粒銅豌豆〉，尤其名聲響亮，幾近盡人皆知，那本是一支套曲的結尾部分。為著讀者閱讀方便，現將全曲抄錄如下：

　　〔一枝花〕攀出牆朵朵花，折臨路枝枝柳。花攀紅蕊嫩，柳折翠條柔。浪子風流，憑著我折柳攀花手，直熬得花殘柳敗休。半生來折柳攀花，一世裏眠花臥柳。

　　〔梁州第七〕我是個普天下郎君領袖，蓋世界浪子班頭。願朱顏不改常依舊，花中消遣，酒內忘憂；分茶攧竹，打馬藏鬮，通五音六律滑熟，甚閒愁到我心頭。伴的是銀箏女銀台前理銀箏笑倚銀屏，伴的是玉天仙攜玉手並玉肩同登玉樓，伴的是金釵客歌金縷捧金樽

滿江金甌。你道我老也暫體，占排場風月功名首，更玲瓏又別透。
我是個錦陣花營都帥頭，曾玩府遊州。

〔隔空〕子弟每是個茅草出沙土窩初生的兔羔兒乍向圍場上走，我是
個經籠罩受索網蒼翎毛老野雞踏得陣馬兒熟。經了些窩弓冷箭鐵槍
頭，不曾落人後。恰不道「人到中年萬事休」，我怎肯虛度了春秋。

〔尾〕我是個蒸不爛煮不熟捶不扁炒不爆響璫璫一粒銅豌豆，憑子
弟們誰教你鑽入他鋤不斷砍不下解不開頓不脫慢騰騰千層錦套頭。
我玩的是梁園月，飲的是東京酒，賞的是洛陽花，攀的是章台柳。
我也會吟詩，會篆籀；會彈絲，會品竹；我也會唱鷓鴣，舞垂手；
會打圍，會蹴踘；會圍棋，會雙陸。你便是落了我牙，歪了我口，
瘸了我腿，折了我手，天賜與我這幾般兒歹症侯，尚兀自不肯休。
則除是閻王親自喚，神鬼自來勾，三魂歸地府，七魄喪冥幽，天
哪，那其間才不向煙花路兒上走！[32]

這套曲寫得可有那麼好。俗——通俗，聞者明白；活——鮮活，見者喜
歡；可謂聲聲色色，栩栩如生。豈但栩栩如生，乾脆就是活蹦亂跳，不唯
個性張揚，而且稜角分明。

馬致遠也是散曲大家，他最具傳播力的作品則是〈天淨沙·秋思〉：

> 枯藤老樹昏鴉，小橋流水人家，古道西風瘦馬。
> 夕陽西下，斷腸人在天涯。

一共寫了十件景物，妙在十樣景物，都很有典型性，疊加在一起，更
來得意境清遠，韻調十足。

但整體思之，還是有些詩化了。雖為佳品，似非元曲本色。倒是他
的套曲〈〔般涉調〕耍孩心·借馬〉寫得更通俗口語化。另有一篇小令
〈〔雙調〕·清江引〉，也很俏皮。

> 西村日長人事少，一個新蟬噪。
> 恰待葵花開，又早蜂兒鬧，高枕上夢隨蝶去了。[33]

散曲中很有些批評時政的作品，用語尖銳，一針見血。如無名氏作品
〈醉太平·無題〉：

---

[32] 《元散曲選注》，第49-50頁，北京出版社1981年版。
[33] 《元散曲選注》，第68頁。

堂堂大元，奸佞專權。開河變鈔禍根源，惹紅巾萬千。官法濫，刑法重，黎民怨。人吃人，鈔買鈔，何曾見。賊做官，官做賊，混愚賢，哀哉可憐。[34]

開口就好，「堂堂大元」，先弄個高帽戴上——要知道那些專權的人最喜歡戴高帽兒的，然而，往下看，糟糕了，討厭了，昏暗了，倒楣了，且越看越可怕，越可鄙，越發不可收拾了。

著名散曲作家中，也有如張養浩一般的人物。張養浩是一位做過高官的人，這在元曲作家叢中原本少見，屬於「另類」花朵。他是一個清官，又是一位主張改革的官；站在圈兒裏看官場，有時反而來得更為真切。他的一篇〈山坡羊·潼關懷古〉，最是為人所道。

峰巒如聚，波濤如怒，山河表裏潼關路，望西都，意踟躕，傷心秦漢經行處，宮闕萬間都做了土。

興，百姓苦！亡，百姓苦！[35]

元曲又是特別擅長寫情愛與相思的文體，而且不寫則已，一寫絕不含糊其詞，也不遮遮掩掩，更不拖泥帶水。這裏引一首查德卿的〈一半兒·春情〉：

自調花露染霜毫，一種春心無處托。

欲寫寫殘三四遭，絮叨叨，一半兒真一半兒草。[36]

這裏描繪一位美人——我想她一定是位美人——起草情書的情形的。寫得何等逼真！那神那態，筆筆活，字字動，聲聲氣氣，宛如身邊。

散曲作家中有一位因一篇套曲而享大名的睢景臣。他一生創作不多，寫了三個雜劇，也沒有流傳下來。小令，也是如此。流傳至今的只有三個套曲和四個斷句。值得慶幸和自豪的是，這三個套曲中就有那一篇大名鼎鼎的《般涉調·哨遍·高祖還鄉》。這首套曲，堪稱傑作，甚至絕世之作。它雖只是套曲，卻有完整的故事，動人的情節，豐富的內涵與別致的創意。他以寫雜劇的風範寫套曲，這套曲便成了濃縮的精品。也以遊戲的筆法寫劉邦，又有了些「後現代」或者說「戲說」的意思。然而，並非無中生有，雖然那細節甚至那事蹟也是沒有辦法考證的，但至少在邏輯上屬於「雖或無之，理應有之」，或者「雖不中，亦不遠矣」。這套曲篇幅大，流傳廣，接觸的人也多，全引則太長，不引則不忍，這裏選擇四個段落：

34　《元人小令選》，第1頁，四川人民出版社1981年版。

35　《元人小令選》，第239頁。

36　同上，第184頁。

〔哨遍〕社長排門告示，但有的差使無推故。這差使不尋俗：一壁廂納草除根，一邊又要差夫，索應付。又言是車駕，都說是鑾輿，今日還鄉故。王鄉老執定瓦台盤，趙忙郎抱著酒葫蘆。新刷來的頭巾，恰糨強來的綢衫，暢好是妝幺大戶。

……

〔五煞〕紅漆了叉，銀錚了斧，甜瓜苦瓜黃金鍍。明晃晃馬鞍槍尖上挑，白雪雪鵝毛扇上鋪。這幾個喬人物，拿著些不曾見的器材，穿著些大作怪的衣服。

……

〔三煞〕那大漢下得車，眾人施禮數。那大漢覷得人如無物。眾鄉老展腳舒腰拜，那大漢挪身著手扶。猛可裏抬頭覷，覷多時認得，險氣破我胸脯。

……

〔尾聲〕少我的錢差發內旋撥還，欠我的粟稅糧中私准除。只通劉三誰肯把你揪捽住？白甚麼改了姓更了名，喚做漢高祖。[37]

散曲名家中，又有甜齋、酸齋之說，可見一種體式，兩種風格。甜齋的主人是貫雲石，酸齋的主人是徐再思。二人有唱和，後人好事，專門編有一部《酸甜樂府》。

徐再思曲風清麗，有些詩化的。擅寫風景，更擅寫風情。他寫春情的曲子不少。這裏選二首，可說一般題材，二種筆墨，兩樣情致。

一首是〈折桂林‧春情〉，寫得很有「文化」：

平生不會相思，才會相思，便害相思。身似浮雲，心如飛絮，氣若遊絲。空一縷餘香在此，盼千金遊子何之。症候來時，正是何時？燈半昏時，月半明時。[38]

另一首〈〔雙調〕沉醉東風‧春情〉寫得很是「生活」：

一自多才間闊，幾時盼得成合？今日個猛見他門前過，待喚著怕人瞧科。我這裏高唱當時水調歌，要識得聲音是我。[39]

酸齋主人貫雲石，風味很是不同。雖然也寫兒女情懷，但那格那調另是一路，他也寫景色、也寫風情，但更擅長的還是那些帶有反諷性的作品。從這些作品中可以看出他是一位關心時政的人，有正義感的人，又是

37　《元散曲選注》，第137頁，北京出版社1981年版。
38　同上，第247頁。
39　同上，第250頁。

一位見到官場腐敗不吐不快的人。他有一首〈〔雙調〕‧殿前歡‧吊屈原〉，寫得很是獨特。

> 楚懷王，忠臣跳入汨羅江。《離騷》讀罷空惆悵，日月同光。傷心來笑一場，笑你個三閭強，為甚不身心放？滄浪污你？你污滄浪？[40]

從字面上看，是對屈原的埋怨，骨子裏，卻是對那王朝的不信任。初一讀，只覺那末一句寫得尤其傷心憤世，入木三分；細一品，又覺得頭一句寫得更為精彩，劈頭一聲斷喝：「楚懷王，忠臣跳入汨羅江！」有多少幽怨激憤在心頭！

頂級元代散曲家，首推張可久與喬吉。兩個人不但作品數量大，而且水平高超，喬吉既寫散曲，也寫雜劇，但以散曲的藝術水準更高，影響更大。張可久則全身心創作散曲，他的散曲數量，至少從流傳至今的情況看，是全元第一。他是第一，喬吉位居第二。張可久創作小令855首，套曲9篇；喬吉作小令209首，套曲11篇。兩個人的作品數量占到全元曲的1／3。二人成就卓然，有曲中李、杜之說。

喬吉有一篇〈〔雙調〕水仙子‧吳江垂虹橋〉，是曲中上品，又是曲中異品。實在像這樣極力描繪一座名橋的情況，在唐詩、宋詞、元曲中都很少見。他不但全力為之，而且寫得有形象、有氣派、有精神。雖在今人讀來，一些句子或有生澀之感，但那品位，實是高的。

> 飛來千丈玉蜈蚣，橫駕三天白蝀蝀，鑿開萬竅黃雲洞。看星低落鏡中，月華明秋影玲瓏。矗矗金環重，狻猊石柱雄，鐵鎖囚龍。[41]

喬吉也有很活潑，很生活化的作品。就用同一調式他也曾寫過一篇〈〔雙洞〕水仙子‧怨風情〉，兩相對照，更看出大手筆運用體式的不凡手段，體式雖一，卻能春綠秋黃，變幻無窮。

> 眼前花怎得接連枝？眉上鎖新教配鑰匙。描筆兒勾銷了傷春事，悶葫蘆鉸斷線兒。錦鴛鴦別對了個雄雌，野蜂兒難尋覓，蠍虎兒乾害死，蠶蛹兒畢罷了相思。[42]

這一連串的比喻，真真寫得活，寫得恰，寫得切，而絕無詩意詞風，只是風味元曲。

40　同上，第92頁。
41　同上，第157頁。
42　同上，第159頁

張可久自是一位大散曲家。他的特點，是一生遊歷極廣，閱歷頗多。他遊歷的地方，包括湘、贛、閩、皖、蘇、浙各省，晚年定居杭州，又有閒暇，他文化視野寬，對唐詩宋詞很是熟稔，他作品中時有詩聲詞韻，從傳統文人學士的角度看，那品位自然非同一般。自他開始，元曲發生轉折，所謂極高明時亦是極定式時，從此漸漸走向了末路。因為元曲的本色是市民化的，市民性的作品一旦走上了文人化的道路，既是幸事，又非幸事。格調高了，固然很好，土壤丟了，卻又很壞，從此無論在內容上還是體式上都不會再有大的創造力，那命運正如詞的命運一般。只不過在張可久那裏還不似南宋後期那一班末世詞人那樣，但其基調也大半閒適化與專藝化了。

先看他一首〈〔雙調〕水仙子〉：

> 蠅頭老子五千言，鶴背揚州十萬錢，白雲兩袖吟魂健。賦莊生秋水篇，布袍寬風月無邊。名不上瓊林殿，夢不到金谷園，海上神仙。[43]

語言是道家的，風格是灑脫的，特色是散曲的，三者合一，妙哉，妙哉！

他也是關心時事的，有正義之心的，話說回來，連正義心都沒有，怎麼可以成為作家呢？別冒充了，快回家吧！他的〈〔中呂〕賣花聲‧懷古〉，乃是讀書人本色之作。

> 美人自刎烏江岸，戰火曾燒赤壁山，將軍空老玉門關。
> 傷心秦漢，生民塗炭，讀書人一聲長歎。[44]

張可久作品中也有十分口語化的創作，可見他並非不能寫得更「散曲」些，只是不願向這樣方向努力罷了。或者時勢使然，也未可知。這裏錄他一首〈〔中呂〕山坡羊‧閨思〉，寫得鮮靈鮮美鮮辣，活潑活脫如見，我喜歡。

> 雲鬆螺髻，香溫鴛被，掩春閨一覺傷春睡。柳花飛，小瓊姬，一聲「雪下呈祥瑞」，團圓夢兒生喚起。誰，不做美？呸，卻是你！[45]

4.結合民歌說體式

民歌的歷史是詩、詞、曲、賦中最長的一種，也是最原生態最草根性最鄉土化的一種，完全可以稱之為歷代詩歌為母本。

---

[43] 同上，第208頁。
[44] 同上，第220頁。
[45] 同上，第225頁。

這包括兩個意思，一個意思詩歌經典，民歌為本，例如儒學經典中的《詩經》，其中最主要最有影響的部分就是民歌；另一個意思民歌不僅原發性第一；而且代有其傳。每當中國文人詩，或文人詞，或文人曲，感極而衰，竭譯而漁，到了幾乎無法為繼、無路可走的時候，民歌就理所當然成為他們再生的希望。可以這樣說，漢樂府固然影響巨大，沒有民歌的支撐與涵育，它就無法成立；唐詩固然史稱第一，沒有民歌作支撐與涵育，它也是無法發達的；宋詞的一大源脈就是民歌；元曲尤其如此。民歌的基本品徵就是通俗化口語化，它的推動與助力顯然佔據特別重要的位置。

民歌也有一定的體式，但那體式更為靈活，約束益少，變通益多，就其內容而言，基本無拘無束；就其形式而言，有些約束也不多；就其音韻而言，有所限制但不算嚴格。

民歌天性自由，甚至肆意，同時，又是非常生活化民俗化的。它的特色就是生動、活潑、比喻形象，地域色彩濃重。

它自由，但並非沒有章法，生活化並非沒有水平，生動、活潑並非沒有規範，比喻形象也絕不與常識對立，地域色彩濃重，雖有些字、句、不太好懂，卻更來得風味十足。

之所以產生這些特點，因為它是民間長期多人群創作的結果。因而，它本身是沒有作者權的，大部分民歌也根本無法發掘到作者，只是口傳心授，代代相傳。故此，它的久遠性傳播就需要有識者的搜集與管理，而那些特別有眼光又有能力的搜集者與整理者也就順理成章成為中國文學藝術史上功勞卓著的偉人。

這方面，有四本書尤其值得注意。第一本自然是《詩經》了，其中儒學創始人孔子，與功大焉；第二本是《樂府詩集》，整理者為南北朝時宋人郭茂倩；第三本名為《情經》的幾種明清民歌集，時之名《明清民歌時調集》，整理者為馮夢龍；第四本即《古詩源》，整理者為清人沈德潛。這還不包括現代人整理的民歌集，更不包括仍存活在民歌歌手口中的民歌。這四種集子，在整理過程中，或者留下些整理者的個人痕跡，或者摻雜了不少文人語調與文人習氣，但基本風貌應該是有公信度的。

《詩經》已然說過了。這裏且從《古詩源》談起。這雖是一部後起的書，但它收集的資料卻十分久遠而且相對完備。

《古詩源》開篇第一首歌，便是〈擊壤歌〉。這歌傳播久矣，影響大矣。因為它重要，此處不避重複之嫌，依然照錄於下：

日出而作，日入而息。
鑿井而飲，耕田而食，

帝力於我何有哉！

此等風範，應為詩三百篇所無，那氣魄與藝術表現力也不在《詩經》之下的。

又有〈漁父歌〉，出自《吳越春秋》：

> 日月昭昭乎寢已馳，
> 與子其月乎蘆之漪。
> 日已夕兮，予心憂悲。
> 月已馳兮，何不渡為？
> 事寢急兮，將奈何？
> 節中人，豈非窮士乎？[46]

這樣聲情並茂的民歌，著實少見。較之很多煞費苦心作出的詩、詞、曲等，更有一種渾然天成的表現優勢在焉。

又有一首引自《新論》中的民諺，風趣，智慧，警策人心。

> 人聞長安樂，則出門而西向笑；
> 知肉味美，則對屠門而大嚼。[47]

《樂府詩集》所收民歌甚多，最有影響亦最具藝術表現力的，當屬《清音曲辭歌》，其中的〈子夜歌〉、〈子夜四時歌〉等，言情則情在，抒情則情真。誠所謂民歌妙語，句句如新。今舉〈子夜歌〉中的兩首。

> 芳是香所為，冶容不敢當。
> 天不奪人願，故使儂見郎。

又：

> 始欲識郎時，兩心望如一。
> 理絲入殘機，何悟不成匹。[48]

再如〈子夜四時歌〉的〈春林花多媚〉，寫得一樣簡明輕快，卻又風情依依。

> 春林花多媚，春鳥意多哀。
> 春風復多情，吹我羅裳開。[49]

---

[46] 《古詩源》上冊，第26頁，華夏出版社1998年版。
[47] 同上，第45頁。
[48] 見《魏晉六朝樂府文學史》，第211頁，人民文學出版社1984年版。
[49] 同上，第212頁。

又有〈丁督護歌〉五首，情態激變，更為感人。

> 督護初征時，儂亦惡聞許。
> 願作石尤風，四石斷行旅。
> 聞歡去北征，相送直瀆浦。
> 只有淚可出，無復情可吐。[50]

南方民歌，以曲折纏綿為主調，北方民歌則以剛健直白為特色，所謂：

> 北方有胡奴，揚鞭黃塵下。
> 健兒須快馬，快馬須健兒。

文人詩盛於唐，文人詞盛於宋，文人曲盛於元，到了明代，詩、詞、曲的黃金段落一一逝去，都走了下坡路，成為「過氣」性體式，但詩歌不會消亡。在這一途，最具藝術力與創造力的乃是民歌。這些民歌，經大批評家馮夢龍收集、整理，達到了一個空前的文本水平。即今讀之，尤覺花花草草，盡通人意；風風雪雪，振奮人心。其基本特徵，只是言情；藝術特徵，還是言情。但言情並非只會說「我愛你」或「你愛我」，常常別有所托，妙用比、興。如它吟唱〈紐扣〉，另是一種機杼。

> 紐扣兒，湊就的姻緣好。你搭上我，我搭上你。兩下摟得堅牢。生成一對相依靠。繫定同心結，綰下刎頸交。一會兒分開也，一會兒又攏了。[51]

也有以蚊子為題的歌辭。蒼蠅入詩，已屬罕見，蚊子入詩，更少見了，但在民歌這裏，不過一件尋常之事。而且一字一句，只覺熨熨貼貼，絕無半點牽強的意思，其歌辭曰：

> 蚊蟲兒，你惺惺伶俐。善趨炎，能逐隊，到處成雷。吹彈歌舞般般會。小腳兒在繡幃中串慣了，輕嘴兒走向醉夢裏討便宜。隨你慳客賊，逢他定是出血也。你這小尖酸少不得死在人手裏。[52]

這樣的蚊蟲歌，怎不討人喜歡。

另有一首〈青山綠水明如畫〉，則是別一種情調，但見嗔嗔怪怪，滿是小兒女情懷。曲寄〈寄生草〉：

50　同上，第217頁。
51　馮夢龍：《明清民歌時調集》上冊，第196頁，上海古籍出版社1987年版。
52　馮夢龍：《明清民歌時調集》上冊，第220頁。

青山綠水明如畫，轉過遊廊又見他。羞答答全不提起昨晚的話。小
金蓮輕輕過了葡萄架。柳眉一挑，雲鬢堆鴉，喜孜孜半真半假將人
罵。[53]

5.結合白話詩說體式

　　白話詩的體式是最多的，多到無以為類，也是自由的，自由到無以復
加。從字數上看，有三言詩、四言詩、五言詩，也有多言詩。實際上，各行
字數齊整的白話詩固然也有，作為主流體式的還是字數參差不多。參差不齊
若非它的本質性特質，也是它的本質性特質之一。當然，也有主張白話詩的
字數、行數相對整齊的——這個，怕行不通。可以整齊，那是特例，普通的
體式還是不齊不整。因為白話的詞與片語原本字數難定，詞與片語性質如
此，你硬要它們組合成的詩體齊整，除非撞上大運，難免削足適履。

　　行數同樣自由，無拘無束。自一行詩起，二行詩、三行詩、四行詩，
以此類推，從理論上講，一直可以到千行詩、萬行詩，簡稱N行詩。漢語
古體詩不會如此，不能如此，不可如此，白居易的〈長恨歌〉算是長的
了，也不過120行。這個問題，到了現代白話詩這裏，已經不再成為問題，
有問題也是偽問題。如果說，現代白話詩中還沒有那樣的鴻篇巨製，也無
須忙的。詩歌若無明天，一切免談；詩歌若有明天，那麼，那樣的詩歌便
隨時有可能迎著某個早晨的太陽一同升起。我要補充一句，詩歌可以沒有
明天嗎？

　　早在上世紀八十年代末，王爾碑、流沙河二先生選編過一本《小詩百
家點評》，那書真正編得好。詩也選得好，點評也做得好，尤其大陸部分
自一行詩、二行詩依次編起，直到六行詩，不但令人讀著爽利，而且查抄
十分方便。

　　一行詩中有一首朔望先生的〈夢花〉，寫得妙而且深刻。

　　　若教園子開百花無一草此人非癡即趙高[54]

　　二行詩中選了顧城的那篇名作：

　　　黑夜給了我黑色的眼睛
　　　我卻用它尋找光明

　　三行詩中選了冰心《春水》中一首詩，但呂進先生為選本作序時另薦
了一首，似乎更佳：

---

[53]　馮夢龍：《明清民歌時調集》下冊，第195頁。
[54]　《小詩百家點評》，第6頁，重慶出版社1991年版。

嫩綠的葉兒，

也似詩情嗎？

顏色一番一番的濃了。[55]

四行詩中選了許伽的〈幸福〉，又別致，又有哲理：

幸福呀，

你究竟是什麼？

我徘徊在你的門外

總也走不過去。[56]

如此等等，這些詩，詩行不限，字數不限，行的位格也不限，雖似自由舞來，藝術品質自在，也更能啟迪人智，親近人生。

我手邊也有幾首類似的作品，多少有點「小資」情調的，附錄在此，不知讀者以為何如？

一行詩一首：

書頁折了，她會疼的。

二行詩一首：

滿山的花兒開了，

最疼我的人哪去了？

三行詩一首：

蒼茫宇宙，

月亮在天上走，

我在地上走。

四行詩一首：

如夢的白夜，

續寫著七彩光華；

如潮的大雨，

鯨吞了萬種情思。

五行詩一首：

---

[55] 同上，序，第5頁。

[56] 同上，第119頁。

　　天邊，
　　雲兒在飛；
　　夢中，
　　妻子在笑；
　　小兒子說：我要撒尿。

　　不僅字數、行數自由，連韻角也是自由的，極端的自由體式，就是無韻詩。詩而無韻，自古未聞，可以沒押上韻，卻不能主張無韻，這是漢語詩一貫的傳統，但到了現代白話詩時代，這個傳統被打破了。

　　還有散文詩，例如魯迅的《野草》，這事情複雜，散文詩究竟是詩還是散文，也有不同見解，單以這名詞的組合方式看，應該是「詩」，若不是「詩」應該叫「詩散文」。但漢語的片語變通性強，「熊貓」既不是貓，散文詩也應該可以不代表「詩」的。但無韻詩，確實是詩，而且也有不俗的成績。

　　勿庸諱言，整體上看，白話詩的成就怕還不及古體詩，而且，從中國大陸的受眾一面考慮，現代白話詩反而成了小眾體式，小眾文學；唐詩、宋詞則具備大眾受體。白話詩成就不夠，不足為怪，只要想想唐詩的前承有多麼久，宋詞的前承有多麼久，就可以明白：詩這個文學體式是需要廣積而薄發的。而且，詩既為詩，又不能以市場法則去看待她，因為她在投入產出方面可能永遠都不會平衡的，一般難於贏利，贏利也是為後人造福。到了那時候，當初的創業者，怕是早已灰飛煙滅，不知何處去也。

　　白話詩歷史未久，但名家不少，名作也不少。最早的也是影響作風的人物與作品是胡適和他的《嘗試集》，此後又有郭沫若、謝冰心、徐志摩、戴望舒、聞一多、朱自清、宗白華、康白情、李金髮、汪靜之、田漢、馮至等。他們的詩，或是西化的；或是本土的；或是激情澎湃、奔騰萬里的；或是閒情逸志，帶有新思維新感受的；或是帶有濃濃的傳統抒情色彩的；或半是抒情半是敘事的；或是政治色彩強烈的；或是躲進小樓成一統的。

　　詩的體式，有長也有短，有西也有中。句子有整也有散，格式有舊也有新。這裏面既有民歌的影子，又有古詩的基因，還有西詩的自由，更多的則是這些新派詩人的心血與精神。

　　這裏先選宗白華一首，首選宗白華，因為他在當時雖非詩歌顯要，但他的詩十分耐讀。今日讀來，依然很是感人。詩名〈小詩〉，體式為六行詩。

　　生命的樹上
　　雕了一枝花
　　謝落在我的懷裏，

我輕輕的壓在心上。
她接觸了心中的音樂
化成小詩一朵。[57]

再選一首汪靜之的〈時間是一把剪刀〉。這比喻其實古老，愛詩的人，誰不知賀知章的名作：「碧玉妝成一樹高，萬條垂下綠絲條。不知細葉誰裁出，二月春風似剪刀。」然而，此剪刀非彼剪刀也，那剪刀如春風化雨，這剪刀卻是催命凶神。詩為二節，每節五行，另是一體。

時間是一把剪刀，
生命是一匹綿綺；
一節一節地剪去，
等到剪完的時候，
把一堆破布付之一炬！

時間是一根鐵鞭，
生命是一樹繁花；
一朵一朵地擊落，
等到擊完的時候，
把滿地殘花踏入泥沙！[58]

選一首徐志摩的〈再別康橋〉。這詩影響大，是白話詩中的成熟之作，體式適中，不很長，也不很短；不強力，也不弱勢；不刺激，也不鬆惘；不像一般的白話詩那樣缺少經典句子，也不像一些前衛詩那樣形狀古怪。全詩分七節，每節分四句，且句型基本相似，字數大體相當，意境也有，立意也明，當初也曾傳領一時，而今依然不乏讀者。這裏選錄其中的一、四、七節：

輕輕的我走了，
正如我輕輕的來；
我輕輕的招手，
作別西天的雲彩。
……
那榆蔭下的一潭，
不是清泉，是天上虹

---

[57] 《新詩選》，第364頁，上海新方出版社1979年版。
[58] 《新詩選》，第248頁。

> 揉碎在海藻間，
>
> 沉澱著彩虹似的夢。
>
> ……
>
> 悄悄的我走了，
>
> 正如我悄悄的來；
>
> 我揮一揮衣袖，
>
> 不帶走一片雲彩。[59]

改革開放以後，新詩的發展有了一個新的歷史機遇，例如當年的朦朧詩，其影響遠遠超出詩的範圍，但隨著市場經濟大潮的一波又一波衝擊，詩人的處境似乎到了很困難的時期，有的出國；有的改行；有的激憤；有的沉寂；有的以很慘烈的方式結束了自己的生命；也有的不但結束了自己，還以很兇殘的方式殺害了他人。但我相信，這只是歷史長河的一瞬而已，今日如此，明日未必依舊如此，且詩的事業乃是一種需要些熱烈又需要些寂寞的事業，偉大詩作的誕生需要機緣巧合，其中最重要的是需要才華出眾，與時交輝，且恒久執著的個體化詩人與詩人群。

這麼說，彷彿有些悲涼慷慨之氣。其實，新時期以來，新人、新作很多，對他們的價值或成就評價，或許需要用相當的一段時間，才能看得清楚。因為他偉大，遠看則清，近看則迷。站在巨人腳下，怎麼看他的頭頂？站在巨著面前，怎麼看它的歷史命運？當然也有一些特別幸運的詩篇，無須假以時日，便可以一鳴驚人、一飛沖天。但畢竟不是人人可以成為胡適之的，也不是人人可以成為郭沫若。處在另一種境遇中的詩人，所需要的，首先是作好自己。

但有驚人之作在，不但常常引起我們內心的共鳴，而且常常為我們帶來心靈的震撼。

這裏選錄二節周倫佑的〈自由方塊〉中的三個段落。這一詩篇，不但立意新異，而且結構新奇，舊的體式無可望其項背，就是保守些說新派詩人也未必可以與之較量。

其一，〈動機I·姿勢設計〉：

> 姿勢是應該考慮的。就像仕女注意自己的表情。比如笑不能露齒，比如不許斜視。皮爾·卡丹選你作時裝模特兒。你按現代標準重新設計自己。坐如鐘。夜來鐘聲到客船。你不在船上。在寶光寺數那些數不完的羅漢。面南而坐。西壁而坐。皆是聖人的坐法。你不是聖人。不想君臨天下。可以坐得隨便一些。任意選一個蒲團，或想像古代的某

---

[59] 《新詩選》，第544頁。

一位隱士。或模仿一隻猴子。古來聖賢多寂寞。生為悟道之本。你不
坐便不學無術。孔子坐而有弟子三千。芝諾生然後發現飛矢不動。阿
基里斯永遠追不上烏龜。而你看見楊朱坐得像一朵花。無風也擺動。
引來三五隻蝴蝶。男人喜歡擺尾巴的女孩。睡如弓。大雪滿弓刀。挑
選睡式非常重要。最好不要白天殺人。據說釋迦牟尼就是因為宮女睡
姿不雅而憤世出家的。從此他特別講究睡的技巧。你是喜歡側睡的。
你想換一種睡法。你試著翻身。那種感受很強烈。那只腳似有似無。
那種飛機。噴氣式的。那種鴨兒鳬水。畫外的愛民拳，你覺得那種姿
態十分優雅。那是明天的事。再研究研究。……[60]

　　沒有引完，但意思有了。從體上看，說詩也好，說散文也行。詩也是新
式的詩，散文也是新式散文。它的高處或許也在此，它的奇處或許也在此。
　　第二段：〈動機Ⅱ‧人稱練習〉：

練習一：你住在樓上。我住在樓下。他在樓外。
談卡夫卡的小說。有時是一隻耗子。有時是一隻甲蟲。
甲蟲是你。耗子是我。他談卡夫卡的小說。
某一次在籠裏。我住上層。他住下層。你在籠外。
談卡夫卡的小說。
甲蟲是我。耗子是他。你談卡夫卡。
去城堡的途中。我逃了出來。在寓言外無書可讀。
甲蟲是他。耗子是你。
我讀無書。[61]

　　這一段，另作一種體式，然而，與前面的銜接沒有困難。彷彿奇花應
該配異草。否則，反倒因為不般配而平庸了。
　　第三段：〈動機Ⅲ‧魯比克遊戲〉：

魯比克玩膩了方便玩世界
體育之窗國際博覽連爆冷門
大衛星在貝魯特升起
戰神沙龍通過望遠鏡
看見阿拉法特面帶微
笑放下武器面帶微笑
行舉手禮然後面帶微

---

[60]　《打開肉體之門》，第1-2頁，敦煌文藝出版社1994年版。
[61]　《打開肉體之門》，第3頁，敦煌文藝出版社1994年版。

　　笑登上法國軍艦向古

　　代的迦太基勝利撤退

　　下一場球撒切爾夫人一個倒

　　勾決定了大英帝國的命運馬

　　爾維納斯輸掉又贏回來了麥

　　哲倫指揮島上的企鵝拼命鼓

　　掌暫停阿根廷輸在軍人手裏。[62]

　　這格式複雜了，然而，也有意思，你認為它有意思它一定有意思，反之，也由你，也由他。

　　我不知道對這內容這體式的詩該怎樣解說，但它造就的視覺與思維衝擊是實實在在的，我想，世間的一些詩，原本也是無解的，至少有一種詩應當如此。

（三）關於散文的體式研究

　　在體式方面，散文與詩歌正是兩個極端。

　　詩歌尤其是格律體詩歌，限制是最多的，古體詩，非押韻不可。詩歌為首；傳統戲曲次之，至少它的唱詞也是需要押韻的；小說又次之，一部小說只有一種風格，一種筆調。而散文是限制最少，自由最高，文體體式最豐富，最複雜。

　　漢語散文的一大特點，是歷史特別長，成就尤其大。這一點與西方文學史很有區別。西方文學史上也有重要的散文家，如古羅馬大談論家西賽羅。但佔據文學史主流的還是詩歌、戲劇及小說，雖然法國哲學家柏格森與英國政治家邱吉爾也因為各自的散文成就而獲得過諾貝爾文學獎，但論到散文在西方文學史上的總體地位，畢竟差了一層。

　　漢語文學史則不然，自先秦時代起，散文就處在與詩歌並駕齊驅的位置。春華秋實，各有所長。而兩漢時代，竟是文章獨佔鰲頭的時代，所謂唐詩晉字漢文章。當然，此時的文章，不僅散文而已，還包括韻文在內。魏晉與北朝時期，散文成就稍遜，詩歌成就不是很高，最後乃是韻文——賦。此後，雖然唐以詩名，宋以詞顯，但唐宋的時代的散文同樣光芒四放，其主流性地方依然無可動搖。再以後，明代的小品文，清代的抒情文、議論文，例如桐城派散文，都有很深很遠的影響。或許可以這樣說，漢語文學中的小說、詩、詞、曲、賦與戲曲，各有自己獨盛或極盛的時

---

[62] 同上，第5頁。

代，而無論哪一個時代，散文的成就都是不可低估的。五四新文化運動之後，這樣的情況也沒有改變，站在今天的立場反思，或許散文的名家更多些，地位更高些，成就也更大些。包括改革開放以後，論到詩歌、小說、戲曲、散文四家的貢獻，大約還是該讓散文名列第一。當然，我這裏說的散文，不是狹義上的抒情寫景文等小範疇而已。

漢語散文的另一個突出特點，是它的審美追求。西方文學史上的散文主要是指那些具有文學品性的論理文、抒情文與寫景文。但中國的情況是，無論哪一種典型的散文，抒情文也好，說理文也好，包括應用文也好，毫無例外，都是要追求美的。不但要中吃，而且要中看，所謂盡其善還要盡其美，這個才是好文章。

漢語審美傳統，有時到了以文侵質的程度，例如中國古代美文中，史書是一個重要的不可或缺的方面，金聖歎評古來六大才子書，《史記》位列第三。而史書的最重要的品徵是「史實」，以史為本。但中國的古代史書，不僅要求真，而且要求美，還要要求雅。早有學者指出，包括一些經典史書的細節記事也是靠不住的。比如對話。史書中對話很多，而且大部分有聲有色有個性，但那樣的歷史時代，一沒有錄音資料，二沒有速記手段，那些宮廷對話，外交對話，帥府對話乃至密室私語是怎麼傳下來的？《春秋左傳》中既有這樣的生動記載，《史記》、《漢書》中也不乏這樣的實例。然而，你說它不可信，不足為信，這個卻是漢語史書的傳統，它雖然不曾做到字字皆實，卻往往做到了字字皆美。而且從更深的邏輯層面看，這些記載也應該是可以採信的。

漢語散文的歷史久遠，成就卓越，文體非常豐富。豐富到了複雜，到了令今人目眩頭大的程度。所以從古至今，究竟有多少文章體式，已難確知。至少古文散佚的部分肯定遠遠大於流傳下來的部分。從《昭明文選》的分類情況看，所收文章分為38類，其內容為：

> 一賦，二詩，三騷，四士，五詔，六冊，七令，八數，九文，十表，十一上書，十二啟，十三彈事，十四牋，十五奏，十六書，十七移，十八檄，十九對問，二十設論，二十一辭，二十二序，二十三頌，二十四贊，二十五符命，二十六史論，二十七史述贊，二十八論，二十九連珠，三十箴，三十一銘，三十二誄，三十三哀，三十四碑文，三十五墓誌，三十六行狀，三十七吊文，三十八祭文。[63]

38類文體，夠多的了，但那裏散文、韻文不分的。而且文選所收，韻文為多，但聯前想後，可以知道，中國古代的散文體式是很繁複的了。

63　羅根澤：《中國文學批評史》第一冊，第16頁，上海古籍出版社1984年版。

然而，還有更詳細的統計與歸納。南梁任昉曾專門研究文體的成果，在他看來，中國文體可以分為84題。這84題包括：

> 三言詩、四言詩、五言詩、六言詩、七言詩、九言詩、賦、歌、離騷、詔、策文、表、讓表、上書、書、對策、上疏、啟、奏記、牋、謝恩、令、奏、駁議、議、反騷、彈文、薦、教、封事、白事、移書、銘、箴、封禪書、贊、頌、序、引、志錄、記、碑、碣、誄、誓、露布、檄、明文、樂府、對問、傳、上章、解嘲、訓、辭、旨、勸進、喻難、誡、吊文、告、傳贊、謁文、祈文、祝文、行狀、哀策、哀頌、墓誌、誄、悲文、祭文、哀辭、輓詞、七發、離合詩、連珠、篇、歌詩、遺命、圖、勢、約。[64]

這個分法過於細了，不贊成中國傳統的也許會批評為「繁瑣哲學，頭腦混亂」，那麼，即使大大合併同類項以後，其種類也絕不會太少的。

從創作者的角度研究，蘇東坡顯然是一位文體大家。他流傳至今的文集中，不包括詩、詞作品在內，仍計73卷，列目的文體為61種，其中也有不少是可以合併的，例如有關題跋的就有八種，可以歸於一類，雜論又分為7種，也可以歸於一類，再除去一些內制文之外，尚有35種之多。它們分別是：

> 賦、證、書論、策、序、說、記、傳、銘、頌、箴、表狀、制敕、行狀、碑、贊、偈、奏議、宣、國書、表本、責問、批答、啟、書、尺牘、疏文、祝文、齋文、祭文、表詞、雜著、史評、題跋、雜記等。

以今人的眼光看，拿出「賦」就可以說不算散文，但蘇東坡先生的賦，有些就是「散」的。文體如此之多，還不過是蘇東坡的一家所涉，至少在他那裏，還沒有清言，沒有日記，也沒有對話這樣的體式呢！

數十種文體，難於一一評說，這裏以古文為例證為度，分八個問題作些案例性說明。需要補充一句，八個方面，無外乎是八種文章體式。

1.古文五體憶當初

漢語文字，始於商代，漢語文學則始於先秦。到了戰國時期，已經文體大備。那些對後世影響巨大的散文體式都取得了經典性成績，少數體式，至遲到漢武帝時也得以完成。

我個人有四風五體之見，雖思考久矣，不知道能否為讀者朋友所接受。

所謂四風，即四種最具基礎性的散文風格，這個在「文風」一章中另議。

所謂五體，即五種基本的散文體式。這五種體式是：

---

[64] 羅根澤：《中國文學批評史》第一冊，第16頁。

(1)以《論語》為代表的格言體

(2)以《孟子》、《莊子》、《荀子》、《韓非子》為代表的論文體

(3)以《春秋左傳》為代表的編年敘事體

(4)以《史記》為代表的紀傳體

(5)以《鹽鐵論》為代表的對話體

五種體式中的前三種均為先秦時期的產物，後二種完成於兩漢中期。

說是五體，其實未止於五體，其他如寓言體、信函體、奏議體、銘文體都已經出現，而且完全有資格成為後世的範本。只是有些體式含在上述五種體式之中，如寓言；有些體式的成就與影響遠不及上述五種體式影響更大而已。

考慮到本書的結構安排，這裏議論第一與第五種體式。

先說對話體。

對話體文章，在中國少見。在古希臘卻是主流性文體之一。尤其柏拉圖的著作，看一部是對話體，再看一部還是對話體，對話體的優長，在於交流、雄辨或者說論辯性強。

先秦文章中，沒有這類體式，它的主要體式為論文體，使用最廣泛、水平也最高。但缺少對話體，總是一個缺憾，直到有了《鹽鐵論》，這個缺憾彌補上了。可見中、西文化雖然差異很大，到了一定層面，也有普遍性規律可尋。

古希臘的對話體，多是哲學性思想性文學，《鹽鐵論》卻屬於政論性文章，雖是政論性文章，卻又很有文采。不但寫得尖銳，而且寫得漂亮。單那文字，也是很吸引人的。

這裏引《論儒第十一》中的兩段，可以體會到論辨雙方都是很有語言才華的人，比之早些年風行一時的大學生辨論會，另是一道「風景」。

> 御史曰：「文學祖述仲尼，稱誦其德，以為自古及今，未之有也。然孔子修道魯、衛之間，教化洙、泗之上，弟子不為變，當世不為治，魯國之削滋甚。齊宣王褒儒尊學，孟軻、淳於髡之徒，受上大夫之祿，不任職而論國事，蓋齊稷下先生千餘有人。當此之時，非一公孫弘也。弱燕攻齊，長驅至臨淄，湣王遁逃，死於莒而不能救；王建禽於秦，與之俱虜而不能存。若此，儒者之安國尊君，未始有效也。」
>
> 文學曰：「無鞭策，雖造父不能調駟馬。無勢位，雖舜、堯不能治萬民。孔子曰：『鳳鳥不至，河不出圖，吾已矣夫。』故軺車良馬，無以馳之；聖德仁義，無所施之。齊威、宣之時，顯賢進

士，國家富強，威行敵國。及湣王，有二世之餘烈，南舉楚、淮，北並巨宋，苞十二國，西攬三晉，卻強秦，五國賓從，鄒、魯之君，泗上諸侯皆入臣。矜功不休，百姓不堪。諸儒諫不從，各分散，慎到、捷子亡去，田駢如薛，而孫卿適楚。內無良臣，故諸侯合謀而伐之。王建聽流言，信反間，用後勝之計，不與諸侯從親，以亡國。為秦所禽，不亦宜乎？」[65]

　　唇槍舌劍，各不相讓，引經據典，學問多多，並非一味攻擊，更不是肆意辱罵，而是有事實，有論辨，事實是一個接著一個，再來一個，論辨則一波未平一波又起，波起波落，目不暇接，彷彿其人在旁，其音在耳。這樣的文字，真的很好看，這樣的論說，真的很好聽。

　　而且那些歷史的經驗，直到今天，仍有重要的借鑒價值。單以鹽鐵而論，這一次的辨論，是以御史大夫桑弘年的勝利而結束，但那只是王朝的勝利，而非平民百姓的勝利，鹽鐵買賣權利歸於國家，富的是朝廷，窮的是人民。國家富了，為漢武帝的此伐匈奴提供了經濟條件，而最終結果，仍不免「海內虛耗，生民減半」。「國家不可無經濟之道」，這是一條歷史經驗，若在今天，就不僅是個經濟問題，而是個生死存亡的大問題了。

　　再說《論語》體。

　　《論語》體與問答體區別顯著，後者優在論辯，妙也在論辯，前者則以格言警句為主，貴在以理服人，長在娓娓而談。

　　《論語》體影響很大，更大。當然，造成這樣影響的，不僅是文體的原因。因為儒學既是中國歷史上地位至尊，影響至大的文化學派，孔子又是人類歷史上頂級的文化巨人之一。《論語》本身的價值也是不可低估的。所謂「文以人興，文亦以人文興」。夫子與《論語》可謂人、文俱大。讀《論語》，給我最重要的啟迪是：

　　第一，他不說空話，不說套話，更不說假話。他不說空話，但有堅定的信念。他最得意的門生顏淵死了，他悲痛至極，但講到葬禮的規格時，還是堅持自己的信念，拒絕了顏淵父親要給兒子破格的要求。這說明，他的信念不但高於他的「情」，甚至高於他的「命」。他因為有極其堅定的信念，所以一生發表意見固多，絕對不說一句沒有禮樂根基的廢話，而是有比方，有事實，常常從事識入手，從身邊可見的生活經驗入手，不但說來頭頭是道，而且務求有根有據。

　　第二，他不擺先生的架子，更不以聖人自居，實在他也不認為自己是聖人的。聖人怎麼能不知道鬼神之事，聖人又怎麼能「朝聞道，夕死可

也」呢？但他所說的，一定是自己相信的。信而後道，絕不以勢壓人。他也有對自己學生很不滿意的地方，有時氣急了，還要罵上幾句，但基本態度是謙和的，有來有往的。他可以批評學生，他的學生也可以批評他。有時他覺得學生的批評不對，也會解釋幾句，但肯定不會「惱羞成怒」，或者給學生來個不及格的。

第三，他的語言能力卓越。《論語》之所以可以成為一種重要的文本體式，一是它的內容，二是它的文學。《論語》其實就是一部格言集萃。孔子既是運用古老格言的能家，又是創造格言的聖手，閱讀《論語》一定要慢，因為它篇幅雖小，卻由語言精華，凝固而成。談得快時，便有可能食古而不化；談得粗時，又可能遺珍而不見。其中很多經典性文學，早已成為中國人的日常用語，雖為日常用語，又能常？常新。如「知之為知之，不知為不知，是知也」；「知無不言，言無不盡」；「有則改之，無則加勉」；「人而無信，不知其可」；「己所不欲，勿施於人」；「四海之內，皆兄弟也」；「歲寒然後知松柏之後凋」，等等。

《論語》體影響固大，但效仿者不算很多，因為它看似容易而做起來難。南北朝時的《世說新語》與它比較相近，後來的各種「語錄」與「清言」集，也類乎此式。去年有一本《非常道》，很受讀書人青睞，那體式既可以說是《論語》式的，也可以說是與之一脈相承的，今年又有一本《非常事》也很好，採用的也是這個體式，就連張馳、石康的一些小說，似乎也有這體式的影子。

對話體，《論語》體之外，以論文體文章，影響更大，此處不議。編年敘事體的影響同樣令人矚目，如司馬光的《資治通鑑》；紀傳體的影響彷彿還要更大些。古來的文化人士，大多有一些傳記作品傳世，如韓愈的〈圬者王承福傳〉，柳宗元的〈種樹郭橐駝傳〉、〈段太尉逸事狀〉、蘇東坡的〈方山子傳〉、袁宏道的〈徐文長傳〉，這些技藝高超，影響巨大的傳記文章無疑都受到紀傳體的影響。而中國歷代官修史書，更無不以《史記》為範本，自《史記》至《明史》，合稱24史。甚至可以說，不知道自己六代以上祖先名諱的中國人一定不少，但不知道二十四史名稱的人一定不多。一個文章體式，作為書寫規範，歷時2000年而為同業所尊重，為讀者所接受，為政府所支持，這在人類文明史上怕是不多見的。

2.政論精華短文章

由於中國從來都不是一個宗教性國家，而是一個世俗性國家，所以政治文章的地位來得尤其顯赫，但列入現代散文閱讀視野的，更多的還是那些短文章。

雖是短文章，同樣寫得有章有法，有情有性，另成一種審美情態。這裏講的，既有古代的「論」，也有「對」，還有「疏」，凡此種種，在古代批評家眼中都是文體名列的，但在今天看來，似可歸於一大體類，簡而言之，都是帝王與臣子或帝王與臣民之間採用的公文體例。

這裏先說劉邦的〈約法三章〉。〈約法三章〉正名為〈入關告諭〉，也是一種文章體式，用今天的話講，就是公告體。其文曰：

> 父老苦秦苛法久矣：誹謗者族，耦語者棄市。
>
> 吾與諸侯約，先入關者王之。吾當王關中。與父老約，法三章耳：殺人者死，傷人及盜抵罪。余悉除去秦法，吏民皆安堵如故。凡吾所以來，為父兄除害，非有所侵暴，毋恐。且吾所以軍灞上，待諸侯至而定要束耳。[66]

文章表述，非常得體，那意義與作用，更是非同小可。大約這告諭帶來的社會反響，就和昔日打開政治犯大門，解放者高聲喝道：「同志們，你們受苦了」，話音未落，笑聲一片，哭聲一片，歡呼聲又是一片的情形相去無多。

秦王朝的統治，把全國弄成了一個大監獄，劉邦此諭，抓住要害，快刀利刃，一揮而決。全文不過六個完整句，一句一件事理，且環環相扣，大理服人。

頭一句：「父老苦苛法久矣；誹謗者族，耦語者棄市」開門見山，直奔要害而來。

第二句：「吾與諸侯約，先入關者王之。」解說發佈告諭者的來歷，來歷不凡，有憑有據。

第三句：「吾當王關中。」此句與前句接，強調自己的身份。本人有資格與父老相約。

第四句：「與父老約，法三章耳：殺人者死，傷人及盜抵罪。」這裏全文的核心內容。簡約明確，屬於高端設計。

第五句：「余悉除去秦法，吏民皆安堵如故。」「余」字恰當，自余字開始，尤顯得大度如君。主要內容其實是要求——命令，但說來寬寬厚厚，淡定從容。

第六句：「凡吾所以來，為父兄除害，非有所侵暴，毋恐。」似乎不是一句很重要的話，卻在七句話中，用語最長。其實這樣的位置，恰恰表現出告諭者的用心誠懇與苦心經營。

---

[66] 《小品文咀華》，第78頁，書目文獻出版社1983年版。

第七句：「吾所以軍灞上，待諸侯至而定要束耳。」有理有節，姿態雍容。

這樣的告諭，當真不可多得。難怪評點者要讚譽說：

> 入關一詔，不獨四百年帝業所基，實一代文章之祖。[67]

這是一位偉大開國者的聲音，到漢文帝時，又有了傑出治國者的高見。漢代皇帝，總以漢高祖、漢文帝、漢武帝為最出色。漢高祖為開國者，文帝為治國者，武帝為強國者。開國者奠基業四百年，治國者成歷史上久享威名的「文景之治」，強國者攻匈奴於漠北，據國威於四海，但於老百姓的生活而言，還是漢文帝帶來的實惠更多。

文帝有仁心，所以專門下〈除肉刑詔〉；有身份，所以專門下〈卻千里馬詔〉；有自我反思精神，所以專門下〈日食引咎詔〉。

專制體制，皇帝至尊無上。他的一舉一動必定影響全國，很可怕的一件事是作皇帝的大都喜愛虛榮。皇帝一虛榮，人民就破產。文帝的高明處是他身居至尊之位，卻無虛榮之心。所以有人獻千里馬給他，他不接受。但也不矯情，故作清高，假撇清，或者龍顏不快，給獻馬者下不來台，真的虛心者，是不作秀的。他只是平心說話，娓娓道來。其詔曰：

> 鸞旗在前，屬車在後，吉行日五十里，師行三十里，朕乘千里之馬，獨先安之？[68]

文章真好，品性更好，錫周先生就此評點說：「著眼千里二字，極蘊藉風流」。

更重要的，他有自責精神。帝王自責，原本是一件難事。帝王自責，是天下人之福。他的〈日食引咎詔〉是這樣的：

> 人主不德，天示之災，以戒不治。天下治亂，在朕一人。朕下不能活育群生，上以累三光之明。其垂思朕之過失，概以啟告，及舉賢良方正，能直言極諫者，以匡朕之不逮。[69]

這裏最重要的一句，是「天下治亂，在朕一人」，這個難哪！此後約1800年，崇楨皇帝剛愎自用，終於亡國，臨終之際，憤慨「君非亡國之君，臣乃亡國之臣」，與漢文帝比，相差豈止萬里。可見1800年的時光，未必能進化出賢明的君主。

---

[67] 《小品文咀華》，第78頁。
[68] 《小品文咀華》，第80頁。
[69] 《小品文咀華》，第82頁。

關乎國家大事的文章中，諸葛亮的〈隆中對〉自是一篇奇文。當然，論到重要性，不能與劉邦的〈約法三章〉相提並論。但它對當時政治形勢的認識，無疑是最為清醒與高明的。

諸葛亮一生，前有〈隆中對〉，後有〈出師表〉，議論國情、指點方略，不唯忠心耿耿，而且富於實事求是精神，外加苦口婆心。〈出師表〉中說「鞠躬盡瘁，死而後已」，他說了這樣的話，也做了這樣的事。在他那個時代，確實是出類拔萃的人物。〈隆中對〉、〈出師表〉文本甚多，此處不具。

和他一樣對政治形勢有清醒認識並作出清晰表達的人物中，還有曹操、魯肅與司馬懿。難得的是像趙雲這樣的武將，也有高明之見，也有佳作傳也。且說關羽失了荊州，劉備執意伐吳，而伐吳是有悖於〈隆中對〉的戰略大計的，也有悖於劉備「興漢室、滅奸曹」的立國大義。於是趙雲上疏，陳說利害。其文曰：

> 國賊是曹操，非孫權也。且先滅魏，則吳自服。操身雖斃，子丕篡盜。當因眾心，早圖關中，居河、渭上流，以討凶逆，關東義士，必裹糧策馬以迎王師。不應置魏，先與吳戰；兵勢一交，不得卒解也。[70]

這文章的好處，在於內容、體式、身份、用語，俱得理得體，而且得宜。所謂「得理」，是言之有據，不是小根小據，閒言碎語，而是大義在心，不能不講，必須要講；所謂得體，是上書文字，不爭不躁，或說急在內心，禮在文章；所謂得宜，即文章合乎臣子身份，雖立論嚴整，有淒然不可犯之意，結論卻說得宛轉，耐人尋味。

可惜，劉備沒有聽從這麼好的「善言相勸」，以至於猇亭一敗，蜀漢的前程從此沒了希望。

3.招賢、自薦、論人文

中國古有招賢納士的優良傳統。雖然說相馬不如賽馬，但在那樣的社會條件下，超歷史的想法也不切合實際，反之，進入「賽馬」時代，你還死抱著「相馬」的秘笈寶典不放，也等於陷入時代的誤區。

招賢納士，先要能發現人才理解人才，一是慧眼識珠，二是知人善任。這方面的傑出人物中，有一個劉邦。劉邦出身貧賤，個人品行也不優秀，智慧又不高，武藝又不強。但他卻能一統諸侯，取得天下。最重要的有二條，一是親民愛民，標誌之一就是〈約法三章〉，二是知人善任，最重要的是重用了蕭何、張良、韓信三位大才，這三個人可以說是那個時代

---

[70] 《小品文咀華》，第145-146頁。

精英階層的總代表。用了肖何便理順了「政」——行政，用了張良便理順了「謀」——戰略，用了韓信就理順了「兵」——戰爭。劉邦本人對此也很自得，他有一段評價肖、張、韓的話，給一個題目，可稱之為〈漢三傑贊〉，不須另作修飾，也是絕好文章。他說：

> 夫運籌帷幄之中，決勝千里之外，吾不如子房。鎮國家，撫百姓，給餽饟，不絕糧道，吾不如蕭何。連百萬之軍，戰必勝，攻必取，吾不如韓信。此三者，皆人傑也，吾能用之，此吾所以取天下也。項羽有一范增而不能用，此其所以為我擒也。[71]

東漢的光武皇帝也是一位求賢若渴的人。而且他有極高的語言天賦，又有很好的文學修養。他對自己的那些得意將領，多有評價，句句說到肯綮之處，你想不心悅誠服都不可以。他有一封給嚴子陵的信，寫得尤其曲折入微、打動人心。其文曰：

> 古大有為之君，必有不召之臣。（立論就好，不早不晚，有本有源——引者注，下同此）朕何敢臣子陵哉！（補充更好，難怪評點者說：「謙甚，然身分越高。」）惟此鴻業，若涉春冰，譬之疱痏，須杖而行。（雖出語平和，卻有大義在其間。）若綺裏不少高皇，奈何子陵少朕也！（比喻更妙，而且愈其親切了。）箕山潁水之風，非朕之所敢設。[72]（結論平淨有力，不由你不動心。）

對人才有獨特見解，且有「另類」性文章的人物，則是曹操。他是一位人才學大家，他最著名也最具顛覆性的人才理念，叫作「唯才是舉」。我認為，中國歷史上所有人才理念中，有兩個觀點是最為重要的，一個是「有教無類」，這是孔夫子的名言；另一個就是「唯才是舉」。曹操的這一篇文章題為〈舉賢勿拘品行令〉。

> 昔伊摯、傅說出於賤人，管仲，桓公賊也，皆用之以興。蕭何、曹參，縣吏也，韓信、陳平負污辱之名，有見笑之恥，卒能成就王業，聲著千載。吳起貪將，殺妻自信，散金求官，母死不歸，然在魏，秦人不敢東向，在楚則三晉不敢南謀。今天下得無有至德之人放在民間，及果勇不顧，臨敵力戰；若文俗之吏，高才異質，或堪為將守；負污辱之名，見笑之行，或不仁不孝而有治國用兵之術：其各舉所知，勿有所遺。[73]

71　司馬遷：《史記》，第二冊，第381頁，中華書局1982年版。
72　《小品文咀華》，第114頁。
73　《曹操集》，第48-49頁，中華書局1959年版。

「令」也是一種文體，但分得細了，此處不論。

只說這文章。沒什麼理論，實在這樣的內容你想在儒學中找理論根據，也一定找不到的。全用事實說話，而且件件都是安邦定國無可辯駁的大事例。所以雖然沒有理論，卻很有說服力，遺憾的是，我們中國人常常寧可為一個立論左右，或一個規矩左右，就不能直起腰桿面對事實。書寫至此，亦不由得「讀書人一聲長歎」。

有推薦的，也有自薦的。我們中華民族，自薦的歷史其實悠久。早在戰國時代，就有毛遂自薦這樣的著名掌故。以後歷朝歷代，都不乏自薦之人。然而，大部分的自薦文章都是詞語謙和，有些欲說又止，又有些羞羞答答。很多才子，例如李白、杜甫、韓愈、白居易等，都是很熱衷於找靠山或找進身門路的，而且有一個很婉轉的詞來概括這樣的行為——干謁。其中李白就是一位百折不撓的干謁者，不過結局很令人失望罷了。寫自薦文章別開生面的人物是東方朔，他的那一封自薦信，不但表述另類，而且詞語驚人。文章題為：〈上武帝書〉。

> 臣朔少失父母，長養兄嫂，年十二，學書三冬，文史足用，十五學劍術，十六學詩書，誦二十二萬言；十九學孫、吳兵法，戰陣之具，鉦鼓之教，亦誦二十二萬言。凡臣朔固已誦四十四萬言，又常服子路之言。臣朔年二十二，長九尺三寸，目若懸珠，齒若編貝，勇若孟賁，捷如慶忌，廉若鮑叔，信若尾聲，若此可以為天子大臣矣。臣朔冒死再拜以聞。

這文章的好處，首先在於作者那一種自信自得且有些張揚無比忌諱又有些詼諧與幽默的精神。人有此精神，文章必然生氣勃勃；文章有這精神，文學必寫得虎虎生威。

到了後邊，知人用人，舉才薦才的文章多了。也有些體式講究文筆高超的；也有些質勝於文，重在內容的；也有些別無新意，老生長談的，但即便老生常談，也是一件美事。這其中，王安石有一篇談人論才的短文，寫得極有特色，那是一篇讀書心得，題為：〈讀孟嘗君傳〉，是他寫道：

> 世皆稱孟嘗君能得士，士以故歸之，而卒賴其力以脫於虎豹之秦。嗟呼！孟嘗君特雞鳴狗盜之雄耳，豈足以言得士！不然，擅齊之強，得一士焉，宜可以南面而制秦，尚取雞鳴狗盜之力哉！雞鳴狗盜之出其門，此士之所以不至也。[74]

---

[74] 《小品文咀華》，第267-268頁。

　　作者不但見解高明，而且很會「作文章」。全文不過短短四句話，卻寫得一波三折的。彷彿一水東來，忽然打住，竟自向西而去，若沒有千百斤的力氣，又怎能把持得住它？然而，單論那觀點，卻有商量的餘地。雞鳴狗盜之徒，固不足以成為國家棟樑之材，但國家也不需要那許多的棟樑之材，一座大房子，是樑也必要，梀也必要，椽也必要，磚、瓦、土、石、泥樣樣必要。你別的不要，一心只想做棟樑，能夠造出房子嗎？還是李世民的高明，他的人才觀念是：「用人如器，名取所長。」

4.明心明志議抒情

　　抒情文字適用於一切文學體式，這裏介紹的，有「令」，有「表」，也有「書」，但從今天的高度理解，三者也多有相似之處。但在古代，卻很有區別。令是自上而下的；表是自下而上的，表又是有專門對象的，通俗地說，「表」是寫給皇帝的「信」。「書」也是一種信，但更具個人性質，不像「表」那麼正式。書的書寫對象可上也可下，當然也可以寫給朋友，甚至寫給敵人。書亦稱尺牘，二者的區別在於，書可為信的書稱，尺牘則是對書信的概括。比如嵇康有〈與山巨源絕交書〉，不可以有〈與山巨源絕交尺牘〉。

　　說到明心明志，也是中國的傳統，我們的先人作詩，一大半倒與「言志」有關，所謂「詩言志」是也。但志與志也有別，言志亦可以說為「言情」。志中既有報國之志，也有孝親之志，還有立德立言立行之志。志雖不同，其情則一也，其理亦一也。有情有理而後可以打動人心。抒情文的根莖在這裏。當然，寫得好時，還需要與之相應的種種的文學因素。

　　最廣為人知的古代抒情文中，李密的〈陳情表〉應當排在很靠前的位置。但抒情美文，又不止於〈陳情表〉。一個〈陳情表〉，一個〈出師表〉，一個〈祭十二郎文〉都是具有特殊影響的抒情文章，我以為再加上李清照的〈金石錄後序〉，可以合而為四。古人云：「讀〈出師表〉不下淚者，其人必不忠；讀〈陳情表〉不下淚者，其人必不孝；讀〈祭十二郎文〉不下淚者，其人必不友」。我再加上一句：「讀〈金石錄後序〉不下淚者，其人必不貞。」不貞並非從一而終之「貞」，而是男女真愛之「貞」。

　　這幾篇文章，都與傳統道德相密切，尤其是前三篇，一言忠，一言孝，一言友，正是儒學必修之功課。明個人之志，不涉及忠孝仁義，又寫得有個性、有文采、有見識，有真情的，曹操的〈讓縣自明本志氣〉，可以算是一篇難得的奇文。

　　他寫這文章時，已經有些意得志滿。此時北方已基本平定，他大權在握，名為朝臣，實則已成為最高的決策者。也因為此，孫權、劉備自然不能

相信他，就是朝中的各種議論也一定不少。他於是借「上還」封地之機，便寫了這一篇明志令，但這文章奇異的是，他一不講忠，二不講孝，只是說屬害、講事實，追古問今，侃侃而談，那風格全然與「唯才是舉」屬於一路。堪稱曹氏文章。這樣的文章，甚不合古義，所以歷來範文選家，沒有選它的，但那寫法，卻與今天的社會人情，有不少相契合處——我做了，我說了，不可以嗎？全文長，不能全引，有幾個段落，確實很有意思。

第一段，講自己年輕時的志向及其以後的變遷，寫得平實，又很自信。雖很自信，又不誇張。

> 孤始舉孝廉，年少，自以本非岩穴知名之士，恐為海內人所見凡愚，欲為一郡守，好作政教以建立名譽，使世人明知之；故在濟南，始除殘去穢，平心選舉，違迕諸常待。以為強豪所忿，恐致家禍，故以病還。去官之後，年紀尚少，顧視同歲中，年有五十，未名為老，內自圖之，從此卻去二十年，待天下清，乃與同歲中始舉者等耳。故以四時歸鄉里，於譙東五十里築精舍，欲秋夏讀書，冬春射獵，求底下之地，欲以泥水自蔽，絕賓客往來之望，然不能得如意。後徵為都尉，遷典軍校尉，意遂更欲為國家討賊立功，欲望封侯作征西將軍，然後題墓道言：「漢故征西將軍曹侯之墓。」[75]

「漢故征西將軍曹侯之墓」，這樣的志向，也不算小了。然而，比之他當時的地位還是低了很多。所以這樣的開頭，不但寫得從容，而且寫得聰明。

此後，情況變了，不是人家曹孟德不滿足於作「征西將軍」了，而是時勢造英雄，另成一番新天地。於是續寫後面的經歷與功德，但同樣寫得從容而且自信，寫了「舉義兵」、寫了「破黃巾三十萬」、寫了袁術對自己的忌諱、寫了破袁紹的艱難、寫了平定劉表的理由與作用。筆筆寫來，所征所剿者全是些叛國奸佞之徒，而自己只以尋常文字出之，且時時以僥倖者自居。一直寫到「身為宰相」，筆鋒忽的一轉，多少感慨湧上心頭。且聽他說：

> 身為宰相，人臣之貴已極，意望已過矣。今孤言此，若為自大，欲人言盡，故無諱耳。沒使國家無有孤，不知當幾人稱帝，幾人稱王。或者人見孤強盛，又性不信天命之事，恐私心相評，言者不遜之志，妄相忖度，每用耿耿。齊桓、晉文所以重稱至今日者，以其

---

[75]　《曹操集》，第41頁，中華書局1959年版。

兵勢廣大，猶能奉事周室也。《論語》云「三分天下有其二，以服事殷，周之德可謂至德矣。」[76]

以後，又寫了樂毅，寫了蒙恬，總之全是些能臣大將且受了委屈之人。再後來，氣也出了，心情也平靜了，於是講出「讓縣」的理由，一篇奇文，到此結束，而它表現的情感與個性，若說曹操沒有做皇帝的想法，連他自己也有點嘀咕；若說他一心平定北方統一全國的目的就是為了篡位，似乎也有不通之處。這樣一個複雜的人，說明這樣一件複雜的事，非有這樣複雜的文章不可。而這文章也和他本人一樣，到底成為了人們歧見迭出的一個「故事」。

明志者中又有一位曹操的老前輩樂毅，曹操的明志令中也寫到了他。他原本是戰國時代燕國的大將，率軍攻敗齊國，差不多就要將齊國滅亡了。但人家齊國出了一位田單，這田單率領軍民，死守孤城，絕不投降。樂毅一時攻城不下，恰在這時，信任他的燕昭王去世了，繼位的燕惠王對他失去信任，派騎劫為將，取了他的兵權。他心生畏懼，不敢回燕，轉而赴趙國。樂毅走了，田單用火牛陣，一舉擊敗燕軍，收復了失去的70多個城池與土地。燕惠王後悔了，也害怕了，但他不知自責，反而派人去責備樂毅，指責他辜負了先王的恩德，於是樂毅寫作作答，有了一篇〈報燕王書〉。

這其實是一封長信，類似公開信，信雖然長，卻絕不枯燥。因為他有理有據，且立論好，論說邏輯好，抒情尤其好，自然，結論也是好的。

先說他的立論：

> 臣不佞，不能奉承先王之教，以順左右之心，恐抵斧質之罪，以傷先王之明，而又害於足下之義，故遁逃奔趙。自負以不肖之罪，故不敢為辭記。今王使使者數之罪，臣恐侍者御者不察先王之所以育幸臣之理，而又不白於臣之所以事先王之心，故敢以書對。

開口就講臣不佞，態度多麼謙和。雖然「不佞」──沒本事，但在解釋這「不佞」時，卻又「綿裏藏針」。怎麼記呢？因為我害怕因為自己沒本事，不能遵守先王的教誨，也不能順應您身邊臣子的心意，（這個還不是主要的，更重要的是）怕因此損傷了先王的知人之心（聽聽，說得多好！），也害怕給您帶來一個無情無義的名事（再聽聽，說得更好！），因為有這兩怕，我才不聲不響地逃到趙國，且自己總得承擔著不才的罪名，而沒有發出辯明的聲音。

[76]　《曹操集》，第42頁。

可是這樣還不行，現在您又派人來指責我，說我這個啦，那個啦，總之言之，全錯了，所以為了讓您明白，先王信任我的道理，也明白我效忠先王的原因，現在只好答覆您了。

這樣的言論，稍有人心者，不能不為之動容。

以下分別講了他對燕昭王的觀察；以及燕昭王對他的破格待遇與信任；講了燕昭王與齊國的宿怨；講了他攻打齊國的方略；講了戰敗齊國的過程與功績；講了昭王對他的封賞和自己的態度；又講了昭王的故世與遺願。然後，筆鋒一轉，又講了春秋末年，吳王夫差的昏庸與二世老臣伍子胥的悲慘命運。「書」至於此，可以大大地舒上一口氣了。於是便由此引出結論道：

> 夫免身全功，以明先王之跡者，臣之上計也。離毀辱之非，墮先王之名者，臣之所大恐也。臨不測之罪，以幸為利利者，義之所不敢出也。
>
> 臣聞古之君子，交絕不出惡聲；忠臣之去也，不污其名。臣雖不佞，數奉教於君子矣。恐侍御者之親左右之說，而不察疏遠之行也。故敢以書報，唯君之留意焉。[77]

可說耿耿忠心，唯天可表；智士情懷，別有安排。

但他還算是幸運的，而中國歷史上不幸的人正多。他們或因一事，或因一言，便慘遭監禁，甚至丟了性命。實在一個專制的國家，本無公理可言。你妄想公理，又怎麼能夠呢？

這樣舉一封三國時蜀國的謀臣彭羕的辯白信。這信是他在獄中所寫的。彭羕原本布衣出身，但遇到劉備入川的機遇，又加上法正等人的推薦，也曾為劉備奪取四川立過功勞，並得到了封賞。但他作風有些強猛，說話也不注意，一副得意狂生的派頭，這使一生謹慎的諸葛亮對他很不滿意，這看法影響了劉備，劉玄德也不高興他了。於是調他去作江陽太守。他自負甚高，對這個安排，不免「私情不悅」，拜會馬超時，又和馬超講了一些過頭的話。馬超害怕受牽連，便把這些話報告了劉備，於是大禍臨頭。被交付有司。他其實忠誠並無二心，便在獄中給諸葛亮寫下了此信。

> 僕昔有事於諸侯，以為曹操暴虐，孫權無道，振威闇弱，其惟主公有霸主之器，可與興業致治，故乃翻然有輕舉之志。會公西來，僕因法孝直自衒鬻，龐統斟酌其間，遂得詣公於葭萌，指掌而譚，論治世之務，講霸王之義，建取益州之策，公亦宿慮明定，即相然贊，遂舉事焉。僕於故州不免凡庸，憂於罪罔，得遭風雲疾矢

---

[77]　《古文觀止》上冊，第148頁，長城出版社1999年版。

之中，求君得君，志行名顯，從布衣之中擢為國士，盜竊茂才。分
子之厚，誰復過此，羑一朝狂悖，自求葅醢，為不忠不義之鬼乎！
先民有言，左手據天下之圖，右手刎咽喉，愚夫不為也。況僕頗別
菽麥者哉！所以有怨望意者，不自度量，苟以為首興事業，而有投
江陽之論，不解主公之意，意卒感激，頗以被酒，倪失「老」語。
此僕下愚薄慮所致，主公實未老也。且夫立業，豈在老少，西伯
九十，寧有衰志，負我慈父，罪有百死。至於內外之言，欲使孟起
立功北州，戮力主公，共討曹操耳，寧敢有他志邪？孟起說之是
也，但不分別其間，痛人心耳。昔每與龐統同誓約，庶託足下末
蹤，盡心於主公立業，追名古人，載勳竹帛。統不幸而死，僕敗以
取禍，自我墮之，將複誰怨？足下，當世伊、呂也，宜善與主公計
事，濟其大猷。天明地察，神祇有靈，複何言哉？貴使足下明僕本
心耳。行矣努力，自愛，自愛。[78]

　　信的態度誠誠懇懇，過程講得明明白白，理由講得頭頭是道，然而，
沒用，還是被殺了。

　　這信的語言、結構與體式原本極好的，聯繫到作者的獲罪原由與最終
結果。每一讀之，備覺驚心。

　　這麼有才華的人怎麼可以忍心殺害呢？劉備雖以愛才著稱於世，也
是一個沒文化。諸葛亮雖然對彼時天下形勢有超人的見解，對劉家父子有
「死而後已」的忠心與決心，但看他對待彭羕與魏延的態度，可以知道：
即使劉備不曾去世，即使劉禪並不昏庸，即使沒有司馬懿那樣老謀深算的
對手，他也十有八九不能成功。

　　最後，還要講幾句司馬遷的〈報任安書〉。那也是一封抒情明志的
信，而且是寫得「字字血，聲聲淚」感天動地的絕好文章。凡能用心讀
者，必生震撼之感。現代小資類文明人讀之，怕是會不忍卒讀的，文章易
見，篇幅又大，不引也罷。

5. 激情貞情思題記

　　題記在古代曾是一種應用非常廣泛的文體，可以記景、可以記物，也
可以記事，但都是短篇之作。

　　古人題記固多，唯志士之作與眾不同。特別是在特殊的年代、特殊的
環境中，那些特殊的人物的題記尤其彰顯出獨特人格魅力與藝術感染力。
這裏舉兩個範例，一個寫己，一個寫人。

---

[78]　陳壽：《三國志‧蜀志》，第996頁，中華書局。

　　寫已的是南宋最著名的愛國將領岳飛。1129年，金兵再次舉兵攻宋，建康失守。當時岳飛駐軍宜興。此後，經一年苦戰，岳飛屢敗金人，於1130年收復建康，再次回駐宜興。其間，便在宜興張清鎮五岳祠，題了這一篇〈五岳祠盟記〉：

> 自中原板蕩，金人長驅，如入無人之境；將帥無能，不及長城之壯。余發憤河朔，起自相台，總發從軍，大小二百餘戰。雖不及遠涉遐荒，亦足快國事於萬一。今又提一壘孤軍，振起宜興；建康之城，一舉而復。今且體兵養卒已待，如或朝廷見念，賜與甲器，使之完備；頒降功賞，使人蒙恩，即當深入邊庭，迎二聖復還京師，取故地再上版籍。他時過此，勒功金石，豈不快哉！此心一發，天地知之，知我者知之。

建康四年六月望日　河朔岳飛書[79]

　　文字不長，不過區區幾百字，但情緒複雜，文風激蕩，緒複雜，因為有批評，有渴望，有期待，也有躊躇滿志；文風激蕩，因為那是一個特殊時代特殊環境特殊人物所作的特殊文章。可以說這樣的文字只能出於岳飛，而後來種種勝利與悲哀，也都與他題記中反映的情緒和認知有關。個中悲劇根由，此處不說也罷。

　　另一篇是明人倪元璐的〈題元佑碑記〉也是一篇題記，不過是記述他人之事的，卻一樣有震撼人心的力量。其文曰：

> 此碑自靖圓五年毀碎，遂稀傳本，今獲見之，猶欽實錄矣。當毀碑時，蔡京屬聲曰：「碑可毀，名不可滅也。」嗟乎！烏知後人之欲不毀之更甚於京乎！諸賢自涑水、眉山數十公外，凡二百餘人，史無傳者，不賴此碑，何由知其姓氏哉？故知擇福之道，莫大乎與君子同福，小人之謀，無往不福君子也。石工安民，乞免著名，今披此籍，諸賢位中，赫然有安民在。[80]

　　說到元佑黨碑，卻是一椿大大的公案。這件事的起因，其實與王安石變法有關聯，但弄到最後，卻成了一場殘酷的黨爭，黨爭的結果，是投機者勝利了。投機者既然成了勝利者，就把一切反對者和他公認的反對者統統打入到元祐黨中。指認他們結幫成黨反對朝廷，並立下石碑昭示他們的罪惡，並刻上他們的姓名，這辦法很像西方所謂的恥辱柱。那意思：既然你們如此不知羞恥。索性讓你們遺臭萬年。然而，事與願違的是，刻上碑

---

[79]　轉引自《岳飛正傳》，第79頁，學林出版社2005年版。
[80]　《小品文咀華》，第332頁。

的人反而得到各方人士的支持，到後來，人們不但以名刻此碑為恥反而以名列其中為榮，這下論到沒刻上名字的人不自在，急了──那碑上怎麼沒我呀！刻上名字的人反倒坦然了，悅愉了，好，終於可以成為「活烈士」了。於是，毀碑。但碑已在人們心中，不是你想毀就能毀得掉的。這事到了明代，便有了倪元璐的這一篇題記。可謂：

> 碑事千年成不朽，題記筆筆有真情。

題記未必都像上面兩篇那麼嚴肅，也有許多是清新、愉快的。題記之外，還有自畫像。自畫像其實也算題記的一種。不過是寫給本人的罷了。但使用這文體的，多是些性情恢諧個性斐然又有閒情逸志或玩笑人生的人，所以那文章往往格外有趣。這裏引徐謂的〈自書小像〉二首之一。

> 吾生而肥，弱冠而羸不勝衣，既立而復漸以肥，乃至於若斯圖之癡癡也。孟年以歷於知非，然則今日之癡癡，安知其不復羸羸，以庶幾於山澤之臞耶？而人又安得執斯圖以刻舟而守株？噫，龍耶豬耶？鶴也鳧耶？蝶栩栩耶？周蘧蘧也？疇知其初耶？[81]

文字妙。意思更妙。不但寫出自己的外在特色──最大的特點就是胖瘦之變，終於變胖──傻胖，尤其寫出自己的人生感悟。這感悟不是死寫，癡癡呆呆，沒有趣味，而是寫得有些哲學，又有些飄忽，雖然哲學，雖然飄忽，但那個性卻左盼右顧，躍然紙上。

6.私書密信賞尺牘

古人的尺牘是書信的總稱，但這裏只說完全私人的小品性質的信，不像前面所引的書與表都是很正式的函件，它們那些函件──尺牘寫得都是很嚴肅很嚴整的事情，比如李密的〈陳情表〉，還不正式嗎？又如嵇康的〈與山巨源絕交書〉，還不嚴肅嗎？再如朱浮的〈與彭寵書〉更嚴肅了。雖然文字未必句句生硬。但那內容一般都是很重大的事情。

私人信函則不然，它屬於秘密空間，說的都是很個人化的。它的內容自然也是包羅萬象，有歡樂，也有哀怨；有憤怒，也有期望；有喜不自禁，也有怒不可遏；有滔滔不絕，也有三言兩語，通過這些尺牘，更可以見出作者的真性格與真性情。

先引一封袁中郎的尺牘，是訴說作官的痛苦的。這個，有雖「個色」。因為我們中國人──多數中國人的脾氣還是更喜歡作官，且有能力的人喜歡做，沒有能力的人也喜歡做；能考上渴望做，實在考不上的花錢

---

[81]　《徐文長小品》，第17頁，文化藝術出版社1996年版。

捐個官兒也斷乎要做。但袁中郎卻不然。這一點他很像陶淵明。但比起陶淵明來，他的表達更強烈，也更尖銳。他是實在煩了這官場了。不是「官兒」不好，而是官場上的種種規矩繁瑣死人。他這樣寫道，

> 人生作吏甚苦，而作令為尤苦。若作吳令則其苦萬萬倍，直牛馬不若矣。何也？上官如雲，過客如雨，薄書如山，錢穀如海，朝夕趨承檢點，尚恐不及，苦哉！苦哉！然上官直消一副賊皮骨，過客直消一副笑嘴臉，薄書直消一副強精神，錢穀直消一副狠心腸，苦則苦矣，而不難。惟有一段沒證見的是非，無形影的風波，青岑可浪，碧海可塵，往往令人趨避不及，逃遁無地。難矣！難矣！[82]

真是太要命了？這樣的苦惱的官兒烏黑官場怎麼讓大才子袁中郎受得了嘞！想到而今某些官場中人，專以奉迎為能，招待為樂，以高接遠迎為體面，以與大人物照像為榮幸。不覺一笑。

尺牘小品中頗有些性情之作，如明代藏書大家宋懋澄的那些小品件件寫得「風流倜儻，個性凸然」，然而不做作，有真情，說的固是私房話，寫的卻是一片心。他有一件〈與洪二〉的信，全文不過25個字，比一首七絕還短，但那風格與內容，很是動人。

> 自七歲以至今日，識見日增，人品日減，安知增非減而減非增乎！[83]

這樣的觀點，用時下的語言表達，就是知識多了，童心——純真少了。這其實是一般性規律，不足為奇的，然而，能承認這規律並用自己作為實證的，自古以來怕也不多，平庸如我輩，是常常會看到別人的缺童心，少純真，談到自己，那道德的鞭子就軟了，或者「高高舉起輕輕落，打在身上也不疼」。還是七彎八轉，把自己大大美化一番來得「賞心悅目」。

另有一首與〈與范大〉，寫得又好。

> 村居遇雨，來往絕人，自晨昏侍食之外，雖妻子罕見。居植修竹，間有鳥鳴，女牆低檻，疑似山岫，晝則？校史書，夜則屈伸一榻，謝絕肥甘，疏遠苦醴，胸中無思，或會古今得失，一頓足而已。如此數日，六亦將晴，人亦將至，我亦將出，不可以不記也，因就燈書之。[84]

---

[82]　《袁中郎小品》，第37頁，文化藝術出版社1996年版。

[83]　《歷代尺牘小品》，第473頁，湖北辭書出版社1993年版。

[84]　《歷代尺牘小品》，第156頁，湖北辭書出版社1993年版。

都是些最平常的事，然而有不同尋常的理解，正如同樣一個山洞，在盜賊眼裏便是一窩髒之地，在詩人看來卻是一首好詩。

也有嚴肅的，如支大綸給兒子的信，雖是父子私語，卻有如鐵釘鑽硬木，一絲一毫都是精神。

> 丈夫遇權門須腳硬，在諫坦須口硬，入史局須手硬，值膚受之愬須心硬，浸潤之譖須耳硬。[85]

能做到這五硬，不是大丈夫也是大丈夫。

也有情勢慘烈的，那就是絕命書，當這絕命書是寫給自己心上人時，又不僅僅是慘烈了。

明代有一位名叫柳兒的少女，極有才情，是一位文性書生的侍女。二人有情意，但不為文生的妻子所容，她被逐後，有幾封給文生的書信，寫得柔腸百結，如泣如訴，特別是那一篇永別書，更是地苦天悲，斷人肝腸。她寫道：

> 紅粉飄零，青衣惟悴。柔情薄命，遺恨千秋。命也如此，時乎不再。生離死別，春來秋往。黯然銷魂，悲哉永訣。
> ……
> 嗟乎文生！蘆花江上，柳絮樓邊，煙雨淒然，知郎心矣。郎心若此，妾恨如斯。葳蕤之鎖九重，難遮去夢；宛轉之山千迭，不斷來愁。恨耶恨耶！寸心不忘，千里如重圍耳。新舊忽移，匪紅樓之自眩；屠沽相對，比青塚而尤哀。天乎？人乎？果何道乎？[86]

此等用生命寫就的文字，何敢為評！

也有寫父子情懷，母子情懷的。

表現父子情懷的，有一篇梁武帝的〈誡昭明太子〉，題目很硬，不怪，人家是皇帝嘛。但內容卻一字一句，都是舐犢之情，看來雖是帝王，也有天良。書云：

> 聞汝所進過少，轉羸弱。我比更多餘病，為汝胸中亦圮甚，應加饘粥，不使我恒懸。[87]

表現父女情懷的，有一篇王羲之的雜帖：

[85]　《歷代尺牘小品》，第97頁，湖北辭書出版社1993年版。
[86]　《歷代尺牘小品》，第218頁。
[87]　《歷代尺牘小品》，第92頁。

期小女四歲,暴疾不救,哀愍痛心,奈何奈何!吾衰老,情之所寄,唯在此等。奄失此女,痛之纏心,不能已己,可復如何?臨紙情酸。[88]

這是一種克制的悲痛,然而,終於克制不住了,終於說了出來。及至說時,又覺痛定思痛,痛隨語出。父女情深,一至於此。

7.山川物景說遊記

古文中「記」是一大門類,應用十分廣泛,那意思似乎今天的紀實文章或新聞報導,然而不以公眾化為基本目標,而是記事以抒懷,記人以寫感,多是些有血有肉靈魂的審美之作。

「記」中一大部分是遊記。遊記可長可短,可大可小,甚而至於可虛可實。遊記中最經典的作品,如《大唐西域記》、《徐霞客遊記》和《洛陽伽藍記》,那都是皇皇巨著,可以藏之名山,傳之於不朽的。此外,陶淵明的〈桃花源記〉也是一篇奇文,具有經典地位。另外,柳宗元的〈永州八記〉,雖然篇幅短小,影響力卻大。也具經典資格。〈永州八記〉廣為人知,但不引難免缺撼,且有負於前賢。這裏引一篇〈小石城記〉:

> 自西山道口徑北,逾黃茅嶺而下,有二道:其一西出,尋之無所得;其一少北而東,不過四十丈。土斷而川分,有積山橫當其垠。其上為睥睨梁欐之形,其旁出堡、塢,有若門焉。窺之正黑,投以小石,洞然有水聲,其響之激越,良久乃已。環之可上,望甚遠,無土壤而生嘉樹美箭,益奇而堅,其疏數偃仰,類智者所施設也。噫!吾疑造物者之有無久矣,及是愈以為誠有。又怪其不為之中州,而列是夷狄,更千百年不得一售其伎,是故勞而無用。神者,倘不宜如是,則其果無乎?或曰:以慰夫賢而辱於此者。或曰:其氣之員,不為偉人,而獨為是物。故楚之南,少人而多石。是二者,手未信之。[89]

用字斟酌,刻畫細密,雖只寥寥數語,其形其色,如睹如在,又加敘加議,更有影射在其中矣。千年雅士,猶在目焉,拳拳心語,如在耳邊。

另有一篇戴名世的〈意園記〉,很值得一書。

所謂意園,即想像之園也。實際上是沒有的。沒有是園而寫是園,故以「意園」名之。但也因為沒有實物,局限拘束,於是作者充分展開想

---

[88] 《歷代尺牘小品》,第318頁。
[89] 《小品文咀華》,第204頁。

像的雙翼，把一個子烏屋需有之園直寫得美侖美奐，活色生香，但細細品味，又能真切地感受到作者與清朝入侵者的不合作。

也因此故，戴名世終於成為康熙五十年一大瘋狂文字獄的受害者。本人被凌遲處死，又牽連到全家數十口人。「其祖父父子兄弟，異姓伯叔兄弟之子，給功臣為奴。同案方孝標事發之前已死，剄其遺骨，財產入言，表弟方苞等方氏族人及《南山集》中掛名者全部獲罪入獄。[90]

知道這背景，再讀這意園，自會有另一種心情與體悟。其文曰：

> 意園者，無是園也，意之如此云耳。山數峰，田數頃，水一溪，瀑十丈，樹千章，竹萬個。主人攜書千卷，童子一人，琴一張，酒一罋。其園無徑，主人不知出。人不知入。其草若蘭，若蕙，若菖蒲，若薜荔。其花若荷，若菊，若芙蓉，若芍藥。其鳥若鶴，若鷺，若鵰，若鷗，若黃鸝。樹則有松，在杉，有梅，有梧桐，有桃，有海棠。溪則為聲如絲桐，如鐘，如磬。其石或青，或赭，或仰，或偃，峭立百仞。其田宜稻宜秫，其圃宜芹，其山有蕨，有薇，有筍，其池有荇，其童子伐薪、採薇、捕魚。主人以半日讀書，以半日看花，彈琴飲酒，聽鳥聲、松聲、水聲，觀太空，粲然而笑，怡然而睡，明日亦如之。歲幾更歟，代幾變歟，不知也。避世者歟，辟地者歟，不知也。主人失其姓，晦其名，何氏之民？曰無懷氏之民也。其園為何？曰意園也。[91]

文字自是很好，語句尤其很好。不但寫得真，而且寫得活，並且寫得美，美而不浮不豔，因為他有品度，有個性，所謂「清水出芙蓉，天然去雕飾」，又所謂「出淤泥而不染」。

還有一篇薛福成的〈觀巴黎油畫記〉。這一篇重要，因為他是走出國門的。大約中國自古以來，唯唐三藏是一位走出國的又有特別文化建樹且留下許多經典性文字的人物。薛福成的這一篇畫記，未必經典。肯定新潮。未必經典也無須乎非經典不可，肯定新潮則順應了歷史發展的總趨勢。他的價值在於：作者看到了西方文化中與中國傳統文化不同的東西，並且饒有興致地把它們「記」了下來。特別這「記」的來源，發一聲問，寫一聲答，真真「意深長矣」，今日讀來，尤覺「意深長矣」。先記遊蠟像館，「見所製蠟不悉依生人，形體態度，髮膚顏色，長短豐瘠，無不畢省」，又聽翻譯說：「西人絕技尤莫逾油畫；盍馳往油畫院一觀《普法交戰圖》乎？」遂去觀之，但見：

90　田望生：《百年老湯：桐城文章品味》，第81頁，華文出版社2003年版。
91　田望生：《百年老湯：桐城文章品味》，第78-79頁。

其法為一大圓室，以巨幅懸之四壁，由屋頂放光明入室。人在室中，極目四望，則見城堡、岡巒、溪澗、樹林森然布列。兩軍人馬雜遝：馳者、伏者、奔者、追者、開槍者、燃炮者、搴大旗者、挽車者，絡繹相屬。每一巨彈墮地，則火光迸裂，煙焰迷漫。其被轟擊者，則斷壁危樓，或黔其廬，或赭其垣；而軍士之折臂斷足，血流殷地，僵仰疆臥者，令人目不忍睹。仰視天，則明月斜掛，雲霞掩映；俯視地，則綠草如茵，川原無際。幾自疑身外即戰場，而忘其在一室中者。

余聞法人好勝，何以自繪敗狀，令人喪氣若此？譯者曰：「所以昭炯戒，激眾憤，圖報復也。」則其意深長矣。[92]

8.遺令、祭文與墓誌銘。

遺令，即遺命，是身居高位者的遺囑。曹操與郝昭的兩篇都可謂驚世駭俗，名傳千古的。祭文，則是古代追悼性文章，屬專體專用。墓誌銘則是請人寫的碑文，雖然也不見得都真的或僅僅刻在墓碑口的。

先看曹操的那一篇「遺令」，它的特點就是文風獨具，內容有別於常人。他既講大事，講一生中最重要的經驗，也講生活細事，此如巾幘——帽子之事，尤其念念不忘，他身邊的各位夫人與美人，說她們平日辛苦，「使著銅雀台」，好好對侍她何，主旨是薄葬，雖說的宛轉「未得遵古」，意思就是不讓大辦葬事。雖不許大辦死事，但囑託細數，並不輕看生死之事。古人云：「人之將死，其言也善。」。遺令最能代表真情，曹孟德遺令若此，真乃一位可人。其文曰：

吾夜半覺小不佳，至明日飲粥汗出，服當歸湯。吾在軍中持法是也，至於小忿怒，大過失，不當效也。天下尚未安定，未得遵古也。吾有頭病，自先著幘，吾死之後，持大服如存時，勿遺。百官當臨殿中者，十五舉音，葬畢便除服；其將兵屯戍者，皆不得離屯部，有司各率其職。斂以時服，葬於鄴之西崗上，與西門豹祠相近，無藏金玉珍寶。吾婢妾與伎人皆勤苦，使著銅雀台，善待之。於臺上安六尺床，施德帳，朝晡上脯糒之屬，月旦十五日，自朝至午，輒向帳中作伎樂。汝等時時登孔雀台，望吾西陵墓田。餘香可分與諸夫人，不命祭。諸舍中無所為，可學作組履賣也。吾歷官所得綬，皆著藏中。吾餘衣裘，可別為一藏，不能者兄弟可共分之。[93]

[92] 田望生：《百年老湯：桐城文章品味》，第256頁。
[93] 《曹操集》，第57-58頁，中華書局1959年版。

郝昭的那一篇，尤其震撼人心。

郝昭在三國人物中知名度不是很高，但讀過《三國演義》的人對他會留下印象的。他就是那位死守陳倉，令諸葛亮想盡辦法，終於無計可成的魏國將領。他有才，更有志，有才有志又有德，是一個很不平凡的人。以其能力與品節論，他原本應該在《三國演義》中佔據一個突出位置。只是因為種種原因，沒有給他這樣的機會罷了。

遺令不長，但分量沉重。中心思想就是薄葬，但不是一筆而過，更非硬性指認，而是有大道理在。且立論精奇不同凡響。那立論是：「吾為將，知將不可為也。」三個字說明身份，一句話說明立場，為什麼「知將不可為也」？因為「吾數發塚，取其木以為攻戰具。」取墳墓中的木料作為戰爭的工具，這在古人心目中是損陰德的。做這樣的事的人怎麼能厚葬呢？但這樣的話，不可直說，不便直說，舉出事實點到而已。

第三句，又是一個理由：「厚葬，無益於死者也，汝必斂此時服。」將這一句與前一句連起來，意思就是我本沒有厚葬的資格，厚葬對死者也沒有好處。所以，兒子有孝心，不必在厚葬上想辦法，只須，必要「斂以時常」，穿平時的衣服就好。

第四、第五句：「且人生有所處耳，死複的在耶？今去本墓遠，東西南北，在汝而已。」把它翻成現代語言，即人生自有處所，死了，已經不在了，又何必再去費大心思考慮地的位置呢？加上這裏離祖先的墳地很遠，就更不用考慮了。結論是：「東西南北，在汝而已」，埋葬什麼地方均可，這個就聽兒子的了。

我想，中國這樣一個大國，有那麼悠久的歷史，好文章當真數不勝數，但像這一篇的，在我的閱讀視野中，確實不多。

祭文又是一大類。其中最著名的當屬韓退之的〈祭十二郎文〉，那真是一篇絕代之作。

它的好處很多。

首先，是它的情深、情切又情貞。雖然也有技巧，不是重要的，——好的祭文最好不見技巧，最好如這文章一樣，雖悲切切，只是渾然天成。

文章既是渾然天成的，又是全力寫出的。因為作者悲深情意，不用十二分氣力又怎能寫得出來！

這祭文篇幅很長，然而，必要。因為他要說的話多，他要憶的事多，他要抒的情更多。長歌當哭，沒有這樣的長度不能配匹這樣的內容。

這祭文的另一奇處，是他並不局限於死者，而是寫人也寫己，寫己又寫身世，寫身世又寫與死者父母非同尋常的關係，寫與父母非同尋常的關係，更寫與死者的特殊情誼。

　　且既寫過去，又寫現在，還寫將來。寫到逝者的兒女時，尤其情長意重。如此反覆迴環，一時生，一時死，一時人，一時我，一時情，一時悟，一時悔，一時怨，一時痛，一時傷。如泣如訴，痛斷肝腸，沒有韓退之的情感，不會有這樣的祭文；沒有韓退之的經歷，也不會有這樣的祭文；沒有韓退之的才學與修養，更不會有這樣的祭文。此所以古來祭文固多，唯此不可比肩的原因。

　　祭文中也有「另類」情況，如宋代大散文家歐陽修有一篇〈祭城隍神文〉。古來祭神也是常規性行為，但這一篇的不俗之處是，儘管祭神明，也要講道理、問責任，那意思似乎是說「閣下既然是神明，可不能尸位素餐呀！其文曰：

> 雨之害物多矣，而城隍者，神之所職。不敢及他，請言城役用民之力。六萬九千二，食民米一千五百石。眾力方作，雨則止之；城功既成，雨又壞之。敢問兩者，於神誰屍？吏能知人不能知雨。惟神有靈，可與雨語。吏竭其力，神祐以？；各供其職，無愧斯民。[94]

　　歐陽修不愧為歐陽修，他雖與城隍對話，講講道理，論論責任。問問這城隍，你是否無愧於百姓？讀這樣的祭文，怎能不高叫一聲「妙哉」！

　　墓誌銘另是一種文體，因為它的本意是要鐫刻在墓碑上的，文字不宜太長，文筆猶應嚴肅莊重，且只能說好，不能說壞。說逝者的壞話，不合人情物理。且與陽德有傷，但也不能有悖於事實，明明你沒有發明原子彈，硬說你發明了，聽著也不像，於是便安用心思，作文章。簡而言之一安合乎墓主實際，二學滿足家人願望，主要合乎這文體的範式。

　　這是引的一首墓誌銘，卻是一個特別。那是明代小品文大家也是散文巨匠張岱為自己作的一篇〈自為墓誌銘〉。為自己寫嘛，顧慮少了，忌諱沒了，但也不是一心把自己寫壞，或者只是為了取樂，或者為了搞笑，而是因情而發，有感而發。以常理論，有情有感什麼地方不能發呢？但在他生活的時代，卻不是這樣，那是一個被清兵侵略滅亡的時代，又是一個文字獄威行的時代，還是一個舉目四望復明全無希望的時代，於是回首往事，不覺心潮起伏難平，便以特別方式對自己的一生行狀作了一個「死」一般的回顧。但他對自己的一生經歷，不後悔，有自信，他骨子裏正是一個有品有節有情有致的高品文人。其文較長，錄其四段與同道人共賞：

蜀人張岱，陶庵其號也。少為紈綺子弟，極度繁華，好精舍，好美婢，好孌童，好鮮衣，好美食，好駿馬，好華燈，好煙火，好梨園，好鼓吹，好古董，好花鳥，兼以茶淫橘虐，書蠹詩魔。勞碌半生，皆成夢幻，年至五十，國破家亡，避道山居，所存者破床碎幾，折鼎病琴，與殘書數帙，缺硯一方而已。布衣蔬食，常至斷炊。回首二十年前，真如隔世也。

…………

故稱之以富貴人可，稱之以貪賤人亦可；稱之以智慧人可，稱之以愚蠢人亦可；稱之以強項人可，稱之以柔弱人亦可；稱之以卞急人可，稱之以懶散人亦可。學書不成，學劍不成，學節義不成，學文章不成，學仙學佛、學農學圃俱不成。任世人呼之為敗子，為廢物，為頑民，為鈍秀才，為瞌睡漢，為死老？也已矣。

…………

甲申以後，悠悠忽忽，既不能覓死，又不能聊生，白髮婆婆，狀視息人世。恐一旦溘先朝露，與草本同腐，因思古人如王無功、陶靖節、徐文長皆作墓銘，余亦效顰為之。

…………

銘曰：窮石崇，鬥金谷。盲卞和，獻荊玉。老廉頗，戰逐鹿。贗龍門，開史局。饞東坡，餓孤竹。五羖大夫，焉肯自鬻。空學陶潛，枉希梅福。必也尋三外野人，方曉我之衷曲。[95]

上述八類文章之外，古散文各種品類猶多，美文佳文更多，不能一一引證。唯有二篇表現散文家、藝術家生活情趣與個性的文字，實在不忍割捨。

一篇是蘇東坡的父親蘇洵的〈名二子說〉。這文章短而精，精而妙，最好的地方是對景，不但對景又有深意焉，一方面表現了作者的文化修養與學識，一方面也表達了他對兩個兒子的衷情與厚望。

輪輻蓋軫，皆有職乎車，而軾獨若無所為者。雖然，去軾則吾未見其為完車也。軾乎，吾懼汝之外飾也。天下之車，莫不由轍；而言車之功，轍不與焉。雖然，車僕馬斃，後患不及轍。是轍者，禍福之間。

軾乎，吾知免矣。[96]

[95] 《張宋子小品》，第242-244頁，文代藝術出版社1996年版。
[96] 《小品文咀華》，第262頁。

另一篇，是鄭板橋的一則「廣而告之」。題為〈板橋潤格〉，換成俗語，就是鄭板橋書畫價目表。文字俏皮，姿態恢諧，但不是開玩笑的；作者的個性與風采，如寫如畫，好不風流。而那意識，即使放在今天，也不滯後。

> 大幅六兩，中幅四兩，小幅二兩，條幅對聯一兩，扇子斗方五錢。凡送禮物食物，總不如白銀為妙；公之所送，未必弟之所好也。送現銀則中心喜樂，書畫皆佳。禮物既屬糾纏，賒欠尤為賴賬。年老體倦，亦不能陪諸君子作無益語言也。
>
> 畫竹多於買竹錢，紙高六尺價三千。任渠話舊論交接，只當秋風過耳邊。

我在前後說過，漢語散文，代有所成。當今改革開放時代，其散文成就也是全方位的，正與這時代變化的品質相契合。但最有影響的，還是那些與人民生計血肉相連的散文，與改革開放息息相關的散文，與藝術家血脈相承的散文，與先鋒意識和後現代遙相呼應的散文。這裏摘錄兩段新派之作，以示一斑。

一段，摘自〈華山論賤〉，是一篇寓言式文體的搞笑文章。

> 一天，小白兔跑到藥店裏，問老闆：「老闆老闆，你這裏有胡蘿蔔嗎？」老闆說：「沒有。」小白兔就走了。
>
> 第二天，小白兔跑到藥店裏，問老闆：「老闆老闆，你這裏有胡蘿蔔嗎？」老闆說：「我都跟你說過了，沒有！」小白兔就走了。
>
> 第三天，小白兔跑到藥店裏，問老闆：「老闆老闆，你這裏有胡蘿蔔嗎？」老闆急了：「我跟你說過多少次了？！沒有！！你再煩人，我就拿老虎鉗子把你的牙都拔下來！」小白兔害怕了，跑掉了。
>
> 第四天，小白兔跑到藥店裏，問老闆：「老闆老闆，你這裏有老虎鉗子嗎？」老闆說：「沒有。」小白兔問：「那，你有胡蘿蔔嗎？」老闆口吐白沫，昏了過去。
>
> 第五天，小白兔跑到藥店裏，問老闆：「老闆老闆，你這裏有胡蘿蔔嗎？」老闆二話沒說拿出老虎鉗子來，就把小白兔的牙給通通拔掉了。
>
> 第六天，小白兔跑到藥店裏，問老闆：「老闆老闆，你這裏有胡蘿蔔汁嗎？」[97]

---

[97] 黑漆板凳：《華山論賤》，第12頁，華夏出版社2003年版。

這是一篇兼有短信與解構雙重特徵的寓言體作品，特點是幽默風趣，惹人發笑，然而──好。

另一篇出自SOHO小報編輯的《那一年》這裏引的是截錄的一段編者的話，是以豬與人的關係作話題的：

> 豬和人到底是什麼關係，很難說清楚，豬的生活既為人所不
> 恥，又為人所羨慕，甚至於愛人們之間最動人的昵稱也是小豬、豬
> 崽地叫著。如同在豬的問題上至關重要的另一環，自由和安逸，懶
> 惰與勤奮，思辨及蠢鈍，有知的生或無知的死……到底哪一個才是
> 更為可取的呢？！
>
> 常常是這樣，我們想要得越多，得到的越少；回憶的越多，把
> 握的越少；痛苦的越多，感恩的越少；購買的越多，擁有的越少
> ……學哲子，學文字，學歷史，學社會學，信基督，學佛教，念咒
> 語……一切的一切都不管用，該走的都已經走了，該來的也已經來
> 了，該混沌的卻依然混沌著，該不自由的依然不自由著，砍了別人
> 同時又傷了自己。
>
> 如果人生是一齣不落幕的大戲，人就是戲裏的臺詞，你方唱罷
> 我念白，什麼都可以說，什麼都可以講，除了豬。[98]

兩篇作品都是講動物的，講動物也講人。其實人也是動物，而且站在人的立場看，人不是一般動物，而是又聰明，又時尚，又文明的動物。其實，未必如此，站在動物的角度看，如果它們會「看」的話：人的高尚，常常變成虛偽；人的聰明，常常化作愚蠢；人的文明，常常就是野蠻。一言以蔽之，地球上的災難極少極少極少是由其他動物造成的，卻極多極多極多是由人類造成的。現在是到了人類對自身進行認真分析的時候了，也到了該對動物界認真的說一聲對不起的時候了，更到了人與動物共用倫理，共用平等，共用自由的時候了。對此，親愛的讀者朋友們。你們認真想過嗎？如果未曾想過，請讀後現代散文，如果想過了，也請讀後現代散文。

---

[98] 《那一年》，第122頁，江西人民出版社2004年版。

七、文法審美

語林深處啄木鳥

文法問題，既是個很重要的問題，又是個很複雜的問題，還是一個很不容易說清楚說舒服的問題，本章從四個方面討論它。

（一）文法事大，不可或缺

有語言必須有語法，有文章必須有方法，這是一個不爭的事實，連討論它似乎是多餘的。文法的存在，如同大夫的存在。大夫的存在是人類文明的一大標誌。雖然現在我們大陸公民對醫院、對大夫整體評價不高，意見挺大，但沒有醫院沒有大夫絕對不可以，對於這一點，解釋也是多餘的。

人類需要大夫，因為人會生病；文章需要文法，因為文章也會生病，也有感冒發燒，也有五官挪位，也有腦血栓，也有心臟病，你不要說，語法文法，一點小錯，哪個沒有？有是有，但馬虎不得，以人作比方，現在美男如雲，靚女如雨，臉上長幾個小痘痘，請問算不算大問題？或者鼻子長得矮了一點，頭髮生得少了一點，眼睛皮薄了一點，乳房平了一點，這都算不算大問題，你說不是大問題，不就是醜一點麼？那要那許多美容院做什麼呢？何況文法所管的，常常不僅是醜的，主要是錯的，很顯然，錯是比醜更嚴重的事，而且錯的也是醜的，文法不對，醜啊！反對那麼難看的東西，沒有文法，怎麼可以？

別的不說，只說有幾個常用的詞，我們在報刊上常常看到或在電視節目中常常聽到的，但它就是錯，不但一錯再錯，而且錯了還錯。哪幾個詞呢？

第一詞：參差不齊，這個詞詞意明白，讀音常錯。參差兩個字，在這個地方，讀作Cēn〔岑的陽平音〕，Cī〔瓷的陽平音〕，而不讀Cān Chā。但以我的經驗，我聽的錯誤讀音並不比正確讀音少。

第二個詞：差強人意，這個詞主要不是讀音錯，而是意思錯。它本音讀Chā〔陽平聲〕，作甚至的「甚」講，差強人意就是甚為不錯──比較不錯，語出東漢光武帝之口，是表揚他手下大將吳漢的，原話這樣說的：「吳公差強人意，隱若一敵國矣。」[1]現如今，一些體育記者似乎特別喜歡用這個詞，往往用成「不太好」，「不能令人滿意」的意思，明明甚為滿意，變成不滿意，令明白「差強人意」意思的人，覺得氣悶，而且「不能令人滿意」。

第三個詞：明日黃花。這個詞常常錯在寫法上，不是寫作「明日黃花」，而是寫成「昨日黃花」。「明日黃花」的意思就是過時了，過景了的意思。此語出自蘇軾的詩，詩云：「相逢不用忙歸去，明月黃花蝶也

---

[1] 《後漢書》，第三冊第683頁，中華書局1965年版。

愁。」。「明日」指重陽節後；黃花，菊花。古人多於重陽節賞菊，明日黃花兼有遲暮不過之意。後人用來比喻已過時的事情」。一些使用者硬將其改為「昨日黃花」，是出於對原詞的理解錯誤，屬於另一種望文生義。

還有一些人名、地名，也有類似的問題。以人名為例，著名電影演員劉蓓，那個蓓字，是「蓓蕾」之「蓓」，作花骨朵講，是很好聽又很好看的一個字，正確的讀音為bēi（改為四聲？——同意），字如「備」字，三國時大漢皇叔劉備，就發這個音兒，現在好了，有人叫劉蓓為「劉培」（音），也有人叫劉蓓為「劉備（音）」。我想，當初的意思，或許是想發「培」音的，然而，錯了。

這說明什麼，說明文法很重要。

自1999年起，我開始在高校做學報編輯工作，真是不做不知道，一做嚇一跳，我看的稿件多了，才知道不講語法、不講文法、不講用字規範的還大有人在。我編輯過一些論文集，據不完全統計，即使只算非改不可的地方，每頁也平均有6處之多。而這些作者，絕大多數都是受過在大學本科或本科以上教育的人。

這說明什麼？說明文法很重要。

那麼，我自己呢？本人出版過不低於600萬字的專著，主編過不低於6000萬字的套書或叢書，但是，某一天，具體說是一九九四年八月二十八日下午三時許，卻著實吃一大驚，因為我當時正閱讀一本剛剛由朋友送的王小山的《迅雷不及掩耳盜鈴之勢》，其中第一篇文章，有這樣一個例證。

我們患了gǎn　mào往往會發燒、流鼻涕。gǎn　mào這兩個字怎麼寫，你知道嗎？不要借助電腦，在紙上寫寫看。

怎麼寫呢？提問者如此回答：

> 我是在一本叫《咬文嚼字》的小開本雜誌上學會這個字的寫法的——「冒」字上面部分，不是「曰」，而是「豎、橫折、兩短橫」。要點是，最後那兩個小橫跟兩邊並不相連。《咬文嚼字》中說，中國人中有99%不會寫這個字。而在那之前，我在確是錯了許多年。[2]

王小山為此鬱悶，本人更鬱悶，因為當我知道這人錯誤時，我已經錯了大約50年了。而且我剛剛說過，我是出版過600萬字專著，主編過600萬字叢書與套書的人，然而，我不知道，也從來沒注意過「冒」字是應該這樣的。

這說明什麼？說明文法很重要。

---

[2]　王小山：《迅雷不及掩耳盜鈴之勢》，第3頁，天津人民出版社2004年版。

此外，這些年，名人出書的非常之多，賣的也非常之好，但批評與為之挑錯的人也很是不少，而且，一挑，就挑出不少毛病，有的作者對此坦然；有的作者對此不高興；有的還強詞奪理，惱羞成怒。但我說，能被挑錯是一種幸福。因為你終於知道哪兒錯了，最可怕的，是雖然錯了，卻沒人告訴你。就這樣「冒」一樣的糊塗下去，《呂氏春秋》中有一則故事，說齊宣王好射箭，射箭是講究臂力的，齊宣王很喜歡聽別人奪他的臂力大。雖然他用的弓雖然只有三石，周圍的人卻異口同聲說他的弓有九石。他聽著高興，且十分自豪。作者批評他說，宣王之射，所用不過三石，而終身以為九石，豈不悲哉！

我擔心會成為一輩子不知道吃幾碗乾飯的齊宣王。

這說明什麼？說明文法很重要。

（二）尊重文法，不可迷信

為什麼這樣呢？因為：

第一，文法是要變的；

第二，文法是會錯的。

先說第一點，文法是要變的，而且必然改變。

文法為什麼要變？因為語言在變。

一方面，語言是世界一切事物中最穩重的事物。以我們這些居住在北京的人員為例，在我們所能接觸到的屬於人類及人類所創造的文明中，大約除去周周口店的猿人骨化石、故宮博物院等院館收藏的那些古老文物之外，語言與文字就是最古老的了。但字的特別長處在於，它雖然古老，人們還在用它，而且年年月月，日月時時離不開它。這樣的情況，除去語言及其藩衍物之外，還有什麼？

但另一方面，語言又是變化最快的事物之一。它雖然在整體品性方面，具有極強的穩定性，但在現實存在方面，又有極強的順應性，它無時無刻不在豐富自己，擴充自己，改變自己，創造自己。而這，太好了，太讓我們人類滿意了。說實在話，雖然漢字使用了幾千年，但如果您徜徉北京街頭，忽然碰上一位說《論語》腔、說《史記》腔，說《西廂》腔，甚至說《三國演義》腔的人，一定會驚一個跟頭。雖然那決計不是你的錯。

語言在變，語法必然隨之而變。只是二者的變化並不同步。語言如同戰馬，語法彷彿韁繩。僵繩的作用既有約束之意，更有保證、促使這馬跑得更快更好之意，否則，就是一根「壞」韁繩。

舉一個例子，《詩經》中有一首〈周南‧桃夭〉：

> 桃之夭夭，灼灼其華。
>
> 之子于歸，宜其室家。

何為「桃之夭夭」──樹木茂盛之意。

然而，未知何時，它的意思變了，桃之夭夭，成為了逃之夭夭。

何為逃之夭夭，就是逃跑了，開溜了，沒影了。

但我想，當第一個中國人把桃之夭夭理解並採用為逃之夭夭時，一定是不合語法的。但終於約定俗成，事已至此，就算不合語法，也就是它了。倒是硬去使用原意的作法──如果有的話，令人不能理解又不合時宜。

其二，語法本身也會有「缺失」。換句話說，就是這語法規則確定得不全面，不實用，或者不合理。

那些規定不全面？例如一些漢字，在用作姓氏時，另有讀音的，比方「仇」字作姓氏時，讀「求」字音，「祭」字作姓氏時讀「寨」字音。這些在一般字典中有注釋。也有的姓氏，被忽略了，忽略了就等於不承認人家的合法存在了。如「蓋」字，作姓氏時應該讀「葛」字音，但這在一般詞書中是查不到的，沒這個音；又如「郝」字，至少在山東地區是讀「何」字音的，在常見字典是也找不到這個讀法。於是老郝（何）變了老郝（好），老蓋（葛）變成了老蓋（gài）。以北方習俗，你叫人家老「好」，也就將就了，叫人家老「蓋」（gài），人家會不高興的。

還有大學問家陳寅恪先生的恪字，舊音讀「確」音，如諸葛謹的兒子諸葛恪。後來經過正音，「恪」字的「確」音沒有了，一律改為「客」音了。但人家陳寅恪一輩子就叫陳寅恪（確），誰有權力給人家的名字改字音呢？改字音差不多就等於改名字，至少聽起來已經是兩個人了。

還有一些規定，變來變去，讓發音者尤其是青年學生不知所從。例如「暫」時的「暫」字，舊讀音為zhǎn（展字音），後來改了，改作「zàn」（贊字音）。於是跟著改，「贊」就「贊」吧，「贊」也贊成，好不容易習慣這「贊」的發音了，人家又改回來了。又如分析的「析」字，舊時讀作「xì」（細字音），廣播員也是這樣讀法，現在不可以，非要讀「稀」。我每每聽到電視臺的主播或主持人這樣的讀法，就覺得很不入耳，用一句年輕人慣用的語言形容──真夠傻的。

還有好似的「似」字，這個字在口語中發「式」字音，如兩個人好的什麼「Shì」的！」現在也不行了，非要讀作「Sì」，聽起來咬文嚼字，脫離生活。

還有一些語法要求根本就是不合理的，不科學的。最突出的例子，可是關於「的、地、得」的規定，這個規定實在是害人多矣，害人深矣。不

知道有多少中考、高考的學生為了這幾個字白白浪費了多少精力。從我個人的觀察看，那些寫論文的，寫書的，寫新聞稿的，以及作編輯的，就因為這幾個字的不同用法，可說是顛來倒去，大費周折，有的怕是一輩子也沒弄清楚它們的各種用法，乾脆就不理它了。

實際上，區分這幾個字的用法，完全沒有必要。至少我看不出，好得很，好的很與好地很，有什麼意思上的不同；也看不出，飛快地跑著與飛快的跑著及飛快得跑著三句話有什麼質性上的差異。這三個字完全可以通用。其實更早的時候，還有一個底字摻雜其中，是用作所屬關係的，後來不用它了，不也一樣清清白白，天下太平！

我不知道，為什麼那些有漢語規範話語權的人，對這樣勞民傷神的事這麼聽之任之，就不把它改變過來！我也不明白那些有話語權又常常為孩子們呼籲減負的人怎麼不關心一下這樣的問題。這問題難道就真的那麼難以解決嗎？

對這問題，有網路作者建議，甭管它怎麼用，弄一個軟體，不論什麼文章，用軟體系統一查，錯的全可以改過來。這等於是說，你儘管寫你的，管他什麼的也，地也，得也，寫完以後再讓「軟體」與它們對話。我的看法是，這個建議雖可行，對考試的人就不適用，就算考試也可以適用，那不也等於脫了褲子排氣嗎？

（三）在冰與火之間確定遊戲規則

一個成熟的事業或文明，需要各種各樣的人，而且能在最大的限度上發揮他們各自的潛力。一對夫妻，只是丈夫說了算，他老先生的感覺好極了，夫人的感覺就差了。一對父子，凡事都聽老爹的，老爹是綱，兒子是目，綱一舉目就張，老爹是心滿意足了，兒子呢？——成了賈寶玉了。請問當今天下做父母的人，誰願意自己的兒子像賈寶玉一樣被逼得去做和尚？如果願意，就去做你們的賈政、王夫人吧？否則，還是平等的好。

語言的發展，何嘗不是如此。這需要創造者，甚至需要激進的創造者；也需要保守者，甚至需要頑固的保守者。因為有了激進的創造者，這語言才能取得最充分的發展；因為有了頑固的保守者，那語言的傳統才能最大限度地受到保護。

記得五‧四時代，也有激進的文字改革者，要求從根本上廢除漢字，改用拼音字母。這主張在今天看來，有些幼稚了。但今人應該理解，在那樣一個新文化運動時期，面對的又是如此悠久與強大的傳統文化，若沒有點激進的觀點存在，怕是向前走一小步都會困難重重。

　　創造者中也可能有成功者，也可能有失敗者，只論成功失敗，這精神總是好的。以科學和技術實驗為例，你能保證一次成功嗎？如果總能一次成功，這實驗恐怕也平庸。

　　創造者有些需要一定的理念作支援，有理念，行為會更自覺。更多的情況，還是從實用或方便出發。記得過去一段時間，菜攤賣菜，都在小黑板上寫明價目，一些字生僻，或筆劃多不易寫，賣菜的師傅就把它們給簡化了，如將韭菜的韭字，寫成「芁」，把「菜」字寫成「芽」。這辦法固然有漢字規範相抵觸，但細想起來，與許慎的構字方法還有些相通處哩！

　　大抵說來，識字的人越多，字的用途越廣，其簡化的要求與嘗試就越強烈、越普遍。

　　無論創造者、建設者、激進者還是保守者，都應該有充分的情感投入。我知道一些對漢字傳統充滿情感的人，他們哪怕看到一丁點兒的不規範行為，都會痛心疾首，甚至發雷霆之怒。或有人說，這反應太過度了。但我認為這反應很可愛的。實在保護一個傳統，絕非易事。比如梁思成等建築學家，拼著老命要求保護山北京的城牆，結果，還不是給拆了嗎？現在想來，實在是罪過呀！然而，你就是再悔恨一萬年，那北京的城牆也是無法恢復的了。

　　無論是創新還是保守，都應該有相當的專業準備、藝術準備、理論準備與文化準備。否則可能只是投機與魯莽。所以，我同情一切對漢字漢語或變革、或創新、或涵育或保守的同仁們，但我更欽佩那些有專長，有見解，有膽識，有準備，又有高超能力的「圈裏人」。

　　就我所接觸到的相關文字看，朱正先生的《留一點謎語給你猜》是我所佩服的。首先佩服的當然是那文字，想其為人，又有多少感慨在心頭。

　　書中有一篇題為〈看懂了再點〉的文章，批評了江蘇某出版社出版的《白堅武日記》的標點錯誤。雖然這題目聽起來有些尖刻，但能平心讀此文，便會體會到批評者的仁厚之心。書中舉例甚多，今捎取三則，以為範式。

　　例一：

　　標點誤點為，「其內部則葛豪內勾，內寵外結，張子武以施其包攬排斥。」

　　標點應點為：「其內部則葛豪內勾內寵，外結張子武，以施其包攬排斥。」

　　例二：

　　標點誤點為：「聖人云：『過猶不及』。不及固不中，節過亦慮招愆尤。」

標點應點為：「聖人云：『過猶不及』。不及固不中節，過亦慮招愆尤」。

例三：

標點誤點為：「家人言前一日趙弁來津，以余不在而返，並事之相左有若此者。」

標點應點為：「家人言前一日趙弁來津，以余不在而反並，事之相左有若此者。」[3]

這樣的錯誤，不糾正，可以嗎？

又要最激進的創新者，又要最忠誠的保守者，怎麼處理這些不同人群的關係呢？關鍵在於「遊戲規則」。好的遊戲規則，能為語言的繁榮與發達提供相應的環境；壞的規則就有可能對語言與文字造成嚴重的傷害。

1949年以後，由專家制定，國家頒佈的中文拼音方案和第一批簡化字方案，都是成功的，經得起歷史考驗的，2001年1月1日開始實行的《中華人民共和國國家通用語言文字法》，也是符合漢語發展要求的。其中一些相關規定，較以前的作法，顯然更全面更合乎實際也更具有人文關懷的特點。例如讀法規定了可以保留或使用繁體字，異體字的幾種情形：（一）文物古跡；（二）姓氏中的異體字；（三）書法、篆刻等藝術作品；（四）題詞和招牌的手書字；（五）出版、教學、研究中需要使用的；（六）經國務院有關部門批准的特殊情況。

這規定實事求是。因為有這規定，很多極好極有價值的扁額、題字、對聯等都可以堂而皇之、合情合理地存在了；很多人名用字也可以心安理得又理直氣壯地使用了。如「榮寶齋」等處的扁額，沒這「法」的保護，它雖然掛著，卻不合法，因為那三個字都被簡化了。又比如我的一位前輩徐迺翔先生，他那個「迺」字也是被簡化了的。我們編《百卷本〈中國全史〉》的時候，請徐先生作顧問，遇到困難了，用「迺」字吧，不是簡化字規定的，改用「乃」字吧，又不合人情事理。左想右想，辦法不多。有的地方用了這個字，有的地方又用了那個字，現在想來，很對不住徐先生。

在目前的研究條件下，我以為有四個語言理念是務當確定的。

這四個理念是：尊重傳統；尊重公眾意願；尊重專家意見；尊重公民權利。

第一個理念，尊重傳統。傳統兩個字，字字重千鈞。一個傳統，來之不易，也許需要幾百年的積澱，也許需要幾千年的積累，那裏邊有多少淚，多少血，多少艱苦卓絕與犧牲，都是無可估量的。早幾年，我主編《中國經典藏書》，請北京大學的一位專家點評劉知幾的《史通》，點評

3　朱正：《留一點謎語給你猜》，第92、94頁，上海遠東出版社1995年版。

到入情之時，不覺淚下，為什麼？因為他感到劉知幾寫《史通》，下的功夫太大了。這事情令我感動。所謂唯有個中人方知個中事。或說，是個中人，雖千古以往可以心心相通；非個中人，難免碰到鼻子也沒感覺。

做文字工作的，首先應敬畏傳統。就像我們寫文章，為著一個字的使用，或者一句話的調整，可能花費一夜時間。如果一位編輯，大筆一揮，就把這個字或這句話給「滅」了，那感覺，真如挨了一腳惡踹不舒服。

第二個理念，尊重公眾意願。從歷史的宏觀考慮，公眾的意願總是對的。當然不是說，一切都要盲從，也不是說只要有了多數人意見，你就照著辦吧！但在保護傳統的前提下，在尊重和遵守法律規定的前提下，公眾的意願有其天然的合理性、比如簡化漢字這件事，第一次，成功了，第二次，沒有成功。雖然第二次沒有成功，但這件事還是應該走下去。畢竟漢字太複雜了，因為它太複雜，不便於推廣與使用，他的公眾基礎必受影響。漢語與漢字終將走向世界，而且現在已經開始走向世界，其公眾的含義，以其高端目標而言，就不僅是中國人，而包括全人類了。

第三個理念，尊重專家意見，專家即精英、精英的一種。公眾與精英乃是車之兩輪，鳥之雙翼，缺一不可的。以某種意義上講，尊重公眾必定尊重精英，反之，尊重精英也不能脫離公眾。

中國文化傳統，有尊師重教的傳統，所謂「三尺講臺，無上權威」；也有教重讀書人的傳統，所謂「宰相還需讀書人」。但與現代文明的要求相比，雖然還不夠。尊重專家意見，應有立法性程序性保證，從而使專家之專、精英之英轉化為社會之福，全民之祉。

第三個理念，尊重公民權利。這裏講的公民權利包括姓名及用字所有權，這個前面已經說過了，還包括語言的作用權，愉悅權與創造權。

先說語言的使用權，所謂使用權公民可以使用各種語言作為交流、工作與創作的工具。他可以說漢語，也可以說英語；可以說普通話，也可以說地方話。「阿拉」上海人，說上海話，或者「阿拉」並非上海人，但喜歡上海話，除去專業性、合法性要求之外，沒有任何東西可以約束或限制他的說話方式、說話語言等說話權利。

再說語言的愉悅權。因為語言天生具有審美功能，人類使用語言，不僅意在交流，而且是一種情感享受。為著這種享受，他可以這樣說，也可以那樣說，可以創造這樣的文體與文章，也可以創造那樣的文體與文章。例如他可以發明一些唯有他自己或家人才明白的昵稱。這些昵稱，或許是很高雅的；或許是很通俗的；或許是很國際的；或許是很地方的；或許是人人明白，你用我用他也用的；或許是其他人鐵定找不著北的。只要他高興，他就可以盡情使用，並享受著。

現代文明中，愉悅是一件大事理。沒有愉悅，人生將墮入昏暗，變成灰色，灰色的人生不合人的本性，不合文明的本性，也不合語言與文字的本性。

再說創造權利，創造當然不是無邊無際，無法無則的，這權利必須強調，必須保護。任何公民都有權利根據自己的理解與愛好，進行語言創造或作創造性嘗試。有人毅問：你創造了，別人不懂，怎麼辦？別人不懂僅僅證明你創造的不成功——其實不成功有什麼大不了的？難道因為一句話沒有創造好，就「不成功，則成仁」了嗎？

實在現代文學作品中，新的語言語句語體創造已有很多且有的很別致，有的很奇異。如有的小說的段落，是沒有標點的，連中國古來的斷句都無，他就是要寫成一大片，讓你不下功夫，就找不到頭續；有的小說章節，是要隔行讀的，不隔行讀不懂，更讀不出那文章固有的味道。對於這些，創造者是自豪的，閱讀者——至少相當一部分閱讀者也是認同的，喜歡的，甚至於有些佩服的。文學家可以如此，普通人為什麼不可以呢？

（四）文法發展的幾個關鍵字

文法研究，內容極多，不可一一盡述，但有幾個同現實生活與專業基礎很密切的問題，需要特別提出來，予以關注，我稱之為「關鍵字」。

1.關於語文教學

現在人們對教育的意見和很大，其中相當一部分和語文教育相關聯。語文教育目標關係到漢語的前途，不可不重視，亦不可不慎重。

在我看來，大陸教育的問題屬於結構性的，即不是一個層面或一個具體領域的問題，最主要的當然是應試教育這樣的體制性問題。這些年雖然對應試教育批評很多，也做了不少調整，但最主要的環節——高考體制問題，改變不大。這體制不變，素質教育包括語言文化素質教育都要面臨一個邁不過去的坎兒。

也有教學方法的原因，最突出的問題，就是滿堂灌。這當然也和中國的文化傳統有關。儒學傳統，自古以來就是這方法，老師台前一站，他講你聽。講得好，你聽；講不好，你也得聽。否則，批評；否則，考試；否則，不及格。

滿堂灌的方式，對任何一個學科都不利，對語文教學尤其不利。語言學習，首先是練，不但要聽，而且要說、要讀、要寫。不聽，則沒有語音感；不說，則沒有語言感；不寫，則沒有文字感，三感皆無，無語無文。呂叔湘

先生生前曾對語文教學提出批評，認為從小學到大學，學習語文用了如此長的時間，如此多的學時，結果卻並不理想，不能不說是一個很大的浪費。

從教學內容上看，只有過度詮釋的問題。例如講一篇文章的結構，解講就是詮釋。不詮釋不可以，但過度地發揮很可怕，又講主題思想，又講文章層次，又講段落大意，又講起承轉合，又提出無數的毅問，講得天花亂墜，佛見了都暈，連作者聽了都不免驚訝——這就適得其反了。過度詮釋的結果，是袈裟大於和尚。結果，袈裟活了，和尚死了。

再一個問題，是任何語文試題都只有一個答案——答案是法定的。殊不知文法非刑法，就是刑法還有減免條款，您一條道走到黑，結果鑽進了死胡同。

唯一答案的作法，對於教學等學科也許可以，但答案是唯一的，解出答案的方式一定不止一個。語文的特點，是它的多樣性，有多樣性才有文學。比如一個上聯，只能有一個下聯，若不是那上聯過於艱深，就是那對下聯的人本領不大；一篇文章只有一種作法，若非文人的悲劇，一定是這文章的悲劇；一個經典文本只有一種講法，若非這經典是偽經典，便是那講解人的思想僵化。

最後，還有學習者的能動性問題。依我看，語文學習，最重要的是多讀書，讀各類作品，尤其是適齡的經典之作或對一些特殊人群的超齡的經典之作。多讀書而後知文法，多讀書而後知創造。毛澤東是幾歲讀《三國演義》的，魯迅是幾歲讀《水滸傳》的？

最平庸最失敗的教育者，才會低估青年人的能力與潛力，不要怕這怕那，認為學這個也不行，那個也不行，君不見80後的青年作家乎？人家連小說散文都寫得那麼出色，且賣得一塌糊塗，若肚子裏沒有幾筐書，是可以寫得出來的嗎？

2.關於漢語語法的借鑒

現代漢語語法在很大程度上是借鑒西方的，其中最早一批的代表性人物是清代大學者馬建忠。他的《馬氏文通》在中國現代語法史上的影響，可以說是無以倫比。漢語、漢文學的歷史雖長，但重要的理念經典數量卻不算多，堪稱巨著的，大約也只有許慎的《說文解字》，劉勰的《文心雕龍》與馬建忠的這一部《馬氏文通》。

漢語借鑒西語例如借鑒英語語法，就存在一個二者如何銜接的問題。比如英語非常重視動詞、謂語，沒有動詞做謂語幾乎不成完整的句子。漢語不是這樣，漢語中的謂語，未必由動詞承當，形容詞了可以做謂語，副詞也可以作謂語，連名詞都可以作謂詞。且名詞動用，在古漢語中十分

普遍，在現代語言中又有舊火生輝之感。舊的用法，如《史記・項羽本紀》中有一句「沛公軍灞上」，軍字就是名詞，在這裏作動詞謂語用。這種情況，現代書面語言中少了，但口語中有。侯寶林先生上世紀40年代在天津說文明相聲，紅了。他開始穿西服，有人不習慣，說他：「喲，你人了。」侯先生說，「我人了怎麼樣？」，就是這用法，而且，來得格外生動。現代網語與時尚語言中，這樣的情況更多了，如「我幸福了」。「我傻子了」。不但名詞可以作動詞，還可以作形容詞，比如說一個人很有中國味，就說他「很中國」；形容一個人很開放，又說他「很國際」。

　　不僅語法，包括文風、文體、文句、文字及至標點符號，漢語都有自己的特色。不考慮或不認真考慮漢語的這些特色，有可能對漢語的繼承與發展產生負面影響。以文句為例，漢句的句子一般比較短，習慣和擅長使用省略句，而英語的句子一般比較長，現在的不少大陸學者，文章句子的歐化現象嚴重。歐化並非不可以，過度或整體性歐化卻令人生畏甚至生厭，那情形正與對文章的過度詮釋相同，不免學了皮毛，忘了根本，捨兩本而求一末，抓住了僧帽，弄丟了和尚。

3.關於「網語」及其文化環境

　　網路語言發展快，創造的新詞尤其多，詞的使用與創新，相對於非網路者而言，有些匪夷所思，又有些驚世駭俗。於是引起種種反應，早幾天，看中央4台的「海峽兩岸」，說臺灣地區這個問題也相當嚴重，並且引了其中一段用「網語」寫成的文字，那大意是這樣的：

> 我和媽媽星期天去ZOO，我GG帶他的GF來了，哇，原來是個恐龍！
> 真7456，GG見我不高興，趕緊給我PMP，我和他們886。

　　大意如此，手邊無文本，差異之處，敬請原作者諒解。這內容，這用法，這破壞文法的行為讓沒有接觸過「網語」的人看不懂，很生氣。

　　其實不止這些，節目中還舉了一個例句。這例句中，既有符號「↓」又有英文字母「B」、「D」，還有諧音漢字「挖」。寫出來是這樣的：

　　「↓B倒挖D。」

　　什麼意思？問專家。專家說，是「嚇不倒我的。」

　　「↓」，箭頭向下，故而讀「下」音，意為「嚇」，「B」是不字的拼音字頭，故而讀「不」，「挖」是「我」的諧音，意思是我，「D」則是「的」的代表性符號。

　　哇！真夠怪的。

　　雖然怪，也不必大驚小怪。

其實，新奇的乃至奇特的語言符號寓意代碼正是網路語言的特性之一。如果沒有這些符號與代碼，雖然不能說就沒有網路語言了，至少它對於上網主力軍——年輕的線民而言，會減少相當的吸引力。

用語求新，其實是人之本性。實際上我們，天天都在創造著新的語言，新的語法與新的辭彙。只是沒有網路那麼發展迅速、形式尖銳、形態另類，更沒有他們的影響那麼大就是了。

舉個例子，近幾十年，我們大陸人特別喜歡使用動詞——「搞」這個字。文言中其實沒有，「五四」時期也沒有見它有多麼活躍，但在1949年以後，它的使用範圍與頻率卻是越來越大。

如：搞對象，搞衛生，搞運動，搞革命；

　　搞陰謀，搞鬼，搞地下活動；

　　搞鋼鐵，搞木材，搞煙，搞酒，搞車皮。

以及現在又開始成為時尚用語：

搞笑，搞定，搞怪，還有連式短語「搞什麼搞」等等。

這個搞字，因用法不同，其意義可說在在有別。

如：搞對象：是談戀受的意思；

　　搞衛生：是打掃衛生的意思；

　　搞革命：是參加革命的意思；

　　搞運動：是參加及發動運動的意思；

　　搞陰謀：是進行陰謀活動的意思。

　　搞煙、搞酒、搞車皮：是組織或找到煙、酒、車皮等貨物的意思；

　　搞笑：是弄譴頭的意思；

　　搞怪：是出洋相的意思；

　　搞定：是把事情辦妥，而且含有用自己的智慧和能力讓對方同意或屈服的意思；

　　搞什麼搞：是胡來亂來，瞎胡鬧的意思。

此外，還有搞不懂，搞不通，搞大了，搞砸了，搞不準，搞光光等，更有特別含義的，如瞎搞，亂搞種種。

而且，其中還有約定俗成的規則，這規則，就是把它看成文法也正確。比如說，可以說搞不通，搞不懂，卻很少說搞通或搞懂的，但在南方，有「搞搞懂」這樣的說法；又比如可以說「搞大了」，卻很少有人說「搞小了」；再比如胡搞、亂搞，單用時，是指男女關係不正常，但把兩個詞連在一起時，胡搞亂搞變成了「搞什麼搞」，意指作事沒有章法。

這樣的字的用法，都合乎傳統的或既有的文法方面的要求嗎？

雖然未必合乎某種規則或要求，卻實實在在豐富了漢語的辭彙內容，也提高了漢語表達的生動性，像這樣的例證還有不少，如最近走紅的東北話「忽悠」一詞即是一例，「整」字又是一例。

有人擔心，這種無規則發展會不會把漢語文法弄亂，甚至最終有一天會毀壞漢語。

這擔心，也是不必要的。

對這樣的擔心，我想問一句問：漢語是那麼容易毀壞的嗎？如果因為網路語言出現了一些這樣那樣的不規則不規範不合非網路語言的常規與習慣，漢語就遭到毀壞了，那漢語也太禁不起風風浪浪了，果真如此，就算毀壞了，也不足惜。

其實，這些年來對主流漢語形成衝擊的並作只有網路語言，其他如流行歌曲，如先鋒文學，如廣告用語都有許多所謂「不倫不類」的說法。但它們往往受到青年人的歡迎。例如前面提到的名詞他用，幾成時尚之風，如很中國、很北京、很人類、很農民，以至太中國了，太人類了，太農民了等等，也有一些故意改變詞序的說法，也已然成為一些青年人的日常用語，如：「給我一個理由先」。這順序有點像古漢語，又有點像英語，然而都不是的，這只是現代青年的一種時尚用語，這裏且舉幾句羅大佑的歌詞，因為我對歌曲陌生，是我從《迅雷不及掩耳盜鈴之勢》中搞來的。那歌詞寫道：

> 黃色的藍色的白色的無色的你，陽光裏閃耀的色彩真美麗，有聲的無聲的臉孔的轉移，有朝將反射出重逢的奇跡。[4]

請問，這樣的句子組成合乎語法嗎？王小山的評價是：「羅大佑的一些歌詞，喜歡堆砌辭藻，不知所云」。這批評自然也有道理，但是小山先生本人的著作，用的就是韓喬生先生的一句「妙」語——「迅雷不及掩耳盜鈴之勢」，請問，這個題目就能知其所雲了嗎？

由這書又聯想到張馳先生的《我們都去海拉爾》，那書中的人物名字，似乎都屬於這種範式。現隨機摘引一段，請不習慣這「範式」的讀者體會一下，看看感受如何。

> 那天晚上，唐大黏糖，楊志顓獨佔楊葵、石老康有為、方文縐縐的和報著狼皮的老狼也來了。楊志顓獨佔楊葵說他是從單位來的，我奇怪他背包裏為什麼沒帶注射器，他興沖沖地說，他的任命已經下來了，以後往書裏注水這種事可以讓下屬幹，他在旁邊監督就行。

4　王小山：《迅雷不及掩耳盜鈴之勢》，第3頁。

唐大粘糖則說他下午逛琉璃廠，發現買一得閣墨汁的地方變成了一
個澡堂子，他主張大家哪天到那兒用墨汁洗澡。[5]

凡此種種，真的都那麼不可接受嗎？

否。

不但可以接受，而且有時還會欣然接受，覺得很有趣味，很有意思，
很有點創造力呢？實話實說，我對他們都喜歡。

我的理解：文法一事，不可以沒有的，而且需要有那麼一些人，尤其
是那些專業人士，年年月月，兢兢業業，去關心，去批評，去找錯兒，去
挑剌，這個不能沒有的，也不能掉以輕心的。

同時，對不同的人群，應有不同的語言規範。對專業人員，例如對語
文教員和漢語語言的專業研究人員；對以務員；對媒體的工作者，尤其是
主持人與播音員，要求應該是既規範又嚴格的。

對一般公民的文法要求，包括對文學語言、藝術語言、網路語言的規
定範標標，則應該是寬容的，且只要符合下述各種條件中任一的，就應該
准其存在並自由使用之。

其一，可以聽懂且不發生明顯歧義的，例如流行歌詞；

其二，雖有歧義，但很有意思的，例如某些文學用語；

其三，雖然不是多數人可以聽懂，但有所依歸的，例如地方話；

其四，為一部分特定人群所認同的，例如行業用語；

其五，具有特殊語言價值或創新價值的，例如網路語言。

誠能如是，漢語文法至少可以變得更其有效也可更其可愛。

5　張馳：《我們都去海拉爾》，第38頁，中國社科出版社2003年版。

八、文風審美

環肥燕瘦，各臻其妙

　　風格是作品成熟的標誌。從邏輯上講，凡作品都應有風格，正像凡人都應該有人格一樣。所謂人有人格，文有文格。那「格」就是個性與品質。但是文學作品是需一定標準的，不是你說文學了你就文學了。達不到這個標準，就談不上風格，正如，人人都應該有人格，卻不見得人人都活出人格一樣。

　　由此也可以看出風格的重要。如果批評一件作品，說它還沒有形成自己的風格，那就等於說這作品不成熟，或者平庸了，但不成熟或平庸的文字堆砌可以稱之為作品麼？

　　但風格這件事在中國在內地也曾受到過多年的曲解與誤解。這些曲解與誤解不但影響了作家的正常創作，也干擾了人們對中國古典作品的合理理解與詮釋。比如相當長的時間內，一味提倡浪漫主義與現實主義，甚至要革命的浪漫主義與革命的現實主義相結合，卻從不去問，也沒人敢於發問，難道只有這兩種風格才是「好」的風格嗎？這兩種冰、火不相容的風格真的可以有機結合嗎？世界上有這種結合的成功先便嗎？沒人問，但有人解。比如硬說李白是浪漫主義，杜甫是現實主義，說《西遊記》是浪漫主義，說《紅樓夢》是現實主義。現在想來，不但十分橫蠻而且很是可笑。

　　這裏是將話頭打住，書歸正傳。

（一）個人風格、流派風格與文學傳統

　　從根上說，真正的風格只是屬於作家個人和作品的。有多少成熟的作品就該有多少種風格。在這一點上，似乎古人比現代人更其明白。而且中國的文學傳統，從來很少有把風格主題化或簡化的情況。比較極端的乃是將詞風分為豪放與婉約兩大派的詞風分析法。但那也是很晚以後的一種見解。最早的文人詞出現在唐代，相傳李白也開始作詞，但提出豪放、婉約兩派詞風的人卻是明代的張綖，其間相隔好幾個朝代！張炎之前，已有眾多議論到詞風的著作，但沒有這麼簡化的。宋人論詞，有清空與質實之別；有淡雅與穠豔之別；有悲涼與溫婉之別；還有疏風與密風之別。大詞人兼大評論家張炎論宋詞詞人，說：

> 中間如秦少游、高竹屋、姜白石、史邦卿、吳夢窗，此數家格調不侔，句法挺異，俱能特立清新之意，刪削靡曼之間，自成一家，各名於世。[1]

　　同為大詞人兼大詞論家的周密也說：

---

[1]　梁令嫻：《藝蘅館詞選》，第282頁，廣東人民出版社1981年版。

清真集大成者也。稼軒斂雄瓦，抗高調 ，變溫婉，成悲涼。碧山麞
心切理，言近指遠，聲密調度，一一可循。夢窗奇思壯采，秦天潛
淵，返南宋之清泚，為北宋之穠摯。是為四家，領袖一代。[2]

自然也有豪放、婉約之說，那不過是眾多風格中的兩家罷了。

詞如此，詩更是這樣了。司空圖作《詩品》，品的今譯就是風格。而
且不品則已，一品就口出24種風格之多。它們分別是：

雄渾、沖淡，纖穠，沈著，高古，典雅，洗練，勁健，綺麗，自
然，含蓄，豪放，精神，縝密，疏野，清奇，委曲，實境，悲概，
形容，起詣，飄詣，曠達，流動。

風格如此繁紛美麗，可是浪漫主義與現實主義能夠概括的嗎！

還是那句話，風格本質上是屬於作者本人的，因此，從純邏輯上講，
它也是無可勝數的。實際上，倒也不全然如此。如果認定風格數不勝數，
那麼了幾乎等於沒有風格或者無必要研究風格了。

風格，雖然從本質上看是屬於個人的，但在一定的歷史條件下，它
有可能形成某種流派，或者說形成主題性風格。這種情況，在中國文學史
上，並不鮮見，如眾所周知的建安風骨，就是一種主題性風格的概括；又
如南北朝時期的齊梁詩體，也是一種主題性風格的概括。

此外，一些成就特別巨大的文學人物，他們的個人風格，其影響既深
且長又大，加上別的原因的推動，也可能造成新的流派的出現。如杜甫的
影響就是一個顯例，李商隱的影響也是一個顯例。杜甫的詩風，可說影響
了中國詩史一千二百年：李商隱的詩風也在宋代找到了眾多的追隨著從而
形成新的流派。這樣的情況在西方世界也有明證。特別是西方19世紀浪漫
主義文學思潮的影響，尤為巨大。它幾乎影響了整個歐洲的文學創作的方
向及成就，而且作為一種特殊形態的人文精神，也極大地影響了西方文明
的走向與提升。其中最著名的人物，如雨果，喬治·桑、雪萊，拜倫以及
巴爾扎克、司湯達等，均為西方文學史上的大師級人物。但這樣的情況並
不多見，不可以把它作為一種普遍性規律而施加於任何其他時代。不僅浪
漫主義，任何一種流派都不可以施加於人，最多可以作為一種理論借鑒或
導向，而這種借鑒與導向，顯然也應該是符合創作主體與作品的實際情況
與追求的。否則，只不過是無的放矢。

且中國文學傳統，風格一向多樣，這不唯是中國文學史上的一個特
點，而且是一個突出的優點。

---

[2] 梁令嫻：《藝蘅館詞選》，第295頁。

（二）形成作品風格的內在原因

南北朝大文學批評家劉勰提出過文章的八種風格，又提出造成這八種不同格的四種因素。這些因素，都屬於內在原因，它們是：氣──氣質，才──才力，學──學識，習──習染。

我認為，他的這種對形成作品風格的文體構因的認識，是很深刻的，且直到今天，依然有珍貴的借鑒價值。

造成作品風格的四個原因中，有先天的，也有後天的，還有二者合成的。

先說先天的。他說的氣──氣質──心理類型就屬於先天的。

實際上，一個人的文學創作空間能夠形成什麼樣的風格，絕不是隨心所欲的，而是勢所必然的，正像一個人不是想有什麼性格就可以有什麼性格一樣，而是這性格自你一出生起，就有了基本的生理類型基礎。張飛是個粗人，但他成不了李逵，儘管張飛也是個粗人，他到底沒有李逵那樣的野性，也不具有李逵那樣的天真；燕青是個精細人，石秀也是精細的人，但燕青成不了石秀，他畢竟沒有石秀那樣的陰狠，也沒有石秀那樣的刻毒。這兩組人物在大的類型方面還屬於基本一致！更遑論林黛玉與顧大嫂，賈寶玉和魯智深這樣不同類型的人物了。林黛玉會寫詩，顧大嫂會殺人；賈寶玉痛苦了會寫〈芙蓉誄〉，魯智深發怒了會倒拔垂楊柳。

不僅心理類型，還有文學藝術潛質。文學藝術潛質不等於文學藝術才能，它是未開發的文字藝術才能，但有這潛質與沒有這潛質那差別可就大了。潛質等於天份，天份關乎大腦。

大腦有分區，有語言區，有計算區，有行為區，有音樂區。以音樂潛質為例，你這個大腦區域不行，再怎樣下苦功，也沒大前途。不是不讓您作專業歌手，實在是您一張嘴就跑調，就算拜金鐵林作老師，也沒辦法助您成功。我在一檔電視節目中聽一位京劇藝術家說過，對孩子的京劇啟蒙教育，一定要相「材料」而定，材料即潛質。他的觀點是：你有七分材料，老師努力教，你也努力學，還有點希望；如果只有五分材料，怎麼辦？──該幹嘛幹嘛去，就甭費這事了。

藝術潛質，又有綜合與單項的共分，有的人綜合藝術潛質極好，那麼，很有可能成為蘇東坡。蘇東坡的特點是什麼？就是舉凡他那個時代所有的文學藝術形式，他幾乎樣樣出色，而且都有了超常的成就。他的文章舉世無雙；他的詩並列宋王朝第一；他的詞至少位居宋詞的第二；他的書法名列宋書法四大家之首。他精通佛、道、儒學，又是一位美食家，還是一位烹調高手。不但會「吃」，而且會「做」。這樣的奇人，無以名之，名為「超級大通才」。

如果只是單項藝術潛質好，那麼，雖然不能成為蘇東坡，卻可能成為杜甫或者李後主。杜甫的文章不怎麼樣，也沒有寫過詞，更沒有寫過傳奇之類，但他的詩做得好，在唐代，只有李白與他並駕齊驅；在唐以後，更是一峰獨立，被尊為詩聖。李後主的才能卻主要表現在詞作方面，別的不通，只是作詞。然而，那詞是做得真好，整個五代詞壇，也沒有敵手。

此外，還有智商高低，換句話說，有潛質，也不見得這潛質的潛力就很大，好像自然景的礦藏：有富礦，也有貧礦。從一個角度看，貧礦也是礦，他縱然不會寫詩，很可能能理解詩；但從另一個角度看，雖然貧礦也是礦，真的開發就麻煩了，很可能費盡九牛二虎之力，開發出來的東西確是可憐。現在一些家長，不顧孩子的興趣。看人家孩子學鋼琴成功了，也非逼自己的孩子學鋼琴不可；看人家孩子打檯球成名了，又非逼迫自己的孩子練檯球。這著實不足取，弄不好既累壞了、急壞了自己，也嚴重的傷害了孩子。在現代科學技術條件下，理論上，每個孩子都可以成材。關鍵看你找不找得到適合孩子發展的方向與專業。形象地說，鳥兒不是老虎，但它可以飛；兔兒不是飛禽，但它可以跑；魚兒不是野獸，但它可以遊；蟋蟀不是水族，但它可以叫。

一是心理類型，二是藝術潛質，三是智商狀況，這三者就構成了作品風格的先天因素。

再說後天因素。

學識是後天的。縱然有極高的藝術潛質，不學依然不能成材。這道理簡明不過，不說也罷。

習染也是後天的。習染即生活習慣與環境的薰陶。習染亦十分重要。兩個同樣具有傑出文學才能的人物，一個生活在書香富貴之家，一個生活在社會下層，假如他們都有機會成為文學家的話，那麼，最好的結果，前者就有可能寫出《紅樓夢》，後者大約只能寫出《金瓶梅》了。

環境的影響，不僅指社會生活環境，還包括自然環境。許多南方地域，山清水秀，而一些北方地區，則是山寒水瘦；有些地方，山也沒有，水又奇缺，不是山寒水瘦，而是大漠荒沙。生活在不同地域的人，文風會不同的。一個北方詞家，可能會成為李清照，但很難成為王沂孫；一個南方詞家，很可能成為史達祖，卻很難成為辛棄疾。不是他們的才能不夠，或性格不對，而是各自家鄉的山川地貌以不同方式涵養了他們，從而使他們對自然有了不同的心理感受與文學體悟。

還有先天、後天相結合的，那就是才——能力。

能力與先天因素有關。人家智商120，本人智商25，還講什麼風格，會穿褲子就不錯了。但人的才能不能只靠甚至迷信先天潛質。你的潛質再

好，開發壞了，也是白廢！梁山泊第23條好漢為九紋龍史進，先前也曾拜過好幾個師傅，其中有一位也算是一條好漢──打虎將李忠，但論到真才實學，卻沒有了。所以史進固然潛質極佳，本人又十分好學，但學來學去，沒學到真本領，讓王進師傅三招二式，打了一個跟鬥。後來拜王進為師，才「十八般兵器，樣樣精通」。可以這樣說，若無王進，便無史進；縱有史進其人，也斷不會成為梁山好漢九紋龍的。

　　構成外部影響的因素眾多，擇要而言，也有以下種種。

　　首先是社會主流文化的導向作用，例如儒學的作用。自漢武帝實行「廢黜百家，獨尊儒術」的國策之後，儒學影響可以說是最重要、最長久，也是最強大的。

　　其次是社會重大事件的衝擊作用，特別是諸如改朝換代或者發動社會動亂。這影響常常不是作者所期盼的，而是他們所擔憂、所反對、所仇恨的，但它一經發生，你就不可能脫離於他們的影響之外。

　　再次是最高統治集團的影響。古代社會，主要是帝王的影響。魏晉時期文學發達，與曹氏父子的文學創作息息產相關，而唐詩的輝煌，也與唐太宗、武則天、唐玄宗這幾位有作為有影響的帝王的大力提倡與親歷親為息息相關。

　　這些社會因素之外，還有文學理論與受眾的影響。

　　文學理論的影響，自然不可輕視。它的地位能在文學之內，又在文學之外，無論如何，沒有理論的創作，屬於盲目的自在性創作，它可以有很優秀的作品，卻不會有燦爛的前程；沒有創作的理論，一大半都該歸入臆想與空談，這樣的理論家常常可怕又可厭！它對於哲學或者別有意義在，對於文學的影響，最多也不過是隔靴搔癢。

　　讀者的影響尤其不可小覷，有一種理論叫接受美學，說通俗點，就是有什麼樣的受眾必然有什麼樣的作品，有什麼樣的時尚，必然會出現什麼樣的風格。更何況，大陸的各式各樣的著作者，如果他或他們打算讓自己的作品進入市場的話，怕是沒有一個人敢於輕視讀者的作用。因為沒有讀者，就沒有市場份額；沒有市場份額，就等於進入了死胡同。在一個由市場決定生存的系統中，沒有市場最可怕。

　　歷史上最好的文學機遇，乃是上述種種因素形成積極性合力的年代，這樣的年代，大約只有盛唐最為典型。那個朝代，上至帝王，下至平民，旁及寺、觀、青樓，無論士、農、工、商，還是僧、俗、男、女，沒有不愛詩的，沒有不吟詩的，沒有不讀詩論詩的，因此，詩人的地位到了空前，詩的創作到了極致，詩的風格也做到最充分的多樣話。

（三）小說語言風格簡析

漢語小說的歷史非常長，成就也非常大。簡而言之，先秦兩漢時有寓言、神話小說；魏晉時期有志怪小說；唐宋時期有傳奇小說；明清時期有古典長篇白話小說和著名的文言小說；「五四」運動前後有現代白話小說；改革開放後有各種體式與風格的新時期小說。

小說如此之多，不可一概而論，用簡單的風格去套就更行不通了。如前面講過的浪漫主義與現實主義，這兩個主義都很不錯，但不能用它們為一切中國小說硬性分類，那麼既會累死分類者，也會煩死閱讀者。

我這裏刪繁就簡，以〈六大名著〉為例，專門討論一下它們各自的語言風格。

單單討論語言風格也殊非易事。實在這幾部著作太過豐富、太過高明，也太過偉大了。我的辦法，是將它們的語言風格，分為三個側面六個維度，即語風的粗與細；語調的剛與柔與語性的雅與俗，以求窺一斑而知全豹。

1. 語風區別：精與細

首先解釋一句，粗非貶意。「粗」，不見得不好，反之，「細」，也不見得都好，那不過是兩種不同的風格罷了。比如京劇行當，淨行是粗的，但粗中有細；旦角是細的，但也不能品味過於單調。

以粗與細的語言風格為六大名著排座次，最細的乃是《紅樓夢》，最粗的則是《三國演義》。《紅樓夢》的第一語言特色，就是細膩，所謂女兒家的骨頭是水做的，不細膩，又怎麼可以？語言粗如沙粒，不免傷了女兒膚，痛了女兒心；《三國演義》的語言風格首先是粗放——所謂粗線條，大筆觸。

以對人物形象的描寫為例，大約所有古典小說乃至我所看的現代小說中，說到細膩二字，沒有超過《紅樓夢》的。書中對賈寶玉、林黛玉、王熙鳳的形象描寫，就不用細說了，已經細到了「形」，又細到了「神」。就是對那些次一級人物的描寫，也多有細膩之筆，如塑造迎春、探春、惜春這三位的形象，依然筆筆寫來，如描似畫。作者寫道：

> 第一個肌膚微豐，合中身材，腮凝新荔，鼻膩鵝脂，溫柔沉默，觀之可親。第二個削肩細腰，長挑身材，鴨蛋臉面，俊眼修眉，顧盼神飛，文彩精華，見之忘俗。第三個身量未足，形態尚小。[3]

---

[3]　曹雪芹：《紅樓夢》上冊，第39-40頁，人民文學出版社1982年版。

　　寫三個人，唯有寫惜春時簡單了，但那是表面上的，表面上寫得簡，內裏則觀察細，因為惜春還小哩。這正是《紅樓夢》的簡而細緻之處兒，難怪脂硯齋對此要特別批註道：

　　渾寫一筆，更妙！必個個寫去，則板矣。可笑近之小說中，有一百個女子，皆是「如花似玉，一副臉面」。[4]

　　到寫史湘雲的時候，越發細膩且越發好了。想那史湘雲自然是作者十分心愛的人物，然而，難寫。對她的描寫既不能壓過林黛玉、賈寶玉的風頭，又不能平平常常無顏色，且這一色又絕不同那一色，而是一定要寫出她獨有的情致與風采，於是作者直到該書的第四十九回，才找到一個恰當的機會。作者這般寫她：

> 　　一時史湘雲來了，穿著賈母與她的一件貂鼠腦袋面子大毛裏灰鼠裏子裏外發燒大褂子，頭上帶著一頂挖雲鵝黃片金星大紅猩猩氈昭君套，又圍著大貂鼠風領。黛玉先笑道：「你們瞧瞧，孫行者來了。他一般的了拿著雪褂子，故意裝出小騷達子來」。湘雲笑道：「你瞧我裏頭打扮的。」一面說，一面脫了褂子。只見他裏頭穿著一件半新的靠色三鑲領袖秋香色盤金五色繡龍窄袖小袖掩衿銀鼠短襖，裏面短短的一件水紅裝緞狐肷褶子，腰裏緊緊束著一條蝴蝶結子長穗五色宮條，腳下也穿著鹿皮小靴，越顯得蜂腰猿背，鶴勢螂形。[5]

　　寫得多細呀！尤其寫衣服，直如工筆畫一樣，一筆一筆，毫釐不爽，但也不全是工筆劃，結尾的八個字概括，又像大寫意了，然而，也是細膩的，八個字講了四個比喻，四個比喻強調了史湘雲形象的四個特點。使用比喻本是中國文學的一大傳統，但比喻得這樣奇，這樣切，這樣真，和起來又這樣美，我沒有見過第二個。

　　《三國演義》就不是這樣了，它無論寫人物還是寫事件，都是粗線條，大筆觸，濃彩重抹，三筆兩筆，行了。人物出場，別的不說，單是那代表性人物的身高，就甚是誇張。曹操個子不高，只有七尺；劉備高些，七尺五寸；張飛身高八尺，是大個子了；關羽更高，身長九尺。這四位放在一起，一定好看。那張松又矮，一矮，矮大發了，只有不足五尺。想來張松與關羽是一定不能擁抱的，要擁抱，張松只能對著關老爺的肚臍眼兒。但《三國演義》從它的整體風格出發，不能不這樣寫，否則，就不「像」了。

---

[4]　《脂硯齋重評石頭記》，第119頁，作家出版社2000年版。
[5]　曹雪芹：《紅樓夢》中冊，第679-680頁。

《儒林外史》則是真切。《紅樓夢》寫得細，因為細，有時不免有些理想化了。《儒林外史》寫得真，可說一筆一劃都有來處，理想化語言在它這裏縱有也不多，那光景就和現代人所喜歡的「老照片」差不多少。且看他怎樣寫那一幫童生與范進的形象。

> 周道台坐在堂上，見那些童生紛紛出來：也有小的，也有老的，儀表端正的，獐頭鼠目的，衣冠齊楚的，襤褸破爛的……落後點進一個童生來，面黃肌瘦，花白鬍鬚，頭上戴一頂破氈帽。廣東雖有地氣溫暖，這時已是十二月上旬，那童生還穿著麻布直裰，凍得乞乞縮縮，接了卷子，下去歸號。[6]

《金瓶梅》的語言風格雖然也應該歸於「細」的大範圍之內。但論細膩，就不如《紅樓夢》；論真切，又不如《儒林外史》。它其實也是寫實的，但市井氣多了，不知不覺之間，已有些漫畫化了。

我們看《紅樓夢》，覺得那人物「應該是這樣的」，雖然我們沒見過賈寶玉，也不認識林黛玉；我們看《儒林外史》，覺得那人物「乾脆就是這樣的」，雖然那人物形象不如《紅樓夢》寫得靚，卻與左鄰王小二，右舍張大嬸相去無多。《金瓶梅》筆下的人物，既不屬於「應該這樣的」，也不屬於「就是這樣的」，而是「也有這樣的」。實在這書中的人物，正面的罕見。人物像他書中寫得那樣壞的，你一個平頭百姓或一正人君子怎能達得到人家的「水平」。比如他寫武大郎被害死了，潘金蓮為他請和尚作法事，這本是一件喪事，又是一件充滿陰謀的「姦殺案」，但作者一寫，卻寫出了笑料。

那眾和尚見了武大郎這個老婆，一個個都昏迷了佛性禪心，一個個多關不住心猿意馬，都七顛八倒，酥成一塊。但見：

> 班首輕狂，念佛號不知顛倒；維摩昏亂，誦經言豈顧高低。燒香行者，推倒花瓶；秉燭頭陀，錯拿香盒。宣盟表白，大宋國稱作大唐；懺罪闍黎，武大郎念作大父。長老心忙打鼓錯拿徒弟手；沙彌心蕩，磬槌打破老僧頭。從前苦行一時休，萬個金剛降不住。[7]

《水滸傳》的語言風格則是寫意的，江湖寫意，寫意江湖。他並非沒有生活，但那生活實在人點特別，很特別。上山作山大王，不特別也不可以。別說上山聚義了，就是開一座黑店，用人肉作包子餡，那生活也不是尋常人，可以想像的。

---

[6]　吳敬梓：《儒林外史》，第24頁，大眾文藝出版社1998年版。
[7]　蘭陵笑笑生：《金瓶梅》上冊，第99-100頁，人民文學出版社2000年版。

《水滸傳》的寫意手法，不是大寫意，而是小寫意，這一點他不同於《三國演義》。《三國演義》是粗線條，大筆觸，妙在如椽大筆，非那樣的語言風格不足以寫那樣的人物與事件。《水滸傳》則是粗中有細，雖是寫意，也有生活依據。但他寫的畢竟是些非同尋常的江湖人物，故，雖然也有生活依據，卻不能不有所張揚與粗放了。比如他寫魯智深倒拔垂楊柳，這在現實生活中是不可能的，但作者寫了，讀者也認可他。又如寫武松的神威，寫他將一個三、五百斤的石墩，「只一抱，輕輕地抱將起來。雙手把石墩只一撇，撲地打下地裏一盡來深。」，「再用右手去地裏一提，提將起來，望空中只一擲，擲起去離地一丈來高；武松雙手只一接，接來輕輕地放在原舊安處，回過身來，看著施恩並眾囚徒。面上不紅，心頭不跳，口裏不喘。」[8]

這更離奇了，現實生活中愈發不可能了。試一塊三、五百斤的石頭向上一擲，而且是「只」一擲——沒費多大勁的，便有一丈多高，這個不算，待它落下時，還要「雙手一接」，「輕輕地」放在原處，我不通力學，算不出那石頭下降的力量有多大，但以常理度之，怕就是超人也不一定接得住。但《水滸傳》的作者這樣寫了，讀者同樣認可它。

《西遊記》的語言風格則是浪漫的，浪漫中又有些頑皮天真，用「粗」筆寫粗了，就不頑皮了，但也不用「細」筆，寫細了又不浪漫了。大抵以浪漫為主，以頑皮與天真輔之，語言風格正在不粗不細，半粗半細之間。寫孫悟空一個斤斗十萬八千里是浪漫；寫他上天做官，做了一個弼馬溫就是頑皮；寫金箍棒重一萬三千五百斤是浪漫，寫他丟了棒子前倨後恭又是頑皮。我幼年時讀此書，也曾為那棒子的大小輕重而困惑，這鐵棒是否因變小也隨之而變輕呢？如是，則用著趁手時不可能有一萬三千五百斤了，那該有多大啊；若非，則雖然變作一根繡花針那麼小，可仍然一萬三千多斤，這猴子的耳朵不免太過驚奇。想來想去，沒有結果。其實那不過是小孩子讀書的突發奇想罷了，《西遊記》既以浪漫風格為主，必有非常的想像力，既有非常的想像力，就不能以常理度之，事事以常理度之，還有《西遊記》麼？

《西遊記》也有細緻的描寫，妙在二者結合得好，浪漫還有生活，生活偏要浪漫，以語言風格為論，正所謂當疏則疏，當密則密，如寫沙和尚的忠厚老實，寫唐僧的頭腦偏執，寫豬八戒的貪吃好色愛小，都是很生活化的。

這一點又和《三國演義》不同了。《三國演義》關心的全是軍國大事，一些生活細節，全不在心上，諸如餐前便後，刷牙洗手，頭疼感冒，說說笑笑，也一概全免。其意若曰：此等小事，何必管他，想來那筆調不粗也不可以，要細也是沒有用處的了。

8　施耐庵：《水滸傳》上冊，第537頁，北京大學出版社1981年版。

2.語調區別：剛與柔

不用說，剛與柔也不代表好與壞，而是因人而發，因事而發。《紅樓夢》的語言風格是纏綿的。纏纏綿綿，自有無限情思在裏頭。而且越是寫到青春男女戀情的地方，可筆調還要越是纏綿，讀這樣的文字，倘若境遇相似，不知不覺之間便有些心旌搖拽，又有些耳紅心跳。第十九回《情切切良宵花解語，意綿綿靜日玉生香》，二十九回《享福人福深還禱福，癡情女情重愈斟情》，三十四回《情中情因情感妹妹，錯裏錯以錯勸哥哥》以及五十二回《俏平兒情掩蝦須鐲，勇晴雯病補雀金裘》等，均把古典時代少男少女的情感生活寫得風來雨來，意重情濃。或許應該這樣說，沒有這樣的情節，用不來這樣的語調；沒有這樣的語調，也寫不好這樣的情節。[9]

《紅樓夢》的語言主調是纏綿的，《儒林外史》的語言情調則是幽默的。如果說《紅樓夢》是一部有情人的述說史，那麼《儒林外史》就是一部睿智者的回想錄，而且他的幽默常常如舞臺上的冷幽默一樣，表演者的態度是認真的，嚴肅的，恰恰因為他認真，他嚴肅，那效果才來得更為強烈，也更為可笑。這樣的筆墨在《儒林外史》比比皆是。這裏舉一段陳木南在青樓與郭泰來下棋的情節。

且說那陳木南在對方連讓七子的情況下，責盡心智，總算贏了兩子，那聘娘道：

> 「郭師父從來不給人贏的，今日一般也輸了。」陳木南道：「郭先生方才分明是讓。我哪裡下得過？還要添兩子再請教一盤。」郭泰來因是有彩，又曉的他是屎棋，也不怕他惱，擺起九個子，足足贏了三十多著。陳木南肚裏氣得生疼，拉著他只管下了去。一直讓到十三，共總還是下不過。因說道：「先生的棋實是高，還要讓幾個才好。」

《儒林外史》的語言情調以幽默當行，《金瓶梅》的語言特點則以潑辣出色。一路寫來，只是個「辣」，直如重慶火鍋一樣，不辣得大汗淋漓，就算沒有達到美食效果。

《金瓶梅》的辣色，尤其表現在「罵人的藝術」方面。在這個特別的語感區域，可以說打遍天下無敵手，沒有任何一本文學著作可以比得過它的。不但潘金蓮是罵人的魁首，龐春梅是鬥嘴的將軍，就是一般人等，不罵則已，一罵必罵出一個超常發揮的水平。這筆錄幾句惠祥的「罵人藝術」，這惠祥不是什麼重要人物，沒仔細讀過該書的人，對她縱然有些印象，怕也不深。且說：

---

[9] 吳敬梓：《儒林外史》，第492頁，大眾文藝出版社1998年版。

這惠祥在廚下忍氣不過，剛等的西門慶出去了，氣恨恨走來後邊，尋著惠蓮，指著大罵：「賤淫婦，趁了你的心了！罷了，你天生的就是有時運的爹娘房裏人，俺每是上灶的老婆來？巴巴使小廝坐名問上灶要茶，上灶的是你叫的？你我生米做成熟飯——你識我見的。促織不吃蝦蟆肉——都是一鍬土上人。你橫豎不是爹的小老婆就罷了，是爹的小老婆，我也不怕你！」[10]

《水滸傳》的語言情調，則是另一路風格，簡而言之，就是俊爽。俊是俊朗，斬釘截鐵，英氣勃發；爽是爽利，絕不拖泥帶水。

此無他，因為作者寫的主要是江湖好漢，朋友見面，就要大碗喝酒大塊吃肉；說起話來，自然也是叮叮噹噹亂響；打起架來，拳拳生風，刀刀見血。它的語調俊美，不是奶油小生式的，不是溫文爾雅式的，而是一種俊烈的美，狂放的美，豪爽的美。笑既是爽朗的聲震屋宇的大笑，哭也是「英雄有淚不輕彈」。即使寫「窮」，也一定窮得威風，窮得蠻橫，有幾分霸氣。請看他是怎樣寫赤髮鬼劉唐的。

眾人拿著火，一齊照將入來，只見供桌上赤條條地睡著一個大漢。天道又熱，那漢子把些破衣服團作一塊作枕頭，枕在項下，鼾鼾的沉睡著了在供桌上。雷橫看了道：「好怪，好怪！知縣相公感神明，原來這東溪村真個有賊。」[11]

《水滸傳》的語調是俊爽的，《西遊記》的語調則是趣味的，說白了就是「逗」，也沒有什麼大意思，看了便覺好玩，想發笑。笑也不是幽默級的會心之笑，也不是高潮迭起的暢懷大笑，也不是看了巨好玩兒的短信那樣的捧腹暴笑，而是自自然然，欣然一笑。且說孫悟空在車遲國與虎力大仙鬥法，二位先比打座，悟空為難了——他坐不住，唐僧不怕——平時練的就是這功夫。於是兩邊坐在高臺，鬥起法來：

卻說那鹿力大仙在繡墩上坐看多時，他兩個在高臺上，不分勝負，這道士就助他師兄一功：將腦後短髮，拔了一根，撚著一團，彈將上去，徑至唐僧頭上，變作一個大臭蟲，咬住長老。那長老先前覺癢，然後覺疼。原來坐禪的不許動手，動手算輸。一時間疼痛難禁，他縮著頭，就著衣襟擦癢。八戒道：「不好了！師父羊兒瘋發了。」[12]

10　《金瓶梅詞語》上冊，第307頁。
11　施耐庵：《水滸傳》上冊，第256頁，北京大學出版社1981年版。
12　吳承恩：《西遊記》中冊，第592頁，人民文學出版社1980年版。

　　《三國演義》的語言情調主要是誇張。說通俗點，就是臉譜化。臉譜化在現代文學批評中絕然不是一個好字眼，誰寫小說寫成了臉譜化，難免有「倒楣」在前後等著他。《三國演義》的誇張卻別有意義，或許他要的——追求的就是這臉譜化。而且不化則己，一化就化出了經典水平。

　　比如他描寫關羽、張飛等人的形象，個個都生著一張非常上譜的臉。寫關羽，則寫他：

> 身長九尺，髯長二尺，面如重棗，唇若塗脂，丹鳳眼，臥蠶眉，相貌堂堂，威風凜凜。[13]

寫張飛，又寫他：

> 身長八尺，豹頭環眼，燕頷虎須，聲若巨雷，勢若奔馬。[14]

　　這兩位古代英雄的臉譜，稍作加工，即從小說經典轉而成為戲劇經典，而且關羽的形象不但成為戲劇經典，還成為千千萬萬關帝廟中的法象。張飛的臉譜在京劇臉譜中也具有特別突出的地位，儼然成為京劇臉譜中「笑臉類型」的最典型最傑出的代表。

　　誇張，非喜劇性誇張也能成為一種絕佳的藝術，乃是《三國演義》對漢語文學尤其對文學語言的一個特別的貢獻。

3.語性區別：俗與雅

　　從雅與俗的角度看，六大名著的語言風格不旦差異很大，而且個性鮮明。

　　最為雅言雅調的自然是《紅樓夢》。《紅樓夢》的語言簡直就是一種獨特的詩，或說詩化的語言。且無論寫悲、寫喜、寫怒、寫怨，都是詩情畫意的。這一點，其實難得。寶玉甫一出場，書中便有二句讚語：「雖怒時而若笑，即嗔視而有情」。這兩句話頗能代表《紅樓夢》的語言特色，那實在是一種西方紳士般的話語風格。

　　《紅樓夢》語言似詩，而且書中的詩、詞、歌、賦各種文體都寫得很好。其他幾部名著中固然也有詩、詞、歌、曲等，但雅的雅度都不及這一部。與它相比，《三國演義》中的詩，未免寫得「水」了；《水滸傳》的詩，又寫得「粗」了；《西遊記》中的詩，寫得「平」了；《金瓶梅》中的詩又寫得「俗」了，唯《儒林外史》中的詩、詞、曲、賦幾乎首首皆有水準。尤其紅樓夢中的〈葬花詩〉、〈秋風辭〉和〈芙蓉誄〉，即使單從其本身的文學價值論，也是傑出的。

---

[13]　羅貫中：《三國演義》上冊，第5頁，同心出版社1996年版。
[14]　同上。

　　難得的是，把這些如此好的詩、詞、歌、賦都安排在全書中，卻並無突兀、生澀或不和諧之感，這書本身差不多就是一首優雅淒婉的長詩了。

　　《金瓶梅》的語言特色則是俗，市井氣息濃郁。無論什麼事，到了它那一搭全是俗的。西門慶不做官時，只是一個庸俗兼惡俗的市井有錢無賴，後來，做官了，要跨馬遊街了，那俗氣依然如故。書的第七回，寫這阿慶當了官兒的「風采」：「這西門慶頭戴纏綜大帽，一撒鉤條粉底皂靴。」張竹坡就此批評道，富貴氣象卻是市井氣。

　　當然，西門慶的品性之俗不等於《金瓶梅》語言之俗，但它的男一號如此，就奠定了一個主調。其餘寫吳月娘、潘金蓮、龐春梅，寫李瓶兒、孟玉樓，無不配之以這樣的市井之筆、市井之氣，更不消說寫那些貪財愛小的媒婆，穿門入戶的尼姑，相面算卦的先生，裝神弄神的神漢，以及各式各樣的女婢男僕，加上一些朝官，一些顯類，寫來寫去，盡在這俗雲俗霧之中。

　　《紅樓夢》中也有不少俗人，例如劉姥姥，例如醉金剛倪二。特別是劉姥姥，正是一個很實用很世故又很風趣很有見識的農村老太太，要說她不俗，雅就不靠譜了。但曹雪芹的著眼點不局限在「俗」上面，即使寫她的俗，也是文人眼中的有情有趣的「俗」。結果，既是俗的也是雅的。《金瓶梅》則不然，它即使寫美人，也必定用俗語，非俗言俗語，便不能表現出它那特有的風格。

　　但要說明的是「俗」的並非是「劣」的。那只是一種風格，這風格其實難得，至少同雅語相比，同樣難得。它的語言寫得好時，甚至是尤其難得的一種很文學的語言。《紅樓夢》中人物眾多，雅言雅調，很不簡單；《金瓶梅》中同樣人物眾多，俗聲俗氣，又是一種文采。說到其語言的文學價值，也不低的。比如同樣寫風騷美人，曹雪芹要寫「一雙丹鳳三角眼，兩道柳葉掉梢眉」，《金瓶梅》則寫「從頭看到腳，風流朝下跑，從腳看到頭，風流朝上流。」這種寫法，雪芹先生是無論如何寫不出來的。

　　《金瓶梅》寫潘金蓮的美貌，是這樣用筆：

> 但見她黑鬒鬒賽雅翎的鬢兒，翠灣灣的新月的眉兒，清冷冷杏子眼兒，香噴噴櫻桃口兒，直隆隆瓊瑤鼻兒，粉濃濃紅豔腮兒，嬌滴滴銀盆臉兒，輕裊裊花朵身兒，玉纖纖蔥枝手兒，一搦搦楊柳腰兒，軟濃濃白麵臍肚兒，窄星星尖翹腳兒，肉奶奶胸兒，白生生腿兒。……[15]

　　《水滸傳》的語言也不求雅，也不刻意說市井話。總有幾句市井話，也是順其勢而為之。那書的語言風格並非市井性的，雖然他寫的是江湖，說的是好漢。江湖人物的特徵就是講義氣，講義氣不能太雅，太雅就不是江湖

15　《金瓶梅詞話》二冊，第27頁，人民文學出版社2000年版。

了；作好漢又不能太過細碎繁瑣。好漢的特點就是路遇不平，拔刀相助。，《三國演義》擅長寫打仗，《水滸傳》擅長寫打架。寫打架就怕寫得水了，寫得泄了。凡此種種，決定了《水滸傳》的語言特色必定簡稱——穩、准、狠。從而使一拳一腳，都有來處，有去處，有個性，有精神。最精采的段落，如魯智深拳打鎮關西；如林沖棒打洪教頭；如楊志、索超校場比武；如武松醉打蔣門神；如李逵、張順水、旱比拼；如燕青打擂，都寫得既經濟，又生動，還精采，這裏引一段燕青打擂，可以體會那語言的特色。

　　當時燕青做一塊兒蹲在右邊，任原先在左邊立個門戶，燕青只不動彈。初時獻臺上各占一半，中間心裏合交。任原見燕青不動彈，看看逼過右邊來，燕青只瞅他下三面。任原暗忖道：「這人必來算我下三面。你看我不消動手，只一腳踢這廝下獻台去。」任原看看逼將入來，虛將左腳賣個破綻，燕青叫一聲「不要來！」任原卻待奔他，被燕青去任原左脅下穿將過去。任原性起，急轉身又來拿燕青，被燕青虛躍一躍，又在右脅下鑽過去。大漢轉身終是不便，三換換得腳步亂了。燕青卻搶將入去，用右手把住任原，探左手插入任原交襠，用肩胛頂住他胸脯，把任原直托將起來，頭重腳輕，借力便旋四五旋，旋到獻台邊，叫一聲「下去！」把任原頭在下，腳在上，直攛下獻台來！這一撲，名喚做鵓鴿旋，數萬的香客看了，齊聲喝采！[16]

　　寫得精到。尤其值得一提的是中間燕青那一句斷唱：「不要來」，果然奇異！聯想到林沖棒打洪教頭時，那洪教頭連聲大叫「來，來，來！」。這一次，燕青卻「提示」任原，讓他「不要來」，可見英雄出語，自有聲口。

　　《西遊記》的語言風格就是通俗，通俗也是一美，好在老少咸宜，雖然也有不少古典詩、詞在其間，也有不少佛門用語在其中，也有不少饒舌之語在其中，最主要的特點還是通俗。一聽就懂，一看就明白。例如寫孫悟空七十二變，寫妖怪的奇形怪狀，寫各種寶物的相生相剋，寫豬八戒的貪吃好色小聰明，都寫得俏俏皮皮，明白如畫。在所有的中國古代文學名言中，孩子們最喜歡的還是這一部《西遊記》，而在拍成電視劇的各種名著中，也屬這一部的播出次數最多。中國俗語謂：少不讀「水滸」，老不讀「三國」，那麼，讀什麼呢？終不成讓他們倒過個兒來，讓老人去讀「水滸」，讓少年讀「三國」吧。我的看法，《西遊記》既是一部最適合青少年的古典名著，又是一部適合各種人群的趣味之書。

　　《三國演義》的語言風格是古樸的，文字表現形式則是半文半白。半文也不是雅，半白又不是俗。雅了，成了《紅樓夢》了，不對路；俗了，俗成《金瓶梅》了，更不對路。用寫賈寶玉的筆墨寫諸葛亮，怎麼可以呢？用寫西門慶的筆墨寫者孟德或周公瑾就更不可以了。但也不是如《西

16　施耐庵、羅貫中：《水滸傳》中冊，第915頁，上海人民出版社1975年版。

遊記》一樣的通俗，那就沒有三者之風、霸者之氣了。半文半白自然是簡潔的，有點像《水滸傳》。但二者區別明顯，《水滸傳》的語言屬於古典白話性質，《三國演義》的語言還帶有濃重的文言痕跡。所以有人批評它屬於過渡性文字，是由文言向白話的一種過渡，即一種不成熟的白話文。其實也不盡然。它之所以選擇這樣的文字，和它所寫的題材，所寫的人物，所寫的事件均密切相關。非使用這樣的文字，才易於寫好那樣的大事件、好人物，也易於與「粗線條，大筆觸」的文章風格相適應，相契合。

比如寫關雲長溫酒斬華雄，那真是神來之筆，用語十分洗練，寥寥數語，關公的神威盡現。而且連具體的場合都省略了，如何叫陣、如何出馬、如何對刀，如何取勝，一概不講，反而在出馬之前的鋪墊方面做足了功夫，真的出馬，簡單極了。且說：

> 操教釃熱酒一杯，與關公飲了上馬。關公曰：「酒且斟下，某去便來。」出帳提刀，飛身上馬。眾諸侯聽得關外鼓聲大振，喊聲大舉，如天摧地塌，嶽撼山崩，眾皆失驚。正欲探聽，鸞鈴響處，馬到中軍，雲長提華雄之頭，擲於地上。——其酒尚溫。[17]

《三國演義》中也有寫得細緻周祥的情節，最典型的莫過於三顧茅廬，寫人、寫遇、寫曲折、寫心情，而且很少見地寫了自然風景。但那文字依然是半文半白的，同樣是洗練明達的。他寫道：

> 時值隆冬，天氣嚴寒，彤雲密佈。行無數里，忽然朔風填凜，瑞雪霏霏，山如玉簇，林似銀妝。張飛曰：「天寒地凍，尚不用兵，豈宜遠見無益之人乎？」[18]

只用34個字，且為7個4字短句，惜墨如金，古僕儼然，那效果卻如一幅大寫意畫一般。

《儒林外史》的語言特色是白描。白描不是俗，與俗隔著「界」呢！也不是雅，或者說，論那精神，與雅有些相通處。白描的伏長在於簡而真。用筆是簡的，不像《紅樓夢》、《金瓶梅》那樣一寫就是一大篇；但又是逼真的，因為逼真，也不似《三國演義》和《水滸傳》那樣的有些文詞跳動、語勢誇張，更不是半文半白的了。它既是很白話的，又是很散文化的。書中也有幾段詩、詞，然而，都與情節密合，與人物血脈相關。他並不使用詩、詞來加強書的氣氛，更不像《三國演義》那樣，常常寫一重要情節之後，便來一首詩，或一首詞，藉以抒發作者的感慨，那個，就不是白描了。

17　羅貫中：《三國演義》上冊，第59頁，同心出版社1996年版。
18　羅貫中：《三國演義》上冊，第492頁，同心出版社1996年版。

《儒林外史》的白描功夫深，用非常白話、非常典型、非常經濟的語言，三言兩語，就能勾畫出人物的個性與精神，然而，功夫自在其中矣。它的語言排列不是那麼工整，也不是那麼花團錦簇，但把它寫得好時，似乎比工工整整更難。這裏錄三段馬二先生遊西湖的描寫。一般是寫馬二先生眼中群像的，類似遠景概寫：

> 見那一船一船鄉下婦女來燒香的，都梳著挑鬢頭，也有穿藍的，也有穿青綠衣裳的，年紀小的都穿些紅綢單裙子。也有模樣生得好些的，都是一個大團白臉，兩個大高顴骨，也有許多疤、麻、疥、癩的。一頓飯時，就來的有五六船。那些女人後面都跟著自己的漢子，掮著一把傘，手裏拿著一個衣包，上了岸，散往各廟裏去了。[19]

一段也是馬二先生所見，卻是中景速寫：

> 看見西湖沿上柳蔭下繫著兩隻船，那船上女客在那裏換衣裳：一個脫去玄色外套，換了一件水田披風；一個脫去天青外套，換了一件玉色繡的八團衣服；一個中年的脫去寶藍緞衫，換了一件天青緞二色金的繡衫。那些跟從的女客十幾個人，也都換了衣裳。這三位女客，一位跟前一個丫鬟，手持黑紗團香扇替他遮著日頭，緩步上岸，那頭上珍珠的白光，直射多遠，裙上環佩叮叮噹噹的響。[20]

還有一段是寫馬二先生個人風采的，就屬於近景特寫了：

> 馬二先生身子又長，戴一頂高方巾，一幅烏黑的臉，脥著個肚子，穿著一雙厚底破靴，橫著身子亂跑，只管在人窩子裏撞。女人也不看，他也不看女人。[21]

文字如此傳神，真真白描之聖手。

那麼，綜合上述種種特徵，可以畫一張表了：

文字風格 書名	粗與細	剛與柔	俗與雅
紅樓夢	細膩	纏綿	詩化
儒林外史	逼真	幽默	白描
金瓶梅	漫畫式	潑辣	市井

---

[19] 吳敬梓：《儒林外史》，第135-136頁，大眾文藝出版社1998年版。
[20] 同上。
[21] 同上。

文字風格 書名	粗與細	剛與柔	俗與雅
水滸傳	小寫意	俊爽	簡約
西遊記	浪漫	詼諧	通俗
三國演義	粗放	誇張	古樸

　　對六大名著語言風格的這種分析，也是為了說明，對於風格這件事，萬萬不可以簡單化、抽象地。簡單地概括，可以作為一種歸納方式，不可以作為一種思維方式。如果作為一種思維方式，就有可能不但把一個複雜的多層面的事物簡單化、庸俗化了。

（四）戲曲與戲曲語言風格簡析

　　本義是分析戲曲語言的風格，實際情況卻比較複雜，因為戲曲首先與劇本有關，所謂「劇本劇本，一劇之本」，劇本又與演出有關，演出即與戲種有關，劇種又與音樂和流派有關，音樂和流派再與語言（道白、唱詞）有關。

　　這裏簡化一點，依次討論劇作、流派與語言風格。

1.劇作風格分析

　　西方傳統經典戲劇的風格，是以悲劇、喜劇與正劇來劃分的，最具影響力與震撼力的當然是悲劇，最具類型特徵則是喜劇。正劇並非不重要，但其重要性似乎比不過悲劇。最傑出的悲劇家當屬古希臘時代的三大悲劇作家與文藝復興以後的莎士比亞，最具經典品性的劇作則是《哈姆雷特》。《哈姆雷特》在西方戲劇史上的影響約略相當於中國戲曲史上的《竇娥冤》與《西廂記》，但地位更高，影響更大；在文學史上的地位則相當於中國文學史上的《離騷》與《紅樓夢》。

　　對中國傳統戲曲，過去也有過類似的風格分類方式，但細細研究，其實並不見得恰當，用西方戲曲的分類方式硬套中國傳統戲劇作品，多少有些削足適履。

　　以悲劇為例，中國傳統戲曲中，並非沒有悲劇，但無論在內容、結構方面，還是在價值取向上都與西方悲劇有重大差異。

　　西方傳統悲劇常常與崇高相聯繫，且既是悲劇，那結局一定是很悲壯的，很悲情的，至少是很悲慘的。西方人自古希臘時代起，對悲劇與崇高的理論探索就非常重視，不但有專文，並且有專著，到了近代，在美學史上也佔據於重要位置。

中國傳統戲曲不走這個路子，即使有悲劇，也與崇高不很搭界。像黑格爾主張的，悲劇並非好人殺死壞人——那是正劇；亦非壞人殺死好人——那是仇恨劇；又非壞人殺死壞人——那是喜劇，而是好人殺死好人。正因為被殺者是好人，殺人者同樣是好人，才體現出悲劇的本質。

中國傳統戲曲中縱然有這樣的事實，也沒有這樣的理念，我們原本也不喜歡讀「好人殺死好人」之類的高深哲學，我們寧可論善惡，也不願意去找本質。

中國傳統悲劇的兩大特色是：

第一，它不重視「悲」的衝突而特別重視悲的過程，因為重視過程，那過程常常不但很長，而且很曲，尤其很苦。王寶釧身為宰相之女，為著自主婚姻，便也破瓦寒窯等自己的丈夫回來，一等就是十八年，苦不苦？趙五娘的丈夫進京趕考，她的公公婆婆盼子不歸，相繼死去，她剪掉自己的頭髮賣些銀錢，埋葬兩位老人，又身背琵琶，千里尋夫，苦不苦？孟姜女的丈夫被強迫戍邊，她尋夫不見，悲痛驚天，一哭將萬里長城哭倒了一大片，苦不苦？但是崇高是不存在的，頂多是人心的善良道德的高尚。所以中國的傳統悲劇，如果非要用這個詞的話，它也是過程悲劇，更確切地表達，應該叫作苦情戲。

其二，中國傳統戲曲特別重視團圓，尤其喜歡大團圓。大團圓的意思就是無論多麼悲情、苦情的戲；無論多麼情節曲折的戲，到最後必須團圓，而最後——結尾的團圓，就是大團圓。

對於大團圓式的結局，我們中國人——尤其傳統中國人似乎有著一種近乎走火入魔式的偏好，幾乎對於任何一種劇目，都希望、都喜歡、都需求，並且千方百計讓它們達到大團圓的結果。例如《御碑亭》，男女主人公誤會了，鬧得七亂八亂，要在西方，非成為《奧賽羅》不可，但在我們這裏終於高高興興，冰釋前嫌；例如《玉堂春》，一位貴公子愛上一位名妓，後來錢花完了，被老鴇兒趕出妓院，窮困潦倒，這名妓——玉堂春偷著出來與他會面，送他銀兩。後來，玉堂春被人買走，又遭人陷害，成了死囚。這位貴公子做高官，來審她的案子。這樣的戲，在西方也許會成為《茶花女》，但在我們這裏，依然是大團圓。

例如《三娘教子》，也是悲劇，一位丈夫有三個妻子，他去趕考，有兇信說他死了，於是大妻、二妻離家而去，只剩下第三個妻子代他扶養並非己出的兒子。後來，兒子有出息作了官，丈夫沒有死也作了官，都從皇帝那裏為她取得誥封，故此戲又稱《雙官誥》。這樣的大團結結尾，真真羨慕煞人。

不僅如此，就是一些結局原本很悲慘的戲，也一定千方百計讓他出現亮點，例如《李慧娘》。團圓是不可能的了，就讓屈死的鬼魂來復仇；

《鍘美案》，雖經多少曲折，終於遇到清官，報仇雪恨；《梁山伯與祝英台》，活著時不可能團圓了，死後化作兩個美麗的蝴蝶，一樣可以團圓。

這樣的傳統，直到當代，依然有很大的影響力。比如傳統京劇《泗州城》，水母娘娘看中一位人間的公子，兩人相愛，天庭不許，結局是悲劇性的。但我們不喜歡悲劇，上世紀50年代，就把它改為《虹橋贈珠》，雖然是舊情節，卻有了新結尾，結尾是兩位情人用「寶珠」戰敗了天將——終於團圓，大團圓。

這樣的歷史其實久矣，最典型的例證，以唐朝大才子寫的《會真記》——鶯鶯傳，那故事本來是悲劇性的，鶯鶯小姐始被亂之，終被棄之，但到了元代，已經變悲劇為喜劇——中國式的喜劇，最終還是團圓。直到現在仍然上演的荀派劇目《紅娘》或張派劇目《西廂記》走的依然是大團圓的路子。

真正如黑格爾所說的那樣的悲劇，也不是沒有，例如長篇小說《紅樓夢》就是這樣一種性質的悲劇。但我們很多中國人的內心深處，並不接受它。所以自它問世以來，各種續書層出不窮，還是絞盡腦汁讓賈寶玉、林黛玉團圓的居多。彷彿若沒有一個大團圓的結局，我們便死不瞑目似的。

悲劇如此，喜劇也另成一路數。魯迅先生說：「喜劇是將那些無價值的撕破給人們看。」這樣的喜劇，自然也是有的。但中國的傳統喜劇中，更多的還是所謂玩笑戲。它的主要價值取向，就是弄噱頭、開玩笑，讓觀眾聽著好玩，看著開心。你非追求什麼深層意思，對不住，那不是我們中國人喜歡的喜劇——玩笑戲了。

玩笑戲——中國喜劇的極端表現形式，則有反劇情戲和反串戲。

所謂反劇情戲，即沒有實質性劇情，劇情只是個形式，主要內容是借這形式由劇中人等唱各個流派的經典唱段。傳統京劇中有四出這樣的劇目，《十八扯》、《污棉花》、《戲迷傳》與《盜魂鈴》，那形式與一些西方現代派劇目倒有些相類相通之處。

反串戲則是每當年節之時，專取一樂的劇目。所謂反串，即所有出場演員都不演自己的本工戲，而演其他行當的戲，如唱老生的改唱青衣、唱青衣的改唱花臉、唱花臉改唱老旦、唱老旦的改唱武丑，等等。這當然是搞笑的，要說這戲有什麼思想、藝術價值，那就「左」了。沒什麼思想價值，也沒什麼藝術價值，頂多就是展示一下演員的多才多藝，其結果也就是臺上臺下同歡共樂而已。

以此觀之，中國傳統劇止，不好以悲、喜、正劇這樣的類型來區分，我們先人的區分方式顯然更為複雜也更能找住劇目的特色。

一種，是按流派劃分，如京劇中的譚派戲、馬派戲、麒派戲、楊派戲。

一種，是按戲的主要表現方式劃分，如唱工戲——以演唱為主的戲；做工戲——以做派為主的戲；文戲——以唱、念尤其以唱為主的戲；武戲——以武打為主的戲。

一種，按劇目情節及風格劃分，如吉祥戲、團圓戲、清官戲、苦戲、玩笑戲等等。

這後一種劃分方式就與悲、喜、正的劃分方式有些相近了。節慶典之時，一定請吉祥戲或團圓戲，如《龍鳳呈祥》，不僅戲好，劇名也好；或者《玉堂春》，不但結尾大團圓甚合觀眾的心理，而且那戲還有一個特色，就是多數主演均穿紅色行頭，紅色表吉祥，滿堂紅，喜氣洋洋。

2.流派風格

流派風格自然與劇目風格相關聯，但不同步，更不同構。有些劇目是某一派專演的，稱本門本派戲，如梅派的《貴妃醉酒》、《霸王別姬》；程派的《鎖麟囊》、《春閨夢》；尚派的《昭君出塞》，荀派的《紅娘》，有些則是各個相同行當流派共演的，如方才提到的《玉堂春》，梅、尚、程、荀、筱、張各派皆演，且各有所長；又如《打漁殺家》，則譚、余、高、言、麒、馬、楊、奚，名派無不能之，同樣各有特點，再如《四進士》，麒派創始人周信芳擅長此戲，馬派創始人馬連良也擅長此戲，雖是一般劇情，卻是兩般風物。

這一點與西方戲劇有莫大區別。其主要原因，在於西方戲劇，演的就是「戲」，觀眾看的也是「戲」，雖然因演員的演技不同，其演出水平也參差不齊，但絕對沒有中國傳統戲曲中那麼強烈的流派——角兒的意識，中國傳統戲曲，演的人，不但演「戲」，而且強調演什麼流派的「戲」，中國觀眾進入劇院，則不但看「戲」，尤其看「角兒」。而「角兒」是有流派的。所以同是《失、空、斬》，有的觀眾就非譚派不看，有的觀眾則非楊派不看，按說，不論哪個流派，演的不都是諸葛亮的事兒嗎？那不行，您那個諸葛亮不是我「捧」的這派的，對不起，「不認」。所以流派風格，在中國民族戲曲中，佔有很重要很特殊的地位，而且，在很大程度上也引導了不同流派劇目的語言風格。

3.中國傳統戲曲語言風格

首先應該說明的是，中國傳統戲曲例如京劇的語言風格是由劇作與流派或說是由劇本與演出相互作用而形成的。這一點，也與西方話劇存在「質」性區隔。西方話劇，是劇本怎麼寫，你就怎麼演。雖然說，一萬個

觀眾心目中會有一萬個哈姆雷特，但你不能按自己的演出想法改變劇本語言。哈姆雷特說：生還是死，這是一個問題。你不能說，這個不好念，我把它改一個字吧！可以嗎？不可以！改了，就不是莎士比亞筆下的哈姆雷特了。而且，改動劇本詞句，哪怕只改一句，是需要徵得著作權人或著作權繼承人同意的，否則，便有侵權之嫌疑。即使已超過著作權年限，也有一個社會輿論與觀眾能否批准的問題。

中國傳統戲曲的路子不一樣了，它不是沒有固定的劇本，而是只將劇本作為一個基礎，甚至半個基礎，在這個基礎上，你也可以改、我也可以改、他又可以改。從理論上說，任何演出者都有改動的權力，在實際操作中，那些成為角兒特別是成為流派創始人的大角兒，完全可以根據自己的演出路子與風格改動劇本。

以《玉堂春》為例，荀慧生先生是要演全本的，因為他以花旦當行，演全本更能表現他的特點。梅蘭芳先生則只演《蘇三起解》與《三堂會審》兩折戲，而且兩個人的演法不一樣，不少唱詞也是不同的。程硯秋先生也只演《起解》與《會審》二折，但他根據自己的需要改了唱腔，也改了部分唱詞，比如那一段膾炙人口的「蘇三離了洪洞縣」，程先生的唱法就與他人不同，以詞論戲，是程硯秋先生的更為合理；以腔論戲，是花開兩朵，各表一枝；以傳播論戲，則梅蘭芳先生的唱腔流傳更廣。

單以劇作語言而論，京劇與各種近、現代地方戲相比沒有太多優勢。相比較而言，還是崑曲代表的元、明、清等古典劇作的水平更高，更具文學價值。《中華古曲觀止》一書應該算是比較全面的選本了，所將63個劇目中，絕大多數——57個劇目都屬於這一類作品。

中國戲曲歷史很長，至少在唐代戲曲演出已然成熟，且成為皇宮中主要的娛樂形式之一。民族戲曲的代稱——「梨園」一詞即出自唐玄宗時代，而後世戲曲的行業神也正是唐明皇本人。戲曲歷史雖長，說到流傳下來的劇本，那時代就晚了。宋代劇作只有三種流傳下來。成規模、有影響，文學水準很高的劇目，應從元代雜劇算起，繼而明、清，其中特別著名的劇作家，包括關漢卿、白樸、馬致遠、鄭光祖、王實甫、高明、湯顯祖、洪昇、孔尚任、李漁等。最著名的劇作包括《西廂記》、《竇娥冤》、《琵琶記》、《牡丹亭》、《長生殿》、《桃花扇》、《倩女離魂》、《四聲猿》等，最受今人推崇的摺子戲，則非《孽海證‧思凡》莫屬。

元代是中國戲曲的鼎盛時期，最偉大的劇作家應該是關漢卿；最偉大的劇作應該是《西廂記》；明、清兩代有繼承，有發展，最偉大的劇作家應該是湯顯祖；最傑出的劇作應該是《牡丹亭》。現代人編古代劇本，常

將《西廂記》、《牡丹亭》、《長生殿》、《桃花扇》合編，稱為古典名劇四種或中國傳統四大名劇，這樣的選編方式我以為是正確的，那四個劇目確實代表了中國傳統戲曲的最高水準。

語言的風格，也是多種多樣的，有清新的，也有婉媚的；有細膩的，也有生動的；有沉鬱的，也有火爆的；有詩歌化的，也有很生活化的。其中最具代表性的——排在前三位的，我認為是關漢卿、王實甫和湯顯祖。

關漢卿不但是戲曲聖手，而且是多面手。他一生別無所好，只是作曲作戲。他的雜劇出色，散曲同樣出色。一些散曲名篇，語言生動，個性鮮明，是公認的傑作，他是多產劇作家，流傳至今的雜劇有十八齣之多，僅以這十八齣為度，已是內容廣泛，類型全面。以戲曲類型論，有文戲，也有武戲；有悲劇，也有喜劇，有公案戲，也有愛情戲；有彼時的古典人物戲，也有現實生活戲。以劇中人物論，以京劇行當的標準看，有青衣、有花旦、有小生、有老生、有丑角、有老旦，有花臉、還有紅淨。且他的戲，幾乎全為首創之作，或者有些借鑒，其份量也抵不住他的創造性發展，最令人羨慕的是，他十八種劇作中至少有五種直到今天依然被今人的繼承，並以各種民族戲曲形式活躍在舞臺上。所以無論從哪個角度看，他都是中國劇作第一人。

關漢卿的戲曲語言也是極有成就。最突出的特點表現在兩個方面的結合上。一是寫戲多，戲多人物更多，但能寫誰像誰，各類人物，自有各自的口吻——這個已經不易，但還不是最難得的；二是他個人的文筆色彩鮮明，使人一見，便知這是關氏所作，別人寫不來的——這個同樣不易，但也不是最難得的。最難得的是他將這兩個方面結合得好：讀關漢卿作品，既能感到劇中人物的脈動，又能真切體味到作者的心聲。這個就是關氏的語言風格。換句話講，不僅一字一韻都能體現作家的個人語言風格，又能千變萬化，寫龍是龍，寫虎是虎，龍騰虎躍，精彩紛呈。

總之關漢卿的劇作語言，既個性鮮明，又變化多端，它能豪放，也能婉約；能通俗、能嚴整，也能生動，但比較起來，其激越、慷慨之聲，似乎更是他獨門特具的看家本領。

最有代表性的劇作當然是《感天動地竇娥冤》，那劇情固然是驚心動魄，那唱詞也是悲憤激越。人是感天動地之人、情也是感天動地之情、詞還是感天動地之聲，這戲傳播極廣，但不引便有缺憾，錄第三折三段唱詞：

〔快活三〕念竇娥葫蘆提當罪愆，念竇娥身首不完全，念竇娥從前已往千家緣；婆婆也，你只看竇娥少爺天娘面。

〔鮑老兒〕念竇娥伏侍婆婆這幾年，遇時節將碗涼漿奠；你去那受
刑法屍骸上烈些紙錢，只當把你亡化的孩子薦。婆婆也，再也不要
啼啼哭哭，煩煩惱惱，怨氣沖天。這都是我做竇娥的沒時沒運，不
明不暗，負屈銜冤。

〔一煞〕你道是天公不可期，人心不可憐，不知皇天也肯從人願。
做甚麼三年不見甘霖降？也只為東海曾經孝婦冤。如今輪到你山陽
縣。這都是官吏們無心正法，使百姓有口難言。[22]

唱詞激憤，無限悲哀。他的《關大王獨赴單刀會》，唱詞同以激越為
主調，激越中又加上許多自信與高傲，雖然自信與高傲，唱到動情之時，
又有幾許感概與蒼涼，固然不是「英雄氣短，兒女情長」，卻也是撫今追
昔，禁不住灑一掬英雄淚，正所謂：

〔雙調新水令〕大江東去浪千疊，引著這數十人駕著這小舟一葉。
又不比九重龍鳳闕，可正是千丈虎狼穴。大夫心別，我覷這單刀會
似賽村社。
〔云：〕好一派江景也呵！（唱：）
〔駐馬聽〕水湧出疊，年少周郎何處也？
不覺得灰飛煙滅，可憐黃蓋轉傷口差。
破曹的檣櫓一時絕，鏖兵的江水由然熱，好教我情慘切！
（云：）這也不是江水，（唱：）二十年流不盡的英雄血！[23]

王實甫的戲劇語言風格則另成一路。以劇作家的歷史地位論，王實甫
不及關漢卿，但以單出劇作的水平論，王實甫則超越關漢卿。不但超越關
漢卿，而且超越訖今為止的所有漢語劇作。關漢卿的劇作特點，是群峰起
伏，有山有水有森林；王實甫的劇作特點，是一山飛峙，群峰作小。不但
與他人相比，就是與自己的其他劇作相比，也是如此。他本人也寫過不少
劇本，流傳下來的不多；他也寫過一些散曲，影響也不大。那影響既比不
過喬吉、張可久等散曲家，也比不過馬致遠、關漢卿等劇作家。但這些對
他都不重要，重要的是，他創作了一部《西廂記》，這《西廂記》就足以
使他有資格傲視峰巒，跌宕滄海。

《西廂記》實際上是一部改編加創作的劇本。這一點也與關漢卿不
同。以常理論，原創作品應該更難，但事實是，改編作品也很不易，改編
作品達到原作的水平就更不容易了，再超越原作水準顯然是難上加難。或

22　《關漢卿戲劇集》，第19-20頁，人民文學出版社1976年版。
23　《關漢卿戲劇集》，第252頁。人民文學出版社1976年版。

許可以這樣說，除去《西廂記》之外，還沒有哪一部改編作品可以超越原先的經典性原著的，而《西廂記》所依據的兩部基礎作品，正是兩件極具經典品格的創作。故事原創者，乃是唐代大才子元稹，他創作了傳奇《會真記》，那自然是唐代傳奇中的翹楚之作。300年後，又有了金代無名大作家董解元創作的鼓曲《西廂記》，後人稱之為《董西廂》。這部作品在彼時的主流社會影響小些，但也是宮調製作中的極品之作。一個元西廂，起點已經很高了，一個董西廂，起點更高了，王實甫在巨人肩頭立論，在鴻篇巨作中作戲，可謂有志者敢為艱難，有心人獨行異事。但他成功了，不但成功了，而且創造了一個奇跡。

一是劇作結構的奇跡。元雜劇一本即一齣戲，通常只有四折，加上楔子便為一部完整的劇作，王實甫作《西廂記》，這樣的「四折加楔子」的結構不夠用了。他連寫四本或說五本，（第五本有爭議，如金聖歎便堅決指認那是偽作），即使四本結構在當時也已經是破天荒的了。事實證明，沒有這樣的結構便沒有《西廂記》，它的形式與內容珠聯璧合，渾然天成。

二是語言融匯貫通的奇跡。《西廂記》的唱詞極具功夫。這功夫，不僅僅是作者的個人原創，重要的是作者善於借鑒。他所借鑒的唐詩宋詞等佳句佳作，幾乎到了無可複加的程度。更為可貴的是，他的借鑒，不是生搬硬套──生搬硬套能有什麼生命力。他是既借得準，又借得活，還借得巧。有時原詩不動，拿來就用，但別有意境在裏頭；有時略加變化，韻味猶然，卻更加合身合體；也有時轉意為之，雖轉意為之，卻給人天衣無縫之感，且不論使用那種方式，都取得了錦上添花之效。

《西廂記》不但大量使用奇文奇句，而且與口語化詞語結合得好。她是能風能雅，又能雅能俗，從而把俗言俗語也變成雅腔雅調。

三是文字優美，冠蓋當時。語言風格優美，是《西廂記》的基本色調。

美有多種，優美最難。因為她是一種最沒有特色的美，通常情況下，她總不如壯美、奇美、峻美、豔美、雅美，流行美、時尚美、乃至於怪美、醜美來得容易出彩。但也因此，她有更大的包容性。優美之難，恰如梅派青衣之難。有人說，梅派唱腔是最沒有特色的一種唱法，殊不知，最沒有特色的特色，那才是最難達到的境界！《西廂記》的語言風格，有美如斯，即使稱之為奇跡，似亦不算過分的。

《西廂記》唱詞優美，可以說從頭到尾都是這個風格。佳句美句，俯仰皆是。如第一折，張生一出場便唱：

〔仙呂點絳唇〕遊藝中原，腳根無線、如蓬轉。望眼連天，日近長安遠。

〔混江龍〕向詩書經傳，蠹魚似不出費鑽研。將棘圍守暖，把鐵硯磨穿。投至得雲路鵬程九萬里，先受了雪窗螢火二十年。才高難入俗人機，時乖不遂男兒願。空雕出篆刻，綴斷簡殘編。[24]

唱詞不多，容量很大，不少用語均出自唐宋大詩人的詩作中來。他的高明之處在於，雖徵引多多，非但沒有喧賓奪主之感，反而念其從容不迫，文采斐然。

又如《拷紅》一節，老夫人自是怒氣衝衝，紅娘的應對卻是高屋建瓴，不但有理，而且有力；不但有力，而且有節，只消三言五語，便將個頑固又世故的老夫人說得一腔邪火，火散煙消。

〔麻郎兒〕秀才是文章魁首，姐姐是仕女班頭；一個通徹三教九流，一個曉盡描鸞刺繡。

〔麼篇〕世有、便休、罷手，大恩人怎做敵頭？起白馬將軍故友，斬飛虎叛賊草寇。

〔絡絲娘〕不爭和張解元參展卯酉，便是與崔相國出乖弄醜。到底干連著自己骨肉，夫人索窮究。[25]

最能體現《西廂記》語言水準的，則是第四本第三折長亭送別的成套曲詞。這一折不但寫得情景交映，絲絲入扣，而且運用了當時幾乎可以運用的一切修辭手段，有借鑒、有創造、有詩詞、有口語、有疊字、有排比、有白描、有彩繪，其效果是既詩情畫意，又本色當行。

鑒於這一折唱詞幾乎收入各種選本，易尋常見，此處不再援引。

關漢卿與王實甫實為中國古典戲曲的兩座高峰，堪與之鼎足而立的人物，則是明代大戲曲家湯顯祖。

湯顯祖實際上是另一個時代的人物。關漢卿、王實甫代表的是元雜劇的最高水準，湯顯祖代表則是明傳奇的藝術高峰。他的劇作雖然沒有關漢卿劇作的博大與激越，也不具備王實甫劇的開拓與豐厚，卻是中國古典戲曲中最為成熟的藝術珍品。他的劇作以《四夢》為代表，《四夢》又以《牡丹亭》為代表。湯顯祖既是關、王之後最傑出的戲曲作家，《牡丹亭》則是《西廂記》後中國戲劇史上的又一座豐碑。

湯顯祖的語言風格是優雅，優雅不是優美，它比優美深了一層，也窄了一層。他的劇作尤其是《牡丹亭》，可以稱為中國戲曲語言中的優雅之極品。

---

[24] 　王實甫：《西廂記》，第5頁，上海古籍出版社1978年版。
[25] 　王實甫：《西廂記》，第144-145頁，上海古籍出版社1978年版。

主調是優雅，但不是一般意義上的優雅，而是青春之優雅，清醇之優雅，輕靈之優雅。

《牡丹亭》的語言，最具青春之美。喜也是青春，愁也是青春，焦也是青春，悶還是青春。七情六慾，總是青春一脈通。實際上，古代凡寫愛情的劇作，主角幾乎全是青年人，但真正寫出青春氣息的，卻又十分鮮見。即使偉大的《西廂記》，也重在愛情眷屬之論，青春氣息，不能說沒有，決不比《牡丹亭》那樣的如花美春，吹氣如蘭。

不但青春之美，尤其清醇之美。中國儒學推崇中庸，中國藝術，重視中和。但輪到戲曲這裏，卻往往以鬥爭為主，或喜，或悲，少有清醇。《牡丹亭》獨不然，它寫愛情，注意力只在男女之情上，不但青春靚麗，而且醇美如酒，自然這酒也是濃的，濃到生人可死，死人可生。然而，其意只在其醇，其美亦在其醇。中國古來沒有唯美主義的理念，也少有唯美主義作品，《牡丹亭》雖非唯美主義，論其格調，彷彿似之。

而它的整體風格，又是輕靈的。雖生死悠關，卻並不沉重，縱有一時沉重，總體依然輕靈。核心結構乃是一個夢，夢為愛之舟，不能沉重，不能沉鬱，不能沉悶，只能輕靈，只該輕靈，最好輕靈。

《牡丹亭》的語言風格就在這青春、清醇，輕靈的背景下，得以充分表達。使人一見便覺其美，再見還是其美，反覆閱讀只覺其美。

最著名的唱詞，如：

〔皂羅袍〕：原來姹紫嫣紅開遍，似這般都付與斷井殘垣。良辰美景奈何天，賞心樂事誰家院！朝飛暮捲，雲霞翠軒；雨風片，煙波畫船——錦屏人忒看得這韶光賤。[26]

優雅、纏綿，但不失青春本色，這等文字，自是不可多得。

清中期之後，京劇開始發達。以京劇與仍然存活在演出舞臺的民族地方戲曲相比，我以為京劇的優言優勢，不在唱詞，而在道白。當然也有唱詞很優美、很精到的經典作品。特別應該一提的是翁偶虹先生，他創作的《鎖麟囊》、《將相和》等作品，可以說已經達到了爐火純青、雅俗共賞的境界。其中一些經典唱段，不但音韻恰當，文詞尤其講究。此外，李少春的《野豬林》中的《大雪飄》等唱詞也具有很高的文學價值。

京劇語言的優長還在念的方面。唱詞的文學性其實不如元、明、清時代的經典劇目，但道白的水準卻後來居上，超越前賢。

京劇的道白分為韻白與京白兩種，韻白是上口的，有特定的念法。如《問樵·鬧府》中范仲禹的道白；《失印救火》中白懷父子的對白；《一

---

[26] 湯顯祖：《牡丹亭》，第43頁，人民文學出版社1980年版。

捧雪》中陸炳的道白以及《四進士》、《清風亭》、《義責王魁》中大段
道白，都是很傑出的作品。

京白則以北京話為之。多為丑角——俗稱小花臉的臺詞。也有很成功
的範例。如《連升店》、《搜府盤關》以及《打嚴嵩》中均有極好的表
演。《打嚴嵩》的主角不是丑角，而是老生與花臉，但京白念得尤其有精
神、有個性、有風采、有味道。特別是周信芳與裘盛戎的表演，可謂百聽
不厭。這裏錄一段《連升居》中店家與王明芳的對白，那店家是個勢利小
人，王明芳是一位趕考的秀才，窮，但有文化。

店　家：你又來啦！這是你念的書哇？
王明芳：不錯，正是。
店　家：拿來我瞧瞧。
王明芳：店主東要看？
店　家：噢，過過目。
王明芳：請看。
店　家：拿來，我瞧瞧。（看）呦！這是書嗎？
王明芳：書呀。
店　家：哪弄這麼本兒《戲考》來呀，別招說啦。一邊去吧！（小
　　　　鑼一擊，把書扔在地上）
王明芳：哎呀！這還了得！譭謗聖賢！罪過哇罪過！聖賢老師不要
　　　　怪罪於他，他是蠢牛木馬！橫骨插心！（邊說邊拾書）
店　家：好說。
王明芳：脊背朝天！活畜類一般！
店　家：那是你。
王明芳：弟子這廂磕頭賠罪了，（邊說邊拜）磕頭賠罪了！哎呀，
　　　　譭謗聖賢，譭謗聖賢！
店　家：水都叫你攪渾啦！[27]

4.中國現代戲劇的語言風格

這裏說的現代戲劇，主體是話劇。

中國傳統戲曲，到「五四」運動後，經歷了一件大變革。但這變革有它
很特別的地方，即它不是著力於改變舊的，就像小說、散文和新詩那樣，而
是另起爐灶。對舊的戲曲形式，如昆曲、京劇等民族戲曲，你想怎樣儘管怎
樣，我這裏別開生面，另是一家了。這一家就是中國話劇的誕生。

[27]　《京劇選編》第一集，第46-47頁，中國戲劇出版社1990年版。

話劇出現在中國舞臺上，無異於一場革命。

話劇的到來，對中國傳統戲曲從根本上做出了改變。

體式變了。這體式自然是西方式的，中國從古以來沒有這樣的劇作形式。

基本表演手段變了。中國傳統戲曲，例如京劇，講究的是「四功」、「五法」，是一門融唱、念、作、打於一體的的綜合性藝術，可話劇的基本表演手段，就是「說」，而且說的幾乎就是「大白話」。

機制變了。中國傳統戲曲，至少自京劇始，實行主演兼班主制。主演既是頭排頭名演員，又常常是該劇團的老闆。一人而兼三職：主角是他，導演是他，製作人也是他。話劇全然不是如此。它的基本構成是一編——編劇，二導——導演，三演——演員。編、導、演順序排列，相互支撐。以劇作為基礎，以導演為中心，以演員為實現載體。這樣的機制，隨話劇進入中國。

內容變了。傳統戲曲，主要的表現對像是帝王將相、才子佳人，也有小人物，但注意力不在下邊，而在上邊。話劇改變了這局面，相比之下，它更擅長寫窮人的生活，寫帶有巨大社會變革意義的生活，寫與人生息息相關的生活。

風格也變了。例如我在前面說過，中國傳統戲曲中沒有西方美學概念中的悲劇，有的多是些苦戲，苦情戲，頂多是過程悲劇。話劇東來，不但悲劇有了，連現實主義，浪漫主義，乃至現代主義，後現代主義都有了。從而使中國戲劇有了更廣泛的包容，也有了更豐富的表演天地。

當然，話劇進入中國，不是一下子就成熟了的，世間哪有這般容易的事。它的成熟，經歷了多年的努力與磨練，其中有成功也有失敗，有高潮也有低潮，伴隨這一過程，湧現出了一批傑出的劇作家、劇目與表演藝術家。

其中最著名最有影響的演員，我認為是石揮與於是之，最有影響的劇作家，我認為應該是曹、老、吳、郭、田，即曹禺、老舍、吳祖光、郭沫若、田漢，最具經典性的作品應該是《雷雨》、《茶館》、《原野》與《風雪夜歸人》。

單從劇作語言這個角度看，吳祖光的劇作語言是民族戲曲化；老舍的劇作語言是北京風土化的；郭沫若與田漢的語言是現代詩歌化的，曹禺的劇作語言則是很本色的——全然話劇性的。

當然這不是說，曹禺之外，那幾位劇作大家的語言都是非話劇性的，那還了得！無論哪一位話劇作家，其創作語言基礎都是話劇的，但在傾向性或組合成份方面，確又有些不同。

郭沫若的劇作語言，詩感詩性，很擅長抒情，而且是屈原式的抒情、李白式的抒情，不但風格瑰麗，而且琅琅上口。他為《屈原》的寫的《橘

頌》，很能代表他的這種語言風格。《蔡文姬》中的大段獨白與對白，也都是和很富於樂感與詩意的。

　　田漢的劇作，大抵說來，也屬於這個路子，但細細品味，還有另一種詩情。詩意盎然，又有些激烈與衝動。他的劇作語言，對白相對較長，每每到了激情之處，一段一說就是十幾行字。這樣的語言風格，在老舍、曹禺那裏大約只是特例。而在田漢的劇作中，差不多就是常例了。實在他的詩情如東方噴薄欲出的一輪朝陽，沒有相當的篇幅不足以支撐其語勢；他的詩才又如同夏天驟然而降的暴雨，沒有相當的篇幅亦不足以匹配其語鋒，這裏引一段《名優之死》中劉振聲勸告其女兒的肺腑之言：

> 馬馬虎虎？鳳仙兒……新戲跟我們開路，更不應該馬虎，對不對？（有許多話想說又不願意說似的，但終於這麼吐出來一部分）你還是聽我的話愛重咱們的玩意兒吧。學咱們這一行，玩意兒就是生命。別因為有了一點小名氣就把自己的命根子給毀了。玩意真好人家總會知道的，把玩意丟生了，名氣越大越加不受用，你看多少有名的腳兒不都是這樣垮了的嗎？……人總得有德行。怎麼叫有德行呢？就是越有名越用功，我望你有名氣，可更望你用功。[28]

　　老舍的文學語言，我在前面有過介紹了，那是很純正很精練又很文學化的北京方言。這方言非有深湛的功底不能把它的文學性表達出來。作為劇作，第一位的不是看，不是讀，而是「說」。說，又非有特別的發音方法與勁頭，才可以說好，說得有分寸、有韻味、有性格、有精神。《茶館》劇中寫小二德子、小宋恩子逼迫王掌櫃的一段戲中，王掌櫃有一句「不怕我跑了嗎？」，這句話我以為非老舍先生寫不出來，非於是之先生「說」不出那麼活靈活現。實在於先生差不多就是《茶館》中的一個神了。

　　老舍的劇作語言，與郭沫若的劇作語言，堪稱一物之二極。郭沫若的語言是詩化了還要詩化，老舍的語言則是口語了還要口語。他的劇作語言，獨白不多，大段獨白更少，主體組合皆為對白，而且語句短，銜接緊，雖也有較長的獨白臺詞，那句子、句式，依然是京腔京韻的。短語、散語、俏語，語式靈活，巧妙安排，聲聲韻韻，都有講究。請看王利發的一段臺詞：

> 改良，我老沒忘了改良，總不肯落在人家後頭。賣茶不行啊，開公寓。公寓沒啦，添評書！評書也不叫座兒呀，好，不怕丟人，想添女招待！人總得活著吧？我變盡了方法，不過是為活下去！是呀，該賄賂的，我就遞包袱。我可沒作過缺德的事，傷天害理的事，為

什麼就不叫我活著呢？我得罪了誰？誰？皇上，娘娘那些狗男女都活有滋有味的，單不許我吃窩窩頭，誰出的主意？[29]

吳祖光的劇作語言則是民族戲曲化的，它有詩意，但不是那麼強化它，它也擅用口語，卻也不那麼區域化，他的劇作語言似乎更與民族戲曲相通，如他的名作《奔月》差不多就是一齣不用唱腔的大戲了。那語言風格，多多少少總有些戲曲的影子在內，臺詞不但好念，尤其好聽，一音一韻之中，彷彿有鑼鼓點似的。不信，請欣賞《風雪夜歸人》中的幾句臺詞，看看在潛意識中加上點鑼鼓點，打不打的出味兒來？

> 玉　　春：蓮生，儘管天上那兩顆大星星永遠見不著面，我可是要找一
> 　　　　　個朋友，（伸一個指頭）不過有這麼一樁……
> 魏蓮生：有一樁什麼？
> 玉　　春（抱著膝蓋，眼睛向窗外看）：就是啊，這個人得是個「貧苦
> 　　　　　之人」，得是個不得意的，凡是得意的人，我都高攀不上。
> 魏蓮生（衝動地）：四奶奶……
> 玉　　春：不，叫我玉春吧。
> 魏蓮生（驚喜）：玉春！[30]

這樣的臺詞在《奔月》中就有極好的體現，或許是由於題材的原因，那臺詞寫得越發有音樂感，那語言也越發適用於民族戲的鑼鼓伴奏了。請看這一段，后羿與嫦娥的對白：

> 后羿：不要說閒話，告訴我這心疼的老毛病。
> 嫦娥：我跟你第一次見面發病那是第二次。我現在想想，知道我的
> 　　　病是十年發一次。第一次發病的時候，我只有六歲。
> 后羿：怎麼會發的呢？
> 嫦娥（陷入深思良久）：那時候我們一家人住在北方快樂的家鄉，
> 　　　我六歲，作了第一次的夢……
> 后羿：作夢？
> 嫦娥：同三個姐姐在一起玩，父親母親看著我們笑，誰知道迎面來了
> 　　　一個又高又大的強盜，對我心口就是一箭，我就死過去了。
> 后羿（驚起。毛骨悚然）：強盜！你說是強盜？[31]

[29] 老舍：《茶館·龍鬚溝》，第64頁，人民文學社1994年版。
[30] 《吳祖光劇作選》，第85頁，中國戲劇出版社1981年版。
[31] 《吳祖光劇作選》，第567頁。

　　曹禺的劇作語言是本色的：非常話劇化的。這麼說有點拗口，但本人才能有限，一時找不到更好的語言來表達。

　　他寫的臺詞，不是方言味道，雖然他是天津人，卻沒有一丁點津腔津味摻雜其中；也不是詩歌化的，詩歌化的語言常常更適合於「頌」，適合於浪漫的抒情，而他的臺詞，只是要「說」，旨在其說，要在其說，盡在其說；他的臺詞又與民族戲曲語言的關聯不多，外在關聯既不多，內在關聯更少。無論如何，是不能像《奔月》那樣，可以加上鑼鼓點伴奏的，它縱然有音律在其中，也與民族戲曲的方式不同。然而，卻寫得凝練、準確，有文學品位，有聽覺衝擊力。特別是在中國這樣一個具有悠久民族戲曲傳統的國家，雖沒有唱、念、作、打諸般手段，單是一個「說」，也支撐住了那一幕幕戲劇的大廈。

　　先看一段《雷雨》中的對白，是周萍與繁漪之間的：

周繁漪：我不後悔，我向來做事沒有後悔過。

　　周　萍（不得已地）：我想，我很明白地對你表示過。這些日子我
　　　　　　沒有見你，我想你很明白。
　　周繁漪：很明白。
　　周　萍：那麼，我是個最糊塗，最不明白人。我後悔，我認為我生
　　　　　　平做錯一件大事。我對不起自己，對不起弟弟，更對不起
　　　　　　父親。
　　周繁漪（低沉地）：但是你最對不起的人，你反而輕輕地忘了。
　　周　萍：還有誰？
　　周繁漪：你最對不起的是我，是你曾經引誘過的後母！[32]

　　《原野》中有一段焦母的獨白式的對白，寫得又好，既陰狠詭吊，又咄咄逼人，還把自己氣得哆嗦。這樣的人，但願我們一萬年也別碰見一個，但那形象卻可以世代長存。

　　焦母（爆發，屬聲）：婊子！賤貨！狐狸精！你迷人迷不夠，你還
　　　　　　當著我面迷他麼？不要臉，臉蛋子是屁股，滿嘴瞎話的敗家
　　　　　　精。當著我，媽長媽短，你灌你丈夫迷魂湯；背著我，恨不
　　　　　　得叫大星把我害死，你當我不知道，活妖精！你別欺負你丈
　　　　　　夫老實，你放正良心說，你昨兒夜裏幹什麼？你剛才是幹什
　　　　　　麼？你說，你為什麼白天關著房門？關了門喊喊嚓嚓地是誰
　　　　　　跟你說話？我打進房去，是哪個野王八蛋跳了窗戶跑了？你

32　《曹禺選集》，第44頁，人民文學出版社1978年版。

> 說，當著你的丈夫，你跟我們也講明白，我是怎麼逼了你，
> 欺負你？[33]

上世紀八十年代以後，中國戲劇進入一個新的歷史時期，一方面是西方文藝理論與作品大量湧入，一方面是本土作品在新的基礎上的推陳出新。不僅話劇，還包括民族戲曲，都發生了大巨大的歷史性改變。傳統的劇作形式，固然也得到保留和發掘，但真正成為社會所關注的，引起轟動的，產生藝術衝擊力與文化衝擊力的，還是新風格的劇目。其內容豐，立論新，形式奇，影響深，不是一章一節可以完整敘述的。其中包括：陶峻、王哲東的《魔方》；劉樹綱的《一個死者對生者的訪問》；尚長榮、言興朋首演的京劇《曹操與楊修》等。其中最具影響力與經典性的劇本，應該是魏明倫的《潘金蓮》和高行健的《絕對信號》。這裏說說《潘金蓮》。

《潘金蓮》是一齣新風格的川劇。題材是舊的，雖是舊題材，卻有新演繹與新視點。其實，對潘金蓮命運的文化思考，以前也有過的，因為她值得思考。做翻案文章的還要更多些，因為她具備作翻案的空間與依據。但這文章並不好作，立論就有些麻煩，畢竟潘金蓮是一個同謀殺人犯哩，藝術上也難突破，尤其民族戲曲，你寫得再好、演得再好，比得過周信芳先生的《坐樓殺惜》嗎？

魏明倫的高明之處在於他並不在翻案層面下笨功夫，他選擇的，乃是一種比較性質的文化思考，是帶有荒誕劇曲形式的比較性文化思考。這一下，一箭雙雕，把兩個極難解決的問題都解決了。

他的這一劇作中，不僅有「劇中人」，而且有「劇外人」。「劇外人」其實也是劇中人，——作者把這些不同時代、不同國別、不同身份、不同論點的人統統都作為比較性主體寫進劇本裏了。

這些劇外人包括：

呂莎莎——現代小說《花園街五號》的主人公，女記者；

施耐庵——《水滸傳》作者，明代作家；

武則天——中國歷史上唯一的女皇，唐代人；

安娜・卡列尼娜——十九世紀俄國大文豪托爾斯泰經典小說《安娜・卡列尼娜》中的女一號；

賈寶玉——中國清代古典小說《紅樓夢》中的男一號；

芝麻官——河南豫劇《七品芝麻官》的主人公；

紅娘——元代大作家王實甫《西廂記》的主角；

上官婉兒——武則天的御前女官，著名女才子。

---

[33] 曹禺：《原野》，第69頁，人民文學出版社1994年版。

　　此外，還有「人民法庭女庭長」與「現代阿飛」。

　　先不說劇情，單這一堆身為劇外人的劇中人物，就夠亂得了。然而，亂了舊倫理，亂不了魏明倫，魏明倫因亂作亂，因亂作戲，從而表現了種種為時代關心的理念，豐富了川劇的手段與戲曲形式。

　　其結果，便成就了這樣一台新觀念的戲；一台具有荒誕味道的戲；一台具有新風絡又不失川劇本色的戲；一台具有文化震撼力與傳播力的戲。在那個時代，觀看和關注她的人，顯然超越了任何一齣傳統民族戲曲。

　　這戲引起的轟動不小，至今思之，猶覺那經典時刻歷歷在眼前。

　　語言自然也很有特色，既是川味的，也是戲曲的，還是很時尚很文化的，這裏引一段潘金蓮、武大郎與阿飛的臺詞：

> 武大郎：這個木腦殼娃娃，白白胖胖，笑笑嘻嘻，權當我家的孩子，
> 　　　　陪伴媽媽解悶。（作逗孩子狀）推磨磨，趕晌午，娃娃不吃
> 　　　　冷豆腐！（逗金蓮）媽媽，要笑。笑了，笑了，哈哈……
> 潘金蓮（苦笑）：有個木娃娃，總比莫得好。（自嘲）如今出嫁從
> 　　　　夫，以後夫死從子，靠你兩父子，度過一輩子，我認命
> 　　　　囉，逗娃娃耍喲。
> （夫妻玩木偶，下。三潑皮上）
> 三潑皮：（唱）手拿扇兒涼風快，肩托鳥籠畫眉乖。魚尾鞋兒搖搖
> 　　　　擺，龍頭袖子高高抬。
> 幕內（人聲）：前輩等著。
> （現代阿飛上，蛤蟆鏡、長捲髮、花襯衫、小褲腳、港氣十足。）
> 三潑皮（驚異）：哪裡飛來的怪物？
> 現代阿飛：各位前輩，好事成雙，你們才三個，加上我湊成一堂！[34]

5. 中國先鋒戲劇的語言風格

　　其實在80年代，《潘金蓮》就是先鋒戲劇，以後，一些評論家也把它歸入探索戲曲中。以今天的標準看，都不夠先鋒了，你「現代」，人家還有「後現代」哩！可見當今世界變化之快，誠所謂資訊時代資訊速度了。但也不是壞事，過去說「各領風騷三百年」，現在說「各領風騷三五年」——三五年也不錯了。就是能領風騷三、五月，月月排在圖書排行榜的首位，也不簡單呢！

　　自上世紀九十年代中後期始，不斷出現有影響有新聞價值且引起不同反應的先鋒劇目，與八十年代的探索劇目相比，這些劇目的變化更大了。它們

---

[34]　《魏明倫劇作精品集》，第117-118頁，上海古籍出版社1998年版。

或者不是後現代的，卻是全新概念，或者就是後現代的，但創作者與評論者也不以此標榜。無論如何，它們的先鋒特徵鮮明，不但風格迥異於前人，幾乎一切舊的戲劇形式在他們那裏都遭到顛覆、反諷或嘲弄。自然，那語言也多多少少有些另類，令人覺得奇、怪、新、鮮，醜美雜陳，傳統不宜。

作家出版社曾出過一本《先鋒戲劇檔案》，對那些代表性劇作與觀點有一個梳理與介紹，其中最突出的人物應該是孟京輝與林兆華，劇作者包括刁奕男、張獻、餘堅、黃金罡、廖一梅等。

這裏介紹幾個劇作。一個是《思凡》，《思凡》原本是清代傳奇《孽海記》中的一折，那設置極出色，雖是清人之作，對於現代人依然很有魅力。文詞寫得更好，單以其文詞而論，可以說不遜於任何一位戲曲前賢，而且還是中國崑曲的保留性劇目，直到今天仍然活躍在舞臺上。我在前面說過，最偉大的傳統摺子戲，就是這《思凡》了。

作為先鋒劇作的《思凡》，都是將清人傳奇《思凡》與《十日談》中的一個故事拼接。這其實是風馬牛不相及的兩件事，而先鋒派劇作，喜歡的就是這個。實在再現實生活中風馬牛不相及的事太多，明明風馬牛不相及卻偏偏相及的事同樣不少。因為你現實先鋒，他才劇作先鋒；因為你現實荒謬，經天才的演藝人一調理，便藝術地凸顯了這荒謬。這劇作先演中國傳統的，又演《十日談》的，再回到中國，如此跳東跳西，終成就一場新戲。

這樣的拼接，可說是大膽之至，而那手法尤其現代。單以臺詞論，似乎並沒有什麼特異之處，然而，那效果卻是特異的。那樣式彷彿我們與崇禎皇帝一起吃茶、聊天、說事——這個在現實生活中是不可能的，把不可能的在戲劇中表現出來，讓它成為可能；而這種以無限可能性寫不可能的生活的戲劇風格恰恰是先鋒《思凡》的魅力所在。

另有一部《我愛×××》，原本是一首長詩。將長詩作為戲演，那創作方法，只能是先鋒的了，先鋒了才可能；先鋒了才可以；先鋒了才好看。

全劇分為四個部分：

第一部分：不由分說；

第二部分：（字幕）；

第三部分：說的比唱的好聽；

第四部分：說到做到。

全劇除個別內容外，一律用「我愛×××」的陳述句型組成。這樣的組成方式，不但過去的戲劇中見不到，就是現代詩歌中也是沒有的，而然，當它真的成為一部戲的時候，那感覺也確實新奇，很先鋒的。

……

我愛你的胃

我愛你噴香的乾淨的腸子

我愛你的肚子

我愛你的肚臍

我愛你的脊椎

我愛你的尾椎

我愛你的坐骨和坐骨神經

我愛你的臀部你美麗的半圓

我愛你的睪丸你美麗的陽物

我愛你的陰毛你美麗的陰道

我愛你的陰唇你美麗的子宮

我愛你的大腿你的膝蓋你的膝蓋骨你的小腿你腿上的纖維

我愛你的腳你的腳趾頭你的腳指甲你的腳心你的腳背你的腳後跟你
的腳關節

……

我愛你的肉體就是你的靈魂的肉體

我愛你的靈魂就是你的肉體的靈魂

我愛你的肉體就是你的肉體的肉體

我愛你的靈魂就是你的靈魂的靈魂[35]

　　在形式上比較傳統一點，但內容依然前衛且極具後現代氣息的劇作，還應包括過過士行先生的《魚人》、《鳥人》、《棋人》與《壞話一條街》。

　　它們形式上並不那麼先鋒，或許作者也並不刻意作先鋒之想，但那內容是新鮮的，前衛的，後現代式的。例如《壞話一條街》，有簡介說它：「從人們耳熟能詳的民謠、俏皮話、繞口令開始切入，向人們呈現了一個令人傷心、憤怒而又無可奈何的生存環境。」

　　評點中肯，定位明白。

　　語言風格很包容，也很鄉土。舉凡俗語、口語、民諺、俏皮話、應有盡有；鄉土即基本上是新環境下的北京話。

　　——只有北京人才會這麼說，且只有現時代的北京人才會這麼說。而這些，就代表了它的語言風格。

　　這裏引兩段對白，一段是關於槐花的對白，雖句句家常話，自有深意在焉。

　　鄭大媽：槐花。把槐花跟棒子麵和上，上屉蒸，一條街都是槐花香。

35　孟京輝編：《先鋒戲劇檔案》，第132頁，作家出版社2000年版。

耳　　聰：一定很好吃。

鄭大媽：不能多吃。

目　　明：為什麼？

鄭大媽：吃多了臉發綠。

目　　明：那可以做染料嘛。

鄭大媽：就你聰明，早就是染料。

耳　　聰：附著力怎麼樣？

鄭大媽：好使著哪，臉都能上色，你就甭說別的啦。

目　　明：這日子我沒趕上。以後也不會再有了。

耳　　聰：是呀，現在的人連肉都不願吃了，誰還吃槐花。

鄭大媽：想吃也沒有了。[36]

　　另一段，則基本上是由俏皮話組成的，不過這俏皮話，也不一定全來自民間，個別的地方或有作者的加工，也未可知。

花白鬍子：別打岔！要說俏皮話，你是屎殼螂敲門——臭到家了，
　　　　　太爺。

居民丁：你是屎殼螂逛花園兒——不是這裏的蟲，我的太太，不，
　　　　　小子。

……

花白鬍子：你是屎殼螂打噴嚏——你滿嘴都噴糞了，小子。

居民丁：你呀，是屎殼螂……，小子！

花白鬍子：什麼呀？

居民丁：沒想起來。

花白鬍子：你是屎殼螂掉到熱鍋上——麻爪了，小子。

居/民丁：你是屎殼螂吃屎殼螂，你簡直有點餓暈了，小子。[37]

　　後來，也沒過渡，不知怎麼的又說到武大郎身上去了，而且不說則已，一說又是一套，此處，掐頭去尾，節選幾句：

花白鬍子：那你聽著，你是武大郎的腦袋——算不了王八頭，小子。

居民丁：它……

花白鬍子：你是武大郎的眼睛——算不了王八珠子，小子。

居民丁：那個……

花白鬍子：你是武大郎的脊樑——算不了王八蓋，小子。

36　過士行：《壞話一條街》，第229頁，中國國際廣播出版社1999年版。

37　過士行：《壞話一條街》，第240頁，中國國際廣播出版社1999年版。

居民丁：那……

花白鬍子：你是武大郎的手──算不了王八爪，小子。

居民丁：你……

花白鬍子：你是武大郎的腳丫子──算不了王八蹄，小子，剩下的都
　　　　　歸你了，來呀。

居民丁：沒什麼啦，武大郎全完啦。嗨，我想起來了，你是武大郎
　　　　的兒子──王八蛋！[38]

　　新劇作的變化，真有點令人眼花繚亂，然而，很好玩的。雖然誰也無
法判斷它明天會走向何處──那就對了，曹禺大師不是說過嗎，好的劇作就
是前頭不知道後頭的事。

　　阿彌陀佛！

（五）散文語言風格簡析

1.孟、莊、荀、韓，四種文風通千古

　　散文數量太多，體式太豐富，風格太多樣，萬不可一概而論，只可
以擇其要點而談；要點也太多，體式仍太豐富，風格仍太多樣，同樣萬不
可一概而論，只可以擇其要點之要點而談，所以評說散文風格，幾乎是一
項無法完成的任務，本人希望的是觀一斑而知全豹。顯然這一「斑」應該
是最具代表性的才對。那麼最具代表性的散文風格應該是那一代的散文家
呢？我以為，追本溯源，無過於先秦散文了。

　　我在〈文體審美〉一章中，提出過「四風」「五體」的觀點，「五
體」前已論之，那麼何為「四風」？「四風」即先秦時代最著名的四位散
文家的文風。這四位散文家是：孟子、莊子、荀子、韓非子。

　　先從孟子說，孟子的文風，概而言之，即浩然之風。

　　我這麼說，不是本人的杜撰，而是孟軻先生的夫子自通，所謂「吾善
養吾浩然之氣」。

　　一個人能有浩然之氣，那出發點與歸宿點便與眾不同；那立足點與觀
察點便與眾不同；那大思路與關注點便與眾不同。在他看來，他的為人，
是具有浩然之氣的，他的為文，也是具有浩然之氣的。

　　因為這浩然之氣，所以孟子的文章不特別講究修辭，他不在這些細節
方面多下功夫，更不使用生字、僻字、難字、怪字。他並非不識這些字，
不懂這些字，而是這樣的字用多了，會影響他文章氣韻的自然與生動。

---

[38]　同上。

　　孟子文章，有比喻，也有例證；有正論，也有反論；有挖苦，也有尖刻，但總的基調是雍容大度的，風格是正氣凜然的，態度是從容不迫的，語言語勢是雄辯的。

　　雖然雄辯，絕不強求。不開言便罷，開言便是詞語滔滔，既要有威勢，又要有聲有色，更要一氣呵成。在他的對手看來，他的文字，不免有些霸氣，不免有些盛氣凌人，有時竟如狂風大作一般，讓你口不得張，目不得開。然而，他絕不強詞奪理，也不出奇招怪招。用孫子兵法的語言講，他是只用「正兵」，不喜「奇兵」。他不但坐而論道，而且一定要端端正正坐穩了，坐好了，誠誠敬敬，與你正面交手。奇襲不是他的策略，小打小鬧也不是他的作風，乘人不備，冷不丁從背後一槍刺來，更是他所不恥的。至於使用一些小伎倆，打點一些小關節，丟幾隻飛鏢，放幾枝冷箭，於他更是不屑於一顧的。他作文章，既要從大處著眼，又要從根上入手，高屋建瓴，居高臨下，一出手便自與眾不同。因為他有特別的信念在其中。「民為重，社稷次之，君為輕」乃是他主次的基礎，敢為天下先，敢為天下師乃是他非凡的品性；「萬物皆備於我」乃是他為人為文的氣度，「雖千萬人，吾往矣」乃是他立學處世的精神。

　　所以孟之之文，乃是王者之文。以花作喻，他的文章彷彿百花園中的牡丹。雍容華貴才是他的本色，王者之氣才是他的風範。所以他初見梁惠王，惠王問他：「老先生，你不辭辛苦，路途千里而來，會給我的國家帶來不少利益吧！」他立即回答：「王！何必曰利！亦有信義而已矣。」這樣的態度，在中國三千年文學史上，都是少見的。足見他不是一位可以怠慢的人；不是一位可以隨便改變觀點的人；不是一見權貴就有些出氣進氣不順暢，腰桿子都有點伸不直的人，也不是本來有一肚子高見，一看風頭不對，馬上把自己的人格丟進茅廁的人。由此可知，所謂浩然之氣，它是有根據有基礎有來歷有內涵的，不是腿長胳膊粗，肺活量楞大就可以做到的。

　　這裏引一段他給公孫丑的答話：

　　　曰：「文王何可當也？由湯至於武丁，賢聖之君六七作，天下歸殷久矣，久則難變也。武丁朝諸侯，有天下，猶遠之掌也。紂王去武丁未久也，其故家遺俗，流風善政，猶有存者；又有微子，微仲、王子比干、箕子、膠鬲——皆賢人也——相與相輔之，故久而後失之也。尺地，莫非其有也；一民，莫非其臣也；然而文王猶方百里起，是以難也。齊人有言曰：『雖有智慧，不知乘勢；雖有鎡基，不如待時』。今時則易然也：夏後、殷、周之盛，地未有過千里者也，而齊有其地矣；雞鳴狗吠相聞，而達乎四境，而齊有其民矣。

地不改闢矣，民不改聚矣，行仁政而王，莫之能禦也。且王者之不作，未有疏於此時者也；民之憔悴於虐政，未有甚於此時者也。饑者易為食，渴者易為飲。孔子曰：『德之流行，速於置郵而傳命。』當今之時，萬乘之國行仁政，民之悅之，猶解倒懸也。故事半古之人，功必倍之，惟此時為然。」[39]

第二家是荀子的文章風格。

如果說，孟子的文章屬於王者之文，荀子的文章則是典型的學者之文。

學者之文不以氣勢取勝，更不咄咄逼人，連雍容華貴都不追求。什麼「浩然之氣」，什麼「萬物皆備於我」，什麼「雖千萬人，吾往矣」，他對這些都提不起興頭。

學者之文的立論基礎，在於事實的清楚，邏輯的完整。不求很鋪張，但求很「專業」；不求以情動人，但要以理服人，服人都不是第一追求，第一追求是首先把自己搞正確，我研究了，我明確了，我有了結論了，這個題目結束了。既不需要那麼大的聲響，也不需要那麼大的聲勢。

荀子文章的特色，首先是有一說一，有二說二，但文章不是一加一等於二那麼簡單，於是立論嚴謹，條分縷析。他重視的是事實，強調的是根據，沒有事實作依據的話，它是不說的；有事實作根據的話，說出來也要有分寸。它的風格是不張揚，不急躁，不作無用之言，也不感情用事。

因而，它的每個立論都有堅實的事證作基礎，它不高屋建瓴，習慣於從根兒上談起。雖然也有修辭，但不特別重視修辭；也講論辨，但論辨不是紅頭漲臉、滿頭大汗，甚至暴跳如雷，凡此種種，皆非學者所為。不唯如此，甚至痛快淋漓不需要，乘勝追擊不需要，光芒四射不追求。

在使用辭彙方面，既不求新求奇求多，也不避生字、難字、僻字，只要需要，反字均可用。他講究的不是文采，而是準確，不多不少，準確最好。

但它的特色就在這裏，魅力也在這裏。正如一個雄辯家碰到一位專家，若是在茶館酒肆談論起來，那一定是是雄辯家勝，他幾乎不費吹灰之力，就可以把坐中話題「壟斷」，不是他有意壟斷，而是他的氣勢、他的才氣、他的風度，他的話語能力，使他不知不覺間就成了當仁不讓的主持人。但若換一個所在，不在茶館酒肆，而在專業沙龍，雄辯家的優勢就不如專家了。專家的特長，在於對他所熟悉的領域，具有專門之通，專門之精，專門之長。他常常是不動聲色的，高談闊論於我何有哉！又常常是孤寂的，熱火朝天於我何有哉！也常常是隱而不發的，閒言碎語於我何有哉！

[39]　楊伯峻，《孟子譯注》上冊，第57頁，中華書局1960年版。

　　同樣以花作比喻，荀子的文章可以比喻為槐花。他不以香氣取勝，但有香氣在；他不以華美勝，但有實用價值：醫時可以入藥，飯時也可充饑。

　　荀子的文章，流傳最廣的乃是〈勸學〉篇，這裏不引，雖不引其風格，亦比比可見。這裏引〈非十二子〉中的一段話，其風其采，可見一斑。

> 君子能為可貴，不能使人必貴己；能為可信，不能使人必信己；能為可用，不能使人必用己。故君子恥不修，不恥見污，恥不信；不恥不見信，恥不能，不恥不見用。是以不誘於譽，不恐於誹，率道而行，端然正己，不為物傾側，夫是之謂誠君子。《詩》云：「溫溫恭人，維德之基。」此之謂也。[40]

　　第三家是莊子的文章風格。

　　莊子文章最以文采見長，連魯迅先生都認為在先秦各文章大家中，他的文章是最具文學品位的，也曾評論他的文章，「汪洋姿睢」，「先秦諸子，概莫能先」。

　　荀子文章固然有他的種種優點，但論到文采，則非其所長，但文采也是不可缺少的呀！從一定意義上說，沒有文采也可以有文章，卻不可以有文學，而沒有文學的世界，就像沒有樹木花草的世界一樣，天地固在，難免淒涼。

　　我以為，科學的生命在於獨創性，文學的生命在於多樣性。所謂文采，其特色之一，就是同一件事，他說的便與眾不同。他可以將一件非常簡單的事，記得很複雜，複雜不是囉嗦，而是津津有味；他可以將一件特別複雜的事記得很簡單，簡單不是缺滋少味，而是凝煉結晶。狹義的學者之文，實用固然實用，可惜難以進入文學殿堂。

　　文學的字面表現即是文采，而文采有如美人顏，美人妝。美人顏可以沉魚落雁，美人妝可以閉月羞花。雖然沉魚落雁的美人顏既不能代表美人的品性，閉月羞花的美人妝也不能代表美人的等級，但這些都是一切愛美的人所夢寐以求的，所須與不可缺少的。比如一位豐滿美人，在形象上，她是喜歡孫二娘還是喜歡楊貴妃呢？比如一位骨感美人，在形象上，她是喜歡西施小姐還是喜歡東施姑娘呢？

　　莊子的文章，比喻多，寓言多，表演手法多，結構形式多。而且那些比喻不用則已，一用便如美人頸上的珍珠項鏈一樣，不是一顆一顆，而是成排成串，用了一個又用一個；他又是最擅長創作和使用寓言的作家，他的那些奇異、古怪，匪夷所思，出人意想的寓言故事幾乎是無窮無盡的，

---

[40]　《荀子全譯》：第93頁，貴州人民出版社1995年版。

又似行雲，又似流水；行雲無盡，流水無窮；行雲無盡而千姿百態，流水無窮而物意叢生。

　　一方面講文采，一方面又有深意，有哲理，有高深的道理在、有新奇的視角在、有奇異的想像在。他所使用的比喻與寓言，他得出的邏輯與結論，常常在人們的意想之外，細細斟酌拷問又在合情合理之中。你盡可以不喜歡他的風格，但你不能不佩服他的手段；他盡可以不認同他的結論，但你不能不佩服他的表現能力，實在他的語言文字能力太過傑出了。他確確實實比別人寫得更生動，寫得更有趣，也寫得更富於藝術感染力。

　　我在文句一章中，舉過整句與散句、疏句與密句、繁句與簡句、濃句與淡、快句與慢句、俗句與雅句等類型例句。讀莊子文，可以知道，莊子乃是一位使用漢語字、詞、句、篇的超級高手，已經達到了隨心所欲的地步。例如，我們看荀子的文章，長句不多，短句也不多，規規整整，常在不長不短之間。莊子的文章不是這樣了，他擅用長句，也擅用短句；擅用整句，也擅用散句；擅用複合句，也擅用祈始句。文如天花，信手而來；字如鴻雁，有序而去。

　　這裏舉他兩段文字。一段是人們熟知的〈齊物論〉中的天籟之論。

> 夫大塊噫氣，其名曰風，是唯天作，作則萬竅怒呺，而不聞之翏翏乎！山林之畏佳，大木百圍之竅穴？似鼻，似口，似耳，似枅，似圈，似臼，似洼者，似污者。激者，謞者，叱者，吸者，叫者，譹者，宎者，咬者，前者唱于而隨著唱喁，冷風則小和，飄風則大和，厲風濟則眾竅為虛，而獨不見之調調之刁刁乎？[41]

　　另一段則是其影響更其深遠的〈道論〉：

> 夫道有情有信，無為無形；可傳而不可受，可得而不可見；自本自根，未有天地，自古以固存；神鬼神帝，生天生地；在太極之先而不為高，在六極之下而不為深，先天地生而不為久，長於上古而不為老。狶韋氏得之，以挈天地；伏羲氏得之，以襲氣母；維鬥得之，終古不忒；日月得之，終古不息；堪壞得之，以襲昆侖；馮夷得之，以遊大川；肩吾得之，以處大山；黃帝得之，以登雲天；顓頊得之，以處玄宮；禹強得之，立乎北極；西王母得之，坐乎少廣，莫知其始，莫知其終；彭祖得之，上及有虞，下及五伯；傅說得之，以相武丁，奄有天下，乘東維、騎箕尾而比於列星。[42]

---

[41]　《莊子淺注》，第16頁，中華書局1982年版。

[42]　《莊子淺注》，第95-96頁，中華書局1982年版。

第四家是韓非子的文章風格。

韓非子自是文章大家，他本人是一位飽受爭議的人物，而且是一位貶多褒少的人物。這主要和他是先秦法家集大成者這一特殊的身份有關，法家極端重視刑名，重視權用，重視政治策略。韓非之前的法家，多半各執一端，到他這裏，把這些內容綜合起來，簡稱法、術、勢。

法家在戰國時代屬於明星級學派，影響最大，效應也最好。從戰國初期的魏國開始，但凡要圖生存求發展，莫不依法家的思路執政。那個時期，法家幾乎就是變革的代名詞。其實，戰國七強個個都是變革性政權，自然也都是法家的同情者、支持得與實踐者，有區別的只在於徹底與不徹底而已。秦國的變革最為徹底，最後的政治權利就屬於它。

韓非既是法家學說的集大成者，所以最受秦始皇重視。秦始皇讀到韓非的著作，太激動了，說：「寡人得與此人遊，死無憾矣。」後來知道韓非就在韓國，於是想盡辦法，軟硬兼施，終於將韓非弄到了秦國。然而，那結局卻是很悲慘的，他到底聽信了李斯的讒言，將韓非囚禁、處死。

這也正是法家的不幸所在。韓非的結果固然悲慘，他的老前輩、秦國變革的奠基人，第一功臣商鞅的結果也很悲慘，或者說還要悲慘。而那個陷害他的人，也演算法家中傑出政務實踐者李斯，結果同樣悲慘。這些法家代表性人物的結局，也從一個側面證明了這學說確實有它先天性的致命傷。

韓非的文學風格，也是法家式的。他不重文采，只重實效，而且達到了極端的程度，為達目的，不擇手段。這方面，既與莊子文章南轅北轍，又與孟子文章大相徑庭，人家是王者之文，浩然正氣，他只管講權術，專心法勢之道；就與他的老師荀子也不一樣，荀子是學者之文，雖然講究實用，重在合乎道理，韓非則是官吏之文，道理固然也講，目的全在社會實用、政治實用。表現在文風文面，則是刀光劍影，犀利無比。用八個字形容韓非的文風，可以稱之為「握拳透爪，寸鐵能屈」。因為握拳的力量太大了，指甲都從手背上穿過去了，此為握拳透爪；因為抓鐵的力度太強了，一寸長度的鐵棍都可以令其彎屈，此為寸鐵能屈。

韓非文風犀利，因為他文章的立論基礎全在於變革，在於權用，在於各種各樣的鬥爭策略──包括陰謀詭計，總之，都是些與國家政權息息相關的內容。我們看他的文集目錄，開口就是「見秦」，閉口又是「存韓」，繼而講「難言」，講「愛臣」，講「王道」，講「有度」，講「二柄」，講「揚權」，講「八奸」，講「十過」，又講「亡征」，講「三守」，講「備內」，講「南面」，講「飾邪」，這都是些很利害、很權力化，很容易陷入權力漩渦中的題目，卻又是與國家的政治能力血肉相關的題目。這些題目，做它很難，做好更難，稍不留心還有可能付出慘重的代價。韓非

的學問深了，親見親知的多了，有感於此，故而又寫「說難」，寫「孤憤」，表達了他對這書寫對象的艱難與兇險的認識與應對策略。不僅如此，他既是法家，必關心治國；既要治國，必痛恨「五蠹」，且對老子的思想智慧予以特別的關注，專門作了〈解老〉、〈喻老〉兩篇文章。法家近老，正是為了給自己的學說尋找理論支撐點。但他文風的本質，不是純理論的，更不是是仁義禮智信的，在孟子是仁義為先，這個他不能接受；在荀子是條分縷析，這個他也不太喜歡，他是變條分縷析為勢如破竹，他真正喜歡的乃是短兵相接，刀刀見血。他的文風，以犀利為能，力度為先，恨不能一句話便將多少問題講清講透。所謂一掌下去，便是個血印，不怕你血肉橫飛，就怕不痛不癢。

　　莊子文章文采斐然，而且悠游自在，無拘無束，所謂「鵬之徙於南冥也，水擊三千里，摶扶搖而上者九萬里」，九萬里對他來講，不免太過遙遠又太過空泛，他不關心更不喜歡這些無邊無際的大事由，他看重的是法、術、勢，追求的是富國強兵，目標直指霸業，連王業都不在他的眼裏。在他心目中，霸業才是正業，完成這正業唯有憑實力說話。以這樣的文風寫文章，以這樣的文章裏助事業，其結果不免「成也蕭何，敗也蕭何。」韓非子文章雖然受到秦始皇的極度推崇，但在此後的二千年中，其地位與社會主流評價，卻是最低的，個中黑白曲直，確實值得深思。

　　這裏引他兩段文字，一段是〈揚權〉中開首一段，那文字幾乎全用四字組成，有些四言詩模樣的，但哪裡是詩呀，沒這樣的詩！句子不長力道卻大，一字一句斬釘截鐵。

　　天有大命，人有大命。夫香美脆味，厚酒肥肉，甘口而病形；曼理皓齒，說情而損精。故去甚去泰，身乃無害。權不欲見，素無為也。事在四方，要在中央。聖人執要，四方來效。虛而待之，彼自以之。四海既藏，道陰見陽。左右既立，開門而當。勾變勾易，與二俱行，行之不已，是謂履理也。夫物者有所宜，材者有所施，各處其宜，故上下無為。使雞司夜，令狸執鼠，皆用其能，上乃無事。上有所長，事乃不方，矜而好能，下之所欺。辯惠好生，下因其材。上下曷用，故國不治。[43]

　　第二段是〈五蠹〉中的一段話，舉例證明刑罰之重要性，立論峭拔，別具一格。其文曰：

　　　夫古今異俗，新故異備。如欲以寬緩之政治急世之民，猶無轡策而御
　　　悍馬，此不知之患也。今儒、墨皆稱先王兼愛天下，則視民如父母。
　　　何以明其然也？曰：「司寇行刑，君為之不舉樂；聞死刑之報，君為

---

[43]　《韓非子集釋》上冊，第121頁，上海人民出版社1974年版。

流涕。」此所舉先王也。天以君臣為如父子則必治，推是言之，是天亂父子也。人之情性，莫先於父母，皆見愛而未必治也，雖原愛矣，奚遽不亂！今先王之愛民，不過父母之愛子，子未必不亂也，則民奚遽治哉！且夫以法行刑而君為之流涕，此以效仁，非以為治也。夫垂泣不欲刑者仁也，然而不可不刑者法也，先王勝其法不聽其泣，則仁之不可以為治亦明矣。且民者固服於勢，寡能懷於義。仲尼，天下聖人也，修行明道以遊海內，海內說其仁，美其義，而為服役者七十人，蓋貴仁者寡，能義者難也。故此天下之大，而為服役得七十人，而仁義者一人。魯哀公，下主也，南面君國，境內之民莫敢不臣。民者固服於勢，誠易以服人，故仲尼反為臣，而哀公顧為君。仲尼非懷其義，順其勢也。故以義則仲尼不服於哀公，乘勢則哀公臣仲尼。今學者之說人主也，不乘必勝之勢，而務行仁義則可以王，量求人主之必及仲民，而以世之凡民皆如列徒，以必不得之數也。[44]

細細思之，這樣的文章理路，不覺令人心驚。這文風，確也或多或少，或長或短地影響了中國文章二千年。

文風作為文章個體的傾向表達，遠遠不止於這四種類型，但這四種類型應該是最具代表性的，正如心理學認為人有四種基本的性格類型一樣，A型——外向型；B型——靈活型；C型——保守型；D型——內向型，四種類型不可能窮盡所有人的性格組合。實際上，既有很典型的如上述類型的性格，也有不典型的性格類型，或七分A型三分B型；四分C型六分D型；五分D型五分C型。文風亦如是，典型雖只四種，變化只是無窮。

各類文風都有自己的傳人，只是成績太小，不可一概而論。以孟子的文風為例，其後世的繼承人中，唐宋八大家之首韓愈便是一個傑出的代表；梁啟超也是一位傑出的代表；毛澤東又是一位傑出的代表。以莊子的文風為例，其繼承者中，最突出的代表性人物則是蘇東坡。蘇東坡先生評價自己的文字，有「常行於所當行，常止於所不可不止」之說，這個特色恰與莊子的文風一脈相承。

2.王小波，當代散文的一個異數

散文文風的發展與豐富在「五四」運動時期達到一個高峰，現在遙遙看去，我以為那個時期最有成就的文學門類乃是散文，不但創作成果卓著，而且散文大家成團崛起。只是對其中的代表人物，已經在相關章節中分別介紹，此處不再重複。

---

[44] 《韓非子集釋》下冊，第1051頁，上海人民出版社1974年版。

改革開放之後，散文的成就也很突出，九十年代後，出現以個人為標誌的散文熱，如余秋雨、周國平、賈平凹等。這幾位作家，或以時尚見長，或以思考見長，或以韻味見長。有的成一時之風雨，有的則綿遠而流長。但最突出的代表人物，當屬王小波。

評價散文的標準，我以為有「深」、「大」、「韻」、「美」四個方面，雖然當今的散文家未必比得上「五四」時期的散文家，但那風格、時尚與歷史深度也不是昔日的散文家可以做到的。以上述四個方面平衡近二十年散文家的成就，還是王小波更為突出。

王小波的文學成就，既有小記也有散文，為他立基的是小說，形成廣泛傳播的首先是散文。他的散文風格，是幽默加智慧，深刻卻又不露聲色。他絕不大聲喧嘩，更不以勢凌人，浩然之氣更不考慮。他的文章立論堅牢、說理透徹、形式多樣、語調恢諧，雖然不見刀光劍影，卻十分耐人尋味。初一讀，很開心；細一想，有深意。過些時，回頭再看再想，更開心了。他也不是有什麼微言大義，不故作高深，本質上是人格獨立，我用我腦思，我用我手寫。風格上是好看好玩，閒話少提，先說有趣。他是一位少見的不把人文關懷掛在嘴邊卻又真正具有人文情懷的大作家。他把人文情感與知識都有機地、有趣地結合在一起，你中有我，我中有你。

這裏引他幾段文字。

一段是說思維與幸福的。

> 我認為腦子是感知至高幸福的器官，把功利的想法施加在它上面，是可疑之舉。有一些人說它是進行競爭的工具，所以人就該在出世之前學會說話，在3歲之前背誦唐詩。假如這樣來使用它，那麼它還能獲得什麼幸福，實在堪虞。知識雖然可以帶來幸福，但假如把它壓縮成藥丸子灌下去，就喪失了樂趣。……假如說，思想是人類生活的主要方面，那麼，出於功利的動機去改變人的思想，正如為了某個人的幸福把他殺掉一樣，言之不能成理。[45]

這觀點，深得我心；這風格，令我開心。

第二段，也出自這一篇文章，文中提到了阿城的小說。

> 文化革命以後，我還讀到了阿城先生寫知青下棋的小說，這篇小說寫得也很浪漫。我這輩子下過的棋有4／5是在插隊時下的，同時我也從一個相當不錯的棋手變成了一個無可救藥的庸手。現在把下棋和插隊兩個詞拉在一起，就能引起我生理上的反感。因為沒有事幹

---

[45] 王小波：《浪漫騎士》，第34-35頁，中國青年出版社1997年版。

而下棋,性質和手淫差不太多。我決不肯把這樣無聊的事寫進小說裏。[46]

這風格,我喜歡,只是想補充一句,阿城與王小波,各有各的道理在,換句話說,不是阿城不對,是王小波更對些。

第三段,是說性心理的。因為王小波的小說中寫了不少性與性心理活動,可是有人驚慌,有人鄙視。王小波這樣表達自己的態度。

維多利亞時期的英國人和文革時的中國人一樣,性心理都不正常。正常的性心理是把性當作生活中一件重要的事,但不是全部。不正常則要麼不承認有這麼回事,要麼除此什麼都不想。假如一個社會的性心理不正常,那就會兩樣全占。這是因為這個社會裏有這樣一種格調,使一部分人不肯提到此事,另一部分人則事急從權,總而言之,沒有一個人有平常心。作為作者,我知道怎麼把作品寫得格調極高,但是不肯寫。對於一件愚蠢的事,你只能唱唱反調。[47]

這麼有趣的文風,於小波而言,確實十分本色。

再引一段,我以為是非常經典的文字,可以與日月同光的,出自他的《文明與反諷》。

據說在基督教早期,有位傳教士(死後被封為聖徒)被一幫野蠻的異教徒逮住,穿在烤架上用文火烤著,準備拿他做一道菜。該聖徒看到自己身體的下半截被烤得嗞嗞冒泡,上半截還紋絲未動,就說:喂!下面已經烤好了,該翻翻個了。烤肉比廚師還關心烹調過程,聽上去很有點諷刺的味道。那些野蠻人也沒辦他的大不敬罪——這倒不是因為他們寬容。人都在烤著了,還能拿他怎麼辦。如果用棍子去打,拿鞭子去抽,都是和自己的午餐過不去。烤肉還沒斷氣,一棍子打下去,將來吃起來就是一塊淤血疙瘩,很不好吃。這個例子說明的是:只要你不怕做烤肉,就沒有什麼阻止你說俏皮話。[48]

我以為,這一段話,很能體現王小波的浪漫騎士風格。

他還有一篇很有趣味的文章〈一隻特立獨行的豬〉。很好玩,也很好看。我有時竟然會想,如果我們總是做人不成,不如就成為一隻特立獨行的豬好了。

---

[46]　王小波:《浪漫騎士》,第33頁,中國青年出版社1997年版。

[47]　王小波《浪漫騎士》,第69頁,中國青年出版社1997年版。

[48]　王小波:《沉默的大多數》,第368頁,中國青年出版社1997年版。

九、文論審美

千秋「語」業，各有評說

　　文論，顧名思義，即文學理論，但在大陸，比較習慣的叫法則是文學批評。例如羅根澤、郭紹虞幾位前輩將有關中國文學理論的專門性著作都命名為《中國文學批評史》。

　　明明是文學理論，為什麼要叫作文學批評呢？我的理解，除去其他原因之外，可能與中國文論的特殊品格有關係。換句話說，中國文論的特點與優點不在抽象的理論方面，而表現在對文學作品的具體批評方面。

　　無論如何，文論是研究漢語與漢語文學不可或缺的組成部分。本書的十章內容，一方面是關於作品基礎的，如文字、文詞、文句、文韻，一方面是講作品創作的，如文篇、文體、文風，還有一部分則是對這創作的規範與保護的，那就是文法與文論了。

（一）漢語古代文論的六個特徵

　　六個特徵是相互關聯的一個整體。

1.沒有「主義」，但有道統

　　中國傳統文論，沒有「主義」的概念，如西方的古典主義、浪漫主義、現代主義、後現代主義，這些在中國傳統文論中都是沒有的。雖然沒有「主義」，確有道統，簡而言之，就是「道」。

　　「道」這個概念內涵過於豐富。漢字「道」的本意，只是道路，以後推而廣之，由實而入虛，由具體進入抽象，終於演變成中國古典哲學、文學乃至一切文化觀念中最為重要的概念。

　　道又是有層次的，有自然之道，也有為政之道，還有技能之道。當然有文學之道了。

　　自然之道，是說道是萬物之母。所謂「道生一，一生二，二生三，三生萬物」。這意思是說，世間萬物都是有來處的，它不會無緣無故地產生出來。那麼它產生的規律是什麼呢？就是道。因其道而生，合其道而長，得其道而興。反過來說，一（道）即可以生萬物，萬物也可以歸一（道）。沒有道，就沒有這一，於是萬物歸零，一切都無從談起。

　　為政之道，在儒家的理念上就是仁政，所以孟子才說「得道多助，失道寡助」。那麼這道一定是最好的最受人擁戴的政治。在古代的時空範疇內，就該是仁政了。實行仁政，因仁政而得人心，得人心者得天下，這個就是「得道多助」；失去仁政，或反仁政而行之，變成暴政了，於是人心盡失，沒有人幫助你了，此所謂失道寡助，最後難免成為孤家寡人，此謂「失道寡助」。

　　技能之道，是莊子在〈庖丁解牛〉中提出來的，所謂「進乎其技」，分析那意思，知道技的後面，在更高的層面上還有「道」哩。沒有道的技能，不過是技能而已，有了道的技能才可以提升到自由的境界，就好像那庖丁一樣，「手之所觸，肩之所倚，足之所履，膝之所踦，砉然響然，奏刀騞然，莫不中音，合於桑林之舞，乃中經首之會。」

　　中國道的觀念，隨著歷史的推衍而發展，其內涵日益豐富。到了後來，不僅世間萬物，連神的世界，鬼的世界，也都在「道」的涵育之下。神仙雖然成仙，不可以失「道」，失「道」一樣犯錯誤，一樣會面臨懲罰，甚至一樣被處死。那豬八戒就是一個負面樣板。鬼怪也可以得道，雖是鬼怪，不用自卑，動物修煉久了可以成精；妖精一心向道可以成仙，那情形就如同孫猴子變成了孫行者，孫行者又變成鬥戰勝佛一般。魯迅先生曾感歎中國的鬼還有死亡的可能，無異於說，一個人至少可以死亡兩次的了。第一次是作為人的死亡，第二次是作為鬼的死亡。換句話說，鬼既與道相關，便有善鬼惡鬼之別，行為合乎其道的，便是善鬼；不合其道的，便是惡鬼。惡鬼必有惡報。本來嘛，您都鬼了，還要作惡，其結果就如同包拯鍘判官一樣，讓你再死一回——徹底死了。

　　中國傳統文論，是有嚴格的道統要求的。只是它那個「道」，既有自然之道，——如莊子，也有仁義之道，——如孔孟，還有技能之道，——如各種文學技巧評點。

　　西方人講主義，主義是人創造的，所以最偉大的主義也要在人之下。雖在人之下，又能啟迪人的智慧，指導人的行為。中國傳統文化中的道，因其性質的原因，不會在人之下，也不在人之上，而是人在道之中。西方人的主義，本質上乃是一種系統化理念，而中國人的道，卻是一種無遠弗屆的本體性規律性存在。它也不是上帝，它不會強迫你這樣或那樣，你順著它的方向努力，不是因為它的壓迫，只是因為它的正確，只消順著它走，必定光輝燦爛。中國傳統文學的一個重要價值理念，是文以載道。只要這文章合乎道了，必定是好文章，倘若還能載其道而行之，這文章就更好了。

2.不重體系，關注作品

　　中國傳統文論，不重視體系建設，或者說得誇張一點，就是沒有什麼體系性的文學概念。沒體系即沒結構，這一點與文學創作成就很不般配。中國人作文章，最講究章法，章法彷彿就是結構了，然而，不是的，文學有結構的，章法是無結構的。講究章法其實只是講究文章的做法。這也是中國古代文化的一大特色。所以自古以來，漢語文論的數量固然很多，但專著形式的文論卻是鳳毛麟角，翻來找去，大約只有一部劉勰的《文心雕龍》，疑似

之。但細細察檢，即使《文心雕龍》這樣一部規模宏大、內容豐贍的文論巨著，也不在文論體系上下工夫。它的體系與其說是自覺為之的，不如說是客觀形式的。《文心雕龍》之外，連具有客觀體系的文論也極其少見了。

中國傳統文論雖然忽視體系，卻十分關注作品，尤其對那些產生重大長遠影響的經典性作品。它的特色就是理論聯繫實際，一切從實際——作品出發。所以我們讀中國古代文論，雖然體系感很差，卻絕對沒有空話，它不會無的放矢的，所說所論必定有根有據。那根就是所分析的作品，那據就是作品所包含的種種優點。它不另起爐灶，也不作抽象之想，而是沿著作品指示的方向，一步一步，摸著石頭過河。雖然摸著石頭過河，卻又找出多少好風景好路徑。西方人喜歡說：條條大道通羅馬。如果這道理可以成立的話，那麼，漢語文論所走的就是另一條探索之路，而且從總體上看，也是很成功的。

3.作家持論，經驗者說

一是沒有「主義」，二是不重視體系，還有三，三是幾乎沒有專門性的文學批評家或文學理論家。中國古來關心文論、寫作文論、發表文論見解的人，若非百分之百，至少百分之九十九都是創作中人。他們一方面是創作者，或者主要是創作者，另一方面又是評論者。這一點很像中國民族戲曲的主要演員，往往是一身兼二任的，既是演員，又是導演——其實根本沒有導演，充其量只有師傅，師傅也是演員，不過是經驗更多的演員而已。

一身兼二任，好像有點自彈自唱的意思，其實也不盡然。中國古來的文論，一般不正面評價自己，他們批評的重點還在於他人的作品。但這種對他人的評價，是與自己的創作實踐緊密結合的。他一面創作著，一面思考著應該如何創作，這思考如何創作，就包含了對他人的評價、批評與借鑒在內。

況且，中國古代的不少文學批評家，本人就是大創作家。雖然他們的批評往往來得少抽象、缺體系，卻有偉大的創作在下面支撐著，那情形就和《歌德談話錄》一類的西方文論作品相去無多。

正因為他們有創作做基礎，所以不少見解，雖僅隻言片語，卻為真知灼見。李白就是一個好例，杜甫也是一個好例。

李白的文論觀念中有兩個重要的觀點，這兩個重要的觀點，都是通過詩歌表達的。一個是「清水出芙蓉，天然去雕飾」，一個是「安得郢中質，一揮成斧斤」。

前一句詩說的是好的作品不是一字一韻打磨出來的，而是渾然天成的。渾然天成，還要天生麗質，就像出水的芙蓉一般。這是靜態形容，或者說是結果性標準。

　　後一句詩講的是創作方法，或說創作過程。怎麼創作呢？「一揮成斧斤」。不是零零碎碎，想一句，寫一句，而是成竹在胸，一揮而就。

　　李白是這樣說的，也是這樣做的，他的創作與理論確實是一而二，二而一的。

　　杜甫也是一位重要的文論家，他的文論同樣與自己的創作緊密結合，但他的創作方法與理念顯然與李白不同。李白是成竹在胸，一揮而就，他則是「讀萬卷書，行千里路」，「轉益多師是我師」。而他的詩歌創作創作也正是在千錘百煉之中，到了爐火純青的境界。

　　他曾經專門為論詩作過六首絕句，雖然總題戲作，那態度其實是認真的。尤其五、六兩首，最具文論品格。

　　第五首為：

> 不薄今人愛古人，清詞麗句必為鄰。
> 竊攀屈宋宜方駕，恐與齊梁作後塵。

　　那詩眼自然是第一句：不薄今人愛古人。而詩人本人也是一位兼收並蓄的專家，今人也學習，古人也借鑒，因為他有這樣的胸襟，他的詩歌才能那樣氣象萬千，包羅萬象。

4.同聲相和，群而不黨

　　中國有句古語：「人以群分，物以類聚」。中國古來的文人尤其如此。中國古典文學從魏晉時期走向自覺，魏晉之前沒有獨立的文學概念。一個引人注目的現象是，從文學開始走向自覺與獨立的那一天起，便有相應的文學群體出現。直到五‧四新文化運動，這種現象都一而貫之，未曾改變。

　　魏晉時代最著名的文人群體是「建安七子」，即七位傑出的詩人與文學家：孔融、陳琳、王粲、徐幹、阮瑀、應瑒、劉楨，但那群體其實未止七人，因為他們都是圍繞（不見得真心擁護）曹操、曹丕、曹植父子活動的。但無論如何作為一個群體，影響是巨大的。以後又有竹林七賢：嵇康、阮籍、山濤、向秀、阮咸、王戎、劉伶，也是「嚶其鳴矣，求其友聲」，雖後來因為政治投向不同，成員之間發生分裂，但作為文學群體，還是有著相似的風格，更有著群體效應。

　　六朝之後，初唐有四傑，盛唐有田園詩派、邊塞詩派，雖未必成派，但風格存在；轉入中唐，既有元白詩派，又有劉白唱和，還有韓孟詩派等等。初唐四傑，地位相近，風格個似，但四個人不是太團結，為著名次先後，有些介蒂。元白詩派則不是這樣，元白唱和，是中國詩歌史上的一大盛事，而且產生了極其廣泛的影響，到了所謂有井水處便有人唱元白詩的

程度。這自然也與他們詩風的曉暢明達有關。元白詩派走通俗化的詩路，韓孟詩派則走奇崛怪峭的詩路。這一派的詩作雖有些難讀難懂，但其間的人物彷彿更多些，韓愈更是他們中公認的全能性領袖。他本人不但能文能畫，而且還是唐代古文運動的當然領袖，而且好為人師，又富於伯樂之心，極喜歡交結朋友，推薦人才，看到人才走不動路的。由於這種種原因，成就了他本人與這詩派的一代風雲之氣。應該這樣說，論在民間的影響，韓孟不如元白，論在文人圈子裏的影響，則元白不及韓孟。這兩個派別或分或合，為唐詩的充分發展作出了貢獻。

此後，字詞中有豪放派，又有婉約派；宋詩中有西昆體，有元祐體，還有後面的江西詩派；明代則有前七子、後七子、唐宋派、公安派、競陵派；清代則有格調說、神韻說、性靈說，名雖為說，實在為風，人在為派。詩人則有嶺南三家、西泠十家；詞人則有浙西詞派、常州詞派；散文則有桐城派、陽湖派。小說雖不以派稱，大凡對清代文學史有些瞭解的人都會知道，《聊齋志異》的影響絕不遜於任何一個流派，因為它的追隨者甚多，《紅樓夢》不但是最偉大的古典文學作品，而且它的評點者也是出類拔萃的同道之人。

值得驕例的是，雖然同聲相和，並不結黨營私，也不黨同伐異。雖有異派之爭，也不因言廢人，因人廢事。例如韓愈與白居易，風格自是不同，但不影響他們作朋友；又如辛棄疾與朱熹，幾乎所重大觀念與作風都是對立的，同樣也沒影響他們成為朋友，而且互有推崇之詞，這個傳統是很值得借鑒的。

5.範疇便宜，感悟為先

用西方審美範疇作參照，中國傳統文論並非沒有範疇，而是有太多範疇，如情采、如形神、如意象、如神思、如風骨、如文采、如奇正等。其中一些範疇，不但歷史悠久，而且應用普遍，且影響了不止於一個領域。如奇正，不但文學中有它，連軍事學都有它；如氣韻與意境，不但是文學領域中的重要範疇，更是藝術領域中的重要範疇。

> 且氣韻可以合用，也可以分用。分用時，則氣是一個層面，韻是另一個層面。而且單是一個「氣」，你可以有多種分解，如生氣，如神氣，如陽剛之氣，如書卷氣；「韻」同樣有多種分解，如風韻，如神韻，如雅韻，如遠韻，如道韻，如玄韻，如清韻，如情韻，如素韻等。[1]

[1]　參見李欣復：《中國古典美學範疇史》，第123-124頁，天馬圖書有限公司，2003年版。

尤其意境一說，經王國維的特別闡釋與提倡，在唐宋詞批評領域產生的影響尤為巨大。其中的「有我之境」與「無我之境」，流傳的更其廣泛，成為既具經典性又具普及性的審美例證。非但如此，上世紀九十年代，王振華先生新編《人間詞話》，以意境為主調，把《人間詞話》新編為若干個題目，使其內容更為全面，更有層次，也更具系統性了。

中國傳統文論的範疇雖多，但在應用方面卻具有相當的個人隨意性。這個作家在這個意義上使用這個概念，那個作家在那個意義上使用這個概念，從而既豐富了拓展了這些範疇的內涵，也為後來的研究者帶來不少困難。單是一個「風骨」，據詹瑛先生研究，就有17種解釋，而這些解釋的來源還是從1962年以後的研究資料中得來的。

這17種觀點包括：認為「風指神似，骨指形似」的；認為「『風』謂風采，『骨』謂骨相，一虛一實，組合成詞」的；認為風，「狹義是指作品有駿猛、雄健的氣勢；」，「『骨』包含了『體幹』和『骨力』的概念」的；認為「風骨都是指內容，不是指形式的」；等等。

綜上所述，依中國傳統文論的品性，它的這些範疇顯然有著迥然不同於西方審美範疇的個性。

第一，它的一些範疇具有跨文體、跨門類相通性特徵。既它不但適用於詩歌，而且適用於散文；不但適用於詩歌、散文，而且適用於小說、戲曲，甚至適用於書法、繪畫。其實，一些重要的審美觀念，就首創於書家、畫家或書畫評論家。這些範疇，不僅可以通用，而且出文入藝，便當無礙。這在西方文學理論中是非常少見，甚至是不可思議的。

第二，一些具體的概念、用語，因為使用者所處時代不同，本人的素養不同，創作特點不同，與用語又具有相對性。你千萬不要把它看「死」了，這些概念與用語全是活的，遇山則成虎，遇水則化蛟，進了沙漠就變駱駝。所以，如果你同時請教幾位互不相干的，甚至很是相干的創作者，問他們到底什麼是「韻味」，什麼是「韻味綿長」，什麼是「氣韻高遠」，那回答可能五花八門，令西式的詢問者如墜五裏霧中。

我以為，當下的中國文化研究者，面對中國古典理念，常常處在兩難境地，不給出一個統一的解釋吧，不像個理論；硬解釋吧，又難免落入過度解釋的陷阱，從而左支右絀，不能貫通。

第三，創作者在針對不同作品，不同文藝形式時，使用這些概念的意會性。因為中國傳統文論，原本是沒有嚴整的理論體系的，所以評點一件作品或一個流派，或一個作家，往往是隨遇而發，有感而發，且「妙言只在三五句」，在很多情況下，確實只可意會，難於言傳。有時，乾脆是「心有靈犀一點通」，他是因靈感而來，你是因知音而悟。

圈子外面的人，尤其是不瞭解中國文化傳統與這具體作品並技藝的人，難免丈二和尚摸不著頭腦。

第四，對於觀賞者而言，則需要一定的感悟性。欣賞中國傳統文、藝，不一定非要理性，但一定要有悟性。藝術在那兒放著，就看你悟著悟不著。悟得到時，不免豁然開朗，要大叫一個「妙」字。悟不到時，使用再多的名詞與概念，也不過隔靴搔癢罷了。

6.經典教育，三方互動

先說經典教育。

中國古典文學雖在魏晉時代才得以自覺，但中國詩歌、散文的歷史卻早在先秦時代已經取得輝煌成績。尤其是「詩」，不但具有創作價值，而且具有美學價值，尤其促進了文學批評的發展。《詩經》為儒學經典之一，孔子有「思無邪」之論，可以知道，它在中國文學史上的特殊地位。

《詩經》為儒學經典，漢武帝實行「廢黜百家，獨尊儒術」的國策，儒學經典的地位更高了，其影響更大了。

更何況，中國自古不是一個宗教性國家，中國古代傳統文化乃至中國古代社會心理，對於皇帝是最為尊崇的，對於官員是最為敬畏的。在一定意義上講，尊崇皇帝超過尊崇天地，敬畏官員超過敬畏鬼神。聯繫中國「詩」的教育，又自古而然，《詩經》的地位又是如此崇高，中國成為詩歌大國，大唐帝國甚至於成為詩歌王國，也就不足為怪了。

中國古代對文學尤其對詩歌的重視，不但有政策，而且有制度。比如古代的樂府詩，一般不瞭解歷史的人可能認為這只是某一類詩歌的稱謂，但它同時也是古代官署的名稱，而且正是因為有了這官署的名稱，那些詩歌才得以以樂府之名而保存，而流傳。樂府作為一種體制歷史很長，它始建於西漢。漢惠帝時，已經有了樂府令，到漢武帝時，又設立專機機構——樂府，負責朝會中使用的音樂，同時負責收集民間詩歌與樂曲。詩歌有樂府，詞則有大晟府。大晟府建立於宋徽宗時，是專門負責詞與詞樂的官方機構，北宋大詞人周邦彥就是做大晟令的。

再說三方互動。

三方互動，一方是儒，一方是官，一方是民。

三方不是孤立存在的，而是相互關聯的。社會基礎當然是民。雖然在漫漫的歷史長河中，絕大多數的民沒有文化，也不直接參予文學創作，更不直接參與文論研究，但基礎的作用卻是無可代替的。如果以文學為花，人民就是土壤。沒有土壤，哪裡有花。

民的作用。

　　民的作用，不僅是基礎作用，在一定意義上說，它也是文學創作的一個方面，比如民歌，比如民間戲社，比如民間故事，它可能不是純文學的，卻是富於營養的，多少文學經典，追根溯源，那根就在民間，那源也在民間。

　　民作為受眾，又有「反作用力」，一個文學體式出來，只有儒與官的支持，不足以成為社會化行為。只有為民眾普遍接受，才能造就一代輝煌。唐詩就是一個顯例，古典小說又是一個顯例。唐代成為詩的王國，因為彼時彼地，無論男女老幼，貧富僧俗，幾乎人人可以為詩。再以古典小說為例，中國歷代當權者，只重視詩歌文章，不重視小說，小說沒有地位，但小說極有成績，因為至遲自宋以降，它就有了非常深廣的社會性聽眾基礎，所以才能獲得那麼巨大的歷史成就。

　　儒的作用。

　　中國的儒與官密切難於徹底分割。無官為士，有言為仕。二者有區別，且從儒家的發展史上看，儒的初始時代只是民間學派，孔子辦學，屬於中國歷史上最早的私學。

　　儒學雖是私學，但關注社會、關注政治，因此，入仕從來都是他的理想，所謂「學而優則仕」。

　　儒學文化等級觀念為立論之基石。一是仁，二是禮。仁是仁愛之心，仁者愛人；禮便是等級有差，等級有序，所謂「君君臣臣父父子子」。

　　但儒又是有理想有準則的偉大文化學派。它一方面要忠君，一方面又有自己的道德理想，忠君更要守則，皇帝的行為不合乎仁道禮義，也一定要勸諫，在先世還講明哲保身，到後來則演進為「武死戰文死諫」，於是有了包拯，有了海瑞。

　　從文學及文論的角度看，儒的影響是至為重要的，他們不但是文學創作的主體，也是文學理論的主體。就他們的組成成分看，有身兼仕官的，也有終身布衣的，有科考成名的，也有拒絕科考的，有成為高官顯貴的，也有鬱鬱不得志的。

　　以唐代五位最傑出的詩人李白、杜甫、王維、白居易、李商隱而論。李白是終身布衣；杜甫做過短時間的官吏；白居易是大詩人也是大官僚；李商隱是一世鬱鬱不得志。（缺王維）

　　以金聖歎認肯的六才子書的六位作者莊子、屈原、司馬遷、杜甫、王實甫、施耐庵而論。莊子是一生決不作官的；屈原是作了高官又被放逐，終了沉汨羅江而死的；司馬遷是史官世家，卻受了宮刑的；杜甫前已說；王實甫是遊歷於官民之間的；施耐庵則是純正的民間文人。

　　大體言來，那些在文學及文論方面最有建樹的人物，多為民間人士或不得志的官員。這就說明，文論的第一品性，乃是人民性。

現在儒學漸熱，新儒學的影響有擴大趨勢。但我想，儒學的前途，一在回歸民間，二在接納西學，捨此恐怕沒有前途。

除去民、儒之外，官是另一個重要方面。過去一段時間，不承認官的正面作用，左了。認為官與民永遠處在不可調和的互鬥狀態，也不符合實際。特別在中央集權下的中國古代社會，帝王與官僚階層的作用尤其不可低估。

聯繫到「經典教育」，則官宦階層既是經典教育的結果，又是經典教育的主持者與倡導者，雖然，官、儒、民三方對於「經典」的理解，必有不同，總有不同，但作為一種文化形態，在特定的歷史條件下，是有一致性的。其中，帝王的作用，尤其明顯。帝王喜好文學，官員必備文學修養，有修養才有更好的見解，把這見解書寫出來便是文學批評或文論。中國古來的官員——尤其是科考入仕的官員，在唐宋之後，已成為官僚隊伍的主體，他們必須具有相當的文學修養，起碼會吟詩作對，會寫文章。不會作文，如何上奏章，論國事；不會作詩，連與同僚交流都會發生困難。

單以帝王為例，能詩的人也甚是不少，最早的皇帝詩人當推漢高祖劉邦。他的那首〈大風歌〉，不但詩意盎然，尤其詩風慷慨，不是尋常詩人可以做得出來的。

> 大風起兮雲飛揚。
> 威加海內兮歸故鄉，
> 安得壯士兮守四方。

漢武帝也是詩中高手，他的詩歌水準，可說終漢一代，不讓騷人。如他的〈秋風辭〉：

> 秋風起兮白雲飛，草木黃落兮雁南歸。
> 蘭有秀兮菊有芳，懷佳人兮不能忘。
> 泛樓船兮濟汾河，橫中流兮揚素波。
> 簫鼓鳴兮發棹歌，歡樂極兮哀情多。
> 少壯幾時兮奈老何！[2]

漢高、漢武之後，李世民也是一位文治武功大有為的皇帝。他的詩才不高，但他很喜歡詩歌；他的文才也不高，又很喜歡作文；書法藝術又不高，卻十分癡迷書法，尤其衷愛王羲之的書法作品。有這樣的人作皇帝，不能不說是天下文章之幸。

此外，武則天、唐玄宗，乃至後來的宋太祖、明太祖，或有較高的詩歌才能，或對詩歌很是青睞。宋太祖雖不是詩人，但他偶然而為之，便氣

---

[2]　沈德潛：《古詩派》第二冊，60頁，華夏出版社1998年版。

魄不凡。朱元璋沒啥詩才，但他喜歡文學，對楹聯猶有特別的愛好，而且在全國推廣，於楹聯的普及，大有利焉。

到了清代，喜愛文學皇帝更多了，康熙已是一位大學者，乾隆的表現則太奇異了，他一生寫的詩，單以數量而論，唯有宋代大詩人陸游堪比。

如此種種，都為中國古代文學與文學價值取向大開了方便之門、主流之門。

其四，一些帝王與高官顯貴，不但喜愛文學，而且喜歡與臣子，或與友人談詩論作，品評高低。這裏舉兩個例子。

一個是梁武帝。這皇帝不但信佛虔誠，而且最喜歡與臣子們一起聯句作詩的。這作風影響了文臣，也波及到武將。一次聯句宴上，大將曹景宗看著眼熱，要求參加。梁武帝擔心他出醜，婉轉勸他說道：「你的才能很多，何必爭此一技之長呢？」但是曹景宗不怕出醜，執意參加。他就給了他競、病二韻，讓他做詩一首。競、病二韻屬於音韻，成詩不易。但這曹景宗略加思索，便大聲頌道：

> 去時兒女悲，歸來笳鼓競。
> 借問行路人，何如霍去病。[3]

確實是一首好詩。

另一個例證是武則天。她喜歡作詩，詩作的好；喜歡評詩，評又評得準。不僅她本人，她的御前女官上官婉兒也是一位很有水平的詩歌評判者。一次宋之問與沈佺期為爭詩歌名次發生爭執，相持不下，上官婉兒一席評論，兩位當時的宮廷頂級大詩人馬上心悅誠服。

或許應該這樣說，沒有皇帝與在朝官吏的參與與支持，中國古代文學——詩歌與也一樣可以發達、可以輝煌，但那道路可能會曲折不少。雖然皇王與官員的支援與參與不見得可以改變文學與文論的發展方向，但顯然給了它們的很大的助力。

順便說，中國文學歷經兩千多年，沒有發生斷層，甚至沒有出現如西方社會那樣的低谷局面，而且各個重要的歷史時期都有自己的獨特的代表性文種與文論，和「經典教育，官方主導」有著或多或少的因果性關聯。

（二）漢語文論的文化傳統

文化傳統本身就是一個複雜的文化體系。它有母系統，也有子系統，與文論直接相關的，如儒學傳統、民間文學傳統、藝術傳統、風俗尤其是地方

---

[3] 引自范文瀾《中國通史簡篇》第二冊，第410頁，人民出版社1964年版。

風俗傳統種種。對如此複雜的文化傳統，從最基本最主要的方面考察，最少應該包括四個層次，即儒學傳統、道家傳統、佛家傳統與民間文學傳統。

1. 儒學文化──漢語文論的主流傳統

儒學初創時期，還沒有文學的概念，但它的一些觀念，卻對後世方論產生了莫大的影響。且不說儒學經典與中國二千年儒學教育的影響，單說那些與文論相關的最基本的概念，就非同小可。

這裏列舉四個概念。

第一個概念──盡善盡美。語出《論語‧八佾》。

> 子謂韶，「盡美矣，又盡善也。」
> 謂武，「盡美矣，未盡善也。」

這是孔子欣賞「韶」與「武」兩種音樂時說的話，但他產生的影響力早已超越了音樂欣賞的範疇。

說的是善與美，重點在善。善代表什麼呢？在儒學觀念中，最高的善乃是仁。仁的觀念，乃是孔子學說的最核心的理念。仁，不但是對文學藝術評判的最重要的標準，也是做人的根本要求。

仁固然重要無比，卻不能單極存在。一方面要善，另一方面又要美，最好是盡善盡美，就像「韶」樂一樣。用我們今天的話講，只有善，可以是高尚的，但還不是藝術。反過來沒有善，只剩下美，那麼最好的結果也不過是唯藝術的藝術罷了。這樣的觀念，在中國漫長而豐饒的歷史上，在99.9%的時段內，都是沒有市場的。它連成為文論之一論的資格都不俱備。站在今天的立場看，為藝術的藝術也可以成為一種文論理念，然而，在這理念背後依然有著善的潛評價存在。一般地講，唯藝術的藝術也可以是一種善。承認唯藝術的藝術的合理存在本身就是一種善。

盡善盡美，斯統也長，斯聲也遠，直到今天，依然是大陸中國的主流性文論觀念。

第二個概念──文質彬彬。語出《論語‧雍也》。

> 子曰：「質勝文則野，文勝質則史。文質彬彬，然後君子。」

本意是講作君子的條件的。說直白些，就是君子應該既樸實又有文采。朴質於內，文采於外。

這個觀念同樣為傳統文論所借鑒、所引伸、所使用。進入文論，「質」衍變成內容，「文」衍變為修辭。一篇好文章，首先要有好的內容，但還不夠，還應有良好的修辭。

這個觀念形成了中國社會的重要傳統，這個傳統一直影響到如今。

回首中國文論史，總有這樣兩種傾向。一種傾向，偏重於文采；一種傾向，輕視文采，強調內容。

重視文采的如漢賦，如齊梁詩體，至少五四以來，對這一派批評多，貶損多。現在看來，未必恰當。沒有文采，哪有文學，文采雖不是文學的本質，至少是文學的存在方式。

另一派的代表人物甚眾，如東漢的王充，如魏晉的建安七子，如初唐的魏征、陳子昂，都要歸入這派。這是說說王充。

王充在中國文化史上，屬於一個異數，在中國儒學史上，尤其是一個異數。他出生於儒學大行其道，無所不能，無所不在，無所不干預的東漢，但他特立獨行，不僅敢於「刺孟」，而且還要「問孔」，對於孔孟之道，並不盲從。他真正欽敬的人物，則是桓譚。那桓譚也是一個異數，不過不是儒學的異數，而是讖緯的異數。東漢讖緯盛行，自漢光武開始，權臣貴族，多為讖緯的信徒。但譚公就是不信這東西。有一次光武帝一事不決，要求讖而立，問他好不好？他沉默良久，回答說：「臣不讀讖」。漢光武問為什麼？他便大講讖的種種壞處，結果把劉秀說急了，大叫：「桓譚非聖無法。」要把他立碼斬首。對這樣的人，王充很佩服。他本人言行一致，不但比桓譚走得更遠，而且想得更多、更深。

王充的立論基本點，就是重質。他這樣表達自己的理念：

> 詩三百篇，一言以蔽之，曰「思無邪」；論衡篇以十數，亦一言
> 也，曰「疾虛妄」。[4]

「疾虛妄」也是好的，但他忘記了，立學原本也是「虛妄」之事，一一坐實，詩就沒法寫了，小說也不好寫了。王充的《論衡》影響很大，但文章寫得並不漂亮，用時下流行的說法——很不文學。

文質彬彬的俗表達，叫作中看又中吃，或者好吃又好看。比如一桌宴席，只是好看，不行了；只是好吃，又不夠了。用勤行的表達，是色、香、味、形，四樣都好才行，而且還需要有相應的刀具與環境才算完美，——不，還得加上與之相匹配的客人才算完美。

「文質彬彬，然後君子」，聖人之論也；文質彬彬，然後文學，中國傳統文學之論也。

第三個理念——興、觀、群、怨，這概念出自《論語·陽貨》：

---

[4]　引自羅根澤：《中國文學批評史》第一冊，第105頁，上海古籍出版社1984年版。

子曰：「小子何莫學夫詩？詩，可以興，可以觀，可以群，可以
怨。邇之事父，遠之事君，多識於鳥獸草木之名。」

這一段話不同於前面引的兩段話，這一段的本意就是講詩的功能。說
學詩，可以培養聯想力——興，可以提升觀察力——觀，可以鍛鍊親和力
——群，還可以學會諷刺方法——怨。

後來，這些概念也成為中國古代文論中的重要思想，並且隨著時間的
推移，應用得延展，研究得深入，在不斷地詮解之中，其內涵也變得愈發
豐富起來。

這裏以孔安國，朱熹的解釋為例。

什麼是興？孔安國釋為「引譬連類」，這個就文學化了。研究者說：
「從方法上著眼，同比喻並列是為比興之興。」這是創作手法方面的。

什麼是觀？朱熹注云：「考見得失」。研究者說：《詩經》「是充滿
言志美刺內容的」，「可以觀正是對其內容持關與社會作用之概括。這是
內容方面的。

什麼是群？孔安國釋曰：「群居相切磋。」研究者說：「詩可以群便是
指可以起交流感情、相互感化的會群教育作用。」這是批評人主體方面的。

什麼是怨？孔安國注為：「怨刺上政」。朱熹釋為：「怨而不怒。」
把二者結合起來，就是「怨而不怒」，「勿欺而犯」。這是態度方面的。[5]

這些概念的影響，同樣且深且遠。如後來人編《歷代別裁集》，編《詞
綜》，奉行的都是「溫柔敦厚」，「怨而不怒，哀而不傷」的指觀觀念。所
謂「怨而不怒，哀而不傷」，與「興、觀、群、怨」有著很深的思想關聯。

儒學的影響不是單向度的，而是全方位的，例如孔子說的：「詩三百篇，
一言以蔽之，曰『思無邪』」，好似只是一個論「詩」的觀念，然而，它的影
響日續日長，日輪日大，在中國傳統文論中佔據了一個特別重要的位置。

2. 道家文化——漢語文論的補充傳統

道家的歷史地位與影響，從中國文化史的意義上看，遠遠不如儒家，
但在文學史的意義上看，則各有側重，各有所長。

道家的影響亦深亦遠。但那位格與方式與儒學不同。道家的創始者
老子原來是反對審美的。他認為「大象無形」、「大音希聲」、「大辯若
訥」、「大智若愚（拙）」，對於五聲、五色、美形、美言種種，認為統
統應該摒棄。莊子則是一個相對主義者，不認為美與醜有什麼質性區別，

---

[5]　上述引文部分摘自李欣復：《中國古典美學範疇史》，香港天馬圖書有限公司2003
年版。

極而言之，就是美亦為醜，醜亦為美。這兩位「老怪物」，以其學說的本意而言，與文學、文論以及語言審美等都是不搭調的，但他們卻成為中國文論史上影響最大的人物之一。

老子的影響，主要表現在方法上。他的觀念是辯證的、深刻的。他不走極端，而且反對走極端。凡事他都要考慮相關的兩個方面，而且這兩個方面是相互依存相互轉化的。陰陽可以相互轉化，黑白可以相互轉化，剛柔可以相互轉化，動、靜可以相互轉化，一言以蔽之，世間萬物都是可以相互轉化的。這觀念顯然極大又極深切地影響了後來的藝術觀念與文學創作觀念。如藝術方面的計白當黑，衣帶當風；如文學創作方面的氣與韻，風與骨，豪放與婉約，穠豔與清麗等等。

金聖歎評點《水滸傳》，發現和發明了「敘事微」與「國筆著」，「不險則不快」與「險極則快極」，「天外飛來」與「當面拾得」等；張竹坡評點《金瓶梅》，又發現和發明了「富貴氣卻是市井氣」，「百忙中故作消閒之筆」，以及比較《金瓶梅》與《西廂記》的「市井文字」與「花嬌月媚文字」等，都可以歸入這一方法之列。可見，老子的方法，初一看，不過陰陽互動，細細品來，卻是千層變化，萬種風流。

莊子的貢獻主要是創作手段方面的，他也不是不辯證，但那不是他的主調。他的辯證，有些走過了，辯來辯去，成了相對主義。

莊子本人是一位散文巨匠，他的寓言中包含了很生動很有說服力的創作方式，例如庖丁解牛，完全可以類比於文學創作理論與方法。

莊子文章的文字絕佳，文風尤其自由跌宕，千變萬化，一時不可方物。這樣的文風與手法，顯然對於後世的文學創作著，如蘇東坡，如張岱，如魯迅都有著不可或缺的引導價值與借鑒價值。

道家最重要的理念乃是「道」的理念，而這一理念對傳統文化的影響尤其深切廣大，這一點，前已言之，不再重複。

3.佛教文化──漢語文論的借鑒傳統

儒學對文論的影響主要是人生層面的，道家對文論的影響主要是方法層面的，佛教對文論的影響則主要是境界層面的。因儒得其格，因道得其法，因佛得其境。

佛學東來，帶來了新的觀察問題的方法與理念。這些方法與理念，一方面是此前中國聞所未聞的；另一方面，又是中國文化十分需要的。儒學傳統，重生輕死，對死亡不甚關心；又重人輕神，對靈魂問題思考不多。這些問題，在儒學舊有的理論框架內是無法解決的。道家在這些地方，有別於儒學，或者說高明於儒學，與儒學相比，它更注重方法，而且「道」

的理念，顯然有很大的包容性，然而，說到底還是人的智慧，世俗的智慧。人類既為智慧之種，他的一大特性，就是不僅關心人生，而且關心高於人生的內容；不但關心肉體，而且關心靈魂。佛學對此，不但專注，並且具有異樣的高明。

當然，佛學在華夏立足生根並非易事。這裏要強調的是，它雖經千辛萬苦，畢竟找到了與儒學同生共在的契合點，也找到了為中國主流文化所接受所歡迎的立論基礎，而且它又以自己的品性與優點豐富和拓展了中國固存的文學內容與文論內容。

從否定式的角度看，如果沒有佛學東來，就不會有《西遊記》，不會有《水滸傳》，甚至不會有《紅樓夢》。

從肯定式的角度看，因為有了化學未來，才有了皎然的《詩格》，有了寒山與拾得的詩作。不僅如此，在我看來，雖然劉勰的《文心雕龍》中奉圭的主要是儒學理想，但若沒有佛學的影響，他就很可能寫不出這樣一種關於文學批評的理論巨著。

不僅如此，佛學思想對中國文論的卓異貢獻，這表現在它為中國傳統文論提供了不少新的觀念與審美範疇，如《空明說》，如《虛靜說》，如影響盡深盡遠的《意境說》。客觀地講，倘沒有這些極其寶貴的理念，不會有後來的《人間詞話》，自然也難以成就近代文學理論大師王國維了。

4.民間文化——漢語文論的涵育傳統

民間文化既是一個獨特的領域，又不可能不受到各種主流文化的影響，特別是儒學文化的影響。因為儒學文化是最為重視道德與家庭的。因而中國人的民風民俗中，家庭觀念與道德觀念占了一個很大的比重。還有道家文化的影響。儒學不關心神鬼之事，但道教關心，不但關心，而且道教的神鬼譜系簡直就是一個紛繁無比的大千世界，一般中國民間，特別是家庭與公共場所供奉的神，一大半都與道教相關，如門神，如灶神，如財神，如關帝，如岳王，如送子娘娘，如火神爺，如藥王爺，如土地爺等等。

佛教文化的影響也深也重，特別是因果報應觀念，在中國民間，傳播日久，深入人心。

民間文化又有它的獨立性與獨特性，它雖然不構成系統的文論思想，甚至也不會留下多少文論性質的文本載體，但它卻是一個客觀的存在。比如中國的民歌，可以說從先秦時代起，直到今天，都與中國文學發展相顢頇，而不少珍貴的文論理念也自然隱含其中。

　　更重要的是，民間文學中的一些文學傾向與價值正是主流文學觀念中所缺少，所沒有或者所反對的。

　　最突出的，乃是關於性的文學觀念，關於婚戀的文學觀念和關於男女價值與能力表現的文學觀念，在這些方面，民間文學不但多有貢獻，而且儼然成為主流文學的重要補充成份。

　　關於性，中國傳統主流文學寫性的不多，但民間文學中，寫性的不少。「三言」、「兩拍」就是一個明證。《金瓶梅》又是一個明證。有人可能會奇怪：「三言」，「兩拍」，尤其《金瓶梅》怎麼能說是民間文學呢？

　　其實，它們在彼時彼地的地位與狀態就是民間文學。以《金瓶梅》為例，連作者的名字都沒有，後人東猜西猜，找不到根據，這個也還罷了，小說地位低嘛。但看《金瓶梅詞話》的語言特徵與表達方式，至少其初始形態是屬於民間文學性質的。不過後來經過藝人或文化人的逐漸加工罷了。

　　還有婚戀。婚姻這件事，在儒學那裏最是嚴肅、嚴厲、嚴整不過。因為嚴肅、嚴厲、嚴整，賈寶玉與林黛玉的愛情道路才那麼艱難，雖千難萬險，終於化為幻影一片。

　　民間文學的創作，婚戀行為多半是自己的，甚至是自由的，如《天仙配》，如《梁山伯與祝英台》，如《白蛇傳》……這方面，在歷代民歌中還有更大膽的，更潑辣，更直白的語言表現與情感表現。

　　再說說男女價值與能力的表現方面，古來的正經正典，有價值與有能力的差不多全是男人，女人最大的幸福就是被男人喜歡，最大的成功就是成為貞女烈婦。孔夫子嘴裏，女人的形象與品性更不堪了，所謂「惟女子與小人為難養也，近之則不遜，遠之則怨」。但在中國古代小說——這些所謂的引車賣漿、街談蒼議之文中，卻全然不是這樣。比如《楊家將》中有一位穆桂英好生了得，連她的未來公爹楊六郎都被她打下馬來。又如《薛家將》中的樊梨花，更是打遍天下無敵手。再如大刀王懷女，女帥劉金定，瓜園女兒陶三春，燒火丫頭楊排風，簡直就有如天神一般，那些平日威風八面的大男人，大武將，大元帥甚至大皇帝，在她們面前，在她們「超人」一樣的武功面前，見一個「滅」一個，個個蔫頭搭腦，甘拜下風。

　　或許這些文學創作，最終未能成為更好的文學作品，也未能形成自覺的文論形式，但由於他們的存在與傳播，顯然對於中國文論的發展也產生了或產生過或大或小、或多或少的影響。我在前面說過，儒、道、佛三大文化對中國文論各有影響如斯。因儒而得其格，因道而得其法，因佛而得其境，那麼，民間傳統呢？民間傳統的作用是：因民而得其魂。

（三）古代文論的體式、範式與傳承

中國古代文論，歷史極長，大體可以分為四個歷史階段。自先秦至兩漢為第一階段。它屬於前文論階段，其特色是內容多，自覺少。或者說，眾多文論思想都隱居在各種文獻之中；第二階段即魏晉南北朝時期，這是中國文學的自覺時期，也是中國古代文論的覺解與奠基期；第三階段即唐宋時期，大體以唐宋八大家為主腦，與宋代的滅亡同止期；第四階段為元、明、清時期，元屬過渡，明清為主脈，這階段的文論特色是，舊的已經熟透，新的開始萌芽。

四個時期中，以明清時期的文論最細緻；以唐宋時期的文論最張揚；以魏晉南北朝時期的文論最重要。因為正是這個階段，完成了文學與文論的獨立與自覺，基本上確立了中國古代文論的體式與範式。

1.傳統文論的體式解讀

這裏說漢語體式即文論的體裁。西方文論，主要體裁為論文與專著，雖然也有少量的其他形式，如席勒的《審美書簡》，但那不是主要的，不是主流性的，更不是基本的體式。中國文論的情況不一樣了。自魏晉南北朝確立文學的基本體式開始，它的體式就多種多樣的，而且從來都不以「論」——論文或專著為主體形式。

從古代歷史的發展歷程看，其文論體式可以為分以下六種。即：

論文體，代表作為曹丕的《典論·論文》；

專著體，代表作為劉勰的《文心雕龍》；

書信體，早期代表作為曹植的〈與楊德祖書〉；

編選體，早期代表作為蕭統的《昭明文選》；

詩話體，代表作如袁枚的《隨園詩話》；

評點體，代表作為金聖歎的《評點水滸傳》。

在魏晉南北朝時期，前四體已備，而且除去專著體外，可說是代代有傳人。

以書信體為例，自魏晉到明清，很多重要的文論思想都是通過書信表達與傳播的。其中最著名的如唐代大散文家、大詩人柳宗元的〈答袁中立書〉，宋代全才文學家蘇東坡的〈答謝民師書〉。

書信的妙處，在於文論者可以無所拘束，直書己見，而且口氣自然，文風暢達。它不像論文體那麼嚴整，也不像文選體那樣斟酌，它要表達的只是自己的觀點與體會，而那些經典書信的作者也多為文壇巨匠或者繞有

心得之人。加上態度認真，情緒飽滿，又有了更充分的發揮餘地。而且從中國古典文論的品性看，它似乎也更適合於用這樣的文體作承載方式。

這裏引一段蘇東坡的〈答謝民師書〉：

> 所示書教及詩賦雜文，觀之熟矣。大略如行雲流水，初無定質，但常行於所當行，常止於所不可不止，文理自然，姿態橫生。孔子曰：「言之不文，行而不遠。」又曰：「辭，達而已矣。」夫言止於達意，即疑若不文，是大不然。求物之妙，如系風捕影；觸使是物了然於胸者，蓋千萬人而不一遇也，而現能使了然於口與手者乎！是之謂辭達。辭至於能達，則文不可勝用矣。[6]

後面還有一段批評揚雄的話，長了，不引。通讀這信，內容明確，觀點新穎，是有論有據，並不嚴詞厲句，而是娓娓而談。稱讚友人的文字如行雲流水，這信寫得尤其行雲流水。這樣的美文，配上這樣的體式，無可褒揚，贊之以「宜」。

編選體是另一種重要的文論體式。選本的主體內容，自然是入選之文，但它代表了編選者的觀點，而且編選者還要在選前、選中、選後直接發佈自己的觀點，此外，還因為選本的流傳而保留了不少珍貴的資料與文獻。

編選體歷代皆有名作，早期作品還要早於魏晉幾近千年，如孔子刪削的《詩經》是也。南北朝時期最著名的選本即《昭明文選》，此外，還有《玉台新詠》、《文詞館林》、《文苑英華》等。

這體式進入宋代之後，越發興盛起來，不但要編選，而且要全選，如著名的《太平廣記》、《太平御覽》、《冊府元龜》皆為皇皇巨編。到了明清時代，又有了新的選本和選法，如《古文觀止》、《唐詩三百首》、《唐詩別裁集》、《唐宋文舉要》，如本書多次徵引的《小品文咀華》等等。

這些編選體，無疑在古典文學的傳播與文論的發揚兩個方面都產生了不可估量的歷史性作用。

鍾嶸《詩品》的體式有些特殊，以其文字而論，其實是一篇古代論文，那情況與曹丕的《典論·論文》屬於一個類別，但它又是後代「詩話」、「詞話」、「曲話」的濫觴。所以後人編《歷代詩話》時，便把它們歷代詩話的第一篇——歷代詩話之祖。

單以文體論，它與詩話還有些區別。狹義上的詩話，發端於宋體大散文家、大詞人歐陽修的《六一詩話》，且從此一發而不可收，使這形式成為宋代之後最重要的文論體式之一。

---

[6] 《蘇軾選集》，第241頁，齊魯書社1980年版。

　　無論「詩話」、「詞話」，還是「曲話」，其實大多是一種隨筆，是專門用於特定文學對象的一種隨筆性文字。它不同於書信體，不是專門寫給某個特定對象的；也不同於論文體，沒有那麼正襟危坐、不苟言笑；它也不是日記。它需要讀者，或者在內心深處是有讀者的。它的體式處在論文與書信之間，而它的好處也在這裏，既可以隨心所欲寫出自己最想說的話來，又比書信來得視野更開闊，內容更豐富。而這樣的體式，雖然與中國古代文論的品性很是相宜。

　　這種「詩話」類體式，雖然不講究結構，更不講究體系，但在內容方面卻是異常豐富的，一些精思妙見，正如庖丁之刀，不但中中切中腠理，而且來得游刃有餘。

　　這裏舉幾段「詩話」中語。

　　第一段，出自歐陽修的《六一詩話》。

> 聖俞嘗云：「詩句義理雖通，語涉淺俗而可笑者，亦其病也。如有贈漁夫一聯云：『眼前不見市朝事，耳畔惟聞風水聲。說者云：『此漁父肝臟熱而腎臟虛也』。又有詠詩者云：『盡日免不得，有時還自來。』本謂詩之好句難得耳，而說者云：『此是人家失卻貓兒詩。』人皆以為笑也。」[7]

　　沒講多少道理，只是舉了兩個例子，還是友人之言。這也是中國傳統文論的一個特色。它不喜歡嘵嘵饒舌，更重視以例證服人。雖重視以例證服人，那道理亦在其中矣。

　　第二段出自清人顧嗣立的《寒行詩話》，是講一字師的：

> 古人有一字之師，昔人謂如光弼臨軍，旗幟不易，一號令之，而百倍精采。張桔軒詩：「半篙流水夜來雨，一樹早梅何處春？」元遺山曰：「佳則佳矣，而有未安，既曰『一樹』，烏得為『何處』？不如改『一樹』為『幾點』，便覺生動。」又虞道園嘗以詩詣趙松雪，有「山連道閣晨留輦，野散周廬夜屬橐」之句。趙曰：「美則美矣，若改『山』為『天』，『野』為『星』，則尤美。」又薩天錫詩：「地濕厭聞天竺雨，月明來聽景陽鐘。」道園見之曰：「詩信佳矣，便有一字不穩，『聞』與『聽』字交同，盍改『聞』作『看』？」古人論詩，一字不苟如此。[8]

7　《歷史詩話小品》，第295頁，湖北辭書出版社1994年版。
8　《歷史詩話小品》，第335頁，湖北辭書出版社1994年版。

這也是以例證說明問題，證明什麼問題呢？沒抽象，沒概括，也沒演繹，這就和西方文論大有別了。但例子錄得真好，可謂一字之變，化庸常為新奇也。

第三段出自大詩評家袁枚的《隨園詩話》，是說詩的意境與情趣的。

> 周幔亭：「山光舍月淡，僧影入松無。」魯星村：「酒中萬愁散，詩外一言無。」？子云：「香篆舞來簷除新，水痕圓到岸邊無。」陳古漁：「花陰拂地香方覺，橋形橫波動即無。」四押「無」字，俱妙。前人〈詠始皇〉云：「憐君未到沙丘日，，知道人間有死無？」尤妙。
>
> 詩有極平淡，而意味深長者。桐城張微士若駒〈五月九日舟中偶成〉云：「水窗晴掩日光好，河上風寒正漲潮。忽忽夢回憶家事，女兒生日在今朝。」此詩真是天籟。然把「女」字換一「男」字，便不成詩。此中消息，口不能言。[9]

這兩個段落，一個是講「無」字韻中的詩雲妙境，可說一詩一境，各展風流。評論者尤其欣賞〈詠始皇〉的這一句，不僅僅有意境了，而且含哲理，可見詩人心中自有多少溝壑。

後一段又是一番「景色」，尤其結尾的八個字「此中消息，口不能言」，好到「口不能言」時，那意思簡直就與算命先生信奉的「天子之命，貴不可言」有些影像了。說不出來的美，或許更經得住咀嚼。但這樣的文論觀念，在西方文論史上，怕是很罕見吧。

「詩話」，「詞話」的另一種變格，則是評點體。這體式自金聖歎評點《水滸傳》後，石破天驚，成為一代風尚，以後又有毛宗崗評點《三國演義》，張竹坡評點《金瓶梅》，脂觀齋評點《紅樓夢》等。從金聖歎、毛字崗、張竹坡的評點形式看，文前有論，文中有評。前面的論，可以歸入論文體式。脂觀齋等對《紅樓夢》的評點，則前已無論，後也無記，全部心血，只在評點。其中的文論思想與智慧，一樣精奇高妙，彌足珍貴。

至於論文體與專著體，今人接觸較多，不再另作說明。

2.中國古典文論的範式解讀

從內容方面理解，魏晉南北朝的文論，已開創了中國古代文論的八種範式。這八種範式，直到清末民初，都處於主流性地位。

這八種範式及其早期代表人物是：

曹丕的宣文論采式；

曹植的共文論人式；

劉勰的溯源論道式；

劉勰的多元論風式；

劉勰的命文論體式；

鍾嶸的評文論品式；

陸機的因文論法式；

沈約的重聲論藝式。

以下，分而解之。

範式一，宣文論采式。

宣文論采，即肯定文學的地位，推崇文采的作用。這觀念始於曹丕的《典論·論文》。

《典論》應該是一部綜合性著述，但流傳下來的只有論文等三篇。《典論·論文》文字不多，篇幅很小，其內容卻是十分豐富，可謂「濃縮的全是精華」。它不僅肯定了文學與風采的不朽地位與價值。還提出了「文人相輕」、「文本同而異末」、「文以氣為主」等重要的文論思想。

「文人相輕」，此論一齣，千古流傳。開了論文兼及論人的先河。

「文本同而異末」，說的是文體的應用問題，雖然只講了四種文體的區別，卻講得言簡意賅，具有示範性作用；

至於「文以氣為主」，全然是中國文學批評範疇的了，不是舊有此範，而是為中國傳統文論立言主範。也可見「氣」之一說的歷史，有多麼悠久。

但最有影響，最具原則品格的理念，還是宣文重采之說。宣文即認定並推崇文學的不朽價值，認定人的壽命是有限的，榮華富貴也不過一生一世罷了，惟有文章可以傳之於後世，以至代代相傳，元窮盡矣。這樣的觀念，是自先秦以降，未曾有過的。古人雖有「立德、立功、立言」三立之說，但那個立言不是立文學之言。唯有曹丕，以帝王之尊，以高明之見，以深刻之文，以文士之語，發出了這樣的聲音。雖然這理念在今人看來也不過是老生常談罷了，但在當時，那些應差不多就是「石破天驚」的了。連魯迅先生都說：「後來有一般人很不以他的見解為然。他說詩賦不必寓教訓，反對當時那些寓訓勉於詩賦的見解，用近代的文學眼光看，曹丕的一個時代可以是『文學的自覺時代』，或如近代所說是為藝術而藝術（Art for art's sake）的一派。」[10]

重采即重視文采，至少從他那時開始，沒有文采的文章大約要被開除出文學之外了，逆自思之，即從他那個時代起，在已有的文類中，給了有

---

[10]　轉引自《六朝散文》，第14頁，文化藝術出版社1997年版。

文采的文章——文學一個位置。其實孔夫子也是重視文采的，他老人家既有「盡善盡美」之說，也有「言而無文，傳之不遠」之講，但像曹丕這樣，不管「善與不善」，說到文學之體，講的就是文采，而且他認定了，這文采的成就顯然與氣——人的天賦有關，並且以音樂為比喻論政道：

> 文以氣為主為，氣之清濁有體，不可力強而致。譬諸音樂，曲度雖均，節奏同檢，至於引氣不齊，巧拙有素，雖在父兄，不能以移子弟。[11]

要知道，他那個時代，「爸爸」可有多麼厲害！然而，他不管，兒子文學天賦如此，縱然修身為「危害」，也是沒法可想。

曹丕為文學立基，便以此成為中國文論史上的標誌性人物。曹丕的這個理念，雖對後世影響很大，但遭到的批評也多。特別是受到「文以載道」論者的嚴厲批評，然而，文學既然要獨立，文學既然要自覺，這樣的理念就非有可。故此，將其列為中國文論範式之一。

範式二，共文論人武。

曹丕講「文人相輕」，已有人文合論的意思在內，但他弟弟曹植對這一問題，顯然分析得更深入也更全面，並非只說「文人相輕」一端而已。

曹植的〈與楊德祖書〉，不但講了文人不該相輕的道理，而且講了創作者應該具有的對待批評的姿態，也講了批評者應該有自知之明，應該以作品為基礎，又講了自己對民間文學的理念。在他看來：「夫街談巷說，必有文采，擊轅之歌，有應風雅，匹夫之思，未易輕棄也。」[12]

這是很不簡單的，聯想到他的特殊出身與超人的文學才幹，就顯得更為難能可貴了。

他最令人感動的文論觀念，乃是對批評的態度，他這樣論說：

> 世人之著述，不能無病。僕常好人譏彈其文，有不善者，應時改定。[13]

古人論人，多是論證別人，真的談到自己尤其談到自己的不足的不算很多，尤其文學之士，幾近於無。曹植不是這樣，他論人還要及已，而且自己對待批評的態度非常鮮明：對我的文章，請儘管批評，且不論批評者持什麼態度，哪怕是譏彈其文，有不善，本人也會「應時改定」。這樣的風格，委實少見。

---

[11]　轉引自《六朝散文》，第14-15頁，文化藝術出版社1997年版。
[12]　引自《六朝散文》，第31頁，文化藝術出版社1997年版。
[13]　同上。

　　這範式對後世影響很大，如我們耳熟能詳的「文章不憚改」、「十年磨一劍」等等，雖未必直接受到曹植的影響，但那為文為人的精神卻是一脈相承。

　　範式三：溯源論道式；

　　範式四：命文論體式；

　　範式五：多元論風式。

　　這三式並而論之，因為最早對其提出系統論證的乃是同一位大文論家——劉勰。這三式在他的《文心雕龍》一書中均有精采論述。

　　劉勰自是一代奇才。他出身貧寒，但好學不輟；從他的著述內容看，他亦是一個儒者；只是一生與佛教接觸更多，且晚年出家作了僧人，法名慧地；他又作過多年的低級官吏，但興起似乎只在文章一途，並留下了一部《文心雕龍》。僅這一部文論著作，也可以說一生無憾了。

　　《文心雕龍》自是一部文學巨著，而且在中國文學史上的地位既是空前的，又是絕後，終整個中國古近代文學史，再沒有產生過這樣一部如此規模如此詞藻此系統如此影響的文論作品了。在我看來，中國自古以來的文學名著（包括具有崇高文學價值的著作在內），唯有《莊子》、《離騷》、《史記》、《杜詩》、《西廂記》、《水滸傳》、《紅樓夢》與這種《文心雕龍》可以稱之為在各自領域中獨一無二的作品。也是八部超級才子書。

　　《文心雕龍》體系完整，內容豐贍，創見迭出，文字瑰美。

　　所謂體系完整，即它不是書信體或評語體作品，也不是專題專論性作品，它顯然比曹丕的《典論‧論文》、比鍾嶸的《詩品》全面得多，完備得多。而這一關正是中國文論史上最為缺乏的。

　　所謂內容豐贍，即他將他那個時代可能有的文學命題，已經統統囊括其中。全書分50篇，不唯排列有序，而且分門別類，從第一篇〈原道〉到第四篇〈正緯〉，屬於總論，是全文之樞紐；從第五篇〈辨騷〉到第二十五篇〈書記〉是對各種文體的分類研究（曹丕講文體，只講了四種，劉勰同樣講文體，卻講了二十一種之多，諸如「史傳」、「論說」、「檄移」、「章表」、「論對」、「書記」都講到了）；自第二十六篇〈神思〉至第五十篇〈序志〉，內容更為豐富。有講文風的，如「體性」；有講批評的，如「指瑕」；有講創作才幹的，如「才略」；有講構思的，如「神思」；有講表現手法的，如「通變」、「比興」；有講修辭的，如「麗辭」、「誇飾」。末一篇〈序志〉，則概括既往，總領全書。如此展閃騰挪，條分縷析，可謂綱舉目張，蔚為大觀。

　　所謂新見迭出，即它的觀員表達，不是老生常談——根本沒有老生常淡，老生常淡，何來文心？也不是泛泛而論——根本拒絕泛泛而論，泛泛而

論，哪來「雕龍」？而是有題必有問，有問必有見，有見必有論。雖為舊題，要有新解；一些新題，更具新識。

例如他寫〈宗經〉，先從「三極彝訓」講起，又講「三墳」、「五典」、「八索」、「九丘」，再講「詩」、「書」、「禮」、「易」、「春秋」至此一結。示公講宗經的旨歸：

> 夫文以行立，行以文傳，「四教」所先，符采相濟，勵德樹聲，莫不師聖，而建立修辭，鮮克宗經。是以楚豔漢侈，流弊不還，正末歸本，不其懿歟！[14]

最後加一贊曰，圓滿完成。

所謂文詞瑰美，即全書的文字十分考究，且不用散文，全用駢體。中國的駢體文，其源為賦，古代歸為韻文。因為是韻文，所以創作更為不易。但我們的祖先的智慧在於，他們不僅可以同它狀物、可以用它言事、可以用它抒情，還可以用它來說理，甚至可以用它寫作小說，如張簇的《遊仙窟》就是一個顯例。陸機的《文賦》，便是賦體的說理之作，而《文心雕龍》又可謂說理韻文中的集大成者也。今人讀《文心雕龍》，如果讀者有些詞賦的基礎的話，那麼，不但可以感受到那文字的功夫之深，而且可以體會到那文位組韻之美。

簡而言之，可謂「大哉」，《文心雕龍》也；美哉，《文心雕龍》也！

雖然如此，總觀全面，取其優長與特色而言之，《文心雕龍》還是在文道、文體、文風三個層面表現更為突出。

首先說溯源論道。《文心雕龍》是論伊始，便講「原道」，雖然從五行之才，天地之心，自然之道講起，但其歸宿點還是孔子之學。所以原道者，既可以理解為原天地之大道，也可以理解為原儒家之仁道也。通俗言之：即有其道而有共德，有其德而有其文。把它反轉過來，即「鼓天下之動者，存手辭，辭之所以動天下者，乃道之文也。」

先講原道，原道是一大綱，次講「徵聖」、又講「宗經」，再講「正緯」。徵聖種徵儒者之學，宗經即宗儒學之典，正緯即正讖緯之偽。先從正面論之又從反面論之，不是把「文以載道」簡單化，而是有頭有腳，有根有據，有論有辯，從而完成了作者的溯源論道的立論基礎。

這個範式，對後世的文論的影響極大。一方面，因為它本身確實有價值，值得人們學習與借鑒，另一方面，因為中國古代社會，其文化性質決定了必然的儒學根本，以經典為經，以其他種種非儒之說為偽，且為本必學之，為紀必習之，為偽必正之。所謂站在巨人肩上立論，出乎自然不庸不俗。

---

[14]　《文心雕龍全譯》，第27頁，貴州人民出版社1992年版。

　　再說命文論體式。凡作文章總與它選擇的體式有關，容器雖不是酒，卻是酒的保存工具。林沖的酒葫蘆固然裝不得白蘭地，但沒有容器，酒怎麼存？體式有如容器。但體式的自覺，也是魏晉以降的事情。曹丕作《典論‧論文》，講「受論宜雅，書論宜理，銘誄尚實，詩賦欲麗」，是一種高度的概括，形象之辭，不好操作，劉勰講文講，一講就講了二十一種，顯然更細化更系統也更容易操作了。他真的不愧是文體大家，處處皆有新見。舉凡講一種體式，一定要追溯歷史，從那起源處說起。

　　不僅如此，還非常注重表達方式，還要評點各種文體作品，從而左勾右聯，前呼後應，不但寫得文彩斐然，而且寫得入情入理。比他在〈銘誄第十一〉，有一段批評潘勖、溫嶠等人文體的話，寫得簡潔中肯，要言不煩。

> 至於潘勖〈符節〉，要而失淺；溫嶠〈傅臣〉，傅而患繁；王濟〈圖子〉，引廣事雜；潘民〈乘輿〉，義正體蕪。凡斯繼作，鮮有克終。至於王郎〈雜箴〉，乃置巾、履，得其戒慎，而失其所施。觀其約文舉要，憲章戒銘，而水火井灶，繁辭不已，志有偏也。[15]

　　又如〈誄碑第十二〉有一段講解該類文體主旨的話，概括得安安穩穩，頭頭是道：

> 詳夫誄之為制，蓋選言錄行，但體而頌文，榮始而哀終。論其人也，曖手若可覿；道其哀也，淒焉如可傷。此其旨也。[16]

　　再如〈檄移第二十〉，其立論高遠，收放如履，遠矚近覷，出手不凡。

> 震雷始於曜電，出師先乎聲威。故觀電而懼雷壯，聽聲而懼兵威。兵先乎聲，其來已久。昔有虞始戒於國，夏後初誓於軍，殷誓軍門之外，周將交刃而誓之，故知帝世戒兵，三王誓師，宣訓我眾，未及敵人也。至周穆西征，祭公謀父稱：「古有威讓之令，今有文告之辭」；邵檄之來源也。

　　如此等等。可以說，在古體的文體論中，唯《文心雕龍》是最為系統也最具歷史感的。

　　再說多元論風式。

　　風即風格。前面已經說過，漢語的古典風格論，從來都是多元的，極少一元的。差不多人古至今，就沒有過如西方浪漫主義思潮那樣，以一風而改變整個文化歷史風貌的現象。

15　《文心雕龍全譯》，第127頁，貴州人民出版社1992年版。
16　《文心雕龍全譯》，第243-244頁，貴州人民出版社1992年版。

這樣的傳統,從創作方面看,固然可以一直追溯到先秦諸子的百家之風,從文論的角度看,則自魏晉時期開始自覺、開始奠基,而其間講得最具理論品格的也是這一部《文心雕龍》。

劉勰的風格論,是將文風劃分為八種類型,這八種類型是:

> 一曰典雅,二曰遠奧,三曰精約,四曰顯附。
> 五曰繁縟,六曰壯麗,七曰新奇,八曰輕靡。

自《文心雕龍》的這種風格分類方式始,便成為一種千古傳承的範式,以後到了唐代司空圖那裏,單將詩的風格,就分為二十四品,更細緻了。這24品風格中,有些是與劉勰的八種風格相同的,有些是相同的,加以細緻區分,風範確實一脈相承。

可以這樣說,正是《文心雕龍》開了這種多元風格的先河,後來唐詩宋詞元曲的種種風格自覺都與這種多元化的價值認知相關。

範式六:評文論品式。

評文論品式即將作品並作者按品級來劃分。首創這範式的不是鍾嶸,而是謝赫。謝赫在他的《古畫品錄》中首次提出繪畫的六法六品論。六法即:

> 一氣韻生動是也;二骨法用筆是也;三應物象形是也;四隨類賦彩
> 是也;五經營位置是也;六傳移摸寫是也。[17]

以這「六法」為標準,將三國到梁的27位畫家分為6個品極。可見,品級之說並不限於文學,而是那個時代的一種共同性文藝評判趨向。

鍾嶸的貢獻,在於借鑒謝赫的方法,又結合五言詩的創作成就,化六品為三品,由此發生發,成就了他的文論名著《詩品》。這也是中國歷史上第一部以品論文的文論著作。

以品論文及論人,在魏晉南北朝時期,有很濃重的社會與文化背景。那個時代,正是曹丕實行九品官中正法的時期。官以品論,畫亦以品論。那麼,貴為文學代表的詩呢?當然也該以品論,鍾嶸的《詩品》此時登場,正是時機。

鍾嶸論詩以品,有他自己的標準。他的過人之處,在於他雖然生在那樣一個重駢體,重華麗文風的時代,他本人卻很在意詩歌的社會作用,推崇建安風骨,反對過度地使用典故,更反對片面追求聲律。他認為:

> 四聲之論……王元長創其首,謝朓、沈約揚其波。三賢或貴公子
> 孫,幼有文辯,於是士流景慕,務為精密,襞積細微,專相凌架,

---

[17] 《中國畫論輯要》,第122頁,江蘇美術出版社1985年版。

故使文多拘忌，傷其真美。余謂文體本須諷讀，不可蹇礙，但令清濁通順，口吻調利，斯為足矣。[18]

他重視詩歌與社會生活的關係，也曾指出：

至於楚臣去境，漢妾辭官；或骨橫朔野，或魂逐飛蓬；或負戈外戍，殺氣雄邊；塞客衣單，孀閨淚盡；或士有解珮出朝，一去忘返；女有揚娥入寵，再盼傾國。凡斯種種，感蕩心靈，非陳詩何以展其義！非長歌何以騁其情。[19]

他將自漢代至魏晉的120位詩人，分為上、中、下三個品級，並對每一位入品的人都作了簡潔又富有文采的評價。雖然對他的具體分法，歷來有不同意見，如將曹操列在下品，不合適；把鮑照列在中品，也不合適；將陶淵明列在中品，更不合適了。至於將潘岳、張協列為上品，也與現代學界的看法很難諧調。但這些都不過是支流罷了，引起爭議的不過三五人而已，何況他列曹操為下品，恐怕和他所評詩多為五言詩有些關係；他雖然列陶淵明為中品，但看他對陶詩的評價，卻很能抓住特點。這說明，那樣的品級安置不是不公道，而是所操尺度有所不同。

更重要的是他的這種以品論文的方法一直流傳下來，自他之後，幾乎代有傳人，終於成為中國文學史上一種特別重要的文論範式。

自《詩品》問世，以後的詞也有詞品，曲又有曲品。不但對作品要分出高低，對詩人的位置，也常常因排座次而產生分歧。

例如初唐四傑，究竟哪一位該在前，哪一位該在後，他們自己都很在乎，又很無奈；又如李白與杜甫，究竟誰的藝術水平更高些，也是年年月月，爭論不休。後來，這風氣不斷擴大，還影響了其他領域，幾成為某種思維定勢。如明代有四大奇書之說，又有《水滸傳》上的英雄排名次。《儒林外史》本來沒有品次安排，也有好事者狗尾續貂，一定給他弄個座次出來。即使像《紅樓夢》這樣的經典之作，在太虛仙境那裏，都有正冊、副冊，又富冊之分。也有研究者根據脂批的蛛絲馬跡，推測《紅樓夢》中原本也有一張情榜的。小說家劉心武，則費心費力把這張情榜代庖補出，那模樣與梁山的108將很有些相似。

論人以品，論文以品，造成各種文學時代與文學作品的華山論劍，雖不見得有多少文學價值，卻足以形成一時的閱讀熱點。如2000年時，有人為20世紀的中國文學人物排層次，將金庸排在第二名，為此還引起一番爭論，是耶非耶，一時難定。

18　引自胡國瑞：《魏晉南北朝文學史》，第218-279頁，上海文藝出版社2004年版。
19　同上。

範式七：因文論法式。

因文論法，即從具體的文章出發，進而理解文章的種種創作方法與得失，這範式出自陸機的《文賦》。

陸機的《文賦》，其實早於《文心雕龍》和《詩品》，而且它涉及的問解題非常全面。瞿兌之先生說：

> 這篇《文賦》，可以說是文學批評中最精粹的文章。《文心雕龍》詳詳數十篇的理論。幾乎全被陸氏包羅在這一二千字裏面。[20]

由可知這賦的寫法之精、構思之妙、地位之高。但最有特色的，我以為還是它的方法之論。

陸機不似後來的鍾嶸，他不對文學作品與文字家進行品級之分。實在他也沒有關心到那麼多的作家與作品，他也不同於劉勰，大約他也根本沒有創造一種皇皇巨著的思想準備，他不太考慮那麼大的結構與體式；他自然也不同於曹丕曹植兄弟，他很少涉及他們所關心的「文人相輕」一類的問題。他的方法，是以自己的創作經驗作基礎，同時也作對象。以賦這種優美的韻文形式，闡發本人對文章法式的種種理解。

雖然是一篇賦體性文論，卻將有關文章之事差不多都講到了。而且很有見地，很有新意。

《文賦》開篇，先說創作動機。他寫道：

> 佇中區以玄覽，頤情志於典墳。遵回時以歎逝，瞻萬物而思紛。悲落葉於勁秋，喜柔條以芳春。心懍懍以懷霜，志眇眇覺而臨雲。詠世德之駿烈，誦先人之清芬。游文章 之林府，嘉麗藻之彬彬。慨投篇而援筆，聊宣之手斯文。[21]

雖是議論文章之事，卻有開有闔，既合乎自然之道，又合乎人生之理。且對於「世德之駿烈」、「先人之清芬」格外重視。

《文賦》不以評說他人為重，但對文章的得失，卻有不少真知灼見。如論及文、意關係時，他這樣寫道：

> 或文繁理富，而意不指適。極無兩致，盡不可益。立片言而居要，乃一篇之警策，雖眾辭之有條，必待茲而效績。亮功多而累寡，故取足而不易。[22]

---

[20]　《中國文學七識》，第121頁，廣西師範大學出版社2007年版。
[21]　《漢魏六朝賦選》，第120頁，上海古籍出版社1979年1版。
[22]　《漢魏六朝賦選》，第132頁，上海古籍出版社1979年1版。

如講到文體與文勢的關係時，又這樣寫道：

> 若夫豐約之裁，俯仰之形，因宜適變，曲有微情。或言拙而喻巧，或理樸而辭輕；或襲故而彌新，或沿濁而更清；或覽之而必察，或研之而後精。譬如舞者赴節以投袂，歌聲應弦而遣聲。是蓋輪偏不得言，故亦非華說之所能精。[23]

如此等等。

陸機的高明之處，是既講反面的——文章之失，更講正面的——文章之得。但不管論反論正，都與自己的創作實踐相聯繫。他不是王婆賣瓜——自賣自誇，而是論從文出，雖然文體華美，卻又言之有根。

這種範式，可以說一直影響漢語文論至今。實在我們中國人對抽象的理論，既缺少興致更缺少積澱，而對於具體的活生生的文學創作，則興趣濃厚又智慧多多。

範式八：重聲論藝式。

這一範式的代表人物首推沈約。

聲者，韻也。雖不是韻之本身，卻是韻的基礎。

為什麼如此重視「聲」的作用？因為研究漢語，首先就該研究漢字；研究漢字，絕對不能離開四聲。以今天的眼光看，四聲有如漢字的魂，若四聲沒了，或者亂了，漢字的魂就丟了，成了神經錯亂——瘋了。

四聲的概念並非古已有之，至少不是自古從來就有這樣自覺的認識。陳寅恪先生認為漢字四聲得自頌讀讀佛經的啟示。個中道理，一時也難確知。

但我想，因為漢字是一字一音體，所以它本身就有四聲的基礎。儘管因為各地域方言不同，會影響到具體的發聲特點。例如漢語有平、上、去、入四聲，現在的普通話發聲中，入聲沒有了，平聲則區分為陰平與陽平。入聲沒了，四聲還在，可知這是漢語發聲固有的規律。

佛教東來之前，或許沒有這種自覺。以「啊」字為例，要讀就讀陰平聲，至於二、三、四聲，沒有人注意它。佛教既東來，它那種依其音調高低，區別讀之的方法，隨之傳入華夏，「啊」字的二聲也有，三聲、四聲也有了，即將它自覺化了，於是有了四聲之說。

以此觀之，說沈約發明瞭四聲是不確切的，應該記是發現了四聲。四聲固有了，無須發明，但能發現它並把它引入詩歌的創作，自也是一代奇人。

尤其重要的是，四聲的確認與自覺，也標誌著漢語規範了自己的思路，從此向著現代普通話搖曳而來。

---

[23]　同上。

　　對聲律的重視與自覺，並非始自沈約，但在那個時代貢獻最大、影響也最大的人物，似非沈約莫屬。

　　但也因為此，他受到的反對與攻擊也多。而且這反對之聲，不是來自一個方面，而是來自兩個相反的方面。一方面，例如甄琛批評他「不依古典」，說他的四聲之說沒有根據——對此，他只好引經據典，解釋一番；另一方面，例如陸厥又說四聲之說，古已有之，不是他的發現，根本不相信也不承認沈約所謂「靈均以來，此秘未睹。」

　　從這兩種截然相反的批評中，也可以看出韻律的創立是何等艱苦。

　　沈約的特點，是不管左攻右擊，他只顧奮力前行。

　　可能因為他在這個領域的名氣太大了。故而後來人，不僅把四聲說歸功於他，甚至將詩律中的「八病說」也歸名於他了。但據研究，這是沒有確切根據的。

　　所謂「八病說」，是那時代開始確認的作詩的八種禁忌，具體內容為：

　　一平頭，二上尾，三蜂腰，四鶴膝，五大韻，六小韻，七傍紐，八正紐。

　　以上尾為例，上尾或名雲崩病，「上尾詩者，五言詩中第五字不得與第十字回聲，名為上尾」。[24]

　　以鶴膝為例，「鶴膝詩者，五言詩第五字不得與十五字同聲；言兩頭細，中間粗，似鶴膝也」。[25]

　　八病本身，已很是繁難，後來人還覺得不夠，又有了二十八病之說，結果是更其艱難繁複不可細說的了。

　　反思當初，或許沈約的貢獻不僅僅在於那些具體的音律方式，而在於他代表的那一種方向，可以說，若沒有以他為代表的幾代人的努力，則代表唐代詩歌最高水準的律詩便無法產生，盛唐的文化輝煌也將大打拼扣。

　　更為重要的是，沈約的詩論，專在音律方面即技術層面下工夫，不問道也不言聖，音韻在我，聖道於我何有哉！而這種專藝性的研究，在中國文論史上，不但另成一個範式，而且是十分寶貴的。

　　自沈約、謝朓等創立永安體開始，一直到唐的格律詩，再到宋詞、元曲，千年一脈，佳風永繼，而且代有佳作，代有佳人。

　　遺憾的是，中國原本是一個重道輕技的國家，又是一個重德輕藝的國家，所以各種德說道論，傳承者極多，而和沈約一樣的專藝性研究者者及其作品，流傳下來的極少，如沈約以《四聲譜》；如宋詞的詞譜，都已經失傳或絕大部分內容失傳了。宋詞的詞譜係姜夔的著作，尚僅僅流傳下來幾闋，《四聲譜》之類，惟有隻鱗片爪，更是全豹難尋了。

---

[24]　羅根澤：《中國文學批評史》第一冊，第172頁，上海古籍出版社1984年版。
[25]　同上。

（四）古代文論傳承者點評

八種範式，各有傳人。

但那發展是不平衡的。所謂不平衡，即有關文化載道的聲音越來越強大；有關人文合論，論文先論人，論人先論德的聲音也是高潮迭起，不厭其煩，其中最臨近六朝文論的一個代表人物，即隋代的王通，他不但對六朝文大為不滿，對六朝的文學人物也是切齒痛恨，沒有一個入他法眼的。他在《文中子·事君篇》傲然罵道：

> 子謂：「文士之行可見：謝靈運、小人哉，其文傲，君子則謹；沈休文、小人哉，其文冶，君子則典；鮑照、江淹、古之狷者也，其文急以怨；吳筠、孔珪、古之狂者也，其文怪以怒；謝莊、王融、古之纖人也，其文碎；徐陵、庾信、古之誇人也，其文誕。」或問孝綽兄弟，子曰：「鄙人也，其文誣。」或問湘東王兄弟，子曰：「貪人也，其文繁；謝朓、淺人也，其文捷；江總、詭人也，其文虛；皆古之不利人也。」[26]

這話說得狠毒了。狠毒固然狠毒，沒有堅實的主論基礎。一個古代「憤青」而已。但並非沒有支持者和回應者在。

其實，王通並非真的儒者，他是一個異類。雖為異類，卻又與儒家傳統有諸多相通之處。

實在論文先論人，論人先次德，這是有久遠深厚的儒學傳統的。春秋戰國時期，雖然百家爭鳴，進行人身攻擊的不多，利用權利迫害言者的事例更少。爭鳴爭得只是觀點，雖然不留情面，並不專在人格等方面作文章。惟有孟子，開了一個壞頭。他大約是中國古來論文先論人，論人先論德傳統的祖師爺。他一生好辯，最為得意的乃是對墨子與楊朱的批判，史稱闢楊、墨。因為楊朱主張「為我」，他堅決不同意；墨翟主張「兼愛」，他同樣堅決不同意。不但不同意，還要痛加鞭撻，以至於惡語相加。他批判楊朱的「為我」，說「為我」即是無君；批判墨子的「兼愛」，說「兼愛」即是無父，無君無父乃是禽獸。這樣的戰法，在春秋戰國時代本來是少見的，但在後代儒者眼中，卻是正確得緊，痛快得緊，高妙得緊。

這樣的情況，在兩漢時代，又得到強化。

進入魏晉南北朝時代，玄學驟起，佛學廣播，儒學受到打擊和排斥，但中國小農經濟萬萬離不開儒學。帝王專制尤其萬萬離不開儒學，所以盛

---

[26]　羅根澤：《中國文學批評史》第二冊，第115頁，上海古籍出版社1984年版。

唐文化固然氣象遠大，儒、道、佛同興共榮，但安史之亂後，有識之士日益強烈感受到，保證國家安定，還是非儒學不可。於是韓愈、柳宗元等，發起古文運動，尤其韓愈，更是以儒學正統自居，本人又好為人師，不但「原道」，而且為古文運動立基立範，全力排佛，並且冒著生命危險，上〈論佛骨表〉。韓、柳興揚古文，意在道統；元、白大作樂府詩歌，也是儒學一脈，尤其白居易的諷喻詩，影響且深且遠。

這個傳統，到了宋代，又出現加速度趨向。唐宋八大家中的六家都在宋代，個個都是儒學之士，又是超級文豪。那影響自然是巨大的。然而，還不夠，又出來一些比他們更執著、更醇正、更走極端的人物，那就是宋代的諸位大儒。這些大儒，連韓愈、歐陽修、蘇東坡、王安石等都看不順眼，嫌他們不醇不正，不夠真儒資格。表現在文論方面，邵雍則鼓吹詩以重訓說；周敦頤則鼓吹文以載道說；程灝、程頤則鼓吹道為文心說；朱熹則鼓吹道文一貫說，如此七說八說，把古代文學推向理學一途。

一方面是禮教，一方面是專制，加上異族入侵，彼時中國的漢語文學在廟堂之上，已經沒有希望了。所以元代文學，最重要的成就出自雜劇與散曲，那都是傳統達官貴人不屑一顧的。明清兩代，不但專制，還要大興文字獄，其結果是傳統的文學體式一一走到了盡頭。雖有好詩，不能代表那個時代了；雖有好詞，也不能代表那個時代了。明代的文人作品，唯有戲曲與小品文成就最高，那些作者多為下層文人：清代的詩、文、詞、曲，雖然都號稱很有成績，但真正的經典性時代作品，是以《紅樓夢》、《儒林外史》為代表的白話長篇小說以及以《聊齋志異》為代表的文言小說。而這兩個時代最著名的文說思想，乃是李贄的童心說與以袁氏兄弟為代表的公安派的性靈說。最重要的文論家，是專為小說作評點的金聖歎、張竹坡、脂硯齋與毛宗崗等下層文學之士。

這裏說一說金聖歎。

金聖歎縱然不是明清時代最具影響的文論家，也是最有價值的文論家，他的文論，不惟觀點新、技巧好、見解深，而且那方式也是雅俗共賞的。再雅的人，也不能將金先生比出俗氣來；再俗的人，也可以讀懂金先生的那些鋒芒畢露的評點、意見。而且他所使用的評點性文論方式，也影響了當時差不多整個文學時代。

金聖歎眼光高，非最好的文學作品不能入他的一雙法眼。他本人自是讀書種子，儒、道、佛、民，各種書籍，經過他手的何止於萬千。但真正令他動心的才子之作，不過六部，即《莊子》、《離騷》、《史記》、《杜詩》、《西廂記》、《水滸傳》。

　　他的文論思想的第一大貢獻也在此：他不鄙視戲曲與小說。以中國人的傳統觀念，戲曲劇本是沒有地位的，那根本不叫書，官名叫戲考，俗名叫唱本。小說的地位也低得不行，想當初，唐代大文豪韓愈因為寫了一篇《毛穎傳》，還受到批評。指摘他這樣的正人君子不該做這樣「沒溜」的文字。

　　我在〈文篇〉一章中曾介紹過他對小說結構的分析，那見解真真是好。其實不僅結構而已，他腰斬《水滸傳》，指認70回以後是偽書，偽書必須砍掉，這指認，不可信。因這，還引得魯迅和毛澤東很不高興。但單以藝術而論，《水滸傳》確實是前70回寫得精彩，後30回或50回，在政治、文化解讀上仍有價值，藝術價值卻低了。雖然篇幅不小，沒有幾處精彩的文字。

　　而且他還有個「習慣」，就是擅自改動《水滸傳》的文字，這習慣若在今天，有可能惹上官司，但從他改動的情況看，確實比原著更好看了。

　　他對《水滸傳》藝術手法的分析，尤其入情入理，常能發微知著，啟迪人思，而且啟迪之後還能得到更多的藝術享受。

　　如他評石秀與楊雄的性格時，說「要襯石秀尖刻，不覺寫作楊雄糊塗」，又如他評公孫勝，說「公孫勝便是中上人物，備員而已」；評戴宗，說「戴宗是中下人物，除卻神行，一件不足取」；評盧俊義與柴進，更寫得好了：

> 盧俊義、柴進只是上中人物。盧俊義傳，也算極力將英雄員外寫出來了，然終不免帶些呆氣。譬如畫駱駝，雖是龐然大物，卻到底看來，覺到不俊。柴進無他長，只有好客一節。[27]

　　真評得好！畫人畫骨，入木豈止三分。

　　然而，金聖歎的結局是很悲慘的，他因為參與哭祖廟，被清王朝以大逆罪砍頭處死。死前，他感慨說：「死頭，至痛也，聖歎以無意得之，大奇！」

　　連金聖歎這樣的才子都要砍頭的王朝，一定是個混帳透頂的王朝，而中國文論的沒有希望，在那樣的血光之中，也可以找到原因了。

（五）百年文論，兩次高峰

　　百年文論，指的是自二十世紀至今的文論歷程。兩次高峰，指的是五四新文化時期與改革開放以後的文化思想與著述。

　　兩次高峰，有諸多共同點。

---

[27]　《奇書四評》，第292頁，湖北辭書出版社1996年版。

首先，它們都具有開放性。五四時期是中國近代乃至有史以來第一次面向全世界的文化大開放，這麼說，也許有同仁反對，認為，漢也曾開放，唐也曾開放過，漢還打敗過匈奴，唐還出現過「萬國來朝」，但我以為真的向全世界的文化開放，尤其是帶有學習性質的文化開放，這是第一次。改革開放之後的情況與之十分相似，但不是以運動方式進行的，且無論深度、廣度都超過五四時代，方式又是階升梯進的，門是慢慢打開，腳步卻走得非常堅實。

其次，它們都具有革命性。「五四」運動是革二千年中國傳統文化的命，一反封建，二反壓迫，告別舊傳統，追求新文化；改革開放尤其是一次歷史性革命，只是不叫革命，而叫改革，但比之五四時代走得更深，也走得更遠，現在以及未來相當一段時間內，仍處在這歷史變革之中。

其三，它們都具有建設性。「五四」運動的主題，一是科學，二是民主，所謂「德」、「賽」二先生。而這兩位先生正是華夏三千年文明進程所最為薄弱最為缺少的。五四時代在文化、文學方面建樹猶多。雖然時間未久，但是成就巨大。第一篇現代文化宣言出在那個時代；第一篇白話小說出在那個時代；第一篇白話詩集出在那個時代；第一部白話式戲劇也出在那個時代。改革開放以後，經過三十年努力，同樣取得重大成就。其文學業績雖不似五四時期那樣來得猛烈，來得疾迅，卻比五四時期來得深廣，來得雄闊，且未來的發展動力，尤其強大。

從文論角度考慮，五四時期最重要最有影響的人物應該是胡適，而最著名的文獻，即是他那一篇〈文化改良芻議〉。

〈文化改良芻議〉，其文也不長，其論也不深，但那影響卻異常巨大，無與倫比，因為什麼？就因為它切中要害，抓住了龍頭。其文一共講了八個問題：

一曰，須言之有物。

二曰，不摹仿古人。

三曰，須講求文法。

四曰，不作無痛之呻吟。

五曰，務去爛調套語。

六曰，不用典。

七曰，不講對仗。

八曰，不避俗字俗語。[28]

[28] 《胡適學術文集·新文學運動》第20頁，中華書局1993年版。

今讀之，這八個問題，幾乎全是常識。然而，在那特定的歷史時期，卻有如爆炸了100個原子彈一般。實在連常識都可以產生這般社會、文化效應的，說明那改良的對像是太不合乎常識了。而一個連常識都不合乎的社會與文化，若不改良，豈有前途！

胡適既有成熟的文論思想，也有多方面的文學創作。但胡適不是一個哲學家，所以他的文論思想雖然成熟，並不深刻；胡適也不是一個文學家，所以他的文學創作雖然轟動，卻不算十分成功。胡適的詩名很大，主要是白話詩的詩名很大，但那些詩的藝術水準，卻又值得商榷，真正可以傳頌百年而不衰的作品，可說一首也無。

胡適雖然不是哲學家，也不是成果卓著的文學家，卻是能量巨大的社會文化活動家，腳踏實地的現代學問家，與言行一致的道德實踐家。

因為他是傑出的社會文化活動家，所以他的文學成績雖不算輝煌，本人的名頭卻異常響亮。在他執牛耳的時期，美國人可以不知道蔣介石，不可以不知道胡適之；中國人可以不讀胡適的白話詩，不可以不回應他提倡的白話文。彼時文化同仁中，大多數以與胡適為師為友為莫大榮幸。以至「我的朋友胡適之」這句話竟然帶有了掌故性質。

因為他是腳踏實地的現代學問家，所以他雖然是「全盤西化」的有力倡導者，但本人的研究對象，一大半是非常中國化的。比如他研究《水滸傳》、研究《紅樓夢》、研究《三俠五義》、研究《兒女英雄傳》、研究《水經注》、研究唐詩，研究宋詞，當然也研究杜威、研究易卜生。他廣為流傳的名言，乃是「少談一點主義，多研究一點問題」。他立學的出發點，乃是「大膽假設，小心求證」，「有一分證據說一分話」。雖然這些觀點，在相當長的歷史時期內，也曾被曲解、被批判，但今日思之，猶然覺得很有現實價值，它們一點也沒過時。

因為他是一位言行一致的道德實踐家，所以他雖然是中國早期影響特大的「海歸」代表，卻又是中國傳統美德的優秀繼承者，加上他飽受西方文化的薰陶，使他最終成為一個合東西文化雙璧之光的傑出人物。他的人格是獨立的，情感是愛國的，觀念是開放的，婚姻是傳統的，人生是有原則的，處事是宅心仁厚的。他是不肯屈從於任何專制主義的，又是秉承理性主義的。他也曾做過北大校長，也曾作過研究院院長，又曾做過駐美大使，一生為學，間或為官，無論為學為官，其人品都是無可爭議的。

我以為，無論後來人在現代文論領域有何等建樹，其起始研究，都應該從〈文化改良芻議〉做起。

改革開放之後，漢語文論研究進入新的歷史階段，其中一大特色，是較之過去任何一個歷史時期都更為開放，可以這樣說，舉凡西方所有的文

學理論、文學流派，在這三十年間，都已經或早或晚，或多或少被引入了中國大陸。這三十年間，不斷出現的尼采熱、薩特熱、佛洛伊德熱，昆德拉熱、福柯熱、德里達熱……證明中國的改革開放確實一步一步拉近了與世界的距離，漢語文論無論從思維深度、思維廣度，還是思維長度方面都已經具備了世界精神。

同時，文論的發展也不是一邊倒的，對於漢語自身規律的重視與再認識，對於漢語文學作品的熱愛與執著，對於漢語文學傳統的理解與繼承，也超越了五四歷史的任何一個歷史時期。

當然，對於西方文明的瞭解、理解與對接，對於中國傳統文化的繼承與弘揚，都不是一蹴而就的事，也不是一朝一夕的事。瞭解並吸納它的精華，也許還需要幾代人的時間，而未來的文論大家，一定是真正學貫中西的人物。「中」是不能丟的，只知道亞里斯多德的「詩學」，不知道劉勰的《文心雕龍》，未免數典忘祖；「西」也不能少，只知道金聖歎，不知道雨果與福柯，又未免坐井觀天。

公正地講，中國現在還缺少世界級或者在世界範圍內知名度很高的文論著作與人物，但是不要緊，只要堅持不懈，必定達到輝煌。

十、文變審美

生命如流，變化如歌

　　語言如同世間一切事物，變化是無可阻擋的，不管你喜歡還是不喜歡。

　　但變與變也有不同。比如漢語的歷史演變曲線即與拉丁語不同，也與梵語不同。中國文化是世界上唯一一個歷經數千年滄桑未曾發生斷層的文化，漢語是世界上少有的歷經數千年未曾發生斷層與質性改變的語言，不由得有些奇妙與自豪湧上心頭。

　　漢語歷經千曲百折而不改變其本品本性，足以令人喜；漢語在這千變萬化的歷史進程中，不斷取得新的發展、新的成果、新的業績，尤其令人驚。

（一）漢語文變的曲線描述

　　漢語的歷史演變，本身就是一個大題目，詳細討論它，恐怕需要五十本書的篇幅。縱然擇要而言之，那情況依然複雜。那麼，怎麼敘述呢？這裏講三條發展曲線。這辦法是聰明還是笨拙，作者不能回答。

1.漢語文句的歷史發展曲線

　　漢語文句的發展曲線，這個題目也不小，畢竟漢語文學內容豐富，門門類類都有歷史性成就。這裏僅以詩歌為例，因為古代漢語詩歌的地位最高，而詩歌的發展也直接影響了戲曲的發展，又間接地影響了散文與小說的發展。

　　漢語詩歌的文句演變，經歷過六個歷史階段。

　　第一階段：四言詩階段，起於先秦，大體結於魏晉初期；

　　第二階段：五言詩階段，發軔於兩漢，盛於魏晉南北朝時期；

　　第三階段：七言詩階段，發端於魏晉，隆盛於唐宋；

　　第四階段：長、短句階段──詞的階段，發端於唐五代，興盛於宋代；

　　第五階段，長、短與階段──曲的階段，發端於宋代，興達於元代；

　　第六階段，白話詩階段，隱流於明清，主流於五四之後。

　　六個階段，聽來簡單，實際上每一個階段及其向下一個階段的過渡都經歷了幾百年以上的時間。單從時間理解，也可以知道那道路的非凡與漫長。四言詩自《詩經》始──實際上，它的醞釀評劇準備期甚早於《詩經》，到魏晉初期，至少經歷了1000年時間；五言詩自魏晉成為主流，到唐代七言詩坐穩首席，大約經歷了500年時間；七言詩自唐成為主流形式，到宋詞的成熟，大約經歷了300年時間；宋詞成為宋代標誌到元曲的興達，大約也經歷了300年時間；從元曲的興達到白話詩的興起，大約經歷了700年時間。

　　這說明什麼呢？

說明：

第一，一個語言文句階段，當它的潛能沒有得到充分開發時，它是不會向下一個階段發生主流性演變的。反過來說，文句的整體性轉變是有條件的，唯有一個特定階段的發展空間已趨於飽和，達到全然成熟的境地時，它才可能向後一個階段發展。這也如同一個人的成長一樣。人生的幾個階段必定一一度過。

第二，每個階段既然可以成為一個獨立的階段，必然取得了相應的歷史性成就。四言詩時代如此，七言詩時代如此，各個時代無不如此。

第三，後面階段的到來，並非只是單純地對前一階段的取替，而是對前一階段文句成果的吸納與包容。

以四言詩為例，雖然早在魏晉時代它已脫離主流，以詩家而論，已近乎「絕響」，至少曹操、嵇康之後，很少有人再致力於這種詩體了。但它延續到唐代、明代，直到現代，依然有自己的價值所在。例如唐代詩人顧況有一首四言詩〈囝〉，詩的內容是寫福建一帶掠奪童奴的惡俗的。這樣內容的詩作，倘不用四言詩，想來很難表現出作者的那種連心割肉、恨氣沖天的強烈情緒，其詩云：

> 囝生閩方，閩吏得之，乃絕其陽。為臧為獲，
> 致金滿屋。為髡為鉗，如視草木。天道無知，
> 我罹其毒。神道無知，彼多其福。郎罷別囝，
> 吾悔生汝。及汝既生，人勸不舉。不從人言，
> 果獲是苦。囝別郎罷，心摧血下。隔地絕天，
> 及至黃泉，不得在郎罷前。[1]

同樣的道理，雖然唐代已然是七言詩大行其道的時代，但五言詩並未消亡，而且佳作迭出，其水準絕不遜色於七言詩作。一些經典作家如王維、李白、李商隱等，他們的五言詩同樣超凡脫俗，異彩煌煌。

即使到了明清時期，七言詩的高潮早過去了，長短句的高潮也去了，連元曲的高潮都過去了，但明清時期依然有好詩、好詞、好曲。明代的詩、詞，歷來評價不高，但一些佳作，也很有趣味。如黃景仁的〈醜奴兒慢·春日〉：

> 日日登樓，一換一番景色。者似卷如流春日，誰道遲遲？一片
> 野風吹草，草背白煙飛。頹牆左側，小桃放了，沒個人知。

---

[1]　《唐詩選》上冊，第389頁，人民文學出版社，1978年版。

徘徊花下，分明記得，三五年時。是何人、桃將竹淚，粘上空
枝？清試低頭，影兒憔悴浸春池。此間深處，是伊歸路，莫惹相思。[2]

全詩寫春景，以小桃為吟詠對象，都好，尤其「頹牆左側，小桃放
了，沒個人知」，更好。白描寫景，本色生香。

時至今日，回首顧望，漢語詩歌文句的發展歷程，尤如一座無比巨大
的燦燦生輝的多面寶塔，循層而上，各有景色非常。

這裏再以口語性很強的疊字詞的使用，說明漢語文句的不斷變化的演
進過程。

疊字詞的使用，在《詩經》時代已然很廣泛。《詩經》第一篇，第一
句，開門見山，便是「關關雎鳩，在河之洲」。關關二字，就是疊字詞，
象聲取意，很是生動。又如〈周南・桃夭〉，疊字詞又使用得好，不但表
現生動，而且景色浪漫。所謂：「桃之夭夭，灼灼其華。之子於歸，宜其
室家。」此外，如「行道遲遲」、「習習谷風」、「氓之蚩蚩，抱布貿
絲」、「彼黍離離」、「行近靡靡」等，可見疊字詞的應用，並非春光乍
現，轉瞬皆無。

這種疊字連用的形式，在唐詩中也有表現，只是數量不多。偶有佳
句，便很新奇，如杜甫的「無邊落木蕭蕭下，不盡長江滾滾來」，又如李
商隱的「誰言瓊樹朝朝見，不及金蓮步步來」。

到了宋詞時代，這樣的詞式句式用得更多也更富於創造性了，而且有
些詞句，非用這句式不生動，不悅耳。如蘇軾的〈南鄉子・送述古〉：

回首亂山橫，不見居人只見城。誰似臨平山上塔，亭亭，迎客西來
送客行。　歸路晚風清，一枕初寒夢不成。今夜殘燈斜照處，熒熒，
秋雨晴時淚不晴。[3]

亭亭，熒熒，雖只四字，增色不少。
又如周紫芝的〈鷓鴣天〉：

一點殘紅欲盡時，乍涼天氣滿屏幃。梧桐葉上三更雨，葉葉聲聲是
別離。　調寶瑟，撥金猊，那時同唱鷓鴣詞。如今風雨西樓夜，不聽
清歌淚也垂。[4]

「葉葉聲聲」一句，韻味尤其濃馥。

2　《明清詞曲選》，第8頁，上海書店出版社1993年版。
3　《婉約詞粹》，第80頁，華東師範大學出版社2000年版。
4　《婉約詞粹》，第147頁，華東師範大學出版社2000年版。

最典型最具感染力且成為經典句式的，則首推李清照的〈聲聲慢〉，
開口便吟：

> 「尋尋覓覓，冷冷清清，淒淒慘慘戚戚。」

這等句式與風格，若非發展、積澱到了宋詞時代，就算曹植再世，也
寫它不出，雖然曹植號稱才高八斗；就是李白重生，又寫它不出，雖然李
白號稱謫仙人。實在句式的演變也有它自己的規律，規律不到，天才一樣
無奈。

可見句式的妙用，不僅僅由創造者的勤奮與天才決定。到了元曲時
期，疊字詞用得更其形象、生動、靈活了。最經典的例證自然是《西廂
記》中那一曲〈叨叨令〉：

> 見安排著車兒、馬兒，不由人熬熬煎煎的氣；有什麼心情花兒、靨
> 兒，打扮得嬌嬌滴滴的媚；準備著被兒、枕兒，只索昏昏沈沈的
> 睡；從今後衫兒、袖兒，都搵做重重疊疊的淚。……久已後書兒、
> 信兒，索與我悽悽惶惶的寄。[5]

雖說這一段最為經典，但作為疊字句的連用，它並非孤零零地存在
著，或者回顧莽莽蒼蒼，高處不勝寒——不是這樣。與之相似的文詞、文句
還有不少呢！例如劉庭信的〈雙調·析桂令·憶別〉也是那一般句式，一
種調調。

> 想人生最苦離別，三個字細細分開，淒淒涼涼無了無歇。別字兒半
> 響癡呆，離字兒一時拆散，苦字兒兩下裏堆疊。他那裏鞍兒馬兒身
> 子兒劣怯，我這裏眉兒眼兒臉腦兒乜斜。側著頭叫一聲「行者」，
> 閣著淚說一句「聽者」，得官時先報期程，丟丟抹抹遠遠的迎接。[6]

2.漢語作品風格的歷史發展曲線

漢語作品風格的歷史發展曲線與漢語句式的歷史發展曲線有同有異，
相互關聯。

有所區別的是，它的歷史發展是不斷重複著從俗到雅的一個又一個單
元性階段過程，而不是像漢語句式那樣呈同向發散型曲線發展。

漢語作品風格之所以形成從俗到雅的單元性歷史發展過程，和文學
作品須不斷向民間語言與民間作品吸收營養有關。大體說來，那些新的作

---

[5]　王實甫：《西廂記》，第151頁，上海古籍出版社1978年版。
[6]　《元散曲選注》，第313-314頁，北京出版社1981年版。

品類型，首先從民間的創作開始。例如《詩經》中的國風部分其實就是民歌，又如唐詩的一個重要來源也是民歌。

詩歌如此，小說尤其如此。中國最著名的六部古典白話小說大部分都有一個長期的民間創造與積累過程。《三國演義》的故事，至少在宋代已成規模，是讀書人與聽眾共同喜愛的作品，所以蘇東坡的筆記中才有那樣生動的記載。其實未止於宋代，早在唐代就有了「或譃鄧艾吃，或譃張飛黑」這樣的謔語。鄧艾口吃，史籍上有記載，還情有可原，說人家張飛面皮黑，史籍上沒有任何提示或暗示，那就純粹是民間的創作了。

雖然漢語作品風格呈從俗到雅單元性階段發展，但總的趨向還是如漢語文句一樣，是不斷從簡到繁，從單一向多元不斷豐富發展的。把這二者結合起來，那麼，風格的發展脈路應該表現為鏍旋式上升曲線。

風格的這種發展曲線，無論哪一種漢語文體都不能例外。這裏以賦為例。實在賦這種文體，其風格表現並不典型，雖然不典型，但發展軌跡也是清晰可辨的。

儘管風格有些簡單，從漢賦到六朝賦，還是有了一個大大的飛躍，從六朝賦到唐宋賦，又有了新的風格變化。這樣的變化，直到清代，都在不斷進行中，不過沒有六朝時期那麼顯著罷了。

漢賦的基本風格是鋪張陳事。那特色，一是闊大，二是華麗，二者疊加。

六朝賦不同了。它不但表現手法更為豐富，篇幅也大為縮短，雖有長篇巨制，不再是主流性方向，那風格變化更大，從一味地鋪張陳事轉化為風格多樣，敘事的、抒情的、懷舊的、言恨的。單以內容分，即有因禽鳥而成篇的，如〈鸚鵡賦〉、〈鴛鴦賦〉、〈鵁鶄賦〉；也有因花木成篇的，如〈芙蓉賦〉、〈春花賦〉、〈李賦〉、〈菊賦〉、〈枯樹賦〉；又有因自然景色成篇的，如〈雪賦〉、〈月賦〉、〈江賦〉、〈海賦〉、〈秋風搖落賦〉；還有因生死離別而發的，如〈別賦〉、〈恨賦〉；更有因國衰民難而成篇的，如〈蕪城賦〉與〈哀江南賦〉。總而言之，六朝賦不再如漢賦那樣形式單一，雖然篇幅小了，不再是龐然大物了，然而，活了、美了、多樣化了，真正成為時代的寵兒。

這裏先舉一段張敏的〈頭責子羽文〉，這在賦體中是很少見的以諷刺見長的作品，不惟題材獨特，寫人的頭與本人對話的，這題材不特殊嗎？立意別致，人頭可以獨立，而且發言發問，這立意不別致嗎？而且情緒調侃，詞語尖刻，不但發言發問，而且句句帶諷，字字如針，不尖刻嗎？如此種種，可說是賦體風格的別類表現。

維泰始元年，頭責子羽曰：「吾托為子頭，萬有餘日矣。大塊稟我以精，造我以形。我為子植髮膚，置鼻耳，安眉鬢，插牙齒。眸子摛廣，雙顴隆起，每至出入之間，遨遊市里，行者群易，坐有辣覤。或稱君侯，或言將軍，捧手傾側，佇立崎嶇。如此者，故我形之足偉矣。子冠冕不戴，金銀不佩，釵以當笄，惱以當帶，旨味弗嘗，食素茹菜，限摧園間，糞壤污黑。歲莫年過，曾不自悔。子厭我於形容，我賤宇乎意態。若此者，必子行己之累也。子遇我如雌，我視子如仇；居常不樂，兩者俱憂，何其鄙哉。[7]

又有一篇成公綏的〈蜘蛛賦〉，篇幅短小，氣魄很大，全文十個整句，只是描寫蜘蛛。評論者說：「末句『衝突必獲，犯者天遺』，使得一隻些小昆蟲，竟溢發出孔武壯慨的風神」。所謂生物雖小，尊嚴自在。其文曰：

獨星懸於浮處，遂沒網於四隅。南連大廡，北接華堂。左憑廣廈，右依高廊。吐絲屬絡，布網引綱。纖羅絡莫，綺緒高張。雲舉霞綴，以待無方。於是蒼蚊夕起，青蠅昏舊。營營群眾，薨薨亂飛。掛翼繞足，靮絲置圍。衝突必獲，犯者無遺。[8]

抒寫別愁離恨的賦作很多，如江淹的〈別賦〉，〈恨賦〉最是聞名遐邇，廣為流傳。這裏選一篇蕭繹的〈蕩婦秋思賦〉，寫得甚是姿清情重，很為唐代詩人所欣賞，所借鑒。

蕩子之別十年，倡婦之居自憐。登樓一望，惟見遠樹含煙。平原如此，不知道路幾千，天與水分相逼，山與雲分共色；山則蒼蒼入漢，山則涓涓不測。誰復堪見鳥飛，悲鳴雙翼。秋何月而不清，月何秋而不明？況乃倡樓蕩婦，對此傷情？

於是露萎庭蕙，霜封階砌，坐視帶長，轉看腰細。重以秋水文波，秋雲似羅，日黯黯而將暮，風騷騷而渡河。妾怨迴文之錦，君思出塞之歌；相思相望，路遠如何。鬢飄蓬而漸亂，心懷愁而轉歎；悉縈翠眉而斂，啼多紅粉漫。

已矣哉，秋風起兮秋葉飛，春花落兮春日暉；春日遲遲猶可至，客子行行終不歸。[9]

六朝賦的經典性代表人物，首推庾信。他的賦作既可以視為六朝賦的集大成者，又對六朝賦體有突破性，創造性發展。以書而論，漢語古文

---

[7]　《六朝賦》，第99頁，文化藝術出版社1998年版。
[8]　《六朝賦》，第39-40頁，文化藝術出版社1998年版。
[9]　《六朝賦》第269頁，文化藝術出版社1998年版。

作品中最傑出的著作莫過於《莊子》、《史記》、《文心雕龍》、《西廂記》與《紅樓夢》。而以單篇詩、詞、曲、賦論，那麼最傑出的作品，莫過於屈原的〈離騷〉，李白的〈蜀道難〉，蘇東坡的〈大江東去〉，睢景臣的〈高祖還鄉〉和庾信的〈哀江南賦〉。這賦不但文字好，節奏好，敘事好，抒情尤好，在賦體的抒情之作中，可說達到難以企及的程度。只是這賦太長，此處不引，另引他一篇名賦〈小園賦〉的兩個段落：

> 若夫一枝之上，巢父得安巢之所；一壺之中，壺公有容身之地。況乎管寧藜床，雖穿而可坐；嵇康鍛灶，既暖而堪眠。豈必連閨洞房，南陽樊重之第；綠墀青瑣，西漢王根之宅？余有數畝敝廬，寂寞人外，聊以擬優腜，聊以避風霜。雖復晏嬰近市，不求朝夕之利；潘岳面城，且追閒居之樂。況乃黃鶴戒露，非有意於輪軒，爰居避風，本無情了鐘鼓；陸機則兄弟同居，韓康則舅甥不別，蝸角蚊睫，又足相容者也？
> ……
> 一寸二寸之魚，三竿兩竿之竹，雲氣蔭於叢蓍，金精養於秋菊。棗酸梨酢，桃木虎李奈，落葉半床，狂花滿屋。名為野人之家，是謂愚公之谷。誠偃息於茂林，乃久羨於抽簪，雖有門而長閉，實無水而恒沉。三春負鋤相識，五月披裘見尋。問葛洪之藥性，訪京房之卜林。草無忘憂之意，花無長樂之心，鳥何事而逐酒，魚何情而聽琴。[10]

賦的語言，容易寫美，但也容易寫「死」，消極的比方，如花紋精美的大幕，美則美矣，缺少生氣。庾信的賦，不但寫得美，而且寫得活，有些地方，文句如白話，有的地方語言已近詩。不但不粘不澀不呆不板，而且生氣勃發，有聲有氣，愈顯得抑陽頓挫，風流蘊藉。

賦到唐、宋時期又有新風格出現。最著名的篇章，我以為當屬王勃的〈滕王閣序〉、駱賓王的〈討武曌檄〉、杜牧的〈阿房宮賦〉和蘇東坡的前後〈赤壁賦〉。這五篇賦作，呈四種風格，王勃的〈滕王閣序〉是少年英氣，勃然而發，雖有牢騷，畢竟遮不住那青春氣象；駱賓王的〈討武曌檄〉乃公告之文，正義之辭，筆筆寫來，都是同仇敵愾之聲，義憤填膺之色。然而，立論雖「正」，基礎卻薄，與其相關者們，真正能體會這賦的好處的，倒是被討伐的對象武則天，令人思之不覺一笑；杜牧的〈阿房宮賦〉，主調只是感慨國家興亡，感慨百端，思潮如湧，然而作者乃是豪放之人，雖然感慨頗多，並無頹廢之氣；蘇東坡的兩篇〈赤壁賦〉，則是他

10　《庾信選集》，第120-121頁，中州書畫社1983年版。

無比才華的大展示，寫景則巧奪天工，抒情則置身物外，文中蘊含的情思美感，猶在餘音嫋嫋之中。

3.漢語文體的歷史演變曲線

漢語文體的演變也有兩個特點。這裏先說第一個特點：漢語文體隨時代的發展而日益豐富，其體式不斷增多。自然，那發展態勢並不均衡，元代之前，詩歌、散文獨領風騷，元代之後，四大門類的作品各騁風流，戲曲、小說又有些後來居上。

大體說來，散文的體式到了宋代，已然大成，而狹義的詩歌體式，早在唐代則已基本完成。但從細節上看，無論那種文學體式，經過唐、宋、元、明、清，直到民國，再到五四新文化運動，最後到改革開放，仍然在不斷發展，不斷豐富。隨著網路語言的登上舞臺，又令漢語及漢語文學體式發展增強了新的活力。但有高、低、起、落，詩歌於唐代最盛，戲曲於元代達到高峰，白話古典小說在明、清兩代獨領風騷。

從本書的佈局考慮，有些文體至此猶未言之，故在此處舉證二種文體。

一是日記體文字。相對於中國古代文體而言，日記出世較晚，成熟的作品只能追溯到宋代。之所以如此，大約和社會生活環境有關，和科學、技術發展有關，也和文人情趣的歷史取向有關。其中陸游的〈入蜀記〉、黃庭堅的〈宜州家乘〉都很精彩。〈入蜀記〉名頭大，閱讀機會多，不引，這裏引〈宜州家乘〉中的一段。

> 十三日，戊申。晴。將官許子溫見過，彈〈履霜〉數章，又作霜天曉角而去。陶君送麵十斗，區君送梨及蕉子紫水茄。全甫、允中、信中來，小酌月明中。[11]

只是尋常事，日記文體本味本色，然而，文學家慧眼童心，寥寥幾筆，便像一首詩。

另有袁中道的日記〈遊居柿錄〉，也是日記中的典範之作。這裏引一段寫景的文字，一段記人的文字。寫景的文字是：

> 往遊九峰，出城，黃葉出雨。息於洪山寺。入門有古松四株，霜皮蚪枝，令人蕭然。登殿禮如來後，飯左掖官房。望江山繡錯，時水未退，盡大地皆波濤也。繞塔，覓徑路，至東岩寺，已敝。夜，籌燈閒譚，人境清絕。同遊為李伏之、僧世高。[12]

---

[11] 《日記四種》，第31頁，湖北辭書出版社1997年版。
[12] 《日記四種》，第247頁，湖北辭書出版社1997年版。

雖是寫景的文字，又甚得日記之體。第一，用言簡潔。日記篇幅不可太長，言詞不可太「費」，把日記寫成論文了，太可怕了。這日記寫景，妙在語短境出，如第一句「往遊九峰，出城，黃葉如雨」只用寥寥數字，寫出多少氣氛。第二，善於剪裁。不是流水賬——日記最怕流水賬。袁中郎這則日記，本事為出遊，重點在寫景，雖止短短百字之文，卻寫了黃葉，寫了古松，寫了時水與波濤，寫了夜，篝燈與閒譚的人，其餘諸事反而成了背景資料。掩卷思之，就像一幅圖畫似的。

記人的一段是：

> ……夜歸報恩寺，閣空老衲過天王殿，大呼「朱風子在否？」數喚始應，口中已喃喃作歌聲矣。予問故，閣空云：「此人姓朱，不知何處人，嬉遊城市，夜宿於此。人予之食則食，亦不乞也。寒冬惟著單衣，亦不覺寒。人予之衣，輒與人。夜宿於地。雪夜呼之，或裸體舞雪上。出語或可解，或不可解。性好酒，亦無解時。無嗔怒，詬辱之，撲抶之，亦不怒也。聖凡不可知，然亦大異人矣。」因呼之曰：「風子冷否？」答曰：「我有坎，我有坎！」復大笑。[13]

同樣寥寥數筆，一個個性鮮明且有幾多「異相」的人物便躍然而起。

另一種體式為清言。清言這種文體古者或無，硬追尋，《世說新語》有幾分相似。「清言」作為一種文體在明代最為盛行。它亦有些格言警句的味道。然而，格言、警句需要閱讀者與傳播者的認同，換句話說，不是因為你寫得好，寫得精，它就成為格言警句了。清言也不是日記，或者說有日記的形式，卻比日記更純粹，要刻意求之，更注意精神品質。創作者將多少奇思妙論，性情文章比作冰清玉潔、雋永多姿的語錄。這語錄短則三言兩語，長也不過十行八行，但是有風格、有品位，雖只三言兩語，卻又回味無窮。

先來欣賞張潮的《幽夢影》中的二則。一則是說世間美物的：

> 筍為蔬中尤物，荔枝為果中尤物，蟹為水族中尤物，酒為飲食中尤物，月為天文中尤物，西湖為山水中尤物，詞曲為文字中尤物。[14]

一則是寫各種花草樹木照映人們的意境的。

> 梅令人高，蘭令人幽，菊令人野，蓮令人淡，春海棠令人豔，牡丹令人豪，蕉與竹令人韻，秋海棠令人媚，松令人逸，桐令人清，柳令人感。[15]

13　《日記四種》，第239頁，湖北辭書出版社1997年版。
14　〔日〕含山究選編：《明清文人清言集》，第147頁，中國廣播電視出版社1991版。
15　〔日〕含山究選編：《明清文人清言集》，第143頁，中國廣播電視出版社1991版。

寫得好，好到不便講說，一解說，倒俗了。

花草樹木是一境界，文字文章又是一境界，吳從先〈小窗幽記〉中有這樣一段，是寫文字意韻的。

> 文章之妙，語快令人舞，語悲令人泣，語幽令人冷，語憐令人惜，語險令人危，語慎令人密，語怒令人按劍，語激令人投筆，語高令人入雲，語低令人下石。[16]

別的不說，只說「語低令人下石」，個中人，不解不生感慨，感慨作者知文章之深，愛文章之切。文章醜陋，令人怨毒不止。

介紹清言，不能不介紹陳繼儒。論起來，他應該是明末小品文巨匠張岱的先生。張岱幼年時，兩個人偶遇途中，曾經對過聯的。陳繼儒人有仙風道骨，文章也似清風明月一般。清言尤其是他的長項。很多人生之事，在他只是看得高、看得靜、看得透，細細品之，有這西方人所謂的「心靈雞湯」，雖不管生死大事，自有營養在焉。且看他〈模世語〉一則：

> 一生都是命安排，求甚麼！命裏有時終須有，鑽甚麼！前途止有這些路，急甚麼！不禮爹娘禮世尊，諂甚麼！兄弟姊妹皆同氣，爭甚麼！榮華富貴眼前花，戀甚麼！兒孫自有兒孫福，愁甚麼！奴僕也是爺娘生，陵甚麼！當權若不行方便，逞甚麼！公門裏面好修行，凶甚麼！刀筆殺人終自然，唆甚麼！舉頭三尺有神明，欺甚麼！文章自古無憑據，誇甚麼！他家富貴生前定，妒什麼！一生作孽終受苦，怨甚麼！補破遮寒暖即休，擺甚麼！才過咽喉成何物，饞甚麼！死後一文將不去，慳甚麼！前人田地後人收，占甚麼！聰明反被聰明誤，巧甚麼！虛言折盡平生福，辯甚麼！人世難逢開口笑，惱甚麼！暗裏催君骨髓枯，淫甚麼！十個下場九個輸，賭甚麼！得便宜處失便宜，貪甚麼！治家勤儉勝求人，奢甚麼！人爭閒氣一場空，恨甚麼！惡人自有惡人磨，憎甚麼！冤冤相報幾時休，任甚麼！人生何處不相逢，很甚麼！世事真如一局棋，算甚麼！誰人保得常無事，誚甚麼！穴在人心不在山，謀甚麼！欺人是禍饒人福，卜甚麼！[17]

這36句甚麼話！令人讀之，或許有些不解，但能借鑒一二，想來沒有壞處。倘觸心有靈犀，雖不必成為聖人，幸福與快樂總是會多些。

再來說漢語文體的演變特色。它的另一特色是不斷地對舊的文體進行綜合與融匯，或者說，它是一面創造新文體，一面綜合舊文體。而新文體

---

[16] 〔日〕含山究選編：《明清文人清言集》，第14頁，中國廣播電視出版社1991版。
[17] 〔日〕含山究選編：《明清文人清言集》，第42頁，中國廣播電視出版社1991版。

尤其是那些具有劃時代意義的新文體的產生，恰恰是綜合舊文體又加添進新元素的結果與結晶。

以六朝賦論，它是充分綜合與吸納了楚辭與漢賦兩種文體的長處，又以新知新見點化之，是以漢賦為體像，以楚辭為精神。

唐詩則充分吸收、綜合了漢、魏六朝樂府詩，五言詩，七言詩並民歌的種種長處，加以用大唐精神統馭之，從而彙通凝煉而成，所以唐詩的風格中，既有建安風骨，又有齊梁詩風。只提建安風骨，硬了，不全面了，只是齊梁詩風，又軟了，沒氣象了。

宋詞則既吸收了唐詩尤其是格律詩的種種好處，又從民歌包括下層青樓演唱中汲取了各種養分，尤其對唐五代詞，對民間曲子詞給予全方位的借鑒，發展與提純，然後，綜合、彙集而提升之，始成其字詞之大觀。

元曲文是這樣了，我在前面說過，單是一部《西廂記》就從唐詩、宋詞、民歌、俗語中汲取了多少營養，然後加上舞臺經驗，社會時尚，於是文豪靈心動，彩雲萬里來。

這種綜合、融通與創新到了明清白話長篇小說時期，達到了歷史性高峰。像《三國演義》、《西遊記》、《水滸傳》等，沒有唐詩、宋詞、民歌、俗語的幫助，必然大為遜色，至於《紅樓夢》，乾脆就是眾多古典文學體式的集大成者，而這些古典文學樣式，也成為本書不可或缺的組成部分。

文體的發展，貴在創新，而創新的重要手段則是融匯貫通，那情形恰似千流百川歸大海，世界上任何一種語言，若沒有這樣的氣度與追求，它的生存能力，令人懷疑。

漢語語言的歷史變化，未止於上述三端而已。實際上，它是一個既生生不息又井然有序的開放性系統結構，從一個角度看，最基本的變化，應該是文字的變化，因文字而文詞，同文詞而文句，因文句而文篇，因文篇而文法，直至文體，文風、文論之變。從另一個角度看，這變化絕非只從一個元素開始，更不會從A到Z，順序進行，而是你變我也變，我變他又變，因此，語言的演化史，乃是一部色彩斑斕的文化演變史，與它相鄰相關相左相右的因素實在太多了。能夠知其變，順其變，通其變，綜其變，助其變者，往往即是這語言的知音。

（二）漢語文變的品徵描述

在這個題目中，我著重議論這裏幾個關鍵點：融匯、繼承與漸變，大而言之，即漢語文變的三大品徵。

所謂融匯，即吸納各種新的有用且有益的語言因素，包括各種方言，也包括兄弟民族的語言，還包括各種外來語，融匯的前提是開放。

所謂繼承，即繼承一切有用、有益或可能有用，有益的語言成就與傳統，包括各種古文傳統，也包括近代白話傳統。繼承的關鍵是創造。

所謂漸變，即漢語的演變形態，從古至今，其基本方式屬於漸變性質。它沒有或者很少突變，它的變化常常在潛移默化中完成。就我看所能確知的突變方式，自民國以降，大約只有五四白話文變革這一次。然而，細細分析，漢語的白話傳統其實久矣。大致可以一直追溯到宋代，只是它不被官方語言正式採用而已。所以骨子裏，它的演變也還是漸變性的。

1.品澂之一：海納百川，有容乃大

我們中國人常常喜歡說，中華文明是世界四大古代文明中，唯一沒有發生斷層的文明，但應該補充的是：之所以沒有發生斷層，因為中華文明的歷史，乃是一部不斷開放與相容的歷史，換句話說，若是沒有開放與相容，則古老的中華文明若不滅亡，也會斷層。

自有文字以來，中華文明至少經歷了三次大的開放與融匯期。

第一次開放與融匯期發生在春秋戰國時代。它的性質，是華夏文明內部，東、西、南、北文化的相互開放與融合。沒有這一次的歷史性的開放與融合，就不可能有秦始皇的統一六國與創新；也不會有漢代大帝國與漢代文明。讀者諸君請想，如果連漢代文明都沒有，漢語這個概念想來也不會發生了。表現在語言文學方面，因為有了這次開放與融匯，才有了《史記》與漢賦。

第二次開放與融匯期發生在魏晉南北朝時期，即所謂「五胡亂華」時期。它的性質，是漢族與北方少數民族的文明大融合。「五胡亂華」，華何曾亂了，胡也不曾亂，亂也是開放與融通之亂。因為有了這樣的融合，才有了隋的統一與唐代大帝國和盛唐文明，千萬不要以為盛唐文明只是儒、道、佛文化，或者只是漢民族的事。實在「唐人有胡氣」，沒有少數民族文化參予其中，盛唐文明難以誕生。表現在方言上，北方方言與南方方言就有了很大區別。表面在漢語文學方面，因為有了這次大融合，才有了李白、杜甫與王維的不朽詩篇。

第三次開放與融匯期則發生1840年之後，爾今還在其過程之中。從彼時至今的160多年的歷史，實際上就是一部不斷的國門開放史，也是一部文明的融合史。第一次開放，是周王朝名義下的內部區域文化開放與融通，第二次開放，是華夏文明內部的民族開放與融通，這第三次開放則是古老中華文明與西方及世界文明的開放與融通。沒有這樣的開放與融通，就不會有孫中

山首創的共和制，也不會有中華人民共和國，更不會有改革、開放。表現在語言、文學方面，則既不會有胡適與魯迅，更不會有高行健與王小波。

實際上，文明與語言，完全不可分。文明不發展，語言必然會萎縮。文明愈發展，語言也會愈放光芒。新的文明必定帶來新的辭彙，新的文法，新的語言方式與新的語言理念。

無論如何，舊的文明形態終將過去，唯開放才會給新文明的誕生帶來最充分的動力與滋養。在語言這個範圍內，新文明來了，一些舊的文學、藝術，表達方式不夠用了，於是發生變故。變化形態會有種種，或者舊瓶裝新酒，或者實行拿來主義。以國畫為例，它最擅長表現山水題材，但很難表現工業化內容，例如在傳統國畫中加一列火車，它會不舒服，加幾架飛機，又會難受，飛機大炮，固然不算先進了，加在傳統國畫中，那畫的韻味就被破壞了，古體詩歌也有類似的情況，舊體詩歌表現的題材固然非常廣泛，但讓它表現很多現代題材，例如航空母艦，例如太空梭，它有困難，讓它使用一些拉丁字母，也不方便，讓它表現「惡之花」那樣的風格，又有難度。所以文明的發展，有賴於開放，開放的結果，必然呼喚新的語彙與新的文體。故此，儘管現代的白話詩的水平常常不能令人滿意，但那方向，也不容改變。我們可能沒本事在一個短時期內，把它寫出屈原，李白那樣的水準，但想改變其方向，卻是不可以的。

這裏節錄兩首現代白話詩，這些詩不是最怪的，也不是很怪的，有些前衛，但遠遠沒有到驚世駭俗的程度。但即使作者不說，想來大多數讀者也可以看得出來，像這一類詩歌所表現的內容、風格與閱讀效果，是任何古體詩歌所無法表現的。

一段是萬夏〈給S氏姐妹（組詩選）〉「詞，刀鋒」中的前兩個小節：

> 一枚刀片道出傷口
> 皮膚承受的這些語言
> 詞到無限之時就只呈一聲空響
> 正如水的無限披掛在一張皮膚上
> 刀鋒以看不見的邊緣削薄我們投去的目光
> 姓氏清晰明亮
> 我們看到的和聽到的
> 最細小的詞語是石頭和砂
> 西風一來，就吹成一場浩蕩的景色
> 我們在迷途中夭折
> 用一滴鮮血為皮膚解渴

用一年的月光使一枝水仙盛開[18]

第二段，是宋琳〈致埃舍爾〉一詩的第一節：

> 我從你的背面異乎尋常地看見你的臉
> 反光球裏你眼球的反光
> 抽著你的雪茄正抽在你嘴裏
> 書房的和平與頭髮的憤怒
> 我輕輕地喚了你一聲埃舍爾
> 我曾在哪條街道上看見你
> 並在你營造的城中與你面對著喝了一會兒咖啡
> 一群蜥蜴在陽光下做遊戲
> 另一群僧侶在默禱中上上下下爬樓梯
> 又默默地回到原處
> 坦率地說我同情他們埃舍爾
> 你不該讓他們為難[19]

開放好啊！不開放，沒有這許多詩。

開放，今天的正解，乃是對世界的開放。所以更特別說一說外國語對漢語的價值與意義。

學習外語的意義，不用重複了，外來詞彙、句法與文章對漢語的影響與價值，也不說了。就說漢語翻譯，在我看來，那些好的漢語譯本，其實也是漢語範本之一種。它們實際上已成為漢語文本中一個有機的分子。特別是那些特別具有影響力又經受過時間考驗的譯本，甚至應該理解為漢語的經典品類之一種。

王小波非常佩服王道乾先生的譯文，尤其推崇王先生翻譯的杜拉斯的《情人》。那譯文確實出色，如王小波激賞的那開頭的段落：

> 我已經老了，有一天，在一處公共場所的大廳裏，有一個男人向我走來。他主動介紹自己，他對我說：「我認識你，永遠記得你。那時候，你還很年輕，人人都說你美，現在，我是特為來告訴你，對我來說，我覺得現在你比年輕的時候更美，那時你是年輕女人，與你那時的面貌相比，我更愛你現在備受摧殘的面容。
>
> 這個形象，我是時時想到的，這個形象，只有我一個人能看到，這個形象，我卻從來不曾說起。它就在那裏，在無聲無息之

---

[18] 《燈心絨幸福的舞蹈》，第198頁，北京師範大學出版社1992年版。
[19] 同上，第170頁。

中，永遠使人為之驚歎。在所有的形象之中，只有它讓我感到自悅自喜，只有在它那裏，我才認識自己，感到心醉神迷。[20]

我外語不行，沒有王小波那樣的發言權。單就翻譯的結果——漢語文本來考慮，我更佩服傅雷先生翻譯的巴爾扎克的小說系列，佩服張可先生翻譯的丹納的《莎士比亞論》，佩服侍桁先生譯的川端康成的《雪國》，也佩服李清華先生翻譯的聚斯金德的《香水》。

巴爾扎克的書，當代青年人關心的少了，但在我這一代人，也曾是最重要的文學享受。但直到今天，我依然認為，傅雷先生的譯文乃是很難企及的傑作。以現代人的眼光看，巴爾扎克對小說人物或對場景的描寫，不免有些冗長，又有些過度細緻了。但那功力——包括傅雷先生翻譯的功力，確實有些不可思議之處。且看一段，他用在「於絮爾·彌羅埃」中對車行老闆的的相貌寫真。

> 車行老闆就是證明這定理的活生生的例子。憑他那副相貌，在他因為肉長得不可收拾而顯得通紅的皮色之下，便是思想家也不容易看出他有什麼心靈。鴨舌頭很小，兩旁瓜棱式的藍呢便帽，緊箍在頭上；腦袋之大，說明迦爾還沒研究到出奇的相貌。從帽子底下擠出來的，似乎發亮的灰色頭髮，一望而知它的花白並非由於多用腦力或是憂傷所致。一對大耳朵，開裂的邊上差不多結著疤，充血的程度似乎一用勁就會冒出血來。經常曬太陽的皮膚，棕色裏頭泛出紫色。靈活而凹陷的灰色眼睛，藏在兩簇亂草般的黑眉毛底下，活像一八一五年到巴黎來的卡爾摩克人：這雙眼睛只有動了貪心的時候才有精神。鼻樑是塌的，一到下面突然翹得很高。跟厚嘴唇搭般好的是教人噁心的雙折下巴，一星期難得刮兩回的鬍子底下，是一條像繩子般的圍巾；脖子雖然很短；卻由臃腫的肥肉疊成許多皺褶，再加上他厚墩墩的面頰：雕塑家在當作支柱用的人像上表現的，渾身都是蠻力的那些特點，就應有盡有了。所不同的是雕像能頂住高堂大廈，米諾萊-勒佛羅卻連自己的身體還不容易支持。這一類肩上不抗著地球的阿特拉斯，世界上多的是。他的上半身是巍巍然一大塊，好比人立而行的公牛的胸脯。胳膊粗壯，一雙厚實，堅硬，又大又有力的手，拿得起鞭子，韁繩，割草的叉，而且很能運用；沒有一個馬夫見了他的手不甘拜下風的。巨人的肚子碩大無朋，靠著跟普通人的身體一般大的腿和一雙巨象般的腳支撐。[21]

---

[20]　杜拉斯：《情人·烏髮碧眼》，第5頁，上海譯文出版社1997年版。
[21]　巴爾扎克：《於絮爾·彌羅埃》，第2-3頁，人民文學出版社1956年版。

寫得太細了，沒有耐心的現代人怕沒有耐心讀完，然而，真的很有功力。不信，你試一試，也給一個人畫一幅文字肖像，就可以體會到這意境之難。

香水的譯文也很有特點，流暢而有韻律，雖內容紛繁，卻有條不紊，然而，絕不是乾巴巴的。故事一開始，有一段關於舊時代的生活太差，生存環境與環境中的人包括貧民也包括貴族臭味熏天的描寫，描寫對象雖大為不雅，但那文筆著實不俗。

> 在我們所說的那個時代，各個城市裏始終彌漫著我們現代人難以想像的臭氣。街道上散發出糞便的臭氣，屋子後院散發著屎臭，樓梯間散發出腐朽的木材和老鼠的臭氣，廚房彌漫著爛菜和羊油的臭味；不通風的房間散發著黴臭的塵土氣味，臥室發出沾滿油脂的床單、潮濕的羽絨被的臭味和夜壺的刺鼻的甜滋滋的似香非臭的氣味。壁爐裏散發出硫磺的臭氣，製革廠裏散發出苛性鹼的氣味，屠宰場裏飄出血腥臭味。人散發出汗酸、臭氣和未洗的衣服的臭味，他們的嘴裏呵出腐臭的牙齒的氣味，他們的胃裏嗝出洋蔥汁的臭味；倘若這些人還不年輕，那麼他們的身上就散發出陳年乾酪、酸牛奶和腫瘤病的臭味。河水、廣場和教堂臭氣熏天，橋下私宮殿裏臭不可聞。農民臭味像教士，手工作坊夥計臭味像師傅的老婆，整個貴族階級都臭，甚至國王也散發出臭氣，他臭得像猛獸，而王后臭得像一隻老母山羊，夏天和冬天都是如此。[22]

唉呀！歐洲人怎麼這麼臭哇！然而，敢於這樣寫自己祖上的民族，一定是有自信的。他們絕不像阿Q大叔那樣，動輒要說：「我們先前──比你闊得多啦！」

文學作品外，也有譯文極為出色的理論著作。在這之後，以我的閱讀感受，大陸的譯文似乎比不過臺灣。臺灣的譯文常能更具漢語神韻，一看，便知這是地道的漢語，而且是漂亮的漢語。舊時翻譯講信、雅、達，至少雅這點上是成功的。我手邊有一本趙剛先生翻譯的《法國1968：終結的開始》，那文字，真的譯得很有味道。這裏引開篇的一段：

> 1968。水泥與玻璃校園。多的是十六和十七區──高級住宅區，巴黎的繁華陵寢──的中產階級兒女。還有停車場；一大堆專為五陵年少所建的停車場，他們住在家裏，開著媽咪的車上下學。（家庭是也）
>
> 校園四周，還是阿拉伯和葡萄牙的荒村。

---

22 聚斯金德：《香水》，第1-2頁，上海譯文出版社1999年版。

發育不良的青少年在生命的邊線上整日玩足球（這是他們的女人！他們的語言！）。煙囪、廉價國民住宅、荒原。

噴槍在牆上寫著：

都會、法淨、性感。

一萬兩千個學生。一千五百個住校。

一星期一場舞會，兩場電影，其他晚上看電視。電視，大眾的鴉片，但也是知識份子的自作自受。（文化是也）

一面牆上寫著：像飛蟲撲窗般地撞碎你的臉，然後腐爛。

宿舍房間設備不錯且消過毒：有大玻璃俯瞰著阿拉伯人貧民窟。「外國人」不准入內，不准調整改變傢俱，不准起火。宿舍內不得搞政治。

外牆上寫著：自由在此停止。

自五四以來，翻譯作品業已成為新的漢語語林中的一塊精美的園地，已成為新的漢語隊伍中的一支生力軍。雖然不少人對於所謂歐式句法，常常皺眉，心存不滿，但歐式句法已然成為漢語語句中的一個品種，它或者還沒有達到人們所期待的水準，但沒有或取消了這樣的句法，恐怕很多文章在表達上都會遇到麻煩。

我想，未來的漢語世界，譯文將佔有更為重要的地位，而一些外來的詞、句、語法也會更廣泛地進入漢語殿堂。其積極結果，是漢語更美麗了。

2.品澂之二：承川繼水，續古通俗

這裏重點說的是繼承傳統與吸納方言對傳統這件事，自五四以來，爭論很多，處在兩個極端的觀點，則是全盤西化與民粹主義。現在看來，極端的觀點是站不住的，全盤西化既無法落實，民粹主義更是為害不淺。

但爭論是必要的，對於像中國傳統文化這樣的面臨社會大變革的古老文明，各種觀點，不嫌其多，只嫌其少。實在這樣的大變革需要各種各樣的理論與觀點作輔翼。而且，但凡一種有生命力的文明，它不會因為有點爭議就遺失自己的生存權力。它既不是可以被捧殺的，也不是可以被罵殺的。如果一種文明，被幾句話，幾篇文章，幾本書就罵到了或「捧」死了，那也絕對不是這幾句話，幾篇文章或幾本書的威力，實在你不罵它也不捧它，它都會自己倒下的。

以西方文明為例，自文藝復興開始，基督教文明消失了嗎？沒有吧！不但沒倒也沒有消失，而且在新的歷史條件下，更有益於人類也有益於它

自身的發展了。例如韓國，例如我國大中城市，信仰和喜歡基督文明的人數都在迅速增加。

從漢語變化的角度看，對於語言的繼承與發展尤其應該具有自信心，好奇心，平等心與寬容心。

所謂自信心，是對漢語的自信。漢語歷史輝煌，現實良好，前程遠大，沒有任何理由對它失去信心。

以文學作品論，漢語文學傳統在各個方面，都不落後於人。小說落後於人嗎？散文落後於人嗎？戲曲落後於人嗎？詩歌落後於人嗎？

樣樣皆不落後，自信乃是有邏輯的自信。

所謂好奇心，即對新的語言，新的語素持有好學的態度。漢語固然很好，但不是世上唯一的好。身為中國公民不知道漢語之美，有點身在福中不知福了；身為中國公民，只知道漢語之美，又有點不知天外有天，山外有山了。

知己又能知彼，才是智者所為。

所謂平等心，即以平常心態對待世間各種文明與語言。而平常心態的基礎是平等。如果我們以為《離騷》是不可或缺的，那麼《荷馬史詩》同樣是不可或缺的；如果《戰爭與和平》是應該人人知道的，那麼《紅樓夢》也應該是人人知曉的；如果蘭姆的散文是世界性財產，那麼魯迅的散文也應該是世界性的財富；如果《哈姆雷特》是全人類的珍貴遺產而不僅僅是屬於英格蘭的，那麼，《西廂記》也自然應該是全人類的共同財富而不僅僅是屬於我們中國人的。

所謂寬容心，即歡迎和賞識變革的心，支持和鼓動創造的心，不怕困難與挫折的心。現在我們正處在社會大變革的歷史關頭，新的文化，新的語言，不但層出不窮，而且頗有些超出我們的預料與想像。對此，最好的態度，莫過於寬容，寬容待世，樂觀其成。

在這裏，我要特別說說關於對古文精華的繼承與對各類方言的繼承。

其實說到繼承尤其是對古文精華的繼承，那我們中國人是最有經驗也最有發言權的。

這裏舉兩個例證。

一個是唐代古文運動主將之一的柳宗元。柳宗元的文章源流深廣。他自己講到創作經驗時，是這樣說的：

> 大都文化行為本，在先誠其中。其外者，當先讀六經，次論語孟軒書，皆經言：左氏國語莊周屈原之辭，稍採取之，穀梁子太史公甚峻潔，可以出入；餘書俟文成異日討也。其歸在不出孔子。

> 本之書以術其質，本之詩以求其恒，本之禮以求其宜，本之春
> 秋以求其斷，本之易以求其動，此吾所以取道之原也。參之穀梁氏
> 以厲其氣，參之孟荀以暢其支，參之莊老以肆其端，參之國語以博
> 其趣，參之離騷以致其幽，參之太史以著其潔：此吾所以旁推交
> 通，而以為之文也。[23]

　　凡此種種，都是講繼承，繼承又有選擇，可見眼光之高，手法之大。一講講到1000多年前的典籍上去了，正是我們中國文學流變的特色之一。

　　再有一例，出自金聖歎評「水滸傳」。他的評法，果然與眾不同。他這樣說：

> 《水滸傳》方法，都從《史記》出來，卻有許多勝似《史記》處。
> 若《史記》妙處，《水滸》已是件件有。[24]

　　明明是評「水滸」的，一用聯繫，聯繫到《史記》上去了。請問「水滸」是什麼時候的書？元末明初的書，金聖歎是什麼時代的人，清代康熙年間的人。《史記》又是什麼時候的書，是西漢前期的著作，司馬遷也是那時代的人。評點「水滸」，講解它的歷史前承，一講又是一千八百年，這樣的傳統不知西方有未？

　　再來說方言──地方話。

　　方言其實是異常寶貴的文化遺產，而且是活的，活生生的，充滿智慧與魅力的遺產。任何打算使之消亡的想法都是非常非常非常錯誤的，不僅僅是思維的陷阱，而且是文化的雷區。

　　雖然有一種觀點認為：統一的共同的語言可能是最具效率的語言，但那只是一種純經濟學的觀點，而使用純經濟學的觀點看待整個世界，縱然不是世界上最不可取的方法，也是最不可取的方法之一。

　　至少從文化學、社會新角度上，還是語言多元化的好。如果英語沒了，人類將無法再去欣賞原汁原味的喬叟故事集與莎士比亞劇，如果俄語沒了，人們又將無法去欣賞原汁原味的托爾斯泰與阮斯安達夫斯基的作品；如果漢語沒了，人們將無法欣賞原汁原味的《紅樓夢》與《史記》，不要說別的，單這一點，就可以得出結論說，各民族語言，一個也不應少，一個也不能少。單漢語而言，也可以說：

> 線條連天宇，筆墨動風雲。
> 漢由開放起，字是中國魂。

[23]　引自羅根澤：《中國文學批評史》第二冊，第150頁，上海古籍出版社1984年版。
[24]　《奇書四評》，第290頁，湖北辭書出版社1996年版。

其邏輯結果是：人類既沒有權利去消除任何一種民族語言，那麼國家也就沒有權利去消除任何一種地方話。

各種地方話，從法律的意義講，它都有存在的權力，從文化的角度上講，它都有存在的價值；從語言的意義上講，它都有存在的根據，其中自然也包括了審美根據。

方言其實是很美的，正如民族語言是很美的一樣。它的美更具有原創性、多樣性價值與生活化價值。

比如近幾年風行一時的「吉祥三寶」，美不美？那種民族語言的美，不是別的語言可以替代的。至少當我們用漢語演唱這歌時，那韻味與靈感便減去了許多。

又如前面提到的《海上花列傳》，一大半也得益於它那純正的方言。因為是南方方言作品，北方人不懂了，於是翻譯，翻譯的結果，是明白了，但，味沒了。

再比如這些年很多人們青睞的小品，小品的精華在語言，語言的特色在方言。假如把方言去掉，差不多就等於對多數成功小品的絞殺。

作為一個北方人，我聽不懂上海話的，但在早幾年的某一天，我一下子被一個電視連續劇中的上海話感動了。我覺得，用上海話表現上海市民的生活，真好啊！雖然不能句句明白，但那風塵趣味，似乎妙不可言。

相聲大師侯寶林先生，他是最擅長模仿各種地方話的大師。他在《戲曲與方言》中使用的山東話、河南話、山西話、北京土話以及越劇、彈詞的唱段，不但維妙維肖，而且美侖美奐，那美的汁液幾乎要到字裏行間，盈溢而出。他評介上海話時，這樣講：

> 乙：上海話好聽啊。
>
> 甲：上海話，有的人講話好聽，婦女講話好聽。
>
> 乙：哦。
>
> 甲：有時你走在街上，看見兩個上海婦女，人家在那兒說話你在旁邊聽著，那個發音是很美的。
>
> 乙：是嗎？
>
> 甲：不但發音美，你在旁邊看著，連她那個表情，都顯得那麼活潑。
>
> 乙：哦，你來來。
>
> 甲：啊，兩個人碰到了：（學上海話）「你到啥地方去？」「大馬路白相白相」。「到我此地來吃飯好嗎？」「我勾去格。」[25]

---

[25] 《侯寶林表演相聲精品集》，第49頁，文化藝術出版社2003年版。

一個是古，——古典語言精華，沒「古」則沒根；一個是俗——祖國各地域方言，沒「俗」則缺少原創。構成漢語品性的因素很多，但這兩個因素顯然是特別重要的。

（三）漢語文變的規律性描述

一共敘說四種規律。

1.物性基因普適律

面對這個問題，我有些猶豫。實在當今之世，是一個不作興講究規律的年代。西方後現代主義風行數十年，以解構為主調，從形而上學的角度理解，它解構的對象之一，就是規律。

規律都給解構了，不認同它的存在了，還有什麼普通律呢？

但我想解構儘管解構，規律還是有的，普適律也是有的。

以人類為例，雖然有黃色人種，有黑色人種，也有白色人種，但不論哪種膚色，都是人呀，這個，就是人的普適律。

把範圍擴大一點，無論動物也好，植物也好，微生物也好，它們無一例外都屬於生物類，有關它們的規律發現，就是生物意義上的普適律。

那麼，我們把這個觀點應用到語言、文學範疇中來。

以文字為例，儘管中國的方塊字與西方的拉丁字母有很大的區別，但是，在字這個層面上，它們是有普適律的。

以文字為例，古代東西文化雖有交流，大體上是各自獨立發展的，雙方既沒有很多不解，更沒有自覺溝通。蘇格拉底固然智慧，他不知道在遙遠的東方還有一個華夏民族，孔夫子雖然是聖人，也不知道在西方世界還有古希臘城邦性國家。就是到了基督教時代，上帝雖然萬能，也沒留意宋代新儒學在中國的崛起，濂、洛、關、閩雖為新的儒學聖賢，也不知道基督教在西方的巨大影響。但是，這不影響雙方各自的文學發展。重要的是，這種發展，雖然沒有任何自覺的資訊溝通，卻有普適性規律自在其中。

具體地說，無論是散文、詩歌，還是小說與戲曲，雖然發展時序有別，但西方所存的文學品類，中國均一一俱備，反之，也是一樣。

西方戲劇在古希臘時代已然成熟。古希臘的三大悲劇家一大喜劇家尤其影響深遠。中國的戲曲同樣發達，只是時間晚了，雖然唐代已有演出，宋代已成氣候，直到元代才走向輝煌，與古希臘經典作家相比，晚了約1300多年。

雖然晚了，畢竟有了，這說明，普適律確實存在。

　　中國戲曲成熟得晚，但小說成熟得早，代表古典小說高峰的長篇白話小說，明代奇峰異起，清代再鑄輝煌，比之西方小說的成熟與發達，早得多了。與雨果、喬治桑、巴爾扎克、大仲馬、斯湯達爾相比，二者首尾相差約600年時間。

　　相差雖遠，但規律依然，這也說明普適律是存在的。

　　語言普適律因何存在？因為人類文明有規律存在。如果沒有規律，人為什麼進化為人？為什麼無論東方、西方都有過原始社會，都有過奴隸歷史，都有小農時代，都或早或晚要經歷市場經濟。人類的文明律主導了語言的文明律，這一點，無可懷疑。

　　不唯如此，進入20世紀之後，人類已邁入整體開放性時代，語言與文學的交流隨之日益增多。經濟全球化，文化多元化已成為時代性關鍵詞。但多元不是各自孤立，而是相互交流，那種各自發展，互不干擾的時代是再也不會出現了。

　　有知情者說，現在活躍在文壇的中國作家中，除去極少數者以外，幾乎每一種風格的作家都可以在西方現代文學作品中找到他們的同類。當然不能說現代中國作家個個都受到西方文學的深刻影響，都向他們借鑒了創作方法與風格，但可以這樣推論，即使那最少數沒有受西方作品風格浸潤的中國作家，他的創作狀態也一定是開放的，而一點也沒有按觸或接受西方文學作品影響的人，若非一個全無也必定幾等於無。

　　普適律的消極價值在於——請注意，我這裏用的消極二字不是「壞」的意思——即使最曲折的道路，你也不可能不面對它，不經歷它，不感受它。正如西方荒誕派戲劇等現代主義作品初到中國時，我們很多同胞不喜歡。然而，中國社會全然沒有荒誕則罷，如果有的，你儘管不喜歡那風格，那風格也終完全紮根於華夏的文藝土壤中，並且生根發芽，長成一片森林。

　　普適律的積極價值在於，凡是文明成果，必是不限於某一個民族和國家，它一定是屬於全人類的。浪漫主義如此，現實主義如此，現代主義如此，後現代主義猶然如此。中國會不會後現代？如果說不會，那沒有前途了。這樣的斷語我們不會接受的。如果說現在還沒有走到那一步，那麼，中國的後現代或早或晚，或強或弱是一定會出現的。

　　實際上，不僅僅新的文學作品與思潮，只要是好的，有價值有生命力的，不論新、舊，它都適用於普適性規則。《神曲》老不老，幾百年了，但老一點沒有關係，因為它有價值，未來世界的任何一個人群聚居的地方，都會有《神曲》的，《離騷》更老了，已經2200多歲了，2200年也沒關係，未來世界的任何一個人群聚居的地方也都會有《離騷》的。

　　普適律生性如此，好像牛頓的三大定律與愛因斯坦的相對論一樣，你硬不承認，只能證明你愚。

2.生命進化創造律

　　這一條定律與上一條定律是相互對立又相互補充的。兩條定律都能說明問題，又都有存在必要，這一點，在我看來，叫作真理的兩端性。

　　真理的兩端性，一端是應該存在的必定存在或必定要存在，任何力量也壓它不住，擋它不住。這個就是普適律。一端是雖然應該存在的必定存在或必定要存在，但沒有創造性賽跑作先鋒，則一切都是空。換句話說，創造需要規律，創造也是規律，而且是實現普適律的前題性規律。

　　雖然我們說，在物性的基因層面，應有一般性規律——普適律的存在，但現實生活——生命本身，永遠比任何規律都來得更豐富，更生動，更具有偶然性與可變性。

　　從思想史的角度看，雖然古希臘與中國先秦時代都是極為輝煌的思想時代，然而，孔夫子可以等同於蘇格拉底嗎？孟夫子可以等同於柏拉圖嗎？韓非子可以等同於亞里斯多德嗎？

　　從政治文明發展史的角度看，漢武帝實行「廢除百家，獨尊儒術」的國策，給了儒學以唯一的官方地位；君士坦丁大帝承認基督教的合法性，也給了基督教得以充分發展的歷史機遇，但漢武帝可以等同於君士坦丁大帝嗎？再往深裏說，儒學文化可以等同於基督教文化嗎？

　　以小說為例，西方既有很經典的長篇小說，中國也有「六大名著」，但《悲慘世界》可以等同於《西遊記》嗎？《人間喜劇》可以等同於《紅樓夢》嗎？《戰爭與和平》可以等同於《三國演義》嗎？薩德的小說可以等同於《金瓶梅》嗎？《紅與黑》可以等同於《水滸傳》嗎？

　　以詩歌為例，西方詩人中有拜倫與雪萊，中國詩人中有李白與杜甫，但李白永遠不會成為拜倫，杜甫也永遠不會成為雪萊。

　　西方女詩人中有一位大名鼎鼎的薩福，她的詩歌差不多就是有情人的同義語，中國女詩人中有一位同樣大名鼎鼎的李清照，她的愛情詩同樣影響千年，魅力永在。但兩位女詩人的情感表達是何等的不一樣喲。

　　李清照這樣寫，（一剪梅，下半闋）

　　　花自飄零水自流，一種相思，兩處閒愁。
　　　此情無計可消除，才下眉頭，又上心頭。[26]

　　薩福則這樣寫：

――――――――――
[26]　《李清照詞新釋輯評》，第50頁，中國書店2003年版。

媽呀，親愛的媽呀！
我哪裡有心織布，
我心裏已經充滿了
對那個人的愛慕。[27]

　　凡此種種，都證明一個道理：普適律只能證明文學發展的可能性，創造律才代表文學創作的現實性。

3.漸變突變互動律

　　從漢語的可證明歷史看，它並非沒有階段性突變，但那不是主流。漢語的演變歷史，基本上屬於循序漸進的漸變史，語言如是，語言的代表文學作品要如是。

　　中國人自古不喜歡突變。突變太驚人，太震撼，太沒有安全感。不但不喜歡劇變，而且也沒有西方人那種動不動來一個全盤否定的傳統。我們即使真心求變，也多半是靜悄悄的，先幹起來再說，而不喜歡事情還沒有怎樣，先弄得動靜挺大。我們中國人最不容易接受的乃是吹大牛，說大話，寧肯幹了不說，也絕不能說了不幹，或者說到了沒有做到。很多時候，不說也不做，反倒相安無事，說了沒做或者說的挺好沒有做好就成了大問題，不但於事無補，甚至於人格有傷。

　　這其實沒有道理。說到沒有做到至少比連說不敢說，不曾說、不能說、不會說好一點吧！但是不，我們前人的脾氣從來不是如此。它是寧可原諒雞，絕不同情杜鵑，你叫吐了血也不同情你。

　　又不作興批判。西方文化傳統，是對於前人，尤其偉大的前人，總是會做出批判的，甚至越是偉大的前人，還越是要批判他們。我們的祖先們不同意這作法。不但不同意批判前人，對任何一種批判，只要它與倫理道德無關，幾乎都抱著不贊成的態度。西方人喜歡說：「真理高於柏拉圖」，我們沒有這樣的傳統，「真理高於孔子」，有這麼說的嗎？我們更喜歡說：「桃李不言，下自成蹊」，變成俗話，也可以說：「是騾是馬，拉出來溜溜」。其意若曰：與其批判別人，不如做好自己；寧可以自己的強大比過他人，也不以批判他人來提高自己。

　　但要特別說明的是，我們自古以來，雖然不喜歡劇變，突變，卻又堅決反對固步自封，劇變不好，不變也不好，或者說不變更不好。用齊白石的話講，叫作太似則無趣，不似則欺人，妙在似與不似之間。所以我們看

---

[27]　《外國文學作品選》，第35頁，上海譯文出版社1979年版。

中國的文學傳統，總是一環緊扣一環，雖然代有其長，卻又代有其承。每一代人都有上一代的影子，每一代文學作品都有上一代作品的基因。

雖然有上一代人的影子，畢竟不是上一代人了；雖然有上一代作品的基因，卻又不是模仿與克隆，而是有所保留，有所改變，有所發展。猛一看，彷彿依然故我，細一想，又別有風韻，或初一見，只是新奇，細一品，又自有淵源。

近代以來，談到對漢語文字持最激烈觀點的人，莫過於錢玄同，他是極力主張消滅方塊字的；談到對中國古典作品持激烈言詞的人，莫過於魯迅先生，因為他說過「少讀甚至不讀中國書」。但這不過是激烈的言詞罷了。畢竟錢玄同沒有消滅方塊字還終生使用著方塊字，魯迅先生也沒有少讀中國書，而且就在他發佈那宣言不久之後，還為自己友人的孩子開過一個不短的書單，書單上寫的正是些中國古書。

造成中國文化包括漢語的這種漸變特性的，至少有如下幾種原因。

首先，中國傳統文化中具有濃烈的尊先敬祖意識。中國雖然從來不是一個宗教性國家，卻是一個對祖先有著濃重的崇拜情緒的國家。尊崇祖先，原來無可厚非，但有時候到了頭腦不清，邏輯混亂的程度，甚至認為越是古老的就越是好的。比如在民間傳播廣泛的《三俠五義》、《小五義》之類的古典武俠小說，那是最重視兵器的。重視兵器好啊！但觀點不對，作者認定兵器越老，威力越大。比如兩口寶刀相遇，一口是漢代的，一口是唐代的，雖然唐代遠比漢代發達，但不行，二刀一碰，唐刀折了，為什麼？因為你資格不夠呀！又如兩口寶劍相遇，一口是唐代的，一口是宋代的，雖然宋代技術比唐代先進多了，但兩劍一碰，寶劍又折了，為什麼，還是因為你資格不夠呀！

這樣的文化理念，特別重視師承。西方人心中有上帝，中國人心中有家庭。西方人沒信仰就覺得心裏有些不踏實，中國人講得是天、地、君、親、師，而且「一日為師，終身是父」。江湖上，最大的罪名之一，乃是欺師滅祖，因而對師父的教導特別在意，特別小心。比如民族戲曲與曲藝、雜技等藝術門類，直到今天，依然以口傳心授為主，依然要拜師入派。沒師沒派，你算老幾？

再次，中國文化傳統，最喜歡穩定，最懼怕動亂。因為中國自秦漢以來就是小農經濟國家。小農經濟的特點就是喜穩怕亂，隱忍求安。窮也可以忍，苦也可以忍，連不公平不公正都可以忍，就是別亂，本來就是小農經濟，一亂，就可能失去生存基礎，所謂亂離人不如太平犬。

在思維方式上，又特別講究中庸。中庸不是主張一切不變，但肯反對突然性變化，有人以為中庸就是保守，風也吹不得，草也動不得，非也。

不錯，中庸反對冒尖，喜歡安分守己，反對標新立異，但它不是一味保守，它既反對冒尖，又反對落伍。你太先進了不行，太落後了也不可以。太先進了不免有些刺眼，太落後了又有些各色，各色更容你不得。

所以孔夫子雖然是最敬重祖先的，但他也說：「父在，觀其志；父沒，觀其行；三年無改於父之道，可謂孝矣」。[28]

語言尤其是書面語言的變化也是這樣一個路數，不可不變，不可亂變：不可裹足不前，也不可跨越式發展。於是漸變成為漢語歷史演變的一個規律性品徵。

但「五四」運動起來，情況發生變化。各種爭論多了，新的理念多了，而且文學團體之間，文學人物與文學人物之間，各種思潮之間，文學團體與政治團體之間，國內與國外之間，犬牙交錯，你來我往，是是非非，各不相讓。

我們時代的變化，其實屬於突變性質。以此五四新文化運動為界，不但文風變了，主流用語變了，斷句方式變了，文言文也變成白話文了，連內容都從根本上改變了。而且這樣的突變，不但十分必要，而且百分有益。

本人知識不夠，不知道這樣的變化，歷史上舉凡有幾。但我深信，漸變可以成為主流，突變也絕對不能或缺之。但無論突變、漸變，不是主觀行為，「文革十年」，表面上是突變，本質上是「亂整」。所以五四時代的語言演化下來的極多，而「文革」語言卻絕少流傳。

突變，漸變互動，可以稱為一律。

4.多元共存共鳴津

何為共鳴？存在多種聲音才具備共鳴的基礎，多種聲音和諧分置才有共鳴的可能。而共鳴越發達，則聲響越豐富，音樂人的選擇餘地才越大，才越有可能產生出各種各樣的好作品。

以唐詩為例，如果因為李白的詩好，優秀，偉大，只允許李白存在，結果李白成了孤家寡人，也沒意思。唐詩之所以好，因為它胸襟博大，道家要，因為有道家，才有李白，釋家也要，因為有釋家，才有王維、有皎然、有寒山、有拾得，儒家更要，因為推崇儒家，才可能產生詩聖杜甫。唐詩包容性好，各大詩人都處在自主自由的創作狀態，李、王、杜之外，還有盛唐時期的山水詩家孟浩然，還有邊塞詩家岑參、高適，到了中唐，尤其詩派眾多，詩風各異，結果是：奇崛的也要，淺近的也要，抒情的也要，哲理的也要，民歌體也要，宮詞體也要，諷喻體也要，香奩體也要，因為百花齊放，才有唐代詩歌的絕代繁榮。

---

[28] 楊伯峻：《論語譯論》第7頁，中華書局，1980年版。

　　即使以純文學的角度看，各種流派也是越多越好，只要它可以成為一派，那麼，就必然有存在的根據從而也就有了發展的權利。

　　以西方現代主義文學為例，如果不允許荒誕派的存在，那我們就看不到《美國夢》，也看不到《中鋒在黎明前死去》，更看不到《等待果陀》了；如果不允許新小說存在，那我們又看不到《橡皮》，也看不到《逐客自敘》了；如果不允許垮掉的一代存在，那我們將聽不到《嚎叫》，也看不到《在路上》了；如果不允許黑色幽默存在，我們更看不到《亡父》、《回憶》與《第二十二條軍規》了。

　　這還了得！

　　毫無疑問，看不到其中任何一種作品都將是我們精神生活層面的一個不小的損失。

　　以我們的歷史經驗看，既要共鳴，就不但需要傳統之作，而且需要另類之作。

　　傳統之作，雖然有些老腔老調，然而卻如同中國飲食業中的百年老湯，因為其老，才滋味愈美，又如同百年老酒，因為其老，才味道愈醇。

　　另類之作，因為其另類，便有些奇奇怪怪。不合傳統之情，亦不合習慣之法。然而，奇是新奇之奇，怪是驚怪之怪，因為新奇，難免驚怪，因為驚怪，愈顯新奇。唯其奇奇怪怪，才更能吸引人的眼球，因為吸引人的眼球，才更能激發人的智慧。

　　既要共鳴，就不但需要理想之作，而且需要市場之作。

　　理想之作，並非故作高深也不是宏大敘事。宏大敘事不免有了形式，傷了精神。理想之作寫的乃是個人的信仰與追求因為這信仰真，所以雖有千曲百折，也不會灰心喪氣，因為這追求正，所以，不管風吹浪打，只管奮力前行。

　　市場之作則是應市場之邀而來，順市場之勢而作。那麼，它顯然不是理想化的了，雖然不是理想化的，卻又另是一門功夫。它的特點，就是試銷對路，雖不治本，專門治標，招你高興，逗你開心。這表面看起來好像標準不高，但真正做出成效，把包袱弄響，也絕非易事。比如記相聲，哪個相聲演員，誰不希望聽眾開懷大笑？但其能讓觀眾開懷大笑，捧腹大笑，笑夠笑好，是一件容易事嗎？

　　既要共鳴，就不但需要寫心之作，而且需要實用之作。

　　寫心之作有似於理想之作，但有不同。理想之作須有信仰作支撐，寫心之作則主要是情感之投入。我愛這個，所以我寫這個。它不需要特別的理由與根據。要說理由，真情實感就是理由，要說根據，一腔熱血就是根據。

實用之作，則無異於市場之作，但不見得非暢銷不可。話說時，縱不暢銷，也得觸銷，定位常銷，希望暢銷，它的特色就是你需要，我供應，你需要麻辣燙，好，就寫麻辣燙，你需要心靈雞湯，就奉獻心靈雞湯。有人說這類作品有投機取巧之嫌，甚至有取悅讀者之嫌，其實，我們不是歷來都承認讀者是上帝嗎？取悅上帝有何不好。不但沒有半點不好，而且很好很好，非常之好。我們不但可以為上帝作秀，而且可以為上帝提腳。

既要共鳴，就不但需要寫實之作，而且需要唯美之作。

寫實之作，來自生活。因為它來自生活，所以它的根基也深，積累也厚。而且越是那些能反映生活深度，能體現關注熱點，能滿足多數人群需要的作品，就越是具有影響力與震撼力。它無須求助市場，市場就會要它，它無須考慮暢銷，暢銷的幸運有時就會主動降臨在它的頭上。此無他，因為你與上帝同心，上帝自會對你偏心。

唯美之作，則不考慮其他種種，連生活都不考慮，它追求的只是一個美學，美文美韻，美聲美色，美腔美調。他的特色就是一招鮮。雖然只是一招鮮，這一招就是驚世駭俗。讓人一百年都不忍忘記她，一千年都不能忘記她。

既要共鳴，就不但需要時尚之作，而且需要仿古之作。

時尚之作代表的乃是一種情感投向，可能很不持久，但也可能相當持久。持久與否，無關緊要，你再持久，一萬年都不死，只怕與時尚無關。時尚如同鮮花，雖然美在一時，卻又勝在一時。雖然只是一時，一時盡已夠了。能夠抓住時尚的文字與文章，一定是很不平凡的文字與文章。

也不拒絕仿古。仿古之作有時也會時尚，但那只是一種巧合。大多數情況下，仿古都是一種情調，不是時尚的情調，而是反時尚的情調。但這情調既是人生之必有，也是人生之必須。為它作歌作舞，作媒作嫁就有堅實的道理在其中了。彷彿一些人愛好紅木家俱，他們喜歡的多是明代清代的老傢俱。那一種古色古香，不是任何新潮傢俱可以做得出來的。

既要共鳴，就不但需要消費之作，而且需要典藏之作。

消費之作，彷彿速食，它的長處是方便，好處也是方便，連立身之道都是方便。它最青睞的場所，也許多是地鐵車廂中，長途汽車上，或者鬧市之區的速食店。或者走高頭大運之時，也能在飛機頭等艙裏風流一時。雖然如此，速食在當今之世能立住腳，甚至弄出名頭，作出影響，絕非易事。但無論如何，都少它不得。正如我們寧可一輩子也沒見過滿漢全席，卻一個月也離不開肯德基的。

典藏之作則另是一路，它的特點，就是經時曆久，久而彌珍，久而彌貴，久而彌香。典藏之作，殊不易得。古之典藏之作，已很難得，新的典

藏之作，更是可遇而不可求也。能與典藏沾上邊的，乃是語言文學叢中最為出色的品類。

既要共鳴，就不但需要外來之作，而且需要鄉土之作。

外來之作，無時不可無之。特別是當人類已經進入全球化的開放時代的今天，更是如此，20世紀的一個新名詞，叫作地球村。地球成了村了，各個民族與國家自然太成為這村裏的鄉親與芳鄰。而鄰居之忙不可不幫，鄰居之好不可不知，鄰居之情不可不領，鄰居之誼不可不謝。

鄉土之作亦不可缺少。遺憾的是，當今之世，鄉土之作越來越少，未來的形勢還要嚴峻，但既有鄉土之美景，不可沒有鄉土之美文，如果人類的技術終不能美國大峽谷、中國的珠穆朗瑪峰、俄羅斯的貝加爾湖統統變成一個模式，那麼，生活在不同自然區域與文化區域的作家就應該可以寫出不同風俗帶有鄉土氣的文學。鄉土文學有如方言。當它存在時，或許並不覺得珍貴，一旦遺失，便是千古遺恨。

既要共鳴，就不但需要中、老年之作，而且需要青、少年之作。

中老年之作，好的或多些，因為你成熟了嘛？但也易走下坡路。下坡路必會直的，可怕的是已經走了下坡，自己還偏執認為是在上坡。

中年人最怕失去童心貞心，一旦世故了，便價值全失，老年人中確有佳作，如張中行先生，他的書大約到七八十歲時才火起來，媒體稱作張旋風。文章是真的好，陳年佳釀，醇而又厚。我所欽佩的另一位老年作家是鍾叔河，人的學問大，又博覽群書。那文章可謂字字沉著，句句有感而發，是一般中、青年作者寫不出來的。

青、少年之作更應受到關注和保護，畢竟老人的輝煌已在身後，青年的輝煌尚在前頭。而我們中國傳統文化的一個壞脾氣，是特別習慣看青年人不順眼。幾乎人人都認定自己有資格作晚輩的先生。這個可悲可憐又可厭。但看這幾年，也有不同年齡段的作者之間的爭論，大抵起來我支持年輕的一方。如韓寒與白燁的爭論，無論在情感上，在理由上，在起因上，還是以所謂的論戰內容上，甚至從語言風格上，我都傾向韓寒。

這幾年「80後」的概念流行，因為出了不少80後出生的年輕寫手。他們的書我讀了一些，有些讀不進，有些讀不清，但總的感覺，是文字的活性與靈性大大超越他們的文壇前輩。

在文學品性上，我以為80後的多數作家與作品都與後現代主義有某種契合。回想十幾年前，後現代在中國大陸影響初彰之時，也有一種議論，認為西方的後現代是西方人生活富足而精神困惑的文學反映，但中國的後現代卻是生活未曾富足，精神卻一樣困惑的情緒發洩。結論是中國的後現代不免有些時空錯位。

　　而80後的一代新人不是這種情況了。他們的生活或許並不富足，但至少已與貧困無干。他們的精神安置全然是個人化的，又帶些反叛的，但不是社會反叛，而是文化反叛，他們中的一些人之所記所想已不是故意後現代而是自然後現代。他們中間最具代表性的人物，我認為是春樹。

　　春樹的影響，或許與媒體有些關係，但媒體的作用肯定不是決定性的。在她的《北京娃娃》引起強烈反響之後，很多人開始尋找它，閱讀它。但這些閱讀者並沒有找到多少性的描寫場面，也沒有找到多有帶有感官刺激的場面，更沒有找到什麼另類政治原素了。然而，除非你不讀它，或讀不懂它，或與它格格不入，否則它給人的震撼確是實實在在的。那是一種不動聲色的震撼，又是一種精神困惑級別的震撼，還是一種迥然有別於傳統的新的文化出世的震撼。我以為，中國若無後現代便罷，倘若有之，即應從春樹開始。

　　也有人說，小小年紀，就產生這樣的影響，怕會後繼無力。但我要說，後來如何，不是最重要的，甚至根本就是不重要的。重要的是她寫出了《北京娃娃》這樣的作品，而《北京娃娃》已經成為當代中國小說中的一個重要符號。

　　既要共鳴，即不但需要各類作品，而且需要多種風格，既需要大場面，大氣象，陽剛之氣，鴻篇巨制，也需要雅情雅調，雅聲雅氣，輕歌曼舞，風花雪月，還需要土風土俗，土鄉土色，小橋流水人家，青山白雲黃土，又需要大紅大綠，豔情豔調，不唯五彩繽紛，而且繁花似錦；複需要輕言細雨，小情小調，也沒太多趣味，又沒多少情致，雖沒太多趣味，也有趣味如斯，雖沒多少情致，亦有情致如許。如此等等。

　　共鳴需要爭鳴，爭鳴也是共鳴。回首中國古代史，唯春秋戰國時代堪稱百家爭鳴的時代，——那時代很值得我們中國人驕傲；唯盛唐時代堪稱百花齊放的時代，——那時代同樣值得我們中國人驕傲。然而，終整個儒學時代，這樣的歷史未曾再現，這又使我們中國人深感遺憾，備感遺憾。

　　爭鳴需要批評，批評應秉公而論，不講情面，也不留情面，更不摻雜私心雜念。但看現在的文評文論，是炒作的多為朋友幫忙的多，為權貴抱腿的多，說違心話的多，唱讚美詩的多。凡此種種，都不是批評，真的批評，一要有真知，二要有才華，三要會表達，四要有擔當。不是說非擔當起解放全人類的大任，而是擔得起良心的追問，擔得起時光的檢閱。

　　過去有一種意見，認為爭鳴的雙方或多方，總有一方是正確的，因而爭鳴如同科學領域的證偽。但文學不是科學，科學需要證偽，文學不能證偽。比如浪漫主義與現實主義，你怎麼證明誰真誰偽？又如現代主義中的

達達主義、新小說派、黑色幽默、結構主義、荒誕派、你又怎麼證明誰真誰偽？

文學只有風格之別，或者說得深一點，只有美醜之別，沒有真偽之別。而自現代主義以來，文學不但固有審美功能，而且增加了審醜功能。審醜也是審美，連美與醜的界線也有些明日黃花，不足為訓了。

總而言之，共鳴是文變的基礎，爭鳴是文變的動力，有此「兩鳴」為羽翼，則漢語與漢語文學的生命必如花怒放，生生不已。

本書自二〇〇六年一月二十日動筆，同年二月二十日完稿，
二〇〇七年二月一日至四月十二日改定，
史仲文記於北京工業大學寓所。

語言文學類　PG0445

漢語是這樣美麗的

作　　　者/史仲文
主　　　編/蔡登山
責任編輯/孫偉迪
圖文排版/鄭佳雯
封面設計/陳佩蓉

發　行　人/宋政坤
法律顧問/毛國樑　律師
印製出版/秀威資訊科技股份有限公司
　　　　　114台北市內湖區瑞光路76巷65號1樓
　　　　　電話：+886-2-2796-3638　傳真：+886-2-2796-1377
　　　　　http://www.showwe.com.tw
劃撥帳號/19563868　戶名：秀威資訊科技股份有限公司
　　　　　讀者服務信箱：service@showwe.com.tw
展售門市/國家書店（松江門市）
　　　　　104台北市中山區松江路209號1樓
　　　　　電話：+886-2-2518-0207　傳真：+886-2-2518-0778
網路訂購/秀威網路書店：http://www.bodbooks.tw
　　　　　國家網路書店：http://www.govbooks.com.tw
圖書經銷/紅螞蟻圖書有限公司
　　　　　114台北市內湖區舊宗路二段121巷28、32號4樓
　　　　　電話：+886-2-2795-3656　傳真：+886-2-2795-4100

2010年12月BOD一版
定價：450元

國家圖書館出版品預行編目

漢語是這樣美麗的 / 史仲文著.-- 一版. -- 臺北
市：秀威資訊科技, 2010.12
　　面；　公分. -- (語言文學類 ; PG0445)
BOD版
ISBN 978-986-221-654-5(平裝)

1. 漢語　2. 審美

802　　　　　　　　　　　　99020260

讀者回函卡

感謝您購買本書，為提升服務品質，請填妥以下資料，將讀者回函卡直接寄回或傳真本公司，收到您的寶貴意見後，我們會收藏記錄及檢討，謝謝！
如您需要了解本公司最新出版書目、購書優惠或企劃活動，歡迎您上網查詢或下載相關資料：http:// www.showwe.com.tw

您購買的書名：＿＿＿＿＿＿＿＿＿＿＿＿＿＿＿＿＿＿＿＿＿＿＿

出生日期：＿＿＿＿＿年＿＿＿＿＿月＿＿＿＿＿日

學歷：□高中 (含) 以下　　□大專　　□研究所 (含) 以上

職業：□製造業　□金融業　□資訊業　□軍警　□傳播業　□自由業
　　　□服務業　□公務員　□教職　　□學生　□家管　　□其它＿＿＿

購書地點：□網路書店　□實體書店　□書展　□郵購　□贈閱　□其他

您從何得知本書的消息？

　□網路書店　□實體書店　□網路搜尋　□電子報　□書訊　□雜誌
　□傳播媒體　□親友推薦　□網站推薦　□部落格　□其他＿＿＿＿＿

您對本書的評價：(請填代號　1.非常滿意　2.滿意　3.尚可　4.再改進)

　封面設計＿＿＿　版面編排＿＿＿　內容＿＿＿　文／譯筆＿＿＿　價格＿＿＿

讀完書後您覺得：

　□很有收穫　□有收穫　□收穫不多　□沒收穫

對我們的建議：＿＿＿＿＿＿＿＿＿＿＿＿＿＿＿＿＿＿＿＿＿＿＿

＿＿＿＿＿＿＿＿＿＿＿＿＿＿＿＿＿＿＿＿＿＿＿＿＿＿＿＿＿＿＿

＿＿＿＿＿＿＿＿＿＿＿＿＿＿＿＿＿＿＿＿＿＿＿＿＿＿＿＿＿＿＿

＿＿＿＿＿＿＿＿＿＿＿＿＿＿＿＿＿＿＿＿＿＿＿＿＿＿＿＿＿＿＿

11466
台北市內湖區瑞光路 76 巷 65 號 1 樓

秀威資訊科技股份有限公司　　　收

BOD 數位出版事業部

．．

（請沿線對折寄回，謝謝！）

姓　　名：＿＿＿＿＿＿＿＿＿　年齡：＿＿＿＿　性別：□女　□男

郵遞區號：□□□□□

地　　址：＿＿＿＿＿＿＿＿＿＿＿＿＿＿＿＿＿＿＿＿＿＿

聯絡電話：(日) ＿＿＿＿＿＿＿＿＿　(夜) ＿＿＿＿＿＿＿＿＿

E-mail：＿＿＿＿＿＿＿＿＿＿＿＿＿＿＿＿＿＿＿＿＿